HEYNE BÜCHER

Das Buch

Der Zweite Weltkrieg tobt im Mittelmeer. Im Februar 1942 soll der Schotte Sam McIndoe auf Sizilien für den britischen Geheimdienst ein Unternehmen leiten, das den entscheidenden Schlag gegen die Deutschen bringen soll. Mit seinen achtundzwanzig Jahren hat Sam McIndoe bereits einen legendären Ruf. Er gilt in Italien als der Meistersaboteur gegen die Deutschen. Mehr als ein Dutzend perfekt ausgeführter Sabotageakte haben ihn für die Gestapo zum Feind Nummer eins werden lassen, und auf denjenigen, der ihn tot oder lebendig abliefert, warten hohe Dekorationen. McIndoe weiß, daß die Nazis Jagd auf ihn machen. Doch er weiß auch, daß kaum einer seiner Kameraden über ausreichende strategische Detailkenntnisse verfügt und darüber hinaus keiner Italien so gut kennt wie er. So läßt er sich ein auf diese Geheimmission, die, wenn sie gelingt, den Zweiten Weltkrieg entscheiden kann. Zwei Kollegen aus einer Spezialeinheit des amerikanischen Nachrichtendienstes werden Sam zur Seite gestellt – die schöne Stella di Mauro und der draufgängerische Nicky Ravallo. Doch noch bevor ihr Einsatz richtig losgeht, wird ihre Aktion den Deutschen verraten, und ihre Mission wird zum dramatischen Kampf um ihr eigenes nacktes Leben.

Die Autoren

Alistair MacLean hat dreißig Bücher veröffentlicht, von denen die meisten zu Bestsellern wurden. Titel wie *Die Kanonen von Navarone* oder *Agenten sterben einsam* sind weltberühmt geworden. Alistair MacLean starb am 2. Februar 1987. Der vorliegende Roman basiert auf einer Kurzgeschichte Alistair MacLeans. Wie viele andere MacLean-Vorlagen hat Alastair MacNeill auch diesen Stoff in einen spannenden Roman verwandelt. Alastair MacNeill wurde 1960 in Schottland geboren, wuchs in Südafrika auf und lebt seit 1985 wieder in Großbritannien.

Im Wilhelm Heyne Verlag liegen zahlreiche Romane von Alistair MacLean, wie auch der Romanbearbeitungen von Alastair MacNeill vor.

ALASTAIR MACNEILL

ALISTAIR MACLEAN'S RENDEZVOUS

Roman

Aus dem Englischen
von Peter Pfaffinger

Deutsche Erstausgabe

WILHELM HEYNE VERLAG
MÜNCHEN

HEYNE ALLGEMEINE REIHE
Nr. 01/10612

Titel der Originalausgabe
ALISTAIR MACLEAN'S RENDEZVOUS
erschienen bei HarperCollins Publishers Ltd.

Umwelthinweis:
Das Buch wurde auf
chlor- und säurefreiem Papier gedruckt.

Printed in Germany 1999
Umschlagillustration: David Scutt
Umschlaggestaltung: Atelier Ingrid Schütz, München
Satz: Pinkuin Satz und Datentechnik, Berlin
Druck und Bindung: Ebner Ulm

ISBN 3-453-13684-5

http://www.heyne.de

PROLOG

Glasgow, 1995

»Erde zu Erde, Asche zu Asche, Staub zu Staub; in der festen und gewissen Hoffnung auf Auferstehung in das ewige Leben durch Jesus Christus unseren Herrn. Amen.«

Auf das Gebet des Priesters folgte ein leise gemurmeltes ›Amen‹ der kleinen Trauergemeinde, die sich an diesem kalten, tristen Glasgower Morgen unter schwarzen Regenschirmen um das offene Grab versammelt hatte.

James McIndoe verließ den Schutz seines Schirms und trat vor. Er konnte spüren, wie ihm der Nieselregen das Gesicht streichelte, als er sich bückte und eine Handvoll Erde auf den Sarg seines Vaters warf. Einen langen Moment blieb er regungslos mit andächtig gesenktem Kopf davor stehen und hing schweigend seinen Gedanken nach, während seine Augen auf dem Messingschild am Sargdekkel verweilten: *Samuel McIndoe 1914–1995.*

Schließlich kehrte er an seinen Platz zurück und nahm seiner Frau Heather den Schirm wieder ab. Wie von selbst glitt ihre Hand in die seine und drückte sie sanft. Er sah zu, wie ihre zwei Kinder nacheinander Erde auf den Sarg des Großvaters warfen. Die neunzehnjährige Isobel, die die Schönheit ihrer Mutter geerbt hatte, studierte im ersten Jahr an der Glasgower Universität Journalismus. Damit gehörte sie bereits der dritten Generation von McIndoes an, die an dieser angesehenen Hochschule studierten. Ihr vier Jahre jüngerer Bruder James – oder Jamie, wie er seit jeher genannt wurde – ging noch zur Schule. Er wollte später in die Fußstapfen seines Vaters treten und ebenfalls Mathematiklehrer werden. James McIndoe war unbändig stolz auf seine zwei Kinder; und er wußte, daß ihr Großvater genauso gefühlt hatte.

Eine leichte Berührung am Arm riß ihn aus seinen Gedanken. Er sah auf und erkannte einen Freund seines Vaters, der ihm, gedämpft seine Anteilnahme bekundend, die Hand drückte und sich dann in Richtung Friedhofstor entfernte, wo sein Wagen stand. Nach ihm zog die ganze Versammlung im Gänsemarsch an der Familie vorbei, um ihr Beileid auszusprechen.

»Wer ist denn der Mann dort drüben?« fragte Jamie, als der letzte Trauergast gegangen war, und deutete auf einen älteren Herrn mit Regenmantel und Filzhut, der allein unter einer Baumgruppe stand. »Er ist schon seit über zwanzig Minuten da. Kennst du ihn?«

James McIndoe schüttelte den Kopf. »Nein. Vielleicht ist er einer von Opas früheren Kollegen.«

Heather musterte ihn kurz. »Ich habe ihn auch noch nie gesehen«, meinte sie.

»Na gut, dann gehe ich rüber und frage ihn, was er will«, brummte McIndoe.

Seine Frau hielt ihn am Arm fest. »Laß ihn. Er tut ja keinem was. Wenn er was will, wird er von selbst auf uns zukommen.«

»Das werden wir gleich sehen.« Damit ging James McIndoe auf den Fremden zu und stellte sich vor.

»Mein Beileid Ihnen und Ihrer Familie für Ihren Verlust«, sagte der Mann mit abgehacktem deutschem Akzent.

»Danke. Kannten Sie meinen Vater?«

»Nicht persönlich. Aber hieß er nicht Samuel?«

»Sam. Niemand hat ihn Samuel genannt.«

»Ich habe letzte Woche mit Ihrem Vater telefoniert. Wir hatten uns für heute bei ihm zu Hause verabredet, aber nach meiner Ankunft erfuhr ich von einem Nachbarn, daß er am Wochenende an einem Herzinfarkt gestorben ist.«

»Worüber wollten Sie denn mit meinem Vater sprechen?« fragte McIndoe und nahm seine vom Regen benetzte Brille ab, um sie mit einem Taschentuch zu reinigen. »Vielleicht kann ich Ihnen helfen.«

»Es ist nicht so, daß ich Ihren Vater um ein Gespräch gebeten hätte, vielmehr wollte er etwas von mir wissen. Er hat Ihnen sicher von den Operationen erzählt, die er im letzten Krieg für die britische SOE durchgeführt hat ...«

»O ja, oft sogar«, erwiderte McIndoe mit einem wehmütigen Lächeln. »Als Kind saß ich immer auf seinem Knie und konnte nicht genug davon bekommen.«

»Dann haben Sie bestimmt auch von der verdeckten Operation in Sizilien gehört. Im Februar 1942.«

»Das war die Operation, von der er mir am meisten erzählt hat«, sagte McIndoe verblüfft. »Ich habe die Geschichte so oft gehört, daß ich irgendwann das Gefühl hatte, selbst dabeigewesen zu sein.«

»Vielleicht wissen Sie dann auch, daß er nicht alles wußte, daß ihm zur Vervollständigung des Bildes ein bestimmtes Teilchen fehlte, mit dessen Hilfe er die gesamte Operation begreifen und – wichtiger noch – inneren Frieden hätte finden können. Soweit ich ihn am Telefon verstanden habe, wurde die Suche nach diesem einen Teilchen nach Kriegsende bei ihm fast zu so etwas wie einer Obsession.«

James McIndoe wußte genau, worauf der Deutsche hinaus wollte. Wie hätte er vergessen können, welch erbitterte Diskussionen zwischen seinen Eltern er in seiner Kindheit mitbekommen hatte, bevor seinem Vater endlich der Durchbruch als Buchautor mit einem Werk über die Militärgeschichte Roms gelang – und bevor er sich seine Leidenschaft, die ihn fast fünfzig Jahre lang beherrschen sollte, finanziell leisten konnte? Der Auslöser der Streitigkeiten war stets derselbe gewesen: Sein Vater wollte an das knappe Haushaltsgeld heran, um irgendeinen zwielichtigen Informanten zu bezahlen, der angeblich über das vollständige Hintergrundwissen verfügte, worauf seine Mutter ihn unweigerlich anschrie, er solle endlich Verantwortung für die Familie übernehmen und damit aufhören, den Geistern der Vergangenheit nachzujagen. So vernünftig ihre Argumente auch waren, sie stieß jedesmal auf taube Ohren. Diese Suche blieb seine Leidenschaft, die er am Ende mit ins Grab nahm.

»Und sie haben das fehlende Teilchen?« fragte James McIndoe mißtrauisch. Er wußte allzu gut, auf was für Bauernfänger sein Vater hereingefallen war, von denen ihn keiner auch nur ansatzweise der Wahrheit näher gebracht hatte.

Der Deutsche nickte.

»Hatte er sich bereit erklärt, Sie für Ihre Information zu bezahlen?«

Die Augen des Deutschen verengten sich zu Schlitzen. »Wie können Sie es wagen zu behaupten, ich sei auf Geld aus? Ich war siebenunddreißig Jahre lang ein hochangesehener Offizier beim westdeutschen Geheimdienst. Ihr Vater bestand darauf, mir den Flugschein und die Unterkunft hier in Glasgow zu bezahlen, aber die Vorstellung, daß ich für mein Wissen Geld verlangt hätte ...«, als wolle er seine Abscheu über einen solch ungeheuerlichen Vorwurf wegwischen, fuhr er sich mit der Hand über den Mund, »... betrachte ich als Beleidigung.«

James McIndoe begriff, daß er hier einen wunden Punkt berührt hatte und bemühte sich hastig, den Schaden wiedergutzumachen. »Es tut mir schrecklich leid. Ich wollte Ihnen damit wirklich nichts unterstellen. Es ist nur so, daß im Laufe der Jahre immer wieder Leute mit Erfolg versucht haben, meinem Vater falsche und irreführende Informationen anzudrehen und ihn auszunehmen.«

»Zu denen gehöre ich gewiß nicht!« knurrte der andere.

»Selbstverständlich nicht.« McIndoe warf einen verzweifelten Blick zum dunklen, bedeckten Himmel. »Wir werden hier noch tropfnaß. Möchten Sie mit zu uns kommen? Dort können wir weitersprechen.«

»Danke. Ich habe auf dem Parkplatz einen Mietwagen stehen und folge Ihnen gerne.«

McIndoe deutete auf das Tor. »Einverstanden. Wollen wir gehen?«

1

Italien 1942

Er schaltete den deutschen Soldaten mit einem einzigen Schnitt seiner scharf geschliffenen Klinge durch die Kehle aus. Dieser Mann war nicht sein erster Toter und ganz gewiß nicht sein letzter. Nachdem er das Kampfmesser in die am Gürtel hängende Scheide gesteckt hatte, zerrte er die Leiche ins dichte Unterholz am Rande der verlassenen Eisenbahnstrecke. In dem Moment, als er den Soldaten sanft auf die Erde legte, trat der Mond hinter den tiefhängenden Wolken hervor. In seinem fahlen Licht sah der Mann so zum erstenmal das Gesicht des anderen. Es war ein junger Bursche von höchstens zwanzig Jahren. Das berührte ihn nicht weiter. Oder vielmehr: er ließ es nicht an sich heran. Das war ein entscheidender Unterschied. Allein seiner Selbstdisziplin verdankte Lieutenant Sam McIndoe den Aufstieg zu einem der besten Agenten der britischen SOE – der *Special Operations Executive* –, einer 1938 ins Leben gerufenen Geheimorganisation. Ihre ursprüngliche Aufgabe war es gewesen, in vom Feind besetzten Gebieten subversive Operationen durchzuführen und auf diese Weise eine drohende deutsche Invasion in Großbritannien abzuwehren. Nach der Wahl Winston Churchills zum Premierminister zwei Jahre später hatte man dann aber sehr bald neue Schwerpunkte gesetzt. Seitdem lautete der Auftrag, eng mit den verschiedenen Widerstandsbewegungen im besetzten Europa zusammenzuarbeiten.

Sam McIndoe, ein hochgewachsener, athletischer Schotte Ende zwanzig, gehörte zu den ersten Agenten, die man unter Churchills weiter gefaßten Bestimmungen rekrutiert hatte. Sein Spezialgebiet war Italien. Er beherrschte die Sprache fließend, war vertraut mit den Menschen und ihren Sitten und kannte die geographischen Besonderheiten des Landes besser als viele Einheimische. Und er arbeitete außerordentlich erfolgreich. Nachdem er die Deutschen bei über einem Dutzend Sabotageakten an militärischen Zielen auf dem italienischen Festland empfindlich getroffen hatte, sah sich Feldmarschall Albert Kesselring gezwungen, eine hohe Belohnung auf die Ergreifung in Italien operierender SOE-Agenten auszusetzen und bald sogar aufzustocken. McIndoe hatte jedoch keinen Anlaß, Verrat zu fürchten. Im Gegenteil, das Kopfgeld bestätigte ihm, daß er und seine Kameraden gemeinsam mit den Partisanen den Achsenmächten in Italien wirklich enormen Schaden zugefügt haben mußten. Außerdem verschaffte es ihm persönliche Genugtuung, daß es ihm gelang, ein ständiger Stachel im Fleisch der Besatzer zu bleiben ...

Lautlos schlich er zu den Gleisen. Dort sah er sich zunächst nach allen Richtungen um. Niemand da. Er wölbte die Hände vor dem Mund und blies zwischen den Daumen hinein, um den Ruf eines Kuckucks zu imitieren. So richtig hatte er das eigentlich noch nie hingekriegt, überlegte er mißmutig, als aus dem Unterholz auf der anderen Seite der Gleise zwei schemenhafte Gestalten auftauchten. Wie auch McIndoe waren sie schwarz gekleidet und hatten ihre Gesichter mit Kapuzenmützen getarnt. Leichtfüßig huschten sie über Schienen und kauerten sich neben ihn. Beide waren für diese Operation vom Leiter der Partisanengruppe in Neapel persönlich ausgewählt worden.

McIndoe sah auf die Uhr. 23 Uhr 17. Der Munitionszug müßte Neapel um elf Uhr verlassen haben. Wenn seine Berechnungen stimmten, kam er in knapp zwanzig Minuten an dieser Stelle vorbei.

Einer der Partisanen hatte einen Rucksack dabei. Auf ein Zeichen McIndoes reichte er ihn dem Schotten, der die Riemen löste und ihn öffnete. Darin befand sich eine ›Fog signal‹ genannte unscheinbare Vorrichtung, bestehend aus einer über drei Zündblättchen befestigten Druckplatine und einem mit losem Schwarzpulver gefüllten Schächtelchen. Mit Hilfe von zwei beidseitig angebrachten Klammern befestigte McIndoe den Apparat am Gleis und schloß behutsam eine Sprengkapsel an die Öffnung einer in die Schachtel führenden Röhre an. Nachdem er das Ende einer Zündschnur an der Sprengkapsel angebracht hatte, nahm er aus dem Rucksack eine Stange Dynamit und plazierte sie in einem kleinen Loch, das einer der Partisanen mittlerweile neben dem Gleis gegraben hatte. Nun brauchte er nur noch das andere Ende der Lunte mit dem Dynamit in Verbindung zu bringen, und sie konnten das Loch wieder auffüllen und die Stelle glätten. Sobald die Lokomotive über die Vorrichtung fuhr, würde der Druck der Platine auf die Zündblättchen eine Stichflamme erzeugen, die das Schwarzpulver entzünden sollte, das wiederum die Sprengkapsel zum Explodieren bringen mußte. Daraufhin würde die Zündschnur Feuer fangen und den in der Erde vergrabenen Sprengsatz zur Detonation bringen. Die Ladung war stark genug, um die Lokomotive aus den Gleisen zu schleudern und damit eine tödliche Kettenreaktion auszulösen, an deren Ende hoffentlich die Zerstörung der hochexplosiven Munition stand, die auf dem Weg zu einer Reihe von Stützpunkten der Achsenmächte im Süden des Landes war.

McIndoe richtete sich auf und wischte sich die Hände ab. »Verschwinden wir von hier. Ich will nicht in der Nähe sein, wenn das Ding losgeht.«

Sie liefen zum Jeep, der gut verborgen auf einem Feldweg stand. McIndoe setzte sich neben den Fahrer, die anderen zwei sprangen auf den Rücksitz. Sofort ließ der Fahrer den Motor an und folgte dem gewundenen Feldweg, bis sie endlich den Teil der Küste erreichten, an dem vereinbarungsgemäß ein Schlauchboot auf sie warten sollte.

McIndoe sprang als erster aus dem Jeep und kletterte vorsichtig zum verlassenen Strand hinunter. Er zitterte im beißend kalten Wind, der ihm vom Meer her entgegenwehte. Da die Umgebung sicher zu sein schien, bewegte er sich in Richtung des Felsvorsprungs, an dessem Ende das Boot liegen sollte. Zuerst sah er nichts, dann entdeckte er die auf dem Wasser treibenden zerfetzten Reste. Das konnte nur Sabotage gewesen sein. Sie waren in einen Hinterhalt geraten. McIndoe wollte seine Gefährten warnen, doch als er sich umdrehte, schaute er in die Mündung zweier Maschinenpistolen. Zwei Männer hatten sich auf dem Felsen hinter ihm aufgerichtet und nahmen jetzt ihre Kapuzenmützen ab. Nein, das waren nicht die Gesichter der Partisanen, mit denen er von Neapel aufgebrochen war. Aber wie hatten sie es geschafft, seine Begleiter zu überwältigen, ohne daß ihm etwas aufgefallen war? Er hatte sich doch nur kurz von ihnen getrennt, als es darum gegangen war, den deutschen Wachtposten bei den Gleisen auszuschalten. Es mußte während dieser Sekunden geschehen sein. Eine andere logische Erklärung war nicht denkbar. Und er war natürlich mitten in die Falle hineingelaufen.

»Waffe fallen lassen und mit dem Fuß wegstoßen«, befahl ihm einer der Männer auf deutsch.

Widerstrebend trennte sich McIndoe von seiner Beretta mit Schalldämpfer. »Was ist mit den Leuten geschehen, mit denen ich gekommen bin?« fragte er.

»Tot«, erhielt er in gleichgültigem Ton zur Antwort. »Sie waren nicht wichtig. Anders als Sie. Wir wissen, daß Sie Brite sind und der SOE angehören. Unsere Kollegen in der Gestapozentrale in Neapel freuen sich schon darauf, Ihre Bekanntschaft zu machen.«

Gestapo, sagte sich McIndoe voller Verachtung. Das lag wohl auf der Hand. Gleichzeitig überlegte er fieberhaft, wie er sich vielleicht doch noch aus dieser scheinbar hoffnungslosen Lage retten könnte. Seine Pistole konnte er nicht erreichen, das war ihm klar. Ebensowenig konnte er sich auf die Deutschen stürzen; sie hatten sorgfältig auf Sicherheitsabstand geachtet. Im Moment war kein Ausweg in Sicht …

»Wer hat mich verraten?« fragte McIndoe, der jetzt versuchte, Zeit zu gewinnen.

Der Mann zuckte die Schultern. »Wir befolgen nur unsere Befehle. Jetzt die Hände auf den Kopf legen und langsam rüberkommen …«

Zögernd wanderten McIndoes Hände nach oben. Gerade wollte er sich in Bewegung setzen, als der Mann das Gleichgewicht zu verlieren und sich sofort wieder zu fangen schien. Einen Moment lang starrte er den Schotten mit ausdrucksloser Miene an, dann sickerte Blut aus seinem

Mundwinkel, und er fiel leblos vornüber auf den Felsen. Kaum hatte der andere Deutsche das dumpfe Plopp gehört und das Einschußloch im Rücken seines Kollegen gesehen, wirbelte er herum und schoß blind in das Dickicht, das den Grat über dem Strand säumte. McIndoe erkannte seine Chance und hechtete verzweifelt nach seiner Waffe. Der Gestapomann reagierte sofort. Er hatte sich halb umgedreht, sein Finger krümmte sich bereits um den Abzug, als ihn ebenfalls eine Kugel in den Rücken traf. Er stürzte und kippte mit dem Kopf voran ins Wasser.

Als erstes packte McIndoe seine Beretta, dann bewegte er sich vorsichtig zum Felsrand, wo der Gestapomann verschwunden war, wich jedoch gleich wieder zurück, als eine Welle gegen den Fuß des Felsens prallte und ihn durchnäßte. Wie er schon erwartet hatte, war von dem Deutschen in dieser Dunkelheit im schäumenden Wasser nichts zu sehen.

»Lieutenant McIndoe?«

Der Schotte fuhr erschrocken hoch, drehte sich blitzschnell um und richtete seine Beretta auf zwei Männer, die lautlos aus dem Unterholz getreten waren. Alle beide trugen marineblaue Rollkragenpullover und dazu passende Hosen, die in schwarzen Gummistiefeln steckten. Einer hielt lässig eine Winchester mit Schalldämpfer in der rechten Hand. »Wer sind Sie?« fragte McIndoe mißtrauisch.

»Ihr Schutzengel«, grinste der Unbewaffnete. Er war etwa so alt wie McIndoe und sprach mit dem überdeutlichen Akzent des Zöglings eines exklusiven Internats. »Ich bin Lieutenant Commander Reginald Stockton-Jones von der Royal Navy, Kapitän des U-Boots *Unbeaten*. Wir liegen etwa zwei Meilen vor der Küste und gehören zur Tenth Submarine Flotila, die auf Malta stationiert ist.« Er deutete auf den Mann neben ihm. »Und das ist Able Seaman Saunder, der beste Schütze, den wir an Bord haben. Trifft verdammt genau, finden Sie nicht auch?«

»Ganz bestimmt«, erwiderte McIndoe und schaute auf den toten Deutschen hinunter. Er zog sich die Mütze vom Kopf, und plötzlich sprudelten die Fragen aus ihm hervor.

»Was wird hier gespielt? Wer hat Sie geschickt? Woher wußten Sie, daß ich hier bin? Wie haben Sie das mit den Deutschen in Erfahrung gebracht?«

Stockton-Jones hob beschwichtigend beide Hände. »Nur die Ruhe, mein Bester. Offenbar erfuhren die örtlichen Partisanen erst nachdem Sie Neapel bereits verlassen hatten von den Plänen der Jerries, Sie gefangenzunehmen. Weil sie Sie nicht mehr warnen konnten, alarmierten sie Ihren Vorgesetzten in Malta, Vice-Admiral Starr. Und der funkte sofort die Royal Navy um Hilfe an. Nun, wir sind das einzige britische U-Boot in der Gegend, und da bekam ich den Befehl, ein Team an Land zu bringen und Sie rauszupauken. Wir sind erst vor fünf Minuten gelandet. Unser Boot haben wir in einer der Grotten weiter unten versteckt.«

»Warum haben die Deutschen mich nicht überwältigt, als ich den Sprengstoff an den Gleisen anbrachte? Warum haben sie gewartet, bis ich hierherkam?«

»Soweit ich das verstanden habe, wollten sich die zwei Burschen hier mit den anderen Mitgliedern ihres Kommandos treffen.« Stockton-Jones bemerkte McIndoes erschrokkene Miene. »Keine Sorge, mein Bester. Den Rest des Empfangskomitees übernehmen die Partisanen. Ich glaube, sie haben ihnen am Stadtrand von Neapel einen hübschen Hinterhalt gelegt.«

McIndoe brachte ein mattes Lächeln zustande. Seine Augen flackerten zwischen den beiden Männern hin und her. »Ich verdanke Ihnen mein Leben«, murmelte er beklommen – es war ihm noch nie leicht gefallen, persönliche Gefühle, in welcher Form auch immer, zu äußern. »Danke.«

»Wir sind froh, wenn wir helfen konnten«, erwiderte Stockton-Jones.

Unbehagliches Schweigen trat ein. »Na gut«, brummte McIndoe schließlich. »Jetzt müssen Sie mich aber entschuldigen. Ich muß zurück nach Neapel. Dort gibt es offenbar eine ganze Menge Fragen, die eine Antwort erwarten.«

»Geht nicht, mein Bester«, erklärte Stockton-Jones. »Sie sollen mit uns nach Malta fahren. Befehl von Vice-Admiral

Starr. Er erwartet Sie morgen um Punkt neun Uhr in der Früh zum Rapport.«

»Unmöglich!« rief McIndoe frustriert. »Ich muß hier noch so viel erledigen! Die Partisanen brauchen meine Hilfe!«

Stockton-Jones zuckte hilflos die Schultern. »Tut mir leid, aber diese Anweisung kam von Vice-Admiral Starr persönlich. Und er betonte mit Nachdruck, daß wir sie an Sie weitergeben sollen. Ich kenne ihn ja nicht persönlich, aber so wie er klingt, gehört er zu den Männern, denen man sich nicht ungestraft widersetzt.«

»Sie haben den Nagel auf den Kopf getroffen«, gab McIndoe mit einem resignierten Seufzer zu. »Na gut, Sie wissen, wo das Schlauchboot liegt. Dann gehen Sie mal voran, *mein Bester.*«

Die *Unbeaten* erreichte den U-Boot-Stützpunkt der Alliierten bei Manoel Island in den frühen Morgenstunden. Wie die anderen U-Boote blieb sie unter Wasser, um nicht Gefahr zu laufen, bei einem der Luftangriffe der Achsenmächte, die Tag für Tag die von Bomben längst verheerte Insel Malta heimsuchten, versenkt zu werden.

Bald nach der Aufnahme an Bord der *Unbeaten* hatte man McIndoe in sein Quartier gebracht, wo er sich stundenlang auf seiner Koje hin und her wälzte, ohne Schlaf zu finden. Gegen sechs Uhr siegten schließlich Erschöpfung und Müdigkeit, doch nur eine Stunde später wurde er schon wieder auf Geheiß von Stockton-Jones geweckt. Noch schlaftrunken nahm er von einem Besatzungsmitglied dankbar eine Tasse ungesüßten Tee entgegen, setzte sich auf die Kante seiner Koje und trank in langsamen Zügen. Nachdem er sich rasiert und kurz gewaschen hatte, zog er den Rollkragenpullover und die Flanellhose an, die man ihm mittlerweile gebracht hatte. Stockton-Jones funkte unterdessen den diensthabenden Offizier des Stützpunktes an und vergewisserte sich, daß sie ungefährdet neben einem Außenborder auftauchen konnten, der bereits auf sie wartete und McIndoe aufnehmen und an die nahe gelegene Küste bringen sollte. Kaum war der Schotte von Bord gegangen, tauchte die *Unbeaten* schon wieder unter.

»Sie brauchen sich wegen der Jerrys keine Sorgen zu machen«, beruhigte ihn der junge Kadett, dem McIndoes nervöser Blick zum dämmerigen Himmel nicht entging. »Sie waren heute morgen schon da und sind wieder abgezogen. Soweit ich das mitkriegen konnte, haben ihre Kisten heute nicht viel Schaden im Hafen angerichtet. Aber sobald sie aufgetankt und neue Bomben an Bord haben, kommen sie in ein paar Stunden garantiert zurück.«

»Davon gehe ich auch aus«, stieß McIndoe hervor.

»Ist das Ihr erster Besuch auf Malta, Sir?«

»Ja«, antwortete McIndoe schroff.

Da der Mann spürte, daß sein Passagier nicht zum Sprechen aufgelegt war, ließ er ihn in Ruhe weiter seinen Gedanken nachhängen.

Während der kleine Außenborder sich auf Grand Harbour zubewegte, betrachtete McIndoe die Küste. Zwar hatte er daheim in der *Times* über die permanenten Luftangriffe der Deutschen gelesen und im Kino in einer Wochenschau einen kurzen Film über eine Bombardierung gesehen, aber das Ausmaß der Zerstörung konnte er erst jetzt ermessen, da er es mit eigenen Augen sah. Zwischen Grand Harbour und Marsamxett Harbour gab es so gut wie kein Gebäude, das bei den Bombenangriffen der letzten zwei Jahre keinen Schaden genommen hatte. Oft waren ganze Häuserblocks in Schutt und Asche gelegt worden. Manchmal hatte wohl eine einzige Fünfhundertkilobombe genügt, mit unfehlbarer Präzision abgeworfen von den berüchtigten Piloten der Stuka- und Heinkelbomber der Eliteeinheit *Fliegerkorps X*.

Das Boot erreichte Grand Harbour. Vor ihnen standen die traurigen Überreste der Brücke, die die italienische Marine letztes Jahr bei einem halsbrecherischen Überfall zum großen Teil zerstört hatte. McIndoe erinnerte sich noch gut an die Berichterstattung in der Presse. Ziel der Italiener war es gewesen, in den Hafen einzudringen und einen dort vor Anker liegenden Konvoi der Alliierten zu vernichten, doch deren Peilfunk hatte sie geortet. Einem der zwei Torpedoboote gelang es noch, die Brücke und einen der zwei Viadukte zu treffen, dann eröffneten die Kanonen der Alliierten das Feuer. Binnen sechs Minuten konnte das zweite Boot, das mit Höchstgeschwindigkeit auf den anderen Viadukt zuraste, versenkt und das erste außer Gefecht gesetzt werden. Danach wurden fünfzehn Leichen aus dem Wasser gefischt und sechzehn Italiener gefangengenommen.

In den zahlreichen Befestigungsanlagen, die seit dem Ende des Ersten Weltkriegs nicht mehr genutzt worden waren, hatte man inzwischen schwere Waffen aufgestellt: Bofors-Geschütze, aber auch Kanonen größeren Kalibers, die alle bedrohlich hinter den Schießscharten hervorschauten. Westlich von Grand Harbour lagen die Forts Tigne und Campbell, östlich St. Rocco und Delimara, und die beiden Seiten der Hafeneinfahrt bedachten St. Elmo und Ricasoli.

McIndoe sah ehrfürchtig zu der gewaltigen Sandsteinfassade der Festung St. Elmo auf. Die 1488 erbaute Burg war ursprünglich eine verhältnismäßig kleine Garnison gewesen; so hatten marodierende Türken sie bei der großen Belagerung von 1565 mühelos stürmen können und unter den dort lagernden Rittern des Johanniterordens ein Blutbad angerichtet. Später war sie zur Festung ausgebaut worden, und jetzt gehörte sie zu den vordersten Verteidigungsanlagen gegen die deutschen Geschwader, die regelmäßig über die Insel hinwegfegten. Von hier unten erkannte McIndoe die mächtigen Bofors und zwei Sechspfünderkanonen, deren Rohre auf das weite Meer gerichtet waren.

Als das Schlauchboot unter dem intakt gebliebenen Viadukt hindurchschoß, drosselte der Kadett den Motor. Sie näherten sich dem ersten der vielen über den Hafen verstreuten Wracks, dem britischen Zerstörer *Jersey*, der letztes Jahr auf eine Mine gelaufen und in der Hafeneinfahrt gesunken war. Nicht weit dahinter befand sich ein Frachter, von dem nur noch der Bug aus der ölverschmutzten Oberfläche ragte, als unternehme er einen letzten verzweifelten Versuch, sich von dem dicken Schlick zu befreien, der das Wasser im und vor dem Hafen bedeckte. Rechts sah McIndoe die Überreste des britischen Minenräumboots *Fermoy*, das während Reparaturarbeiten von den deutschen Bombern versenkt worden war, nachdem es einen Konvoi mit dringend benötigten Gütern in den Hafen gelotst hatte. Hundert Meter dahinter lag ein Kreuzer auf der Seite. Als sie daran vorbeifuhren, schwappten die Bugwellen des Boots sanft über seinen von Geschossen zernarbten Rumpf. Trümmer beschädigter oder zerstörter Anlagen hatte man an beiden Seiten des Hafens aufeinander gestapelt, aber das schien die britischen Soldaten und einheimischen Freiwilligen, die zu Hunderten auf den Docks herumschwärmten, nicht abzuschrecken. Mitten in diesem Durcheinander hörte McIndoe auf einmal einen wunderbar harmonischen Chorgesang. Neugierig suchte er die Szenerie ab, bis er die Quelle des Gesangs auf einem der Trockendocks entdeckte. Unwillkürlich mußte er grinsen, als er sah, wie ein bis zu den Hüften entblößter britischer Ingenieur das unorthodoxe Ensemble vom Bug eines beschädigten Kreuzers aus mit einem Schraubenschlüssel dirigierte. Kaum waren sie vorbeigefahren, hörte McIndoe erneut Gesang. Diesmal kam er von einer Gruppe Einheimischer, die aus einem der Frachtschiffe, die es trotz der in den Tiefen des Mittelmeers lauernden deutschen U-Boot-Rudeln bis hierher geschafft hatten, dringend benötigte Güter luden. Fast kam es dem Schotten so vor, als lieferten sich die zwei Gruppen einen freundschaftlichen Gesangswettstreit. Ein solch unverwüstlicher Durchhaltewille angesichts derart widriger Umstände nötigte McIndoe größte Hochachtung vor dieser winzigen Insel und ihren Bewohnern ab. Kein Wunder, daß es der deutschen Luftwaffe trotz ihrer Überlegenheit nie gelungen war, Malta in die Knie zu zwingen.

Schließlich steuerte das Schlauchboot einen von Bomben beschädigten Kai an und wurde an einer rostigen Metallleiter vertäut. McIndoe kletterte als erster auf den Pier, wo ihn ein Soldat in Khakiuniform steif salutierend begrüßte. »Sergeant Pearson, Sir. Vice-Admiral Starr hat mich beauftragt, Sie abzuholen.«

»Welchem Regiment gehören Sie an, Pearson?« erkundigte sich McIndoe, als sie auf einen Bedford-Jeep zugingen, der im Heck mit einem 20-Millimeter-Polstenmaschinengewehr bestückt war.

»Dem Aufklärungskorps, Sir. 69. Sektion.«

McIndoe kletterte auf den Beifahrersitz. »Schon lange auf Malta stationiert?«

»Vier Monate, Sir«, antwortete Pearson und ließ den Motor an. »Jeder Tag war die reinste Hölle.« Er warf einen Seitenblick auf den Schotten. »Bitte verstehen Sie mich nicht falsch, Sir. Ich würde für nichts auf der Welt mit einem anderen tauschen wollen. Früher oder später gewinnen wir die Schlacht um das Mittelmeer, und wenn es soweit ist, möchte ich dabeisein. Es wird der Wendepunkt in diesem Krieg, glauben Sie mir.«

»Da könnten Sie recht haben, Pearson«, stimmte McIndoe nachdenklich zu. »Wie sind denn die Bedingungen hier draußen? Ist es wirklich so schlimm wie es aussieht?«

»Zur Zeit leben wir buchstäblich von einem Tag zum nächsten, Sir«, erwiderte Pearson und bog in eine der vielen engen Straßen ab, die die von Bomben verwüstete Hauptstadt durchquerten. »Seit nun schon vier Monaten werden die Lebensmittel rationiert. Es kommen viel zu wenige Konvois durch, dabei sind wir doch dringend auf die Lieferungen angewiesen. Nicht nur wegen der Lebensmittel; inzwischen haben wir so wenig Munition, daß wir nur noch die Kanonen im Hafen, mit denen wir die Schiffe schützen sollen, und die auf den drei RAF-Stützpunkten bedienen können. Von den Bofors-Geschützen dürfen wir nur immer die Hälfte gleichzeitig benutzen, und die anderen automatischen Waffen wurden auf drei Magazine pro Angriff rationiert. Wenn die Jerrys uns weiter so zusetzen, dauert es nicht lange, bis für die großen Kanonen im Hafen und auf den Rollfeldern ebenfalls keine Munition mehr da ist. Die Lage ist wirklich kritisch, Sir. Ich weiß, daß viele Männer wegen der Einschränkungen immer unzufriedener werden. Dabei tut es mir nicht so sehr um unsere Leute leid ... Wir führen nun mal einen Krieg gegen die Jerrys, und unsere Truppen müssen lernen, daß da, wo gehobelt wird, auch Späne fallen. Nein, wenn ich für jemand Mitgefühl habe, dann sind es die Einheimischen. Das hier ist schließlich nicht ihr Krieg. Aber sie sind diejenigen, die die Bomben abbekommen. Tagein, tagaus. Es hört nie auf. Trotzdem hört man sie nicht klagen. Sie leben einfach weiter, so gut es geht. Für sie habe ich die allergrößte Bewunderung, Sir. Sie sollten alle einen Orden bekommen. Jeder einzelne von ihnen.«

McIndoe zog eine Zigarettenschachtel aus der Tasche. »Rauchen Sie, Pearson?«

Der andere nahm das Angebot dankbar an. »Sie sind ein Gentleman, Sir. Die Glimmstengel sind bei uns jetzt auf vierzig Stück pro Woche rationiert. Und bei den ständigen Bombenangriffen rauchen die meisten von uns ihre Quote schon in den ersten zwei Tagen weg. Anders kann man seine Nerven einfach nicht beruhigen. Das heißt natürlich, daß wir am Ende der Woche fix und fertig sind.« Er hielt die Zigarette hoch. »Es stört Sie doch nicht, wenn ich sie für später aufhebe?«

»Keineswegs.«

Pearson schob die Zigarette in seine Uniformtasche. »Sind Sie eigentlich verheiratet, Sir? Es macht Ihnen doch hoffentlich nichts aus, daß ich Sie das frage ...«

»Nein, ich bin nicht verheiratet.«

»Ist wahrscheinlich auch besser so in Zeiten wie diesen«, meinte der Sergeant diplomatisch.

Hinter der nächsten Kurve türmte sich vor ihnen Fort St. Elmo auf. Pearson mußte herumliegenden Ziegeln ausweichen, die ursprünglich auf einem Schutthaufen am Straßenrand gelegen hatten, dann bog er in die Einfahrt zum Fort, um gleich wieder vor einer Schranke anzuhalten. Ein Soldat trat vor das Häuschen neben der Sperre. Nachdem er Pearsons Ermächtigungsschreiben geprüft hatte, öffnete er die Schranke, und Pearson fuhr in einen gepflasterten Hof. Im Schrittempo beschrieb er einen Bogen um einen Bombenkrater und hielt vor einer Holztür an. Kaum hatte er den Motor abgestellt und war mit elegantem Schwung aus dem Wagen gesprungen, stand schon wieder ein bewaffneter Soldat vor ihm. Erneut wurden Pearsons Papiere kontrolliert, dann durften die zwei Männer eintreten. Über eine Treppenflucht gelangten sie in ein unterirdisches Labyrinth von Korridoren. Sie befanden sich im Zentrum des Geheimdienstes, der die Funk- und Radiobotschaften zwischen den verschiedenen Luftwaffe- und Marineeinheiten und deren über ganz Europa verteilten Stützpunkten abhörte. Daraus gewannen die Spezialisten unschätzbar wertvolle Informationen, die an das Kriegsministerium in London weitergegeben wurden, damit es die daraus gewonnenen Erkenntnisse in die Planung seiner zukünftigen Strategien miteinbeziehen konnte.

Vor einer Tür blieben sie stehen. Pearson klopfte scharf an, öffnete selbst und trat gefolgt von McIndoe ein. Eine uniformierte Wren sah lächelnd zu dem Schotten auf. *[Anm: Angehörige des* Women's Royal Naval Service – *weibliches Mitglied der Marine]* Immer noch über das ganze Gesicht strahlend, erhob sie sich und salutierte. »Schön, Sie wiederzusehen, Lieutenant McIndoe.«

»Die Freude ist ganz meinerseits, Janet«, antwortete McIndoe. Er kannte Sergeant Janet Cross genauso lange wie Starr. Sie war Starrs persönliche Sekretärin und begleitete ihn überallhin. Böse Zungen hatten behauptet, die Beziehung zwischen den beiden sei nicht nur dienstlicher Natur, doch McIndoe hatte diesen Gerüchten zu keinem Zeitpunkt Glauben geschenkt. Sie waren auch schlagartig verstummt, als Janet Ende 1941 einen kanadischen Piloten geheiratet hatte. Ein Jahr zuvor hatte sie ihre Eltern bei einem deutschen Bombenangriff auf Coventry verloren. Insofern wäre es nur angemessen gewesen, hätte Starr sie nach der Hochzeit ziehen lassen, doch Janet war weiter in seinen Diensten geblieben.

»Da wären wir, Sir!« meldete Pearson und salutierte McIndoe. »Sollten Sie noch irgendwas brauchen, solange Sie hier auf der Insel sind, dann wissen Sie ja, wo Sie mich finden.«

»Danke, Pearson, ich werde vielleicht noch darauf zurückkommen.« McIndoe wartete, bis der Sergeant gegangen war, ehe er sich wieder an Janet wandte. »Sie sehen gut aus. Wie geht's Richard?«

»Immer noch in Surrey stationiert. Er hat mich gestern abend angerufen und mir gesagt, daß er über dem Ärmelkanal eine ME 109 abgeschossen hat. Jetzt hat er schon sieben auf der Liste. Wenn er so weitermacht, bekommt er bald einen Orden.«

»Schön für ihn«, lächelte McIndoe. Er hatte Lieutenant Richard Cross bei der Hochzeit kennengelernt und sich auf Anhieb gut mit ihm verstanden.

Janet ging zur Doppeltür hinter ihrem Schreibtisch. »Ich sage Seiner Lordschaft, daß Sie da sind.«

McIndoe schmunzelte. Janet bezeichnete Starr immer als ›Seine Lordschaft‹, meinte das aber liebevoll. Wenn Starr von diesem Spitznamen wußte – wovon der Schotte fast ausging –, so hatte er das seinen Untergebenen gegenüber nie erwähnt. Und die würden es ihm nie ins Gesicht sagen. Die meisten hatten Respekt, einige sogar Angst vor seinem Jähzorn. McIndoe dagegen war stets einigermaßen gut mit Starr ausgekommen. Sein Geheimnis bestand darin, ihm geradeheraus die Meinung zu sagen. Er stimmte einem nicht notwendigerweise zu, ja, man mußte stets mit einem Wutausbruch rechnen, aber dennoch imponierte es ihm, wenn Leute offen zu ihm waren. McIndoe hatte freilich noch die Worte eines weniger glücklichen Kollegen im Kopf, der die volle Wucht von Starrs Zorn abbekommen hatte: »Er hat ein Gesicht wie ein Ziegenhirte, einen messerscharfen Verstand und kann all diejenigen, die Worte oder Zeit verlieren, auf den Tod nicht ausstehen.« Damit hatte er den Nagel auf den Kopf getroffen; besser hätte es auch McIndoe nicht ausdrücken können.

Janet erschien wieder in der Tür. »Sie können jetzt rein.«

»Ah, McIndoe, treten Sie ein«, brummte Starr und winkte den Schotten zu sich. »Tee?«

»Gerne, Sir, danke.«

»Zweimal Tee, Janet.« Starr wartete, bis sie gegangen

war, dann deutete er auf den Stuhl vor seinem Schreibtisch. »Setzen Sie sich, Mann, setzen Sie sich.«

McIndoe nahm Platz und sah sich neugierig die überall an die Sandsteinwände gepflasterten Mittelmeerkarten an, während Starr die Unterlagen auf seinem Tisch ordnete und in eine Mappe schob. Vice-Admiral Starr war ein großer, korpulenter Mittsechziger mit von Natur aus roter Gesichtsfarbe und dichtem weißem Haar. Nur selten sah man ihn ohne Pfeife in seiner Reichweite.

»Ging ja knapp aus in Italien, McIndoe.« Starr nahm aus einem Lederbeutel ein Knäuel Tabak und stopfte es energisch in den Kopf seiner Lieblingspfeife aus Bruyèreholz. »Ihr Glück, daß die Royal Navy in der Gegend war.«

McIndoe nickte. »Das stimmt, Sir. Aber ich verstehe immer noch nicht, wie die Gestapo mir so schnell auf die Spur kommen konnte. Ich kann mir höchstens vorstellen, daß einer von den Partisanen ihnen einen Tip gegeben hat.«

»Wahrscheinlich«, brummte Starr. »Sieht wohl so aus, als wäre das Kopfgeld, das derzeit für die Ergreifung eines SOE-Agenten geboten wird, zu verlockend für einen der Anführer der Partisanen in Neapel gewesen. Zum Glück kam der Verrat rechtzeitig ans Licht, so daß wir das Schlimmste gerade noch verhindern konnten.«

»Dafür bin ich Ihnen wirklich dankbar, Sir. Aber warum bin ich abgezogen worden? Ich hatte noch ...« McIndoe verstummte, als Starr drohend die Pfeife schwenkte.

»Sie sollten es besser wissen und meine Befehle nicht in Frage stellen. Abgesehen davon hatten Sie sich in Neapel mehr als unbeliebt gemacht. Ich schicke einen anderen Agenten rüber. Der wird Ihre wirklich gute Arbeit fortsetzen.«

»Und die Bombe, die ich an der Eisenbahnstrecke gelegt habe? Ist die noch hochgegangen?«

»Leider wußten die Deutschen von Anfang an Bescheid. Sie konnten sie nicht nur entschärfen, sondern haben jetzt auch noch ein intaktes ›Fog signal‹ in Händen, das sie in Berlin analysieren können. Starr lehnte sich zurück. Über sein aufgedunsenes Gesicht huschte ein bei ihm seltenes Lächeln. »Eins wußten sie allerdings nicht: Die Partisanen hatten weiter vorne eine Mine gelegt. Die ging hoch, der Zug entgleiste, und ein Großteil der geladenen Munition explodierte.«

»Dann hatte die Sache wenigstens etwas Gutes«, murmelte McIndoe zufrieden.

Ein Klopfen unterbrach sie. Janet Cross kam mit dem Tee herein. Nachdem sie das Tablett auf den Tisch gestellt hatte, ging sie wieder hinaus und schloß die Tür hinter sich.

»Wann sind Sie nach Malta gekommen, Sir?« erkundigte sich McIndoe und gab etwas Milch in seinen Tee.

»Gestern. Sie haben mir dieses Büro hier zur Verfügung gestellt. Es ist wohl ausreichend.«

McIndoe sah sich noch einmal in dem geräumigen Zimmer um. Es kam ihm mehr als ausreichend vor, doch er behielt seine Meinung wohlweislich für sich. Sogar einen Scherz verkniff er sich; Vice-Admiral Starr war nicht gerade für seinen Humor bekannt. »Was hat Sie so kurzfristig hierher geführt?« fragte er statt dessen.

»Sie«, erwiderte Starr knapp.

McIndoe, der schon einen Schluck hatte trinken wollen, setzte seine Tasse wieder ab. »Ich, Sir?«

»Ich wollte Sie ohnehin innerhalb der nächsten vierundzwanzig Stunden zurückholen. Das, was gestern passiert ist, hat das Ganze nur beschleunigt. Ich brauche Sie für eine andere Mission. In Sizilien.«

»Aber Sizilien ist nicht mein Territorium, Sir«, protestierte McIndoe.

»Glauben Sie wirklich, ich hätte das nicht gewußt?« entgegnete Starr unwirsch. »Ich habe Sie holen lassen, weil ich im Moment keinen anderen habe.«

»Was ist mit Percy Dankworth? Er ist unser wichtigster Mann in Sizilien.«

»Dankworth wurde letzte Woche bei einem Einsatz verwundet. Er wird in den nächsten Monaten außer Gefecht sein.« Starr hielt inne, um ausgiebig an seiner Pfeife zu ziehen. »Sie sind unser erfahrenster Agent in Italien. Und für diesen Auftrag brauchen wir eine erfahrene Kraft. Darum habe ich Sie geholt.«

»Was im einzelnen muß ich tun, Sir?«

»Über die Natur ihres Einsatzes kann ich mich im Augenblick nicht näher auslassen. Vorläufig brauchen Sie nur zu wissen, daß das Kriegministerium in den letzten Tagen äußerst beunruhigende Informationen erhalten hat, die den Ausgang des Krieges hier im Mittelmeer entscheiden könnten.« Starr sog nachdenklich an seiner Pfeife und wählte die folgenden Worte mit äußerstem Bedacht. »Der militärische Geheimdienst der Vereinigten Staaten spielt ebenfalls mit; es wurde beschlossen, daß wir bei diesem Auftrag zusammenarbeiten sollen. Ihr Kontakt hier auf Malta wird Major Nick Ravallo sein. Unsere amerikanischen Freunde scheinen große Stücke auf ihn zu halten. Außerdem wurde Ihnen ein SOE-Team zugewiesen. Weil Sie mit jedem seiner Mitglieder schon mal zusammengearbeitet haben, ist auf unserer Seite nicht mit Problemen zu rechnen. Sie sind bereits auf dem Weg hierher. Sobald Sie mit Major Ravallo und den Mitgliedern Ihres Teams Kontakt aufgenommen haben, erfahren Sie mehr. Pearson wartet draußen auf Sie. Er wird Sie zu unserem Flugplatz bei Luqa bringen, das ist etwa sechs Meilen von hier. Dort werden Sie auch Major Ravallo kennenlernen. Er ist heute am frühen Morgen eingetroffen. So, das wäre alles für den Moment, McIndoe.«

Der Lieutenant erhob sich. »Das muß ja ein ziemlich wichtiger Auftrag sein, wenn Sie persönlich gekommen sind, um mich einzuweisen, Sir.«

»Allerdings«, bestätigte Starr, ohne die Pfeife aus dem Mund zu nehmen. »Glauben Sie mir, so ist es in der Tat.«

2

Die drei Hauptflugplätze der RAF auf Malta waren Ta'Qali in der Mitte der Insel und Hal Far und Luqa im Süden. Die Start- und Landebahnen von Ta'Qali und Hal Far waren grasbewachsen, was den schnellen Jägern in der Regenzeit oft genug enorme Probleme bescherte. Luqa, der am nächsten bei der Hauptstadt Valletta gelegene Flugplatz, wies als einziger einen Asphaltbelag auf. Er war im April 1940 fertiggestellt und einen Monat später in Betrieb genommen worden.

Als Pearson den Jeep in den Militärkomplex von Luqa lenkte, waren die Folgen der Bombardierung durch die Deutschen noch immer unübersehbar. Fieberhaft füllte das Bodenpersonal die Bombenkrater in der Startbahn mit Steinen und Schutt auf, während eine alte, zerbeulte Dampfwalze hinter ihnen herrollte und die Unebenheiten beseitigte, damit die zurückkehrenden Bomber landen und für den nächsten Einsatz gegen den Feind auftanken konnten. Es war ein endloser Kreislauf, der sich nach jedem Angriff wiederholte und der das Leben der hier stationierten Soldaten prägte.

Neben den strategisch um die Startbahnen aufgestellten Bofors-Geschützen stachen McIndoe die Schutzbunker für die wertvollen Hurricanes und Gloucester Gladiators ins Auge. Einen Teil dieser Bauten hatte man aus Steinquadern errichtet, die von Gebäuden stammten, die bei vorangegangenen Luftangriffen zerstört worden waren; für die übrigen dienten mit Sand und Erde aufgefüllte Benzinkanister als Baumaterial. Im Moment standen einige Bunker leer; ihre todesmutigen Nutzer flogen am Himmel über Malta Patrouille. Unabhängig davon, ob ein Kampfflugzeug darin untergebracht war oder nicht, hatte man sämtliche Bunker mit einem Tarnnetz bedeckt. Damit sollte den deutschen Tieffliegern vorgegaukelt werden, hier seien mehr

Bomber stationiert, als es tatsächlich der Fall war. Die ewige Kunst der Täuschung ...

Pearson hielt vor der Baracke des befehlshabenden Offiziers an. McIndoe stieg aus und wartete, bis der Sergeant weggefahren war, dann klopfte er an.

»Herein!« donnerte eine Stimme.

McIndoe stieß die Tür auf und trat in einen spartanisch mit einem Schreibtisch und einem Besucherstuhl möblierten kleinen Raum. Vor der Wand gegenüber der Tür stand eine Tafel, auf der sämtliche zur Zeit auf dem Stützpunkt stationierten Soldaten dem Rang nach aufgelistet waren. Der Mann hinter dem Schreibtisch sah stirnrunzelnd zu McIndoe auf. »Ja? Was kann ich für Sie tun?«

»Lieutenant McIndoe, Sir. Soviel ich weiß, hat Vice-Admiral Starr Sie telefonisch von meiner Ankunft unterrichtet.«

»Stately 'Omes of England, richtig?« sagte der Mann grinsend. *[Anm.: Londoner Dialekt für ›Stately Homes‹ – herrschaftliche Anwesen]* Das war ein Spitzname für die SOE, mit dem in Armeekreisen gern auf die Vorliebe der Einheit für großzügig ausgestattete Schlösser als Ausbildungszentren für ihre Agenten angespielt wurde. Der Mann erhob sich und reichte McIndoe die Hand. »Wing Commander Winstanley. Willkommen in Luqa.« Er deutete auf den vor der Wand stehenden Holzstuhl.

»Danke, Sir.« McIndoe zog den Stuhl heran und setzte sich.

Winstanley nahm wieder Platz, lehnte sich zurück und legte die Füße auf den Schreibtisch. Schweigend musterte er McIndoe, um unvermittelt mit den Fingern zu schnippen. »Aber natürlich! Sam McIndoe! Ihr Gesicht kam mir doch gleich bekannt vor. Sie sind der Rugbyspieler, nicht wahr? Der schottische Nationalspieler?«

»Richtig, Sir. Ich hatte das Glück, für mein Land spielen zu dürfen«, erwiderte McIndoe nicht ohne Stolz.

»Ich habe Sie '38 in Twickenham spielen sehen. Haben Sie nicht in letzter Minute die entscheidenden Punkte gemacht und Schottland die britische Meisterschaft gesichert?«

McIndoe lächelte. Dieser Moment war die Krönung seiner Karriere gewesen; er würde ihn zeit seines Lebens nicht vergessen.

»Ich hätte Sie am liebsten auf der Stelle standrechtlich erschießen lassen! Menschenskind, Sie haben damals jedem Engländer im Stadion das Herz gebrochen. Aber eins muß ich zugeben: Es war eine tolle Leistung. Absolut atemberaubend, wie Sie unseren Dreiviertelspieler überlaufen und das Ei hinter der Linie abgelegt haben. Niemand hätte für möglich gehalten, daß Sie so schnell rennen können.«

»Na ja, schnell war ich schon immer. Ursprünglich spielte ich an der Seite, aber als ich mit fünfzehn zu einem Lehrgang kam, meinte ein Profitrainer, daß ich als Angreifer in der Mitte effektiver wäre. Heute frage ich mich oft, ob ich den gleichen Erfolg gehabt hätte, wenn ich am Flügel geblieben wäre. Nun, ich werde es wohl nie erfahren.«

»Wie schade, daß Sie von der falschen Seite der Grenze stammen«, sinnierte Winstanley.

»Das kommt darauf an, auf welcher Seite man steht«, entgegnete McIndoe grinsend.

Darüber dachte Winstanley einen Moment nach, dann zog er eine Zigarettenpackung aus der Tasche und hielt sie McIndoe entgegen. »Möchten Sie rauchen?«

»Sehr gern, danke, Sir.«

Winstanley gab ihm Feuer und zündete sich ebenfalls eine Zigarette an. »Ich nehme an, Sie wollen Major Ravallo kennenlernen«, brummte er.

»Das ist richtig, Sir. Wissen Sie, wo ich ihn finde?«

»Im Kasino. Er sitzt dort seit seiner Ankunft und unterhält die Männer mit aufregenden Geschichten aus seiner Kindheit in Brooklyn. Dieser Major Ravallo ist ein Original, sage ich Ihnen. Einigen von uns hat er bereits das Leben gerettet, hat er doch drei Flaschen Jack Daniels aus Amerika mitgebracht. Bei der momentanen strengen Rationierung ist das Zeug flüssiges Gold! Eine Flasche hat er mir geschenkt und die anderen zwei der Bar vermacht. Eine todsichere Methode, die Männer hier für sich zu gewinnen.« Das Schrillen des Telefons unterbrach ihn. Winstanley nahm ab und legte die Hand auf die Sprechmuschel. »Sie müssen mich entschuldigen. Das Kasino liegt gleich hinter den Baracken für die Bereitschaft. Sie können es nicht verfehlen. Ein Teil des Dachs fehlt; wurde vor ein paar Tagen von einer deutschen Bombe weggerissen.«

Also ließ McIndoe den Offizier ungestört telefonieren und ging in Richtung der Bunker des Bereitschaftsdienstes, die Tag und Nacht mit Piloten besetzt waren. Beim ersten Anzeichen eines Luftangriffs würden sie zu ihren Maschinen rennen und abheben. Das etwas weiter dahinter gelegene Kasino erkannte McIndoe tatsächlich auf Anhieb. Damit es in den beschädigten Bau nicht hineinregnen konnte, hatte man das Loch im Dach provisorisch mit einer Plane geflickt. Das Gras davor war immer noch mit zerbrochenen Dachschindeln bedeckt.

McIndoe trat seine Zigarette aus und ging hinein. Hinter einer Tür am Ende eines langen Korridors war Lachen zu hören. Er stieß sie auf. Am anderen Ende des Raums standen mehrere Männer im Halbkreis, bei denen jemand mit amerikanischem Akzent das Wort führte. McIndoe trat auf die Gruppe zu und bekam zum erstenmal Major Nick Ravallo zu Gesicht. Er wußte bereits, daß Ravallo siebenundzwanzig war – ein Jahr jünger als er. Mit seinem dunklen Teint, dem lockigen schwarzen Haar und seinem blendenden Aussehen konnte man ihn leicht für einen der verwegenen Helden aus diesen kurzlebigen Propagandafilmen halten, die Hollywood pflichtschuldigst am laufenden Band produzierte. Selbst seine Kleidung wirkte theatralisch: abgewetzte Lederjacke mit hochgestelltem Kragen, locker um den Hals geworfener beiger Schal mit Monogramm und eine ausgebeulte beige Flanellhose, die in polierten braunen Lederstiefeln steckte.

»Sind Sie verheiratet, Major Ravallo?« rief eine Stimme mit Yorkshire-Akzent.

»Sehe ich so aus?« fragte der Amerikaner mit einem amüsierten Lächeln zurück.

»Wie soll man denn erkennen, ob jemand verheiratet aussieht oder nicht?«

»Nur ein verheirateter Mann hat es nötig, eine solche Frage zu stellen«, erwiderte Ravallo, woraufhin sich der Soldat aus Yorkshire freundschaftliche Rippenstöße seiner Kollegen gefallen lassen mußte.

Erst jetzt bemerkte Ravallo den Schotten. Dank eines Fotos, das ihm seine Vorgesetzten ins Dossier über seinen Einsatz gelegt hatten, erkannte er ihn auf Anhieb. Er begrüßte ihn mit einem Nicken, dann klatschte er energisch in die Hände. »Gentlemen, leider muß ich jetzt aufhören. Es war toll, mit Ihnen zu plaudern. Hoffentlich können wir das bei Gelegenheit wiederholen, am liebsten in Berlin, wenn die Flagge der Alliierten über dem Reichstag weht.« Die Männer dankten es ihm mit Jubel, dann traten sie zurück, um ihn zu McIndoe durchzulassen. Er schüttelte ihm die Hand.

»Endlich lerne ich Sie persönlich kennen. Meine Vorgesetzten loben Sie in den höchsten Tönen.«

»Hoffentlich enttäusche ich sie nicht, Sir.«

Ravallo nahm ihn beim Arm und führte ihn außer Hörweite von den anderen. »Das ›Sir‹ können Sie sich sparen, okay? Nennen Sie mich einfach Nicky.« Er stieß einen tiefen Seufzer aus, als er McIndoes zweifelnde Miene bemerkte. »Ihr Briten seid doch alle gleich. Ihr müßt euch wohl in allem an die Vorschriften halten, was? Warum seid ihr nur so schrecklich förmlich? Mein Gott, werden Sie lockerer. Das ist ein Befehl, Lieutenant.«

Ein ironisches Lächeln huschte über McIndoes Gesicht. »Wenn wir Briten etwas gut können, dann Befehle ausführen.«

Ravallo setzte sich im hintersten Teil des Raums an den Tisch. »Und wie werden Sie genannt? Samuel? Sam? Mac?«

»Sam oder Mac«, antwortete McIndoe und nahm ihm gegenüber auf einer Holzbank Platz. »Aber bitte nicht Sammy. Das klingt so nach einem dämlichen Papagei.«

Ravallo lehnte sich lachend gegen die Wand und stellte einen Fuß auf die Tischkante. »Aha, ein Scotch, richtig?«

»Bei uns heißt das ›Scottish‹«, korrigierte ihn der andere mit fester Stimme. »Scotch ist ein Whisky bei Ihnen in Amerika.«

Ravallo spürte die leichte Anspannung in McIndoes Stimme. »Es tut mir leid, wenn ich Sie verletzt habe. Bitte glauben Sie mir, daß es keine Absicht war.«

»Teilweise haben Sie ja recht mit ›Scotch‹. Bei uns daheim wollen die Leute am liebsten ›Scot‹ oder ›Scottish‹ genannt werden. Aber so genau konnten Sie das ja nicht wissen, nicht wahr?«

»Jetzt weiß ich es. Sagen Sie, wo haben Sie eigentlich italienisch gelernt?«

»An der Universität von Glasgow habe ich mich in klassischer Philologie als erstem und Italienisch als zweitem Fach graduiert.« Er bemerkte Ravallos fragenden Gesichtsausdruck. »An einer amerikanischen Universität würde man wohl Haupt- und Nebenfach sagen.«

Der Amerikaner pfiff anerkennend durch die Zähne. »Sie sind offenbar ein ganz schön gerissener Bursche.«

»Das kann ich nicht beurteilen«, wehrte McIndoe bescheiden ab. »Aber wie war das bei Ihnen? Haben Sie studiert?«

»Ich bin nicht gerade das, was man einen akademischen Typ nennt«, brummte Ravallo. »Als Jugendlicher konnte ich das Ende der Schulzeit kaum erwarten. Der einzige Grund, warum ich durchhielt, war, daß meine Eltern solche Opfer gebracht hatten, um mir eine richtige Ausbildung zu ermöglichen. Wir waren eine typische arme Immigrantenfamilie und lebten in Brooklyn. Meine Eltern kommen beide aus Italien, aber ich bin in New York geboren und aufgewachsen. Mein Vater arbeitet bis heute als Schuhmacher. Und meine Mutter ... Na ja – sie hat sich schier zerrissen, um das fehlende Kleingeld ranzuschaffen. Wenigstens kann sie es sich heute ein wenig gemütlicher machen, weil sie jetzt nur noch zu zweit sind.«

»Es muß hart gewesen sein, in einem Viertel aufzuwachsen, in dem vor allem Iren leben.«

»Allerdings. Ich wurde regelmäßig von den Jungs in unserer Straße verprügelt.« Ravallo faßte sich unwillkürlich an die Nase. »In meiner Verzweiflung trat ich schließlich einem Boxclub drüben in Coney Island bei. Er gehörte einem Ex-Profi, dessen Ruhm sich ausschließlich darauf gründete, daß er von seinen insgesamt fünfzig Kämpfen einen gegen Jack Sharkey bestritt und drei Runden lang stehenblieb. Von ihm lernte ich, mich zu behaupten. Wer weiß, vielleicht wäre aus mir auch noch ein Profi geworden, wenn sie mich nicht eingezogen hätten. So aber hat mir die Army ein ganz neues Leben eröffnet. Und auf diese Weise bin ich beim Militärischen Geheimdienst gelandet.«

Ravallo war McIndoe auf Anhieb sympathisch. Oft konnte er den Charakter eines Menschen allein schon aufgrund seines Händedrucks beurteilen. Der von Ravallo war fest, aber nicht besitzergreifend, und obwohl er aussah wie ein Filmstar, hatte er nichts Gekünsteltes an sich. Er gab sich so wie er war. Für McIndoe stand sehr bald fest, daß Ravallo mit sich selbst im reinen war; er strahlte eine natürliche Freundlichkeit und Gelassenheit aus, die die Leute um ihn herum ansteckte.

Doch bei näherem Hinsehen waren er und der Amerikaner grundverschiedene Charaktere. McIndoe war schon immer der stille und zurückhaltende Typ gewesen, der nicht alles von sich preisgab. Manche hielten ihn sogar für ernster, als für ihn gut war, und in der Sportpresse hatte man sogar spekuliert, ob er sich mit seiner beharrlichen Weigerung, nicht im Vordergrund zu stehen, um alle Chancen brachte, Kapitän der Nationalmannschaft zu werden. Solche Kritiken hatten ihn stets verletzt, zumal er im Grunde seines Herzens wußte, daß sie wahrscheinlich zutrafen. Andererseits gab es auch Leute, die seine besonnene, disziplinierte Art der Menschenführung schätzten; insbesondere waren das seine Vorgesetzten im Hauptquartier der SOE in der Baker Street in London.

Plötzlich heulte die Alarmsirene los. Sofort sprangen die zwei Männer auf und stürzten ins Freie. Dutzende von Soldaten – viele von ihnen in Khakishorts, weil sie gerade dienstfrei hatten – rannten an ihre Posten, während die Bereitschaftspiloten aus den Bunkern hasteten. Einige schnallten sich noch im Laufen die Lederkappen um. Dem ungeschulten Auge mochte sich die Szene als heilloses Chaos darbieten; aber eben nur dem ungeschulten Auge. Sowohl Ravallo als auch McIndoe war klar, daß jeder Mann eine ganz bestimmte Aufgabe während dieser gnadenlosen Bombardierungen hatte und eine genaue Vorstellung davon, was zu tun war. Zwar hätten sie gerne geholfen, doch wußten sie, daß sie die anderen mit ihren gut gemeinten Versuchen nur behindern würden.

»Was, zum Teufel, glaubt ihr denn, was ihr hier macht?« rief eine Stimme hinter ihnen. »Steht ihr etwa für 'ne Eintrittskarte für das Spektakel an? Wenn ihr euren Kopf noch 'ne Weile behalten wollt, dann geht lieber in Deckung, und zwar dalli!«

Sie drehten sich um und sahen sich einem kleinen Mann mit rotem Gesicht gegenüber. Auf der Schulter seiner Khakiuniform trug er das Rangabzeichen eines Korporals. Er drückte ihnen je einen Schutzhelm in die Hand. »Mit besten Grüßen von Wing Commander Winstanley. Er hat mich gebeten, auf Sie zu achten – und meinte, daß Sie wahrscheinlich irgendwo rumhängen würden wie zwei nutzlose Bindfäden. Sieht so aus, als hätte er recht gehabt. Also, *Gentlemen,* wenn Sie mir bitte folgen wollen ... Ich führe Sie zu den besten Sitzen im ganzen Haus und verspreche Ihnen, daß Sie dort nichts verpassen.«

Als McIndoe und Ravallo die Stahlhelme aufgesetzt hatten und dem Mann zu einem Graben in der Nähe der Messe gefolgt waren, durchdrang bereits ein unheilvolles Dröhnen die Luft. Die deutschen Bomber näherten sich der Insel. Immer größer und bedrohlicher zeichneten sich ihre silbrigen Silhouetten vor dem mit Wolken gesprenkelten Horizont ab. Dann war auch schon ein gedämpftes Donnern zu hören. Das erste der an der Küste aufgestellten Bofors-Geschütze hatte das Feuer auf die Angreifer eröffnet. Schwarze Rauchwolken begannen den blauen Himmel zu vernebeln wie Farbe, die ein Maler großzügig auf die Leinwand spritzt. McIndoe sah fasziniert zu, wie der deutsche Verband Grand Harbour in ›Bienenkorbformation‹ erreichte. Der ›Bienenkorb‹ war eine beliebte Taktik bei Luftangriffen: die schnellen, beweglichen Kampfflugzeuge bildeten dabei einen schützenden Ring um die Bomber. Sie konnten sich jederzeit vom Verband lösen und sich Gefechte mit feindlichen Flugzeugen liefern, die die Bomber bedrohten. War das der Fall, stießen aus dem Verband neue Jäger nach vorne, so daß die Formation erhalten blieb. Bei diesem Angriff schützten Messerschmitt-109-Jäger die schwereren Stukas und Heinkels.

»So was wie Angst kennen die Jerrys nich'«, brummte der Korporal, als die ersten Hurricanes der RAF die Startbahn hinunterrasten und abhoben. »Die bleiben stur in ihrer Formation, bis sie über dem Ziel sind. Egal, wie viele von ihnen abgeschossen werden, die lassen sich nicht zerstreuen. Bei den Italienern war das allerdings nich' so. Die ham keinerlei Mumm. Sie brauchten bloß das Tack-tack-tack unserer MG's zu hören, da ham sie schon gekniffen, und die meisten ihrer Eier landeten im Meer. Das ist wohl auch der Grund, warum sie durch die Scheißjerrys ersetzt wurden. Wie gesagt, so was wie Angst kennen die nich'. Andererseits gilt es bei ihnen ja als große Heldentat, wenn man sich für ihr Scheißvaterland opfert, oder?«

»Das klingt ja fast so, als würden Sie sie bewundern«, sagte Ravallo, ohne eine Harrier aus den Augen zu lassen, die vor ihnen abhob.

»Ich bewundere ihren Mut, Sir«, erwiderte der andere in scharfem Ton, »aber sonst nichts.«

Plötzlich kam Leben in die zwei Bofors-Geschütze am Rand des Stützpunktes, als die ersten schnittigen Messerschmittjäger in Schußweite kamen. Unvermittelt setzte ein Stuka aus der Mitte des Verbands zum Sturzflug an und raste auf die Startbahn zu. In einem verzweifelten Versuch, den Bomber abzufangen, bevor er seine tödliche Ladung abwerfen konnte, stürzte sich ihm der zuletzt gestartete Hurricane entgegen. Ein Messerschmittpilot eröffnete mit den an den Tragflächen angebrachten 20-Millimeter-Kanonen das Feuer, doch der Hurricane konnte blitzschnell abtauchen, um hinter der Messerschmitt wieder hochzukommen. Dabei verlor er aber den Stuka aus den Augen. Jetzt prasselten Schüsse aus den 20-Millimeter-Kanonen des Hurricane, aus dem Heck der Messerschmitt stieg Rauch auf, und sie taumelte in Spiralen auf einen Acker zu, wo sie in einem gewaltigen Feuerball explodierte.

Der Stukapilot nahm seine Chance wahr und tauchte auf die Startbahn hinab wie ein rachsüchtiger Raubvogel auf seine hilflose Beute. Das Rohr der Schnellfeuerkanone im Unterstand vor der Startbahn richtete sich auf den Stuka, doch bevor die erste Salve heraus war, raste eine einzelne Messerschmitt im Tiefflug über die Bahn und beharkte die Schützen mit Schnellfeuer. Alle vier Männer im Unterstand wurden getroffen. Der Richtschütze sackte über der Kanone zusammen, als die Messerschmitt schon wieder aufstieg und eine sich nähernde Hurricane angriff. Ungehindert konnte der Stuka seine Bomben ausklinken, die mit unfehlbarer Präzision auf der Startbahn einschlugen. Im nächsten Moment gewann er schon wieder an Höhe, um sich zurück in den Schutz des ›Bienenkorbs‹ zu begeben. Gleichzeitig löste sich ein zweiter Stuka aus dem Verband und jagte im Sturzflug auf die andere Startbahn zu. Da sich sämtliche Harriers und Gloucester Gladiators hoch über der Insel verbissene Gefechte mit den Messerschmitts lieferten und die Bofors-Geschütze unentwegt auf das Herz des ›Bienenkorbs‹ feuerten, konnte er sich ungehindert nähern.

McIndoe sah Ravallo an. Jeder wußte, was der andere dachte, und bevor der Korporal sie zurückhalten konnte, waren sie aus dem Graben gekrochen und sprinteten auf die Schnellfeuerkanone zu. Derselben ME 109, die soeben noch die Kanoniere unter Beschuß genommen hatte, war es im Aufsteigen gelungen, eine Hurricane abzuschießen. Im nächsten Moment tauchte sie schon wieder ab und eröffnete das Feuer auf die zwei Männer. Die Geschosse wühlten den Boden um sie herum auf, verfehlten jedoch ihr Ziel. Als die Messerschmitt vorübergerast war, sah sich Ravallo um. Zu seinem Entsetzen bemerkte er, daß McIndoe gestürzt war.

»Mir ist nichts passiert!« überschrie der Schotte das zu

einem ohrenbetäubenden Prasseln anwachsende MG-Feuer, das sie von allen Seiten einzuschließen schien. »Holen Sie nur diesen verdammten Stuka runter!«

Ravallo jagte auf die Sandsäcke zu, die im Kreis um die Kanone herum aufgeschichtet worden waren, und sprang mit einem Satz in den Unterstand. Er sah auf den ersten Blick, daß der Richtschütze tot war. Hastig schob er den Toten zur Seite, richtete das Rohr auf den Stuka und hielt sich bereit, den Abzug zu betätigen ...

Nun kletterte auch McIndoe in den Unterstand und kauerte sich hinter die Sandsäcke. Er sah den Ausdruck äußerster Konzentration auf Ravallos Gesicht, doch zugleich bemerkte er ein Schimmern in seinen Augen. Sein Gefährte hatte Angst, doch McIndoe hütete sich, etwas zu sagen. Er wischte sich den Schweiß von der Stirn und binzelte wieder zu dem Stuka hinüber, der immer noch in kreischendem Sturzflug auf die Startbahn zuraste. Er war doch jetzt schon in Schußweite! Warum feuerte Ravallo nicht? Nervös schluckend wartete er in atemloser Spannung. Doch Ravallo zögerte ...

McIndoes Augen flackerten von ihm zum Stuka, als könnte er ihm so befehlen, das Feuer zu eröffnen, bevor der Bomber seine tödliche Ladung abwarf.

Plötzlich wich Ravallo mit weit aufgerissenen Augen zurück und schlug sich beide Hände vor den Kopf. McIndoe stieß ihn beiseite, nahm selbst den Stuka ins Visier, sah jedoch zu seinem Entsetzen, daß die Messerschmitt gedreht hatte und erneut auf den Unterstand zuraste. Schweißtropfen brannten in seinen Augen. Mit einem Zwinkern vertrieb er sie, dann gab er mehrere Feuerstöße ab, die harmlos rechts vom häßlichen schwarzen Rumpf des Stuka verpufften. Und der setzte seinen Sturzflug fort, kam näher und näher ...

Der Stuka hatte seinen fast senkrechten Sturzflug beendet und flog knapp über dem Boden weiter; gleich würde er wieder hochziehen. Der Pilot brauchte nur noch die tödliche Fracht auszuklinken, doch er schien zu zögern. McIndoe beobachtete ihn verwirrt, doch mit einem Schlag begriff er: Wenn die Bomben zu früh abgeworfen wurden, zerstörten sie auch die Messerschmitt, die im Tiefflug auf den Unterstand zuraste. Diese kostbaren Sekunden mußte McIndoe ausnutzen. Er wußte, daß er keine zweite Chance bekommen würde. Jäh prasselte Feuer aus den zwei 20-Millimeter-Kanonen der Messerschmitt, und zwei Geschoßgarben pflügten parallele Reihen in den Boden links und rechts von der Startbahn. McIndoe war klar, daß es seine Pflicht war, alle Konzentration auf den Stuka zu richten, obwohl ihn sein Selbsterhaltungstrieb vor der Messerschmitt warnte, die immer näher kam. Wenn er sich jetzt davon ablenken ließ, das wußte er, blieb ihm keine Zeit mehr, den Bomber zu erwischen, bevor er die Startbahn zerstörte. Er feuerte – ohne Erfolg. Und die Garben aus den Kanonen der ME 109 schlugen bereits vor ihm ein...

Unvermittelt ging der Stuka in die Seitenlage, und für den Bruchteil einer Sekunde tauchte sein schwarzer Rumpf und seine dem Flügel einer Möwe ähnelnden Tragflächen im Zielfernrohr auf. McIndoe feuerte in rascher Abfolge mehrmals – und zerfetzte mit seiner Salve die Spitze des linken Flügels, als wäre er aus Papier. Das Flugzeug war verloren. Hilflos trudelte es dem Boden entgegen.

Blitzschnell warf sich McIndoe auf die Erde und verbarg den Kopf unter den Armen, als auch schon ein Kugelhagel aus den Kanonen der Messerschmitt in die Sandsäcke einschlug. Dann stieg die Maschine auf und verschwand. Noch bevor McIndoe sich aufrichten konnte, gab es eine ohrenbetäubende Explosion. Der Stuka war gegen einen der Bunker geprallt und ging sofort in Flammen auf. McIndoe hob vorsichtig den Kopf und sah, wie die Messerschmitt dem Verband hinterherjagte, der sich bereits auf dem Rückflug zum Stützpunkt in Sizilien befand. Der Angriff war vorüber.

Er starrte der abziehenden Formation nach, bis ihn das Schrillen einer Feuerwehrsirene aus seinen Gedanken riß. Der Löschwagen raste auf den lichterloh brennenden Stuka zu.

»Ist Ihnen auch nichts passiert, Sir?«

McIndoe sah auf. Über ihm stand der Korporal auf den Sandsäcken und starrte ihm besorgt ins Gesicht. »Mir nicht«, murmelte er und deutete auf die Umgebung. »Aber holen Sie die Sanitäter. Es hat Verwundete gegeben.«

»Jawohl!« rief der Soldat und eilte davon.

Erst jetzt bemerkte McIndoe, daß Ravallo gegen die provisorische Wand gesackt war und sich die linke Hand gegen den Bauch drückte. Langsam sickerte Blut über sein Hemd. »Nicky?« fragte der Schotte besorgt und kauerte sich vor seinen Kameraden. »Sind Sie getroffen?«

Ravallo sah zu ihm auf. »Nur eine Fleischwunde«, sagte er mit kaum vernehmbarer Stimme. »Nicht so schlimm.«

»Lassen Sie mal sehen ...«

»Vergessen Sie es!« zischte der Amerikaner und deutete auf einen jungen Burschen neben ihm. Er hatte vorher versucht, mit seinem Schal das aus einer klaffenden Wunde in der Brust schießende Blut aufzuhalten. Der Schal war blutgetränkt. »Mac, der Junge braucht Hilfe, und zwar schleunigst!«

»Nicht mehr«, antwortete McIndoe mit leiser Stimme und drückte dem toten Soldaten die Augenlider zu.

»O Gott, nein!« stöhnte Ravallo. »Er war doch noch ein Kind! Ein gottverdammtes Kind!«

Zwei Sanitäter kamen herbeigeeilt und verarzteten die zwei überlebenden Mitglieder des Trupps. McIndoe kletterte aus dem Unterstand und half dann Ravallo über die Sandsäcke. Er sah, daß von dessen Fingerkuppen stetig Blut herabtropfte.

»Sie bluten schlimm, Nicky«, brummte er und deutete auf Ravallos Hand.

Der Amerikaner besah sich seine Handflächen. Beim Anblick der tiefen Wunde an Ravallos Daumenballen zuckte McIndoe zusammen. »Eine Kugel hat mich gekratzt, das ist alles«, winkte Ravallo ab. »Wie gesagt, es ist nicht der Rede wert.«

»Trotzdem müssen Sie verarztet werden – oder wollen Sie etwa, daß sich die Wunde infiziert?«

»Es gibt andere, die ärztliche Hilfe viel dringender brauchen als ich«, knurrte Ravallo und rieb sich die blutverschmierten Finger am Hemd ab. »Wir müssen uns unterhalten, Mac. Über das, was eben passiert ist.«

»Wir werden uns unterhalten, sobald Sie versorgt sind«, erwiderte McIndoe.

Ravallo sah den entschlossenen Ausdruck in den Augen des anderen. Mit einem Schlag wurde ihm klar, daß es keinen Sinn hatte, mit ihm zu streiten. »Okay, okay, wenn ich Sie nur so dazu bringe, sich anzuhören, was ich zu sagen habe, dann lasse ich mich eben verarzten.«

»Allerdings«, brummte McIndoe.

Ravallo hatte schon eine Antwort auf der Zunge, überlegte es sich dann aber anders und ging langsam zum Feldlazarett hinüber.

»Ich habe gehört, daß Sie heute so was wie den Helden gespielt haben.«

McIndoe sprang auf, denn Wing Commander Winstanley war eingetreten. »Auch nicht mehr als die anderen hier im Stützpunkt, Sir.«

»Ich habe es aber anders gehört«, entgegnete der Offizier und setzte sich hinter seinen Schreibtisch. Er bedeutete dem Schotten mit einer Geste, wieder Platz zu nehmen. »Wir sind Ihnen selbstverständlich zu Dank verpflichtet, McIndoe. Wenn dieser Stuka seine Bomben hätte abwerfen können, dann wäre der Flughafen für den Rest des Tages unbrauchbar gewesen. Das mag in Ihren Ohren nicht nach viel klingen, aber die Folge wäre gewesen, daß unsere Piloten auf Ta'Qali oder Hal Far hätten ausweichen müssen. Und dann wären wir dem nächsten Überfall der Jerrys wehrlos ausgeliefert gewesen.«

»Glauben Sie, daß sie heute noch mal kommen, Sir?«

»Darauf können Sie Gift nehmen. Und beim nächstenmal könnten wir ihr Hauptziel sein. Soviel ich mitbekommen habe, hatten sie es vorher vor allem auf Grand Harbour abgesehen, und da insbesondere auf den Marinestützpunkt vor Manoel Island. Wir sind noch halbwegs ungeschoren davongekommen.«

»Haben Sie Neuigkeiten von meinen Leuten gehört, Sir?«

»Ja. Uns wurde bestätigt daß ihr Flugzeug Gibraltar pünktlich verlassen hat.« Winstanley sah auf die Uhr. »Sie sind jetzt etwas über neun Stunden unterwegs. Wenn alles gut geht, müßten sie in den nächsten zwei Stunden eintreffen. Ich habe schon einen Trupp zum Auffüllen des Bombenkraters auf die erste Startbahn geschickt. Machen Sie sich keine Sorgen. Die sind fertig, bevor Ihre Leute landen.«

»Daran habe ich nicht eine Sekunde gezweifelt«, versicherte ihm McIndoe.

Winstanley fischte die Flasche Jack Daniels und zwei Gläser aus der Schreibtischschublade. »Darf ich Sie zu einem Schlückchen verführen?«

»Echter schottischer Whisky wäre mir lieber gewesen, aber angesichts der Umstände wird es die amerikanische Imitation auch tun«, antwortete McIndoe grinsend.

»Großartig«, sagte Winstanley und brach das Siegel auf. Er hatte gerade eingeschenkt, als es klopfte. »Herein!« rief er laut.

Die Tür ging auf, und Ravallos Kopf erschien im Spalt. »Man hat mir gesagt, ich würde Sie zwei hier finden.«

»Rein mit Ihnen, Major«, sagte Winstanley und winkte Ravallo zu. »Wir wollten gerade Ihre Flasche taufen. Möchten Sie sich dazusetzen?«

»Ein Glas lasse ich mir bestimmt aufdrängen – natürlich nur aus medizinischen Gründen«, erwiderte Ravallo und hielt seine bandagierte linke Hand hoch.

Winstanley nahm eine Kaffeetasse aus der Schublade. »Es stört Sie doch hoffentlich nicht, aus so etwas zu trinken?«

»Es wird mir bestimmt genauso schmecken.«

»Dann auf Ihr Wohl, meine Herren«, sagte Winstanley und hielt sein Glas hoch.

McIndoe nippte an seinem Bourbon, dann warf er einen Blick zu dem Amerikaner hinüber, der jetzt vor dem Fenster stand. Es war noch nicht einmal eine halbe Stunde her, daß er einen nervösen, ängstlichen Mann erlebt hatte, der verzweifelt versuchte, damit zurechtzukommen, daß er es im Unterstand nicht fertiggebracht hatte, den Stuka vom Himmel zu holen. Doch jetzt entnahm er seinem unbekümmerten Gebaren und seinem vergnügten Grinsen, daß er wieder ganz der optimistische, selbstbewußte Nicky Ravallo war, der in der Kantine hofgehalten hatte. Fast kam es ihm so vor, als hätte er sich mit einem einfachen Knopfdruck in den liebenswerten Halunken zurückverwandelt, den er anscheinend für sein Leben gern spielte.

»Weilen Sie noch unter uns, Mac?«

Ravallos sanfter Sarkasmus riß McIndoe aus seinen Gedanken. Er bedachte ihn mit einem flüchtigen Lächeln. »Tut mir leid, ich war ganz woanders. Was macht die Hand?«

»Zehn Stiche«, brummte der Amerikaner mit einem Achselzucken. »Ich werde es wohl überleben.«

»Sind Sie Linkshänder?« erkundigte sich Winstanley.

»Ich doch nicht.«

»Der Teufel sorgt für die Seinen, Nicky«, sagte McIndoe leise.

»Das stimmt!« lachte Ravallo.

In diesem Moment schrillte das Telefon. Winstanley nahm ab, und schlagartig spannten sich seine Züge an, während er die Meldung entgegennahm. »Danke für die Nachricht, Billy. Ich bin schon auf dem Weg.« Er legte den Hörer behutsam wieder auf. »Sie werden mich entschuldigen müssen, Gentlemen. Unsere Maschinen sind im Landeanflug, und ich lege immer großen Wert darauf, sie persönlich in Empfang zu nehmen. Ich finde, es ist wichtig, den Jungs zu zeigen, daß sie da oben verdammt gute Arbeit verrichten.«

»Dann sollten Sie den Bourbon mitnehmen.« Ravallo deutete auf die Flasche auf dem Tisch. »Nach ihrer Leistung in der Luft haben sie sich einen Drink bestimmt verdient.«

»Wir haben zwei Hurricanes verloren – beide Piloten sind draufgegangen. Ich glaube nicht, daß der Drink jemand schmecken würde. Heute bestimmt nicht.« Winstanley schlüpfte in seine Fliegerjacke, ging hinaus und zog die Tür leise hinter sich zu.

»Sie haben wirklich eine schnelle Zunge, Nicky«, brummte McIndoe und brach damit das betretene Schweigen, das sich ausgebreitet hatte.

»Das kriege ich jedesmal zu hören.« Ravallo trank seinen Bourbon aus und stellte die Tasse auf den Schreibtisch. Dann begann er, mit gesenktem Blick im Zimmer auf und ab zu wandern. Als er endlich innehielt, stand er unmittelbar vor McIndoe. Seinen Augen war deutlich anzusehen, wie unsicher er sich fühlte. »Was ich heute getan habe, ist unverzeihlich«, murmelte er. »Mit meinem Zögern hätte ich uns beide töten können.«

»Es ist nicht geschehen, und nur darauf kommt es an«, erwiderte McIndoe in versöhnlichem Ton.

»Hören Sie auf, mich von oben herab zu behandeln, Mac!«

»Ich habe Sie nicht von oben herab behandelt!« McIndoe sprang erregt auf und stürmte zur Tür, wo er sich noch einmal umdrehte. Inzwischen hatte er sich schon wieder beruhigt. Mit leiser Stimme sagte er: »Vom Duke of Windsor ist folgender Spruch überliefert: ›Alle Soldaten laufen weg. Die guten kehren zurück.‹ Sie brauchen also nicht zu glauben, Sie wären der erste gewesen, der im Gefecht die Nerven verloren hat. Lieber Himmel, irgendwann ist das den meisten Soldaten passiert. So ist nun mal die Natur des Menschen, Nicky. Mir ist es genauso ergangen. Man kann nie sagen, wie man in einer bestimmten Situation reagieren wird, bevor man sie nicht tatsächlich erlebt. Wir beide wissen, daß es ebensogut umgekehrt hätte sein können, wenn ich als erster im Unterstand gewesen wäre.«

»Ich höre Ihre Worte, Mac – aber aus meiner Sicht steckt mehr dahinter.« Ravallo setzte sich auf die Tischkante und verschränkte die Arme vor der Brust. »Wieviel wissen Sie überhaupt über mich?«

»Im Grunde gar nichts.« McIndoe zog seine Zigarettenschachtel aus der Tasche und hielt sie Ravallo hin.

»Ich versuche, die verdammten Dinger nicht mehr anzurühren«, brummte der Amerikaner. Gleichwohl nahm er das Angebot hastig an. Nachdem McIndoe ihm seine Zigarette angezündet hatte, fuhr er fort: »Ich bin kein Agent wie Sie. Seit meinem ersten Tag beim militärischen Geheimdienst habe ich immer hinter einem Schreibtisch gesessen. In den letzten zwei Monaten war ich bei unserer Botschaft in Gibraltar und habe Geheimdienstmeldungen der Achsenmächte hier im Mittelmeerraum abgefangen und analysiert. Vor Gibraltar war ich in Pearl Harbor stationiert. Dort war ich auch am 7. Dezember letzten Jahres, als die Japsen unseren Marinestützpunkt überfielen. In der Nacht davor war ich der diensthabende Offizier in der Zentrale auf Ford Island gewesen, und ich übergab gerade die Schicht an Garry Mitchell, meinen besten Freund beim Geheimdienst, als die Japsen angriffen. Auf so etwas war der Stützpunkt überhaupt nicht vorbereitet. Binnen zehn Minuten hatten die Kerle die *Arizona* mit einem einzigen Torpedo versenkt. Zwölfhundert Mann gingen drauf! Und dann sank die *West Virginia*. Danach die *California*. Man konnte die Hand nicht vor Augen sehen, so dicht war der Rauch über der Insel. Das einzige, was man hörte, war das gnadenlose Donnern der Bomben und das endlose Knattern der Maschinengewehre, weil die Zero-Jäger auf alles schossen, was sich im Wasser bewegte.

Wir waren in unserem Hauptquartier festgenagelt und konnten nicht das geringste tun. An die zwanzig Minuten lagen wir auf dem Bauch, bis der Rauch sich für einen Moment auflöste. Da sahen wir, daß die Soldaten draußen alle am Boden lagen. Ob sie tot waren oder noch lebten, konnten wir nicht beurteilen, aber wir wußten, daß wir handeln mußten. So rannten wir im Schutz des Rauchs los, aber wie das Schicksal es wollte, entdeckte uns einer der Zero-Jäger und raste heran, um uns abzuknallen. Wir hatten beide bei der Grundausbildung gelernt, wie man Flugabwehrgeschütze bedient, also bot ich an, die Kanone zu übernehmen, während Garry sich um die Verwundeten kümmerte.«

Ravallo rieb sich langsam das Gesicht. »Das Ding funktionierte nicht, Mac. Bis zum heutigen Tag habe ich keine Ahnung, ob das Geschütz klemmte oder ob es bei dem Angriff beschädigt worden war. Ich weiß nur, daß es nicht funktionierte. Also hatte ich die Zero zwar wunderbar im Visier, konnte aber absolut nichts tun. Sie war keine fünfzig Meter von uns entfernt, als die Kanonen in den Tragflächen das Feuer eröffneten. Ich ging hinter dem Geschütz in Deckung, war aber längst davon überzeugt, daß ich das nicht überleben würde. Vielleicht hatten Sie vorhin recht, als Sie sagten, daß der Teufel für die Seinen sorgt. Jemand hat an diesem Tag ganz bestimmt auf mich aufgepaßt, denn ich bekam nicht mal einen Kratzer ab. Garry dagegen wurde auf der Stelle getötet. Wenn er ans Geschütz gegangen wäre ... Wer weiß – vielleicht würde dann er hier stehen und Ihnen dieselbe Geschichte erzählen, nur eben von seinem Standpunkt aus.«

»Und als Sie den Stuka im Visier hatten, ist die Erinnerung an all das zurückkehrt?« fragte McIndoe nach längerem Schweigen.

»Ja«, stieß Ravallo hervor. Er richtete sich auf und stellte sich wieder vors Fenster. »Ich weiß, das ist keine Entschuldigung, Mac, aber jetzt kennen Sie wenigstens den Grund, warum ich plötzlich so erstarrt bin. Pearl Harbour wird mich zeit meines Lebens verfolgen.«

»Nur, wenn Sie es zulassen«, widersprach McIndoe. »Sie müssen lernen, damit zu leben, Nicky. Und das ist nur möglich, wenn Sie sich mit Ihrer Angst auseinandersetzen. Tun Sie das nicht, wird sie Ihr Inneres zerfressen wie Krebs. Ich sage das nicht nur so dahin; ich habe es bei einem Kollegen in der Firma – das ist unser Spitzname für die SOE – gesehen. Er war einer unserer besten Agenten in Frankreich – bis er die Hinrichtung der ganzen Bevölkerung eines Dorfes mit eigenen Augen verfolgte. Jeder sah, wie tief ihn das Massaker getroffen hatte, aber er weigerte sich zuzugeben, daß etwas nicht stimmte. Man hätte ihn sofort abziehen müssen, aber aus irgendeinem unerklärlichen Grund schickte sein Führungsagent ihn auf eine letzte Mission. Inzwischen verfolgte ihn das grausame Gemetzel in dem Dorf so sehr, daß er sich nicht mehr auf seine Arbeit konzentrieren konnte. Von dem Moment an, in dem er in

Frankreich landete, wurde er von der Gestapo beschattet, und ohne auch nur das Geringste zu ahnen, führte er sie zu vier hochrangigen Mitgliedern der Résistance. Alle vier wurden von der Gestapo gefangengenommen, mit brutalsten Methoden verhört und dann erschossen. Kurz danach verschwand er. Einen Tag später wurde seine Leiche in einer Pariser Seitenstraße gefunden. Die Gestapo hatte ganz bestimmt keinen Grund, ihn zu ermorden. Die Résistance leugnete zwar jede Schuld an seinem Tod, aber ich könnte mir vorstellen, daß sie ihn umgebracht haben, um zu verhindern, daß er noch mehr Leute verriet. Sagen Sie selbst, konnte man es ihnen verdenken? Sein Führungsagent wurde von seinem Posten entbunden, und nur dem Verhandlungsgeschick unseres Chefs ist es zu verdanken, daß die französische Résistance die Zusammenarbeit mit der Firma nicht aufkündigte.«

»Wollen Sie mir damit durch die Blume zu verstehen geben, daß ich einen Psychiater nötig habe?« brummte Ravallo.

»Sie sind stark genug, um ohne auszukommen, Nicky«, entgegnete McIndoe und drückte seine Zigarette in Winstanleys Aschenbecher aus. »Schließlich machten Sie ja von sich aus den ersten Schritt zur Beseitigung dieser psychologischen Hemmung, indem Sie sich an die Kanone stellten.« Er trank sein Glas leer und stand auf. »Wird Zeit, daß ich mir mal die Beine vertrete. Haben Sie Lust auf einen Spaziergang? Vielleicht können wir uns da draußen nützlich machen.«

»Klar, warum nicht?« Ravallo öffnete die Tür. »Sagen Sie – für wann erwarten Sie Ihre Kollegen aus Gibraltar?«

»Winstanley meint, daß sie in den nächsten zwei Stunden eintreffen.«

»Vorausgesetzt, wir bekommen nicht wieder Besuch von unseren deutschen Freunden, die unbedingt darauf aus sind, uns die kleine Wiedersehensfeier zu vermasseln.«

Sie traten aus dem Bunker. McIndoe sah skeptisch zum klaren blauen Himmel hinauf und schloß die Tür hinter sich.

In den nächsten neunzig Minuten blieben die deutschen Luftangriffe aus, so daß die Soldaten eine der Startbahnen rechtzeitig vor der Landung des RAF-Transporters, einer Bristol Blenheim MK V aus Gibraltar, ausbessern konnten.

Da die Funkzentrale McIndoe frühzeitig das Nahen seiner Kollegen meldete, standen er und Ravallo vor Winstanleys Bunker und verfolgten mit gegen die Sonne abgeschirmten Augen, wie der umgebaute Bomber am anderen Ende der Bahn aufsetzte. Der Pilot steuerte die Maschine, die mit zwei extragroßen Tanks ausgestattet war, sorgfältig über das holperige Gelände und brachte sie hundert Meter vor dem Bunker zum Stehen.

»Sie sagen, daß Sie mit diesen Leuten schon mal zusammengearbeitet haben?« fragte Ravallo, als das Bodenpersonal zum Flugzeug ausschwärmte.

»Mehrmals bereits. Die vier gehören zu den besten, die wir bei der Firma haben. Aber Starr sagte schließlich auch, daß es sich um einen wichtigen Auftrag handelt.«

Ravallo nickte. »Allerdings.«

McIndoe warf ihm einen Blick von der Seite zu. »Wissen Sie, worum es dabei geht?«

»Sicher. Unsere jeweiligen Vorgesetzten haben diese Operation in enger Zusammenarbeit vorbereitet.« Ravallo verstummte. Als er McIndoes gespannten Gesichtsausdruck bemerkte, schüttelte er den Kopf. »Vergessen Sie es, Mac. Sie werden die nötigen Informationen von Ihren Leuten bekommen. Es steht mehr auf dem Spiel, als mein Leben wert ist, und da will ich nicht über ungelegte Eier reden. Ich würde nicht nur einen Anpfiff von meinen Vorgesetzten kriegen, sondern auch noch Scherereien mit Ihrem Vice-Admiral Starr. Und wie ich so gehört habe, sollte man es nach Möglichkeit vermeiden, bei ihm ins Fettnäpfchen zu treten.«

McIndoe zuckte die Schultern. »Hunde, die bellen, beißen nicht.«

»Von mir aus, aber ich will nicht mal von ihm angebellt werden«, konterte Ravallo. »Glauben Sie mir, Sie werden schon noch rechtzeitig eingeweiht. Anders geht es ja auch gar nicht, wenn die Operation klappen soll. Sie steht und fällt mit der exakten Abstimmung der zeitlichen Abläufe. Mehr kann ich Ihnen wirklich nicht verraten.«

»Kann ich verstehen«, räumte McIndoe ein.

Der erste der SOE-Agenten erschien in der Luke. »Und wer sind denn nun Ihre Kollegen?« fragte Ravallo.

McIndoe grinste, als der Mann seinen Rucksack einem Mitglied des Bodenpersonals zuwarf und dann aus dem Flugzeug sprang. Er war Mitte dreißig und von kräftigem, gedrungenem Körperbau. Sein dichtes schwarzes Haar hatte er mit Pomade nach hinten gekämmt. »Das ist Sergeant Cliff Evans, aber jeder nennt ihn einfach ›Taffy‹. Er hält die Truppe zusammen. Außerdem ist er der beste Sprengmeister in der gesamten Firma. Daheim in Swansea führt er ein eigenes Abbruchunternehmen, und das mit großem Erfolg, obwohl man es kaum glauben würde, so wie er sich benimmt, wenn er an der Reihe ist, einen Drink auszugeben. Und da wird von uns Schotten behauptet, wir seien geizig.«

Ein zweiter tauchte in der Luke auf und sprang geschmeidig herunter. Er war größer als Evans, hatte ein hageres Gesicht, einen dünnen Schnurrbart und borstiges schwarzes Haar. »Bruce Hillyard«, sagte McIndoe. »Er ist professioneller Akrobat.«

»Sie meinen, er ist so was wie ein Zirkusartist?« fragte Ravallo überrascht.

»Genau. Er ist auch unter dem Namen ›Spinnenmensch‹ bekannt. Wenn Sie jemanden brauchen, der auf einen Wachturm klettern und einen Posten lautlos ausschalten soll, dann ist Bruce genau der Richtige dafür … Und das ist Neville Johnson.« Eine dritte Gestalt zeigte sich in der Tür, ein hochgewachsener, schlaksiger Mann mit düsteren Zügen und schütterem braunem Haar. Mit seinen achtunddreißig Jahren war Johnson das älteste Mitglied des Einsatzkommandos. »Er ist Lehrer in Nottingham. Unterrichtet Englisch und ist genauso griesgrämig wie er aussieht.«

»Hat er auch eine besondere Begabung?«

»Und ob! Ein fotografisches Gedächtnis. Das Tolle an der Zusammenarbeit mit Neville ist, daß man nie ein belastendes Dokument am Körper zu tragen braucht, wenn man hinter den feindlichen Linien operiert. Neville hat garantiert alles im Kopf. Egal ob die kompliziertesten Landkarten, die man sich nur vorstellen kann, oder die numerische Auflistung feindlicher Truppen und Waffen – bei ihm ist alles da oben gespeichert.« McIndoe tippte sich an die Schläfe. »Aber was vielleicht noch wichtiger ist: man kann ihm blind vertrauen und sich hundertprozentig auf sein Gedächtnis verlassen.«

»Er scheint ja hoch im Kurs zu stehen«, meinte Ravallo.

»Ja. Tatsächlich ist er einer der gefragtesten Agenten der Firma. Jeder will mit ihm zusammenarbeiten ...« McIndoes Blick richtete sich wieder auf die Luke. Langsam breitete sich ein Grinsen über sein ganzes Gesicht aus, als das letzte Mitglied des Teams aus dem Flugzeug stieg: ein Mann Ende zwanzig mit dunklem, unrasiertem Gesicht und struppigem schwarzem Haar. »Und das ist Monsieur Georges Passière, das faulste Schwein, das Ihnen je über den Weg gelaufen ist«, erklärte er mit einem gutmütigen Schmunzeln.

»Ein Franzose?«

»Wir haben ihn vor eineinhalb Jahren von den Free French abgeworben. Ich kenne Georges länger als fast alle anderen. Wir haben zusammen schon einige brenzlige Situationen überstanden. Aber wie gesagt, er ist unvorstellbar faul. Wenn Sie ihn nicht finden können, sollten Sie zuallererst im nächsten Bett nachschauen. Ich habe noch keinen Menschen gesehen, der so viel schläft wie er. Das ist unvorstellbar!«

»Klingt ja nach einem äußerst nützlichen Rekruten«, brummte Ravallo zweifelnd.

»Er ist Träger des *Croix de Guerre* und der beste Funker in der ganzen Firma. Was er nicht über die Funkgeräte der Alliierten und der Achsenmächte weiß, ist es nicht wert, daß man sich damit befaßt. Zugegeben, er mag seine ganze Freizeit verschlafen, aber im Einsatz ist er nicht minder professionell als die anderen. Also legen Sie sich nicht mit ihm an. Zumindest nicht vor mir.«

»Schon überzeugt«, versicherte ihm Ravallo hastig.

»Comment allez-vous, Patron?« rief Passière fröhlich McIndoe zu, als die vier auf sie zukamen.

»Bien, bien«, sagte der Schotte und schüttelte ihm die Hand.

Passière grinste Ravallo schelmisch an. »Sein Italienisch mag ja makellos sein, aber sein Französisch ... Na ja, daran muß noch gefeilt werden.«

McIndoe begrüßte nun die anderen und machte sie mit Ravallo bekannt.

»Und woher kommen Sie, Major?« erkundigte sich Hillyard.

»New York. Aber Sie nennen mich Nicky, verstanden?«

»Alles klar, Nicky«, grinste Hillyard.

McIndoe verfluchte Ravallo insgeheim. Er spürte genau, daß Hillyard ihn ansah, als warte er nur darauf, daß er es dem Amerikaner gleichtun und ihnen erlauben würde, ihn ›Sam‹ oder ›Mac‹ zu nennen. Aber eher sollte ihn der Teufel holen, als daß er das zuließe. Und wenn es ihnen nicht paßte, dann war das eben ihr Pech ...

»Und wofür werden wir gebraucht, Boß?« fragte Evans mit seinem weichen walisischen Akzent.

»Keine Ahnung«, erwiderte McIndoe. »Vice-Admiral Starr hat es mir noch nicht erklärt.«

»Starr ist hier?« rief Hillyard überrascht. »Dann muß es ja ganz schön wichtig sein, wenn er deswegen die Baker Street verlassen hat.«

»Wissen *Sie,* warum wir hier sind, Major?« fragte Johnson den Amerikaner.

»Er hat auch keine Ahnung«, antwortete McIndoe hastig und warf Ravallo einen Seitenblick zu. »Man hat ihn genauso im unklaren gelassen wie mich.«

Ravallo hatte verstanden. »Ja, stimmt. Aber nennen Sie mich Nicky.«

»Sehr wohl, Sir«, murmelte Johnson.

McIndoe wußte, daß Johnson dasjenige Mitglied war, das Ravallos Vornamen nie über die Lippen bringen würde. Er redete auch ihn stets mit ›Sir‹ oder ›Lieutenant‹ an. Der Rang galt bei ihm sehr viel. Johnson war ein frommer, konservativer Mann und hatte den Ruf, bei seinen Schülern streng auf Disziplin zu achten. Das war auch einer der Gründe, warum er sich so schnell in die hierarchische Struktur der Armee hatte eingliedern können. Evans und Hillyard nannten McIndoe seit jeher ›Boß‹. Passière dagegen redete ihn vor anderen immer mit *Patron* an. Waren sie allein, konnte es aber auch vorkommen, daß er ihn ›Sam‹ nannte.

»Und wie war der Flug?« wollte McIndoe wissen.

»Bis auf Hillyards endloses Geplapper nicht allzu schlimm«, meinte Evans.

»Irgend jemand mußte euch ja bei Laune halten«, verteidigte sich Hillyard gut gelaunt.

»Unsere Generäle sollten Sie als Geheimwaffe auf die Deutschen loslassen«, brummte Johnson mit einem verzweifelten Kopfschütteln. »Die würden schnell kapitulieren, nur um Ihrem Redeschwall zu entgehen.«

»Vielleicht sollten sie lieber Sie losschicken«, schnaubte Hillyard. »Die Jerrys würden um Gnade flehen, wenn sie Ihre griesgrämige Miene den ganzen Tag lang ertragen müßten.«

»Tja, ich rufe jetzt wohl besser Vice-Admiral Starr an und melde ihm, daß ihr eingetroffen seid«, brummte McIndoe. »Bestimmt könnt ihr den Major unterhalten, solange ich weg bin.«

»Das sollten wir getrost Abbot und Castello überlassen«, sagte Evans und deutete auf Hillyard und Johnson. »Was mich betrifft, so brauche ich als erstes einen Drink. Ich bin völlig ausgetrocknet.«

»Geben Sie einen aus?« fragte Ravallo mit einem gutmütigen Grinsen.

»Bei der Firma ist es Brauch, daß der Neue die erste Runde zahlt«, erklärte Evans eilig.

»Und auch alle Runden danach, wenn es nach Taffy ginge«, fügte Hillyard trocken hinzu.

Sie trollten sich in Richtung Kantine. McIndoe sah ihnen lächelnd nach, dann ging er mit großen Schritten zu Wing Commander Winstanleys Bunker, um Starr telefonisch Meldung zu erstatten.

3

»Seine Lordschaft möchte Sie sprechen«, beschied Janet Cross McIndoe, nachdem er sie Ravallo vorgestellt hatte. »Allein.«

»Klingt ja ganz nach dicker Luft«, murmelte der Schotte.

»Ich möchte Sie darauf hinweisen, daß er im Moment nicht bester Laune ist«, fügte sie hinzu. »Seit ich Wing Commander Winstanleys Anruf zu ihm durchgestellt habe, ist er kaum noch zu genießen.«

»Dann melden Sie ihm besser gleich, daß ich da bin«, murmelte McIndoe.

Sobald Janet in Starrs Büro getreten war, legte Ravallo die Hand auf McIndoes Arm und flüsterte: »Haben Sie etwa Ihre eigenen Worte vergessen, Mac? Hunde, die bellen, beißen nicht.«

»Sie haben ihn offenbar noch nie bellen hören«, erwiderte McIndoe und folgte Janet ins Büro.

»Danke, Janet, das wäre fürs erste alles«, knurrte Starr und wartete, bis sie die Tür hinter sich geschlossen hatte. »Wing Commander Winstanley vom Air-Force-Stützpunkt Luqa hat mich angerufen. Für ihn scheinen Sie ja nach Ihrer heutigen Posse so etwas wie ein Held zu sein. Er will Sie sogar für eine Auszeichnung vorschlagen.«

»Darauf war ich bestimmt nicht aus, Sir ...«

»Und ich genausowenig!« fuhr Starr ihm über den Mund. »Ich hätte nicht übel Lust, Sie zu entlassen, wenn ich Sie nicht für die anstehende Operation bräuchte. Was wäre geschehen, wenn Ihnen etwas zugestoßen wäre, nur weil Sie den Helden markieren wollten? Die ganze Operation hätte auf dem Spiel gestanden! Sie sind unser erfahrenster Mann im gesamten Mittelmeerraum. Darum habe ich Sie aus Italien abgezogen. Und nicht, damit Sie auf einem Flugplatz auf feindliche Flugzeuge ballern!«

»Sir, mit Verlaub, die Schützen waren außer Gefecht,

und wenn ich nicht die Kanone übernommen hätte, wäre die Startbahn den ganzen Rest des Tages nicht mehr zu gebrauchen gewesen«, verteidigte sich McIndoe.

»Auch wenn diese Mitteilung unter Umständen einen Schock bei Ihnen auslöst, aber die Soldaten auf dem Stützpunkt Luqa sind in den letzten zwei Jahren der deutschen Luftangriffe mit beträchtlichem Erfolg Herr geworden, ganz ohne Ihre Hilfe!« Starr hielt inne, um dann in gemäßigterem Ton fortzufahren. »In Ihre Ausbildung wurde sehr viel Geld und Zeit investiert. Jetzt sind Sie Mitglied eines Elitekommandos und nicht ein Richtschütze auf einem Luftwaffenstützpunkt. Bitte vergessen Sie das nicht, wenn Sie mal wieder den Drang verspüren, sich aufzuspielen.«

»Jawohl, Sir«, murmelte McIndoe. Das kam einer Entschuldigung noch am nächsten. Zu mehr war er allerdings nicht bereit. Wofür sollte er überhaupt Abbitte leisten? Andererseits konnte ihn Starrs Reaktion nicht sonderlich überraschen. Jeder in der Firma wußte, daß Starr seine Topagenten am liebsten wegsperrte, um sie für schmutzige Operationen zu schonen, zu denen die wenigsten bereit waren.

»Was halten Sie eigentlich von Ravallo?« fragte Starr nun und zog seinen ledernen Tabakbeutel aus der Schublade.

»Darf ich offen sprechen, Sir?«

Sein Vorgesetzter sah ihn erstaunt an. »Sie wissen doch genau, daß sich das von selbst versteht. Was ist los? Kommen Sie nicht miteinander aus?«

»Das ist es nicht, Sir«, versicherte ihm McIndoe hastig. »Im Gegenteil, Nicky und ich verstehen uns prächtig.«

»Nicky?« Starr verzog das Gesicht, als hätte er in eine besonders saure Zitronenscheibe gebissen. »Er hat Sie aufgefordert, ihn so zu nennen?«

»Er hat alle aufgefordert, ihn Nicky zu nennen, Sir.«

»Diese Amerikaner haben ja überhaupt keinen Sinn für Etikette!« schnaubte Starr verächtlich. »Menschenskind, er ist doch ein hoher Offizier! Bedeutet ihm das denn gar nichts?«

»Das müssen Sie ihn schon selbst fragen, Sir«, erwiderte McIndoe, den es insgeheim freute, daß Starr die Gleichgültigkeit Ravallos gegenüber dem militärischen Protokoll derart wurmte.

»Den Teufel werde ich tun!« blaffte Starr. »Nun, wollten Sie mir nicht etwas über ... Major Ravallo sagen?«

»Er hat bisher nur am Schreibtisch gesessen, Sir. Das hier wird sein erster Einsatz als Agent sein. Sollten wir nicht darauf bestehen, daß die Amerikaner uns jemanden mit einem Mindestmaß an Erfahrung schicken, wenn es eine so wichtige Operation ist?«

»Die Erfahrung mit Operationen haben Sie, McIndoe«, erwiderte Starr und stopfte sich die Pfeife.

»Mit anderen Worten: Sie erwarten, daß ich ihn mitziehe?« gab McIndoe gereizt zurück.

Starrs Augenbrauen schossen in die Höhe, doch er wartete, bis die Pfeife brannte. »Hat Major Ravallo Ihnen gesagt, daß er in Pearl Harbor war, als die Japaner den Stützpunkt letztes Jahr bombardierten?«

»Ja, Sir.«

»Hat er Ihnen auch gesagt, daß ihm der höchste Orden des amerikanischen Kongresses verliehen wurde, weil er trotz Dauerbeschuß durch eine japanische Zero zwei Verwundete aus einer bombardierten Stellung rettete?«

»Nein, Sir«, antwortete McIndoe verblüfft.

»Er mag kein erfahrener Agent sein, aber Sie können sich darauf verlassen, daß er seinen Weg allein gehen kann.« Starr nahm den Hörer ab und rief im Vorzimmer an. »Janet, seien Sie so gut und bitten Sie Major Ravallo herein.« Er hörte ihr einen Moment zu, dann lehnte er sich zurück. »Ah, er ist also auch eingetroffen? Wunderbar. Schicken Sie die beiden gleich zusammen rein.«

McIndoe drehte sich um und grinste von einem Ohr zum anderen, als er den Mann erkannte, der Ravallo ins Büro folgte. Er kannte ihn gut. Sublieutenant Charles Higgins war zwei Jahre älter als McIndoe. Er hatte strohblondes Haar und genau die Art von jungenhaft gutem Aussehen, die unweigerlich die Bewunderung der Frauen auf sich zog. Nicht, daß ihm das etwas bedeutet hätte! Er war seit zehn Jahren glücklich verheiratet und hatte eine Tochter, die ihn vergötterte. Offiziell gehörte Higgins der SBS an – *Special Boat Squadron* –, doch dann war er für eine einmalige Aktion ausgeliehen worden. Das war zehn Monate her, und jetzt half er immer noch bei der SOE aus. Keiner wußte, wie Starr es geschafft hatte, ihn so lange behalten zu dürfen, aber Grund zur Klage hatte keiner. Es gab wenige, die ein Torpedoboot ähnlich sicher und geschickt wie Charlie Higgins steuern konnten. Und McIndoe, der mit ihm bei mehreren verdeckten Operationen zusammengearbeitet hatte, konnte sich für ihn verbürgen.

»Sie kennen Lieutenant McIndoe, nicht wahr?« fragte Starr den zuletzt Eingetretenen.

»Jawohl, Sir«, bestätigte Higgins und drückte McIndoe herzlich die Hand. »Schön, Sie wiederzusehen, Mac.«

»Ich freue mich auch. Wie geht's Ihrer Familie?«

»Bestens, danke. Die kleine Emma ist jetzt sieben. Man kann ihr richtig beim Wachsen zusehen.«

»Das glaube ich gern«, lächelte McIndoe und deutete auf Ravallo. »Das ist Major Ravallo, Sir.«

»Danke, Lieutenant, aber das habe ich ganz allein rausgefunden«, knurrte der Vice-Admiral. Er begrüßte den Amerikaner mit einem knappen Nicken. »Schön, Sie an Bord zu haben.«

»Danke, Sir. Ach, bevor ich es vergesse, einer meiner Vorgesetzten – General Harry Liebowitz – hat mich gebeten, Sie daran zu erinnern, daß er immer noch Ihren Markierstift hat ... Sie gaben ihm den Stift statt der zwanzig Dollar, die Sie bei Ihrem letzten Washingtonaufenthalt beim Pokern verloren haben.«

»Ja, stimmt.« Starr rutschte unbehaglich auf seinem Stuhl herum, dann räusperte er sich hastig und deutete auf die Stühle an der Wand. »Nehmen Sie sich Stühle und setzen Sie sich.«

»Poker?« raunte Higgins McIndoe verdattert zu. »Bridge kann ich mir bei ihm ja vorstellen, aber Poker ...?«

McIndoe verbarg ein Grinsen hinter der Hand und holte

tief Luft, um nicht herauszuplatzen. Als er sich an Starrs Schreibtisch setzte, vermied er jeden Blickkontakt mit Higgins.

»Zigarette, Nicky?« fragte Higgins und hielt dem Amerikaner seine Schachtel hin.

»Ich versuche, mit dem verdammten Zeug aufzuhören«, seufzte Ravallo, griff aber sofort nach Higgins' Arm, als dieser ihn zurückziehen wollte, und nahm lächelnd eine Zigarette. McIndoe folgte seinem Beispiel.

Starr wartete, bis sie ihren ersten Zug getan hatten. »Nun, da Sie jetzt endlich soweit zu sein scheinen, können wir ja vielleicht mit Ihrem Bericht anfangen, Higgins.«

»Jawohl, Sir.« Higgins entnahm einer abgewetzten Aktentasche einen Ordner und blätterte ihn durch, bis er eine Blaupause fand. Diese nahm er heraus und reichte sie McIndoe. »Erkennen Sie das?« fragte er.

»Klar, ein Diagramm von einem MTB.«

»Ein MTB?« fragte Ravallo und spähte auf die Blaupause.

»Ein Motortorpedoboot«, klärte ihn Higgins auf. »Ich glaube, bei Ihnen in den Staaten heißen sie PTs, *Patrol Torpedo Boats*.«

Ravallo nickte. »Alles klar. Und was ist das Besondere an diesem … MTB?«

»Eigentlich nichts. Es ein ganz normales, sechzig Fuß langes Vosper.« Higgins zog eine weitere Blaupause aus dem Ordner und reichte auch sie McIndoe. »Dasselbe MTB, allerdings mit ein paar strukturellen Veränderungen.«

»Kann keine entdecken«, meinte der Schotte, nachdem er die beiden Entwürfe kurz miteinander verglichen hatte.

»In den Augen eines Laien sieht das vielleicht so aus«, entgegnete Higgins. »Tatsächlich aber ist das hier ein MTB, dem bis auf die notwendigsten Teile alles ausgebaut wurde. Die Kombüse und der Navigationsraum sind leer, und das Ruderhaus enthält nur das absolute Minimum an Navigationsinstrumenten. Im Funkerraum sind leistungsstarke Kurz- und Langwellensender installiert, und der Maschinenraum wurde so konstruiert, daß er von weniger

Besatzungsmitgliedern gewartet werden kann. Wie Sie wissen, war der einzige Nachteil der bisherigen MTBs ihr geringer Radius, weil sie zuviel Benzin verbrauchten. Nun, dieses Problem haben wir mit dem vorliegenden Modell aus der Welt geschafft. Die drei amerikanischen Motoren von Packard wurden durch zwei kleinere und leichtere von Rolls Royce ersetzt, die speziell für dieses Schiff konstruiert wurden, und zwar von denselben Leuten, die auch den Motor für die Hawker-Hurricane entworfen haben. Kleiner, aber mit wesentlich geringerem Benzinverbrauch als die Packards und sogar unsere eigenen Hall-Scotts, mit denen die ersten MTBs bestückt waren. Die drei Haupttanks sind nicht verändert worden, aber die Reservetanks haben wir ausgebaut. Wie Sie sehen, sind auch die Vickers-Maschinengewehre an Back- und Steuerbord geblieben und auch eins von den ursprünglich zwei 20-Millimeter-Luftabwehrgeschützen von Oerlikon. Es befindet sich im Heck. Alle übrigen Waffen sind ausgebaut worden, einschließlich der Torpedos.«

»Mit anderen Worten, es geht um Tempo«, schloß Ravallo.

»Sie sagen es, Nicky: Tempo«, bestätigte Higgins. »Ein normales MTB erreicht eine Höchstgeschwindigkeit von etwa vierzig Knoten auf offenem Meer. Diese kleine Schönheit hier hat in der Straße von Dover schon fünfzig geschafft. Das ist eine beträchtliche Verbesserung, wenn man bedenkt, daß die deutschen Schnellboote, die Gegenstücke zu unseren MTBs, eine Höchstgeschwindigkeit von etwa dreißig Knoten erreichen. Na gut, es kann kein furchterregend großes Waffenarsenal transportieren, aber fünfzehn Knoten mehr können auf offenem Meer genauso nützlich sein. Und weil es leichter ist, ist es im Falle eines Torpedoangriffs um so beweglicher.«

»Werden diese besonders schnellen Motoren nun zum Standard bei ihren MTBs?« wollte Ravallo wissen.

»Leider nein«, antwortete Higgins. »Die Rolls-Royce-Motoren wurden eigens für ein leichtes Flugzeug entwickelt. Für ein voll ausgestattetes MTB sind sie einfach nicht stark genug. Was nicht heißen soll, daß wir es nicht probiert hätten.«

»*Wir?*« fragte McIndoe mißtrauisch.

»Wer sonst hätte es denn Ihrer Meinung nach auf fünfzig Knoten hochjagen können, ohne den Motor zu zerstören?« fragte Higgins grinsend zurück.

»Ich hätte es mir ja denken können«, brummte McIndoe. Er wandte sich an Starr. »Ist das ein Prototyp der SOE, Sir?«

»Nein, eigentlich gehört es der SBS. Wir haben es nur, sagen wir mal, für die nächsten Tage ›ausgeliehen‹. Aber die Burschen waren der Idee gegenüber wirklich ganz aufgeschlossen.«

»Wie haben Sie es nur geschafft, ihnen dieses Ding abzuluchsen?« staunte McIndoe. »Die von der SBS sitzen doch sonst immer auf ihren Sachen wie eine Glucke auf ihrem Ei.«

Starr sog an seiner Pfeife. »Nun, in diesem Fall lag es nicht so sehr daran, daß ich dort jemanden kannte, sondern daß ich etwas über ihn wußte. Aber lassen wir es dabei bewenden, einverstanden?«

»Sie meinen, Sie haben ihn erpreßt?« schmunzelte Ravallo.

»Ich sehe es lieber als gegenseitiges Einvernehmen, Major. Außerdem habe ich ihm versprochen, daß Sublieutenant Higgins für die Eierköpfe in London eine detaillierte Analyse des Fahrverhaltens und der Leistung des Boots erstellen wird. Alles in allem haben sie dabei ein ziemlich gutes Geschäft gemacht.«

»Wo ist das MTB jetzt?« fragte McIndoe.

»Es liegt in einem der U-Boot-Bunker vor Manoel Island. Solange die Jerrybomber den Hafen Tag für Tag beharken, können wir es unmöglich unter freiem Himmel ankern lassen.«

»Sir, Sie haben uns immer noch nichts über die Operation selbst gesagt«, drängte McIndoe und gab Higgins die Blaupausen zurück.

Starr schlug einen vor ihm liegenden Ordner auf. »Die Amerikaner haben bereits jemand in Sizilien eingeschleust, der für sie Informationen über die Waffen und Fahrzeuge sammeln soll, die die Deutschen dort in den letzten Monaten bereitgestellt haben. Ihre erste Aufgabe besteht darin, heute noch nach Sizilien zu fahren und diese Person rauszuholen, damit sie uns über alles Bericht erstatten kann. Erst danach kann ich über unsere nächsten Schritte entscheiden.«

»Ich nehme an, Sie kennen den Burschen?« brummte McIndoe mit einem Seitenblick auf Ravallo.

»Das Mädchen«, verbesserte ihn der Amerikaner. »Richtig, ich kenne sie gut.«

»Eine Frau?« rief McIndoe erstaunt.

»Es handelt sich um Lieutenant Stella di Mauro. Sie ist unsere Spitzenagentin in Sizilien.«

»Eine Italienerin!« schnaubte McIndoe verächtlich. »Ich hätte es mir gleich denken können! Hoffentlich zahlen Sie ihr auch genug für ihre Informationen.«

Ravallo sprang erregt auf. »Was, zum Teufel, soll das heißen?«

»Major Ravallo!« bellte Starr. »Setzen Sie sich.«

»Ich bin doch nicht den ganzen Weg gekommen, nur um mir anzuhören, wie Ihre Leute meine Kollegin beleidigen!« fuhr ihn Ravallo an. »Stella riskiert ihr Leben für die Informationen, die Sie haben wollten. Ich finde, da hat sie etwas Besseres verdient – oder sehen Sie das anders?«

McIndoe legte beschwichtigend eine Hand auf seinen Arm. »Nicky, es tut mir leid. Was ich da gesagt habe, war nicht angebracht.«

Doch Ravallo riß sich wütend los. »Stella mag in Sizilien geboren sein, aber jetzt ist sie Amerikanerin durch und durch. Zufällig ist sie übrigens auch ein hochgeschätztes Mitglied des Militärischen Geheimdienstes und bekommt ein monatliches Gehalt wie alle anderen. Sind Sie jetzt zufrieden?«

»Major Ravallo, gestern nacht wurde Lieutenant McIndoe von einem hochrangigen Partisanen verraten, was fast zu seiner Gefangennahme durch die Gestapo geführt hätte«, erklärte Starr. »Hätte nicht die Royal Navy rechtzeitig eingegriffen, wäre er jetzt nicht hier und könnte sich nicht für seinen unbedachten Ausbruch entschuldigen. Das ist ihm nicht zum erstenmal passiert, und leider wohl auch nicht zum letztenmal. Ich weiß, daß die überwältigende Mehrheit der Partisanen im Kampf um die Befreiung ihres Landes von den Deutschen jederzeit ihr Leben opfern würde, aber wenn man sich die Finger verbrannt hat, wird man eben etwas zynischer. Das bringen die Einsätze als Agent mit sich.«

Starrs Worte verfehlten ihre Wirkung nicht. Ravallo hob zum Zeichen der Entschuldigung die Hand. »Ich schätze, daß Sie allen Grund für Ihr Mißtrauen haben. Es ist nur so, daß Stella …« Er vollendete den Satz nicht, sondern setzte sich mit einem Achselzucken.

McIndoe war wütend auf sich selbst, weil er sich von seinen Gefühlen hatte hinreißen lassen. Sonst äußerte er sich doch nie so unverblümt. Andererseits hatte Starr recht: Der gestrige Zustammenstoß mit der Gestapo war mit Sicherheit der eigentliche Grund für seinen zynischen Kommentar. Der Verrat hatte Wunden in ihm hinterlassen, die noch lange nicht heilen würden. Trotzdem war das kein Grund für ein derart unprofessionelles Verhalten. Ihm war klar, daß Starr ihn später deswegen noch mal zur Rede stellen würde, aber im Moment beschäftigte ihn ein anderer Gedanke mehr. Konnte es sein, daß Ravallos Verteidigung seiner Kollegin tiefere Gründe hatte als bloßen Respekt vor einer guten Agentin? *Es ist nur so, daß Stella …* War Ravallo drauf und dran gewesen, etwas Persönliches preiszugeben, hatte es sich dann aber anders überlegt? Obwohl seine Neugierde geweckt war, zog McIndoe es vor, diese Sache nicht weiter zu verfolgen.

»Sie verlassen Manoel Island heute nacht um 22 Uhr und lesen Lieutenant di Mauro morgen früh um 1 Uhr vor der sizilianischen Küste auf«, informierte sie Starr. »Higgins hat bereits die Koordinaten für den Treffpunkt. Major, Sie und Lieutenant McIndoe finden sich sofort nach Ihrer Rückkehr zusammen mit Lieutenant di Mauro bei mir ein und erstatten Bericht. Ich schlage vor, daß Sie den Rest Ihres Teams informieren und sich dann für ein paar Stunden aufs Ohr hauen. Es wird eine lange Nacht für Sie.« Er klappte den Ordner zu. »Meine Herren, besten Dank. Das wäre fürs erste alles. Viel Glück.«

»Danke, Sir.« McIndoe erhob sich und stellte seinen Stuhl an die Wand zurück.

»McIndoe, noch ein Wort, bevor Sie gehen!« rief ihm Starr nach, als die drei Männer schon auf dem Weg zur Tür waren.

Der Schotte schloß die Tür hinter seinen Kollegen und kehrte zum Schreibtisch zurück. Plötzlich kam er sich vor wie ein ungezogener Schuljunge, der im Büro des Direktors seine Strafe erwartet. »Ich weiß, daß ich mich daneben benommen habe, Sir«, murmelte er betreten. »Es wird nicht wieder vorkommen.«

»War vielleicht etwas grob, aber nachvollziehbar angesichts der Umstände.« Sehr zu McIndoes Verwunderung zeigte sich Starr nachsichtig. »Sie haben Ihre Meinung gesagt, McIndoe, und das weiß ich bei einem Mann zu schätzen. Ich kenne Lieutenant di Mauro übrigens nicht persönlich, aber nach allem, was ich gehört habe, gilt sie bei den hohen Tieren im Militärischen Geheimdienst der Vereinigten Staaten als erstklassige Agentin. Aber darüber wollte ich gar nicht mit Ihnen sprechen. Ich dachte mir vielmehr, daß Sie wissen sollten, daß ich Wing Commander Winstanleys Gesuch, Sie für einen Orden vorzuschlagen, ausdrücklich unterstützt habe.«

»Danke, Sir«, stammelte McIndoe, der das noch gar nicht fassen konnte, nachdem Starr ihn vorher wegen seiner Reaktion am Flugplatz so heftig angegangen war.

»Verstehen Sie mich nicht falsch, McIndoe«, fügte Starr eilig hinzu. »Das soll nicht heißen, daß ich Ihre Handlungsweise gutheiße. Sie war verdammt töricht und unverantwortlich. Das wollte ich noch einmal in aller Deutlichkeit sagen. Andererseits habe ich nicht die Absicht, aufgrund meiner persönlichen Gefühle zu verhindern, daß sie eine Tapferkeitsmedaille bekommen, zumal Wing Commander Winstanley Sie in den höchsten Tönen gepriesen hat.«

»Das ist sehr freundlich von Ihnen, Sir. Danke.«

»Das wäre alles, McIndoe«, brummte Starr und beugte sich über einen neuen Ordner.

»Hier ist es!« rief Higgins mit einer weit ausholenden Geste. »Offiziell bekannt unter dem Namen MTB Prototyp 149.«

Das schlanke, stromlinienförmige sechzig Fuß lange Boot schaukelte sanft im öligen Wasser der künstlich beleuchteten Höhle. Alles Äußere, das Deck, der dünne Mast mit der Antenne und die Waffen, war in einem matten, leblosen Schwarz gestrichen, das das Licht der Höhle zu verschlukken schien. Die kompakte, kugelsichere Kommandobrücke, die sich vor dem Antennenmast befand, präsentierte sich im selben Schwarz. Die einzige Ausnahme bildete das kleine Fenster mit der Gischtablenkfläche darüber. Die perfekte Tarnfarbe für die Nacht.

»Wie viele Leute arbeiten im Maschinenraum?« fragte Passière.

»Zwei«, antwortete Higgins. »Der Chefingenieur und sein Assistent. Je kleiner die Mannschaft, desto schneller das Boot.«

»Das ist gut, wenn man bedenkt, daß wir in einem Standard-MTB mindestens doppelt so viele Männer gebraucht hätten«, kommentierte der Franzose.

»Nur ist das eben kein *Standard*-MTB, Frenchy«, erinnerte ihn Higgins.

Seit Passière zur SOE gestoßen war, wurde er von allen ›Frenchy‹ genannt. Das hatte ihn auch nicht weiter gestört, bis er nach zwei, drei Monaten zu seinem Entsetzen herausgefunden hatte, daß sein Spitzname ein Wort der englischen Umgangssprache war und Kondom bedeutete. Doch gerade weil er sich dagegen gewehrt hatte, war er den Namen erst recht nicht mehr losgeworden. So hatte er sich eben damit wenn schon nicht angefreundet, so doch abgefunden.

McIndoe sah zu, wie Higgins an Bord des MTB ging und die Metallstufen zum Ruderhaus hinaufkletterte. Wie die anderen trug der Schotte einen schwarzen Rollkragenpullover und eine Flanellhose in derselben Farbe. Die ebenfalls schwarze Kapuzenmütze hatte er unter die Schulterepauletten gestopft. McIndoe sah am Ruderhaus vorbei zum daneben vertäuten U-Boot *Unique* hinüber. Dahinter lag ein weiteres Unterseeboot der Royal Navy vor Anker, die *Ursula.* Sie war von einem deutschen U-Boot beschossen und am Kommandoturm beschädigt worden. Jetzt arbeitete ein Dutzend ausnahmslos mit leichten Khakioveralls bekleideter britischer Techniker fieberhaft daran, sie noch vor Tagesanbruch zu reparieren, damit sie sich an einem Einsatz gegen einen deutschen Konvoi beteiligen konnte, der mit dringend benötigtem Treibstoff und Munition auf dem Weg zu Rommels kriegsmüden Truppen in Afrika war. McIndoe überlegte, wo die *Unbeaten* jetzt wohl sein mochte. Lag sie noch vor Manoel Island oder durchstreifte sie irgendwo die Tiefen des Mittelmeers, in dem Bemühen, zusätzlich zu den bisher versenkten fünfundzwanzigtausend Tonnen noch mehr deutsche Schiffe auf den Grund des Ozeans zu schicken?

»Wollen Sie die ganze Nacht da draußen stehenbleiben, Mac?« spöttelte Higgins gutmütig.

Erst jetzt merkte McIndoe, daß die anderen längst an Bord gegangen waren. Mit einem schuldbewußten Grinsen kletterte er aufs Deck.

»Leinen los!« rief Higgins, dann richtete er den Blick auf Evans, der hinter dem am Mast angebrachten Suchscheinwerfer Stellung bezogen hatte. »Du kennst das Spiel ja, Taffy. Halte nach etwaigen Minen Ausschau.«

»Darauf kannst du dich verlassen, Charlieboy«, versichert ihm Evans.

Higgins winkte Johnson und Hillyard zum unteren Treppenabsatz und deutete auf die an den Seiten des Ruderhauses angebrachten Scheinwerfer. »Ich will, daß ihr einen bemannt und unaufhörlich nach Minen Ausschau haltet, bis wir auf offenem Meer sind. Mir ist egal, wie weit weg sie zu sein scheinen. Wenn ihr sie im Scheinwerferlicht erkennt, dann sind sie eigentlich bereits zu nahe.«

Ravallo wartete, bis Johnson und Hillyard ihre Posten eingenommen hatten, dann stieg er die Stufen zum Ruderhaus hoch. »Wie ernst ist die Bedrohung durch Minen hier in der Gegend?«

»Ernst genug«, brummte Higgins und ließ den Motor an. »Die Jerrys werfen bei jedem Bombenangriff auch magnetische Minen in und um Grand Harbour herum ab. Nach jedem Überfall laufen die Minensucher der Küstenwache aus und zerstören so viele von den Teufelsdingern wie sie können, aber es läßt sich nicht vermeiden, daß ihnen ein paar durchs Netz gehen. Darum brauchen wir Beobachtungsposten. Wenn sie eine Mine früh genug entdecken, können wir sie sprengen, ohne daß sie Schaden anrichtet.«

»Und wer ist der Schütze?«

»Mac«, antwortete Higgins und deutete auf den Schotten, der stumm hinter Ravallo in der Tür stand.

Der Amerikaner maß McIndoe mit einem Blick. »Das hätte ich mir ja denken können.«

McIndoe hielt ein Lee-Enfield-Gewehr in den Händen. Er hatte es aus dem kleinen, aber gut bestückten Arsenal genommen, das sich in der ehemaligen Kombüse unter dem Deck befand. Da er sich am Nachmittag, als die anderen schlafengegangen waren, von Higgins das Boot hatte zeigen lassen, kannte er sich bereits gut aus.

»Tja, ich gehe mal besser runter, falls ich gebraucht werde«, meinte der Schotte. Er kletterte aufs Deck hinunter und ging zum Bug vor. Dort drehte er sich noch einmal um und spähte zum Ruderhaus hinauf, aber Ravallo war von hier aus nicht zu sehen. Seit dem Vorfall in Starrs Büro hatten sie nicht mehr miteinander gesprochen, doch als man das Team zu der Grotte vor Manoel Island brachte, hatte er bei Ravallo keinerlei Feindseligkeit gespürt. Andererseits hatten sie während der Überfahrt zugegebenermaßen nicht nebeneinander gesessen. Ravallo hatte sich wohlweislich zwischen Evans und Passière plaziert, wohingegen er selbst sich Johnsons bittere Tiraden hatte anhören müssen, daß ihn ein neuerlicher Luftangriff auf Valletta jäh aus dem Schlaf gerissen habe. Die Ankunft auf Manoel Island war für McIndoe eine regelrechte Erlösung gewesen – er hatte ganz vergessen, wie nervtötend Johnsons Gejammer sein konnte, vor allem dann, wenn jeder Fluchtweg versperrt war. Nach wie vor beschäftigte ihn die Frage, ob Ravallo ihm seinen Kommentar über Stella di Mauro noch verübelte. Rein äußerlich ließ er sich ja nichts anmerken. Im Gespräch mit Evans und Passière hatte Ravallo wieder sein fröhliches, geselliges Naturell rausgekehrt und in einem fort gescherzt. Aber nachdem er auf dem Flugplatz gesehen hatte, wie mühelos Ravallo von einer Rolle in die nächste schlüpfen konnte, war er sich nicht mehr so sicher, was dieser Mann nun wirklich dachte oder fühlte. Das ist doch bloß eine *Überreaktion,* hielt er sich sogleich vor, und doch wurde er den Verdacht nicht los, Ravallo könnte die Leutseligkeit als Fassade benutzen, hinter der er etwas verbarg. Hatte es vielleicht mit Stella di Mauro zu tun? *War es wichtig?* Was wäre, wenn sie etwas miteinander hätten? Es ging ihn ja nichts an ... es sei denn, es wirkte sich direkt auf die Operation aus.

Das MTB glitt sanft aus der Grotte ins ruhige Wasser von Grand Harbour hinaus. Voller Ehrfurcht sah McIndoe zu den Hunderten von Scheinwerferkegeln hinauf, die das Herz der Dunkelheit über und hinter der Insel durchdrangen, grelle Strahlen, die sich gegenseitig betasteten wie Geister, die den Nachthimmel vor allem Bösen beschützten. Vereinzelt flutete der Strahl eines Scheinwerfers beruhigend über das Boot, während es sich vorsichtig durch das Hafengelände auf die höheren Wellen zubewegte; sein Licht fiel so breit gestreut auf das Wasser um sie herum, daß es fast zur Zusatzausstattung zu gehören schien, wenigstens solange sie noch durch den Hafen fuhren.

»Mine Backbord voraus!« meldete Higgins.

McIndoe verwünschte sich, daß er sich von dem herrlichen Lichterteppich hatte ablenken lassen, doch nun folgte er Higgins deutendem Finger. Tatsächlich, keine fünfzig Meter vor ihnen schaukelte eine Magnetmine bedrohlich auf den Wellen. Er legte sein Gewehr an.

»Mine!« schrie Hillyard auf der anderen Seite.

McIndoe hörte die Panik in Hillyards Stimme und rannte sofort zu ihm hinüber. Mit Hilfe einer Latte schob sein Gefährte eine Mine immer wieder vorsichtig vom Schiffsrumpf fort.

»Warum, zum Teufel, haben Sie sie nicht vorher gesehen?« fuhr er ihn an. »Ein paar Sekunden noch, und wir wären aufgelaufen.«

»Ich habe sie erst im letzten Moment entdeckt; sie trieb mitten im Ölschlick«, verteidigte sich Hillyard schuldbewußt, ohne von seinen Bemühungen abzulassen, die Mine vom Boot fernzuhalten. Unterdessen steuerte Higgins das Boot behutsam darum herum.

»Boß, sieht ganz so aus, als würde der kleine Dreckskerl uns verfolgen«, warnte Evans den Schotten. »Sie werden ihn neutralisieren müssen, bevor er uns zu nahe kommt.«

»Ich übernehme sie, Mac. Sie brauchen sich nur um die hier zu kümmern!«

McIndoe drehte sich um und sah, daß Ravallo mit einer Lee Enfield zum Bug sprintete. Hillyard stöhnte auf, als die Latte ihm zu entgleiten drohte und fuhr sich nervös mit dem Handrücken über die Stirn. Ihm war nur zu klar, daß diese hochempfindliche Mine bei jeder Berührung explodieren konnte. Er ließ sie nicht einen Moment aus den Augen, während das Schiff sich an ihr vorbeischob und er ihr mit der Latte im Wasser bis zum Heck folgte. Dann biß er die Zähne fest aufeinander und berührte das Ding ganz leicht mit der Spitze der Latte. Unwillkürlich zog er den Kopf ein, als könne ihn das vor einer vorzeitigen Explosion retten.

»Sie machen das hervorragend, Bruce«, flüsterte McIndoe und wischte sich einen Schweißtropfen aus dem Augenwinkel. »Ein paar Sekunden noch, dann sind wir außerhalb ihrer Reichweite, und ich kann sie ausschalten.«

Ein Schuß hallte über das Hafenbecken. Ihm folgte das Donnern einer Detonation. Ravallo hatte seine Mine sofort getroffen. Evans stieß einen Jubelschrei aus, während Hillyard wütend fluchte, weil die plötzliche Welle die Mine von der Latte fortspülte. McIndoe legte ihm beschwichtigend die Hand auf den Arm. »Die sind wir jetzt auch los. Sie können aufhören.«

»Sie bekommen von mir keinen Widerspruch zu hören, Boß«, seufzte Hillyard deutlich erleichtert.

McIndoe wartete noch, bis der Abstand zwischen ihnen und dem teuflischen Ding groß genug war, dann hob er die Lee Enfield an die Schulter, nahm die Mine ins Visier und drückte ab. Sofort folgte eine Explosion, und jäh spritzte Wasser hoch. Die zwei Männer wichen instinktiv zurück, doch konnten sie nicht verhindern, daß feine Gischt über ihre Gesichter sprühte. Jetzt erst merkte McIndoe, daß Ravallo ihn beobachtet hatte. »Danke für die Hilfe, Nicky«, sagte er leise.

»Kein Problem«, winkte der Amerikaner ab.

»Und wo lernt ein Schreibtischhengst so gut schießen?« fragte McIndoe.

»Das gehörte alles mit zur Grundausbildung.«

Der Schotte ging zum Aufgang des Ruderhauses hinüber und setzte sich auf eine der Metallstufen. »Nicky, was ich heute nachmittag gesagt habe, tut mir leid.«

»Vergessen Sie's, Mac. Im Eifer des Gefechts rutscht uns allen mal was raus. Nach Ihren schrecklichen Erlebnissen in der Nacht hatten Sie allen Grund, Stella zu verdächtigen.«

»Trotzdem war es nicht richtig von mir, mich dermaßen zu ereifern. So wie Sie sie verteidigt haben, liegt es wohl auf der Hand, daß Sie und Stella ...« McIndoe verstummte. Ihm war klar, daß er zuviel gesagt hatte.

Ein schwaches Lächeln erhellte Ravallos Gesicht. »Was genau wollten Sie sagen, Mac? Sie glauben, ich nahm sie in Schutz, weil sie meine Freundin ist? Lassen Sie mich den Grund erklären: Ich habe die größte Hochachtung vor ihr als Spionin. Sie arbeitet absolut professionell. Meiner Meinung nach ist sie die beste überhaupt. Und ich sollte das wissen – weil ich ihr Chef in Gibraltar bin.«

»Sie wollen sagen, Sie sind ihr Führungsagent?«

»Chef, Führungsagent, das ist doch das gleiche. Aber vor einem muß ich Sie warnen, Mac. Sie erwartet keine

Rücksicht, nur weil sie eine Frau ist. Machen Sie nicht den Fehler, sie mit Samthandschuhen anzufassen. Sie würde es ihnen garantiert nicht danken. Denken Sie immer daran.«

»Werde ich«, versicherte McIndoe und steckte sich eine Zigarette in den Mund. Der Amerikaner nahm sich ebenfalls eine. »Wissen Sie, ich habe Sie noch nie eine eigene Zigarette rauchen sehen«, brummte McIndoe und zündete sie für ihn an.

»Warum denn auch, wo ich doch versuche aufzuhören?«

»Tja, darauf gibt es wohl keine Antwort.« McIndoe richtete sich auf und stieg die Stufen zum Ruderhaus hoch. In der Tür drehte er sich noch einmal um. Das Schiff hatte das Hafenbecken verlassen. Die schlimmste Gefahr, auf eine Treibmine aufzulaufen, war damit ausgestanden. Trotzdem blieben die Scheinwerfer weiter auf das Wasser gerichtet. Sie hatten keinerlei Grund, unnötige Risiken einzugehen. Der Schotte betrat das Ruderhaus. »Na, wie läuft's, Charlie?«

»Gut«, antwortete Higgins ohne sich umzudrehen. »Das waren gute Schüsse. Von Ihnen beiden.«

McIndoe drehte sich um und sah, daß Ravallo hinter ihm in der Tür stand. Er stutzte. Wie hatte Higgins den Amerikaner nur bemerken können, ohne den Blick vom Wasser zu wenden? Erst im Nähertreten entdeckte er Ravallos Spiegelbild in der Fensterscheibe.

Schweigen trat ein, bis Higgins sich räusperte. »Mac, da wäre etwas, das Sie wissen sollten. Dies ist meine letzte Fahrt für die Firma. Natürlich mache ich bei der Operation bis zum Abschluß mit, aber nächsten Monat werde ich als Gruppenführer eines verdeckt operierenden SBS-Kommandos nach Afrika versetzt.«

»Und ist damit auch eine Beförderung verbunden?« fragte der Schotte mit einem wissenden Lächeln.

»Ich werde zum Lieutenant befördert«, erwiderte Higgins. In der königlichen britischen Marine entsprach der Rang eines Lieutenant dem eines Captain in der Armee.

»Dann sind Sie ja ranghöher als ich, Sie Mistkerl«, scherzte McIndoe. »Ich werde vor Ihnen salutieren müssen.«

»Darauf bestehe ich«, grinste Higgins. »Aber eins will ich Ihnen unbedingt noch sagen: Es war eine tolle Zeit bei der Firma, und ich werde sie vermissen.«

»Wann haben Sie es denn erfahren?«

»Als ich dieses Baby hier daheim in England testete. Meine Vorgesetzten wollten, daß ich den Posten sofort antrete, aber Starr sah das natürlich ganz anders. So einigten sie sich darauf, daß ich mich erst nach diesem Auftrag nach Nordafrika aufmache.«

McIndoe klopfte ihm auf die Schulter. »Das haben Sie wirklich verdient, Charlie. Ihre Beförderung war ja überfällig.«

»Der Witz dabei ist, daß meine Vorgesetzten mir den Posten eigentlich nur deshalb in Aussicht gestellt haben, weil sie mich nicht mehr bei der Firma brauchen.«

Zum erstenmal beteiligte sich nun auch Ravallo am Gespräch: »Stellen Sie Ihr Licht mal nicht unter den Scheffel, Kumpel. Zur Zeit verstecken sich zu viele von den Bonzen in irgendwelchen Schutzbunkern, während Millionen von unschuldigen Zivilisten den feindlichen Bombern ausgeliefert sind. Nehmen Sie von diesen Scheißkerlen, was Sie kriegen können.«

»Moment mal, das ist ein bißchen zu dick aufgetragen«, wandte McIndoe ein.

»Finden Sie? Ich habe den allergrößten Respekt vor jedem Offizier, egal welchen Rang er hat oder aus welchem Land er kommt, solange er seine Befehle auf dem Schlachtfeld erteilt. Vor einem Mann also, der bereit ist zu kämpfen, und wenn es sein muß auch zu sterben. Aber ich habe nichts als Verachtung für diejenigen übrig, die in der Sicherheit eines weit von der Front entfernten Bunkers mit dem Leben der Soldaten Krieg spielen. Es tut mir leid, wenn Ihnen das nicht schmeckt, Mac, aber ich nenne die Dinge immer beim Namen.«

»Den Eindruck habe ich auch«, brummte McIndoe.

»Mine!« schrie Evans vom Bug.

»Die kriege ich.« Ravallo lief zur Tür, drehte sich aber auf der Schwelle noch einmal um. Er grinste übers ganze

Gesicht. »Menschenskind, tut das gut, endlich aus diesem Scheißbüro rauszukommen.«

Higgins drosselte das Tempo und steuerte das Boot in großem Bogen um die Mine, die sie im Licht des Scheinwerfers in den lebhaften Wellen auf und ab tanzen sahen. Die zwei Männer verfolgten, wie Ravallo sich hinter dem Scheinwerfer postierte und die Lee Enfield anlegte. Doch er feuerte zu hastig. Die Kugel flog weit am Ziel vorbei. Er repetierte und nahm die Mine sofort wieder ins Visier. Aber weil sie in dem Moment, in dem er abdrückte, unter einer Welle verschwand, ging auch dieser Schuß daneben. Und plötzlich konnte der Scheinwerfer sie nicht mehr einfangen. Verzweifelt leuchtete Evans in alle Richtungen – vergeblich.

»Mac!« zischte Higgins nervös. »Tun *Sie* was!«

»Nick erledigt das schon«, versicherte ihm der Schotte gelassen.

In diesem Augenblick entdeckte Ravallo die Silhouette der Mine auf Steuerbord. Er fuhr mit dem Gewehr herum und feuerte ... Gleich darauf erschütterte eine Explosion das Boot, und eine Kaskade ergoß sich über das Deck.

»O Gott, wie nahe war sie denn?« ächzte Higgins.

»Nahe genug, um uns wegzupusten, wenn er sie verfehlt hätte«, erklärte McIndoe düster.

Sie sahen sich verdattert an, als Evans plötzlich in Gelächter ausbrach und nach Steuerbord deutete. Erst als McIndoe zur Tür trat, verstand er die Ursache. Johnson hatte die volle Wucht der Welle abbekommen.

»Sehen Sie sich das nur an, Lieutenant!« jammerte er. »Ich bin klatschnaß! Ich kann von Glück reden, wenn ich keine Lungenentzündung kriege.«

»Dann ziehen Sie sich besser um«, riet McIndoe. »Unten sind trockene Sachen. Ich halte am Scheinwerfer die Stellung, bis Sie zurückkommen.«

Sich immer noch über sein Mißgeschick beklagend, verschwand Johnson durch die Luke. Ravallo schüttelte verständnislos den Kopf. »Wie ist der nur zur SOE gekommen?«

»Nicht alle unsere Agenten sind ausgebildete Mörder. Jeder von uns wurde für eine fest umrissene Aufgabe vorgesehen. Wie ich Ihnen schon am Flugplatz gesagt habe, ist Nevilles besondere Fähigkeit sein fotografisches Gedächtnis. Das bedeutet allerdings nicht, daß er sich notfalls nicht auch im Kampf bewähren würde oder eine Waffe nicht bedienen könnte. Also schimpfen Sie nicht auf ihn. Er ist ein guter Mann, und wir können froh sein, daß wir ihn haben.«

»Sie halten große Stücke auf Ihre Leute, nicht wahr?«

»Es sind die besten«, sagte McIndoe in beiläufigem Ton.

»Wer sind die besten, *Patron?*« fragte Passière, der gerade durch die Luke nach draußen geklettert war.

»Sie nicht, soviel steht schon mal fest«, grinste McIndoe. »Nun, was halten Sie von unserer Funkerkabine?«

»Ich bin beeindruckt.«

»Das sollten Sie auch sein. Ich habe Sie mir am Nachmittag angesehen. Die beste Ausrüstung, die es gibt, Georges.« McIndoe sprach Passière nie mit ›Frenchy‹ an, denn er wußte, wie sehr er seinen Spitznamen haßte. »So, und was führt Sie nach oben?«

»Laut Anweisung soll ich Funkstille bewahren, bis wir Lieutenant di Mauro aufgelesen haben. Selbstverständlich werde ich sämtliche deutsche Funksprüche abhören, sobald wir in den Empfangsbereich der Insel kommen, aber da ich mich jetzt mit der Anlage vertraut gemacht habe, sehe ich keinen Grund, dort unten zu bleiben.«

»Sie könnten eine Runde schlafen«, schlug Ravallo vor, ohne die Miene zu verziehen.

»Auf diesem Boot gibt es ja keine Kojen«, schnaubte der Franzose angewidert. »Abgesehen davon habe ich heute nachmittag lange genug geschlafen.«

»Schön«, meinte McIndoe, »dann können Sie gleich hier bleiben und nach Minen Ausschau halten, bis Johnson zurückkommt.«

»Da bin ich ja vom Regen in die Traufe gekommen«, seufzte Passière.

McIndoe und Ravallo kehrten ins Ruderhaus zurück.

»Ein paar Minuten noch, dann müssen wir die Scheinwerfer ausschalten«, erklärte Higgins. »Die Aufklärungsflieger der Deutschen patrouillieren rund um die Uhr. Da würden wir auffallen wie ein Weihnachtsbaum.«

»Und was ist mit den Minen?« fragte Ravallo besorgt.

»Wir erreichen bald die Hauptschiffahrtsroute. Ich habe den Kurs erst vor drei Tagen für einen Konvoi mit Nachschub für Valletta in die Karte eingetragen. Da hat die *Abingdon*, ein Minensucher der Royal Navy, den Weg freigeräumt. Es ist die aktuellste Karte, die es gibt. Natürlich können immer irgendwelche verirrte Minen herangetrieben werden, aber die Gefahr, daß uns eine erwischt, ist extrem gering. Und wenn wir erst mal in die Nähe der sizilianischen Küste kommen, ist das Risiko praktisch gleich Null, weil die Deutschen regelmäßig Minensuchboote losschicken, die jede Mine vernichten, die auf die Küste zutreibt.

»Na, dann Kurs auf Sizilien«, meinte Ravallo und legte das Gewehr auf die Holzbank, die mit Dübeln in der Wand gegenüber dem Fenster verankert war.

Die Tür ging auf, und Passière lugte ins Ruderhaus. »Johnson ist wieder in Einsatz, *Patron*. Gibt es sonst noch was zu tun, solange ich an Deck bin?«

»Und ob«, sagte Higgins mit einem kurzen Blick über die Schulter. »Sorgen Sie dafür, daß alle Scheinwerfer ausgeschaltet werden. Wir wollen den Feind doch nicht extra auf uns aufmerksam machen, oder?«

Passière schloß die Tür hinter sich und stieg aufs Deck hinunter. Durch das Fenster beobachtete McIndoe, wie er zu Evans hinüberging, der noch immer das beleuchtete Wasser nach etwaigen Minen absuchte. Evans hörte dem Franzosen einen Moment zu, dann sah er mit fragendem Blick zum Ruderhaus hoch. Higgins nickte und fuhr sich mit den Fingern abrupt über die Kehle, um zu verdeutlichen, wie bedrohlich ihre Lage sonst werden konnte. Evans spähte ein letztes Mal auf das Meer hinaus, dann schaltete er den Scheinwerfer widerstrebend aus. Im nächsten Moment verließen die zwei Männer den jetzt im Dunklen liegenden Bug und traten in den Schatten des Ruderhauses.

Wenig später erschien Passière wieder oben in der Tür und meldete Higgins, daß er seinen Befehl ausgeführt habe.

»Dann könnten wir jetzt mal ausprobieren, was das Boot schafft?« fragte Ravallo.

»Ich reize es bis zu seinen Grenzen aus – aber nur für eine kurze Strecke«, sagte Higgins. »Diese Motoren mögen zwar ungemein stark sein, aber sie sind auch sehr empfindlich. Bei Vollgas rauscht das Boot wunderbar los, doch auf längeren Strecken halten die Motoren das Tempo nicht durch. Das war der einzige Nachteil, den wir beim Testen feststellten. Vergessen Sie nicht, daß das nur ein Prototyp ist. Die Eierköpfe in Portsmouth wollten noch ein paar Wochen länger daran arbeiten, aber Sie wissen ja, wie hartnäckig Starr sein kann, wenn er sich was in den Kopf gesetzt hat.«

»Nennen Sie doch mal Zahlen!« drängte Ravallo.

»Ich könnte mit einer Durchschnittsgeschwindigkeit von fünfundvierzig Knoten von hier bis nach Sizilien fahren«, erklärte Higgins. »Mit diesem Tempo hängen wir jedes deutsche Schnellboot ab. Der Haken an der Sache ist nur, daß man ein paar kleinere Verbesserungen an den Motoren vornehmen müßte, bis sie auch weitere Strecken mit Höchstgeschwindigkeit bewältigen. Gehen Sie doch nach vorn, dann demonstriere ich Ihnen, wozu dieses Boot in der Lage ist.«

»Klar, warum nicht?« meinte Ravallo. »Was ist, Mac? Kommen Sie mit?«

McIndoe folgte ihm die Treppe hinunter und rief die anderen zusammen, damit auch ihnen nichts entging. Als sie sich alle am Bug postiert hatten, gab McIndoe Higgins mit nach oben gerecktem Daumen zu verstehen, daß es losgehen konnte. »Halten Sie sich alle an der Reling fest«, forderte er die anderen auf. »Ich habe so ein Gefühl, daß uns ein wilder Ritt bevorsteht.«

Er hatte sich nicht getäuscht. In den nächsten dreißig Sekunden raubten ihnen das vorbeirauschende Wasser und die gigantischen Bugwellen schier den Atem. Außerdem begann das Deck heftig zu vibrieren. Ähnlich wie bei einer

Droge, die man zusammen mit Alkohol nimmt, wurden Geist und Körper gleichermaßen elektrisiert. McIndoe fühlte sich, als wäre er über die Grenzen des Diesseits hinausgewachsen. Doch ebenso schnell wie es begonnen hatte, wurde das Tempo wieder verlangsamt, und mit ihm legte sich die Erregung.

Die Gesichter der anderen bestätigten McIndoe, daß sie ähnlich hypnotisiert waren. Sogar Neville Johnson wirkte abwesend, und um seine Lippen spielte ein verträumtes Lächeln. »Und was halten Sie davon?« wollte McIndoe wissen.

»Jetzt weiß ich, was ein Geschwindigkeitsrausch ist«, erklärte Ravallo mit einem zufriedenen Lächeln. »Hat jemand eine Kippe für mich?« Unter dem Gelächter der ganzen Runde zog Evans eine Zigarettenschachtel aus der Brusttasche und hielt sie dem Amerikaner entgegen. Der nahm das Angebot gerne an. »Was mich am meisten verblüfft hat, war der Umstand, daß die Motoren so wenig Lärm machten, und das bei Höchstgeschwindigkeit. Nichts als ein leises Brummen. Wie haben die das nur geschafft?«

McIndoe zündete sich ebenfalls eine Zigarette an. »Ich konnte mir die Blaupausen ansehen. Soweit ich verstanden habe, wurden die Motoren vor dem Einbau schallgedämpft. Im Grunde genommen sind sie gar nicht am Schiffsrumpf festgemacht, sondern sitzen auf Sprungfedern und einer Gummischicht; alles wurde zusätzlich mit Kork und Langhaarwolle isoliert. Selbst das Abgasrohr hat man mit einem schallgedämpften Entstörungselement ausgestattet. Und dann sind es immerhin zwei Propellerschrauben, die bei jeder noch so geringen Turbulenz im Wasser für Ausgleich sorgen.«

»Aber es muß doch auch eine Art Ventilation im Maschinenraum geben, damit die Motoren mit ausreichend Luft versorgt werden können«, brummte Johnson. »Und das würde bedeuten, daß auf alle Fälle ein gewisser Lärmpegel nach außen dringt, egal wie gut isoliert die ganze Konstruktion ansonsten ist.«

»Vom Maschinenraum zum Bug verlaufen zwei schmale Zuleitungsrohre«, antwortete McIndoe und klopfte mit dem Fuß auf den Boden. »Wir stehen wahrscheinlich direkt darüber. Über sie saugen die Motoren Sauerstoff an und transportieren die Abgase nach draußen. Wie Sie bemerkt haben, arbeiten sie äußerst effektiv.«

»Jetzt verstehe ich, warum die SBS das Boot bis zur Auslieferung unter Verschluß hielt!« rief Hillyard. »Wenn man es genau bedenkt, ist das Ding fast genauso leise wie ein kleines U-Boot.«

»Tja, Ende der Demonstration«, sagte McIndoe abrupt und klatschte in die Hände. »Den Rest der offiziellen Führung wird Georges übernehmen. Er hat sich unten schon ausgiebigst umgesehen.«

»Merci, Patron.«

»Danach kann uns Bruce einige seiner berühmten Tassen servieren«, fuhr McIndoe fort und erklärte an Ravallo gewandt: »Er macht den besten Tee der ganzen Einheit.«

Ravallo verzog das Gesicht. »Tee? Gibt es in dieser Wanne keinen Kaffee?«

»Tut mir leid, Nicky«, antwortete der Schotte mit einem bedauernden Achselzucken. »Kein Kaffee an Bord. Rationierung, verstehen Sie.«

»Na, von mir aus, dann eben Tee. Aber ohne Milch und Zucker. Und heiß muß er sein.«

Die vier Mitglieder von McIndoes Team orientierten sich zur Luke. Hillyard und Johnson kletterten schon die Treppe hinunter, als Evans Passière auf den Rücken klopfte. »Vergessen wir diese Tour eine Weile und spielen wir lieber eine anständige Partie Poker. Ich habe mir heute nachmittag in Valletta neue Karten gekauft.«

Ein Lächeln zog über Ravallos Gesicht. »Poker?«

»Die Jungs würden sich freuen, wenn Sie Lust hätten mitzuspielen«, sagte McIndoe. »Sie sind ganz begeistert von Ihnen.«

»Und Sie, Mac? Sind Sie auch dabei?«

»Ich bleibe wohl besser oben und leiste Charlie im Ruderhaus Gesellschaft. Mit Karten hatte ich noch nie Glück. In der Liebe leider genausowenig, obwohl der berühmte Spruch ganz anders lautet.«

»Sie brechen mir das Herz«, erwiderte Ravallo grinsend. »Aber Sie wissen ja, wo Sie mich erreichen können, falls Sie mich brauchen.«

»Hoffentlich wird das nicht der Fall sein, bevor wir am Treffpunkt sind.«

»Na denn, bis später«, sagte Ravallo und tastete sich vorsichtig über das nasse, rutschige Deck zur Luke vor.

»Viel Glück!« rief ihm McIndoe nach.

Ravallo drehte sich grinsend um. »Glück ist was für Amateure, aber ich werde Ihre guten Wünsche den anderen ausrichten. Kann sein, daß sie die bitter nötig haben.«

4

»Sind Sie sicher, daß das die richtige Stelle ist?«

»Ich habe es Ihnen doch schon erklärt, Nicky«, brummte Higgins. »Das sind die Koordinaten, die mir Starr vor dem Aufbruch genannt hat. Es ist nicht meine Schuld, wenn Ihre Leute ihren Teil der Vereinbarung nicht einhalten.«

Zuerst dachte McIndoe, Ravallo würde sich auf Higgins stürzen, doch dann stieß er nur die Luft aus und ließ sich auf die Holzbank sinken. Mit gequältem Ausdruck sah er McIndoe an. »Was, zum Teufel, hält sie nur auf?« rief er und fuhr sich nervös durch die Haare.

Der Schotte blieb stumm. Seit fünfundzwanzig Minuten lag das MTB nun schon vor der Westküste Siziliens vor Anker, vor einer menschenleeren Gegend, in der laut Angaben des Geheimdienstes die Soldaten ihre Patrouillengänge stets zu Fuß erledigten. Die nächste Stadt war der Hafen Galea, von dem McIndoe am Horizont allerdings nur einige vereinzelte Lichtpunkte ausmachen konnte. Doch ihn beschäftigten weder Galea noch die Lichter. Auch wenn keiner die Befürchtung geäußert hatte, daß Stella di Mauro womöglich etwas zugestoßen war, so war ihm doch klar, daß das niemand mehr ausschloß.

Zwischen Higgins und Ravallo herrschte eine spürbare Spannung. Higgins war zu Recht unruhig: Je länger das Boot auf offenem Meer lag, desto größer wurde die Gefahr eines Angriffs durch eines der U-Boote, die bei Tag und Nacht die Küste kontrollierten. Doch Ravallo hatte darauf bestanden, daß sie an Ort und Stelle blieben. Und er führte nun mal das Kommando bei dieser Operation. Insofern hatte Higgins gut daran getan, seine Wut hinunterzuschlukken. Als disziplinierter Soldat wußte er, daß er kein Recht hatte, sich den Anweisungen eines Ranghöheren zu widersetzen. Und McIndoe hatte bislang zwischen den beiden vermitteln können – was allerdings nichts daran änderte, daß die zwei immer gereizter wurden. Wenn der Streit offen ausbrach, wollte er jedenfalls nicht zwischen den beiden stehen.

Er ging zur Tür und sah zu Evans hinunter, der regungslos mit einer Sten im Arm am Bug stand. Unablässig suchten seine Augen das dunkle Wasser ab. Johnson hatte sich mit einer gleichen Maschinenpistole an Steuerbord postiert. Hillyard, der auf der anderen Seite des Ruderhauses die Stellung hielt, konnte er von hier aus nicht sehen. Ihnen allen war bewußt, welchen Gefahren sie sich aussetzten, und es sprach für ihre professionelle Einstellung, daß keiner sich über die erzwungene Verzögerung beschwerte. In diesem Moment war McIndoe verdammt stolz auf seine Männer.

Higgins konnte sich allerdings nicht beruhigen. »Wie lange bleiben wir denn noch hier draußen?« jammerte er.

»Bis Lieutenant di Mauro kommt«, knurrte Ravallo.

»Sie mögen ja die Operation anführen, aber meine Verantwortung gilt zuallererst den Männern und dem Boot. Wenn irgendwas passiert, dann nur, weil ...«

»Sie sagen es: Ich führe diese Operation an«, fiel ihm Ravallo ins Wort. »Vergessen Sie das bitte nicht.«

»Hoffentlich ist die Sache es auch wert«, stieß Higgins wütend hervor und wandte sich wieder dem Steuerrad zu.

Jetzt war es soweit. Ravallo sprang erregt auf. McIndoe fiel ihm gerade noch in den Arm. »Setzen Sie sich wieder, Nicky.«

»Ich habe es doch nicht nötig, mir ...«

»Setzen Sie sich«, wiederholte McIndoe mit Nachdruck. Der Amerikaner riß sich zwar los, gehorchte aber, und als Higgins zu einer Erwiderung ansetzte, hob McIndoe drohend den Zeigefinger. »Kein Wort mehr, Charlie. Haben Sie verstanden? Kein Wort mehr!« Erst jetzt bemerkte er, daß Evans aufgeschreckt hereinschaute. Eilig scheuchte er ihn mit einer Handbewegung davon, dann wandte er sich wieder den zwei Streithähnen zu. »Da draußen sind drei Männer, die sich, seit wir hier vor Anker gegangen sind, nicht eine Sekunde von ihrem Posten entfernt haben. Sie können versichert sein, daß sie die Möglichkeit eines Angriffs genauso beunruhigt wie uns. Aber haben Sie eine Klage von ihnen gehört? Haben Sie gehört, daß sie streiten?«

»Worauf wollen Sie hinaus, Mac?« fragte Higgins.

»Sie und Ravallo wollen beide Offiziere eines Elitekommandos sein. Nur sehe ich im Moment kein Anzeichen dafür, daß Sie Ihrem Anspruch gerecht werden. Seit zwanzig Minuten zanken Sie sich wie kleine Kinder. Damit flößen Sie den anderen nicht gerade Zuversicht ein. Und genau das ist die Aufgabe eines Offiziers!«

McIndoe war klar, daß er seine Kompetenzen eindeutig überschritt, weil er einen höherstehenden Offizier derart in die Schranken wies, doch er bedauerte nicht ein Wort. Er hatte für ein reinigendes Gewitter zu sorgen, selbst wenn Ravallo ihm nach ihrer Rückkehr wegen Gehorsamsverweigerung mit einem Disziplinarverfahren drohen sollte.

Eine Weile herrschte Schweigen, dann stand Ravallo langsam auf. »Ich schätze, ich bin den Druck, unter dem man vor dem Feind steht, noch nicht gewohnt. Bislang konnte ich meine Probleme immer in meinem gemütlichen Büro regeln. Das mag zwar viel bequemer sein, aber es ist auch tausendmal langweiliger.«

»Ich kann ja Ihre Sorgen um Lieutenant di Mauro verstehen – an Ihrer Stelle würde ich genauso fühlen, aber das ändert nichts an der Tatsache, daß wir nicht ewig hier draußen liegen bleiben können«, sagte Higgins. »In einer solchen Situation müssen immer die Risiken gegeneinander abgewogen werden. Und das bedeutet, daß die Sicherheit der Besatzung dieses Bootes an erster Stelle steht.«

Ravallo sah auf die Uhr. »Ich habe verstanden. Geben wir ihr noch zehn Minuten.«

Higgins warf McIndoe einen fragenden Blick zu. »Na gut«, brummte er, als der Schotte nickte. »Noch zehn Minuten. Aber wenn sie sich bis dahin nicht meldet, kehren wir ohne sie nach Malta zurück.«

McIndoe sah zu, wie Ravallo das Steuerhaus verließ und

aufs Deck hinunterkletterte. Es war für ihn schwer zu erkennen, was wirklich hinter seiner Maske steckte. Der Schotte hatte immer gedacht, *er* verstünde es, seine Gefühle zu verbergen, doch jetzt erkannte er, daß Ravallo ein wahrer Meister darin war. McIndoe neigte dazu, sich einzuigeln und jeden, der sich ihm nähern wollte, abzuschrekken, aber dann spürte man trotzdem, daß ihn etwas bedrückte. Ravallo dagegen vermochte es, alles mit den Verhaltensweisen eines geselligen, fröhlichen Burschen zu überspielen. Unwillkürlich mußte McIndoe an einen Zirkusclown denken, der seine Gefühle stets hinter einem aufs Gesicht geschminkten Lächeln verbirgt. War es bei Ravallo auch so? Oder interpretierte er nur zuviel in sein Verhalten hinein? Seit der Abfahrt versuchte er ständig – wenn auch vergeblich – hinter diese Fassade zu schauen und Einblick in Ravallos wahre Gefühle für Stella di Mauro zu bekommen. Irgendwie wirkte der Amerikaner eher wütend als besorgt, aber dann tauchte wieder das Gesicht des Clowns vor McIndoe auf und lächelte ihn spöttisch an. Vielleicht würde er mehr herausfinden, wenn sie an Bord kam. *Wenn* sie an Bord kam …

»Ich hätte ihn nicht so angreifen sollen«, murmelte Higgins. »Es ist doch nur natürlich, daß er sich solche Sorgen um sie macht. Mir würde es nicht anders gehen, wenn sie zu meinen Leuten gehören würde. Zumal sie auch noch eine Frau ist; das macht es ja doppelt so schlimm.«

»Ich hätte nie gedacht, daß Sie ein Chauvinist sind, Charlie«, meinte McIndoe.

»Sie ist nun mal eine Frau«, verteidigte sich der andere. »Da macht man sich eben um so größere Sorgen.«

»Was wollen Sie damit andeuten? Daß die zwei etwas miteinander haben?«

»Wer ist jetzt hier der Chauvinist?« fragte Higgins zurück. »Warum sollen ein Mann und eine Frau nicht einfach zusammenarbeiten, ohne daß sie miteinander im Bett landen? Das gibt es auf der ganzen Welt, Mac. Wie kommen Sie darauf, daß es bei den beiden anders sein soll?«

»Ich glaube es ja gar nicht. Es war nur ein Gedanke.«

»Irgendwie kann ich es mir bei ihm nicht vorstellen«, sinnierte Higgins. »Er kommt mir zu sachlich vor, als daß er sich mit einer seiner Agentinnen einlassen würde.«

»Denken kann man viel ...«, brummte McIndoe.

»Das ist eben der Unterschied!« rief Higgins mit einem triumphierenden Lächeln. »Wenn man so lange verheiratet ist wie ich, dann weiß man solche Dinge einfach. Man entwickelt so eine Art siebten Sinn.«

»Klar, Charlie«, murmelte McIndoe in einem wenig überzeugten Ton.

Higgins sah mit besorgter Miene auf die Uhr. »Sie hat jetzt schon eine Verspätung von dreißig Minuten. Was ist, wenn man sie gefangengenommen hat? Wie lang hält sie in einem Verhör durch? Sie könnte den Deutschen in diesem Moment unseren genauen Standort verraten. Die Sache gefällt mir nicht, Mac. Da stinkt was zum Himmel. Wir hätten uns längst verdrücken sollen. Und uns nicht irgendeinem deutschen U-Boot auf dem silbernen Tablett anbieten.«

»Glauben Sie nicht, daß ich genauso besorgt bin wie Sie?« entgegnete McIndoe. »Aber Nicky führt nun mal das Kommando, und wir müssen seine Anweisungen befolgen.«

»Das ist die andere Sache, die mich wurmt: Warum muß ich von einem Bürohengst Befehle entgegennehmen? Wir beide haben zusammen ungefähr zwanzig Missionen hinter uns gebracht. Und für ihn ist dies hier sein erster Fronteinsatz. Das ist doch nicht richtig, oder?«

»Wenn es Ihnen so viel ausmacht, sollten Sie gleich nach unserer Rückkehr nach Valletta bei Starr eine offizielle Beschwerde einlegen. Wer weiß, vielleicht kommt Ihre Beförderung nach Nordafrika um so schneller.«

»Das war schäbig, Mac.«

»Auch nicht schäbiger als Ihr Kommentar über Ravallo.«

»Sehen Sie nur!« Higgins packte McIndoe aufgeregt am Ärmel und deutete zum Strand.

Der Schotte hatte es schon bemerkt. Ein Licht blitzte in verschiedenen Intervallen auf. Es war der Morsecode.

»Hier … ist … der … Star«, entzifferte er laut. »Versteht … ihr … mich?«

Mit Hilfe einer Stabtaschenlampe antwortete Ravallo: »Star, hier ist die Heimatbasis. Ich verstehe dich.«

»Bin … schon … unterwegs«, buchstabierte McIndoe.

»Das ist Stella!« meldete Ravallo nach oben.

»Oder eine Falle«, murmelte Higgins.

»Ich steige zum Deck runter und organisiere die Bergung. Sie machen das Boot schon mal startklar und fahren sofort los, sobald ich Ihnen das Zeichen dazu gebe.«

»Worauf Sie sich verlassen können, Mac.«

McIndoe stieg die Treppe hinunter und rief sein Team zusammen. »Das könnte eine Falle sein. Bleiben Sie auf Ihren Posten und setzen Sie die Scheinwerfer nur ein, wenn ich es sage.«

»Wenn es eine Falle ist, müssen wir warten, bis Sie uns den Schießbefehl geben?« fragte Hillyard.

»Nicht, wenn die anderen das Feuer eröffnen«, antwortete McIndoe. »Aber wir können ja nicht wissen, ob Lieutenant di Mauro vielleicht zur Tarnung eine deutsche Uniform trägt. Benutzen Sie darum einfach Ihren gesunden Menschenverstand.«

»Es ist keine Falle«, beharrte Ravallo, als McIndoe auf ihn zukam. »Nach meiner Ankunft in Gibraltar haben wir eine Liste mit Codenamen für sie zusammengestellt, die angeblich für unsere Agenten in Italien, Sizilien und Griechenland stehen, in Wirklichkeit aber allesamt frei erfunden sind. Aber das können die Deutschen natürlich nicht wissen. Wäre Stella also gefangengenommen worden, hätte sie ihnen nur einen der Codenamen verraten, und die Deutschen wären ihr auf den Leim gegangen. Nein, Mac, das da draußen ist Stella, und zwar allein.«

»Das glaube ich erst, wenn sie sicher an Bord ist und wir Kurs auf Malta nehmen«, meinte McIndoe.

»Ich selbst hatte allmählich das Schlimmste befürchtet«, gestand Ravallo. »Wäre ihr etwas zugestoßen, hätte ich meinen Vorgesetzten eine lange Liste unbequemer Fragen beantworten müssen.«

»Und das ist das einzige, was Sie beunruhigt? Daß Sie sich vor Ihren Vorgesetzten rechtfertigen müßten, wenn man sie gefangengenommen hätte?«

»Natürlich liegt mir auch an meinen Agenten, aber man muß lernen, auf Distanz zu achten. Ich habe es Ihnen ja schon mal gesagt: Man sollte seine Aufgabe unabhängig von irgendwelchen Gefühlen erledigen. Das mag Ihnen kaltherzig vorkommen, aber anders geht es nicht.«

McIndoe gab keine Antwort. Er sah es ja genauso und hatte seine Kollegen bei der Firma nie zu nahe an sich herangelassen. Sie waren eher Bekannte als Freunde. Alle seine Freundschaften schloß er außerhalb der Arbeit ...

»Ich höre einen Außenbordmotor, Sir!« rief Johnson seinem Chef zu.

Sekunden später sichteten sie ein zwölf Fuß langes Skiff. Es kam rasch näher. An Bord kauerten zwei schemenhafte Gestalten, doch in der Dunkelheit ließ sich nichts Genaueres erkennen. McIndoe warf schon mal die Jakobsleiter über die Reling und sah erst jetzt, als das Skiff sie fast erreicht hatte, daß beide Gestalten weite schwarze Pullover und Hosen trugen. Die Person am Bug hatte außerdem eine schwarze Wollmütze tief ins Gesicht gezogen. Sie war diejenige, die die Jakobsleiter packte und hochkletterte. Johnson richtete die ganze Zeit seine MP auf sie, auch dann noch, als Ravallo ihr an Bord half.

»Du kommst spät«, knurrte er ärgerlich. »Gerade du müßtest doch wissen, daß man ein Boot nicht in feindlichem Gewässer warten lassen darf.«

»Es tut mir leid, Nicky«, erwiderte eine leise, etwas rauhe Frauenstimme. »Uns ist kurz vor dem Strand das Benzin ausgegangen. Wir mußten die letzten zwei Meilen zu Fuß zurücklegen.«

»Euch ist das Benzin ausgegangen?« rief Ravallo wütend. »Wie originell!«

»Es stimmt aber. Der Tank war leck. So was kommt vor, Nicky. Vielleicht nicht in deiner perfekten Welt, aber ganz bestimmt in der wirklichen.«

McIndoe hörte verblüfft zu. Die wenigsten wagten es,

sich mit ihren direkten Vorgesetzten anzulegen, doch diese Frau ließ sich nichts gefallen und teilte sogar noch aus. Und dennoch verriet ihr Ton keine Spur von Aufsässigkeit. Sie nannte die Dinge schlichtweg beim Namen.

»Boß, da draußen ist was«, meldete Evans vom Bug. »Es hört sich an wie ... knarzendes Holz.«

»Lichter an!« schrie McIndoe.

Sofort tauchten die an Steuerbord und Bug angebrachten Scheinwerfer das Wasser in grelles Licht und beleuchteten drei kleine Ruderboote. In jedem saßen drei Deutsche mit Schwimmwesten über der Uniform. Der Soldat im Bug des ersten Boots, ein Feldwebel, bellte einen Befehl, und eine Salve prasselte gegen den Rumpf des MTB. Eine Kugel zerstörte den Scheinwerfer an Steuerbord. In diesem Moment sah McIndoe, wie sich eine deutsche MP auf Stella und Ravallo richtete. Er wußte nicht, ob sie es bemerkt hatten und hatte auch keine Zeit mehr, sie zu warnen. Blitzschnell hechtete er auf Stella zu, die mit dem Rücken zu ihm dastand, und riß ihr die Füße weg. Sie stolperte und fiel gegen Ravallo. Während sie noch stürzten, pfiffen die Kugeln knapp über ihre Köpfe hinweg. McIndoe brauchte Johnson und Evans nicht zu befehlen, das Feuer zu erwidern. Hillyard richtete das Vickers-MG auf das erste Boot und zog ab. Der Feldwebel kippte nach dem ersten Feuerstoß leblos ins Meer. Die anderen zwei sackten ebenfalls gegen die Bordwand, während das Boot bereits zu sinken begann. Durch die Einschußlöcher strömte immer schneller Wasser herein.

Higgins, der den Anker gleich bei Stellas Ankunft gelichtet hatte, warf den Motor an und jagte nach einer scharfen Kurve auf die zwei anderen Ruderboote zu, die hilflos im Licht der Bugscheinwerfer dümpelten. Der vorne flach auf dem Deck liegende Evans feuerte unentwegt auf die Deutschen. Sie waren in einer wenig beneidenswerten Lage. Sollten sie den Kampf fortsetzen, oder sollten sie sich retten, bevor ihre Nußschalen von dem heranrasenden MTB weggefegt wurden? Zwei kamen zu dem Schluß, daß Sicherheit der Tapferkeit bei weitem vorzuziehen war, und sprangen gerade noch rechtzeitig ins Wasser, bevor das MTB sie zermalmte. Der dritte blieb. Sein markerschütternder Todesschrei übertönte den Aufprall. Dann riß Higgins das Steuer herum und nahm die Verfolgung des letzten Bootes auf, wobei die Bugwelle des MTB das winzige Gefährt hochhob und ein Mann ins Meer stürzte. Ob es Wagemut war oder ein letzter fehlgeleiteter Versuch, Befehle auszuführen, ließ sich nicht sagen – jedenfalls schoß einer der beiden Verbliebenen auf das Ruderhaus. Die Kugeln prallten wirkungslos von der gepanzerten Fensterscheibe ab; Evans erwiderte das Feuer und tötete alle beide.

Einen Moment lang senkte sich gespenstische Stille über die Szene, dann hob sich McIndoe auf ein Knie und spähte über die Reling. Er zählte fünf im hell erleuchteten Wasser treibende Tote. Zwei Männer klammerten sich an ihr kieloben treibendes Ruderboot. Sie schienen kaum älter als achtzehn. Über das Gesicht des einen strömte Blut. Von zwei weiteren Soldaten fehlte jede Spur. Sie mußten als tot gelten.

»Charlie, können Sie uns näher an die beiden ranbringen?«

Während Higgins der Aufforderung nachkam, winkte McIndoe Evans zu sich. »Wir holen sie aus dem Wasser. Aber richten Sie Ihre Waffe auf sie. Sobald sie einen Trick versuchen, schießen Sie.«

»Mit Vergnügen«, brummte Evans.

»Mac?« meldete sich Ravallo. »Stella sagt, daß die Deutschen mindestens ein Schnellboot im Hafen von Galea liegen haben. Wir sollten nicht zu lange hierbleiben.«

»Keine Sorge. Wir holen die zwei nur noch zum Verhör an Bord, dann geht es mit Volldampf ab nach Hause. Glauben Sie mir, ich will hier keine Sekunde länger bleiben als Sie.«

Higgins fuhr längsseits neben das gekenterte Ruderboot. Auf deutsch befahl McIndoe den beiden Soldaten, an der Jakobsleiter hochzuklettern. Sie tauschten ängstliche Blikke, machten aber keinerlei Anstalten zu gehorchen.

Da riß Ravallo fluchend Johnson die MP aus der Hand

und schoß knapp vor ihnen ins Wasser. »Entweder ihr kommt jetzt sofort an Bord, oder ich erschieße euch«, fauchte er sie auf deutsch an. »Ihr habt die Wahl!«

Der erste klammerte sich an die Leiter und kletterte hoch. Evans zog ihn unsanft über die Reling, und Johnson durchsuchte ihn hastig nach verborgenen Waffen. Dann mühte sich der andere die Leiter hinauf. Er wurde kurzerhand von Hillyard gepackt und zu Boden geworfen, damit Johnson ihn filzen konnte. Beide waren unbewaffnet.

»Nehmen Sie sie nach unten mit. Und verarzten Sie den hier.« McIndoe deutete auf den blutüberströmten Soldaten und sah zu, wie Evans und Hillyard die zwei jungen Männer durch die Luke zerrten. Dann gab er Higgins mit in die Höhe gerecktem Daumen das Aufbruchssignal. »Das war ein guter Bluff«, brummte er an Ravallo gewandt. »Den muß ich beim nächstenmal auch ausprobieren.«

»Wer sagt, daß ich geblufft habe?« erwiderte der Amerikaner und drehte sich zu Stella um. »Wir müssen miteinander reden.«

»Sie können den Navigationsraum unten benutzen«, schlug McIndoe vor.

»Geben Sie uns ein paar Minuten allein, Mac«, bat Ravallo. »Zuallererst muß ich ein paar Dinge für mich klären. Dann können Sie runterkommen. Sie haben das gleiche Recht wie ich zu erfahren, was heute nacht schiefgelaufen ist.« Er packte Stella am Arm und führte sie zur Luke.

McIndoe kletterte zum Ruderhaus hinauf. »Irgendein Schaden im Maschinenraum?«

Higgins schüttelte den Kopf. »Mir wurde keiner gemeldet. Hat es bei uns Verwundete gegeben?«

»Nein«, erklärte McIndoe. »Vielleicht können ja unsere Gefangenen was dazu sagen, wie sie von unserem Rendezvous erfahren haben.«

»Was wollen Sie damit andeuten, Mac? Daß es auf unserer Seite eine undichte Stelle gibt?«

»Im Moment will ich überhaupt nichts andeuten. Fest steht nur, daß sie genau wußten, wann und wo wir Stella treffen würden. Vielleicht haben sie sie beschattet. Wer weiß das schon? Nicky unterhält sich jetzt mit ihr. Hoffentlich kann er was rausfinden.«

»Und wie ist sie so?« fragte Higgins.

»Offen gestanden habe ich noch nicht mal ihr Gesicht zu sehen bekommen. Sie scheint allerdings ziemlich temperamentvoll zu sein, um das Mindeste zu sagen.«

»Na gut – Hauptsache, wir haben sie wohlbehalten an Bord gebracht und so gut wie keinen Schaden erlitten«, seufzte Higgins.

»Wir sind noch nicht außer Gefahr«, mahnte McIndoe.

»Keins von ihren Schnellbooten könnte auf offenem Meer mit uns mithalten. Und bei unserem Tempo hätten auch ihre U-Boote keine Chance. Das ist ja das Tolle an diesem Ding. Wenn es erst mal in Fahrt kommt, ist es eine Klasse für sich. Angreifbar ist es nur, wenn es steht.«

McIndoe nickte. »Ich nehme mir jetzt wohl besser unsere Gefangenen vor. Bis später.« Er wandte sich ab und kletterte unter Deck. Die Tür gleich neben der Stufe war geschlossen; dahinter befanden sich Stella und Ravallo. Er ging weiter zu der Kabine am Ende des Korridors, wo er die zwei Deutschen vor der Wand hockend vorfand. Evans hatte im Maschinenraum zwei Seilstücke gefunden und ihnen die Hände hinter dem Rücken gefesselt. Mit vor Angst weit aufgerissenen Augen starrten sie ihre Feinde an. »Wie geht's ihm?« fragte McIndoe und deutete auf den Verletzten, der jetzt einen dicken Kopfverband trug.

»Er wird's überleben.« Evans klappte den Erste-Hilfe-Kasten zu und stand auf. »Trotzdem hat er sich böse verletzt. In Valletta muß er unbedingt zum Arzt.«

»Haben Sie schon versucht, sie zu verhören?«

»Name, Dienstgrad und Kennummer«, schnaubte Hillyard. »Mehr ist nicht aus ihnen rauszukriegen.«

»Wundert mich nicht«, brummte McIndoe. »Sehen Sie sie sich nur an. Die schlottern ja vor Angst. Jede Wette, daß sie vor heute nacht noch nicht mal aus Wut auf jemand geschossen haben.«

»Dann war das eben ihre Feuertaufe«, knurrte Hillyard. »Sollen wir das Verhör fortsetzen?«

»Kann nicht schaden, auch wenn ich bezweifle, daß sie uns etwas Nützliches sagen können. Wahrscheinlich haben sie nur ihre Befehle befolgt.«

»Wenn sie etwas wissen, dann kitzeln wir es aus ihnen raus.« Mit einem kalten Lächeln sah Hillyard auf die beiden Deutschen hinunter. »Ein paar Blutergüsse mehr werden nach ihrer Eskapade heute nacht nicht auffallen.«

McIndoe packte ihn am Arm und führte ihn außer Hörweite. »Sie krümmen ihnen kein Haar! Verstanden?«

»Wir werden vielleicht ein bißchen nachhelfen müssen, damit sie uns sagen, was sie wissen.«

»Haben Sie mich verstanden?« zischte McIndoe.

»Aber die anderen Offiziere der Firma …«

»Die anderen Offiziere sind mir gleich«, fuhr ihm der Schotte wütend über den Mund. »Ihre Verhörmethoden sind mir zu Ohren gekommen, und sie widern mich an. Es wundert mich, daß andere Offiziere so etwas geduldet haben, aber darum geht es im Moment nicht. Unter meinem Kommando gibt es jedenfalls keinerlei Folter von Gefangenen, und wenn ich erfahre, daß Sie meinen Befehl mißachtet haben, setze ich Sie unverzüglich ins nächste Flugzeug nach Blighty, wo Sie sich wegen Gehorsamsverweigerung vor einem Kriegsgericht zu verantworten haben. Ist das klar?«

»Vollkommen«, murmelte Hillyard betreten.

McIndoe ging wieder den Korridor hinunter und hielt vor der anderen Tür an. Da aus der Kabine keine Stimmen zu hören waren, klopfte er scharf. »Wer ist da?« rief Ravallo.

»McIndoe. Alles in Ordnung?«

Eine Antwort erhielt er nicht. Doch Sekunden später wurde der Schlüssel im Schloß gedreht, die Tür ging auf, und Ravallo winkte ihn herein. Stella saß, das Gesicht in den Händen verborgen, am Tisch. Im Aschenbecher neben ihrem Ellbogen glühte eine zur Hälfte gerauchte Zigarette. Hinter einer Zigarettenschachtel lag eine italienische Beretta vor ihr auf dem Tisch.

»Stella, das ist Lieutenant Sam McIndoe«, stellte Ravallo

vor. »Er ist der Kommandant der britischen SOE-Einheit, die mir für diese Operation zugewiesen wurde.«

Jetzt erst ließ Stella die Hände sinken und sah zu McIndoe auf. Zum erstenmal konnte er ihr Gesicht erkennen, und selbst das grelle Licht der Deckenlampe vermochte ihrer makellosen Schönheit nichts anzuhaben – ihrem regelmäßigen olivfarbenen Teint, den klassischen hohen Wangenknochen, der hübschen kleinen Nase, den leidenschaftlichen blaßblauen Augen und dem langen seidigen Haar, das ihr über die Schultern fiel.

Stella erwiderte seinen Blick mehrere Sekunden lang, dann griff sie nach ihrer Zigarette, lehnte sich zurück und nahm einen tiefen Zug. »Es tut mir leid, daß es vorhin so gekommen ist«, sagte sie mit ihrer weichen, leicht rauhen Stimme.

»War es denn Ihr Fehler?« fragte McIndoe und suchte in ihrem Gesicht aufmerksam nach Anzeichen unbewußter Schuldgefühle. Er vermochte keine zu entdecken.

»Nicky scheint davon auszugehen«, antwortete sie gedehnt. »Und er ist derjenige, dem sie in der Basis in Gibraltar glauben werden. Das tun sie ja immer. Stimmt doch, Nicky, nicht wahr?«

»Jemand hat das mit dem Rendezvous verraten«, sagte Ravallo kurz angebunden.

»Ich jedenfalls nicht«, betonte Stella, doch zum erstenmal schlich sich ein angespannter Ton in ihre Stimme. Hastig zog sie mehrmals an ihrer Zigarette und drückte sie dann im Aschenbecher aus. »Ich habe keine Ahnung, wie die Deutschen das rausgefunden haben, aber ganz gewiß nicht wegen einer Unachtsamkeit meinerseits. Das steht für mich so fest wie das Amen in der Kirche.«

Ravallo starrte sekundenlang zu Boden, dann hob er den Blick zu McIndoe. »Wir haben Ihnen noch gar nicht dafür gedankt, daß Sie uns das Leben gerettet haben, Mac. Wenn Sie uns nicht umgerissen hätten, wären wir jetzt tot.«

»Ach, Sie waren das?« rief Stella. Ihre Augen ruhten auf dem Schotten.

»Es war eine instinktive Reaktion, das ist alles. Hoffentlich habe ich Ihnen nicht weh getan.« McIndoe grinste sie verlegen an. »Seien Sie mir nicht böse; das muß ja furchtbar onkelhaft geklungen haben.«

Plötzlich riß sie die Pistole vom Tisch und zielte auf McIndoe. Der stand erstarrt da. Nur seine Augen waren weit aufgerissen, und sein Mund öffnete sich zu einem stummen Schrei. Er wollte einen Hechtsprung machen, dem sicheren Tod entkommen, doch seine Beine fühlten sich an, als würde Blei daran haften. Jäh donnerte ein Schuß ... Er zuckte zusammen, wartete auf den brennenden Schmerz, doch nichts geschah. Die Kugel hatte ihn verfehlt.

»Was, zum Teufel ...« McIndoe bekam vage mit, daß Evans vom Korridor aus etwas schrie. Er fühlte sich total benommen und stand noch immer unter Schock.

»Er ist tot!«

Ravallos Stimme riß den Schotten aus seiner Trance. Er drehte sich um und sah einen deutschen Soldaten längs vor der offenen Tür liegen. Mit der leblosen Hand hielt er immer noch ein Springmesser umklammert. Durch ein Einschußloch in seiner Brust sickerte Blut. Seine Uniform war tropfnaß, und um ihn herum hatte sich bereits eine Pfütze gebildet. Hillyard, Johnson und Passière, die alle aufgeschreckt herbeigeeilt waren, standen neben Ravallo und Evans, die vor dem Toten kauerten.

»Tut mir leid, Sam«, sagte Stella mit einem entschuldigenden Lächeln. Die Pistole baumelte jetzt in ihrer Hand. »Urplötzlich ist er hinter Ihnen aufgetaucht. Ich sah das Messer, hatte aber keine Zeit mehr, Sie zu warnen. Mir blieb nichts anderes übrig, als zu schießen, sonst hätte er Sie umgebracht.«

»Da bin ich aber froh, daß Sie so schnell reagiert haben.« Die Erleichterung war nur zu deutlich aus McIndoes Stimme herauszuhören. »Sie haben mir das Leben gerettet.«

»Damit wären wir quitt«, lächelte sie.

»Wo kam der überhaupt her?« fragte Evans.

»Ist er nicht einer von den Gefangenen?« wollte Ravallo wissen.

»Ganz gewiß nicht«, erklärte Evans. »Die zwei liegen gut verschnürt in der anderen Kabine.«

»Offenbar ist er einer von den zwei Deutschen, die wir vorher aus den Augen verloren haben«, schloß Hillyard. »Er muß an Bord geklettert sein, bevor wir losgefahren sind.«

»Bruce, ich will, daß Sie und Neville das Schiff gründlich durchsuchen, falls der andere sich auch noch reingeschlichen hat«, befahl McIndoe. Sein Blick flackerte anklagend zwischen den Teammitgliedern hin und her, doch seine Wut galt vor allem sich selbst.

»Alles klar, Boß«, antwortete Hillyard, und die zwei Männer stiegen die Treppe hinauf.

»Und Sie durchkämmen alles hier unten, Georges«, sagte McIndoe an Passière gewandt, der die Suche sofort begann. »Taffy, Sie behalten die Gefangenen im Auge. Falls der andere Deutsche an Bord ist, versucht er womöglich, sie zu befreien.«

Ravallo löste das Messer aus der Hand des Toten, trat damit in die Kabine und warf es auf den Tisch. »Das war knapp, Mac.«

»Zu knapp. Und schuld daran bin ich. Ich hätte das Boot vor der Abfahrt durchsuchen lassen müssen.«

»Sie konnten unmöglich wissen, daß so etwas passieren würde«, sagte Stella.

Ravallo nickte. »Stella hat recht. Sie sind zu streng mit sich.« Er nahm eine Zigarette aus der Schachtel, die auf dem Tisch lag, und zündete sie an. Dann zog er einen Stuhl an den Tisch und setzte sich. »Trotzdem bleibe ich dabei, daß auf deiner Seite eine undichte Stelle ist, Stella. Was ist mit dem Typen, der dich zum Rendezvous gebracht hat?«

»Angelo ist einer der zuverlässigsten Partisanen in der ganzen Organisation. Das ist auch der Grund, warum gerade er für diesen Auftrag ausgesucht wurde.«

»Einer der zuverlässigsten Partisanen in der ganzen Organisation?« wiederholte Ravallo sarkastisch. »Was ist das? Ein Euphemismus für Maulwurf?«

»Es tut mir leid, wenn ich dich enttäuschen muß, Nicky, aber er hat erst von dem Rendezvous erfahren, nachdem wir Gela bereits verlassen hatten. Ich gab ihm seine Instruktionen unterwegs. Und bevor du anfängst, die anderen Partisanen zu beschuldigen, sage ich dir, daß sie nichts vom Rendezvous wußten. Nicht einmal ihr Anführer. Die einzige, die Bescheid wußte, war ich.«

Hillyard erschien in der Türöffnung. »Oben ist nichts, Boß. Und der Lache auf dem Achterdeck nach zu urteilen muß er sich dort versteckt haben. Wahrscheinlich hat er gewartet, bis wir alle unten waren, um dann anzugreifen.«

»Aber Johnson war doch die ganze Zeit oben«, sagte Ravallo. »Und es gibt nur eine Luke, die nach unten führt. Wie ist es möglich, daß er nichts gesehen hat?«

»Es ist oben ziemlich dunkel, wenn kein Licht brennt«, erklärte ihm Hillyard. »Ohne Taschenlampen hätten wir uns nicht zurechtgefunden. Da kann der Deutsche leicht unbemerkt an Neville vorbeigeschlüpft sein.«

»Okay, das ist fürs erste alles.« Mit einer knappen Handbewegung entließ McIndoe Hillyard.

»Ich sehe noch eine andere Möglichkeit«, meinte Stella, sobald sie allein waren. »Kann es nicht sein, daß Ihr Mann von der Anwesenheit des Deutschen wußte und ihn durchließ?«

»Worauf wollen Sie hinaus?« rief McIndoe empört. »Daß Johnson für den Feind arbeitet?«

»Die einzigen außer mir, die im voraus wußten, wo wir uns treffen würden, sind alle an Bord dieses Bootes«, sagte Stella, den Blick fest auf McIndoe gerichtet. »Selbst meine Vorgesetzten kannten die Koordinaten nicht. Ich habe sie Nicky, kurz bevor er Gibraltar verließ, übermittelt. Dafür habe ich einen von ihm selbst erfundenen Code benutzt, den nur die Agenten kennen, die er führt. Selbst wenn es den Deutschen gelungen sein sollte, den Funkspruch abzufangen, hätten sie in so kurzer Zeit nicht daraus schlau werden können.«

McIndoe ging zur Tür und rief: »Taffy!«

Evans trat aus der Kabine am anderen Ende des Korridors. »Boß?«

»Wo ist Neville?«

»An Deck, glaube ich.«

»Sagen Sie ihm, daß ich ihn auf der Stelle sehen will.«

Als Neville bald darauf eintrat, war er entsetzlich nervös. »Sie wollten mich sprechen, Lieutenant?«

McIndoe baute sich wütend vor ihm auf. »Warum sind Sie oben geblieben, obwohl alle anderen runterkamen?«

»Ich ... na ja ...«

»Spucken Sie's aus, Mann!«

»Ich war mit Sublieutenant Higgins im Ruderhaus«, murmelte Johnson betreten. »Es tut mir leid, daß ich nichts gesehen habe, Sir.«

»Es ist nicht Ihre Schuld«, brummte McIndoe und schenkte ihm ein aufmunterndes Lächeln. »Das wäre alles, Neville. Sie können wieder gehen.«

Johnson sah ängstlich von einem Gesicht zum anderen, ehe er sich schließlich umdrehte und hinausging.

»Er könnte bei Higgins gewesen sein, um ihn abzulenken«, bemerkte Stella.

»Vielleicht ist Charlie Higgins sein Komplize«, schnaubte McIndoe. »Und warum nicht auch Georges Passière? Immerhin saß er in der Funkkabine. Er könnte alles brühwarm den Deutschen gemeldet haben. Wer weiß, vielleicht steckt auch Nicky unter einer Decke mit uns.« Er sah Ravallo an. »Nun, Nicky? Sind Sie auch ein Spion der Nazis?«

Ravallos Züge wurden hart, doch er blieb stumm.

»Ich weiß, daß ich es nicht war!« erwiderte Stella hitzig.

»Ich brauche Luft«, stieß McIndoe hervor und stürmte aus der Kabine.

Ravallo funkelte Stella an. Unvermittelt sprang er auf und rannte dem Schotten nach. Er fand ihn auf dem Deck, wo er die Fäuste um die Steuerbordreling ballte. »Sie versteht sich darauf, mit dem eisernen Besen zu kehren. Ich schätze, deswegen ist sie auch so ...«

»So gut?« vollendete McIndoe, als Ravallo zögerte.

»Stimmt, das wollte ich sagen.«

»Und wenn sie recht hat?« fragte der Schotte, ohne den Blick vom Wasser zu wenden. »Und wenn wir einen Nazispion an Bord haben?«

»Verdächtigen Sie jemand?«

»Ich würde für jeden einzelnen die Hand ins Feuer legen«, erklärte McIndoe. »Ich habe mit allen bei mehreren komplizierten Operationen zusammengearbeitet und hatte nie Grund, an ihrer Zuverlässigkeit zu zweifeln. Unvorstellbar, daß einer von ihnen für den Feind arbeiten soll.«

»Mag sein, trotzdem ändert das nichts an der Tatsache, daß jemand den Deutschen heute nacht einen Wink gegeben hat. Die Frage ist nur: Wer?«

McIndoe zog eine Zigarettenschachtel aus der Tasche und hielt sie Ravallo entgegen, ohne sich umzusehen. Keine Reaktion. Erst als er den Kopf drehte, merkte er, daß Ravallo so lautlos verschwunden war, wie er gekommen war. Also schob er die Zigarette sich selbst zwischen die Lippen und zündete sie an. Plötzlich war er allein mit seinen Gedanken. Und er mußte sich über vieles klar werden …

»Das ist eine schwerwiegende Beschuldigung, Lieutenant di Mauro«, sagte Vice-Admiral Starr, nachdem er sich Stellas Bericht über die beunruhigenden Ereignisse der Nacht angehört hatte. »Zumal Sie keinerlei Beweise dafür haben.«

»Ich weiß nur, daß ich gegen keine Sicherheitsvorkehrungen verstoßen habe«, antwortete Stella. Ihre Augen flakkerten zwischen Ravallo und McIndoe, die links und rechts neben ihr standen, hin und her. »Und die einzigen, die sonst noch von dem Rendezvous wußten, sind Lieutenant McIndoe und seine Leute.«

»Und Major Ravallo«, fügte Starr hinzu.

»Wenn Sie Nicky so wie ich kennen würden …«

»Ersparen Sie mir Sentimentalitäten, Lieutenant!«

»Sir, ich wollte nur …«

»Es reicht, Stella!« fuhr Ravallo wütend dazwischen. »Solange wir die Sache nicht klären, stehen wir alle unter Verdacht.«

Stella schluckte ihre Wut hinunter und überkreuzte die Arme fest vor der Brust.

»Ich kann verstehen, daß Ihnen die Vorstellung schwerfällt, Major Ravallo könnte an einem so abscheulichen Verbrechen wie Hochverrat beteiligt sein, Lieutenant di Mauro, aber genauso geht es mir mit meinen Leuten.« Starr deutete auf McIndoe. »Ich kenne sie alle persönlich. Sie sind eine verdammt gute Truppe. Trotzdem läßt sich nicht daran rütteln, daß es irgendwo ein Leck gibt, das wir schleunigst finden und stopfen müssen, sonst ist die Operation gescheitert, noch bevor sie begonnen hat.«

»Werden wir abgelöst?« fragte McIndoe.

»Das wird sich noch erweisen.« Mehr wollte Starr nicht preisgeben. Er wechselte das Thema: »Was ist mit den beiden Deutschen, die Sie aus dem Meer gefischt haben?«

»Sie wurden nach der Ankunft in Valletta der Militärpolizei übergeben.«

»Haben Sie was aus ihnen rausgekriegt?«

»Nichts, außer Namen, Rang und Dienstnummer, Sir«, antwortete McIndoe. »Aber meiner Meinung nach wußten sie ohnehin nicht mehr.«

»Das werden wir sicher bald erfahren, wenn sie von der Spionageabwehr verhört werden«, brummte Starr. Er sah auf die Uhr. »Es ist schon halb fünf. Schlafen Sie eine Runde. Draußen wartet ein Jeep; der bringt Sie in Ihre Unterkunft. Ich werde mir Lieutenant di Mauros Bericht vornehmen und dann über die weitere Vorgehensweise entscheiden. Das wäre fürs erste alles. Ich danke Ihnen.«

Als die drei sich erhoben, deutete Starr mit dem Pfeifenstiel auf McIndoe. »Sie brauche ich noch einen Moment.«

»Wir warten draußen«, murmelte Ravallo. Er folgte Stella in den Korridor und schloß die Tür hinter sich.

Starr räusperte sich. »Was halten Sie von all dem, McIndoe? Glauben Sie, daß wir Lieutenant di Mauro trauen können?«

Der Schotte schüttelte den Kopf. »Wenn sie lügt, dann spielt sie die Rolle der Verratenen meisterhaft. Nein, ich glaube, sie sagt die Wahrheit.«

»Ich neige zur gleichen Sichtweise. Sie ist eine äußerst direkte, offene junge Frau. Aber wenn wir ihr trauen können, dann kann nur Major Ravallo oder einer aus Ihrem Team die undichte Stelle sein.«

»Es sieht ganz so aus, Sir«, stimmte McIndoe widerstrebend zu.

»Ich beabsichtige, eine interne Ermittlung einzuleiten. Und wenn ich die Ursache des Lecks nicht finde, werden Sie und Ihr Team für die Dauer eines offiziellen Verfahrens suspendiert. Das würde bedeuten, daß ich ein anderes Kommando einsetzen müßte. Ich kann nur hoffen, daß es nicht so weit kommt, McIndoe, denn ich habe Sie und Ihre Leute ausgewählt, weil Sie meiner Ansicht nach die geeignetsten für diesen Teil der Operation sind.« Starr legte seine Pfeife beiseite und rieb sich müde die Augen. »Das wäre alles. Schlafen Sie ein bißchen.«

»Sie sehen so aus, als könnten Sie auch eine Mütze Schlaf vertragen, Sir«, sagte McIndoe.

»Da haben Sie sicher recht, aber nach den Ereignissen dieser Nacht liegt mir momentan nichts ferner.«

»Wann soll ich mich wieder bei Ihnen melden, Sir?«

»Ich lasse Sie holen. Bis zu einer zufriedenstellenden Klärung der Angelegenheit dürfen Sie und die anderen Ihre Baracken nicht verlassen. Das werden Ihnen die vor diesem Haus postierten Militärpolizisten inzwischen auch schon eröffnet haben. Ohne meine ausdrückliche Genehmigung lassen sie niemanden raus.«

»Ich verstehe, Sir.«

»Sie können gehen, McIndoe.« Ohne eine Antwort abzuwarten, griff Starr nach dem Ordner, der Stellas verschlüsselten Bericht über die deutschen Truppenmassierungen auf Sizilien enthielt.

»Gute Nacht, Sir«, sagte McIndoe und verließ den Raum.

Starr nahm seine Brille ab und massierte sich den Nasenrücken. »Das ist sie bislang wahrlich nicht gewesen«, murmelte er vor sich hin und starrte die geschlossene Tür an. Dann setzte er die Brille wieder auf, öffnete den Ordner und begann zu lesen.

5

Im Herbst 1941 war Hitler zu der Überzeugung gelangt, daß der Krieg im Mittelmeer die Ressourcen der Achsenmächte über Gebühr beanspruchte, die anderswo effektiver eingesetzt werden konnten, insbesondere an der Ostfront gegen die Russen. Andererseits war er klug genug, um zu erkennen, daß es töricht, wenn nicht sogar selbstmörderisch wäre, den Würgegriff um Italien und Griechenland zu lockern, da sonst das Ende des anderen Diktators, Benito Mussolinis, besiegelt gewesen wäre. Dessen Armee hielt er für einen unorganisierten, müden Haufen, dem es an der nötigen Aggressivität fehlte; und die italienische Marine schien sich aus Furcht vor den Briten kaum noch aufs Meer zu wagen. Spätestens da hatte Hitler erkannt, daß ihm nur eine Möglichkeit offenstand: Er mußte einen bewährten General finden, der ihm voll und ganz ergeben war und die Aktionen der Achsenmächte auf diesem riesigen Kriegsschauplatz koordinierte. Seine Wahl fiel auf den fünfundsechzigjährigen Feldmarschall Albert Kesselring.

Kesselring trat seinen neuen Posten als Oberbefehlshaber Süd im November 1941 an. Dem Karrieresoldaten gelang es innerhalb kurzer Zeit, die zunächst ablehnende Haltung der italienischen Armee mit einer Mischung aus diplomatischem Geschick und tiefem Verständnis für ihren nach zahllosen schmachvollen Niederlagen gegen die Alliierten verletzten Stolz zu überwinden. Er war von Natur aus ein freundlicher, umgänglicher Mensch, dem aufrichtig am Wohlergehen seiner Truppen gelegen war. Diesem Wesen verdankte er auch den Spitznamen ›Albert der Lächler‹.

Jetzt, im Februar 1942, verging Feldmarschall Albert Kesselring das Lächeln, als er hinter dem Schreibtisch seines großzügig ausgestatteten Büros im römischen Hauptquartier der Wehrmacht saß und sich anhörte, was ihm ein nervöser Major Gustav Rembold über die gescheiterte Kaperung des britischen MTB zu berichten hatte. Seine Wut wuchs von Sekunde zu Sekunde, sein Gesicht färbte sich dunkelrot.

»Also ist von den neun Männern, die Sie losgeschickt haben, nur einer lebend zurückgekehrt; zwei werden vermißt und sind wahrscheinlich ertrunken, zwei wurden gefangengenommen, und die übrigen vier sind tot«, stieß Kesselring zornig hervor.

»Jawohl, Herr Feldmarschall«, murmelte Rembold, den Blick auf seine blanken Stiefel gesenkt.

»Das ist eine unvorstellbare Stümperei!« brüllte Kesselring und drosch mit der Faust auf den Tisch. »Sie hatten nach dem Hinweis gestern abend genügend Zeit, Ihre Vorgehensweise zu planen. Seit meiner Ankunft in Rom habe ich viel Gutes über Sie gehört; das ist auch der Grund, warum Sie für diese Operation ausgesucht wurden. Sie haben mich zutiefst enttäuscht, Rembold, und inzwischen sollte sich zu Ihnen herumgesprochen haben, daß ich ein derartiges Versagen nicht dulde.«

Rembold schluckte. »Es wird nie wieder vorkommen, Herr Feldmarschall.«

»Da haben Sie recht.« Kesselring beugte sich vor; seine Finger umkrallten die Tischkante, und er starrte dem Offizier in die Augen. »Sagen Sie, Rembold, was wissen Sie über die Bedingungen an der Ostfront?«

»Ich – ich habe Berichte darüber gehört, Herr Feldmarschall«, stammelte der andere.

»Ich auch, und die sind alles andere als erfreulich. Es heißt, ein langer, harter Winter halte Rußland in seinen Klauen, aber das werden Sie bald selbst beurteilen können. Ihre Versetzung an die Ostfront wird Ihnen Ende dieser Woche zugestellt. Ich schlage vor, daß Sie sich darauf besser als auf Ihre gestrige Operation vorbereiten.«

»Jawohl, Herr Feldmarschall«, antwortete Rembold mit zitternder Stimme.

»Raus jetzt!«

Rembold salutierte steif und ging.

Das Telefon schrillte. Kesselring riß den Hörer von der Gabel. »Ja?« bellte er.

»Generalleutnant Student ist hier«, teilte ihm sein Adjutant aus dem Vorzimmer mit.

»Ah, gut. Bringen Sie ihn zu mir.« Kaum hatte er aufgelegt, als auch schon ein scharfes Klopfen ertönte. »Herein!«

Die Tür ging auf, und ein großgewachsener Mann mit kantigem Gesicht betrat das Büro. Im nächsten Moment wurde die Tür hinter ihm wieder geschlossen.

Generalleutnant Kurt Student salutierte, und Kesselring tat es ihm gleich. Auf den Nazigruß verzichteten beide. Sie waren Berufssoldaten, die seit der Machtergreifung durch Adolf Hitler 1933 jede Einmischung in die Parteipolitik vermieden hatten. Obwohl keiner von ihnen der NSDAP angehörte, waren sie dennoch eingeschworene Nationalisten, die den Kommunismus aus tiefstem Herzen verabscheuten.

Kesselring stand auf und streckte die Hand aus. »Schön, Sie wiederzusehen, Generalleutnant.«

»Die Freude ist ganz meinerseits, Herr Feldmarschall«, erwiderte Student und schüttelte die ihm gereichte Hand.

»Wann sind Sie aus Kreta zurückgekommen?« erkundigte sich Kesselring und setzte sich wieder.

»Vor einer Stunde. Ich komme direkt vom Flughafen.«

Infolge einer 1940 in Holland erlittenen Verwundung am Kopf sprach Student etwas zögernd. Die Kugel eines Heckenschützen hätte ihn fast getötet; danach hatte er sechs Monate lang in einem deutschen Krankenhaus gelegen. Von denen, die ihn kannten, betrachteten die wenigsten seine Behinderung als Nachteil. Kurt Student galt weithin als einer der besten und weitsichtigsten Köpfe der Wehrmacht und als brillanter Taktiker. Ihm verdankte es die deutsche Armee, daß Luftlandetruppen und Flugzeugträger eingeführt wurden, und er hatte auch den Luftangriff im Mai 1941 auf Kreta geplant, bei dem Eliteeinheiten der Fallschirmspringer den einzigen Flugplatz der Insel gegen zahlenmäßig weit überlegene Truppen der Alliierten eroberten und sich dort bis zum Eintreffen der Verstärkung behaupteten. Eine Woche später mußten die Alliierten die

Insel sogar in einem ungeordneten Rückzug verlassen. Dieser Triumph stellte sich jedoch als Pyrrhussieg heraus, denn er kostete über vierzig Prozent der daran beteiligten Soldaten das Leben. Hitler empfand die Verluste als unerträglich hoch und machte Student unmißverständlich klar, daß er die Landung von Fallschirmjägern hinter der Frontlinie nie wieder erlauben würde. Man setzte dann zwar 1944 in Italien noch eine begrenzte Anzahl von Fallschirmjägern ein, doch war Kreta der letzte Schauplatz einer Großoffensive, an der sich diese Truppe beteiligte.

»Der Offizier, der hier soeben rauskam, sah aus, als wäre er zu einem Exekutionskommando beordert worden«, kommentierte Student, während er sich setzte.

»Gut geraten. Am Wochenende wird er bis zu den Knien im Schlamm an der Ostfront stecken. Der Führer sagt ja immer, daß er frische Truppen für Rußland braucht, und ich bin nur froh, wenn ich ihm einen Gefallen tun kann.«

Nachdem Kesselring sich eine Zigarette angesteckt hatte, erläuterte er Student das gestrige Fiasko in sämtlichen Details. »Die Tatsache, *daß* er gescheitert ist, ist gar nicht das eigentliche Problem, sondern die Art und Weise, *wie* er gescheitert ist: Er hat die Operation nicht sorgfältig genug geplant. Er hat einfach einen Haufen junger, unerfahrener Soldaten gegen ein Elitekommando losgeschickt. Einzig der Feldwebel hatte so etwas wie echte militärische Erfahrung. Aber was nutzt schon ein Mann? Major Rembold wurde als einer der vielversprechendsten der hier in Italien stationierten jungen Offiziere angesehen. Darum habe ich mich ja für ihn entschieden. Vielleicht ist es ganz gut so, daß seine Grenzen rechtzeitig sichtbar wurden. Sonst wäre er womöglich noch befördert worden und hätte weitaus mehr Verantwortung getragen.«

»An der Ostfront kann er zeigen, aus welchem Holz er geschnitzt ist«, bemerkte Student. »Entweder er bewährt sich, oder er zerbricht.«

»Wenn er dort auch so einen Bock schießt, wird er nicht mehr dazu kommen, es zu bedauern. Und es wird nicht der Feind sein, der ihn tötet.« Kesselring klopfte die Asche von seiner Zigarette. »An der Ostfront wimmelt es von harten, kompromißlosen Soldaten; die Art von Veteranen, die in ganz Europa zahllose Schlachten geschlagen haben. Wenn sich ein Offizier ihren Respekt verdient, dann gibt es nichts, was sie nicht für ihn tun würden. Schafft er das aber nicht, kann er genausogut gegen eine Wand reden. Und das sind dann auch die Offiziere, die mit einer Kugel im Rükken enden, erschossen von den eigenen Männern.«

»Sie hören sich ja an, als lägen Ihre Sympathien bei den Soldaten, Herr Feldmarschall«, meinte Student.

»Es gibt auf dem Schlachtfeld nichts Gefährlicheres als einen Offizier, der seinen Rang mißbraucht, um seine eigenen Unzulänglichkeiten zu verdecken. Und erfahrene Soldaten durchschauen solche Täuschungsmanöver sehr schnell.« Kesselring nahm einen tiefen Zug von seiner Zigarette. Kopfschüttelnd fuhr er fort: »Verstehen Sie mich nicht falsch. Ich heiße eine solche Art der Meuterei keineswegs gut, aber das bedeutet nicht, daß ich nicht verstehe, warum so etwas immer wieder geschieht.«

»Es wäre ein großer Erfolg gewesen, wenn Sie eine ganze SOE-Einheit der Briten geschnappt hätten«, sinnierte Student nach einer Gesprächspause.

»Zumindest wäre das etwas gewesen, was Feldmarschall Rommel in all den Jahren in Nordafrika nicht geschafft hat«, entgegnete Kesselring. Er bedachte Student mit einem verkniffenen Lächeln und drückte seine Zigarette aus. »Aber die Operation ist gescheitert. Mehr gibt es dazu nicht zu sagen.«

Student wußte von der erbitterten Rivalität, die seit Kesselrings Dienstantritt in Italien zwischen den beiden Feldmarschallen herrschte. Rommel war mit seinem pompösen Führungsstil und seinen vielen Erfolgen gegen die 8. Armee der Briten in Nordafrika schnell zu einem der Lieblinge in den höchsten Kreisen von Berlin avanciert. Das ging so weit, daß Hitler selbst unablässig für Rommel Partei ergriff, vor allem, wenn es um die vielen Ausfälle bei der Versorgung des Afrikakorps über das Mittelmeer ging. Student hatte Gerüchte gehört, wonach Kesselring und dem Oberbefehlshaber der Mittelmeerflotte, Vizeadmiral Weichold, die Schuld für die Verluste ihrer Konvois in den Schlachten mit den Briten gegeben wurde. Zugleich verweigerte man Kesselring die Anerkennung für seine Verdienste um die U-Boot-Flotte, die den Konvois der Alliierten regelmäßig größten Schaden zufügte. Immer weniger Schiffe mit Nachschub kamen nach Malta durch, und diejenigen, die den U-Boot-Rudeln entwischten, wurden binnen Stunden nach ihrem Eintreffen in Grand Harbour von der Luftwaffe bombardiert.

»Feldmarschall Rommel und ich mögen nicht immer einer Meinung sein, Generalleutnant, aber an seiner Brillanz kann niemand zweifeln«, fuhr Kesselring fort, als hätte er Students Gedanken gelesen. »Er ist und bleibt ein genialer Stratege, einer der größten, die die Welt je gesehen hat. Und er ist der einzige, der in der Lage ist, die 8. Armee der Briten in Nordafrika zu schlagen.«

»Aber wir bräuchten die totale Kontrolle über das Mittelmeer, wenn mehr Lieferungen durchkommen sollen. Und dazu ist die Eroberung Maltas unabdingbar.«

»Genau das habe ich auch den Heerführern bei unserem Treffen letzte Woche in Berlin gesagt. Im Prinzip stimmten sie mir alle zu. Sogar Feldmarschall Rommel vertrat die gleiche Auffassung. Aber der Führer und Reichsmarschall Göring waren nicht davon zu überzeugen. Der Führer will Maltas Neutralisierung, aber in der Frage, wie das am besten erreicht werden soll, konnten wir uns nicht einigen. Meiner Überzeugung nach ist das nur möglich, wenn wir die Insel einnehmen – auf diese Weise hätten wir sowohl die See- als auch die Lufthoheit über das Mittelmeer –, aber dafür müßten wir eine Invasionsarmee zusammenstellen, und der Führer möchte keine Truppen von anderen Fronten abziehen. Nach unseren Verlusten in Kreta letztes Jahr hat er große Vorbehalte gegen eine ähnliche Aktion auf Malta. Er glaubt immer noch, daß Malta durch ständiges Bombardement zur Aufgabe gezwungen werden kann.«

»Sie kennen den Führer ja, Herr Feldmarschall. Wenn er sich etwas in den Kopf gesetzt hat, weicht er keinen Millimeter davon ab.«

»Das dachte ich auch«, erwiderte Kesselring, »aber kurz vor meiner Abreise aus Berlin wurde ich zum Rapport ins Führerhauptquartier bestellt. Anscheinend hatte sich bei einer Besprechung einen Tag später unser hochgeschätzter Oberbefehlshaber der Marine, Admiral Raeder, in einer flammenden Rede für die Invasion Maltas stark gemacht. Danach konnte sich der Führer Rommels und meinen Argumenten nicht mehr verschließen und erteilte seine vorläufige Zustimmung. Die Invasion kann im Sommer oder Herbst beginnen und hat auch schon einen Codenamen: ›Operation Herkules‹.«

»Glückwunsch!« rief Student mit einem breiten Grinsen.

Kesselring hob beschwichtigend die Hand. »Nicht so voreilig, mein Freund. Der Führer hat mich nur gebeten, einen Plan für die Invasion auszuarbeiten und ihn nächste Woche in Berlin ihm und seinen Stabschefs vorzustellen. Wenn er zustimmt, wird Operation Herkules wie geplant beginnen. Wenn nicht, wird sie abgeblasen. Das ist auch der Grund, warum ich Sie so kurzfristig hierhergebeten habe. Eine Invasion aus der Luft böte sich an – und dafür sind Sie der Fachmann. Ich werde mit Hilfe von Spezialisten aus mehreren verschiedenen Gebieten einen durchführbaren Plan ausarbeiten und ihn dann dem Führer unterbreiten.«

»Wann wird die Besprechung stattfinden?« Student konnte seine Erregung kaum noch bezähmen. Er hatte es nicht mehr für möglich gehalten, daß man ihn noch einmal in eine Operation mit Luftlandetruppen miteinbeziehen würde. Nicht nach der Katastrophe auf Kreta.

»Irgendwann in den nächsten Tagen. Ich werde sie im Grand Hotel hier in der Hauptstadt Palermo abhalten. Für den Schutz des Gebäudes während des Treffens brauche ich allerdings noch einen Einsatztrupp.«

»Diese Aufgabe könnten Sie der Gestapo übertragen«, schlug Student vor. »Sie hat ein Bataillon in Palermo und wäre ideal dafür geeignet.«

»Nein, mit denen habe ich nichts am Hut«, widersprach Kesselring entschieden. Er betrachtete die Gestapo seit jeher als notwendiges Übel in den besetzten Gebieten und hatte nie einen Hehl aus seiner Abscheu für ihre Methoden gemacht, mit denen sie gegen örtlichen Widerstand vorging. »Folgte ich Ihrem Rat, würden ihre hohen Tiere garantiert darauf bestehen, daß wir sie zur Besprechung mit einladen. Die wollen doch überall rumschnüffeln, wo man sie nicht haben will, vor allem dann, wenn es in ihrem Zuständigkeitsbereich liegt. Nein, ich will eine Einheit von außerhalb holen ... Sie wissen doch, daß ich große Stücke auf die Fallschirmjäger halte. Nun habe ich in den letzten Monaten von anderen Offizieren immer wieder gehört, daß sich viele von Ihren Leuten nach der Invasion auf Kreta als taktische Infanterietruppen hervorragend bewährt haben. Kurzum, ich möchte, daß Sie Ihren besten Mann holen. Er kann sich dann seinen Trupp selbst zusammenstellen. Wo die Leute im Moment sind, ist mir völlig egal. Ich will nur, daß sie so bald wie möglich nach Sizilien kommen. Schwebt Ihnen schon jemand vor?«

Student nickte. »Ich kenne einen, dem dieser Auftrag auf den Leib geschneidert ist: Major Hans Riedler.«

»Von diesem Riedler habe ich schon gehört. Er war einer Ihrer Protegés, nicht wahr?«

»O ja. Er erhielt das Ritterkreuz mit Eichenblättern, Schwertern und Diamanten für seine Leistungen bei der Einnahme von Kreta. Ich kenne wenige, die besser sind als er. Hat viel von seinem Vater, der leider zu früh gestorben ist. Ich hatte die Ehre, mit Helmut Riedler in von Richthofens Fliegendem Zirkus im letzten Krieg zu dienen.«

»Wissen Sie, wo Riedler im Moment steckt?«

»Nach meinem Wissensstand ist er an die Ostfront beordert worden. Den genauen Standort kann ich Ihnen allerdings nicht nennen.«

»Überlassen Sie das getrost mir. Ich dürfte keine Probleme haben, ihn dort loszueisen.« Kesselring lächelte vor sich hin. »General Paulus, der Oberbefehlshaber der 6. Armee an der Ostfront, schuldet mir noch den einen oder anderen Gefallen.«

»Sie werden aber auch den Transfer seiner kompletten Einheit bewerkstelligen müssen, Herr Feldmarschall. Sie können mir glauben, daß Riedler nie ohne sie gehen wird. Er hält zu seinen Leuten.«

»Wunderbar. Je eher sie Palermo erreichen und das Hotel sichern, desto früher können wir die Versammlung in die Wege leiten.«

»General Paulus wird aber nicht gerade erbaut über den Verlust eines Mannes vom Format Riedlers sein ...«

»Ich werde ihm mit Major Rembold einen hochwertigen Ersatz schicken.«

»Wobei ich mir schlecht vorstellen kann, daß General Paulus das nach Rembolds Versagen gestern nacht auch so sieht«, schnaubte Student.

»Wer würde ihm denn das auf die Nase binden?« fragte Kesselring lächelnd und griff nach dem Telefonhörer.

Major Hans Riedler zuckte nicht mit der Wimper, als schon wieder eine Granate bedrohlich nahe vor dem Graben einschlug. Die Wände des improvisierten Unterstandes bebten unter der Wucht der Explosion, und Erde regnete herab. Die Bretter über seinem Kopf, die schon längst völlig verzogen waren, ächzten bedenklich unter dem Gewicht des darauf ausgebreiteten tropfnassen Strohs.

Riedler saß allein in seinem engen Quartier, einem winzigen, feuchten Raum, nur erhellt von einer Kerosinlampe. In der einzigen trockenen Ecke lagen ein Strohsack und eine Decke. Regungslos hockte Riedler auf einem Holzstuhl vor einem schmutzigen Bettlaken, das sein Quartier vom Rest des Unterstandes abtrennte. Seine Uniform war verschmutzt von getrocknetem Schlamm, den Stahlhelm hatte er sich tief ins Gesicht gezogen. Es war neuerdings Vorschrift, auch in Bunkern einen Helm aufzusetzen, seit einer seiner Männer von einem herabfallenden Stützbalken erschlagen worden war. Einer von vielen Todesfällen. Siebzehn Tage davor war Riedler mit siebenundvierzig Elitesoldaten, allesamt Mitglieder des hochangesehenen 3. Fallschirmjägerregiments, an der Ostfront angekommen.

Vierzehn von ihnen waren jetzt tot, neun schwer verwundet. Sechs von den Verwundeten waren inzwischen in ein deutsches Feldlazarett gebracht worden, aber das war schon Tage her. Am selben Tag hatte ein Querschläger ihr Feldtelefon zerstört, und da ihr Funkgerät auch nicht mehr funktionierte, war der Kontakt zur Außenwelt vollständig abgerissen. Ihre bestenfalls symbolische Streitmacht aus demoralisierten und durchfrorenen Soldaten wäre einer schwerbewaffneten russischen Patrouille in keiner Weise gewachsen. Wie lange gab es unter solch verheerenden Bedingungen noch Hoffnung, durchzuhalten?

Riedler stand auf, durchquerte den Raum und bückte sich nach einer speckigen Landkarte, die auf dem Boden lag. In einem seiner seltenen Wutanfälle hatte er sie von sich geschleudert – oder war es ein Akt der Verzweiflung gewesen? Um ihre Stellung war mit schwarzer Tinte ein dicker Kreis gezogen. Sie befanden sich etwa dreißig Kilometer westlich von Saratow im Süden des Landes. Ursprünglich waren sie als Aufklärer für die vorrückende 6. Armee eingesetzt worden. Eine undankbare Aufgabe, angesichts derer die meisten schnell jede Hoffnung verloren hatten. Es war auch bitter, wenn man als Angehöriger einer Eliteeinheit, die sich in ganz Europa ausgezeichnet hatte, jetzt auf einmal als Kanonenfutter verwendet wurde, damit die von ihnen so verachtete Infanterie sich weiterschleppen konnte. Riedler hatte seine ganze Führungskraft aufbieten müssen, um die Einheit in dieser trostlosen Lage noch zusammenzuhalten. Und der Erfolg gab ihm recht: Obwohl die Zahl der Deserteure an der Ostfront von Tag zu Tag stieg, hatte von seinen Männern noch kein einziger versucht, die Kameraden in Stich zu lassen.

Riedler stieß das Bettlaken beiseite und trat in den Gang. Dort saßen auf umgedrehten Stahleimern drei Männer und spielten Skat. Sie wollten schon aufspringen und salutieren, doch Riedler winkte ab und ging gleich weiter zum anderen Ende. Auch dort diente ein verschmutztes Bettlaken als Raumteiler. Er schlug es zurück und trat in den nächsten Raum. Sofort stieg ihm der durchdringende Geruch eines Antiseptikums in die Nase. Auf einem mit einem blutbefleckten Tuch bedeckten Holztisch in der Ecke standen alle möglichen medizinischen Geräte. Den Boden säumten mehrere Strohsäcke. Auf dreien davon lagen Soldaten. Riedler legte stets Wert darauf, die Verwundeten bei jeder Gelegenheit zu besuchen. Auf die Moral kam es an, selbst bei denen, die nicht kämpfen konnten.

»Morgen, Herr Major«, sagte der Sanitäter und ließ die eine Woche alte Ausgabe der *Neuesten Nachrichten,* die eine Aufklärungspatrouille vor ein paar Tagen in einem verlassenen Haus gefunden hatte, sinken.

»Morgen«, grüßte Riedler zurück. »Wie geht's den Männern heute?«

»Buchwalds und Heymanns Zustand ist stabil, aber der von Weber wird langsam kritisch. Er braucht dringend einen richtigen Arzt. Er leidet unter schrecklichen Schmerzen. Um ihm ein bißchen Linderung zu verschaffen, spritze ich ihm Morphium, aber wenn sich nicht bald etwas ändert, geht mir das Morphium aus; sowieso vorausgesetzt, daß nur Weber es erhält. Wenn neue Verwundete hinzukommen, weiß ich nicht, wie es weitergehen soll. Meine Vorräte sind so gut wie erschöpft.«

»Die Essensrationen auch«, brummte Riedler. »Zwei von den Männern haben einen Pferdekadaver in der Nähe der Gräben gefunden. Sie wollten ihn zerteilen, aber das habe ich nicht erlaubt. Wir können unmöglich feststellen, ob das Fleisch verdorben ist oder nicht. Und was ist, wenn die Bolschewiken das Pferd absichtlich vergiftet haben? Weil trotzdem einer auf die Idee kommen könnte, sich ein Stück zu kochen, mußte ich den Kadaver verbrennen lassen. Wie Sie wissen, leiden ohnehin schon einige von uns an der Ruhr. Da gäbe uns eine Lebensmittelvergiftung endgültig den Rest.«

»Es ist nur eine Frage der Zeit, bis die ganze Einheit von der Ruhr befallen ist«, meinte der Sanitäter. »Und dagegen kann ich mit meinen knappen Vorräten nichts ausrichten.«

»Sie können auch nur Ihr Möglichstes tun«, sagte Riedler und klopfte ihm auf die Schulter.

»Eigentlich müßte denen in der Kommandozentrale inzwischen aufgefallen sein, daß wir vom Rest der Division abgeschnitten sind. Da werden sie doch bestimmt bald einen Suchtrupp losschicken. Seit fünf Tagen sind wir jetzt schon isoliert. Sollen wir uns selbst überlassen bleiben und zugrunde gehen?«

Riedler vermied bewußt eine konkrete Antwort. »Ich spreche mal mit Weber«, murmelte er und trat zu den Strohsäcken hinüber. Buchwald und Heymann schienen zu schlafen, so kauerte er sich vor dem dritten Mann nieder. Trotz seines Alters von noch nicht einmal dreißig Jahren war Weber mit Einsätzen in Griechenland und auf Kreta bereits ein Veteran bei den Fallschirmjägern und Träger des Eisernen Kreuzes Erster Klasse für einen erfolgreichen Angriff auf das Fort Eban Emael in Belgien.

Vor fünf Tagen war Weber schwer verwundet worden, als er bei einem Patrouillengang auf eine Mine getreten war. Nur durch eine Beinamputation unterhalb des linken Knies hatte ihm der Sanitäter das Leben retten können. Seit gestern verfiel Weber immer wieder in Fieberträume, aus denen er geschwächt erwachte. Obwohl sich das Fieber an diesem Morgen etwas gelegt hatte, war er jetzt natürlich besonders anfällig für Infektionen. Er hatte bereits Grippe, und Riedler wußte, daß er sich über kurz oder lang mit der im Lager herrschenden Ruhr anstecken würde. Es war fraglich, ob er dann noch die Kraft besäße, dies durchzustehen …

»Schön, Sie zu sehen, Herr Major«, sagte Weber mit einem matten Lächeln und wischte sich den Schweiß von der Stirn. »Sie dürfen mir nicht zu nahe kommen … Bei meinem Zustand …«

»Seit wann erteilen Sie mir Befehle, Leutnant Weber?« erwiderte Riedler lächelnd. »Wie fühlen Sie sich heute?«

»Ich weiß nicht, ob es für einen Absprung reicht«, murmelte der andere grinsend.

»Und ich habe mir extra die Mühe gemacht, Ihren Fallschirm für Sie herzurichten«, scherzte Riedler.

»Das waren gute Zeiten, nicht wahr, Herr Major? Belgien. Griechenland. Kreta. Vor allem Kreta. Ich verstehe ja immer noch nicht, warum der Führer es für nötig hielt, die Fallschirmjägerregimenter nach Kreta aufzulösen. Wir mögen viele Männer verloren haben, aber wir haben doch zumindest unser militärisches Ziel erreicht und die Insel erobert. Ich dachte immer, der Zweck heiligt die Mittel.«

»Es steht uns nicht zu, die Entscheidungen von oben in Frage zu stellen, Stefan.«

»Richtig, es steht uns nur zu, blind zu gehorchen und zu sterben.« Weber verstummte abrupt. Ein Hustenanfall schüttelte ihn, und es dauerte eine Weile, bis er sich davon erholte. Er wischte sich den Speichel von den Lippen und murmelte: »Vor dem Tod habe ich keine Angst, Herr Major. Aber so zu sterben, unter diesen Umständen ... Das ist nicht richtig. Das ist einfach nicht richtig.«

»Komisch, ich hatte Sie nie für einen Pessimisten gehalten. Sie sind noch nicht tot, Stefan.«

»Ich mache mir keine Illusionen, Herr Major. Ich weiß, daß ich bei der Operation viel Blut verloren habe. Und ich habe keine Kraft mehr, Infektionen abzuwehren. Aber vielleicht will ich es auch nicht mehr. Das Fallschirmjägerregiment war mein ganzes Leben.«

»Sie haben eine Frau, die daheim in Deutschland auf Sie wartet. Bedeutet Anna Ihnen denn gar nichts mehr?«

»Die Frage muß anders lauten: Würde ich ihr als Krüppel denn noch etwas bedeuten?«

»Ich erinnere mich noch gut an Ihre Hochzeitsfeier. Die war doch wirklich schön. Aber wissen Sie, was mir da am meisten aufgefallen ist? Die Art und Weise, wie Anna immer heimlich zu Ihnen rüberschielte, wenn Sie mal getrennt wurden. Und es waren nicht Ihre Uniform oder Ihre Orden, die sie anschaute, sondern Sie. Glauben Sie im Ernst, sie würde aufhören, Sie zu lieben, nur weil Sie verwundet sind? Wenn das tatsächlich der Fall wäre, dann hätten Sie eine solche Frau nicht verdient.«

»Es ist nur so, daß ...« Weber verstummte mit einem hilflosen Achselzucken. Sein Blick flackerte an Riedler vorbei zum Eingang. »Wir haben Gesellschaft, Herr Major.«

Schon bevor er sich umdrehte, wußte Riedler, wer eingetreten war. Immer wenn er seinen Stellvertreter Hauptmann Jürgen Franke sah, mußte er an die Werbeplakate der Reichswehr denken, auf denen der ideale Rekrut dargestellt wurde: ein jugendlich aussehender, kräftiger, blauäugiger und blonder Arier. Franke war der Inbegriff von Hitlers Vorstellung von der Herrenrasse. Der einzige Makel an seinem ansonsten blendenden Aussehen war ein Schmiß an der rechten Wange, auf den er allerdings stolz war. Bekommen hatte er ihn, wie er sich gerne rühmte, an der bayerischen Militärakademie, wo er sich sowohl im Fechten als auch durch gute Noten hervorgetan hatte.

Franke, ein glühender Nazi, war erst einen Monat zuvor von der Eliteeinheit Koenen – einem der Trupps, die unter dem Sammelnamen ›die Brandenburger‹ äußerst erfolgreich in Nordafrika gedient hatten – abgezogen und Riedler mit großer Verspätung als Ersatz für dessen auf Kreta gefallenen Schwager und Stellvertreter, Leutnant Karl Müller, zugewiesen worden. Franke war ohne Frage der furchtloseste und eifrigste Offizier, mit dem Riedler je zu tun gehabt hatte, aber das bedeutete nicht, daß er ihn auch mochte. Doch seine Gefühle gingen über die bloße Abneigung gegen diesen Menschen und seinen Fanatismus weit hinaus. Ihm war klar, daß Franke geschickt worden war, um ihn auszuspionieren, nachdem er sich mehrmals offen gegen die seinem Rechtsempfinden widersprechende Politik der Nazipartei geäußert hatte. Natürlich herrschte überall Angst vor der SS, und so hatte Riedler tunlichst darauf geachtet, seine Gefühle für sich zu behalten. Und bislang schien es ihm auch gelungen zu sein …

»Sie sind verwundet, Herr Hauptmann?« fragte der Sanitäter, als er Blut unter Frankes Helm bemerkte. Es sickerte langsam, aber stetig herab und hatte bereits eine Furche auf seiner verschwitzten rechten Wange gezogen und den Kragen seiner Uniform beschmutzt.

»Nur ein Kratzer«, tat Franke die Sache ab und verscheuchte den Sanitäter mit einer Handbewegung.

»Der Beschuß ist sehr heftig, nicht wahr?« fragte Riedler lächelnd.

Franke grinste ihn an. »Es ist die Hölle draußen, Herr Major, aber genau so mag ich es.« Er stellte sich ans Fußende des Strohsacks und schaute zu Weber hinunter. »Sie sehen heute morgen schon viel besser aus.«

»Das Aussehen kann manchmal trügen«, entgegnete der andere.

»Wissen Sie, eigentlich beneide ich Sie«, fuhr Franke fort. »Sie kommen nach Hause, und man wird Ihnen einen Heldenempfang bereiten.«

»Ich komme aber auch ohne mein linkes Bein nach Hause.« Weber gelang es kaum noch, die in ihm aufsteigende Wut zu bezähmen. Auch er konnte Franke nicht ausstehen, aber anders als Riedler hatte er nie versucht, seine Gefühle zu verbergen.

»Sie haben ein großes Opfer für Führer und Vaterland gebracht«, belehrte ihn Franke. »Eine größere Ehre kann es gar nicht geben.«

Weber setzte schon zu einer Antwort an, doch Riedler warf ihm einen warnenden Blick zu. So stieß er nur die Luft aus und blieb stumm.

Riedler ergriff den Hauptmann beim Arm und führte ihn zum Durchgang. »Ich glaube nicht, daß Weber im Moment in der richtigen Stimmung für eine Ihrer Propagandareden ist. Hatten Sie denn einen bestimmten Grund für Ihr Kommen, außer zu versuchen, ihn aufzumuntern?«

»Können wir draußen sprechen, Herr Major?«

Als Riedler in den Gang trat, fiel ihm auf, daß die drei Männer, die vorhin noch Skat gespielt hatten, verschwunden waren. Nur die umgedrehten Eimer standen noch da. »Nun, worum geht es?«

»Der Vorposten hat mir soeben gemeldet, daß sich uns ein Laster nähert. Dem Aussehen nach ist es einer der unseren.«

»Es könnte eine Falle sein«, gab Riedler zu bedenken.

»Ich habe die Männer schon zu erhöhter Wachsamkeit ermahnt. Andererseits könnten wir kaum etwas gegen einen Angriff der Russen ausrichten, so knapp wie unsere Munitionsvorräte jetzt sind.«

»Mir ist sehr wohl bekannt, daß uns die Munition bald ausgeht, Hauptmann. Sehen wir doch einfach nach, einverstanden?«

Franke ging voran zu einem offenen Durchgang, der zu den Schützengräben führte – zu der trostlosen Realität des Kriegs. Die zwei Männer traten in den Nieselregen hinaus. Ihre Stiefel versanken sofort im tiefen Morast. Riedler spürte, wie ihm die Füße mit jedem Schritt schwerer wurden. Zwar salutierte der wachhabende Soldat vor ihnen, doch sein schlammverschmiertes Gesicht verriet keinerlei Anzeichen des Erkennens; in ihm spiegelte sich nichts als ein stummer Vorwurf des Verrats – des Verrats an einem Fallschirmjägerregiment durch die Stabschefs, die in einem behaglichen, warmen Luftschutzkeller unter den von Bomben aufgerissenen Straßen Berlins saßen; eines Verrats, den nur wenige von ihnen vergessen und vergeben würden ...

»Er ist dort irgendwo stehengeblieben«, meldete der Soldat und deutete auf ein von tausenden Granaten übel zugerichtetes Wäldchen, das kahl und verloren keine zweihundert Meter vom Schützengraben entfernt stand. »Das ist der einzige Schutz weit und breit.«

»Und keiner ist hervorgekommen?« fragte Riedler.

»Nein, Herr Major.«

»Was für ein Laster war es?«

»Sah aus wie ein Opel-Blitz-Truppentransporter, Herr Major. Glauben Sie, daß sie uns holen kommen?«

»Durchaus möglich«, murmelte Riedler, ohne den Blick von den Bäumen zu wenden. »Die Frage ist nur, warum?«

Franke runzelte die Stirn. »Ich verstehe nicht ganz, Herr Major.«

»Warum wird er nicht von Panzern gesichert?« präzisierte Riedler. »Das könnte bedeuten: Wenn der Generalstab uns hier rausholen will, dann soll es möglichst schnell geschehen. Aber für uns alle ist kein Platz. Bei den Bedingungen hier können die Laster bestenfalls zwölf bis fünfzehn Leute transportieren. Mehr Gewicht ist auf dem schlammigen Boden nicht ratsam; sie würden unweigerlich steckenbleiben. Folglich müßten sie zweimal fahren. Warum schicken sie dann nicht gleich zwei Laster? Nein, es muß einen anderen Grund geben, nur welchen?«

»Sehen Sie nur, Herr Major!« Einer der Soldaten zeigte auf eine Gestalt, die aus dem Wald trat und am Rande der Lichtung unschlüssig stehenblieb. Der Mann trug die Uniform eines Unteroffiziers und schwenkte eine weiße Flagge.

»Nicht schießen!« warnte Riedler die Soldaten im Graben, die bereits ihre Sturmgewehre angelegt hatten. Sie alle waren mit den FG 42 ausgestattet, einer Sonderanfertigung für die Fallschirmjäger. Er wandte sich an den neben ihm stehenden Feldwebel. »Gehen Sie ihn holen.«

Der Soldat kletterte über eine Holzleiter aus dem Graben und sprintete im Zickzack über die Lichtung auf den Mann zu. Beide warfen sich zu Boden, als einige Granaten explodierten, dann rannten sie zum Schützengraben zurück. Der Neuankömmling, ein junger Leutnant mit kindlichem Gesicht in einer makellos sauberen Uniform, kletterte als erster in den Graben.

Kaum sah er die Rangabzeichen auf Riedlers Uniform, da schlug er die Hacken zusammen und salutierte. Der Major erwiderte den Gruß, indem er die Fingerspitzen an den Stahlhelmrand legte.

»Major Riedler?«

Riedler nickte. »Wie wußten Sie, wo Sie mich finden würden?«

»Melde gehorsamst, ein Aufklärungsflugzeug wurde ausgeschickt, um Ihre Stellung durchzugeben.«

»Wann war das?«

»Heute morgen. Es dauerte nicht lange, da wir ja schon die Koordinaten Ihres letzten Aufenthalts hatten.«

»Seit über fünf Tagen müssen wir jetzt hier durchhalten!« schimpfte Riedler. »In dieser Zeit habe ich vier Männer verloren. Drei sind verwundet, einer davon schwer. Unsere Rationen sind so gut wie aufgebraucht, uns geht die Munition aus, und da kommen Sie und sagen, wir hätten jederzeit rausgeholt werden können!«

»D-d-davon wußte ich nichts«, stammelte der Leutnant. »Ich – ich führe doch nur meine Befehle aus.«

»Und wie lauten die?« fragte Franke.

Der Leutnant fummelte nervös in der Brusttasche seiner Uniform herum und zog einen versiegelten Umschlag heraus, den er Riedler reichte. »Ich soll Ihnen das hier persönlich übergeben, Herr Major.«

»Wer schickt Sie?«

»General Paulus.«

Riedler riß den Umschlag auf und nahm einen Bogen heraus. Sein Blick flog über die Unterschriften: Sie stammten von Feldmarschall Albert Kesselring und General Friedrich Paulus. Er las den Text schweigend, dann drückte er das Blatt Franke in die Hand. »Kennen Sie den Inhalt?« fragte er den Leutnant.

»Nein, Herr Major. Der Umschlag war bereits versiegelt, als ich ihn bekam. Ich habe den Auftrag, fünfzehn Männer einschließlich Ihnen und Hauptmann Franke zu unserem Flugplatz nach Charkow zu bringen. Dort wartet ein Transportflugzeug auf Sie. Wohin es Sie bringen soll, weiß ich nicht. Ich habe Anweisung, Ihnen zu sagen, daß nur kampftaugliche Männer für den Transport in Frage kommen. Der Rest, einschließlich der Verwundeten, wird innerhalb der nächsten achtundvierzig Stunden rausgeholt.«

»Das steht auch so in dem Befehl«, brummte Riedler, als Franke ihm das Schreiben zurückgab. »Trotzdem wird Weber mitkommen.«

»Wer ist Weber?« fragte der Leutnant.

»Leutnant Stefan Weber wurde vor fünf Tagen von einer Mine schwer verwundet. Er braucht dringend einen Arzt.«

»Es tut mir leid, Herr Major, aber ich habe den ausdrücklichen Befehl, keine Verwundeten im Laster mitzunehmen. General Paulus selbst hat es mir noch einmal eingeschärft.«

»Leutnant Weber überlebt die nächsten achtundvierzig Stunden möglicherweise nicht. Er kommt mit.«

»General Paulus …«

»Ich übernehme die volle Verantwortung für Leutnant

Weber«, fiel ihm Riedler ins Wort. »Das heißt, ich werde mein Handeln notfalls General Paulus persönlich erklären.«

»Ich habe meine Befehle«, widersprach der Leutnant.

Unvermittelt zog Franke seine Walther P. 38 und drückte dem Leutnant die Mündung ans Kinn. »Hier draußen führt Major Riedler das Kommando. Wenn er Ihnen einen Befehl erteilt, haben Sie ihn ohne Widerrede zu befolgen. Tun Sie das nicht, werden Sie wegen Gehorsamsverweigerung erschossen.«

»Niemand wird hier wegen Gehorsamsverweigerung erschossen«, warf Riedler ein und schob die Waffe zur Seite. »Hauptmann Franke, ich möchte, daß Sie eine Liste derjenigen Männer erstellen, die wir mitnehmen. Bringen Sie sie mir, sobald Sie fertig sind.«

Franke steckte seine Pistole wieder ein, salutierte und verschwand im Bunker.

Der junge Offizier gab sich noch nicht geschlagen. »Herr Major, ich verstehe Ihre Sorge um Leutnant Weber und wäre der erste, der ihn mit den anderen Verwundeten bei nächster Gelegenheit zurückholen würde, aber der Platz im Laster reicht einfach nicht für alle. Mit fünfzehn Leuten wird er ohnehin überladen sein. Die Zeit drängt, Herr Major. Wir müssen die Verwundeten zurücklassen.«

»Wie viele sind im Laster?«

»Nur der Fahrer und ich, Herr Major.«

»Wenn Sie sich nur wegen des Mangels an Platz sorgen, können ja Sie bis zum Eintreffen der Verstärkung zurückbleiben«, beschied ihn Riedler. »Dann könnten wir Weber mitnehmen.«

»Ich ...« Das Pfeifen einer Granate ließ den Leutnant abrupt verstummen. Er duckte sich mit an den Stahlhelm gepreßten Händen. Gleich darauf explodierte die Granate so nahe bei ihnen, daß eine Ladung Schlamm die Männer bespritzte.

»So geht das schon seit fünf Tagen«, sagte Riedler, als der Leutnant ängstlich zu ihm aufsah. »Vierundzwanzig Stunden am Tag, rund um die Uhr werden wir bombardiert. Wir sind hier im Niemandsland mit den Russen auf der einen Seite und unseren Leuten auf der anderen. Soviel ist jedem klar, weil die Granaten aus allen Richtungen kommen. Nur wissen wir leider nicht, wer wen beschießt. Die Frontlinien ändern sich von Tag zu Tag. Darum sitzen wir hier fest. Einen Ausbruchsversuch können wir nicht riskieren, sonst laufen wir womöglich geradewegs in eine bolschewistische Stellung. Ich persönlich ziehe es jedenfalls vor, die Granateneinschläge hier auszusitzen. Aber da Sie nach Hauptmann Frankes und meinem Weggang der verantwortliche Offizier sein werden, bleibt es natürlich Ihnen überlassen, ob Sie bis zum Eintreffen der Verstärkung hierbleiben oder ob Sie einen Ausbruchsversuch zur nächsten deutschen Einheit wagen. Ich würde sagen, die Chancen stehen eins zu eins.«

»Ich – ich bin sicher, daß wir Platz für Leutnant Weber schaffen können.«

»Sicher können wir das, aber je mehr ich darüber nachdenke, desto unkameradschaftlicher erscheint mir das. Ich kann doch den Rest der Mannschaft nicht einfach zurücklassen, ohne die Gewißheit zu haben, daß sie nach meinem Abzug wirklich rausgeholt wird.«

»General Paulus hat mir sein Wort gegeben.«

»In seinem bequemen Hauptquartier. Aber wir beide wissen doch, wie schlecht die Kommunikation an der Ostfront sein kann. Nein, ich muß mich darauf verlassen können, daß die anderen ebenfalls geholt werden. Und das kann ich nur, wenn Sie bei ihnen bleiben. Dann wird man den Laster nach unserer Ankunft am Flugplatz auftanken und noch einmal zu Ihnen schicken. Ich bin sicher, daß Sie den Fahrer entsprechend instruieren werden.«

Franke kam aus dem Bunker, und bevor der Leutnant, dessen Gesicht aschfahl geworden war, etwas sagen konnte, drückte er Riedler einen Zettel in die Hand. »Ich habe die Liste zusammen mit dem Sanitäter erstellt, Herr Major. Keiner von diesen Männern hat in den letzten fünf Tagen seine Hilfe benötigt. Das heißt nicht, daß sie zu hundert Prozent einsatzfähig sind, aber mehr konnten wir in der kurzen Frist nicht schaffen.«

Riedler überflog die Liste und gab sie Franke mit einem zustimmenden Nicken zurück. »Ich möchte, daß diese Männer sich in zehn Minuten für die Abfahrt bereithalten.«

»Das werde ich veranlassen. Was ist mit Leutnant Weber?«

»Der Leutnant hat sich freundlicherweise bereit erklärt, mit dem Rest der Mannschaft hierzubleiben, bis der Laster sie holen kommt. So konnten wir Platz für Weber schaffen.«

»Das ist wirklich sehr nett von Ihnen«, sagte Franke mit einem sarkastischen Lächeln.

Der junge Leutnant warf sich zu Boden, weil wieder eine Granate in der Nähe einschlug. Franke packte ihn grob am Arm, zerrte ihn hoch und schleifte ihn kurzerhand mit sich zum Bunker. In der Tür blieb er noch einmal stehen und ließ den Blick langsam über den dunklen, bedeckten Himmel schweifen. In diesem Moment entdeckte Riedler einen traurigen Ausdruck in seinen Augen, als verlasse er dieses Höllenloch, das ihnen in den letzten fünf Tagen als provisorisches Heim gedient hatte, nur höchst ungern. Andererseits überraschte ihn das gar nicht, kannte er doch Frankes fanatische Liebe zu Führer und Vaterland …

6

»Morgen.«

»Morgen, Boß«, erwiderten Evans und Hillyard den Gruß wie aus einem Mund, als McIndoe in den Speisesaal trat. Johnson nickte nur, wie er es immer tat.

»Gut geschlafen, Mac?« fragte Ravallo.

»Nicht besonders«, brummte McIndoe und ging sogleich zum Fenster, um den Netzvorhang beiseite zu ziehen. Vor dem Tor stand ein mit zwei Militärpolizisten bemannter Bedford-Jeep. »Wir sind immer noch unter Hausarrest, wie ich sehe.«

»Wie lange soll das denn noch dauern?« fragte Evans.

»Wie, zum Teufel, soll ich das wissen?« fuhr McIndoe ihn an, legte ihm dann aber beschwichtigend die Hand auf die Schulter und setzte sich neben ihn an den Tisch. »Es tut mir leid, Taffy. Ich wollte Sie nicht so anschnauzen. Ich bin nur genauso frustriert wie Sie.«

»Ist schon klar, Boß«, meinte Evans in versöhnlichem Ton.

McIndoe griff nach der Teekanne. »Na, was für Köstlichkeiten gibt es denn zum Frühstück?«

Statt zu antworten nahm Hillyard eine Handglocke und läutete. »Wir haben sogar unsere eigene Köchin. Starr denkt wirklich an alles.«

Eine Frau mittleren Alters kam mit einem Teller herein und stellte ihn vor McIndoe auf den Tisch. Darauf lagen Rührei, zwei Streifen Speck, ein Würstchen und eine halbe gegrillte Tomate. Der Lieutenant wartete, bis die Köchin gegangen war, dann schob er den Teller weg. »Wir sollten rationiertes Essen bekommen wie die anderen stationierten Soldaten hier auch. Es ist einfach nicht richtig, daß uns Sonderrechte eingeräumt werden, zumal die Einheimischen sich jeden Bissen zusammenkratzen müssen, um zu überleben.«

»Nehmen Sie's, solange Sie können, das kann ich Ihnen nur raten, Mac«, meinte Ravallo.

»Das mußt ausgerechnet du sagen, Nicky«, meldete sich Stella von der Tür. Sie trug eine enge Khakihose und war ungeschminkt; ihr zerzaustes pechschwarzes Haar hing ihr über die Schultern – und trotzdem brachte sie es fertig, absolut umwerfend auszusehen. Sie setzte sich an den Tisch. »Sam hat recht. Warum sollen wir Privilegien in Anspruch nehmen, wenn Tausende von Einheimischen hungern und – vor allem die Kinder – wegen Nahrungsmangel an so schrecklichen Infektionskrankheiten wie Ruhr leiden. Glaubst du wirklich, daß wir wie die Könige speisen dürfen, während sie nichts bekommen?«

»Das ändert doch wohl kaum was daran, oder?« entgegnete Ravallo und deutete auf McIndoes Portion.

»Hier geht es ums Prinzip«, verteidigte sich Stella. »Gerade du solltest das wissen, wo du doch in Brooklyn aufgewachsen bist und als Kind selbst bettelarm warst.«

»Wenn ich in meiner Kindheit etwas gelernt habe, dann das: Laß niemals Essen verkommen«, hielt Ravallo ihr vor. »Aber keine Angst – das nächstemal werde ich es ganz bestimmt in den Mülleimer schmeißen. Aus Prinzip natürlich. Bist du dann glücklich?«

Evans fing Hillyards verstohlenen Blick auf und deutete unauffällig mit dem Kinn zur Tür, worauf Hillyard Johnson am Arm berührte und sich erhob. »Würden Sie uns bitte entschuldigen?« fragte er mit einem flüchtigen Lächeln. »Wir müssen noch ein paar Dinge erledigen.«

»Ich komme mit!« Ravallo schob seinen Stuhl zurück und sprang auf. »Wenn Starr mich braucht, bin ich in der Nähe«, erklärte er an McIndoe gewandt. »Es ist ja nicht so, als ob ich das Haus verlassen könnte.«

Stella wartete, bis die vier gegangen waren. »Es war ein Fehler, daß ich Nickys Kindheit erwähnte. In dem Moment, als ich damit anfing, war es mir schon klar. Das ist sein wunder Punkt. Und es ist auch gar nicht gut für ihn, daß seine Kollegen beim Militärischen Geheimdienst alle aus wohlhabenden Familien kommen, die es sich leisten konnten, ihren Söhnen die besten Universitäten zu finanzieren. In dieser Hinsicht hatten sie einen gewaltigen Vorsprung vor ihm. Er mußte schließlich ganz unten anfangen. Es war sicher sehr schwer für ihn, aber das zeigt nur, wie zäh er ist. Und die unverhohlene Abneigung einiger seiner Kollegen hat es ihm gewiß auch nicht erleichtert. Sie kennen solche Typen ja: der Inbegriff des erfolgreichen Amerikaners, der in der Schule Kapitän der Footballmannschaft war, immer mit den hübschesten Mädchen ausgegangen ist, Jura studiert und einen tollen Abschluß hingekriegt hat und am Ende mit der Tochter irgendeines Senators am Capitol Hill verheiratet wurde.« Sie schenkte sich eine Tasse Tee ein und sah McIndoe dann mit einem triumphierenden Lächeln an. »Aber wer zuletzt lacht, lacht am besten, und das wird Nicky sein. Er wird bereits zum neuen Direktor des Militärischen Geheimdienstes aufgebaut. Und dann werden wir ja sehen, wie sich diese Schnösel winden.«

McIndoe hielt ihrem Blick stand. »Sie halten große Stükke auf ihn, nicht wahr?«

»Ich habe die größte Achtung vor dem, was er erreicht hat, wenn Sie das meinen«, erwiderte sie mit einem Lachen und schüttelte den Kopf, als sie McIndoes verunsicherte Miene bemerkte. »Vermeiden Sie voreilige Schlußfolgerungen, Sam. Die Beziehung zwischen Nicky und mir ist rein beruflicher Natur. Und das wird sie auch in Zukunft bleiben.«

»Die Natur Ihrer Beziehung zu Nicky geht mich nichts an«, erwiderte der Schotte. Erneut stand er auf und stellte sich ans Fenster. Die Militärpolizisten waren immer noch da.

»Sie nehmen mir noch krumm, was ich gestern nacht gesagt habe, stimmt's? Es tut mir leid, wenn es Sie schmerzt, Sam, aber ich bin fest davon überzeugt, daß Sie einen Verräter in Ihrem Team haben. Und der Teufel soll mich holen, wenn ich mich von ihm reinlegen lasse.«

McIndoe wandte sich ihr wieder zu. »Mich wundert nur, daß wir nie Probleme hatten, bis Sie und Nicky auftauchten. Wer weiß, vielleicht war Nicky derjenige, der den Deutschen den Tip gegeben hat.«

»Ich weiß, daß Nicky es nicht war.«

»Und ich weiß, daß es keiner aus meinem Team war.«

Stella hatte schon eine Antwort auf den Lippen, überlegte es sich dann aber anders und stolzierte hinaus.

Langsam setzte sich McIndoe an den Tisch und verbarg das Gesicht in den Händen. Wie konnte er sich so sicher sein, daß der Verräter nicht doch seinem Team angehörte? Ihm war klar, daß es praktisch jeder sein konnte, und das machte ihm zu schaffen. Deswegen hatte er in der Nacht kaum Schlaf gefunden; die meiste Zeit hatte er sich hin und her geworfen, ohne einen klaren Gedanken fassen zu können. In einem fort war er immer dieselben Namen durchgegangen – Gott allein wußte wie oft –, doch traute er einfach keinem von ihnen zu, ein deutscher Spion zu sein. Es erschien ihm schlichtweg unmöglich. Das waren doch alles bewährte Männer und in der Firma hochangesehen. Evans und Passière waren für ihre Tapferkeit sogar mit einem Orden ausgezeichnet worden. Und doch war ihm nur allzu klar, daß man sie alle zu Recht verdächtigen würde, wenn Starr den Fall nicht löste. Das wäre freilich das Ende ihrer aller Zukunft bei der Firma. Man würde ihnen nicht mehr trauen. Auch ihm selbst nicht …

»Mac?«

McIndoe hob den Kopf und sah Ravallo am anderen Endes des Tischs stehen. »Tut mir leid, Nicky, ich habe Sie nicht kommen hören.«

»Alles in Ordnung mit Ihnen?«

»Nein«, antwortete McIndoe unverblümt. »Ich habe letzte Nacht kein Auge zugemacht. Meine Gedanken drehten sich unaufhörlich um die Vorstellung, daß einer meiner Männer ein Verräter sein könnte.«

»Mir ging es genauso, Kumpel.«

»Wenn Sie Stella suchen – sie ist ziemlich verärgert davongerauscht. Ich fürchte, ich bin bei ihr ins Fettnäpfchen getreten.«

»Machen Sie sich wegen Stella keine Sorgen. Wie Sie ja

selbst schon bemerkt haben, hält sie nie mit ihrer Meinung hinterm Berg. Aber gerade das gefällt mir so sehr an ihr. Sie ist die Art von Mädchen, die ich mag. Aber eigentlich wollte ich Sie sprechen. Ich bin gerade in der Küche Sergeant Pearson über den Weg gelaufen. Er ist gekommen, um uns zwei ins Hauptquartier zu fahren. Starr will uns instruieren.«

McIndoe erhob sich. »Glauben Sie, daß Starr die Identität des Verräters aufgedeckt hat?«

»Ich schätze, es gibt nur eine Möglichkeit, das rauszufinden, oder?«

»Ja, ich habe Ihren Verräter gefunden«, antwortete Starr auf McIndoes Frage und zeigte mit dem Pfeifenstiel auf die zwei Stühle vor seinem Schreibtisch. »Nehmen Sie Platz.«

McIndoe setzte sich nervös auf die Kante der Sitzfläche. Sein Blick blieb auf Starr geheftet. »Wer ist es, Sir?«

Der Vice-Admiral sah auf den vor ihm liegenden Bericht hinunter. »Der Partisan, der Lieutenant di Mauro zum Treffpunkt gebracht hat. Angelo Sciarro.«

»Aber Stella hat ihm den genauen Ort doch erst genannt, als sie unterwegs waren«, gab Ravallo zu bedenken. »Wie hätte er da die Koordinaten den Deutschen durchgeben können, wenn er bei ihr blieb, bis sie das Boot erreichte?«

»Ich könnte mir vorstellen, daß er eine Aufzeichnung mit den genauen Angaben im Wagen zurückgelassen hat. Vielleicht folgten die Deutschen ihnen in sicherem Abstand, ohne daß Lieutenant di Mauro etwas merkte. Dann geht passenderweise auch noch das Benzin aus, und di Mauro und Sciarro müssen die letzten zwei Meilen zu Fuß zurücklegen, womit die Deutschen die Chance erhalten, nicht nur die Koordinaten zu finden, sondern auch den Angriff auf das MTB vorzubereiten.«

»Das sind doch nur Spekulationen«, brummte Ravallo.

»Wie die Deutschen den Treffpunkt herausbekamen, können wir in der Tat nicht mit letzter Gewißheit beantworten«, räumte Starr ein, »aber vor einer halben Stunde erhielt ich von Giancarlo Massimo, dem Führer der Partisanen von Palermo, eine Nachricht, wonach Angelo

Sciarros Leiche in einem Hotelzimmer in Gela gefunden wurde. Er war mit einem Kopfschuß getötet worden. In einer seiner Taschen fand man ein Stück Papier. Es enthielt einen Namen und eine Telefonnummer. Der Name war der von Standartenführer Ernst Brausch, dem Chef der Gestapo auf Sizilien. Die Nummer ist inzwischen von unseren Leuten in Berlin überprüft und als Brauschs Privatanschluß im Gestapohauptquartier in Palermo identifiziert worden. Das scheint ein ziemlich schlüssiger Beweis zu sein, wenn Sie mich fragen.«

»Na, Gott sei Dank!« rief McIndoe. »Ich konnte mir wirklich nicht vorstellen, daß ...«

»Ich weiß, was Sie meinen, McIndoe, und glauben Sie mir, ich fühle genauso wie Sie.« Starr reichte dem Schotten einen Ordner. »Da steht alles drin. Ich habe außerdem erfahren, daß Sciarro Alkoholiker war und sich in seiner Heimatstadt Gela mit einem ortsbekannten Kollaborateur herumtrieb. Gott allein weiß, warum der Widerstand ausgerechnet ihn benutzte, aber Massimo schien viel von ihm zu halten.«

Ravallo stand auf. Mit den Händen in den Hosentaschen ging er langsam zur Tür. Dort hielt er kurz inne und kehrte wieder zu Starr zurück. »Ich hatte am Anfang also doch recht. Stella ist für das Leck verantwortlich. Ich kann mich nur dafür entschuldigen, daß ich die Integrität Ihrer Männer angezweifelt habe, Sir, und würde Sie verstehen, wenn Sie Stella jetzt von diesem Auftrag entbinden wollen.«

»Ich denke, Sie sind etwas zu streng mit ihr«, sagte Starr. »Ich mache sie gewiß nicht für die Geschehnisse verantwortlich. Sie konnte unmöglich von Sciarros Verrat wissen. Falls doch, hätte sie mit Sicherheit die nötigen Schritte ergriffen, die Lage in den Griff zu bekommen. Sie machte heute morgen den Eindruck auf mich, eine sehr intelligente und zielbewußte junge Frau zu sein. Ich habe keinen Grund, sie von dieser Operation auszuschließen. Wie sehen Sie das, McIndoe?«

»Ich stimme Ihnen voll und ganz zu, Sir. Sie ist nicht nur intelligent und zielbewußt, sondern wird uns dank ihrer hervorragenden Kenntnisse hinsichtlich Siziliens und der örtlichen Partisanen von unschätzbarem Wert sein.« McIndoe lehnte sich zurück und verschränkte die Arme vor der Brust. »Das heißt, nachdem Sie uns genaue Anweisungen gegeben haben, was wir dort überhaupt ausrichten sollen.«

Angesichts von McIndoes Ton schossen Starrs buschige Augenbrauen nach oben, und er paffte eine ganze Weile nachdenklich an seiner Pfeife, bevor er schließlich begann: »Nun gut. Jetzt, da ich mich vergewissert habe, daß keiner von Ihnen an diesem Vorfall beteiligt war, kann ich Sie detailliert instruieren.« Er faßte Ravallo ins Auge, der immer noch vor der Tür stand. »Wenn Sie sich bitte setzen wollen, Major.«

Der Amerikaner nahm gehorsam Platz. Als McIndoe ihm seine Zigarettenschachtel anbot, zögerte er einen Moment, um dann doch anzunehmen. Starr wartete noch, bis beide den ersten Zug getan hatten, dann klappte er den Ordner auf. »Das Kriegsministerium in London hat eine äußerst beunruhigende Nachricht erhalten, wonach die Achsenmächte die Eroberung Maltas planen. Ich brauche Sie wohl nicht eigens auf die strategische Bedeutung dieser Insel im Kampf um das Mittelmeer hinzuweisen. Sollten die Achsenmächte tatsächlich die Kontrolle über Malta erlangen, hätten sie in diesem Gebiet die absolute Hoheit in der Luft und zu Wasser. Es versteht sich von selbst, daß die alliierten Konvois das Mittelmeer dann nicht mehr benutzen könnten, was die vollständige Isolation unserer Truppen in Nordafrika zur Folge hätte. Sie wären von sämtlichen Nachschublieferungen abgeschnitten: Kein Benzin mehr für die Panzer, keine Munition für die Waffen und – natürlich – keine frischen Rationen für die Männer. Wie lange könnten sie unter solchen Bedingungen einer hochgerüsteten 6. Armee standhalten? Und wenn Nordafrika an die Deutschen fiele, wäre das ein vernichtender Schlag gegen die Sache der Alliierten. Wer weiß, wohin das am Ende führen würde ...«

»Mit anderen Worten: Wenn Malta wirklich fiele, könnten wir den Krieg verlieren«, schloß Ravallo.

»Nicht notwendigerweise, aber so kritisch, wie es gegenwärtig für die Alliierten aussieht, vor allem in Nordafrika und an der Ostfront … Sagen wir es mal so: Ich möchte das Ende lieber nicht voraussagen.«

»Wie ist das Kriegsministerium an die Invasionspläne herangekommen?« wollte McIndoe wissen.

»Das ist eine streng geheime Verschlußsache«, beschied ihn Starr schroff. »Aber ich kann Ihnen versichern, daß die Informationsquelle absolut zuverlässig ist.«

Erst nach dem Krieg sollte McIndoe erfahren, daß diese brisante Information zusammen mit zahllosen anderen hochwichtigen verschlüsselten Kommuniqués der Achsenmächte von der Geheimdienstzentrale in Bletchley Park in London abgefangen und von deren Wissenschaftlern dechiffriert worden war. Bedient hatten sie sich dazu des ›Colossus‹, eines hocheffizienten Rechengeräts, das seit 1941 die numerischen Codes des deutschen elektromechanischen Geräts ›Enigma‹ entschlüsselt hatte. Diese Operation war bei strengsten Sicherheitsvorkehrungen unter dem Decknamen ›Ultra‹ gelaufen.

»Feldmarschall Kesselring, der Oberbefehlshaber der Achsenmächte im Mittelmeerraum, hat für morgen eine Besprechung mit seinen obersten Stabschefs in der sizilianischen Hauptstadt Palermo angesetzt, bei der er die Pläne für die Eroberung endgültig festlegen will. Sie soll den Decknamen ›Operation Herkules‹ tragen. Danach wird er für mehrere Tage nach Berlin reisen, um Hitler die Einzelheiten vorzulegen. Und wenn Hitler zustimmt, wird die Maschinerie sofort in Bewegung gesetzt. Es gibt sogar jetzt schon alarmierende Anzeichen einer Truppenmassierung auf Sizilien. Lieutenant di Mauros Bericht hat das nur zu deutlich gezeigt. Das legt den Schluß nahe, daß Kesselring mit dem Jawort aus Berlin rechnet. Warum würde er sonst Leute und Material in diesem Ausmaß zusammenziehen, wenn er sie nicht für die Invasion benötigte?« Starr hielt inne und sog an seiner Pfeife. »Ich weiß nicht, wieviel Sie über die Situation hier auf Malta wissen, aber es ist ein Fakt, daß die Vorräte für unsere Verteidigung erschöpft sind. Einer Invasion der Achsenmächte könnten wir nichts entgegensetzen. Sollte Kesselring seine Truppen morgen losschicken, würde Malta ihnen binnen weniger Tage in die Hände fallen.«

»Offensichtlich wissen die Deutschen das nicht, sonst hätten sie die Insel längst erobert«, meinte Ravallo.

»Offensichtlich, ja, aber das ist im Moment alles, was in unserem Sinne läuft.« Starr griff nach einer verschlüsselten Mitteilung, die er am Morgen vom SOE-Hauptquartier in London erhalten hatte. Eine Weile starrte er sie stumm an, bevor er sie wieder auf den Tisch legte. »Was ich Ihnen jetzt sage, unterliegt strengster Vertraulichkeit und bleibt zwischen diesen Wänden.« Beide Offiziere nickten. Als zögerte er immer noch, es ihnen mitzuteilen, kaute Starr am Stiel seiner Pfeife, doch schließlich legte er sie auf den Aschenbecher. »Nächsten Monat sollen hier fünfzehn Spitfires an Bord des Flugzeugträgers *Eagle* eintreffen, um die löcherige Verteidigung der Insel zu verstärken. Jeder Invasion der Achsenmächte würde mit ziemlicher Sicherheit eine massive Bombardierung vorausgehen, aber mit den Spitfires könnten wir den Bombern der Luftwaffe ihre Arbeit erheblich erschweren. Kesselring ist ein zu gerissener Taktiker, als daß er den Einsatz der Bodentruppen riskieren würde, bevor die Luftwaffe die Lufthoheit über die Insel errungen hat. Diese Spitfires könnten also den Ausschlag zu unseren Gunsten geben.«

»Und was sollen wir nun tun, Sir?« fragte McIndoe.

»Kesselrings Invasionspläne bis zur Ankunft der Spitfires sabotieren. Das ist unsere einzige Chance.«

»Und wie sollen wir das bewerkstelligen?«

Starr zog ein Foto aus dem Ordner und gab es dem Schotten. »Der Mann, der unmittelbar neben Himmler steht, ist Otto Schenk – oder, um seine korrekte Rangbezeichnung bei der Gestapo zu verwenden: Sturmbannführer Otto Schenk. Ich weiß selbst, daß die Aufnahme nicht besonders gut ist, aber es ist die einzige, die die Amerikaner von ihm haben. Und das ist immer noch mehr, als wir besitzen. Andererseits drängt sich Schenk auch nicht unbedingt ins Rampenlicht. Sie werden den Grund verstehen, wenn ich Ihnen verrate, daß er einer von fünf hohen Offizieren der Gestapozentrale in Berlin ist, deren Aufgabe darin besteht, die Gestapohauptquartiere in den besetzten Gebieten vor Ort zu überprüfen. Er ist ausschließlich Himmler verantwortlich und hat die Vollmacht, überall hinzugehen und sich alles anzusehen. Seine Berichte können zur sofortigen Degradierung selbst hochrangigster Gestapooffiziere führen. Insofern ist es nicht weiter verwunderlich, daß diese Leute bei ihren Kollegen gefürchtet und verhaßt sind.«

»Und was hat Schenk mit all dem zu tun?« fragte McIndoe.

»Er wird heute nachmittag in Sizilien erwartet. Wir haben auch schon eine ungefähre Vorstellung von seinen Plänen. Unser Wissen verdanken wir einer hochstehenden Quelle in der Berliner Gestapozentrale. Mehr kann ich Ihnen nicht sagen, aber dieser Mann ist äußerst zuverlässig.« Starr paffte an seiner Pfeife, ehe er fortfuhr. »Morgen vormittag wird die Widerstandsbewegung Schenk entführen und außer Landes schaffen. Man wird ihn dann zu einem Verhör nach London fliegen. Aber das braucht Sie nicht zu berühren.«

»Es wird nicht lange dauern, bis Alarm ausgelöst wird«, wandte McIndoe ein. »Dann wird es auf der ganzen Insel von Soldaten wimmeln, die ihn suchen.«

»Dazu sehe ich keinen Grund«, antwortete Starr. »Offiziell wird Schenk ja weiter auf der Insel weilen. Major Ravallo wird seinen Platz einnehmen. Ravallo spricht ein makelloses Deutsch und hat sich bereits gründlich mit den Gepflogenheiten der Gestapo vertraut gemacht, um seine neue Rolle auch wirklich überzeugend spielen zu können.«

McIndoe starrte das Foto an, dann bedachte er Ravallo kopfschüttelnd mit einem Blick von der Seite. »Das wird nie klappen. Sie sehen sich ja überhaupt nicht ähnlich.«

»Major Ravallo sieht das anders. Vielleicht sollten wir besser ihn selbst den Plan erklären lassen. Schließlich stammt er ja auch von ihm. Und seine Vorgesetzten waren immerhin so beeindruckt, daß sie ihm grünes Licht gaben. Major?«

Ravallo drückte zuallererst seine Zigarette aus. »Schenk soll morgen am frühen Vormittag eine Reihe von Stützpunkten an der Küste besichtigen. Es wird damit gerechnet, daß er mehrere Tage auf der Insel bleibt. Wohin er im einzelnen gehen wird, das weiß niemand so genau, auch wir nicht. Aber gerade das ist unser größter Vorteil. Er könnte überall auftauchen. So lautet auch sein Auftrag: die Stützpunkte mit Stichprobenkontrollen unter Druck setzen, damit sie stets auf Zack bleiben. Darüber hinaus weiß bis auf die Offiziere, die ihn am Flughafen abholen, kein Mensch auf der ganzen Insel, wie er aussieht. Und weil ich mich bestimmt nicht in die Nähe des Gestapohauptquartiers von Palermo wagen werde, wird niemand auf die Idee kommen, daß ich nicht Schenk sein könnte. Außerdem werde ich ein Ermächtigungsschreiben von Himmler persönlich dabeihaben, das diese Sonderbeauftragten ja immer mit sich führen. Dieser Brief allein beschert mir Zutritt zu jedem Gebäude, das ich sehen will. Und ich meine *jedes* Gebäude.«

»Einschließlich desjeningen, in dem Kesselring die Besprechung abhält?« schloß McIndoe.

»Die Besprechung soll im Grand Hotel stattfinden«, sagte Starr. »Dort ist Kesselring Stammgast.«

»Was schlagen Sie also vor, Sir? Daß wir die Invasionspläne stehlen?« fragte der Schotte verdattert.

»Nichts so Offensichtliches. Wir fotografieren sie. Aber über die Einzelheiten will ich mich im Moment gar nicht auslassen. Sie werden Ihnen ausführlich in diesen Dossiers hier erklärt.« Starr pochte auf zwei Umschläge, die vor ihm auf dem Tisch lagen. »Wir müssen auf etwas anderes abzielen: Kesselring soll den Verdacht hegen, daß seine Pläne womöglich schon verraten und damit nicht mehr umsetzbar sind. Darum haben wir beschlossen, daß die mitstenografierten Aufzeichnungen außerhalb des Hotels in einer Mülltonne gefunden werden sollen, nachdem Kesselring das getippte Manuskript der Pläne an sich genommen hat.

Das wird ihn in eine Zwickmühle bringen. Soll er es riskieren, die Originalpläne Hitler zu präsentieren, ohne zu wissen, ob nicht vielleicht doch Unbefugte Einsicht genommen haben, oder soll er sie verwerfen und eine völlig neue Strategie entwickeln? Stellen Sie sich nur vor, was passiert, wenn sie die Invasion einfach durchziehen, um dann zu merken, daß wir die Pläne kannten und jeden einzelnen Zug durchkreuzen konnten. Die Deutschen würden schwere Verluste erleiden, und Kesselring wäre seinen Posten mit Sicherheit los. Allein schon aus diesem Grund glaube ich, daß er noch einmal von vorne anfangen wird.«

»Und eine neue Strategie würde bedeuten, daß er sich wieder vor das Reißbrett stellt«, ergänzte McIndoe. »Eine zeitraubende Arbeit.«

Starr nickte. »Richtig. Damit würde London die nötige Zeit gewinnen, um die Spitfires auf Malta zu stationieren.«

»Vorausgesetzt, Kesselring geht auf Nummer Sicher«, murmelte McIndoe.

»Das wird er«, sagte Starr im Brustton der Überzeugung.

»Warum stehlen wir nicht einfach die Pläne und geben den Deutschen zu verstehen, daß wir sie haben?« fragte der Schotte. »Dann könnten sie gar nicht anders als die Invasion abzublasen.«

»So einfach ist das nicht«, erklärte Starr, der wußte, daß nur eine Handvoll hoher Offiziere von der Besprechung Kenntnis hatte und das Verschwinden der Blaupause sehr bald den Schluß nahelegen würde, daß die Alliierten über Insiderinformationen verfügten. Man würde an oberster Stelle Untersuchungen einleiten, und sobald die in Frage kommenden Offiziere entlastet wären, würde man sich auf mögliche andere Lecks konzentrieren. Und sollten die Deutschen merken, daß die Alliierten ihre Enigma-Codes aufgefangen und entschlüsselt hatten, würden sie unverzüglich ihr gesamtes Kommunikationssystem von Grund auf ändern. Ein neues System mit neuen Codes könnte aber das ganze Ultra-Programm über den Haufen werfen …

»Was meinen Sie damit, Sir?« fragte McIndoe, als Starr nicht mehr weitersprach.

»Ich kann mich nicht über Details auslassen, McIndoe. Es muß Ihnen genügen, zu wissen, daß ein solcher Plan nicht durchführbar wäre. Und ein gewisses Maß an Unsicherheit dürfte immerhin genauso gründlich wirken.«

»Und an welcher Stelle kommen wir nun ins Spiel?«

»Ihre Einheit wird Major Ravallo Rückendeckung geben. Higgins wird Sie an einem im voraus vereinbarten Treffpunkt absetzen und dann das Boot bis zu Ihrer Rückkehr verbergen.«

»Werden wir mit den Partisanen zusammenarbeiten?«

»Ja«, sagte Starr und hob die Hand, bevor McIndoe zu einem Widerspruch ansetzen konnte. »Ich weiß, daß das nach dem Vorfall von gestern nacht gefährlich werden könnte, doch die Räder lassen sich nicht mehr zurückdrehen. Eins muß ins andere greifen, wenn die Operation Aussicht auf Erfolg haben soll. Aber das werden Sie schnell verstehen, sobald Sie die Instruktionen gelesen haben.«

»Wußte Sciarro über diese Operation Bescheid?« meldete sich Ravallo zu Wort.

»Nein. Ich habe vorhin mit Massimo gesprochen, und er hat mir versichert, daß er die daran Beteiligten in Einzelgruppen aufgesplittet hat, so daß jeder nur seinen Teil der Operation kennt. Jede Gruppe operiert unabhängig, wodurch maximale Sicherheit gewährleistet ist. Keiner kennt den Aufgabenbereich des anderen.«

»Außer Massimo«, meinte McIndoe.

»Giancarlo Massimo hat einen Abschluß an der Universität von Oxford«, verkündete Starr, als wäre der Partisan schon allein damit über jeden Verdacht erhaben. »Ich persönlich lege meine Hand für ihn ins Feuer.«

»So wie sich Stella für Sciarros Zuverlässigkeit verbürgt hat«, brummte McIndoe und drückte seine Zigarette aus, um sich sofort eine neue anzuzünden. »Dort draußen geht es für uns um Kopf und Kragen, Sir. Wer garantiert uns denn, daß neben Sciarro nicht auch andere Partisanen von den Deutschen angeworben worden sind? Wir könnten blindlings in eine Falle laufen.«

»Wir schicken Sie nicht ins Pfadfinderlager!« fuhr ihn

Starr an. »Natürlich ist die Mission mit Gefahren verbunden. Die lassen sich in diesem Beruf nun mal nicht ausschließen. Aber wenn Sie sich nicht zutrauen, dem Druck standzuhalten, können wir Sie jederzeit durch einen anderen ersetzen lassen. Keiner ist in dieser Organisation unverzichtbar, vergessen Sie das nicht.«

»Das wird nicht nötig sein, Sir«, stieß McIndoe zwischen zusammengepreßten Lippen hervor.

»Freut mich zu hören.« Starr schob die zwei versiegelten Umschläge über den Tisch. »Wie gesagt, darin finden Sie Ihre Anweisungen detailliert aufgelistet. Natürlich gelten die üblichen Sicherheitsvorkehrungen.« Er sah Ravallo an. »Das heißt, die Unterlagen müssen verbrannt werden, sobald Sie sie auswendig gelernt haben. Die nötigen Dokumente und Karten wird man Ihnen kurz vor der Abfahrt nach Sizilien geben.«

McIndoe nahm die Umschläge an sich und gab einen Ravallo. »Wann brechen wir auf, Sir?«

»Um Mitternacht. Das wäre alles, meine Herren, danke.«

Auf dem Weg zur Tür wandte sich McIndoe an Ravallo. »Ich bin ja auf Stellas Reaktion gespannt, wenn sie hört, daß Sciarro uns verraten hat.«

»Sie wird garantiert Augen machen«, stimmte Ravallo zu und folgte dem Schotten in den Korridor.

»Das glaube ich nicht!« rief Stella trotzig, als McIndoe ihr eröffnete, was er von Starr erfahren hatte.

»Klingt aber durchaus schlüssig, Stella«, meinte Ravallo.

»Für ein Täuschungsmanöver, ja.«

McIndoe und Ravallo wechselten einen zweifelnden Blick über die Tischplatte hinweg. Die drei waren allein im Raum. Sobald die anderen erfahren hatten, daß sie das Haus verlassen durften, waren sie nach Valletta gefahren.

»Ich habe in den letzten Monaten eng mit Sciarro zusammengearbeitet«, erklärte Stella. »Er war nie und nimmer ein deutscher Schnüffler. Er war ein treues Mitglied der Partisanen.«

»Wie erklärst du dir dann, daß er mit den belastenden

Materialien tot in einem Hotelzimmer aufgefunden wurde?« fragte Ravallo.

»Wie gesagt, die haben ihm das angehängt. Die Deutschen rechneten offenbar ganz fest mit unserer Gefangennahme. Aber weil das schiefging, mußten sie schnell handeln, um die Identität des wahren Verräters zu schützen. Das ist die einzige logische Erklärung.«

»Das kann ich nicht glauben«, sagte McIndoe und stellte sich vors Fenster.

Stella drehte sich auf ihrem Stuhl zu ihm um. »Ich weiß, was das für Sie heißt, Sam, aber Sie müssen mir glauben. Angelo war kein Verräter.«

»Sie haben nicht den geringsten Beweis für Ihre Theorie«, wandte McIndoe ein.

»Es ist nur ein Gefühl aus dem Bauch heraus, mehr nicht.« Ihre Augen wanderten zu Ravallo. »Aber Nicky weiß, daß mein Instinkt mich selten trügt. Bitte, Sam, Sie müssen mir glauben. Wer uns auch verraten hat, Angelo war es nicht.«

McIndoe warf Ravallo einen fragenden Blick zu. »Ja«, brummte der Amerikaner achselzuckend, »ihr Instinkt ist ziemlich verläßlich. Trotzdem meine ich, daß sie diesmal danebenliegt.«

»Was muß ich tun, um euch zu überzeugen?« fragte sie.

»Beweise vorlegen«, sagte McIndoe.

»Müssen Sie Ihre Leute vollständig instruieren, bevor wir losfahren?«

»Das ist bei uns Standard. Warum fragen Sie?«

»Könnte man sie ausnahmsweise diesmal erst vor dem jeweils nächsten Schritt informieren? Wenn einer von ihnen tatsächlich der Spion ist, könnte er die Einzelheiten der Operation nicht im voraus an die Deutschen weitergeben. Ich weiß, daß ich viel von Ihnen verlange, Sam, aber was ist, wenn ich recht habe? Sie würden uns in dem Moment schnappen, in dem wir den Fuß auf sizilianischen Boden setzen. Und Sie können Gift darauf nehmen, daß die Deutschen tausendmal besser vorbereitet sein werden als beim letztenmal.«

»Mir hängen diese ewigen Beschuldigungen gegen meine Männer langsam zum Hals heraus!« schnappte McIndoe. »Sie wollen einfach nicht zugeben, daß Sie sich getäuscht haben. Die Beweislast gegen Sciarro ist erdrückend, und damit ist das Thema für mich erledigt.«

Schweigen breitete sich aus. »Und was ist, wenn ich mich doch nicht täusche?« brach sie abrupt die Stille. »Wir würden schnurstracks in einen Hinterhalt laufen. Sie wissen ebenso gut wie ich, was mit uns passiert, wenn wir der Gestapo übergeben werden. Können Sie wirklich so überzeugt von Angelos Schuld sein? Können Sie das?«

Bevor er antworten konnte, hörte McIndoe die Tür zufallen, und gleich darauf traten Evans, Hillyard und Johnson ein. Nur Passière fehlte. »Wo ist Georges?« wollte McIndoe wissen.

»Im Bett, wo sonst?« erwiderte Hillyard. »Wir haben ihn gefragt, ob er nach Valletta mitfahren will, aber er hat sich einfach umgedreht und weitergeschlafen.«

McIndoe deutete auf die Tür. »Gehen Sie ihn holen.«

»Haben Sie eine Tausendpfundbombe zur Hand, Boß?« witzelte Hillyard.

»Tun Sie es einfach!« bellte der Schotte.

Hillyard hob beschwichtigend die Hände und eilte hinaus.

»Setzen Sie sich schon mal«, sagte McIndoe zu Evans und Johnson und deutete auf die Stühle.

»Wenn die Bewachung so schnell aufgehoben wurde, dann hat Starr den Spion wohl erwischt?« fragte Evans, während er seinen Stuhl neben den von Ravallo stellte und Platz nahm.

»Das hat er.« Mehr war McIndoe allerdings nicht zu entlocken. Er wartete, bis Passière mit verquollenen Augen hinter Hillyard hereinkam. »Na, hoffentlich habe ich Sie nicht aus Ihrem Schönheitsschlaf gerissen, Georges.«

»Ich denke, ich kann ...«

»Setzen Sie sich erst mal hin«, fiel ihm McIndoe gereizt ins Wort und wartete mit dem Bericht über Sciarro, bis alle Platz genommen hatten.

»Wenn je ein Fall ruckzuck geklärt wurde, dann der hier«, seufzte Hillyard voller Erleichterung.«

»Sieht ganz so aus«, entgegnete McIndoe.

»Und worum geht es bei der Operation, Boß?« fragte Evans. »Hat Starr Sie auch darüber instruiert?«

»Na endlich«, brummte Hillyard. »Was gibt es zu tun?«

Eine Pause trat ein. Schweigend starrte McIndoe seine Füße an. Schließlich hob er den Blick zu Stella. »Sie werden diesmal nur über den jeweils nächsten Schritt instruiert.«

»Sonst sind wir doch immer ...«

»Das ist Vice-Admiral Starrs ausdrücklicher Befehl«, blaffte McIndoe Hillyard an. Er wußte, daß keiner es wagen würde, Starrs Autorität anzuzweifeln.

»Daß der uns immer noch wie Kinder behandelt ...«, knurrte Hillyard verächtlich.

»Er hat bestimmt seine Gründe«, sagte Stella, ohne den Blick von McIndoes Gesicht zu wenden.

»Sicher hat er die«, stimmte der Schotte zu, doch seine Stimme verriet wenig Überzeugung. Er beugte sich über den Tisch und drückte seine Zigarette aus. Dabei vermied er bewußt jeden Blickkontakt mit Stella. »Also gut, fangen wir an.«

Das 1855 erbaute *Grand Albergo* – Grand Hotel – galt seit vielen Jahren als das einzige Haus, in dem die Reichen und Berühmten bei ihren Besuchen in Palermo abstiegen. Der im Zentrum der sizilianischen Hauptstadt gelegene Prachtbau war auch der Ort, an dem der Komponist Richard Wagner 1882, ein Jahr vor seinem Tod, die Inspiration für die Vollendung seiner letzten Oper Parsifal gefunden hatte. Die Fassade des Gebäudes war in einem zarten cremefarbenen Ton gehalten, die hölzernen Fensterläden und die Eisengitter der zierlichen Balkone vor den Schlafzimmern leuchteten in einem satten Grün. Von zwei Masten direkt vor dem Haupteingang hingen die deutsche und die italienische Flagge schlaff herunter. Durch zwei hochmoderne gläserne Drehtüren gelangte man in das weiträumige, mit Marmor ausgelegte Foyer. Für das richtige Ambiente sorgten außerdem vier dorische Säulen und mehrere lebensgroße Statuen, die, Geistern aus einer vergangenen Epoche gleich, eine mit roten Läufern bedeckte, weit geschwungene Treppe zierten. Welcher Luxus einen in den oberen Stockwerken erwartete, konnte man von hier unten freilich bestenfalls erahnen. Es war kein Wunder, daß die deutsche Armee dieses Hotel für den ausschließlichen Gebrauch ihrer nach Sizilien abberufenen hohen Offiziere beschlagnahmt hatte.

Hauptmann Jürgen Franke trat durch die Drehtür ein und ging sofort in die Mitte des fast leeren Raums, wo Major Hans Riedler direkt unter einem atemberaubenden vierarmigen Kristallüster stand, der von der kunstvoll geschnitzten hohen Holzdecke herabhing. »Es dürfte nicht schwer sein, die Gegend um das Hotel abzuriegeln«, meldete Franke. »Die örtlichen Truppen, die das Viertel bis zu unserem Eintreffen kontrollierten, hatten die Situation anscheinend voll im Griff. Es gab nur ein paar kleinere Schwachstellen, die abgedichtet werden mußten, aber das habe ich schon erledigt.«

»Dann ist die Übergabe also vollzogen?« fragte Riedler.

»Jawohl, Herr Major. Unsere Männer haben im und um das Hotel Stellung bezogen. Ohne unsere Erlaubnis kommt niemand herein. Ich nehme an, daß das Personal bereits Urlaub bekommen hat?«

»Richtig. Sämtliche entbehrlichen Bediensteten sind gestern abend heimgeschickt worden. Nur eine Rumpfmannschaft ist hiergeblieben. Ich habe dem Gestapohauptquartier an der Piazza Bologni eine Liste mit ihren Namen geschickt. Vor wenigen Minuten wurde mir telefonisch mitgeteilt, daß die Gestapo sie gründlich verhört und für unbedenklich erklärt hat. Und wenn die Gestapo sich einverstanden zeigt, dann genügt mir das.« Riedler sah auf ein Dokument hinunter, das er schon die ganze Zeit in der Hand gehalten hatte. »Es gibt insgesamt vier mögliche Zugänge: die Drehtür dort drüben, die Hintertür, die in die Küche führt, und zwei Notausgänge rechts und links. Ich will, daß sie alle rund um die Uhr bewacht werden.«

»Wir haben nicht so viele freie Männer, Herr Major. Ihr Vorschlag ist nur durchführbar, wenn sich zwei Leute alle zwölf Stunden abwechseln.«

»Mir ist egal, ob sie Vierundzwanzigstundenschichten einlegen oder nicht, Hauptsache, die Eingänge werden ständig bewacht«, beschied ihn Riedler.

»Ich werde es sogleich veranlassen«, versprach Franke und eilte durch die Drehtür hinaus.

Riedler setzte sich auf den erstbesten Stuhl und sah sich um. In einem der vielen Wandspiegel erblickte er sein Bild. Glattrasiert und gewaschen war er und steckte in einer prächtigen Fallschirmjägeruniform. Kein Vergleich mit den schlammigen Schützengräben der Ostfront! Er lächelte vor sich hin, vor allem aus Erleichterung darüber, daß ihm das alles jetzt erspart blieb. Seine Gedanken wanderten noch einmal zum gestrigen Nachmittag zurück, als sie die Hölle von Rußland endgültig hinter sich gelassen hatten ...

Auch wenn er nicht genau wußte, wie weit sie gestern mit dem Laster gefahren waren, so schätzte er die Strecke doch auf fünfzig Kilometer. Zweimal waren sie angegriffen worden, und er war sich schrecklich hilflos und ungeschützt vorgekommen, als die Granaten gnadenlos rings um sie explodiert waren. So nackt hatte er sich zuvor erst einmal gefühlt. An Bord eines U-Boots war das gewesen, als sie in einem norwegischen Fjord von zwei britischen Fregatten gestellt worden waren. Der Kapitän hatte den Befehl erteilt, das Boot regungslos auf dem Grund des Fjords ruhen zu lassen. Trotzdem hatte es an ein Wunder gegrenzt, daß die britischen Wasserbomben ihr Ziel verfehlten.

Eine *Tante Ju*, wie der liebevolle Spitzname für die unansehnlichen Junker 52 lautete, die die Fallschirmjäger bei ihrem Überfall auf Kreta benutzt hatten – inzwischen waren sie zu den zuverlässigsten Transportflugzeugen an der Ostfront avanciert –, hatte sie am Luftwaffenstützpunkt Charkow in der Ukraine erwartet, um sie unverzüglich nach Sizilien zu bringen. Bei ihrer Landung auf einem deutschen Rollfeld in der Nähe von Palermo waren sie von zwei

Lastern in Empfang genommen worden, die sie zunächst zu den Baracken der 15. Division der Panzergrenadiere gefahren hatten. Dort hatten er und seine Männer sich den Luxus eines heißen Bades und eines reichhaltigen Viergängemenüs gönnen dürfen – eine Kombination, die allein schon genügte, um ihre Moral zu heben. Insbesondere aber der Anblick der fünfzehn frischen, säuberlich in ihrer vorläufigen Unterkunft ausgebreiteten Fallschirmjägeruniformen hatte ihnen wieder Stolz auf ihre Einheit und Selbstvertrauen eingeflößt – Eigenschaften, die ihnen durch den Dienst als Infanteristen an der Ostfront schon verlorengegangen waren ...

Ein Motorengeräusch riß Riedler aus seinen Gedanken. Durch die Glastür sah er, wie ein Stabswagen mit offenem Verdeck vor dem Hotel vorfuhr. Der Fahrer stellte den Motor ab, dann sprang er heraus und öffnete die hintere Tür. Zu Riedlers nicht geringem Staunen trat kein geringerer als General Kurt Student auf die gepflasterte Zufahrt. Riedler sprang auf, wischte sich einen eingebildeten Schmutzfleck von der Uniform, schob eilig seine Mütze vor dem Spiegel gerade und eilte durch die Vorhalle, um Student bei der Tür mit militärischem Gruß zu empfangen. Der General salutierte ebenfalls, dann reichte er ihm die Hand.

»Ich hatte Sie erst morgen früh erwartet, Herr General«, sagte Riedler und erwiderte den festen Händedruck.

»Feldmarschall Kesselring hat mich gebeten, schon heute zu kommen und die Sicherheitsvorkehrungen zu überprüfen. Den Straßensperren um das Hotel nach zu urteilen, haben Sie die Situation gut im Griff.«

In diesem Moment kam Franke ins Hotel zurück. Sogleich schlug er die Hacken zusammen, und sein Arm schoß zum Hitlergruß in die Höhe. Student tat es ihm gleich. »Das ist mein Stellvertreter, Herr General. Hauptmann Jürgen Franke«, stellte Riedler vor. »Bevor er zu uns kam, diente er bei einer der Brandenburger Einheiten.«

»Bei welcher waren Sie, Franke?« erkundigte sich Student.

»Einheit Koenen, auf Einsatz in Nordafrika, Herr General«, antwortete Franke, der immer noch stocksteif dastand.

Student nickte. »Eine der besten, wie ich gehört habe. Major Riedler hatte Glück, daß ihm ein Mann wie Sie zugewiesen wurde.«

»Es ist mir eine Ehre«, antwortete Franke, ohne den Blick von Student zu wenden.

»Freut mich, Sie kennengelernt zu haben«, sagte Student. »In den nächsten Tagen werden wir sicher noch öfter Gelegenheit haben, miteinander zu plaudern. Im Moment muß ich jedoch mit Major Riedler allein sprechen. Würden Sie uns bitte entschuldigen?«

»Jawohl, Herr General!« rief Franke, salutierte noch einmal zackig und marschierte hinaus.

Student blickte ihm versonnen nach. »Anscheinend haben Sie wirklich einen guten Mann an der Seite.«

»Das wird sich noch erweisen«, erwiderte Riedler kühl.

»Was wollen Sie damit sagen?«

»Ich glaube, Sie wissen, was ich meine.«

Einen Moment lang hielt Student Riedlers Blick stand, dann zeigte er auf eine Tür. Sie führte in das geräumige Konferenzzimmer, in dem Kesselring morgen seine Besprechung abhalten wollte. »Gehen wir da rein. Wie gesagt, wir müssen miteinander reden.

Riedler folgte dem General und schloß die Tür hinter sich. In der Mitte stand auf dem Marmorboden ein schwerer, langer Eichentisch, um den ein halbes Dutzend Stühle plaziert waren. Plötzlich war von Students Freundlichkeit nichts mehr zu sehen.

Er schleuderte seine Mütze auf den Tisch und wirbelte zu Riedler herum. »Möchten Sie mir vielleicht erklären, warum Sie einen Befehl zweier hoher Wehrmachtsoffiziere so unverfroren mißachtet haben?«

»Es war die einzige Möglichkeit, sicherzustellen, daß Leutnant Weber die nötige medizinische Hilfe erhielt. Und nach allem, was ich seitdem gehört habe, hätte er dort draußen nicht einen Tag länger überlebt. Es war absolut notwendig, ihn sofort ins nächste Lazarett zu bringen.«

»Und Sie glauben, das sei eine Rechtfertigung für Gehorsamsverweigerung?«

»Ich weiß nur, daß Weber jetzt tot wäre, wenn ich anders gehandelt hätte.«

»Wenn ein vorgesetzter Offizier Ihnen einen Befehl erteilt, haben Sie zu gehorchen!« schrie Student. »Einen solchen Befehl haben Sie nicht zu interpretieren und erst recht nicht Ihren eigenen Zwecken unterzuordnen. Haben Sie das verstanden, Major Riedler?«

»Verstanden, Herr General«, antwortete Riedler leise.

»Feldmarschall Kesselring mußte seine ganze Überzeugungskraft aufbieten, bis General Paulus, wenn auch widerstrebend einwilligte, Sie von Ihrer Aufgabe an der Ostfront für diesen Einsatz hier freizustellen. Darum ist es wohl kaum überraschend, daß General Paulus heute morgen bei Feldmarschall Kesselring anrief und sich massiv über die Art und Weise beschwerte, in der Sie seine Befehle unterliefen. Feldmarschall Kesselring ist normalerweise ein äußerst umgänglicher Mensch, es sei denn, er spürt, daß seine Autorität in Frage gestellt wird. Sie haben ihn vor General Paulus bloßgestellt, und er wiederum hat seine Wut an mir ausgelassen, da ich derjenige bin, der Sie für diesen Einsatz vorgeschlagen hat. Aber damit kann ich leben. Eines jedoch kann ich nicht akzeptieren: daß Sie mit Ihrer Eigenmächtigkeit den guten Ruf des Fallschirmjägerregiments beschädigt haben. Das kann und werde ich unter keinen Umständen dulden!«

»Wir wurden von der 6. Armee mitten im Niemandsland ausgesetzt, Herr General«, entgegnete Riedler, der seinen Zorn kaum noch bezähmen konnte. Zorn nicht auf Student, sondern auf die Leute, die ihn bestrafen wollten, weil er es gewagt hatte, sich vor seine Männer zu stellen. »Wir haben dort fünf Tage lang unter permanentem Beschuß durchgehalten, und zwar von beiden Seiten, nur um dann zu erfahren, daß es jederzeit möglich gewesen wäre, uns rauszuholen, hätte die Luftwaffe es der Mühe wert befunden, ein Aufklärungsflugzeug auf die Suche nach uns zu schicken.«

»Und wenn Sie fünf Monate lang beschossen worden wären, Ihr Verhalten ist durch nichts zu entschuldigen. Kommt so etwas noch einmal vor, stehen Sie wegen bewußter Befehlsverweigerung vor dem Kriegsgericht. General Paulus wollte das schon in die Wege leiten, und nur Feldmarschall Kesselrings Takt und diplomatischem Geschick haben Sie es zu verdanken, daß keine weiteren Schritte gegen Sie ergriffen werden. Ich habe Feldmarschall Kesselring heute morgen vor meiner Abreise aus Rom versprochen, daß ich Sie wegen Ihres inakzeptablen Verhaltens zur Rede stellen werde. Was ihn betrifft, so ist die Sache aus der Welt. Das bedeutet, daß er Sie morgen bei seinem Eintreffen nicht darauf ansprechen wird. Sie stehen tief in seiner Schuld, denn ohne sein Eingreifen wären Sie jetzt nicht mehr hier, sondern auf dem Weg nach Berlin, um sich dort vor einem Kriegsgericht zu verantworten. Vergessen Sie das nie.«

Damit war diese Angelegenheit für Student erledigt. Er zog einen Stuhl heran und setzte sich. »Sagen Sie, wie geht es Ihrem Bruder? Heißt er nicht Andreas? Ich habe ihn zuletzt bei Ihrer Hochzeit gesehen. Da war er Trauzeuge. Wenn ich mich richtig erinnere, war er sturzbetrunken, aber das waren ja wohl die meisten Gäste.«

Der plötzliche Stimmungsumschwung überraschte Riedler keineswegs. Er kannte Kurt Student gut genug, um zu wissen, daß er nicht nachtragend war. Er hatte gesagt, was gesagt werden mußte, und ging jetzt zur Tagesordnung über. So war er nun einmal, und dafür zollte ihm Riedler großen Respekt.

»Andreas wurde letztes Jahr in Tobruk getötet, Herr General«, murmelte er.

»Das wußte ich nicht«, sagte Student leise. »Das tut mir sehr leid.«

»Es gab zwei Tragödien innerhalb weniger Monate. Erst Andreas in Nordafrika, dann Karl Müller auf Kreta.«

»Karls Tod hat Ihre Frau schwer getroffen, nicht wahr? Sie war ihrem Bruder ja schon immer sehr nahe. Wie geht es ihr jetzt?«

»Charlotte hat sich gut erholt, Herr General. In zwei Monaten erwarten wir unser erstes Kind. Das hat es ihr sicher erleichtert, sich mit Karls Tod abzufinden.«

Plötzlich drangen vom Foyer her erregte Stimmen herein. Riedler stieß die doppelte Flügeltür auf und lief sogleich auf zwei Männer zu, die sich wütend anfauchten. Der eine war Feldwebel Manfred Kuhn, ein zäher, kompromißloser Soldat und einer der am häufigsten ausgezeichneten Fallschirmjäger in der Geschichte des Regiments. Den anderen hatte Riedler noch nie gesehen, aber seine auffällige schwarze Gestapouniform war ihm nur zu vertraut. Riedler schätzte den Mann auf Anfang vierzig. Von seinem hageren Gesicht und den eisblauen Augen ging eine beklemmende Kälte aus. Seinem Rangabzeichen nach war er Standartenführer, also im Rang eines Obersten. Riedler salutierte.

Der Offizier schlug die Hacken zusammen und reckte die Hand zum Hitlergruß in die Höhe. »Guten Tag, Herr Major!« dröhnte er. »Standartenführer Ernst Brausch, Kommandant der Gestapo hier auf Sizilien. Ihr Feldwebel wollte darauf bestehen, daß ich vor der Tür warte, bis er um die Erlaubnis für mein Eintreten nachgesucht hatte. Ich versuchte, ihm zu erklären, daß die Gestapo für das Betreten von Häusern in den besetzten Gebieten keinerlei Genehmigung benötigt, aber er wollte unbedingt recht behalten. Ich muß schon sagen, Herr Major, ich bin von einer solchen Behandlung äußerst befremdet.«

»Danke, Feldwebel, Sie können gehen«, sagte Riedler zu Kuhn, der nach einem steifen Gruß wieder vor der Drehtür Stellung bezog. »Er führte nur einen Befehl aus, Herr Oberst«, erklärte er dann dem Gestapomann, »die Anweisung kam direkt von Feldmarschall Kesselring in Rom.«

Nun tauchte auch Student im Foyer auf. »Sie haben damit doch hoffentlich kein Problem, Oberst. Ich bezweifle nämlich sehr stark, daß Feldmarschall Kesselring es gerne sähe, wenn die Gestapo seine Anordnungen in Frage stellt.«

Brausch schlug hastig die Hacken zusammen und salutierte zackig. »Herr General, ich hätte diesen Befehl nie in Frage gestellt, hätte ich gewußt, daß Feldmarschall Kesselring ihn erteilt hat!«

»Offenbar ein Mißverständnis«, meinte Student mit einem matten Lächeln. »Nun, Oberst, was führt die Gestapo hierher? Dieses Hotel fällt doch wohl kaum in Ihren Zuständigkeitsbereich.«

»Es wundert mich, daß Feldmarschall Kesselring sich wegen der Sicherheitsvorkehrungen für die morgige Besprechung nicht an mich gewandt hat. Ich hätte ihm eines unserer Einsatzkommandos zur Verfügung stellen können.«

»Feldmarschall Kesselring hat mich gebeten, die Sicherheitsvorkehrungen zu treffen«, beschied ihn Student. »Ich bin sicher, daß Ihre Leute zu unserer größten Zufriedenheit Wache gehalten hätten, aber ich zog es vor, eine Einheit auszuwählen, die schon einmal unter meinem Kommando gestanden hat. Und die Fallschirmjäger sind eins der besten Regimenter. Sie werden mir sicher zustimmen ...«

Brausch verzog die Lippen zu einem verkniffenen Lächeln. »Das sind sie ganz bestimmt, Herr General.«

»Ist das der einzige Grund Ihres Kommens, Oberst? Um die Sicherheitsvorkehrungen zu überprüfen?«

Brausch verlagerte das Gewicht nervös von einem Fuß auf den anderen. »Herr General, ich hatte nie die Absicht ...«

»Hatten Sie einen anderen Grund?« unterbrach Student seinen Rechtfertigungsversuch.

»Herr General, als ranghöchster Offizier der Gestapo auf Sizilien sollte es mir zustehen, daß man mich zu der morgigen Besprechung hinzuzieht«, sagte Brausch.

»Die Besprechung hat nichts mit der Gestapo zu tun«, erklärte Student unwillig.

»Mit Verlaub, Herr General, alles, was die Sicherheit auf der Insel betrifft, ist für die Gestapo von Belang.«

»Mein lieber Oberst, es handelt sich um eine militärische Besprechung, die absolut nichts mit der Sicherheitslage auf der Insel zu tun hat. Nur eine Handvoll von Feldmarschall Kesselrings engsten Vertrauten wird daran teilnehmen. Das geht die Gestapo nichts an. Und das ist mein letztes Wort.«

»Ich verstehe, Herr General«, stieß Brausch zwischen zusammengepreßten Lippen hervor. Es empörte ihn, daß er so abgekanzelt wurde, aber er war klug genug, um sich nicht mit einem Ranghöheren anzulegen.

»Mich erstaunt nur, daß Sie sich nicht besser um die Verhältnisse in Ihrem eigenen Hinterhof kümmern!« bellte Student. »Mir wurde gesagt, daß der Besuch eines von Reichsführer Himmler persönlich eingesetzten Kontrolleurs ansteht. Eine interne Abteilung, mit deren Hilfe Ihre Organisation sich selbst reinigt? Gewiß eine interessante Idee.«

»Ich habe nichts zu verbergen«, erwiderte Brausch schroff und fing auf einmal zu lächeln an, als wolle er von seinem Fauxpas ablenken. »Ich unterstütze diese Untersuchungen voll und ganz, Herr General. Sie helfen, die hohen Standards aufrechtzuerhalten, die Reichsführer Himmler von all denen erwartet, die auserwählt worden sind, in dieser Organisation zu dienen.«

»Das glaube ich gern«, antwortete Student. »Nun, Oberst, wenn Sie mich jetzt entschuldigen möchten ... Ich habe heute viel zu erledigen.«

»Herr General, da wäre nur noch eine Sache, auf die ich Ihr Augenmerk lenken müßte«, sagte Brausch hastig, als Student sich schon umwenden wollte.

»Die wäre?«

»Sie haben doch sicher von dem fehlgeschlagenen Versuch gehört, eine britisches SOE-Einheit gefangenzunehmen, die vorgestern nacht vor Sizilien eine amerikanische Agentin abholen wollte?«

»Ja, und?«

»Es war unser Agent, der uns den Wink zu dem Treffpunkt gab. Hätte man die Gestapo diese Operation durchführen lassen ...«

»Worauf wollen Sie hinaus, Brausch?«

»Dieselbe Quelle hat uns mitgeteilt, wir müßten mit einem zweiten Einsatz der Alliierten auf der Insel in den nächsten achtundvierzig Stunden rechnen. Eine gemeinsame Aktion von SOE und amerikanischem Militärischem Geheimdienst. Im Grunde wird es dieselbe Einheit sein wie vorgestern. Nur wissen wir noch nicht, wann und wo genau die Operation stattfinden wird.«

»Riedler, kommen Sie zu mir!« rief Student. »Ich glaube, das sollten Sie auch hören.«

Brausch mußte wiederholen, was er soeben schon Student eröffnet hatte. »Wir wissen noch nicht, warum sie zurückkommen, aber es wäre doch sicher eine verdächtige Häufung von Zufällen, wenn es nicht mit der morgigen Besprechung zusammenhinge.«

»Das ist in der Tat eine höchst beunruhigende Nachricht«, stimmte Student in ernstem Ton zu. Er wechselte einen besorgten Blick mit Riedler. »Benötigen Sie mehr Leute für die Sicherheitsvorkehrungen?«

»Wir haben genügend Männer vor Ort ...«, fing Brausch an.

»Nein!« fiel ihm Riedler scharf ins Wort, um im nächsten Atemzug in versöhnlicherem Tonfall hinzuzufügen: »Nein, danke, Herr Oberst. Meine Männer sind absolut in der Lage, mit jeder Situation fertig zu werden, sollte sie denn eintreten.«

»Wie Sie wünschen«, brummte Brausch.

Noch einmal wandte sich Student an den Gestapomann: »Sie sagten, Sie wüßten noch nicht, warum die Agentengruppe nach Sizilien zurückkehrt. Heißt das, daß Sie zu gegebener Zeit mit einer präzisen Antwort rechnen?«

»Allerdings«, antwortete Brausch mit einem wissenden Lächeln. »Dessen können Sie sicher sein.«

7

Beging er einen Irrtum, wenn er die Instruktion nur auf die jeweils nächsten Schritte beschränkte, oder glaubte er wirklich, daß sie einen Verräter in ihren Reihen hatten? Diese Frage verfolgte McIndoe, seit sie mit ihrem MTB aus Grand Harbour ausgelaufen waren, um den bereits vereinbarten Treffpunkt mit den Partisanen vor der Westküste Siziliens anzusteuern. Bislang war er der Antwort kein Stückchen nähergekommen. Gab es überhaupt eine Lösung? Oder steigerte er sich da nur in etwas hinein? Er wußte, daß alle Verdachtsmomente auf Stellas Kontaktmann Angelo Sciarro hindeuteten. Warum ließ er dann diese nagenden Zweifel überhaupt noch zu? Offenbar hatte er auch dafür keine Erklärung ...«

»Klopf, klopf.«

McIndoe fuhr erschrocken hoch. In der Tür stand Stella. Wie er selbst trug sie eine schwarze Hose und einen weiten Pullover in derselben Farbe. »Wie lange stehen Sie schon da?« fragte er.

»Noch nicht lange. Kann ich reinkommen?«

»Selbstverständlich.«

Sie durchquerte die Kabine, zog einen Stuhl heran und setzte sich McIndoe gegenüber an den Holztisch. Als erstes nahm sie eine Zigarettenschachtel aus der Tasche und hielt sie ihm entgegen. Da er ablehnte, zündete sie nur eine Zigarette für sich an und warf die Schachtel auf den Tisch. »Seit der Instruktion bin ich gar nicht mehr dazu gekommen, mit Ihnen zu sprechen. Danke, daß Sie mir geglaubt haben, Sam.«

Der Schotte schüttelte frustriert den Kopf. »Ich weiß einfach nicht mehr, was ich glauben soll.«

»Mir ist ja klar, daß die Beweislast gegen Angelo erdrükkend ist, aber instinktiv weiß ich einfach, daß er die Partisanen nie verraten hätte. Ich kann es nicht erklären, Sam, aber ich weiß, daß ich mich nicht täusche.«

»Das hoffe ich auch«, erwiderte der Schotte, allerdings ohne jede Bitterkeit.

»Was hat Vice-Admiral Starr in Ihrem Gespräch unter vier Augen noch gesagt?«

»Er hat mir freie Hand gelassen, die Operation nach meinem Dafürhalten durchzuführen. Das war mir vorher schon klar gewesen, aber ich habe immer noch das Gefühl, daß er Sciarro für den Verräter hält. Andererseits haben Sie in dieser Hinsicht uns gegenüber einen entscheidenden Vorteil. Sie haben in den letzten Monaten eng mit ihm zusammengearbeitet. Wir dagegen kennen ihn überhaupt nicht. Das ist wohl der Grund, warum ich eingelenkt habe.«

»Ist jetzt vielleicht der richtige Zeitpunkt, einen Waffenstillstand anzubieten?« fragte sie lächelnd.

»Einen Waffenstillstand? Einverstanden.«

»Ich weiß, daß die Schuld an den Spannungen der letzten Tage zu einem großen Teil bei mir liegt. Es ist nun mal so, daß man in einem praktisch nur von Männern bestimmten Verein wie dem Militärischen Geheimdienst ständig auf diese Neandertaler stößt, denen es nicht paßt, daß Frauen erfolgreicher sein können als sie. Diese Typen warten nur darauf, daß ich auf die Schnauze falle, damit sie dann mit dem Finger auf mich zeigen und tönen können: ›Ich hab's ja gleich gewußt.‹ Es war ein harter Weg für mich, aber ich habe gelernt, daß ich dabei genauso austeilen wie einstecken muß. In diesem Geschäft kann ich es mir nicht leisten, Schwächen zu zeigen. Nicht, wenn man sie gegen mich verwenden könnte. Das mag zynisch klingen, aber es ist die einzige Überlebenschance.«

»Ich kann Sie gut verstehen. Einige der besten Agenten in der Firma sind Frauen. Eine Zeitlang gab es bei einer bestimmten Gruppe von Männern unterschwellige Vorbehalte gegen die Arbeit mit ihnen. Aber die hat Vice-Admiral Starr schnell ausgemerzt. So was duldet er einfach nicht.«

»Sie scheinen ziemlich viel von ihm zu halten.«

»Er ist ein knurriger alter Teufel mit messerscharfem Verstand und dazu passender Zunge. Aber wenn man gute

Arbeit leistet, dann gibt es nichts, was er nicht für einen tun würde. Männer wie ihn möchte ich hinter mir wissen, wenn es hart auf hart geht. Ich glaube, in mancher Hinsicht ist er für mich im Moment das, was einer Familie noch am nächsten kommt.« McIndoe verkniff das Gesicht. »Eine ganz schön beängstigende Vorstellung, wenn man es recht bedenkt.«

»Leben Ihre Eltern noch?« wollte Stella wissen.

»Mein Vater ist tot. Er wurde im letzten Krieg bei einem Giftgasangriff zum Invaliden und 1916 ausgemustert. Davon erholte er sich nie wieder. Zehn Jahre danach starb er. Ich war ihm sehr nahe. Was meine Mutter betrifft, so hat sie sich schnell nach einem neuen Mann umgesehen. Er ist Kanadier und besitzt eine Nachtclubkette in Glasgow. Sie trafen sich schon vor dem Tod meines Vaters jeden Tag heimlich. Er gab ihr das, was sie von meinem Vater nicht bekommen konnte: die Art von oberflächlicher gesellschaftlicher Anerkennung, die Reichtum eben so mit sich bringt. Das ist der einzige Grund, warum sie ihn geheiratet hat. Seit der Beerdigung meines Vaters habe ich sie weder gesehen noch von ihr gehört.«

»Das tut mir leid«, sagte sie leise.

»Warum? Mir nicht. Keiner in der Familie hat mehr etwas mit ihr zu tun.« Nun bediente sich McIndoe doch aus ihrer Zigarettenschachtel. »Na gut, jetzt wissen Sie über meine Eltern Bescheid. Und was ist mit den Ihren?«

»Sie sind beide tot. Meine Mutter war Amerikanerin, mein Vater Sizilianer. Er war Meeresarchäologe.« Sie hielt inne, um einen langen Zug von ihrer Zigarette zu nehmen. »Na ja, so bezeichnete er sich zumindest gerne. In Wahrheit plünderte er Schiffswracks vor den Küsten von Italien und Griechenland aus und verkaufte das Beutegut auf dem Schwarzmarkt an Privatsammler. Ich weiß, ich stelle ihn wie einen Gauner hin, und das war er wohl auch – trotzdem habe ich ihn vergöttert. Als Kind bin ich so oft wie nur irgend möglich mit ihm aufs Meer rausgefahren. Normalerweise an den Wochenenden und in den Ferien. Seine Mannschaft war ein verwegener Haufen, aber mich haben sie immer wie eine kleine Prinzessin behandelt. Er wurde beim Tauchen vor Sardinien getötet. Die Behörden stellten es als Unfall hin, davon konnten sie mich aber nie überzeugen. Erstens war er ein vorzüglicher Taucher, und zweitens schuldete er zum Zeitpunkt seines Todes allen möglichen zwielichtigen Gestalten auf dem italienischen Festland einen Haufen Geld.

Nach seinem Tod nahm meine Mutter mich zu sich nach Amerika. Sie hatte einen Bruder, einen Angehörigen der Army, der in Washington stationiert war. Also zogen wir dorthin. Sie ist vor drei Jahren mit gerade mal vierzig gestorben. Laut der Gerichtsmediziner war es ein Herzinfarkt. In gewisser Hinsicht hatten die wohl recht: Sie starb an gebrochenem Herzen, weil sie nie über den Tod meines Vaters hinwegkam. Ich überführte sie nach Sizilien und beerdigte sie neben meinem Vater. So hatte sie es sich immer gewünscht. Aber als ich dann wieder heimkam, war die Einschreibefrist an der Uni abgelaufen. Mein Onkel bot mir einen Aushilfsposten als Sekretärin in der Garnison an. Damit konnte ich mich über Wasser halten, bis es dann ein Jahr später endlich mit der Universität klappte. Über meinen Onkel habe ich auch einen ranghohen Offizier beim Militärischen Geheimdienst kennengelernt. Langer Rede kurzer Sinn: Auf diese Weise bin ich ins Geschäft reingeraten.«

»Das ist doch sonst gar nicht deine Art, dich kurz zu fassen«, meldete sich Ravallo von der Tür. Er zwinkerte McIndoe zu und trat näher. »Als du mir deine Lebensgeschichte erzählt hast, konntest du gar nicht mehr aufhören. Menschenskind, was für lange Stunden habe ich deswegen auf dem Golfplatz verbringen müssen!« Er wich einem Knuff aus und setzte sich rittlings auf den freien dritten Stuhl. »Es ist schön, euch endlich bei einem zivilisierten Gespräch anzutreffen, ohne daß ihr in einem fort die Zähne fletscht.«

»Wir haben Waffenstillstand geschlossen«, erklärte Stella mit einem Blick auf McIndoe.

»Einen einstweiligen zumindest.« McIndoe sah Ravallo neugierig an. »Ich wußte nicht, daß Sie Golf spielen.«

»Wenn es um meinen Fleiß so gut stünde wie um mein Spiel, wäre ich längst Weltmeister«, grinste der Amerikaner. »Aber ich steigere mich stetig. Golfen Sie auch?«

»Wann immer ich kann. Wir müssen mal zusammen spielen.«

»Bin sofort dabei.«

»Wo sind denn die anderen?« fragte Stella, um das Thema zu wechseln. Sport hatte sie noch nie besonders interessiert.

»Als ich zuletzt reinschaute, saß Hillyard in der Funkerkabine und erzählte Anekdoten über das Leben im Zirkus«, antwortete Ravallo. »Johnson war auch dabei und beschwerte sich, daß er das alles schon kannte. Und Passière hatte sich wohl damit abgefunden, daß sie sich einfach nicht rauswerfen ließen. Evans ist oben. Er ist dran, Ausschau zu halten. Und vorhin habe ich noch mit Higgins gesprochen. Er meint, wir erreichen die sizilianische Küste in den nächsten zehn Minuten.«

»Dann sollten wir besser nach oben gehen. Ich hole noch schnell die anderen. Wir treffen uns gleich an Deck.« McIndoe drückte seine Zigarette aus und ging in die Funkerkabine, um Higgins' Mitteilung weiterzugeben.

»Und was passiert dann?« fragte Passière.

»Sie wissen, daß bei dieser Operation nur immer der nächste Schritt bekanntgegeben wird, Georges«, erwiderte der Schotte. »Und ich habe Ihnen schon gesagt, daß Sie mit Sublieutenant Higgins zurückbleiben, während wir anderen an Land gehen. Was dort passiert, betrifft Sie nicht.«

Zorn blitzte in Passières Augen auf. »Trotzdem verstehe ich immer noch nicht, warum ich an Bord bleiben muß. Wenn das Boot in einer Höhle vertäut wird, kann ich mit der Funkanlage nichts anfangen. Die dicken Wände lassen keinen Empfang zu. Sie wissen doch, daß ich der beste Funker der Firma bin. Warum haben Sie mich überhaupt mitgenommen, wenn ich dann doch nicht gebraucht werde?«

McIndoe hatte sich bereits Hillyard und Johnson zugewandt und deutete mit dem Daumen über seine Schulter. »Holen Sie Ihre Sachen und melden Sie sich oben bei Major

Ravallo.« Er wartete, bis sie gegangen waren, dann setzte er sich Passière gegenüber auf einen der leeren Stühle. »Stellen Sie meine Befehle nie wieder vor den anderen in Frage!«

»Ich möchte wissen …«

»Nie wieder!«

»Es tut mir leid, *Patron,* es wird nie wieder vorkommen.«

»Anders als Sie vielleicht glauben, sind Sie ein äußerst wichtiges Mitglied dieser Operation. Sie sind unsere Verbindung zu Starr. Es ist von lebenswichtiger Bedeutung, daß er über jeden Schritt auf dem laufenden gehalten wird. Ich werde Sie alle sechs Stunden kontaktieren und über den neuesten Stand der Operation informieren. Danach können Sie meine Nachricht an Starr in Malta übermitteln.«

»Ich habe Ihnen doch schon gesagt, *Patron,* daß die Anlage in dieser Höhle nicht funktioniert«, beschwerte sich Passière gereizt.

»Sublieutenant Higgins wird das Boot alle sechs Stunden ins Freie fahren. Er macht sich verständlicherweise Sorgen, daß ein Aufklärungsflugzeug es sichten könnte, vor allem bei Tageslicht. Darum haben Sie nicht mehr als zehn Minuten, bevor er in die Höhle zurückkehrt.«

»Zehn Minuten?« schnaubte der Franzose.

»Ich werde meine Berichte so kurz wie möglich fassen; maximal drei Minuten. Damit bleibt Ihnen genügend Zeit, sie nach Malta zu übermitteln.« McIndoe entging nicht, daß Passière die Mundwinkel skeptisch verzog. »Sie haben mir doch soeben gesagt, daß Sie der beste Funker der Firma sind. Jetzt haben Sie die Chance, das zu beweisen. Zehn Minuten, Georges. Mehr Zeit bekommen Sie nicht.«

Passière nickte.

»Wir werden uns wie bei jedem Kontakt mit unseren Paßwörtern zu erkennen geben«, fuhr McIndoe fort. »Wenn ich keine benutze oder wenn ich mich nicht zu den verabredeten Zeiten melde, hat Sublieutenant Higgins den Befehl, die Operation abzubrechen und nach Malta zurückzukehren.«

»Und wenn ich kein Paßwort angebe, dann wissen Sie, daß hier etwas schiefgegangen ist«, schloß Passière.

»Richtig.« McIndoe zog ein Stück Papier aus der Tasche und reichte es dem Franzosen. »Das ist eine Kopie des numerischen Codes, den die Wehrmacht kürzlich auf Sizilien eingeführt hat. Alle Mitteilungen machen Sie auf deutsch und unter diesem Code. So beschränken wir das Risiko, von den Horchposten als Feinde erkannt zu werden. Diese Methode ist bei weitem nicht narrensicher, aber vielleicht können wir sie ja täuschen und ihnen weismachen, das sei ein ganz normaler Funkspruch ihrer eigenen Armee. Es ist riskant, aber es geht nicht anders.«

»Wo haben Sie den Zettel her?« fragte Passière verblüfft.

»Die Partisanen haben ihn Stella bei ihrem letzten Einsatz gegeben. Keine Ahnung, wie sie da rangekommen sind oder den Code knacken konnten, aber er ist von unseren Eierköpfen daheim überprüft und für authentisch befunden worden.«

»Demnach kann ich den Deutschen nicht nur vorgaukeln, daß wir zu ihnen gehören, sondern bekomme auch die Chance, ihre Funksprüche zu dechiffrieren, richtig?«

»So ist es. Lernen Sie den Code auswendig und vernichten Sie dann die Liste.« McIndoe deutete auf die Anlage. »Wir alle haben eine Grundausbildung an Funkgeräten erhalten, aber die Anlage hier ist für uns ein bißchen zu kompliziert. Weil Sie der einzige sind, der weiß, wie sie funktioniert, brauche ich Sie unbedingt an Bord.«

»Ich verstehe, *Patron*. Ich wünschte nur, Sie hätten mir das früher gesagt.«

»Nur immer der nächste Schritt. Und falls es Sie tröstet: die anderen erhalten ihre nächsten Instruktionen erst, wenn wir an Land sind.« Damit ging McIndoe zur Tür. »Es ist unerläßlich, daß Sie und Higgins eng zusammenarbeiten, Georges. Ich brauche Ihnen wohl nicht zu sagen, was passiert, wenn wir der Gestapo in die Hände fallen. Als die Deutschen vor zwei Jahren in Frankreich eingefallen sind, haben Sie ja gesehen, wie brutal die sind.«

»Und ich werde es mein Leben lang nicht vergessen«, sagte Passière leise. Er trat auf McIndoe zu und umarmte ihn kurz. »Gott sei mit Ihnen, *mon ami.*«

»Mit Gott und ein bißchen Glück wäre ich schon ganz zufrieden«, murmelte der Schotte mit einem flüchtigen Lächeln und stieg zum Deck hinauf.

Die Wetterbedingungen waren nicht unbedingt ideal für eine nächtliche Operation, aber sie hätten es schlimmer treffen können. Der Mond, der immer wieder hinter den tief am Himmel träge vorbeitreibenden Wolken verschwand, warf einen blassen Schimmer auf das ruhige Wasser. Sämtliche Lichter an Bord waren schon vor der Landung gelöscht worden, und sogar das Ruderhaus war in Dunkelheit gehüllt. Mit einer Hand an der Reling tastete sich McIndoe über das sanft schaukelnde Deck langsam voran zu den anderen, die schon im Bug kauerten. Er erkannte Evans, Hillyard und Johnson. »Wo sind Nicky und Stella?« flüsterte er und ließ sich neben ihnen nieder.

Evans deutete aufs Ruderhaus. »Oben. Sie reden noch mit Charlie.«

»Es ist jetzt bald soweit. Ich sehe, daß Sie Ihre Rucksäkke dabei haben. Alles richtig eingepackt?«

»Wofür überhaupt?« zischte Hillyard. »Sie haben uns ja immer noch nicht verraten, was wir da draußen tun sollen.«

»Sie werden rechtzeitig instruiert.«

Damit gab sich Hillyard allerdings noch nicht zufrieden. »Kennen die Yanks schon ihren Teil der Operation?«

»Ja.«

»Dann wissen wenigstens ein paar Bescheid.«

»Wir haben das doch schon alles vor dem Auslaufen durchgesprochen«, stöhnte McIndoe entnervt und holte tief Luft. Als er sich wieder etwas beruhigt hatte, fuhr er mit gedämpfter Stimme fort: »Mir gefällt diese Sache ebenso wenig wie Ihnen, aber so sind nun mal die Regeln, und ich erwarte, daß Sie sich daran halten. Von allen unseren Operationen für die Firma wird diese hier wahrscheinlich die gefährlichste. Das bedeutet: Um überhaupt eine Chance auf Erfolg zu haben, müssen wir eng als Team zusammenarbeiten. Dort, wo wir hingehen, ist kein Platz für abweichende Meinungen. Wem das nicht paßt, der soll jetzt gleich den

Mund aufmachen, dann kann er auf dem verdammten Boot zurückbleiben.«

Keiner sagte ein Wort. McIndoe starrte aufs Wasser hinaus und suchte nach den richtigen Worten. Wie konnte er sie nur aufmuntern, ohne hohl oder herablassend zu klingen? Sie verübelten ihm ja völlig zu Recht die Art und Weise, wie er diese Operation führte. Schließlich arbeitete er nicht zum erstenmal mit ihnen zusammen. Oft hatten sie gemeinsam weit hinter den feindlichen Linien gestanden, und stets hatten sie eine vorbildliche Einstellung bewiesen. Bei seinem letzten Treffen mit Starr war er allerdings drauf und dran gewesen, darum zu bitten, ein völlig neues Team um Ravallo zusammenzustellen. Freilich hätte man es erst aus England einfliegen müssen, und ihm war schon klar gewesen, daß das so kurzfristig nicht möglich war. Entweder Ravallo konnte sich in die Besprechung zwischen Kesselring und seinen Stabschefs schmuggeln, oder eine einmalige Chance war vertan. Es gab kein Zurück mehr.

Plötzlich packte Evans den Schotten aufgeregt am Arm. »Schauen Sie nur, Boß!«

Jetzt sah auch McIndoe den Strahl einer Taschenlampe in bestimmten Intervallen aufblitzen. Das Signal kam von einer der Buchten, die in dieser Gegend die Küstenlinie Siziliens kerbten. Nun mußte es schnell gehen. Obwohl das Licht vom Landesinneren aus nicht zu sehen war, bestand immer die Gefahr, daß ein feindliches Schiff es entdeckte. McIndoe zählte mit. Jeweils im Abstand von drei Sekunden blitzte das Licht auf. Fünfmal war das vereinbarte Signal, daß das Boot in die Höhle gebracht werden konnte, wo es zwei Partisanenkommandos in Empfang nehmen würden. Drei Lichtzeichen hingegen warnten vor Gefahr. Einen Moment lang hatte McIndoe ein flaues Gefühl in der Magengrube, weil er die Lampe nur dreimal hatte aufleuchten sehen. Doch dann fiel ihm ein, daß er die Kontaktaufnahme nicht von Anfang an mitbekommen hatte. In atemloser Spannung wartete er auf die Wiederholung: eins ... zwei ... drei ... vier ... fünf.

Higgins wendete das MTB scharf nach rechts und hielt

auf das Licht zu. Den genauen Standort der Höhle kannte er bereits aufgrund seiner detaillierten Karten im Ruderhaus.

Nun verließ Ravallo ihn und ging lautlos die Metalltreppe zu den anderen hinunter, die alle im Bug kauerten. »Haben Sie das gesehen?« fragte er.

Evans nickte. »Fünfmal aufgeblitzt. Die Luft ist rein.«

»Trotzdem, höchste Vorsicht.« McIndoe deutete auf Johnson und Hillyard. »Sie halten die Vickers an Steuer- und Backbord schußbereit, bis wir sicher in der Höhle sind.«

»Sie meinen, das könnte eine Falle sein?« fragte Johnson mißtrauisch.

»Wir sind in feindlichem Gewässer und dürfen kein Risiko eingehen. Taffy, Sie übernehmen die Oerlikon am Heck. Und vergessen Sie nicht: kein Licht, bis Major Ravallo oder ich es anordnen. Also los, alle auf ihre Posten.«

»Tja, Mac, dann wären wir soweit«, brummte Ravallo, als er mit McIndoe im Bug allein war. »Rein ins Tal des Todes und was so dazugehört, hm?«

»Lieber nicht«, meinte McIndoe mit einem matten Lächeln. »Mit einer erfolgreichen Operation und einem schnellen Abgang wäre ich auch schon zufrieden.«

»Das ist nicht zuviel verlangt, wenn man bedenkt, wie hoch der Einsatz ist«, meinte Ravallo mit einem ironischen Lächeln. »Haben Sie Angst, Mac?«

»An dem Tag, an dem ich hinter den feindlichen Linien keine Angst mehr habe, bewerbe ich mich um einen Schreibtischposten, bevor mich mein Selbstbewußtsein noch das Leben kostet. Und Sie, Nicky? Haben Sie Angst?«

»Und wie!« antwortete der Amerikaner mit einem breiten Grinsen. »Aber geht es nicht genau darum? Ich spüre schon, wie mir das Adrenalin durch die Adern jagt. Ist ein tolles Gefühl. Wie eine Droge, finden Sie nicht auch? Erst jetzt merke ich, was mir in all den Jahren im Büro gefehlt hat. Zu diesem Dasein möchte ich auf keinen Fall zurückkehren. Das hier ist das Leben, Mac, das richtige Leben.«

»Wenn einer süchtig nach Gefahr ist, dann sind Sie das«, brummte der Schotte.

»Sie halten mich für verrückt, was?«

»In diesem Spiel muß man eben ein bißchen verrückt sein, Nicky. Hand aufs Herz: Welcher Mensch, der noch bei Trost ist, geht freiwillig hinter die feindlichen Linien, obwohl er genau weiß, was ihm blüht, wenn man ihn erwischt? Trotzdem verblüfft es mich immer wieder aufs neue, daß es daheim diese dumme Vorstellung gibt, verdeckte Operationen in feindlichem Gebiet seien etwas Romantisches. Ich wünschte mir nur, die Leute, die so denken, würden mal sehen, was die Gestapo mit meinen Kollegen angestellt hat, die in Frankreich und Holland gefangengenommen wurden. Sämtliche Knochen haben sie ihnen gebrochen. Tagelang haben sie sie mit den brutalsten Methoden gefoltert! Vielleicht würden die zu Hause dann begreifen, daß an unserem Geschäft absolut nichts romantisch ist. Wir sind gewöhnliche Menschen wie alle anderen auch und keine Superhelden, die auf Ruhm aus sind.«

»Wenn man ihnen die Illusion zerstört, nimmt man ihnen auch den Traum«, meinte Ravallo. »So traurig es ist, aber bei den meisten ist der Traum das einzige, was sie noch aufrechterhält. Es ist alles eine Frage der Propaganda, Mac. Und vermittelt die Propaganda nicht die mächtigste Illusion überhaupt?«

Plötzlich spürte McIndoe, daß jemand hinter ihm stand. Er drehte sich um und erkannte Stella. Wie gebannt von Ravallos kleiner Ansprache hatte sie bei der Treppe innegehalten und starrte ihn mit einem wehmütigen Lächeln an. Ihr Blick flackerte zu McIndoe hinüber. Kurz wurde ihr Lächeln breiter, dann trat sie auf die zwei Männer zu.

Zu dritt blieben sie schweigend am Bug stehen, während das MTB in die Höhle glitt. In der Dunkelheit, die sie nun umschloß, konnten sie buchstäblich die Hand nicht mehr vor Augen sehen. McIndoe hielt den Gedanken an eine Falle für abwegig, und doch nagte auch weiter ein Rest von Zweifel an ihm. Da sie nur einen Ausweg hatte, wäre diese Höhle der ideale Ort für einen Hinterhalt ...

McIndoe verscheuchte seine düsteren Gedanken und versuchte sich auf das Nächstliegende zu konzentrieren.

Jetzt würgte Higgins den ohnehin leisen Motor endgültig ab, öffnete die Tür seines Ruderhauses und rief Evans auf deutsch zu, er solle den Anker auswerfen. Noch vor der Abfahrt aus Malta hatten sie vereinbart, in Sizilien auf keinen Fall englisch miteinander zu sprechen. Ab sofort hatten sie eine neue Rolle zu spielen: Sie waren je nach Situation entweder Deutsche oder Italiener, aber keine Briten mehr. Die geringste Abweichung konnte die ganze Operation gefährden.

McIndoes Augen stellten sich allmählich auf die Dunkelheit ein, als er an Steuerbord Holz knarzen hörte. Ein Blick bestätigte ihm, daß Hillyard das Vickers-MG aufs Wasser gerichtet hatte. Mit um den Abzug gekrümmtem Finger kauerte der Artist hinter der Waffe und spähte in die Dunkelheit. Noch war nichts Konkretes zu sehen, doch jetzt hörte auch McIndoe das rhythmische Eintauchen von Rudern. Dann erschien aus dem Inneren der Höhle der Schemen eines Boots und näherte sich dem MTB. Sekunden später folgte ihm ein zweites Ruderboot nach. McIndoe wartete noch, bis beide an Steuerbord hielten, dann winkte er Stella zu sich.

Der Führer der Partisanen, Giancarlo Massimo, hatte schon vor dem Beginn der Operation an Starr die Namen der Männer durchgegeben, die das MTB in Empfang nehmen würden. Männer, die Stella kannte. Der Sicherheit halber hatte Starr die Namen in einem Umschlag versiegelt und diesen McIndoe gegeben. Jetzt schlitzte der Schotte den Umschlag auf und reichte den Zettel mit den Namen Stella. Auf sein Zeichen hin richtete Evans eine Taschenlampe auf das Ruderboot, das ihnen am nächsten war. Der Lichtkegel fiel auf eine große Gestalt. Stella nickte. Sie hatte den Mann erkannt. Nun richtete Evans die Lampe auf den anderen. Der riß geblendet die Hände vors Gesicht. Im ersten Moment konnte Stella ihn nicht richtig sehen, doch dann befahl ihm Ravallo, die Hände sinken zu lassen. Eine Sekunde später nickte Stella erneut. Die Probe war bestanden. Wortlos zündete Ravallo ein Streichholz an, und sie hielt den Zettel über die Flamme. Binnen Sekunden blieb davon nur noch verkohlte Asche auf ihren Fingerspitzen übrig.

»Nicky, Sie und Stella steigen mit Evans in das erste Boot«, erklärte McIndoe. »Ich bilde mit Johnson und Hillyard die Nachhut.«

»Alles klar.« Der Amerikaner hob zwei Rucksäcke auf, die am Fuß der Treppe gelegen hatten, und reichte einen davon Stella. Unterdessen schlang sich die junge Agentin die Haare um den Kopf, nahm eine Wollmütze aus ihrem Rucksack und stülpte sie sich über. Evans schulterte seinen eigenen Rucksack und ließ das Fallreep hinunter. Ravallo forderte ihn mit einer Geste auf, als erster hinabzusteigen.

Higgins kam aus dem Ruderhaus und reichte McIndoe die Hand. »Passen Sie auf sich auf, Mac.«

»Sie auch, Charlie.«

Während Ravallo und Stella als nächste ins Ruderboot umstiegen, tauschten die zwei Briten einen festen Händedruck.

»Und achten Sie bei der Gelegenheit auch auf unsere amerikanischen Freunde«, murmelte Higgins. »Die sind schwer in Ordnung. Vor allem Stella. Sie ist wirklich was Besonderes, hm? Ich muß schon zugeben, es passiert nicht oft, daß ich ...«

»Dann ändern wir lieber nichts daran, ja?« fiel ihm McIndoe ins Wort. »Und überhaupt, Sie sind doch verheiratet. Da sollten Sie andere Frauen nicht mal anschauen.«

»Man wird doch wohl noch einen Schaufensterbummel machen dürfen, Hauptsache, man läßt sich nicht zum Kauf verführen – im Gegensatz zu Ihnen.«

»Was soll denn das heißen?« fragte McIndoe stirnrunzelnd.

»Wir sind aufbruchbereit!« rief Hillyard dem Schotten von der Reling zu.

»Gehen Sie schon mal voraus, ich komme gleich nach«, brummte McIndoe, um sich noch einmal Higgins zuzuwenden. »Jetzt aber raus mit der Sprache! »Was wollen Sie mir damit sagen?«

»Ganz im Vertrauen, sie mag Sie. Sie mag Sie sogar sehr

gern. Das hat sie mir mehr oder weniger deutlich zu verstehen gegeben, als wir uns im Ruderhaus unterhielten.«

»So wie diese Wren in Portsmouth, die mich auch sehr gern mochte, dann aber glücklich verheiratet war?«

»Na gut, Mac, da habe ich mich gründlich getäuscht, aber ...«

»Aber nichts«, unterbrach ihn McIndoe und stieß ihn leicht vor die Brust. »Wir sprechen uns wieder, sobald ich zurück bin.« Damit ließ er ihn stehen.

»Aber diesmal weiß ich, daß ich mich nicht getäuscht habe!« rief ihm Higgins nach.

Der Schotte warf noch einen verzweifelten Blick über die Schulter, schnallte dann seinen Rucksack um und kletterte das Fallreep in das wartende Ruderboot hinunter. Den Partisan begrüßte er mit einem Nicken. Dieser erwiderte den Gruß und reichte ihm eine Beretta-Maschinenpistole. Hillyard und Johnson waren bereits ähnlich bewaffnet worden. Nun stieß der Mann vom MTB ab und ruderte dem anderen Boot, das bereits die Mündung der Höhle erreicht hatte, hinterher. Bald verließen auch sie den Schutz der Felswände. Auf dem offenen Meer fühlte sich McIndoe plötzlich wie zum Abschuß freigegeben. Jede zufällig vorbeikommende Patrouille würde sie sofort von der Klippe aus sichten, und wie sollten sie sich schon in einem solch winzigen Boot verteidigen? Nun, wenigstens tröstete ihn die Gewißheit, daß im Dickicht hinter den Klippen Partisanen versteckt lagen; trotzdem blieb ein deutlich spürbares unbehagliches Gefühl zurück, und er wußte jetzt schon, daß es erst verschwinden würde, wenn sie wieder festen Boden unter den Füßen hatten ...

Auf einmal packte ihn Johnson am Arm. »Lieutenant, haben Sie das gehört?«

»Nein, was ...?« McIndoes Stimme verlor sich, denn jetzt vernahm er in der Ferne ein Brummen, das wie ein Donnergrollen klang. Nur wußte er, daß dies kein Gewitter war. Viel eher klang es nach dem Brummen von Flugzeugmotoren. Und es kam von Sekunde zu Sekunde näher. Der Schotte warf einen Blick zum anderen Boot hinüber, und in dem Moment, als er aufgeregt in Richtung Himmel gestikulierte, schaute der Halbmond hinter einer Wolke hervor und tauchte die zwei Ruderboote in ein fast schon grelles Licht. Ravallo deutete bereits auf die nächste Höhle, doch McIndoe sah voller Sorge zu, wie die Partisanen in einer ihm völlig unbekannten Zeichensprache miteinander verhandelten. Aber immerhin schien es zu klappen, denn beide Boote steuerten die Höhle nun an.

Gleichwohl spürte McIndoe, wie sich ein Knoten in seinem Magen zusammenzog, als das Dröhnen immer näher kam. Ihm war klar, daß man sie von der Luft aus mühelos sichten und ihre Position zur nächsten Kommandozentrale durchgeben würde, falls sie es nicht mehr rechtzeitig zur Höhle schafften. Und wenn es in dieser Gegend erst mal von feindlichen Soldaten wimmelte, würden sie kaum sehr weit kommen. Er warf einen Blick auf Hillyard und Johnson. Die Angst war in ihren vom Mond beleuchteten Gesichtern nur allzu deutlich zu erkennen. Zwar brachte sie jeder Ruderschlag dem Ziel ein bißchen näher, aber in Sicherheit waren sie deswegen noch lange nicht. Er sah verzweifelt zum Horizont, der jetzt aber wieder zu dunkel war, um etwas zu erkennen. Immerhin, dachte er. Doch in dem Moment, in dem sie das Flugzeug ausmachen konnten, war ihre Entdeckung trotzdem unvermeidlich. McIndoe sah, wie ihr Fährmann die Zähne zusammenbiß und die Ruder mit vor Anstrengung zitternden Armen ins Wasser stemmte. Ihm war klar, daß der Mann sein Möglichstes tat, dennoch hätte er ihm die Ruder am liebsten aus den Händen gerissen und selbst übernommen, obwohl er genau wußte, daß er auch nicht schneller gewesen wäre – im Gegenteil. Wahrscheinlich war er kräftiger und ganz bestimmt durchtrainierter als der Partisan, aber das zählte alles nichts, wenn es darum ging, die Ruder gleichmäßig ins Wasser zu tauchen. Und darin war ihm dieser Mann fraglos überlegen. Erfahrung ging in jedem Fall über guten Willen.

Dann endlich hatten nach dem anderen Boot auch sie die rettende Höhle erreicht. Erschöpft sackte der Ruderer in sich zusammen. McIndoe beugte sich vor und klopfte ihm auf den Arm. Aus Erleichterung? Aus Dankbarkeit? Er empfand beides.

Auch wenn er immer noch keuchte, brachte der Mann ein schwaches Lächeln zuwege, während er sich mit dem Arm über die schweißnasse Stirn fuhr.

In diesem Moment donnerte die erste der Maschinen im Tiefflug über die Höhle hinweg. McIndoe duckte sich unwillkürlich. Als erfahrener Soldat erkannte er den schlanken, nach vorne spitz zulaufenden Rumpf der Junker 88 A1 und registrierte, daß der Rest in der sogenannten ›Bienenkorbformation‹ folgte – ein ganzes Rudel von Bombern, die von mehreren Dutzend Messerschmitt-Jägern eskortiert wurden.

Hillyard starrte den Maschinen nach, die langsam über das offene Meer in Richtung ihres Zieles – Malta – verschwanden. »Woher kommen die nur?«

»Sieht nach dem Flugplatz Gerbini in Catánia aus«, meinte der Partisan »Das ist der Hauptstützpunkt der Luftwaffe hier auf Sizilien. Wir haben mehrmals versucht, ihre Operationen zu sabotieren, aber er ist so gut abgesichert, daß wir bisher noch keinen Erfolg hatten. Doch das ist nur eine Frage der Zeit.«

McIndoe nickte zustimmend. Die Stimme des Mannes verriet keine Spur von Arroganz, sondern ganz einfach Zuversicht und Selbstvertrauen. »Sie sehen kaputt aus«, sagte er und griff nach dem ersten Ruder. »Lassen Sie mich an Land rudern.«

»Nein«, entgegnete der Mann bestimmt und nahm dem Schotten das Ruder wieder aus der Hand. »Jeder hier spielt eine ganz bestimmte Rolle, wie klein sie auch sein mag, und das hier ist meine.«

McIndoe begriff, daß er den Mann mit seinem Hilfsangebot verletzt hatte. Wenigstens war er klug genug, nichts zu seiner Verteidigung zu sagen. Er wußte, daß er ihn damit obendrein auch noch beleidigt hätte.

Wieder legte sich der Partisan in die Riemen und folgte dem Führungsboot, das die Höhle schon wieder verlassen hatte, mit rhythmischen Schlägen.

Der Rest der Fahrt verlief schweigend. Als sie schließlich flaches Wasser erreichten, erschienen hinter einem Felsenhaufen vier schemenhafte Gestalten und rannten auf die in den Wellen schaukelnden Boote zu, um sie an Land zu ziehen. Hillyard wollte schon ins Wasser springen und ihnen helfen, doch McIndoe winkte ihn verstohlen zurück. Er wollte keinen weiteren Fauxpas riskieren. Als die Boote näher am Strand waren, konnten die Agenten an Land gehen. McIndoe watete als erster durch das knietiefe Wasser; die anderen folgten ihm. Unterdessen wurden die zwei Boote wieder in tieferes Wasser geschoben, und die zwei Männer, die sie hergebracht hatten, ruderten davon.

Ravallo stellte sich neben McIndoe. »Das mit den Bombern war ja ganz schön knapp.«

»Zu knapp«, brummte der Schotte, und erneut wanderten seine Augen zum Himmel.

»Und wie geht es weiter?« fragte Ravallo.

»Ich denke, das hängt von ihnen ab«, meinte McIndoe und deutete auf die Partisanen, die in diesem Moment aus dem Wasser kamen.

Als hätte er das gehört, bedeutete ihnen einer der Männer, ihm zu folgen, worauf sie über den nassen Sand hinter ihm hertrotteten. Seine drei Gefährten holten ihre Gewehre, die sie hinter den Felsen gelassen hatten, und bildeten die Nachhut. Auf einem schmalen Pfad mitten durchs dichte Unterholz führte der Partisan sie vom Strand weg. Der Weg war so schmal, daß sie im Gänsemarsch gehen mußten. Ihnen allen war klar, daß diese Umgebung sich ideal für einen Hinterhalt eignete. Sicher konnte sich hier keiner fühlen. So war es völlig normal, daß ihre Blicke ständig zwischen den schattigen Rändern des Dickichts zu beiden Seiten hin und her huschten. Das Knirschen jedes einzelnen Schritts auf dem steinigen Weg hörte sich in der Stille um sie herum an wie ein ohrenbetäubender Donnerschlag. Selbst wenn sie das Gewicht auf die Zehenspitzen verlagerten, änderte sich nichts daran.

McIndoe, der dicht hinter dem Führer ging, war unendlich erleichtert, als der Pfad schließlich in eine dunkle Straße mündete. Dort wartete ein acht Tonnen schwerer Alfa-Romeo-Laster auf sie. Die Beifahrertür ging auf, und ein Mann sprang leichtfüßig heraus. Unvermittelt klatschte er in die Hände und breitete beide Arme aus. McIndoe war schon unangenehm berührt, weil er befürchtete, diese Geste gelte ihm, doch dann stürzte Stella an ihm vorbei, und der Mann drückte sie liebevoll an sich. Er küßte sie auf beide Wangen, dann hielt er sie mit einem strahlenden Lächeln auf Armeslänge von sich. Was er zu ihr sagte, bekam McIndoe nicht ganz mit; er sah nur, wie sie ihm schelmisch mit dem Zeigefinger drohte. Immer noch den Arm um sie gelegt, führte er sie schließlich zu den anderen. Erst jetzt konnte McIndoe ihn ganz sehen. Der Mann mochte Anfang fünfzig sein, hatte eine Adlernase und ein wettergegerbtes, von Jahren ständiger Arbeit unter der heißen Sonne Siziliens geprägtes Gesicht.

Stella deutete auf Ravallo. »Das ist Major Nick Ravallo, der Offizier, der diese Operation leitet. Nicky, darf ich dir Giancarlo Massimo, den Führer der Partisanen hier auf Sizilien, vorstellen?«

Massimo drückte dem Amerikaner herzlich die Hand. »Nicky Ravallo. Stella hat mir schon viel von Ihnen erzählt.«

»Hoffentlich nur Gutes«, erwiderte Ravallo lächelnd.

»Tja, ich will Ihnen nicht zuviel verraten«, meinte der andere mit einem breiten Grinsen.«

»Und das ist Lieutenant Sam McIndoe von der britischen SOE«, erklärte Ravallo und deutete auf den neben ihm stehenden Schotten.

»Über Sie habe ich auch schon viel gehört, mein Freund«, sagte Massimo und schüttelte McIndoe die Hand. »Vice-Admiral Starr schwärmt in den höchsten Tönen von Ihnen. Aber verraten Sie ihm nicht, daß ich Ihnen das gesagt habe. Er würde es mir nie verzeihen.«

Mit seiner weichen Stimme und seiner Herzlichkeit war der Italiener McIndoe auf Anhieb sympathisch. Und daß er die nötigen Eigenschaften besaß, um eine Widerstandsbewegung anzuführen, war ihm sofort klar. Er strahlte die nötige Autorität aus und flößte seinen Leuten bestimmt Zuversicht ein.

Nun stellte McIndoe die anderen Mitglieder seines Teams der Reihe nach vor. Massimo nickte ihnen zu und wiederholte ihre Namen. Das war seine Methode, sie sich zu merken. Er würde sie nie mehr vergessen. »Zehn Meilen von hier steht ein Bauernhaus, wo Sie sich bis zum Tagesanbruch ausruhen können«, sagte er dann. »Dort wartet auch warmes Essen auf Sie.«

»Wozu stehen wir dann noch rum?« fragte Hillyard und rieb sich den Bauch. »Ich habe einen Bärenhunger.«

»Gibt es hier in der Gegend deutsche Patrouillen?« wollte Ravallo wissen.

»Nicht in der unmittelbaren Umgebung. In den letzten Stunden haben wir sie anderswo gehörig beschäftigt. Keine Sorge, heute nacht kriegen wir keinen Ärger.«

Massimo wollte schon zum Laster gehen, als McIndoe ihn noch einmal aufhielt. »Fahren Sie selbst?«

»Nein, ich habe einen Fahrer dabei. Warum fragen Sie?«

»Ich wollte Sie einen Moment unter vier Augen sprechen.«

»Dann fahre besser ich, mein Freund. Vorne können wir uns ungestört unterhalten.«

Massimo öffnete die Beifahrertür und wechselte ein paar Worte mit dem Fahrer, der sofort ausstieg und mit den anderen auf der Ladefläche Platz nahm. Nur Ravallo blieb noch stehen und gesellte sich zu den zweien. »Ich nehme an, Sie sitzen vorne, Mac?«

»Bevor wir das Bauernhaus erreichen, müßte ich ein paar Dinge mit Signor Massimo besprechen.«

Ravallo warf verzweifelt die Arme hoch. »Warum nur sind die Briten immer so steif? Wahrscheinlich fürchten Sie ständig, andere zu verletzen, habe ich recht?«

»Damit haben Sie wohl den Nagel auf den Kopf getroffen«, gestand der Schotte mit einem verlegenen Lächeln.

»Bitte, meine Freunde nennen mich alle Gianni«, sagte Massimo. Er wandte sich an Ravallo. »Wollen Sie mit uns vorne sitzen? Es ist genügend Platz.«

»Nein, ich denke, Mac will Sie allein sprechen«, antwortete der Amerikaner, ohne McIndoe aus den Augen zu lassen. »Ich setze mich nach hinten zu den anderen.«

»Er ist wirklich so, wie Stella ihn beschrieben hat«, meinte Massimo, als Ravallo gegangen war. »Scheint ein guter Mann zu sein. Ich mag ihn.«

McIndoe nickte. »Mit dieser Einschätzung sind Sie nicht allein.«

Nachdem Massimo sich vergewissert hatte, daß keiner fehlte und daß die Plane über der Ladefläche festgezurrt war, kletterte er auf den Fahrersitz, neben dem McIndoe bereits Platz genommen hatte. »Sie werden ›Mac‹ genannt?« fragte er im Losfahren.

»Na ja«, erwiderte der Schotte überrascht, »das ist mein Spitzname.«

»Dann werde ich Sie so nennen.« Massimo schaltete in den zweiten Gang und gab Gas. »Sie wollen über Angelo Sciarro sprechen, nicht wahr?«

»Richtig. Vice-Admiral Starr glaubt, daß Sciarro die Deutschen über unsere Operation von vorgestern informiert hat. Seien wir ehrlich: Die Beweise gegen ihn sind doch schlüssig, oder?«

»Und was glauben Sie?« fragte Massimo, ohne den Blick von der Straße zu wenden.

»Wenn ich das nur wüßte!« seufzte McIndoe. »Im Moment drehe ich mich im Kreis und komme nicht weiter. Darum wollte ich ja mit Ihnen reden. So wie Stella es mir dargestellt hat, kannten Sie Sciarro wahrscheinlich besser als jeder andere.«

»Das stimmt. Unsere Freundschaft geht weit, weit zurück.«

»Er hatte ein Alkoholproblem, nicht wahr?« McIndoe beobachtete den Partisan auf eine etwaige Reaktion hin. Es überraschte ihn allerdings nicht, daß er keine zeigte.

»Richtig, er trank«, meinte Massimo nach einer Weile. »Er versuchte zu vergessen, daß die Gestapo seine Eltern ermordet und ihre Leichen zur Abschreckung unserer Sympathisanten auf die Straße geworfen hatte. Die Bevölkerung sollte sehen, was mit denen geschieht, die sich gegen die Besetzung der Insel wehren. Aber ich kann mir beim besten Willen nicht vorstellen, daß ein Mann, dem so etwas angetan worden ist, freiwillig mit solchen Leuten zusammenarbeitet.«

»Trotzdem war sein Zechkumpan ein bekannter Kollaborateur ...«

»Sie scheinen ja schon von seiner Schuld überzeugt zu sein. Warum fragen Sie dann noch nach meiner Meinung?«

»Ich stelle nur die Indizien zusammen, die mir mitgeteilt wurden.«

»Dann sollten Sie auch den Zettel mit der Telefonnummer des Gestapochefs nicht vergessen, der in seiner Tasche gefunden wurde. Ich gebe es zu: Die Indizien müssen jeden, der Angelo nicht näher kannte, überzeugen. Und ich weiß auch, daß es in unserer Bewegung viele gibt, darunter Kollegen im Führungsstab, die ihn bereits als Verräter verurteilt haben.«

»Warum sind Sie dann so sicher, daß er keiner war?«

»Weil ich ihn besser kannte als alle anderen. Für seine Verteidigung mag das zu wenig sein, aber für mich ist es überzeugender als alle sogenannten Beweise. Meiner Meinung nach hat die Gestapo ihm das alles nur untergeschoben. Es ist mir egal, ob Sie noch mehr Indizien vorlegen. Sie können sagen, was Sie wollen, ich werde es nicht glauben. Mag sein, Angelo hatte seine Probleme, aber das macht ihn noch nicht zum Verräter. Sie wollten meine Meinung hören, jetzt kennen Sie sie.«

»Sie glauben also, die Gestapo hat ihm das nur angehängt, um den wahren Kollaborateur zu schützen?«

»Ich weiß nur, daß Angelo kein deutscher Spion war. Was Sie daraus machen, ist Ihre Sache.«

Erneut wurde McIndoe klar, daß er es geschafft hatte, einen potentiellen Verbündeten zu verletzen. Das wurde ja langsam zur Gewohnheit! Nur hatte er diesmal einen einflußreichen Mann verärgert. Aber was hätte er denn anderes tun können? Er mußte doch wissen, was Massimo über diesen Sciarro dachte. Jetzt hatte er seine Meinung gehört –

und trotzdem fühlte es sich genauso einsam und isoliert wie vorher. Und schlauer war er auch nicht. Wem sollte er nun glauben? Wie ging es weiter? Wie sollte er den nächsten Schritt der Operation in Angriff nehmen? Und wie lange sollte er warten, bis er seinen Männern den Grund ihrer Mission verriet? Je länger er ihnen die Wahrheit vorenthielt, desto weniger würden sie ihm vertrauen. Vertrauensverlust konnte wiederum zu Unzufriedenheit führen, und die würde die Operation in Frage stellen. Das konnte er sich nicht leisten. Nicht, wenn so viel auf dem Spiel stand.

Plötzlich wünschte er sich, er wäre woanders. Er wußte auch, wo: auf dem Glasgower Rugbyplatz an einem typischen kalten, windigen Samstagnachmittag. Er stellte sich vor, wie ihm sein regennasses Trikot am verschwitzten Leib klebte, wie seine Stollen den ramponierten Rasen aufrissen – mit den anderen stemmte er sich beim Kampf um den Ball gegen die Gegner und feuerte seine Leute an; und dann auf einmal hatten sie den Ball … Er flitzte mit dem nassen, glitschigen Ei unter dem Arm an der Außenlinie entlang, ein vorgetäuschter Paß, um den Dreiviertelspieler der Gegenseite auszutricksen, eine blitzschnelle Drehung, mit der er sich dem Griff des Verteidigers entzog, und dann das Glücksgefühl, das sich immer einstellte, wenn er über die Torlinie hechtete und den Ball ablegte. So viele schöne Erinnerungen …

»Da vorn ist das Bauernhaus.«

Massimos Stimme riß McIndoe aus seinen Träumen. Erst jetzt merkte der Schotte, daß sie auf einem schmalen, von wucherndem Gestrüpp begrenzten Feldweg fuhren. Es war eine holperige Fahrt, und der Laster kam bedenklich ins Schwanken, da die Räder immer wieder in die tiefen Furchen abrutschten, die sich in den harten Boden gegraben hatten. Obwohl der Weg selbst in cremefarbenes Mondlicht gebadet lag, vermochte McIndoe das hinter einer Reihe Pinien halb verborgene Haus erst dann auszumachen, als der Laster die letzte Biegung bewältigt hatte. Mit seinen Wänden aus massivem Holz, dem dicht mit Stroh bedeckten Dach und der geschützten Terrasse erinnerte es ihn an eines dieser Farmhäuser im Wilden Westen, die in den Hollywoodstreifen offenbar täglich von brandschatzenden Indianern überfallen wurden.

Massimo folgte dem Feldweg bis hinters Haus und stellte den Transporter in einer Garage ab. Nun mußte er nur noch die Plane zurückschlagen, damit auch seine Passagiere aussteigen konnten. Sobald alle draußen waren, zog er das Tor zu.

Evans deutete auf das einzige erleuchtete Fenster. »Wer lebt denn hier?«

»Ein Ehepaar, das uns schon öfter geholfen hat«, erklärte Massimo. »Ihr Sohn war einer von uns. Er verlor letztes Jahr bei einer Schießerei mit hiesigen Faschisten das Leben. Der Mann, der ihn umbrachte, war mal sein bester Freund gewesen. Das haben die Deutschen auf dem Gewissen. Seit sie in unser Land eingedrungen sind, haben sie Eltern gegen Kinder und Freunde gegen Freunde aufgehetzt. Nichts ist hier mehr wie früher.«

Schweigen trat ein. Schließlich brach es Stella. »Gehen wir rein.«

»Wo sind die Uniformen?« erkundigte sich Ravallo.

Massimo wies auf eine in einiger Entfernung vom Bauernhaus stehende Scheune. »Im Schuppen. Er ist aber zugesperrt. Wollen Sie nachschauen?«

Ravallo nickte. »Ich würde nämlich gerne nachschauen, ob es auch die richtigen sind.« Er nahm eine Taschenlampe aus seinem Rucksack, worauf ihm der Partisan den Schlüssel gab.

»Was für Uniformen?« fragte Hillyard McIndoe, als Ravallo zur Scheune abgezogen war.

»Sie sind für die nächste Phase der Operation bestimmt«, brummte der Schotte. »Ich erkläre es Ihnen nach dem Essen.«

»Das wird ja immer mehr zu einem dieser fürchterlichen Kinderpuzzles, bei denen man tausend Teilchen aneinanderlegen muß, bis man endlich das Bild beisammen hat«, beschwerte sich Hillyard. »Nur daß die Kinder wenigstens schon wissen, wie es aussehen soll, bevor sie mit dem Zusammensetzen anfangen. Wir haben ein Recht darauf, zu erfahren, wo Sie uns reinschicken, Boß!«

»In diesem Ton sprechen Sie nicht noch mal mit mir«, sagte McIndoe mit drohender, leiser Stimme und stieß den Zeigefinger gegen Hillyards Brust. »Wenn Sie nicht wieder in den Schützengräben landen wollen, sollten Sie Ihre Kommentare lieber für sich behalten.«

Ehe Hillyard etwas erwidern konnte, packte Evans ihn am Arm und riß ihn fort. »Er hat Sie schon verstanden«, versicherte er dem Schotten, ohne seinen Griff zu lockern.

»Und ich dachte, ich hätte Ihnen noch vor der Abfahrt untersagt, mich ›Boß‹ zu nennen, sobald wir an Land sind«, fuhr McIndoe fort. »Die anderen scheinen sich daran zu halten. Ich wäre Ihnen dankbar, wenn Sie es ihnen gleichtun würden.«

»Es wird nie wieder vorkommen.« Evans gab Hillyard einen kräftigen Ruck. »Oder?«

»Nein«, murmelte Hillyard. Seine Miene blieb jedoch finster. Er wandte sich an Massimo. »Gibt es hier ein Klo? Ich kühle mich wohl besser etwas ab, bevor ich mir den Mund verbrenne und im Schützengraben ende.«

»Dort drüben.« Massimo deutete auf einen Anbau am Ende des Hofs.

Hillyard befreite sich aus Evans' Griff und stolzierte zu dem Holzhäuschen hinüber. Evans sah ihm kopfschüttelnd nach. »Es tut mir leid«, sagte er zu McIndoe. »Ich weiß, ich hätte ihn früher zügeln müssen, aber wir alle sind im Moment wohl etwas angespannt.«

»Ist mir doch auch klar«, brummte McIndoe. »Mir gehen schließlich diese Bedingungen genauso an die Nerven wie Ihnen, aber ich muß mich an die Befehle halten, und wenn sie mir zehnmal nicht passen. Starr bräuchte nur zu erfahren, daß ich ihm nicht gehorcht habe, und wir säßen im nächsten Transport zur Infanterie.«

»Er hat uns allen nur aus der Seele gesprochen, Sir«, meldete sich Johnson, als sie sich in Richtung Bauernhaus in Bewegung setzten. »Der Unterschied ist nur, daß er mit seiner Meinung nicht hinterm Berg gehalten hat. Aber so unverblümt war er ja schon immer. Wenn man ihm das austreibt, verliert er den Biß, der ihn zu einem guten Soldaten macht.«

»Es ist sein Glück, daß er Freunde wie Sie und Taffy hat«, erwiderte McIndoe, während sie das Haus durch die Küchentür betraten.

»Das ist ein bißchen übertrieben, finde ich«, entgegnete Johnson mit erhobenem Finger, als stünde er vor einer Klasse und tadelte seine Schüler sanft. »Ich habe den größten Respekt vor ihm, aber als einen Freund würde ich ihn nicht bezeichnen. Jedenfalls nicht im gängigen Sinn des Wortes.«

»Seit wann gibt es etwas Gängiges in unserem Beruf?« McIndoe bedachte Johnson mit einem skeptischen Blick, rechnete aber nicht mit einer Antwort, zumal er sah, daß Massimo darauf wartete, sie dem älteren Ehepaar vorstellen zu können, dem der Hof gehörte. Sie hießen Andoni, doch der Partisan nannte weder ihren Namen noch die der Agenten. Auch schienen sie das gar nicht zu erwarten. Offenbar halfen sie ihm nicht zum erstenmal.

»Gianni sagt, Sie seien Engländer, stimmt das?« fragte Signor Andoni, als er und McIndoe sich die Hände schüttelten.

»Eigentlich sind wir Briten.«

»Ist das denn nicht dasselbe?«

»Nicht ganz«, sagte der Schotte, der freilich keinen Wert darauf legte, zwei älteren Leute die Geografie der britischen Inseln zu erläutern. So wechselte er eilig das Thema. »Haben Sie ihr ganzes Leben hier in Sizilien verbracht?« erkundigte er sich.

»O ja«, sagte Signora Andoni. »Mein Mann wurde sogar in diesem Zimmer geboren. Er ist nie woanders gewesen.«

McIndoe nickte. »Das ist wirklich erstaunlich.«

»Wir sind jetzt seit siebenundvierzig Jahren verheiratet«, erklärte sie stolz, »und hatten in der ganzen Zeit nicht einen Streit.«

McIndoe lächelte sie höflich an. Aus den Augenwinkeln registrierte er, daß Stella sie mit einem verstohlenen Grinsen beobachtete. Er warf ihr einen hilfesuchenden Blick zu, während Signora Andoni ihm zu erzählen begann, wie sie ihren Mann vor so vielen Jahren kennengelernt hatte.

Zu seiner Erleichterung gesellte sich Stella zu ihnen. »Hmm, riecht das köstlich in Ihrer Küche, Signora Andoni! Was haben Sie denn bloß im Ofen?«

»Nichts besonderes, leider. Nur ein Backblech mit Lasagne.« Die Bäuerin deutete auf ein ganzes Sortiment von Stühlen, die sie vermutlich aus dem ganzen Haus herbeigeschafft und um einen alten Holztisch herum aufgestellt hatten. »Setzen Sie sich doch alle schon mal, dann kann ich für Sie auftragen.«

»Das wäre wunderbar, danke«, strahlte McIndoe, während seine Leute der Aufforderung bereitwillig nachkamen.

»Bei uns sind die Rationierungen nicht so streng wie bei Ihnen in Malta«, erklärte Signora Andoni und klappte die Ofentür auf. »Aber das ist wahrscheinlich das einzige Gute, das bei der Besetzung herausgekommen ist.«

»Trotzdem schauen meine Frau und ich jeden Morgen voller Neid aufs Meer hinaus«, ergänzte ihr Mann. »Auch wenn die armen Bewohner von Malta soviel Not erleiden müssen, sind sie wenigstens nicht unterworfen worden und werden nicht gezwungen, als Gefangene in ihrer eigenen Heimat zu leben. Ich würde gerne mit ihnen tauschen, wenn wir dafür unser Schicksal selbst in die Hand nehmen könnten.« Plötzlich brach Signor Andonis Stimme, und er wischte sich mit dem Handrücken über die Augen. »Verzeihen Sie. Sie müssen mich ja für einen alten Narren halten.«

»Im Gegenteil«, versicherte ihm Stella. Sie führte ihn behutsam zum nächsten Stuhl und setzte sich neben ihn. »Sie sind ein außerordentlich tapferer und mutiger Mann, Signor Andoni. Wenn es mehr Sizilianer gäbe, die die Hälfte von dem für unsere Sache tun würden, was Sie und Ihre Familie seit der Besetzung geleistet haben, dann wäre Ihr Land jetzt nicht in dieser schrecklichen Lage. Es ist ja schön und gut, wenn die anderen sagen, sie könnten nichts ausrichten, aber wenn sie sich nicht am Kampf gegen die Deutschen beteiligen, sind sie um nichts besser als die Kollaborateure, die sie in der Öffentlichkeit so schnell verurteilen.«

»Sie hätten meinen Sohn gemocht. Er kämpfte mit derselben Leidenschaft wie Sie. Wir waren beide sehr stolz auf ihn«, sagte der alte Mann.

»Und ich bin sicher, daß er genauso stolz auf sie war«, entgegnete Stella.

Nun trug Signora Andoni das Essen auf.

»Das schmeckt ja vorzüglich!« rief Evans zwischen zwei gierigen Bissen.

»Es gibt noch mehr, wenn Sie wollen«, sagte die Bäuerin und legte einen Laib frisch gebackenes Brot auf den Tisch.

»Ich schlage bestimmt noch mal zu«, versprach der Waliser. Er streckte schon die Hand nach dem Brot aus, als er sah, wie Hillyard mit unsicheren Schritten durch die Tür kam. Die Anspannung in seinem Gesicht verriet ihm sofort, daß etwas nicht stimmte. »Was ist los?« fragte er und griff nach seiner Beretta, die hinter ihm an der Wand lehnte.

»Stehen lassen!« bellte hinter Hillyard eine Stimme auf deutsch. Bevor die anderen reagieren konnten, waren vier deutsche Soldaten mit ihren Karabinern in die Küche gestürmt und zielten auf sie. Zum Schluß wurde Hillyard in den Raum gestoßen, und erst jetzt bekamen sie den deutschen Offizier hinter ihm zu Gesicht. Er drückte ihm den Lauf seiner Luger ins Genick. »Nehmen Sie ihre Waffen an sich«, befahl er einem Soldaten.

»Wie können Sie es wagen, so in mein Haus einzudringen«, fauchte Signor Andoni und stand mühselig auf.

»Hinsetzen!« donnerte der Deutsche.

Stella zupfte den alten Mann sanft am Ärmel. Als er es bemerkte, forderte sie ihn mit einer Geste auf, sich wieder zu setzen. Er funkelte die Eindringlinge wütend an, gehorchte aber, wenn auch nur zögernd.

Sobald alle Waffen eingesammelt waren, schickte der Offizier zwei Männer los, damit sie das ganze Haus durchsuchten.

»Hände auf den Tisch!« bellte der Deutsche. Er stieß Hillyard weg und befahl ihm, sich genauso hinzusetzen wie die anderen.

»Die Dreckskerle haben mir vor dem Klo aufgelauert«, flüsterte Hillyard McIndoe zu. »Ich hatte keine Chance.«

»Ruhe!« schrie der Offizier.

McIndoe suchte fieberhaft nach einem Ausweg. Doch wie er es auch drehte und wendete, es sah schlecht für sie aus. Ravallo fiel ihm ein. Aber was sollte er schon allein gegen fünf bewaffnete Deutsche ausrichten? Wenn es nicht noch mehr waren. Woher wußte er denn, wer sich noch alles draußen aufhielt? Und wenn das stimmte, hatten sie ihn womöglich schon überwältigt und ihm wer weiß was angetan. Plötzlich spürte er Stellas Blick auf sich. Sie sahen sich in die Augen, und ihre besorgte Miene verriet ihm, daß sie dasselbe dachte. Ihre einzige Chance war jetzt Nicky Ravallo. Es sah ganz und gar nicht gut aus …

Die zwei Soldaten kamen in die Küche zurück. »Das übrige Haus ist leer«, meldete der Ältere.

»Aber einer fehlt noch«, schloß der Offizier.

»Nicht mehr«, verkündete von der Tür her eine Stimme in gebieterischem Ton. »Meine Männer haben ihn im Schuppen gefunden. Er wurde bereits überwältigt.«

Der Offizier wirbelte herum und salutierte beim Anblick des hochrangigen SS-Offiziers. McIndoe blinzelte Stella an, doch nichts an ihr verriet, daß sie Nicky Ravallo erkannt hatte. Wie den anderen am Tisch war ihr klar, daß die Täuschung auf keinen Fall auffliegen durfte. Ravallo wiederum ignorierte den Offizier und trat mit hinter dem Rücken verschränkten Händen ein. Als er aus dem Schuppen gekommen war, war eine Handvoll bewaffneter Partisanen lautlos aus dem Schatten der Bäume aufgetaucht und hatte ihn vor den Deutschen gewarnt. Überlegungen, das Haus zu stürmen, waren schnell zugunsten von Ravallos besonnenerem Plan, einen SS-Offizier zu spielen, verworfen worden. Damit verschaffte er sich nicht nur Zutritt, sondern konnte auch in Erfahrung bringen, wieviel die Deutschen über diese Operation wußten. Die Partisanen verbargen sich unterdessen draußen in der Nähe der Tür und warteten auf sein Signal, das Haus zu stürmen. Im Moment mußte er aber seine Rolle glaubhaft verkörpern, und das gelang ihm nur, wenn er in die Offensive ging. Bedächtig musterte er die Gesichter der um den Tisch sitzenden Männer. Schließlich wandte er sich an den Offizier. »Ihr Name?«

»Hauptmann Rohmer, Herr Sturmbannführer«, kam die Antwort wie aus der Pistole geschossen.

»Ein vorbildlicher Einsatz, Rohmer«, lobte Ravallo. Sein Blick schweifte zu den Soldaten hinüber, die seine Gefährten bewachten. Einer von ihnen beging den Fehler, ihn nervös anzusehen. »Behalten Sie die Gefangenen im Auge!« brüllte Ravallo und wirbelte mit vor Zorn funkelnden Augen zu Rohmer herum. »Wissen Sie überhaupt, wer die Kerle sind?«

»Massimo habe ich auf den ersten Blick erkannt«, verkündete der Offizier voller Stolz. »Und die anderen sind vermutlich die feindlichen Agenten, die, wie es in der Warnung hieß, hier eindringen wollten. Aber ich hätte die Wahrheit schnell herausgefunden. Ich hätte sie schon zum Reden gebracht.«

»Wie haben Sie sie überhaupt überwältigt?« fragte Ravallo.

»Da kam uns der Zufall zu Hilfe, Herr Sturmbannführer. Wir waren nach einem Hinterhalt der hiesigen Rebellen vom Rest der Truppe getrennt worden und suchten gerade eine Abkürzung zum Lager zurück, als wir zwei Ruderboote am Strand landen sahen. Da wir nur zu fünft sind, unternahmen wir erst gar nicht den Versuch, sie gleich dort zu ergreifen. Aber ich beschloß, ihnen unauffällig zu folgen und in dem Moment zuzuschlagen, in dem sie am wenigsten damit rechneten.«

»Sehr lobenswert«, sagte Ravallo. »Konnten Sie auch sehen, woher die Ruderboote kamen?«

»Nein, Herr Sturmbannführer. Wir bemerkten sie erst, als sie an Land gingen.«

»Haben Sie per Funk Verstärkung angefordert?«

»Wir haben kein Funkgerät dabei.«

»Kein Problem. Ich habe draußen mehr als genug Leute, die das übernehmen können. Ich werde mich persönlich darum kümmern, daß die Gefangenen in Gewahrsam genommen werden. Und selbstverständlich werde ich auch dafür sorgen, daß Ihre Rolle bei ihrer Ergreifung an höherer Stelle bekannt wird. Wer weiß, vielleicht führt das sogar zu einer Beförderung ...«

»Oh, danke, Herr Sturmbannführer!« rief Rohmer in unterwürfigem Ton.

Ravallo bemerkte ein unsicheres Flackern in Rohmers Augen, als wolle der Offizier etwas sagen, befürchte aber einen Wutausbruch des hohen Gestapomannes. »Wenn Sie etwas auf dem Herzen haben, Rohmer, dann raus mit der Sprache. Schließlich kann ich nicht Ihre Gedanken lesen.«

»Ich ... ich meine, ... wir ... meine Einheit ... wir wußten gar nicht, daß die SS auch in dieser Gegend aktiv ist. Niemand hat ... hat uns Bescheid gesagt.«

»Warum hätten Sie es auch erfahren sollen?« erwiderte Ravallo gereizt. »Die SS – oder die Gestapo, wie Sie wollen – ist weder Ihrem Trupp noch sonst einer Einheit der Wehrmacht Rechenschaft schuldig. Wir unterstehen einzig Reichsführer Himmler in Berlin.«

»Es tut mir leid, Herr Sturmbannführer, ich wollte Ihnen damit nichts unterstellen.«

Ravallo maß ihn mit einem kühlen Blick. Dann löste er die Hände und schob sich die Mütze zurecht. Dabei bemerkte er, daß Rohmer seine bandagierte linke Hand anstarrte, den Blick aber hastig abwandte, als er sah, daß Ravallo das mitbekam. Dem Amerikaner wiederum fiel ein Stein vom Herzen, weil ihm schon klar war, daß dieser kleine Haufen keine wirkliche Gefahr darstellte, und er beschloß, jetzt aufs Ganze zu gehen. Er drehte sich zur Tür um, löste die Klappe seines Gürtelholsters und zog seine Luger. Das war das Zeichen für die Partisanen, die Küche zu stürmen.

Ravallo wirbelte herum und drückte Rohmer den Lauf seiner Pistole in den Rücken. Im Handumdrehen wurde der Deutsche entwaffnet, und ehe er wußte, wie ihm geschah, legte Ravallo den Unterarm wie einen Schraubstock um seine Kehle und schob die Mündung seiner Luger in die Kuhle darunter. Entsetzt schauten die anderen vier Soldaten zwischen ihren Gefangenen und Rohmer hin und her. Erst nach und nach dämmerte ihnen, daß sie überrumpelt worden waren. Einer richtete sein Gewehr auf Ravallo und schrie den anderen zu, sich zu wehren.

»Sagen Sie ihnen, sie sollen ihre Waffen fallen lassen«, forderte Ravallo von Rohmer und drückte ihm den Lauf tiefer in die Kehle.

»Wenn Sie mich umbringen, werden sie Sie töten«, spuckte der Deutsche verächtlich.

»Kann sein, aber draußen wartet ein Partisanentrupp, der Ihre Männer schon im Visier hat«, beschied ihn Ravallo. »Ich werde vielleicht getötet, aber Ihnen und Ihren Männern ergeht es bestimmt nicht besser, sobald mich die erste Kugel trifft. Sie haben die Wahl, Rohmer.«

Der Soldat, der seine Waffe auf Ravallo gerichtet hielt, warf einen Blick zur Tür und sah, daß drei Gewehre direkt auf seinen Kopf zielten. Ihm war klar, daß er ein toter Mann war, sobald sein Finger sich um den Abzug krümmte. Langsam senkte er das Gewehr und ließ es zu Boden poltern.

»Leisten Sie Widerstand!« befahl Rohmer. »Die bringen Sie trotzdem um, selbst wenn Sie sich ergeben!«

Ein zweiter Soldat ließ sein Gewehr fallen. Die anderen zwei wechselten ängstliche Blicke und legten dann ebenfalls ihre Waffen hin.

Nachdem sie eilig gefilzt worden waren, stieß Ravallo Rohmer von sich. Hillyard packte ihn mit grobem Griff, knallte ihn mit dem Gesicht gegen die Wand und durchsuchte ihn.

»Schaffen Sie sie raus«, knurrte Ravallo.

»Ich hätte es mir denken können«, murmelte Rohmer, als Hillyard ihn zur Tür brachte.

»Was hätten Sie sich denken können?« fauchte Ravallo.

»Sie sind doch der Amerikaner ...«

»Bin ich das?« brachte Ravallo zuwege, obwohl er plötzlich ein flaues Gefühl in der Magengrube hatte. Woher kannte Rohmer seine Identität? Hatte er geraten? Oder war mehr dahinter?

»Ihre Hand«, sagte Rohmer. »Heute morgen erhielten alle Offiziere eine Mitteilung von der Gestapozentrale in Palermo, daß einer der feindlichen Agenten einen Verband um die linke Hand trägt. Der Amerikaner, Major Nick Ravallo. Ich hätte es mir denken müssen, als ich Sie sah. Warum bin ich nur nicht darauf gekommen?«

»Führen Sie ihn weg«, zischte Ravallo mit kaum vernehmbarer Stimme Hillyard zu und setzte sich dann gegenüber McIndoe an den Tisch. Bevor er etwas sagen konnte, krachte im Hof ein Schuß.

Beide Männer sprangen auf und stürzten hinaus. Rohmer lag tot auf der Erde; aus einer Brustwunde quoll Blut. Über ihm stand Hillyard, die Hand noch immer um die MP geklammert. »Was, zum Teufel, ist passiert?« fuhr McIndoe ihn an.

»Er hat nach der MP gegriffen. Wir haben miteinander gerungen, und da hat sich ein Schuß gelöst. Ich wollte ihn nicht töten. Es passierte einfach.«

»Genauso war es«, bestätigte der hinter Hillyard postierte Partisan unter dem beifälligen Gemurmel der anderen. »Er war nicht schuld. Es war ein Kampf auf Leben und Tod. Entweder er oder der Deutsche.«

»Hol den Laster aus der Garage«, sagte Massimo und warf dem ihm am nächsten stehenden Mann den Schlüssel zu. »Dann schaffst du den Toten auf die Ladefläche. Ich will, daß er mit Steinen beschwert und ins Meer geworfen wird.«

»Und die anderen?« McIndoe deutete auf die verbliebenen vier Gefangenen, die von Evans, Johnson und einer Handvoll Partisanen bewacht wurden. Voller Angst starrten sie ihren toten Offizier an.

»Keine Sorge, meine Männer kümmern sich schon um sie«, antwortete Massimo.

»Mit anderen Worten: sie werden hingerichtet«, brummte Ravallo.

»Haben Sie eine bessere Idee?« fragte Massimo sarkastisch. »Wenn ja, dann würde ich sie gerne hören.«

»Er hat recht, Nicky, wir haben keine andere Wahl«, sagte McIndoe mit grimmigem Gesicht. »Es gefällt mir ebenso wenig wie Ihnen, aber sie haben Sie in der SS-Uniform gesehen. Das heißt, sie wissen zuviel.«

Massimo nickte. »Wir können keine Gefangenen machen. Wir haben nicht genügend Leute, um sie zu bewachen, und was ist, wenn einer entkommt und Alarm schlägt? Die ganze Operation wäre gefährdet.«

»Willkommen bei der Realität der Front, Nicky«, stieß Ravallo voller Selbstverachtung hervor. Er wandte sich an Stella und McIndoe. »Ich will Sie beide in der Küche sprechen. Sofort.«

Als die zwei wenig später eintraten, hatte der Amerikaner die Andonis bereits gebeten, den Raum zu verlassen. Er saß allein am Tisch.

Stella zog einen Stuhl heran und nahm ihm gegenüber Platz. »Was ist, Nicky?«

»Habt ihr gehört, was Rohmer über meine Hand gesagt hat?«

Die anderen schüttelten den Kopf. Als er es ihnen erklärte, breitete sich auf ihren Gesichtern blankes Entsetzen aus.

»Es stimmt also«, knurrte Ravallo. »Angelo Sciarro konnte unmöglich von meiner verletzten Hand wissen, oder seht ihr eine andere Möglichkeit? Stella hatte recht! Die Gestapo hat keine Mühe gescheut, um die Identität ihres wahren Spions zu schützen. Wie viele von denen, die das mit meiner Hand mitbekommen haben, wissen auch über diese Operation Bescheid?«

»Jetzt besteht kein Zweifel mehr, daß wir einen deutschen Spion unter uns haben.« McIndoe vergrub das Gesicht verzweifelt in den Händen.

»Wir müssen die Operation abbrechen«, forderte Stella.

McIndoe hob wieder den Kopf und sah sie an. »Das geht nicht. Wenn wir jetzt abhauen, können Kesselring und seine Stabschefs ihre Pläne für die Invasion Maltas ungehindert umsetzen. Und Sie wissen so gut wie ich, daß die Munitionsvorräte auf der Insel im Moment erschöpft sind. Gegen eine Offensive der Achsenmächte wäre damit nichts auszurichten. Die Insel würde ihnen binnen einer Woche in die Hände fallen, und das würde bedeuten, daß die Achsenmächte die totale Herrschaft über das Mittelmeer hätten. Was sollte dann aus unseren Truppen in Nordafrika werden? Uns bleibt nichts anderes übrig, Stella. Wir müssen da jetzt durch – bis zum bitteren Ende.«

»Mac hat recht. Es steht zuviel auf dem Spiel, als daß wir uns noch zurückziehen könnten.« Ravallo sah auf die Uhr und sprang auf. »Wir müssen unsere Pläne ändern. Hier können wir nach allem, was passiert ist, nicht mehr bleiben. Wir müssen ständig damit rechnen, daß die Deutschen die Gegend mit Suchtrupps nach den Vermißten durchkämmen.«

»Was schlagen Sie vor?« fragte McIndoe.

»Sie und Ihre Männer ziehen sich deutsche Uniformen an. Und dann müssen wir von hier verschwinden.«

»Dann muß ich aber meine Leute über die Operation informieren. Länger kann ich es unmöglich rausschieben.«

»Was hindert dann noch den Spion, die Details seinen Verbindungsleuten brühwarm weiterzuerzählen?« wandte Stella ein.

»Wer sagt denn, daß notwendigerweise einer unserer Leute hier der Spion ist«, giftete der Schotte zurück. »Es könnte auch Charlie Higgins sein. Oder Georges Passière. Oder einer von uns. Wir können es unmöglich wissen, es sei denn, er oder sie verrät sich selbst.«

Stella setzte zu einer Widerrede an, doch Ravallo gebot ihr mit erhobener Hand Schweigen. »Bei uns allen liegen jetzt die Nerven bloß. Aber ich stimme Mac zu. Die anderen müssen eingeweiht werden. Wir können nicht von ihnen erwarten, daß sie blind weiterrennen.«

»Dann erklären Sie es ihnen wenigstens erst, kurz bevor wir Palermo erreichen«, schlug Stella vor.

»Fangen Sie schon wieder damit an, daß …«

»Bitte, Mac«, fuhr Ravallo dazwischen. Er wandte sich

an Stella. »Ich kann ja deine Besorgtheit verstehen. Und, glaube mir, ich teile sie. Aber es ist sicherer für Mac, wenn er seine Männer gleich nach dem Aufbruch einweiht. Der Spion muß sich unter irgendeinem Vorwand von uns entfernen, wenn er die Nachricht weitergeben will. Sollte das der Fall sein, könnten wir ihm folgen und ihn beobachten.«

»Immer vorausgesetzt, keiner von *uns* dreien ist der Spion«, warf McIndoe in ätzendem Ton dazwischen.

»Mir ist bewußt, daß von nun an ein gewisses Maß an Mißtrauen zwischen uns herrschen wird«, sagte Ravallo. »Das ist nur natürlich. Aber alles hängt davon ab, daß wir als Team weiter zusammenhalten. Wir können es uns nicht leisten, die anderen darüber aufzuklären, daß wir einen Spion im Team haben. Damit würden wir nicht nur den wahren Schuldigen aufschrecken, sondern auf Dauer die Atmosphäre derart vergiften, daß am Ende jeder über jeden herfällt. Das wäre das letzte, was uns jetzt dienlich wäre.«

»Klingt vernünftig«, stimmte McIndoe zu. »Schließlich kennen nur wir drei sämtliche Einzelheiten der Operation. Und wenn einer von uns der Spion ist, laufen wir mit einiger Sicherheit in eine wohlvorbereitete deutsche Falle.«

»Ich hielte es auch für klug, wenn Sie die Information für Passière auf das Allernötigste beschränken würden«, meinte Ravallo. »Es besteht keinerlei Anlaß, ihn über die Details der Operation zu informieren. Schließlich ist er ja auch nicht direkt daran beteiligt.«

»Einverstanden.« McIndoe zog eine Zigarettenschachtel aus der Brusttasche und bot sie Stella an. Sie nahm sich eine, und er gab ihr Feuer. Dann steckte auch er sich eine Zigarette zwischen die Lippen und zündete sie an.

»Und was ist mit mir?« protestierte Ravallo.

»Wollten Sie das Rauchen nicht aufgeben?« fragte der Schotte, warf ihm aber das Päckchen zu.

»Das werde ich auch – eines Tages. Aber ganz bestimmt nicht gerade heute.«

8

Seit Mitternacht stand er nun schon vor dem Haupttor Wache. Es war jetzt sechs Uhr in der Früh. Seine Schicht dauerte noch zwei Stunden, bis er endlich ins Bett kriechen und den dringend benötigten Schlaf nachholen konnte. In der Nacht hatte er wiederholt mit sich kämpfen müssen, um nicht einzunicken, und nur mit Hilfe einiger Spritzer kalten Wassers von einer neben der Zufahrt sprudelnden natürlichen Quelle hatte er sich wach gehalten. Er unterdrückte ein neuerliches Gähnen. Gerade wollte er nach den Zigaretten in der Uniformjacke greifen, als er im Unterholz hinter sich ein Rascheln hörte. Schnell hob er seine Maschinenpistole und drehte sich in die Richtung des Geräuschs um, doch schon schloß sich eine Hand um seinen Mund, und sein Kopf wurde mit einem brutalen Ruck zurückgerissen. Er wehrte sich verzweifelt gegen den Griff, als er vor sich eine Messerspitze aufblitzen sah. Vergeblich. Die scharf geschliffene Stahlklinge drang unter seinem linken Ohr ein und schlitzte ihm die Kehle auf …

Lino Venucci hielt dem Soldaten weiter den Mund zu und wartete, bis der Todeskampf vorbei war und er zu zucken aufhörte. Dann schleifte er ihn ins Gebüsch am Rande der Zufahrt. Immer noch über den Toten gebeugt, schob er das Messer in die Scheide zurück und begann, die Taschen zu durchwühlen, bis er fand, was er suchte: den Schlüssel für das Tor. Während er sich aufrichtete, starrte er die Leiche zu seinen Füßen noch einmal mit unbeteiligtem Blick an. Reue empfand er keine. So etwas kannte er überhaupt nicht. Dieser Mann war sein siebzehntes Opfer seit der Besetzung der Insel. Stets waren es deutsche Soldaten gewesen – er hatte sich die Reihenfolge seiner Anschläge und sogar die Details gemerkt, damit er sie bei Bedarf aus dem Gedächtnis hervorkramen konnte –, und er wollte solange weitermachen, bis Sizilien wieder seinen rechtmäßigen Bewohnern gehörte.

Aus dem Dickicht hörte er Schritte näherkommen. Hastig riß er die umgehängte Maschinenpistole von der Schulter und brachte sie in Anschlag. Sein Körper spannte sich an, die Geräusche wurden lauter. Es war jedoch nur die vertraute Gestalt von Mauro Conte, die vor ihm auftauchte. Mit einem erleichterten Seufzer senkte er die Waffe wieder. Wie er trug auch Conte die Uniform eines deutschen Soldaten. In der sizilianischen Widerstandsbewegung bildeten sie ein gut aufeinander eingespieltes Team, obwohl sie ansonsten wenig gemeinsam hatten.

»Alles erledigt«, sagte Conte.

Venucci wußte, was sein Partner damit meinte: Er hatte den Wächter am anderen Ende des Areals ausgeschaltet. Wörter wie ›töten‹ oder ›umbringen‹ benutzte Conte für seine Taten nie. Ebensowenig sprach er im Zusammenhang mit dem Widerstand von sich in der ersten Person. Das war nun mal seine Art. Venucci wußte, daß Conte Schwierigkeiten hatte, einige ihrer Operationen gegen deutsche Ziele seelisch zu verarbeiten. Auch konnte er nicht darüber sprechen. Er war ein schweigsamer Einzelgänger. Venucci wiederum war der einzige, der sich von dieser Fassade nicht abschrecken ließ. Und das war der Grund, warum sie so gut miteinander harmonierten …

Venucci trat aus dem Unterholz und betrachtete die Silhouette des großzügigen zweistöckigen Herrenhauses, das über ihm auf dem Gipfel eines üppig bewachsenen Hügels stand. Die Villa, Eigentum einer reichen Gräfin und großzügigen Förderin der sozialistischen Partei, war kurz nach der Besetzung von der Gestapo beschlagnahmt worden und wurde nun ausschließlich zur Unterbringung hochrangiger Gestapooffiziere benutzt. Einer davon war Sturmbannführer Otto Schenk, der gestern aus Berlin eingetroffen war und jetzt hier seine erste Nacht verbracht hatte.

Venucci sperrte das Tor auf, ging aber noch nicht weiter, sondern imitierte zunächst den Ruf der Nachteule. Sekunden später tauchten aus dem Schatten der Bäume fünf schemenhafte Gestalten auf und schlüpften durch das Tor.

Sie waren schwarz gekleidet und hatten sich Tarncreme auf die Gesichter geschmiert. Wie Venucci und Conte gehörten sie der Widerstandsbewegung an und waren in Palermo stationiert. Lautlos verschwanden sie im Unterholz. Ihr Ziel war das Personalquartier, ein L-förmiges Gebäude hinter der Villa, in dem die vier deutschen Wächter, die jetzt frei hatten, zusammen mit den Bediensteten untergebracht waren. Obwohl das Personal vor der Einstellung gründlich durchleuchtet worden war, war es den Partisanen gelungen, eines ihrer Mitglieder in die Villa zu schleusen. Viele von den erfahrenen Kräften glaubten, Gina Roetta sei mit ihren achtzehn Jahren zu jung, um eine solch große Verantwortung zu übernehmen, aber ihre ausführlichen Berichte über das Kommen und Gehen der Gestapomitglieder hatten dem Widerstand in den letzten Monaten fraglos zu wertvollen Erkenntnissen verholfen.

Jetzt mußten Venucci und Conte abwarten, bis sie ihnen signalisierte, daß der Trupp ins Personalquartier eingedrungen war und dessen Bewohner im Schlaf überwältigt hatte. Bei einer ersten Besprechung vor wenigen Tagen war vereinbart worden, die Gefangenen zum Verhör mitzunehmen, sobald Venucci und Conte ihren Teil der Operation erfolgreich abgeschlossen hatten. Aber das galt nur unter dem Vorbehalt, daß alles plangemäß klappte. Sie wußten, daß es darauf ankam, Schenk zu isolieren, wenn sie überhaupt eine Chance haben wollten, ihn lebend zu ergreifen. Es brauchte nur einer der Wächter Alarm auszulösen, und schon waren alle Pläne Makulatur. Venucci sah Conte an, der, scheinbar in Gedanken versunken, mit ausdrucksloser Miene das Haus anstarrte. Davon ließ sich Venucci allerdings nicht täuschen, zumal er wußte, daß Conte unter der gleichen Anspannung stand wie er selbst, was angesichts der Umstände nur allzu natürlich war.

»Schau!« zischte Conte und packte Venucci am Arm. Der andere folgte seinem ausgestreckten Zeigefinger und entdeckte eine zierliche Gestalt, die aus dem Seitenflügel der Villa getreten war. Er erkannte Gina Roetta. Die zwei Männer warteten nervös auf das vereinbarte Signal. Nichts. Für einen langen Moment packte sie lähmendes Entsetzen. War etwas schiefgegangen? Aber sie hatten doch keinerlei Schüsse gehört! Endlich hob Gina das weiße Handtuch, das sie sich unter die Schürze gesteckt hatte, wischte sich damit die Bluse ab und hängte es sich über die Schulter, bevor sie wieder ins Haus ging. Eine völlig harmlose Geste für jeden, der zufällig vorbeikam, doch für Venucci und Conte war es das ersehnte Signal. Jetzt konnten sie sich dem Haus unbesorgt nähern.

Venucci folgte seinem Partner auf einem von farbenprächtigen Blumenbeeten gesäumten Weg zu einer Treppe, die sie zum mit Kies bedeckten Vorhof führte. Dort stand vor dem Haus eine schwarze Limousine, ein Adler Diplomat. Zwei links und rechts an der Motorhaube angebrachte Hakenkreuzwimpel hingen schlaff herunter. Die zwei Männer wechselten im Vorbeigehen einen angewiderten Blick. Als sie das Haus erreichten, hob Venucci warnend die Hand, drückte sich sofort an die Wand und spähte um die Ecke. Er konnte jetzt die Personalunterkunft sehen. Die Vorhänge waren zugezogen. Nichts rührte sich. Er nickte Conte zu, dann schlich er um die Ecke, bis er einen offenen Seiteneingang erreichte.

Gina Roetta saß allein in der Küche und rauchte eine Zigarette. Sie blickte auf, als Venucci auf der Schwelle erschien und sie anlächelte. Sie erwiderte das Lächeln flüchtig und folgte ihm auf den Hof hinaus.

»Wo ist Schenk?« fragte Venucci.

»Oben in seinem Zimmer.« Jetzt entdeckte sie auch den hinter Venucci stehenden Conte und begrüßte ihn mit einem Nicken. »Ich habe ihm soeben sein Frühstück gebracht. Er stand schon in voller Montur da; das heißt, er wird sicher bald aufbrechen. Sein Chauffeur ist auch schon aufgestanden. Der Scheißkerl hängt seit über einer halben Stunde bei mir rum und wartet auf den Ruf seines Herrn.«

»Hat es Ärger gegeben?« fragte Venucci und deutete auf das Personalquartier.

»Überhaupt nicht. Ich habe gestern das Abendbrot der Wächter mit starken Schlaftabletten gewürzt. Sie waren heute morgen nicht kampffähig. Die anderen konnten das Gebäude mühelos sichern.«

»Dann läuft ja alles wie geschmiert«, grinste Conte.

Plötzlich war im Gang ein – nicht gerade musikalisches – Pfeifen zu hören. Gina spähte durch die Tür und stieß einen unterdrückten Fluch aus. Im Foyer stand ein Mann. »Das ist Kräwel, Schenks Chauffeur.«

»Schön. Den können wir auch gleich abfertigen«, raunte Venucci. »Kannst du ihn in den Hof locken?«

»Laßt mich nur machen«, antwortete sie und rief sogleich mit einem Ton panischer Angst in der Stimme: »O Gott! Kommen Sie schnell!«

Schon kam der Mann in die Küche gestürzt. »Was ist los?«

»Dort draußen ist jemand. Ich stand vor der Spüle, als ich durch das Fenster eine Bewegung sah. Es war ein Mann in Schwarz. Als er mich bemerkte, rannte er in die Büsche hinter dem Dienstbotentrakt.« Sie packte Kräwel am Arm. »Ich habe Angst. Er hat ein Gewehr!«

»Warten Sie hier«, befahl Kräwel. Er zog seine Pistole aus dem Holster und trat mit der Waffe in Anschlag auf den Hof hinaus. Zwar spürte er noch die Bewegung hinter sich, doch bevor er reagieren konnte, hatte ihm Venucci bereits den Griff seiner Maschinenpistole gegen den Hinterkopf gedroschen. Kräwel sackte bewußtlos zu Boden.

Nun erschien auch Gina draußen und schaute voller Verachtung auf die zu ihren Füßen liegende Gestalt hinunter. Plötzlich holte sie aus und versetzte ihm einen kräftigen Tritt in die Rippen. Sie wollte noch einmal zutreten, doch Venucci zog sie weg. Sie maß ihn mit einem kalten Blick. »Das Arschloch hat mich heute ständig betatscht«, spuckte sie.

Weil sie sich losreißen wollte, verstärkte Venucci den Griff um ihren Arm. Er fing Contes Blick auf und deutete mit dem Kinn auf Kräwel. »Bring ihn ins Mannschaftsquartier. Wir treffen uns dann vor dem Haus.«

Conte lud sich den Bewußtlosen auf die Schultern und setzte sich in Bewegung. Erst jetzt ließ Venucci Gina los, die sogleich in der Küche verschwand.

Venucci ging weiter zum Vorhof, wo er sich eine Zigarette ansteckte. Dem Grundriß hatte er entnommen, daß im zweiten Stock sämtliche Schlafzimmer auf ein Tal hinausgingen, aber selbst falls man ihn sehen sollte, würde die deutsche Uniform sein Incognito schützen. Mit einem zufriedenen Lächeln ließ er den Blick über die Fassade gleiten. Endlich zog sich das Netz um Sturmbannführer Otto Schenk zusammen

Otto Schenk betrachtete sich im Spiegel. Er wußte, daß er gut aussah und brauchte dafür auch nicht die Bestätigung durch immer neue schöne Frauen, die ihn regelmäßig in den Berliner Nachtclubs für die Parteibonzen verwöhnten. Im Grunde war ihm egal, was sie von ihm dachten – er brauchte sie nur, um seine sexuellen Vorlieben zu befriedigen. Ihm war klar, daß es genug Menschen gab, die seine Wünsche sadistisch und abartig nannten, aber von den Frauen, die er in seiner luxuriösen Wohnung auspeitschte, hatte sich noch keine beschwert. Sie wußten, was es bedeutete, einen hohen SS-Offizier, der noch dazu der Gestapo angehörte, in aller Öffentlichkeit zu beschuldigen. Sie hätten es schnell bereut. Wie seine Kollegen schwelgte Schenk im Gefühl der Macht, die die Ehre, unter seinem Mentor, Reichsführer Himmler, in der Zentrale der Geheimen Staatspolizei in der Berliner Prinz-Albrecht-Straße dienen zu dürfen, mit sich brachte. Da er außerdem zu den wenigen vom Reichsführer handverlesenen Offizieren gehörte, die die Aufgabe hatten, sicherzustellen, daß die hohen Anforderungen der Gestapo in allen besetzten Ländern gleichermaßen erfüllt wurden, genoß er eine fast unbegrenzte Machtfülle. Wie oft hatte er schon den Ausdruck schrecklicher Angst in den Augen selbst des gefürchtetsten Gauleiters gesehen, wenn er unerwartet zu einer Inspektion aufgekreuzt war! Sie mochten die höchsten Ämter bekleiden, aber Himmler hörte auf ihn, und er konnte mit Stolz von sich sagen, daß der Reichsführer seit seiner Ernennung vor acht Monaten noch nie Grund gehabt hatte, seine Berichte anzuzweifeln.

Er ging zum Nachtkästchen hinüber und schenkte sich eine Tasse Kaffee aus der silbernen Kanne ein, die ihm Gina vorhin aufs Zimmer gebracht hatte. Das Mädchen war unbestreitbar hübsch. Vielleicht würde er sich nach der Erledigung seiner Pflichten ein kleines Vergnügen gönnen und sie gründlich auspeitschen, genauso wie auch diese pseudofreundlichen Huren in Berlin. Das Zubehör hatte er ja dabei; er nahm es auf jede Reise mit. Ohne auf das sorgfältig zubereitete Frühstück zu achten, aß er zum schwarzen Kaffee eine Scheibe Toastbrot mit Butter. Nachdem er sich im Bad nebenan die Hände gewaschen hatte, streifte er sich seine schwarzen Lederhandschuhe über, nahm seinen Koffer und verließ das Zimmer. Über eine Wendeltreppe gelangte er ins Foyer. Eigentlich hätte der Fahrer dort auf ihn warten sollen, doch es war niemand da. Verärgert blickte er sich um.

»Kräwel!« brüllte er. Keine Antwort. Wütend fluchend stolzierte er in die Küche.

Gina, die dort auf dem Stuhl saß und rauchte, sprang auf und konnte gerade noch die Zigarette hinter dem Rükken verbergen.

»Hast du Kräwel gesehen?«

»Kräwel?« Sie runzelte die Stirn, als denke sie angestrengt nach. Es war unerläßlich, daß sie die Rolle des unschuldigen, naiven Mädchens vom Lande, die sie ihm von Anfang an vorgespielt hatte, beibehielt.

»Mein Fahrer!« donnerte Schenk. »Feldwebel Kräwel. Hast du ihn gesehen?«

»J-ja«, stammelte sie. »Er war vor wenigen Minuten noch bei mir. Ich ... ich glaube, er wartet im Auto auf Sie.«

»Ich habe ihm den ausdrücklichen Befehl erteilt, im Foyer auf mich zu warten. Aber was gebe ich mich mit dir ab? Blödes Bauernweib ...« Schenk ging durch die Hintertür hinaus und durchquerte den Küchengarten. Doch als er die Holztür zum Vorhof aufstieß und sein Blick über den üppigen Rasen schweifte, erstarrte er plötzlich mit der Hand auf der Klinke. Das Tor am Ende der Auffahrt sollte doch mit einem Wachtposten besetzt sein. Man hatte ihm gesagt, es würde rund um die Uhr bewacht. Wo steckte der Kerl denn nur? Beunruhigt zog er seine 08 und trat hinaus. Als erstes stellte er den Koffer ab und preßte sich gegen die Hauswand. Mit der Pistole im Anschlag wirbelte er herum und schwenkte den Lauf über den Vorhof. Als er sah, daß der Wachtposten auf den Steinstufen neben seiner Limousine saß und rauchte, verwandelte sich seine Beklemmung jäh in wilde Wut. »Was machen Sie da!« brüllte er und stürmte auf Venucci zu. »Ich werde dafür sorgen, daß Sie wegen Dienstverweigerung vors Kriegsgericht gestellt werden. Kehren Sie sofort an Ihren Posten zurück!«

Gemächlich drückte Venucci seine Zigarette an der Mähne des prächtigen Steinlöwen aus, der zusammen mit einem zweiten den Fuß der Treppe bewachte. Langsam erhob er sich, wartete, bis Schenk herbeigestürmt war – und rammte ihm dann unvermittelt den Kolben seiner Maschinenpistole in den Bauch. Schenk schrie vor Schmerz auf. Benommen torkelte er zurück, und die 08 fiel ihm aus der Hand. Um nicht zu stürzen, mußte er sich an der Motorhaube des Autos festhalten. Während Venucci die Pistole in aller Seelenruhe an sich nahm und in den Gürtel steckte, erschien hinter den Stufen Conte und baute sich vor Schenk auf, der jetzt auf ein Knie gesunken war und, beide Hände gegen den Bauch gepreßt, verzweifelt nach Luft schnappte.

»Aufstehen, du Scheißkerl!« knurrte Venucci auf deutsch. Er packte Schenk am Kragen, riß ihn hoch und stieß ihn gegen die Tür. Während er ihm mit der einen Hand den Lauf der Maschinenpistole ins Genick drückte, durchsuchte er ihn mit der anderen eilig nach weiteren Waffen, fand aber nichts.

»Wer seid ihr?« stieß Schenk zwischen zusammengepreßten Zähnen hervor. Daß sie keine Deutschen waren, hatte ihm bereits Venuccis Akzent verraten.

»Partisanen!« antwortete der Italiener triumphierend und grinste, als er die nackte Angst in Schenks Gesicht bemerkte. Noch einmal jagte er ihm den Kolben in den Bauch, und als Schenk auf die Knie sank, hätte er sogar ein drittesmal zugeschlagen, wäre ihm Conte nicht in den Arm gefallen.

»Es reicht. Wenn du ihn zusammenschlagen willst, von mir aus gern, aber später. Jetzt müssen wir erst mal weg von hier. Komm schon, schaffen wir ihn in den Wagen.«

Venucci wollte den Deutschen an den Füßen fassen, doch plötzlich rammte Schenk ihm die Faust ins Gesicht. Venucci taumelte nach hinten, verlor das Gleichgewicht und krachte zu Boden. Dabei rutschte ihm die 08 aus dem Gürtel und landete in Reichweite Schenks. Der riß sie an sich und sprang, noch bevor Conte das Feuer eröffnen konnte, blitzschnell hinter einem Steinsockel in Deckung. Die Geschoßgarbe Contes prallte wirkungslos von dem Sockel ab, nur ein Splitter streifte Schenk schmerzhaft am Hals. Mechanisch wischte der Deutsche einen Blutstropfen ab, dann richtete er die 08 auf Conte, der mit der Maschinenpistole im Anschlag hinter der Limousine stand. Schenk gab nacheinander zwei Schüsse ab. Beide trafen Conte in die Brust. Lautlos sackte der Partisan zusammen und blieb auf dem Boden liegen. Langsam richtete Schenk sich auf und zielte auf Venucci, der noch immer auf dem Kies lag und sich zu orientieren versuchte. Schenk weidete sich an Venuccis verzweifeltem Gesicht. Während der Italiener hektisch nach seiner MP tastete, ohne sie zu finden, dachte Schenk schon an das Verhör im Hauptquartier der Gestapo in Palermo. Er wollte es persönlich führen. Und am Ende, wenn er alle Antworten hatte, würde er ihn töten. Ganz langsam. Und möglichst schmerzhaft.

Die Bewegung sah er erst im letzten Moment. Aber da war es zu spät. Ein Kugelregen durchsiebte in unregelmäßigen Abständen seine Brust. Jedes einzelne Geschoß zog eine brennende Spur durch sein Fleisch. Die Wucht der Schüsse schleuderte ihn gegen den Sockel, und seine Pistole glitt ihm aus den bereits tauben Händen. Er hörte noch, wie sie klappernd auf den Kies fiel. Mühsam wandte er sich seinem Mörder zu. Gina Roetta funkelte ihn herausfordernd an. In den Händen hielt sie Contes Maschinenpistole. Einen Moment lang starrte Schenk sie mit glasigen Augen an. Um seine blutigen Lippen spielte die Andeutung eines ironischen Lächelns. Sein ganzes Erwachsenenleben lang hatte er Frauen stets verachtet und ausschließlich als Mittel zur Steigerung seiner Lust benutzt. Jetzt hatte ihm das Schicksal die letzte Karte zugeteilt. Und er sah den Joker, der ihm ins Gesicht lachte. Das war sein letzter bitterer Gedanke, bevor sein Körper leblos an dem blutbespritzten Steinsockel hinunterglitt.

Venucci rappelte sich auf und barg hastig die 08, um sie dann gegen Schenks Genick zu pressen, während er an dessen Halsschlagader nach dem Puls fühlte. Schließlich sah er zu Gina auf und schüttelte den Kopf. Unfähig, das Geschehene zu begreifen, ließ das Mädchen die MP fallen und starrte den Toten an. Plötzlich brach sie in hemmungsloses Schluchzen aus.

Venucci eilte unterdessen zu dem im Schatten der Limousine liegenden Conte hinüber. Ihm war bereits klar, daß sein Gefährte tot war, noch bevor er die sinnlose Suche nach dem Puls begann. Als er sich vergewissert hatte, daß nichts mehr zu machen war, schloß er behutsam Contes glanzlose Augen.

In diesem Moment keuchten zwei Kameraden mit ihren Maschinenpistolen im Anschlag hinter ihm heran. Da sie schnell begriffen, daß keine Gefahr mehr drohte, ließen sie die Waffen sinken und eilten zu Venucci hinüber, der sich aufgerichtet hatte und nun bei seinem toten Partner stand.

Venucci erklärte ihnen in knappen Worten den Hergang. Sogleich stellte sich einer der Männer neben Gina, legte ihr tröstend den Arm um die Schultern und führte sie weg.

»Was machen wir jetzt mit ihm?« fragte Luigi, der andere Partisan, und stupste Schenk mit der Stiefelspitze an.

»Hier können wir ihn auf keinen Fall lassen«, meinte Venucci.

»Der Laster kommt in den nächsten zwanzig Minuten und bringt die Gefangenen nach Kasr«, sagte Luigi. »Wir könnten die Leiche reinladen und später beseitigen.«

Venucci schüttelte den Kopf. »Nein, ich will nicht, daß

die Deutschen erfahren, daß er tot ist. Es braucht nur einer von ihnen zu entkommen …«

»Das gelingt ihnen nie!« fiel ihm Luigi entrüstet ins Wort.

»… und die ganze Operation ist geplatzt«, vollendete Venucci. »Das können wir nicht riskieren. Nein, ich nehme ihn in der Limousine mit und schaffe ihn später beiseite. Komm, hilf mir, ihn in den Kofferraum zu werfen.« Er durchsuchte Contes Taschen, fand die Schlüssel, die sein Gefährte Kräwel abgenommen hatte, und sperrte den Kofferraum auf. Gemeinsam mit Luigi trug er Schenks Leiche zum Wagen und wuchtete sie in den Kofferraum. »Ich nehme Gina mit«, verkündete er, als alles geschafft war.

»In ihrem Zustand kann sie nirgendwohin fahren«, widersprach Luigi. »Ich begleite dich. Hier haben wir die Lage unter Kontrolle. Und weil der Laster ohnehin bald eintrifft, wird mich im Personalquartier keiner vermissen.«

»Wenn du sie mit Samthandschuhen anfaßt, verarbeitet sie das nie«, hielt ihm Venucci vor. »Ich nehme sie mit. Sie muß der Sache ins Gesicht sehen, Luigi. Vertrau mir, anders geht es nicht.

»Das ist ihr erster Toter, Lino. Es ist ein gewaltiger Unterschied, ob man Strohpuppen auf dem Schießplatz trifft oder einen Menschen abknallt. Wir haben Leute, die ihr darüber hinweghelfen können.«

»Sie muß sich ihren Ängsten stellen, Luigi. Und das schafft sie nur allein.«

»Sie ist viel zu jung, um in solche Sachen hineingezogen zu werden!« zischte Luigi empört. »Sie ist ja noch ein Kind!«

»Das hat nichts mit dem Alter zu tun!« rief Venucci. »Ich habe schon jüngere Mädchen gesehen, die ohne mit der Wimper zu zucken deutsche Soldaten erschossen. Um nichts anderes geht es hier doch. Und sie hat das richtige Herz für den Kampf. Das hat sie schon bewiesen.«

»Nein, Lino, laß sie in Ruhe.«

»Ich möchte mit dir mitfahren«, sagte in ihrem Rücken Gina mit leiser Stimme.

Luigi wirbelte zu ihr herum. »In deinem Zustand kannst du unmöglich ...«

»Ich will es aber.« Ihre Tränen waren getrocknet. In ihren Augen lag ein Ausdruck kalter Entschlossenheit.

Venucci sperrte die Beifahrertür für sie auf, ging um den Wagen herum und wollte sich gerade hinters Steuer setzen, als er noch einmal innehielt und Luigi über das Wagendach hinweg ansah. »Du kannst dich glücklich schätzen, daß du zurückbleibst. Ich dagegen muß den Briten das mit seinem Tod erklären, sobald ich in Palermo bin.«

»Sie wollten ihn lebendig haben, nicht wahr?«

»Sie wollten ihn zum Verhör nach London bringen.«

»Aber du hattest doch keine Wahl: entweder du oder er, das weißt du doch.«

»Bring das mal denen bei«, seufzte Venucci, stieg ein und fuhr davon.

McIndoe saß am Küchentisch des sicheren Hauses im Kasr, dem Araberviertel von Palermo, und hörte sich schweigend an, was ihm Venucci zu berichten hatte. Nur einmal, als der Partisan die Umstände von Otto Schenks Tod schilderte, musterte er Gina, die neben der Tür stehen geblieben war. Sie senkte den Blick. Als Venucci geendet hatte, stellte er sich schon auf herbe Kritik ein. Nervös schweiften seine Blicke zwischen den vier am Tisch sitzenden Gestalten hin und her.

Einen Moment lang sagte keiner etwas, bis Giancarlo Massimo beruhigend die Hand auf die Schulter Venuccis legte und dann auf Gina zutrat. Mit leiser Stimme sprach er mit ihr, worauf sie hinausging und die Tür hinter sich zuzog. McIndoes Blick fiel erst auf Ravallo, dann auf Stella. Beide starrten weiter die leeren Tassen vor sich auf dem Tisch an. Am Ende betrachtete er Venucci. Doch in seinen Augen lag weder Wut noch Ablehnung, sondern lediglich ein Ausdruck stiller Resignation: Was geschehen war, ließ sich nun nicht mehr ändern.

»Es tut mir leid, Signore«, murmelte Venucci betreten.

»Mir auch«, erwiderte der Schotte.

»Wir haben wirklich versucht, ihn lebendig gefangenzunehmen, aber die Umstände ...« Venuccis Stimme erstarb. Er wußte, wie hohl jede Entschuldigung klingen mußte. Da war Schweigen noch das beste.

»Was haben Sie mit Schenks Leiche gemacht?« fragte Ravallo.

»Wir haben sie in einem Wald am Stadtrand vergraben, Signore.«

»Ich nehme an, Sie haben ihm vorher alles abgenommen, womit man ihn identifizieren könnte«, fuhr Ravallo fort.

»*Si, Signore.* Der Sicherheit halber haben wir ihm auch die Uniform ausgezogen.

»Ein kluger Gedanke. Haben Sie sie noch?«

»Sie wurde verbrannt. Ich habe Signore Massimo alle persönlichen Besitztümer, die wir bei ihm finden konnten, ausgehändigt.«

»Auch die Brieftasche?«

»Si, Signore.«

»Ich habe sie hier«, warf Massimo von der Tür her ein.

Ravallo erhob sich. »Ich würde sie gern sehen. Sie müßte Himmlers Ermächtigungsschreiben enthalten, das Schenk überall auf der Insel Tür und Tor geöffnet hätte.«

»Ich hole sie.« Massimo hatte schon die Türklinke in der Hand, hielt aber noch einmal inne. »Haben Sie noch mehr Fragen an Venucci?«

»Fürs erste nicht«, antwortete der Amerikaner. Da auch McIndoe und Stella den Kopf schüttelten, winkte er Venucci hinaus, der ihm betreten folgte.

Ravallo schüttelte betrübt den Kopf. »Dieses Mädchen ist doch höchstens siebzehn, achtzehn Jahre. Da kann man sie doch nicht solchen Situationen aussetzen.«

»So traurig es ist, Nicky, aber der Krieg kennt keine Altersgrenzen«, widersprach Stella. »Sie hat dasselbe Recht zu kämpfen wie alle anderen auf dieser Insel.«

»Das bestreite ich auch nicht, ich wollte nur sagen, daß man ihr in diesem Alter nicht eine so hohe Verantwortung aufbürden sollte. Man hätte sie langsam in den Widerstand eingliedern müssen und nicht gleich ins kalte Wasser werfen dürfen. Aber nicht nur die Partisanen hier sind schuld, sondern die Widerstandsbewegungen aller besetzten Länder. Ich habe gesehen, was die Gestapo Mädchen ihres Alters angetan hat. Und die meisten werden erwischt, weil ihnen die Erfahrung vor dem Feind fehlt.«

»Wetten, daß sie mehr Erfahrung vor dem Feind hat als Sie, Nicky«, warf McIndoe dazwischen und hob die Hand, bevor Ravallo protestieren konnte. »Zugegeben, solche Praktiken sind alles andere als ideal, aber oft fehlt schlichtweg die Zeit, die Leute richtig auszubilden. Wenn sie mit einer Pistole zielen und abdrücken können, dann sind sie schon soweit, daß man sie auf die Deutschen hetzen kann. Und vergessen Sie eins nicht, Nicky. Niemand wurde gezwungen, sich den Partisanen anzuschließen. Es sind alles Freiwillige. Es war ihre eigene Entscheidung.«

Ravallo setzte zu einer Antwort an, als er Massimo mit einem abgewetzten Lederkoffer in der Tür stehen sah. Er hatte keine Ahnung, wie lange der Italiener dort schon wartete.

Massimo durchquerte den Raum und stellte den Koffer auf den Tisch. Dann nahm er einen Umschlag aus der Tasche und reichte ihn Ravallo. »Das haben sie bei ihm gefunden. Ich weiß nicht, ob es Ihnen etwas nützt.«

»Das werden wir gleich sehen«, sagte Ravallo und breitete den Inhalt des Umschlags auf dem Tisch aus.

Unterdessen hatte sich Massimo schon wieder zum Gehen gewandt. In der Tür drehte er sich noch einmal zu Ravallo um. »Ich stimme Ihnen zu, Nicky. Einem Mädchen wie Gina sollte keine derart hohe Verantwortung aufgezwungen werden. Aber leider haben zu viele den Kopf in den Sand gesteckt, als die Deutschen unsere Insel besetzten. Unsere Mittel sind knapp. Das waren sie schon immer, was wiederum bedeutet, daß wir alle verfügbaren Kräfte einsetzen müssen. Gina mag keine Felderfahrung haben, aber sie macht diesen Mangel durch ihren Mut mehr als wett. Vielleicht werden Sie ihre Gefühle eines Tages verstehen können.«

Der Amerikaner starrte noch zur Tür, als Massimo bereits gegangen war. »Vielleicht, ja«, sinnierte er. Er griff nach dem Koffer, doch der war verschlossen. Glücklicherweise fand sich unter den Gegenständen, die er vorhin aus dem Umschlag geschüttet hatte, ein Schlüsselbund. Er probierte die Schlüssel nacheinander aus, bis endlich einer paßte.

McIndoe stand auf. »Dann lasse ich Sie mal machen, Nicky. Ich kümmere mich besser um die anderen.«

»Als ich sie zuletzt gesehen habe, saßen sie im Wohnzimmer und spielten Karten«, sagte Stella.

»Ich kann mir schon denken, was sie spielen«, meinte McIndoe mit einem verschmitzten Lächeln. »Bis später.«

»Bis später, Mac«, brummte Ravallo zerstreut, während er weiter den Koffer nach dem Ermächtigungsschreiben durchwühlte.

McIndoe trat in den Flur und ging weiter zum Wohnzimmer. Von der Schwelle aus sah er Evans, Hillyard und Johnson um einen kleinen Kaffeetisch sitzen und Poker spielen. Er wollte sich ihnen schon nähern, beschloß dann aber, sie lieber nicht zu stören. Mit seiner Weigerung, sie vollständig zu instruieren, hatte er sich ohnehin unbeliebt gemacht. Ihren Fragen war er permanent mit schwammigen Antworten ausgewichen, und als sie nicht aufgehört hatten, ihn zu bedrängen, hatte er sich hartnäckig auf die inzwischen sattsam bekannte Formel vom jeweils nächsten Schritt zurückgezogen. Im nachhinein war ihm natürlich klar, daß damit nicht viel getan war. Das hatte er schon ihren Mienen angesehen, als er es endlich hinter sich gebracht hatte. Mit ›gemischten Gefühlen‹ war ihre Stimmung noch höflich umschrieben. ›Wut‹, ›Frust‹, ›Verletztheit‹ waren da schon eher angebracht. Vor allem letzteres ging wirklich tief. Aber welche andere Wahl hatte er denn gehabt, wenn er ihnen nicht gleich die ganze Wahrheit auftischen wollte?

Er ging weiter zur Haustür und trat auf die Veranda. Der diensthabende Wächter saß mit einem Fucile-Gewehr auf der obersten Stufe. Er begrüßte McIndoe mit einem Nikken und zog nochmals an seiner Zigarette, bevor er sie sorgfältig ausdrückte und in die Schachtel zurückgab. Im Aufstehen hängte er sich das Gewehr um die Schulter und verschwand im Schatten der Bäume, die das Haus vor der Straße verbargen.

McIndoe setzte sich auf einen der Korbstühle und legte beide Beine auf die niedrige Holzbrüstung. Gerade wollte er nach seiner Zigarettenschachtel greifen, als ihm einfiel, daß er sie im Rucksack vergessen hatte. Kurz überlegte er, ob er sie holen solle, verwarf den Gedanken aber gleich wieder. Er rauchte ohnehin zuviel. So verschränkte er die Hände hinter dem Kopf, schloß die Augen und ließ die Ereignisse der letzten Stunden noch einmal an sich vorüberziehen …

Nach der Instruierung hatten sie das Bauernhaus in den deutschen Uniformen verlassen, die man vorher eigens für sie besorgt hatte. Außer Ravallo war McIndoe in dieser Gruppe der einzige, der die Rangabzeichen eines Offiziers trug, nämlich die eines Hauptmanns der Wehrmacht. Stella hatten sie eine übergroße Uniform verpaßt, und nachdem sie alle Schminkspuren beseitigt, ihre Haare hochgesteckt und sorgfältig unter der Mütze verborgen hatte, konnte sie sich durchaus als noch jugendlicher Soldat ausgeben. Und tatsächlich war sie, eingeklemmt zwischen Evans und Hillyard auf der Rückbank des Truppentransporters, bei einer Kontrolle niemandem aufgefallen. Johnson wiederum, der mit das beste Deutsch in der ganzen Firma sprach, hatten sie kurzerhand zum Fahrer des Stabswagens ernannt. Beide Fahrzeuge waren wenige Wochen zuvor bei einem Hinterhalt im Süden der Insel erbeutet worden. Da die Partisanen nichts dem Zufall überließen, hatten sie sogar die Nummernschilder ausgewechselt.

Angesichts der Pechsträhne, die sie seit der Abfahrt von Malta verfolgte, hatte McIndoe unterwegs mit massiven Problemen gerechnet. Daß sie dennoch ungeschoren davongekommen waren, hatten sie einzig und allein Nicky Ravallo zu verdanken. Zum erstenmal war McIndoe klar geworden, warum man Ravallo für diesen Auftrag ausgewählt hatte. Die Art und Weise, wie er Otto Schenk spielte, war atemberaubend, ja, geradezu beängstigend. McIndoe war es manchmal so vorgekommen, als säße tatsächlich der Gestapooffizier, von dem er in der Akte des Amerikanischen Geheimdienstes gelesen hatte, im Fond des Wagen. Das Dossier verdankten sie einem ehemaligen hochrangigen Gestapomann, der ein Jahr zuvor zu den Amerikanern übergelaufen war. Und wie Schenk, von dem es hieß, er lasse sich selten auf Plaudereien mit anderen Offizieren ein, hatte sich Ravallo während der gesamten Fahrt an keinem Gespräch beteiligt. Nur ganz selten hatte er sein selbstauferlegtes Schweigen gebrochen, wenn er sich bei den unvermeidlichen deutschen Straßensperren hatte ausweisen müssen und von nervösen deutschen Soldaten durchgewunken wurde. McIndoe bezweifelte, ob selbst Schenk eine noch bessere Vorstellung hätte hinlegen können.

Das sichere Haus hatten sie schließlich am frühen Nachmittag erreicht. Danach wurden der Truppentransporter und der Stabswagen fortgeschafft und verbrannt. Zwei Autowracks mehr würden in einer ohnehin mit ausgebrannten Fahrzeugen übersäten Stadt keinen Verdacht erregen. Für die Glaubwürdigkeit von Ravallos Tarnung war Schenks Adler-Diplomat-Limousine dagegen unabdingbar. Im Moment wurde sie irgendwo in einer Garage versteckt, deren Standort nicht einmal Massimo kannte. Am Abend sollte Ravallo darin zu dem Treffen im Hotel gefahren werden. Nach der Konferenz wollte er dann ins sichere Haus zurückkehren.

Venucci hatte bereits in Erfahrung gebracht, daß das Hotel rund um die Uhr von einer deutschen Eliteeinheit von Fallschirmjägern bewacht wurde, die eigens für diese Aufgabe von der Ostfront eingeflogen worden waren. McIndoe war bereits klar, daß diese Burschen von einem ganz anderen Kaliber waren als die nervösen jungen Soldaten an den Straßensperren. Das waren durchtrainierte, kampferprobte Veteranen mit mehr Auszeichnungen pro Mann als jede andere Einheit der Wehrmacht. Viele von ihnen waren in Berlin sogar von Hitler persönlich geehrt worden. Ihr Stolz gründete sich auf ihre unbedingte Treue zu ihrem Land. Sie fürchteten niemanden, nicht einmal die Gestapo, und würden Ravallo ganz gewiß alles abverlangen. Wenn er sie überlisten wollte, würde er schon über sich hinauswachsen müssen. McIndoe öffnete die Augen wieder. Eigentlich war das eine besorgniserregende Vorstellung, doch irgendwie beunruhigte sie ihn überhaupt nicht. Nicht nach allem, was er am Nachmittag gesehen hatte. Wenn es einen Menschen gab, der diesen Auftrag erfolgreich erledigen konnte, dann Nicky Ravallo.

Zum erstenmal seit langem hatte er ein gutes Gefühl. War es wirklich nur ein frommer Wunsch, bei allem unterschwelligen Mißtrauen, das ihn nicht mehr zur Ruhe kommen ließ, auf ein glückliches Ende der Operation zu hoffen?

»Nun, wenn niemand dem bisher Gesagten etwas hinzuzufügen hat, ist unsere Besprechung damit beendet«, erklärte Feldmarschall Kesselring und sah in die Runde der um den Tisch versammelten Gesichter. Die anwesenden hohen Offiziere, von denen jeder einen persönlichen Adjutanten dabei hatte, waren Stabschef Marschall Deichmann, sein Verbindungsoffizier auf Sizilien, General von Senger, und Etterlin, der Oberkommandierende der Mittelmeerflotte, daneben Vizeadmiral Weichold und unmittelbar zu Kesselrings Rechten General Kurt Student. Da sich niemand zu Wort meldete, klatschte Kesselring als Zeichen seiner Zufriedenheit kurz in die Hände. »Sehr schön. Das war eine äußerst ergiebige Besprechung, und ich bin zuversichtlich, daß der Führer es auch so sehen wird, wenn ich ihm die Operation Herkules nächste Woche in Berlin erläutere. Erteilt er uns dann, wie ich fest glaube, den Marschbefehl, dann wage ich jetzt schon zu prophezeien, daß Malta binnen weniger Wochen fällt. Die immense strategische Bedeutung, die der Beherrschung des Kriegsschauplatzes Mittelmeer zukommt, brauche ich Ihnen ja wohl nicht zu erläutern. Zumindest hoffe ich das, nachdem wir in den letzten acht Stunden ausführlich darüber diskutiert haben.« Unter beifälligem Gelächter schloß er den vor ihm liegenden Ordner und lehnte sich in seinem Stuhl zurück.

»Ich nehme an, daß einige von Ihnen noch heute abend nach Rom zurückfliegen, hoffe aber doch, daß Sie noch die Zeit finden, gemeinsam mit mir zu speisen.« Im ganzen Raum gab es nicht einen Mann, der es gewagt hätte, Kesselrings Einladung auszuschlagen, selbst wenn er deswegen eine Verspätung in Kauf nehmen mußte. Aber das hatte Kesselring schon vorher gewußt. »Wunderbar!« rief er mit einem breiten Lächeln. »Ich freue mich schon darauf. Wir treffen uns auf einen Aperitif um ... sagen wir ... sieben Uhr in der Bar und gehen anschließend ins Restaurant.« Zustimmendes Gemurmel erhob sich. »Vielen Dank, meine Herren. Dann bis sieben.« Während die Versammlung sich langsam auflöste, berührte er Student leicht am Arm. »Bitten Sie Riedler herein.«

Kesselring sah von seinen Unterlagen auf, als Student wenig später mit Riedler hereinkam. Die Ehrenbezeugungen des Majors nahm er mit einem Nicken entgegen. »Das ist unsere erste Gelegenheit zu einem Gespräch seit meiner Ankunft in Palermo. Ich wollte Ihnen sagen, wie beeindruckt ich von Ihren Sicherheitsvorkehrungen bin. In dieser kurzen Zeit haben Sie hervorragende Arbeit geleistet. Ich kann Ihnen versichern, daß das nach meiner Rückkehr nach Rom nicht unerwähnt bleiben wird. Sie sind ein zu guter Soldat, um in einem Aufklärungstrupp der Infanterie an der Ostfront zu dienen. Und ich weiß, daß Feldmarschall Rommel ständig erfahrene Soldaten für seine Eliteeinheiten in Nordafrika sucht. Würde Sie das interessieren, Riedler?«

»Nur, wenn meine Leute ebenfalls nach Nordafrika versetzt würden.«

»Mit dieser bedingungslosen Treue kommt man in der Armee nicht sehr weit«, brummte Kesselring. »Ein guter Offizier weiß, wann es Zeit ist, sich einer neuen Herausforderung zu stellen.«

»Jawohl, Herr Feldmarschall.«

Kesselring hörte aus Riedlers Ton die fehlende Überzeugung heraus, zog es jedoch vor, die Sache auf sich beruhen zu lassen. Statt dessen deutete er auf eine Dame mittleren Alters, die in einer Ecke saß. »Das ist Wehrmachtshelferin Schmidt, meine Stenotypistin. Ich habe sie aus unserem Hauptquartier in Rom mitgebracht, damit sie ein Protokoll unseres heutigen Treffens anfertigen kann. Sobald ich den Raum verlassen habe, wird sie sich an die Arbeit machen. Ich möchte, daß Sie zwei Ihrer besten Leute vor der Tür aufstellen, sobald sie allein ist. Sie dürfen niemanden hereinlassen, es sei denn, es wäre mit mir abgesprochen. Und wenn ich *niemanden* sage, dann betrifft das sogar meine höchsten Offiziere oder deren Adjutanten. Falls Probleme auftreten, melden Sie das unverzüglich mir. Ist das klar, Riedler?«

»Jawohl, Herr Feldmarschall.« Riedler warf einen Blick auf die Frau. »Wie lang wird sie voraussichtlich brauchen?«

»Höchstens zwei Stunden. Sie wird den Bericht tippen, den ich nächste Woche dem Führer in Berlin vorlegen möchte. Darum ist es absolut unerläßlich, daß ihn keine unbefugte Person zu sehen bekommt.«

»Selbstverständlich, Herr Feldmarschall. Wird sie den Report Ihnen geben, wenn sie fertig ist?«

»Nein. Wir haben einen bewährten Adjutanten hier im Hotel. Sein Name ist Pizzoni. Er wird den Bericht an sich nehmen und mir persönlich überbringen. Er wird auch sämtliche Notizen, die meine Kollegen und ich während der Sitzung angefertigt haben, einsammeln und vernichten. Aber das braucht Sie nicht zu kümmern. Sie sind nur für die Sicherheit in diesem Hotel zuständig. An die Arbeit, Riedler.«

Riedler salutierte, machte auf dem Absatz kehrt und verließ den Raum.

Student sah ihm nachdenklich hinterher. »Ein guter Soldat«, meinte er.

»Vielleicht ein bißchen sentimental, was die Treue zu seinen Leuten betrifft, aber im großen und ganzen haben

Sie mit ihm eine gute Wahl getroffen.« Kesselring erhob sich. »Ich möchte, daß Sie noch hierbleiben, bis die Wachmannschaft das Zimmer abgesichert hat.« Er nahm seinen Ordner an sich und schickte sich zum Gehen an. In der Tür drehte er sich noch einmal um. »Bis sieben Uhr in der Bar.«

»Jawohl, Herr Feldmarschall.«

Kesselring fuhr sich mit den Fingern durch das schüttere Haar und nickte gedankenverloren vor sich hin. »Ja, ja, durchaus ein äußerst fruchtbarer Tag.«

Student nickte. »Die Hälfte haben wir schon geschafft, Herr Feldmarschall. Jetzt müssen Sie nur noch den Führer vom Erfolg der Operation Herkules überzeugen.«

»Ich denke, was das betrifft, können Sie sich voll und ganz auf mich verlassen, mein Lieber.« Um Kesselrings Lippen spielte ein wissendes Lächeln, als er in den Flur trat.

Leutnant Bruno Pizzoni wurde erpreßt. Und er wußte, daß er nichts dagegen tun konnte, wenn er seine Frau und seine vierjährige Tochter lebend wiedersehen wollte ...

Bei zwei scheinbar völlig unabhängig voneinander geführten Aktionen hatten die Partisanen in den letzten drei Tagen die Familien zweier auf Sizilien dienender Offiziere verschleppt und von den Vätern gefordert, sie sollten sich an Sabotageakten an zwei Eisenbahnstrecken beteiligen. Beide Offiziere hatten das ihren Vorgesetzten gemeldet und waren angewiesen worden, sich den Bedingungen zum Schein zu fügen. Freilich hatten die Partisanen die beiden vereinbarten Treffpunkte genau beobachtet und so die dort eingeschleusten Gestapoleute trotz ihrer Tarnung erkannt. In beiden Fällen war die Übergabe gescheitert und die Geiseln waren getötet worden. Zur Vergeltung hatte die Gestapo mehrere Sympathisanten der Widerstandsbewegung verhaftet und öffentlich hingerichtet.

Auch wenn Pizzoni das mitbekommen hatte, war es ihm ziemlich gleichgültig gewesen, bis er gestern abend heimkam und statt seiner Frau und seiner Tochter zwei Partisanen vorfand. Erst als sie ihm die Situation erklärten, begriff er den Zweck der anderen Entführungen. Der Widerstand hatte diese zwei Offiziere sorgfältig ausgewählt, weil sie durch und durch überzeugte Faschisten waren, von denen feststand, daß sie nie auf die Bedingungen der Partisanen eingehen würden. Aber die Forderungen waren nur eine List gewesen. Das eigentliche Ziel war ein anderes. Damit sollte Pizzoni nur bewiesen werden, daß die Partisanen nicht lange fackeln würden, wenn er den Deutschen auch nur ein Wort sagte. Die Entführungen hatten zudem verdeutlicht, wie wenig die Angehörigen der Offiziere den Deutschen galten. Und das traf Pizzoni am schwersten. Er mußte sich entscheiden, wer ihm wichtiger war – die Deutschen oder seine Familie. Angesichts der Umstände fiel ihm die Wahl nicht sonderlich schwer …

Er wählte die Nummer, die er längst auswendig kannte, und ließ es viermal klingeln. Dann legte er wieder auf. Es gab kein Zurück. Jetzt nicht mehr …

9

Niemand ging ans Telefon. Nach dem vierten Schrillen verstummte es. Das war das Zeichen, auf das sie gewartet hatten: Die Besprechung im Hotel war vorbei.

Ravallo war als erster auf den Beinen. »Ich ziehe mich gleich um.« Damit stürmte er aus dem Raum. Er war zwar in der SS-Uniform im sicheren Haus eingetroffen, hatte sich ihrer aber sofort entledigt. Jetzt brauchte er sie wieder.

»Ich gebe den anderen Bescheid«, sagte McIndoe an Stella gewandt und ging ebenfalls.

Er trat auf die Veranda. Vor dem Haus stand Schenks Limousine. Venucci, der sie hergefahren hatte, wusch sie gemeinsam mit Evans, Johnson und Hillyard. Sie trugen alle kurze Hosen, und Evans und Hillyard hatten sogar den Oberkörper entblößt. »Wie kommen Sie voran?« fragte der Schotte und lief die Treppe hinunter.

Evans, der gerade das Wagendach polierte, sah auf. »Wir sind fast fertig. Der Belag im Kofferraum hat uns einige Probleme bereitet. Er war mit Schenks Blut getränkt. Bruce und Venucci haben geschrubbt wie die Verrückten. Jetzt sieht man fast nichts mehr.«

McIndoe warf einen prüfenden Blick in den Kofferraum. Der Teppichboden lag unter einer schaumigen Seifenschicht verborgen. »Sie müssen ihn lassen, wie er ist. Wir haben soeben das Signal vom Hotel erhalten. Die Besprechung ist beendet.«

»Dann ziehe ich mich mal besser um«, meinte Johnson und warf Evans sein Poliertuch zu.

Der Waliser fing es mit der freien Hand geschickt auf. »Manche Leute haben's nicht schlecht«, brummte er.

»Wir können gern tauschen«, schlug Johnson vor.

»Mir würde es im Traum nicht einfallen, Sie um Ihren Ruhm zu bringen«, erwiderte Evans mit einem schiefen Grinsen.

Johnson, schon auf dem Weg ins Haus, knurrte eine unverständliche Antwort und verschwand.

Venucci begann, den Schaum mit einer Bürste aufzuwischen. »Und was sollen wir nun damit machen? Ein paar Blutflecken sind einfach zu hartnäckig.«

McIndoe zuckte die Schultern. »Was können wir schon tun? Aber ich sehe kein Problem. Es gibt ja keinen Anlaß für irgend jemand, unbedingt im Kofferraum nachzuschauen.«

»Und wenn die Wächter im Hotel ihn überprüfen wollen? Das Recht dazu haben sie.«

»Dann wird Nicky schon eine Erklärung einfallen, warum er naß ist. Er könnte zum Beispiel sagen, daß der Fahrer heute morgen Öl verschüttet hat.«

»Vielleicht können wir ein bißchen Öl darüber spritzen«, meinte Venucci. »Der Geruch würde die Geschichte glaubwürdiger machen.«

»Eine gute Idee«, lobte McIndoe. »Haben Sie welches da?«

»Ich gehe mal nachsehen«, sagte Venucci und warf seine Bürste in den Eimer zu Hillyards Füßen.

Hillyard stieß einen Fluch aus, weil er einen Spritzer auf die nackte Haut abbekam. Gleichwohl blickte er ihm anerkennend nach und meinte: »Ein guter Mann.«

»Sieht ganz so aus«, stimmte McIndoe zu.

Hillyard, der vor der Tür kniete, blinzelte zu dem über ihm stehenden McIndoe empor. »Sir, ich habe viel über das, was ich gestern im Bauernhaus gesagt habe, nachgedacht. Ich habe mich danebenbenommen. Mir ist klar, daß Sie lediglich Starrs Befehle ausführen, wenn Sie uns über den jeweils nächsten Schritt informieren. Ich habe mich wohl zu sehr in meine Verärgerung hineingesteigert.«

»Die ganze Operation war bisher für uns alle ziemlich frustrierend«, gab McIndoe zu. »Na gut, Ihre Worte gestern waren unklug, aber verständlich in Anbetracht der Umstände. Hauptsache, so was wird bei Ihnen nicht zur Gewohnheit.«

»Ganz bestimmt nicht«, versprach Hillyard mit einem erleichterten Lächeln.

»Dann werden Sie mal fertig. In zwanzig Minuten möchte ich Sie alle in voller Uniform und abfahrbereit sehen.«

Auf dem Weg zurück ins Haus sah McIndoe Stella mit vor der Brust verschränkten Armen am Türpfosten lehnen. Sie grinste ihn freundlich an. »Dann hat Hillyard sich wohl endlich entschlossen, seinen Stolz runterzuschlucken und sich für seinen Ausbruch zu entschuldigen?«

»Ich habe so ein Gefühl, daß Taffy nicht ganz unbeteiligt an seinem Sinneswandel war«, brummte der Schotte. »Andererseits hat Bruce noch nie zu denen gehört, die stillhalten können, wenn ihnen etwas nicht paßt.«

»Darin ähnelt er Ihnen«, meinte Stella gutmütig.

»Nur daß ich gelernt habe, meine Zunge im Zaum zu halten«, gab McIndoe zurück und folgte ihr ins Haus. »Bruce aber noch nicht. Ich sage schon lange, daß er das Zeug zu einem guten Offizier hat, aber wegen seines Hangs zur Aufsässigkeit wird man ihn nie befördern. Aber das ist nun mal seine Art. Er wird sich nicht ändern.«

Sie betraten das Wohnzimmer. »Vielleicht erleben Sie noch mal eine Überraschung mit ihm«, meinte Stella.

»Hoffentlich nicht.« McIndoe bemerkte ihren verwirrten Blick und fügte eilig hinzu: »Es ist gerade seine negative Haltung, die ihn anspornt. Würde er sie unterdrücken, ginge ein wesentlicher Teil seines Charakters verloren, und das würde seine Leistung beim Einsatz schmälern. Nein, das ist es nicht wert.«

Stella ließ sich in den Sessel vor dem geöffneten Fenster sinken. »Wenigstens ist die ewige Warterei vorbei«, seufzte sie. In den letzten vierundzwanzig Stunden waren wir ja regelrecht Gefangene. Und immer zusammengepfercht. Keiner konnte ohne Aufpasser rausgehen. Es war die reine Hölle!«

»Aber darauf hatten wir uns doch heute morgen mit Nicky geeinigt.«

»Sicher, aber das heißt noch lange nicht, daß ich so was gern haben muß. Ich hätte nie gedacht, daß zwischen drei Leuten ein solches Mißtrauen herrschen könnte.«

»Das ist nur natürlich.«

»Mich wundert bloß, daß es nicht auf die anderen abgefärbt hat.«

»Das hat es ganz bestimmt; nur steht es ihnen nicht zu, uns in Frage zu stellen.«

»Nicht einmal Hillyard?«

»Der tritt im Moment ganz vorsichtig auf und wird so schnell nicht wieder die Klappe aufreißen. Nicht solange er Angst haben muß, daß Starr ihn sich vorknöpft. Er mag keinen Respekt vor seinen Vorgesetzten haben, aber er ist nicht dumm. Er weiß genau, wie allergisch Starr auf Gehorsamsverweigerung reagiert. Außerdem wäre es nicht das erstemal, daß er sich mit ihm anlegt. Er ist schon mal von ihm abgemahnt worden. Einen zweiten Krach mit ihm würde er bestimmt nicht überstehen. Darum möchte ich den Fall nach Möglichkeit nicht melden.«

»Mein Gott, ein Riß im Panzer des unfehlbaren Sam McIndoe!« spottete Stella. »Das sieht man nicht alle Tage.«

»Sie können sich Ihre schnippischen Bemerkungen sparen«, blaffte McIndoe beleidigt zurück. »Mir gefallen diese Bedingungen genauso wenig wie Ihnen, aber Sie wissen doch auch, daß die Operation sonst zum Scheitern verurteilt wäre. Wir brauchen nur die Zügel zu lockern, und ehe wir uns versehen, sind wir von Deutschen umzingelt.«

Darauf erwiderte Stella nichts mehr. Die Arme um die Knie geschlungen, sah sie nachdenklich zum Fenster hinaus. Erst in diesem Moment bemerkte McIndoe, was für ein weiches Gesicht sie hatte. Fast kam es ihm so vor, als wäre sie wieder ein Kind geworden, das die Welt mit den Augen eines Erwachsenen sah. Sie hatte Angst. Zum erstenmal hatte sie ihm einen Blick in ihr Innerstes gestattet. Um in dieser von Männern beherrschten Welt überleben zu können, hatte sie eine Mauer um sich errichten müssen; ihr Selbstbewußtsein diente vor allem ihrem Schutz. McIndoe verspürte den Drang, sie an sich zu ziehen und ihr zu sagen, daß alles gut werden würde. Aber stimmte das? Im nächsten Moment war die Gelegenheit schon wieder vorbei. Stella stand auf und stellte sich vors Fenster.

»Soviel zum Heldentum«, sagte sie leise mit zitternder Stimme. »Früher war der Feind immer irgendwo da draußen. Ihm einen Schritt voraus zu bleiben, war da nicht besonders schwer. Aber jetzt ist einer von uns der Feind. Und ich kann nichts tun. So hilflos habe ich mich in meinem ganzen Leben noch nicht gefühlt.« Sie drehte sich zu McIndoe um. Aus ihren Augen quollen Tränen. »Diese Ungewißheit macht mich noch ganz fertig, Mac. Regelrecht fertig.«

Mit drei entschlossenen Schritten stand McIndoe vor ihr. Erst zögerte er, wagte nicht, sie zu berühren. Wie würde sie reagieren? Doch als sie zu ihm aufsah, rann eine Träne über ihr Gesicht. Da schloß er sie in die Arme und drückte sie fest an sich. Sie machte keine Anstalten, sich zu lösen. Im Gegenteil, sie schmiegte den Kopf an seine Brust. Der feine Duft ihres Parfums stieg ihm in die Nase, und er streichelte ihr zärtlich die frischgewaschenen Haare. Plötzlich näherten sich Schritte über den Flur, und die hochgewachsene, respektgebietende Gestalt Nicky Ravallos erschien auf der Schwelle.

Er war gekleidet wie ein SS-Offizier und hielt seine Mütze in der schwarz behandschuhten Hand. Als er Stella in McIndoes Armen sah, hielt er kurz inne. Aber nur kurz. Dann trat er ein und stellte sich vor den Spiegel, um sich die Mütze aufzusetzen, wie es sich für einen Sturmbannführer gehörte. McIndoe wußte, daß Stella ebenfalls Ravallo gesehen hatte, doch sie riß sich nicht los. Es war schließlich der Schotte, der sich – wenn auch widerstrebend – von ihr trennte.

»Was ist mit dir?« fragte Ravallo barsch an Stellas Spiegelbild gerichtet, während er die Mütze noch um ein paar Millimeter verschob.

»Nichts«, antwortete sie und wischte sich hastig die Augen.

Jetzt erst drehte sich der Amerikaner zu ihr um. »Menschenskind, schau dich doch nur an! Wasch dir das Gesicht, bevor die anderen dich so sehen.«

Sie blitzte ihn wütend an, fuhr sich noch einmal über die Augen und stürmte hinaus.

»Es war überhaupt nicht nötig, sie so anzufauchen«, protestierte McIndoe, sobald sie weg war.

»Ich habe Ihnen schon mal gesagt, daß sie es Ihnen nicht danken wird, wenn Sie sie wie ein Kind behandeln.«

»Ich hatte nicht das Gefühl, daß sie sich losreißen wollte, als ich sie tröstete. Vielleicht kennen Sie sie nur nicht so gut, wie Sie meinen.«

Ravallo schüttelte unwillig den Kopf. »Himmel, ich hätte es kommen sehen müssen!«

»Wovon sprechen Sie?« fragte McIndoe scharf.

»Sie haben sich doch in sie verliebt.«

»Natürlich nicht«, erwiderte der Schotte hastig. Zu hastig, wie er ärgerlich feststellte. Aber in diesem Augenblick war er sich über die Natur seiner Gefühle noch nicht im klaren. Er konnte nicht bestreiten, daß er sich von Anfang an zu ihr hingezogen gefühlt hatte. Aber ob das Liebe war? Da er im ganzen Leben noch nie wirklich verliebt gewesen war, hatte er einfach keine Vergleichsmöglichkeiten. Gut, er hatte schon öfter Freundinnen gehabt, doch je mehr er an sie dachte, desto klarer trat ihm vor Augen, daß seine Gefühle für Stella weitaus stärker waren als alles andere zuvor. Sollte es etwa stimmen, daß er drauf und dran war, sich in sie zu verlieben? Eine Frau, die er so gut wie gar nicht kannte? Plötzlich fühlte er sich total verwirrt.

Ravallo setzte sich auf die Lehne des Sessels vor dem Fenster. »Sie sind doch in sie verliebt, oder?«

»Ich mag sie, das ist alles«, sagte McIndoe vorsichtig.

»Sie sind nicht der erste, der sich in Stella verknallt hat, seit ich sie kenne. Aber Sie sind der erste, den ich als Freund betrachte. Und darum möchte ich nicht, daß Sie eine schmerzhafte Enttäuschung erleben. Ich weiß, daß sie Sie gern mag, aber nur als Freund. Verwechseln Sie Freundschaft nicht mit etwas Tieferem, Mac. Wenn Sie ihr Ihre Gefühle gestehen, gibt sie Ihnen nur einen Korb. Dann wäre aber Ihre Freundschaft gefährdet. Ist das die Sache wirklich wert?«

»Was wollen Sie mir sagen, Nicky? Daß sie daheim in

den Staaten schon jemanden hat? Einen Ehemann? Einen Verlobten?«

»Sie sollten doch wissen, daß Sie mir keine Fragen über Stellas Privatleben stellen dürfen. Das, was in ihrer Akte steht, ist streng vertraulich.«

»Mit anderen Worten: Sie ist schon gebunden.« McIndoe bemerkte ein unsicheres Flackern in Ravallos Augen. »Kommen Sie schon, Nicky, geben Sie mir wenigstens darauf eine Antwort.«

»Sagen wir es so: Ich habe meine Gründe, Sie zu warnen. Mehr kann ich Ihnen wirklich nicht verraten. Was Sie da hineinlesen, ist Ihre Sache.«

»Entweder hat sie daheim einen Scheich, oder Sie haben selbst ein Auge auf sie geworfen und wollen mich aus Ihrem Territorium verdrängen.«

Ravallo brach in ein herzhaftes Lachen aus. Dann wurde er gleich wieder ernst. Er stand auf und gab McIndoe einen Klaps auf die Schulter. »Ich fürchte, Sie haben zu viele Gangsterfilme gesehen, Mac. Wie gesagt, das Verhältnis zwischen Stella und mir ist rein beruflicher Natur. Alles andere wäre undenkbar, wo ich doch ihr Führungsoffizier bin. Ich würde mich bei jedem Auftrag, zu dem ich sie schicke, zu Tode um sie sorgen. Und glauben Sie ernsthaft, daß unsere Vorgesetzten uns beim Militärischen Geheimdienst noch zusammenarbeiten ließen, wenn sie wüßten, daß wir etwas miteinander haben? Nein, Mac, Sie machen mir nicht mein Territorium streitig, aber hören Sie auf den Rat eines Freundes: Lassen Sie es bleiben.«

»Finden Sie nicht auch, daß Stella das selbst beurteilen sollte?«

»Was beurteilen?« fragte Stella von der Schwelle. Sie hatte sich frisch gemacht, und niemand, der sie so sah, wäre auf die Idee gekommen, daß sie vorhin noch so mitgenommen gewesen war. Um ihre Mundwinkel spielte die Andeutung eines Lächelns, ihre Augen huschten zwischen den zwei Männern hin und her. »Was soll ich beurteilen?« wiederholte sie, diesmal eine Spur energischer.

Ravallo beobachtete McIndoe, der nervös von einem

Fuß auf den anderen trat. »Nun, Mac, was wollten Sie sagen?«

»Vergessen Sie's.« Der Schotte lief rot an und stolzierte aus dem Zimmer.

Stella sah ihm nach, dann wandte sie sich an Ravallo. »Was soll das Ganze?«

»Vergiß es«, brummte Ravallo und folgte McIndoe.

»Ja, warum vergesse ich euch nicht einfach?« murmelte sie vor sich hin. Auf dem Tisch entdeckte sie eine Zigarettenschachtel. Sie nahm sie an sich, doch sie war bereits leer. »Diese dämlichen Pokerspieler!« Sie zerknüllte die Schachtel, warf sie auf den Tisch zurück und stürmte hinaus auf der Suche nach einem Glimmstengel.

Während der gesamten halbstündigen Fahrt vom sicheren Haus ins Zentrum von Palermo hatte McIndoe beharrlich geschwiegen. Der Fahrer des Opel-Blitz-Truppentransporters hatte mehrmals versucht, ein Gespräch mit ihm anzuknüpfen, doch immer nur einsilbige Antworten erhalten. Schließlich hatte er verstanden und war ebenfalls verstummt.

»Wir sind da«, verkündete er jetzt und brachte den Laster zum Stehen, ohne allerdings den Motor abzuschalten.

McIndoe stieß die Beifahrertür auf und stieg aus. In seiner frisch gebügelten Uniform sah er von Kopf bis Fuß wie ein stolzer Hauptmann der Wehrmacht aus. Er ging nach hinten und schlug zusammen mit dem Fahrer die Plane zurück, unter der sie die anderen versteckt hatten. Hillyard und Evans, die ebenfalls deutsche Uniformen und die bei der Infanterie üblichen Waffen trugen, kletterten sogleich heraus. Stella hielt sich an McIndoes Hand fest, ehe sie leichtfüßig auf die Straße sprang. Selbst in Sandalen und dem unscheinbaren weiten Kleid, das sie jetzt trug, und ohne Make-up brachte sie es fertig, atemberaubend schön auszusehen. Diese Kleidung war eigens für sie ausgewählt worden, damit jeder sie für eine Einheimische hielt. Bisher verlief alles nach Plan.

»Wir laufen zwanzig Sekunden nach Ihnen los«, sagte McIndoe. »Verlieren Sie also keine Zeit.«

Stella überquerte die Straße und huschte in geduckter Haltung in eine enge Durchfahrt. Dort stieg ihr ein stechender Verwesungsgestank in die Nase. Sie hielt sich die Nase zu und beschleunigte ihre Schritte. Als sie etwa die Hälfte des Wegs zurückgelegt hatte, stieß sie auf einen Hundekadaver, der neben einem Haufen verrosteter Metalleimer lag, aus denen entsetzlich stinkender Müll quoll. Schon wollte sie sich abwenden, als sie eine Bewegung wahrzunehmen glaubte. Das mußte sie sich eingebildet haben, hielt sie sich vor, doch im nächsten Moment begriff sie, was geschehen war. Aus dem halb geöffneten Maul des Kadavers löste sich ein Klumpen sich windender Maden und fiel vor ihren Füßen zu Boden, wo er auseinanderbrach. Stella prallte entsetzt zurück. Brechreiz stieg in ihr hoch. Sie kämpfte ihn nieder und rannte weiter bis zum Ende der Durchfahrt. Dort mußte sie warten, bis sie langsam die Fassung zurückgewann.

Sie sah zu der Kirche auf der anderen Straßenseite hinüber. Ihr Augen wanderten zur Glockenstube hinauf, die laut Auskunft der Partisanen einen wunderbaren Blick auf das Hotel und die umliegenden Straßen bot. Hinter dem Fenster stand ein deutscher Soldat Wache. Wie der Priester – die Deutschen hatten ihn im Rahmen der Sicherheitsvorkehrungen für das Treffen zwischen Kesselring und den Stabschefs kurzfristig aus dem Verkehr gezogen – den Partisanen erzählt hatte, war die Kirche jetzt eine regelrechte Festung, von innen abgeriegelt und von außen bewacht. An ein Eindringen war kaum zu denken, aber sie mußten es irgendwie schaffen, wenn sie Ravallos Fortschritte verfolgen wollten. Schließlich war es notwendig zu wissen, ob er es schaffte oder nicht, um im Falle seines Scheiterns die Operation schleunigst abzubrechen und sich unbemerkt zurückziehen zu können, bevor sie noch mehr Verluste erlitten. Mit diesem Gedanken im Hinterkopf waren Stella und McIndoe auf die Idee gekommen, sich Zutritt zu der Kirche zu verschaffen …

Auf einmal hörte die Amerikanerin hinter sich Schritte, drehte sich um und sah Evans und Hillyard auf sich zustürmen. Blitzartig jagte sie über die Straße zur Kirche und begann, verzweifelt gegen das schwere Eichenportal zu hämmern und zu schreien, als ginge es um ihr Leben. Obwohl sie nicht aufzusehen wagte, wußte sie bereits, daß der Soldat in der Glockenstube sie längst gehört hatte. Wie gehetzt sah sie sich wieder um. Evans und Hillyard kamen aus dem Schatten der Gasse gelaufen. Wieder rannte sie los.

Evans legte das Gewehr auf sie an. »Stehenbleiben oder ich schieße!«

»Nicht schießen!« befahl ihm Hillyard. »Du hast doch gehört, was der Hauptmann gesagt hat. Sie soll lebend gefaßt werden.«

Stella hastete die Fassade entlang weiter. Als sie auf der Höhe der Sakristei war, hörte sie den deutschen Wachtposten den anderen zwei Männern zurufen: »Was ist denn los?«

Einen Moment lang geschah überhaupt nichts. Dann schrie Hillyard zurück: »Sie gehört zum Widerstand! Wir haben den Befehl, sie festzunehmen!«

Stella blieb unter dem Sakristeifenster stehen. Sie schaute zur Glockenstube empor, doch von hier aus war nur die Turmspitze zu sehen. Kurz entschlossen bückte sie sich nach einem Ziegel, bekreuzigte sich eilig und schleuderte den Stein durchs Fenster. Die Scheibe zerbarst mit einem Knall. Trotz der scharfen Splitter streckte sie die Hand durch das Loch und entriegelte das Fenster. Dann zog sie sich hoch und kletterte in die Sakristei.

Einen Moment lang blieb sie stehen und versuchte sich zu orientieren. Gerade wollte sie ins Kirchenschiff weiterlaufen, als die Tür gegen die Wand flog und ein deutscher Soldat mit dem Sturmgewehr im Anschlag hereinstürzte. Es war der von der Glockenstube. Der Krach unten hatte ihn aufgeschreckt. So wie es aussah, lief alles nach Plan...

Jetzt erreichten auch Hillyard und Evans das Fenster und spähten hinein. »Halten Sie sie fest!« schrie Hillyard. »Ich komme!«

»Hier kommt niemand rein!« rief der Soldat, ohne Stella aus den Augen zu lassen.

»Was soll das? Ich klettere durchs Fenster, dann können Sie sie mir übergeben, und ich führe sie ab.«

»Ohne ausdrückliche Genehmigung darf ich niemanden reinlassen. Und die kann nur mein Major erteilen.«

»Was stehen Sie da rum?« donnerte plötzlich eine Stimme. Stella sah McIndoes Gesicht auftauchen. Mit kurzen Worten erklärte Hillyard McIndoe die Situation, worauf dieser den Deutschen mit einem strengen Blick maß. »Hauptmann Strauß, 76. Infanteriedivision. Wer sind Sie?«

»Melde gehorsamst, Unteroffizier Neumann, 3. Fallschirmjägerregiment.«

»Neumann, diese Frau wird wegen einer Serie von Bombenanschlägen auf Einrichtungen der Wehrmacht hier in Palermo gesucht. Wir haben auch den Verdacht, daß ein Attentat auf Feldmarschall Kesselring während seines Besuchs geplant wurde und daß sie daran beteiligt ist. Lassen Sie sie uns gefälligst abführen, oder ich sorge dafür, daß Sie persönlich zur Verantwortung gezogen werden, falls Feldmarschall Kesselring etwas zustößt.«

Neumann schluckte nervös. »Hat man Major Riedler Bescheid gesagt, Herr Hauptmann?«

»Soviel ich weiß, wurde er heute morgen von Standartenführer Brausch, dem Kommandanten der Gestapo hier auf Sizilien, persönlich informiert.«

»Na gut, dann lasse ich Sie herein«, sagte Neumann zögernd. Er ging rückwärts zur Tür und schob, die Waffe unablässig auf Stella gerichtet, den Riegel mit einer Hand zurück.

McIndoe stürmte als erster herein. Er schnippte mit den Fingern. »Führen Sie sie ab.«

Während Neumanns ganze Konzentration noch dem ›Hauptmann‹ und der Gefangenen galt, schlich sich Hillyard unbemerkt hinter ihn, hielt ihm blitzschnell den Mund zu und stieß ein Stilett in seine Brust. Neumann war tot, noch bevor Hillyard ihn behutsam auf den Boden gleiten ließ. Dann wischte er die Klinge an Neumanns Uniformjacke ab und eilte unverzüglich in die Glockenstube. Sie hatten in ihre Planungen die Möglichkeit miteinbezogen, daß die Soldaten, die die Straßensperre weiter unten bemannten, die Verfolgung mitbekommen haben konnten. Darum mußte es nach außen hin unbedingt so aussehen, als hätte Neumann seinen Posten gleich wieder eingenommen. Zwar war Hillyard nicht ganz so groß wie der Deutsche, doch aus der Entfernung würde die Täuschung bestimmt nicht auffallen.

»Holen Sie die anderen«, sagte McIndoe an Stella gewandt. »Taffy und ich verstecken inzwischen den Toten.«

Die Amerikanerin nahm Neumanns Sturmgewehr an sich und trat in eine Gasse hinter der Kirche hinaus. Mit nach oben gereckten Daumen meldete sie dem Fahrer, der den Laster dort geparkt hatte, den Erfolg. Bei ihrer Rückkehr in die Sakristei hatten die zwei Männer den Toten bereits fortgeschafft.

Sekunden später fuhr der Laster vor dem Seiteneingang vor. Die Plane über der Ladefläche wurde zurückgeschlagen, und Venucci sprang heraus. Er trug dieselbe Uniform wie McIndoe und dazu einen Rucksack, in dem sich das Funkgerät der SOE befand. Ihm folgten zwei wie Evans und Hillyard gekleidete Männer. Als letzte verließ Gina Roetta den Laster. Was das weite Kleid und die Sandalen betraf, war sie von Stella nicht zu unterscheiden. Selbst das Haar hatte sie sich wie die Amerikanerin zu einem Pferdeschwanz zusammengebunden. Venucci schob seine Gefährten in die Sakristei und verriegelte hinter ihnen die Tür.

»Der Fahrer bringt den Laster zum Frontportal«, erklärte er McIndoe, als dieser zusammen mit Evans in die Sakristei zurückkehrte.

»Gut, Sie wissen, was Sie zu tun haben«, entgegnete der Schotte.

Mit einem Lächeln in Richtung Stella folgte die Italienerin Venucci ins Kirchenschiff. Die anderen Partisanen bildeten die Nachhut. Venucci entriegelte das Portal, dann wurde das Mädchen mit vorgehaltener Waffe zum draußen wartenden Laster gestoßen und unsanft auf die Ladefläche befördert. Sobald sich die zwei anderen neben sie gesetzt hatten, zurrte Venucci die Plane über ihnen fest, kehrte noch einmal zur Kirche zurück und knallte das Portal zu. Auf dem Weg zum Laster musterte er die kleine Schar Neugieriger, ohne sich freilich aufhalten zu lassen. Nachdem er auf dem Beifahrersitz Platz genommen hatte, fuhr der Laster in Richtung des Hotels los.

Drinnen schob McIndoe den Riegel lautlos wieder zurück und setzte sich in die letzte Bankreihe. »Sieht so aus, als ob es geklappt hätte«, brummte er.

»Das habe ich Ihnen doch von Anfang an gesagt.« Mit einem erleichterten Lächeln nahm Stella neben ihm Platz. »Aber was sollte das mit dem Attentat auf Kesselring?«

»Improvisation. Als ich merkte, daß er uns ohne Ermächtigung nicht reinlassen würde, mußte ich mir auf die Schnelle einen Bluff einfallen lassen.«

»Gott sei Dank haben wir Sie, Sir«, grinste Evans. »Ich bin leider nicht so geistesgegenwärtig, aber das ist eben der Unterschied zwischen einem Offizier und einem schweren Jungen.«

Stella legte die Stirn in Falten. »Schwerer Junge?«

»Ich war mal Panzerknacker«, erklärte Evans schmunzelnd. »Aber keine Angst, ich habe für meine Missetaten gebüßt. Jetzt führe ich in Cardiff mit meiner eigenen Firma ganz legal Sprengungen durch.« Er bemerkte, daß sie ihn schon wieder verständnislos ansah. »Cardiff liegt in Wales, Miß.«

»Ich wußte gar nicht, daß Sie ...« Ihre Stimme erstarb.

»... daß ich gesessen habe? Wie gesagt, ich habe für meine zweifelhafte Vergangenheit teuer bezahlt. Jetzt jage ich nur noch deutsche Safes in die Luft.«

»Wenn sich in der Firma jemand mit Sprengstoffen auskennt, dann er«, erklärte McIndoe.

»Ich werde daran denken, wenn ich mal die Kombination für meinen Safe vergesse«, grinste Stella.

Unvermittelt sprang McIndoe auf.

»Was ist? Haben Sie was vergessen, Sir?« fragte Evans.

»Und ob! Neumann hat doch von einem Vorgesetzten gesprochen, einem Major Riedler ...« Die anderen nickten, sagten aber nichts. »Das kann nur Hans Riedler sein. Als ich zuletzt von ihm hörte, war er Hauptmann im 3. Fallschirmjägerregiment und an der Invasion der Achsenmächte auf Kreta beteiligt. Ich weiß nicht, wieviel Sie über diesen Überfall wissen, aber die Fallschirmjäger landeten direkt unter unseren Truppen, bei Galatas. Sie erlitten schreckliche Verluste, hielten aber trotzdem durch, bis Verstärkung eintraf. Es heißt, daß Riedler nach dem Tod ihres Kommandanten die Führung übernahm. Später wurde ihm das Eiserne Kreuz mit Eichenlaub, Schwertern und Diamanten verliehen, die höchste Auszeichnung, die ein deutscher Offizier erhalten kann.«

»Das hört sich ja fast so an, als würden Sie ihn bewundern, Sir«, meinte Evans.

»Warum nicht? Der Mann ist offenbar ein wirklich fähiger Soldat, der zudem mit gutem Beispiel vorangeht.«

»Aber er ist doch bestimmt auch ein Nazi!«

»Nicht, wenn meine Informationen zutreffen. Demnach ist er eher ein Berufssoldat ohne jedes Interesse an der Politik. Mich wundert nur, daß Sie beide noch nie von ihm gehört haben.«

»Nicky kennt ihn bestimmt«, sagte Stella. »Vorausgesetzt, es handelt sich um denselben Riedler, der auf Kreta war.«

»So viele Zufälle kann es gar nicht geben. Ich würde mein Leben darauf setzen, daß er es ist.«

»Nach allem, was Sie uns über ihn gesagt haben, riskieren Sie tatsächlich einiges, wenn Sie sich mit ihm anlegen«, brummte Evans.

»Uns kann schon einiges blühen«, sagte McIndoe mit einem vielsagenden Blick auf Stella. »Aber im Moment bleibt uns nichts anderes übrig, als zu warten. Alles weitere hängt jetzt von Nicky ab.«

Ravallo war bei der letzten der Zigaretten angelangt, die er auf dem Küchentisch gefunden hatte. Er wußte nicht, wem die Schachtel gehörte, aber sie hatten sich als wertvolle Hilfe bei dem Versuch erwiesen, die von Minute zu Minute steigende Spannung zu lindern. Seit einer Stunde wartete er nun schon auf Pizzonis erlösendes Signal für das Ende der Konferenz. Dabei war es nicht so sehr die Ungewißheit über das, was da auf ihn zukam, die ihn nervös machte, sondern die elende Warterei. Daran konnte er freilich nichts ändern.

Er stand vor dem Wohnzimmerfenster eines weiteren sicheren Hauses im alten arabischen Viertel La Kalsa, ohne daß es durch die zugezogenen Vorhänge auch nur das geringste zu sehen gab. Das andere sichere Haus in der Kasr hatte er mit Johnson als Chauffeur im Stabswagen verlassen, während die anderen mit dem Transporter schon vorausgefahren waren, um ihren Teil des Plans in die Tat umzusetzen. Jetzt wartete der Stabswagen in der Garage hinter dem Haus, den Blicken einer etwaigen deutschen Patrouille entzogen. La Kalsa war schnell eine der Keimzellen des Aufstands gegen die verhaßten deutschen Besatzer geworden, deren Soldaten das Viertel regelmäßig nach Widerstandskämpfern und Sympathisanten durchkämmten. Allein schon deswegen hätte Ravallo lieber eine andere Gegend gewählt, doch dieses Haus eignete sich insofern ideal zum kurzfristigem Versteck, als es in der unmittelbaren Nähe des Hotels stand.

Ravallo war allein im Zimmer. Seit ihrer Ankunft hatte er Johnson nicht mehr gesehen. Normalerweiser war er ein kontaktfreudiger Mensch, der sich in Gesellschaft am wohlsten fühlte, aber diesmal war er ganz froh, daß er in Ruhe seine Gedanken sammeln konnte. Johnson hatte das wohl gespürt, und dafür war er ihm dankbar. Doch jetzt wollte er sich endlich dieser gewaltigen Herausforderung stellen. Und er traute sich auch zu, sie zu bewältigen, wenn nur ...

Das Schrillen des Telefons zerriß die Stille. Einmal. Zweimal. Er sog nervös an seiner Zigarette. Dreimal. Viermal. Dann nichts mehr. Das war das Signal. Er riß seine Dienstmütze an sich und stürzte zur Tür. Johnson stand bereits mit dem Wagenschlüssel in der Hand im Flur. Keiner sagte ein Wort. Es gab nichts zu sagen. Jeder wußte, was er zu tun hatte.

Mit zitternder Hand legte Leutnant Bruno Pizzoni den Hörer nach dem vierten Klingelzeichen wieder auf die Gabel. Seine Nerven lagen blank. Verzweifelt darum bemüht, sich zu beruhigen, ballte er die Hände mit aller Kraft zu Fäusten. Er konnte es sich nicht leisten, in diesem Zustand gesehen zu werden. Tief durchatmend stellte er sich vor den Spiegel und wischte sich die schweißnassen Hände am Uniformrock ab. Schließlich setzte er seine Mütze auf und verließ das Zimmer. Es lag im zweiten Stock, und er benutzte es immer dann, wenn er über Nacht in diesem Hotel eingesetzt wurde. Statt den Aufzug zu nehmen, lief er die mit rotem Teppich ausgelegte Treppe zum Erdgeschoß hinunter. Dort sah er sich um. Sein Blick begegnete dem des Portiers. Da er sein flüchtiges Lächeln nicht erwidern wollte, wanderten seine Augen weiter zu dem Soldaten, der bei der Drehtür Wache stand, und von ihm zu der mächtigen Flügeltür, hinter der der Konferenzsaal lag. Dort hatten sich zwei Wachposten, beide bewaffnet, aufgebaut. Sie ahnten nicht, was geplant war, er dagegen wußte es nur zu gut. Männer wie sie würden mitten in der Nacht bei ihm hereinplatzen und ihn zum Verhör in die Gestapozentrale an der Piazza Bologni schleifen. Ein Schweißtropfen löste sich unter seiner Mütze; er wischte ihn weg, ehe er ihm übers Gesicht rinnen konnte. Jetzt durfte er es nicht länger hinausschieben: Es war schon mehrere Minuten her, daß die Stenografin angerufen und ihm mitgeteilt hatte, daß sie mit dem Protokoll für Feldmarschall Kesselring fertig wäre.

Mit über den Marmorboden hallenden Schritten durchquerte er das Foyer. »Leutnant Pizzoni«, stellte er sich den zwei Wachposten vor und zeigte ihnen seinen Dienstausweis. Wenigstens seine Stimme hatte schneidig geklungen, tröstete er sich. Die Soldaten salutierten und ließen ihn durch. Als er die Türklinke nach unten drückte, durchströmte ihn ein Gefühl unendlicher Erleichterung. Seine

Hand zitterte nicht mehr. Er trat ein, schloß die Tür hinter sich und ging lächelnd auf die Frau zu.

Sie deutete auf einen versiegelten Ordner, der neben der Schreibmaschine lag. »Das Protokoll für Feldmarschall Kesselring«, sagte sie auf deutsch, was kein Problem für Pizzoni war, denn er beherrschte mehrere Sprachen fließend. »Feldmarschall Kesselring will, daß es ihm persönlich überbracht wird. Wenn er nicht in seiner Suite ist, finden Sie ihn entweder im Restaurant oder in der Bar.« Sie erhob sich. »Nun, ich vertraue das Dokument Ihnen an, Leutnant. Es war ein langer Tag, und ich habe mir ein heißes Bad redlich verdient. Gute Nacht.«

»Gute Nacht.« Pizzoni nahm den Ordner und drehte ihn bedächtig hin und her. Daß er versiegelt war, bereitete ihm keine Kopfschmerzen. Die Partisanen hatten ihm ein identisches Siegel gegeben, das er anbringen würde, sobald alles erledigt war. Wie sie da herangekommen waren, blieb ihm ein Rätsel. Aber das war auch nicht wichtig. Sein Auftrag lautete, den Ordner in ein bestimmtes Zimmer im zweiten Stock zu bringen, dort unter einer Matratze zu verbergen und sämtliche Notizen, die die Offiziere angefertigt hatten, zu verbrennen. Letzteres vollzog er bei jeder Konferenz, die in diesem Hotel abgehalten wurde. Normalerweise überbrachte er zuallerst die getippte Zusammenfassung dem Kommandierenden Offizier und zerstörte anschließend die handgeschriebenen Notizen der Teilnehmer. Nun, für heute sahen seine Erpresser einen anderen Ablauf vor. Wenn alles klappte, würde er bei seiner Rückkehr in das Zimmer das Siegel aufgebrochen, das Protokoll aber unbeschädigt vorfinden. Daraus zog er den Schluß, daß die Leute vom Widerstand den Inhalt der Akte lediglich fotografieren wollten, ohne daß die Deutschen etwas merkten. Wie sie den um das ganze Hotel gezogenen Sicherheitsgürtel zu durchdringen gedachten, war ihm schleierhaft. Aber das war auch nicht sein Problem.

Eilig sammelte er all die losen Zettel ein, die die deutschen Offiziere auf dem Tisch hatten liegen lassen. Sie sollte er wie immer verbrennen; nur die Notizen der Stenografin sollten verschont bleiben und später in der Mülltonne hinter dem Hotel landen. Aber wenn sie dort gefunden wurden, war die ganze Besprechung umsonst gewesen. Und so, wie er Kesselring kannte, würde dieser gewiefte Taktiker die ganze Situation mit Sicherheit neu bewerten. Das Risiko, daß womöglich unbefugte Augen die Notizen gesehen hatten, wäre für ihn unkalkulierbar. Was zur Folge hatte, daß er die in der Akte festgehaltenen Pläne ändern und ein neues Treffen würde einberufen müssen. Für Pizzoni stand fest, daß das ihn nicht nur seinen Posten im Hotel, sondern auch seinen Dienstgrad kosten mußte. Er würde seine Ehre und sein Ansehen unter den Kameraden verlieren, aber zumindest wäre seine Familie wieder bei ihm und in Sicherheit. Und das bedeutete ihm mehr als alles andere.

Ravallo machte sich keine Illusionen über die Schwere seiner Aufgabe. Zum erstenmal würde er es mit dieser Eliteeinheit der Fallschirmjäger zu tun haben, die man eigens zur Bewachung des Hotels eingeflogen hatte. Aber wenn sie eine Schwäche hatten – was unter anderen Umständen als Stärke gelten konnte –, dann war es ihre eiserne Disziplin. Und Teil dieser Disziplin war ein absoluter Respekt vor ihren Vorgesetzten. Den wollte Ravallo für sich ausnutzen, falls es notwendig sein sollte. Und wenn ihn sein Gefühl nicht trog, würde dieser Fall bald eintreten.

Schon von weitem erkannte Johnson eine Straßensperre und trat auf die Bremse, als ein Soldat die Limousine an die Seite winkte. Ravallo erfaßte mit einem Blick, daß der Mann mit einer russischen PPSh-Maschinenpistole bewaffnet war. Offenbar ein Beutestück von der Ostfront. Der Soldat baute sich vor dem Fahrerfenster auf und spähte in den Wagen. Beim Anblick Ravallos schlug er sofort die Hacken zusammen und salutierte. Ravallo erwiderte den Gruß, dann kurbelte er das Fenster herunter und zeigte dem Mann seinen gefälschten Gestapoausweis.

»Gestatten Sie mir die Frage nach dem Grund dieser Fahrt, Herr Sturmbannführer?«

»Nein, die ist Ihnen nicht gestattet«, knurrte Ravallo verärgert. »Lassen Sie mich gefälligst durch.«

»Ich fürchte, das ist ohne die nötige Ermächtigung nicht erlaubt«, antwortete der Soldat in festem, aber höflichem Ton.

Ravallo war klar, daß der Mann den Befehl hatte, niemanden, nicht einmal einen hohen SS-Offizier, zum Hotel durchzulassen. Doch jetzt war es an der Zeit, sich des in ihn gesetzten Vertrauens würdig zu erweisen. Er schnippte mit den Fingern – ein zuvor mit Johnson vereinbartes Signal für eben einen solchen Notfall. Der Engländer sprang auch sofort aus dem Wagen und hielt ihm die Tür auf. Würdevoll stieg Ravallo aus.

Der Soldat wich unwillkürlich einen Schritt zurück. Mit einer so großen, respektgebietenden Gestalt hatte er nicht gerechnet. Einen Moment lang glaubte Ravallo, ein unsicheres Flackern in seinen Augen zu bemerken, doch dann hatte sich der Deutsche schon wieder gefaßt. Ein zweiter Soldat näherte sich und salutierte, als Ravallo ihn anblickte. Der Amerikaner nahm den Gruß mit einem knappen Nicken zur Kenntnis. »Ich nehme an, Sie wissen, wer ich bin?«

»Jawohl, Herr Sturmbannführer.«

»Und doch ziehen Sie es vor, meine Vollmacht in Frage zu stellen? Ich bin allein Reichsführer Himmler verantwortlich. Wagen Sie es auch, seine Macht in Frage zu stellen?«

»Nein, Herr Sturmbannführer.« Zum erstenmal schlich sich ein ängstlicher Ton in die Stimme des Soldaten. »Aber wir müssen uns an unsere Anweisungen halten. Ohne Ermächtigung können wir niemanden durchlassen.«

»So lautet der Befehl«, bestätigte der andere.

»Nehmen Sie gefälligst Haltung an, wenn Sie vor mir stehen!« fuhr ihn Ravallo an. »Wer hat Ihnen diesen Befehl erteilt?«

»Unser Offizier, Herr Sturmbannführer. Major Riedler.«

Ravallo spürte, daß die zwei es langsam mit der Angst zu tun bekamen. Jetzt mußte er unbedingt nachsetzen. Er pflanzte sich vor dem zweiten Soldaten auf, der gehorsam die Hände an die Hosennaht genommen hatte. »Wer ist dieser Riedler überhaupt, daß Sie es wagen, seine Anweisungen höher zu bewerten als die des Reichsführers?«

»Mit Verlaub …«

»Ruhe!« donnerte Ravallo und wandte sich ab, als versuche er, seinen Zorn zu bezähmen. Sollten sie ruhig ein bißchen schwitzen. Das konnte ihm nur nützen. Mehrere Sekunden blieb er regungslos stehen, dann wirbelte er wieder zu ihnen herum. Jetzt war die Zeit reif für seinen Trumpf. Er griff in die Uniformtasche und zückte den Brief, den sie in Schenks Koffer gefunden hatten. Er war von Himmler persönlich verfaßt worden und verlieh Schenk die Vollmacht, nach eigenem Gutdünken jeden Ort auf der Insel zu betreten und zu inspizieren und all jene zu maßregeln, die sich seinem Ersuchen widersetzten – eine Drohung, die die wenigsten angesichts Himmlers Allmacht im Dritten Reich auf die leichte Schulter nahmen. »Lesen Sie das!«

Zögernd entfaltete der Soldat das Schreiben. Als er den Inhalt überflog, verlagerte er betreten das Gewicht von einem Fuß auf den anderen. Dann reichte er es Ravallo zurück und salutierte steif. »Bitte fahren Sie durch, Herr Sturmbannführer.«

»Es hat geklappt.« Als sie die Straßensperre hinter sich gelassen hatten, gestattete sich Johnson ein bei ihm selten gesehenes Grinsen und suchte Ravallos Blick im Rückspiegel.

»Fürs erste«, seufzte der Amerikaner. »Aber Sie können Gift darauf nehmen, daß sie Riedler anfunken und ihm alles berichten werden. Diese Burschen zu täuschen ist eine Sache, aber wenn Kesselring davon erfährt, wird es schon ein gutes Stück schwerer, ihm ebenfalls Sand in die Augen zu streuen.«

»Sie haben doch den Brief. Und seine Echtheit kann nicht einmal Kesselring bestreiten.«

»Aber die meine. Sie können davon ausgehen, daß er sich mit den Abläufen bei der Gestapo sehr wohl auskennt, auch wenn er von ihren Methoden nicht unbedingt begeistert ist. Sobald er anfängt, mit mir über die Gestapo zu fachsimpeln, laufe ich barfuß über Glassplitter. Ich brauche nur einmal danebenzutreten, und schon sind wir aufgeflogen. Nein, je eher wir hier rauskommen, desto besser für uns.«

»Kein Einwand, Sir.« Johnson deutete mit dem Kinn auf das nun vor ihnen auftauchende Hotel. »Wo soll ich parken?«

»Vor dem Eingang. Ein Schenk schleicht sich wohl kaum durch die Hintertür rein, oder? Jetzt, wo wir so dicht am Ziel sind, werde ich doch nicht aus meiner Rolle fallen.«

Johnson hielt direkt vor dem Haupteingang an, stellte den Motor ab und kletterte aus dem Wagen, um Ravallo die Tür zu öffnen. Sobald der Amerikaner ausgestiegen war, strich er sich als erstes die Uniform glatt, dann nahm er Schenks Aktenkoffer an sich und ging zielstrebig zur Drehtür.

Im Foyer stellte sich ihm erneut ein Soldat in den Weg. Da es jetzt auf jede Sekunde ankam, zeigte er ihm unverzüglich Himmlers Schreiben. Der Soldat salutierte und ließ ihn passieren.

In der Mitte der Halle hielt Ravallo inne, um sich zu orientieren. Dank einer Blaupause des Grundrisses, die ihm die Partisanen besorgt hatten, kannte er das Hotel bereits. Es ging nur noch darum, sich an die Details zu erinnern. Er lief weiter zum Aufzug. Zu seiner Erleichterung brauchte er ihn nicht anzufordern. Wieder waren wertvolle Sekunden gewonnen. Im zweiten Stock stieg er aus. Der Korridor war verlassen. Eilig ging er zu dem Zimmer gegenüber der Treppe und zog einen Schlüssel aus der Tasche. Noch während er aufsperrte, zückte er seine 08, doch ihm war klar, daß sie ihm wenig nützen würde, wenn die Deutschen ihn tatsächlich in eine Falle gelockt hatten.

Dann stieß er die Tür auf. Ein Blick bestätigte ihm, daß niemand dahinter lauerte. Er trat ein, verschloß die Tür hinter sich, erreichte mit wenigen Schritten das Bett und griff unter die Matratze. Seine Finger bekamen den Ordner zu fassen. Atemlos vor Aufregung nahm er ihn an sich und zerbrach das Siegel. Dann zog er eine Minox-Miniaturkamera aus der Tasche, setzte sich aufs Bett und schlug den Ordner auf. Nachdem er die ersten Seiten überflogen hatte, um das Getippte auf seine Echtheit hin zu überprüfen, machte er sich unverzüglich ans Werk.

Weil Riedler unerwartet zum Aperitif mit Kesselring und den anderen Stabschefs in die Bar eingeladen worden war, hatte kurz nach sieben Hauptmann Jürgen Franke das Kommando über die Sicherheitsvorkehrungen übernommen. Er saß hinter dem Schreibtisch des Direktors und hatte sich in die gestrige Ausgabe des *Völkischen Beobachters*, des offiziellen Organs der Nazis, vertieft, als ein Klopfen ihn störte. Fluchend legte er die Zeitung beiseite, dann rief er: »Herein!«

Einer der für die Straßensperre verantwortlichen Soldaten trat zögernd ein und salutierte.

»Was machen Sie hier, Scherl?« bellte Franke.

»Ich muß Meldung erstatten, Herr Hauptmann.«

»Warum benutzen Sie dafür nicht das Feldtelefon?«

»Ich hielt es für klüger, den Sachverhalt Ihnen oder Herrn Major Riedler persönlich zu übermitteln. Gefreiter Goetz hält weiter die Stellung.«

»Da bin ich aber froh«, erwiderte Franke ironisch. »Nun, was ist so wichtig, daß Sie es mir nicht übers Feldtelefon mitteilen konnten?«

»Sturmbannführer Schenk ist hier, Herr Hauptmann.«

Franke richtete sich jäh auf. »Hier im Hotel?« fragte er ungläubig.

»Jawohl, Herr Hauptmann.«

»Hat er einen Grund genannt?«

»Ich habe ihn danach gefragt, aber er weigerte sich, den Anlaß seines Besuchs zu nennen. Er hatte ein Schreiben von Reichsführer Himmler persönlich, das ihn ermächtigt ...«

»Ja, ja, ich weiß, was für Schreiben diese Herren mit sich führen. Er muß gekommen sein, um mit Feldmarschall Kesselring zu sprechen.«

»Das sagte ich mir auch, Herr Hauptmann.« Scherl zögerte. Noch etwas anderes schien ihn zu beschäftigen.

»Was ist?« fragte Franke, dem Scherls unsichere Miene nicht entgangen war.

»Herr Hauptmann, sollte Sturmbannführer Schenk sich über unser Verhalten an der Straßensperre beschweren, werden Sie ihm doch sicher sagen, daß wir nur unsere Befehle ausgeführt haben?«

Franke schmunzelte. »Dann hat er Ihnen wohl die Hölle heißgemacht, hm?«

»Das kann man wohl sagen. Er schrie wie ein Verrückter ... Aber das ... das soll nicht heißen, daß ich ihn für verrückt halte.«

»Ich habe schon gehört, daß er ein Choleriker sein soll«, grinste Franke. »Aber was erwarten Sie anderes von jemandem, der eine solche Machtfülle genießt?«

»Das klingt ja fast so, als würden Sie ihn beneiden, Herr Hauptmann.«

»Ich beneide ihn um die Vorrechte, die seine Aufgabe mit sich bringt, aber nicht um die Aufgabe selbst. In Berlin bekommt er immer den besten Tisch in den vornehmsten Restaurants. Und wohin er auch geht, er kann sich stets die schönsten Frauen aussuchen. Jede Nacht eine andere, wenn er will. Eine Wohnung in der besten Gegend, wahrscheinlich mit Blick auf die Spree. Erlesenste Speisen und Getränke, die uns anderen wegen der Rationierung vorenthalten bleiben. Ich weiß nicht, wie Sie denken, Scherl, ich jedenfalls hätte gegen ein solches Leben nichts einzuwenden.«

»Ich auch nicht, Herr Hauptmann.«

»Er ist auch einer der besten Degenfechter im ganzen Land, wußten Sie das?«

»Nein, Herr Hauptmann.«

»Ist er aber. An der Offiziersakademie in Bayern hat er einen Preis nach dem anderen gewonnen.«

»Kannten Sie ihn denn persönlich?«

»Das nicht. Er schloß seine Ausbildung ein paar Jahre vor mir ab, aber in der Halle hing ein Foto, das ihn zusammen mit den anderen Fechtern seines Jahrgangs zeigte.

Unser Lehrer rühmte sich damit, daß er der einzige gewesen sei, der ihm je eine Wunde beigebracht hätte – einen winzigen Schmiß unter dem linken Auge.«

Scherl schüttelte den Kopf. »Der hatte aber nichts unter dem linken Auge.«

»Wie gesagt, der Schmiß ist winzig. Wahrscheinlich haben Sie ihn nur nicht bemerkt.«

»Er hatte keinen Schmiß«, entgegnete Scherl bestimmt. »Ich muß es wissen, denn wir standen fast Fußspitze an Fußspitze, und er schrie mir ins Gesicht.«

Franke erhob sich langsam und kam um den Schreibtisch herum. »Beschreiben Sie Sturmbannführer Schenk.«

»Etwa einsfünfundachtzig groß ...«

»Das Gesicht. Nur das Gesicht. Das ist alles, was ich von ihm gesehen habe.«

»Kantig. Braune Augen. Das, was man wohl gutaussehend nennt.« Scherl zuckte die Schultern.

»Klingt eigentlich nach ihm, aber ...« Frankes Stimme erstarb. Er biß sich auf die Lippen und starrte nachdenklich auf den Teppich. Plötzlich war er sich seiner Sache nicht mehr sicher. Gut, der Schmiß war winzig, aber Scherl beharrte darauf, daß er keinen gesehen hatte. Das ergab keinen Sinn. Zumindest nicht in seinen Augen. Er fühlte sich unbehaglich, zumal sie von der Gestapo die Warnung erhalten hatten, daß möglicherweise ein britisches SOE-Team die Insel infiltrieren wollte. Und wie verschaffte man sich besser Zugang zum Hotel als in der Rolle von Schenk? Aber was war, wenn er völlig überzogen reagierte? Schenk und Riedler würden ihn abkanzeln. Andererseits hatte er als Kommandierender Offizier die Pflicht, Scherls Angaben zu überprüfen. Auch war er wahrscheinlich der einzige im ganzen Hotel, der Schenk anhand der Fotografie in der Akademie identifizieren konnte. Er bezweifelte, ob Kesselring wußte, wie Schenk aussah. Es ging nicht anders: Unabhängig von den möglichen Folgen mußte er auf sein Gefühl hören, allein schon, um sein Gewissen zu beruhigen. Er packte seine Mütze und stürmte zur Tür. Dort drehte er sich noch einmal zu Scherl um. »Alle Ausgänge werden bis auf weiteres abgeriegelt. Sturmbannführer Schenk darf das Hotel nicht verlassen, bis entweder ich oder Major Riedler mit ihm gesprochen haben. Verstanden?«

»Jawohl, Herr Hauptmann.«

»Sorgen Sie dafür, daß die Wachen an allen Ausgängen verdoppelt werden. Ich werde Major Riedler Meldung erstatten.«

Scherl salutierte und eilte hinaus. Franke trat ebenfalls in den Flur und hastete zur Bar. Dort standen überall Grüppchen von Offizieren herum, und es dauerte eine Weile, bis er Riedler am anderen Ende des Raums mit Vizeadmiral Weichold und General Student in ein Gespräch vertieft entdeckte. Riedler, der sofort bemerkte, daß sein Stellvertreter nervös um den Eingangsbereich herumstrich und verzweifelt versuchte, seine Aufmerksamkeit zu erwecken, entschuldigte sich bei den anderen und ging auf ihn zu.

»Ist Sturmbannführer Schenk schon hier gewesen?« fragte Franke.

Riedler starrte ihn verblüfft an. »Schenk? Soll das heißen, daß er hier im Hotel ist?«

»Jawohl, Herr Major.«

»Meines Wissens hat er sich noch nicht blicken lassen. Warum fragen Sie das?«

Franke erklärte ihm die Situation. »Mir ist bewußt, daß Ihnen das weit hergeholt vorkommen mag, aber ich weiß, daß Sturmbannführer Schenk einen Schmiß unter dem linken Auge hat. Vielleicht ist er Scherl nur nicht aufgefallen – obwohl er mir versicherte, daß er genau hingeschaut hat –, aber ich hielt es für das Klügste, kein Risiko einzugehen, zumal wir ja vor einer möglichen Aktion der SOE gewarnt worden sind. Es wäre eine ideale Methode, an den Straßensperren vorbeizukommen.

»Warten Sie.« Riedler kehrte an seinen Tisch zurück und flüsterte Student etwas ins Ohr. Dieser setzte sofort sein Glas ab und folgte Riedler zu Franke.

Der Hauptmann wiederholte, was er dem Major gesagt hatte.

»Er ist ganz gewiß nicht hier gewesen«, erklärte Student. »Und allein das ist schon verdächtig. Welche Gründe er auch haben mag – vorausgesetzt es handelt sich wirklich um Schenk –, so viel Höflichkeit hätten wir zumindest erwarten können, daß er sich Feldmarschall Kesselring vorstellt, bevor er seiner Aufgabe nachgeht, worin immer sie auch besteht.« Er legte Franke die Hand auf die Schulter. »Es war klug von Ihnen, die Ausgänge abriegeln zu lassen, solange wir nichts Genaues wissen.«

»Wenn es am Ende doch Sturmbannführer Schenk sein sollte, bezweifle ich, daß er das auch so sieht«, brummte Franke.

»Wir werden sagen, daß ich seine Festsetzung aus Sicherheitsgründen angeordnet habe«, erklärte Student zu Frankes grenzenloser Erleichterung. »Meine Autorität wird er wohl kaum in Frage stellen.«

Am anderen Ende des Korridors tauchte Scherl auf. Der junge Soldat holte tief Luft, dann marschierte er auf die drei Offiziere zu und salutierte. »Sie brauchen nicht strammzustehen«, meinte Riedler. »Was ist los?«

»Sturmbannführer Schenk ist im Foyer, Herr Major. Er tobt, weil man ihn daran hindert, das Hotel zu verlassen. Ich weiß nicht, wie lange die Männer ihn noch zurückhalten können, ohne Gewalt anzuwenden. Aber das wollen sie natürlich vermeiden. Noch dazu bei einem so wichtigen SS-Offizier.«

»Lassen Sie mich das übernehmen«, sagte Student an Riedler gewandt. »Ich werde ihn unter einem Vorwand ins Büro des Direktors lotsen. Das ist doch der Raum, den Sie als Einsatzzentrale benutzen, nicht wahr?«

Riedler nickte.

»Ich möchte, daß Sie und Franke hierbleiben, bis wir ihn sicher ins Büro gebracht haben. Wenig später soll Franke reinkommen und ihn identifizieren. Wenn er es ist, hat alles seine Ordnung. Dann ist ihm ja auch nichts passiert, sieht man mal von dem kleinen Kratzer an seiner Würde ab. Aber das ist ein geringer Preis für unseren Seelenfrieden. Ist er andererseits ein Hochstapler, sitzt er in der Falle. Von hier wird er nicht mehr entkommen können, um seine Kollegen, die vielleicht auch schon in der Nähe sind, zu warnen.« Er wandte sich an Scherl. »Gut, Unteroffizier, machen wir uns auf den Weg und lernen diesen Sturmbannführer Schenk kennen.«

Schon als er aus dem Aufzug getreten war und das Foyer auf dem Weg zur Drehtür durchquerte, hatte Ravallo gespürt, daß etwas nicht stimmte. Die Wachen vor dem Haupteingang waren verdoppelt worden und hatten ihn am Verlassen des Hotels gehindert. Vergeblich hatte er sie angebrüllt und bedroht; nicht einmal der Brief von Himmler hatte sie beeindruckt. Auf all seine Tiraden hatten sie nur immer stereotyp geantwortet, sie hätten Anweisung, ihn festzuhalten, bis ihr Kommandant die Sicherheitsüberprüfung persönlich vorgenommen habe. War etwas geschehen, während er den Inhalt der Akte fotografiert hatte? Ihm selbst war kein Fehler unterlaufen. Hatte etwa Pizzoni geplaudert? Aber warum waren sie dann nicht in das kleine Zimmer gekommen und hatten ihn gleich dort verhaftet? Nein, das ergab keinen Sinn. Aber was war dann der Grund für die plötzliche Abriegelung? Oder war er nur grundlos in Panik geraten? Wie auch immer, er mußte sich eine plausible Geschichte einfallen lassen, wenn er das Gebäude verlassen wollte. Er wußte, daß Johnson von draußen genau mitbekam, was sich drinnen abspielte, aber sie hatten schon vorher vereinbart, sich zu keinen überhasteten Reaktionen hinreißen zu lassen, falls er im Hotel Schwierigkeiten bekommen sollte. Er könnte natürlich die zwei Soldaten erschießen und flüchten, aber wie weit würden sie schon mit dem Stabswagen kommen? Und womöglich brachte er damit auch den Rest des Teams in größte Schwierigkeiten. Bei der Vorbereitung in Gibraltar hatte man ihn ausdrücklich vor den Risiken eines solchen impulsiven Verhaltens gewarnt. Jetzt konnte ihm nur noch sein Mundwerk weiterhelfen. Doch das war freilich leichter gesagt als getan …

»Sturmbannführer Schenk?« fragte eine Stimme hinter ihm.

Ravallos Arm schoß beim Anblick eines hohen Offiziers zum Hitlergruß in die Höhe. Dank der Fotografien von den Stabschefs in dem Dossier, das man ihm zur Vorbereitung seines Auftrags gegeben hatte, erkannte er Student auf Anhieb. Der General berührte nur den Schirm seiner Mütze und reichte ihm die Hand.

Ravallo schüttelte sie mit kräftigem Druck. »Es ist mir eine Ehre, eine Legende wie Sie kennenzulernen, Herr General«, sagte er und ließ den Charme aufblitzen, den Schenk gewohnheitsmäßig im Umgang mit Vorgesetzten an den Tag legte.

»Wir wußten gar nicht, daß Sie heute kommen wollten, Schenk.«

»Ich komme, wenn möglich, immer unangemeldet, Herr General. Das bringt meine Aufgabe mit sich.«

»Dessen bin ich mir ganz sicher«, antwortete Student mit einem freundlichen Lächeln. »Bitte begleiten Sie mich doch in mein Büro. Dort können wir ungestört sprechen.«

Ravallo sah auf die Uhr. »Bei aller Hochachtung, Herr General, ich habe es ziemlich eilig. Ich hatte hier nur einen kurzen Aufenthalt vorgesehen, um die Sicherheit im Hotel zu überprüfen.«

»Hervorragend. Es würde mich brennend interessieren, wie die Gestapo unsere Sicherheitsvorkehrungen einschätzt. Ich bin immer offen für Verbesserungsvorschläge, wenn die Lage dies erfordern sollte.«

»Selbstverständlich, Herr General.« Ravallo war längst klar, daß er keine andere Wahl hatte, als zu gehorchen. So folgte er Student in das Büro des Direktors und ließ sich auf den ihm zugewiesenen Sessel nieder.

Student nahm hinter dem Schreibtisch Platz und winkte Scherl herein, dann wandte er sich an Ravallo. »Ein Gläschen gefällig?«

»Nein, danke, Herr General.«

»Bringen Sie mir das Glas, das ich in der Bar habe stehen lassen«, sagte Student, an Scherl gewandt. Das war das Signal, Riedler und Franke zu holen und unauffällig zwei Soldaten vor der Tür zu postieren. Zwar hätte Ravallo, der mit dem Rücken zur Tür saß, sie ohnehin nicht sehen können, aber Student gehörte von Natur aus nicht zu denen, die unnötige Risiken eingingen. »Sagen Sie, Schenk«, fuhr er fort, als Scherl abgezogen war, »was halten Sie nun von unseren Sicherheitsvorkehrungen?«

»Nach allem, was ich gesehen habe, konnte ich nichts Nachteiliges feststellen, Herr General. Aber eigentlich hatte ich auch mit keinen Unregelmäßigkeiten gerechnet. Nicht, wenn ein Mann wie Sie dafür verantwortlich ist.«

»Ach, aber das bin ich ja gar nicht«, korrigierte Student. »Ich bin nur wegen der Lagebesprechung gekommen. Den Schutz der Veranstaltung haben Angehörige des 3. Fallschirmjägerregiments unter Major Hans Riedler übernommen. Sie haben vielleicht schon von ihm gehört. Er genießt hohe Ehre unter den Fallschirmjägern.«

»Gehört habe ich von ihm, aber ich hatte nie das Vergnügen, ihn persönlich kennenzulernen.«

»Wenn man vom Teufel spricht ...!« rief Student, denn in diesem Moment erschien Riedler in der Tür. Er winkte ihn herein und stellte ihn dem Amerikaner vor. Dann fiel sein Blick auf Franke, der nun ebenfalls eintrat. »Und das ist Major Riedlers Stellvertreter, Hauptmann Jürgen Franke.«

Franke grüßte. »Ich habe schon viel von Ihnen gehört, Herr Sturmbannführer. Ich war '37 in der Offiziersakademie. Sie galten als einer der besten Degenfechter, die die Ausbildung dort je durchlaufen haben.«

»Tja, das ist lange her«, seufzte Ravallo. »Leider komme ich kaum noch zum Üben.«

»Ich weiß noch, wie unser Fechtlehrer, Herr Steffenberg, Sie in den höchsten Tönen gepriesen hat«, meinte Franke.

»Steffenberg?« Ravallo runzelte die Stirn. Er überlegte fieberhaft, was im Dossier über Schenks Zeit an der Akademie gestanden hatte. »War der nicht Lehrer in militärischer Taktik? Oder meinen Sie Siegfried Preuß? Der ist dort schon seit Jahren der Fechttrainer.«

»Eins muß ich Ihnen zugestehen: Sie haben Ihre Hausaufgaben gemacht.« Franke zog seine 08 aus dem Holster und richtete sie auf Ravallo. »Das ist nicht Otto Schenk, Herr General.«

»Wie können Sie es wagen ...!«

»Mund halten!« fuhr ihn Student an, während Riedler ihm schon die Waffe abnahm. »Durchsuchen Sie ihn.«

Franke stieß Ravallo zur Wand, rammte ihm die 08 in den Rücken und tastete ihn gründlich ab. Unter dem Ärmel fand er ein Messer, das Ravallo sich an den Unterarm gebunden hatte, und in der Brusttasche die Miniaturkamera. Beides reichte er Riedler. Dann drehte er den Amerikaner grob um und riß ihm sämtliche Uniformknöpfe ab. Einer enthielt einen winzigen wasserdichten Kompaß, ein anderer eine Kapsel Zyanid. Beide legte er vor Student auf den Tisch, die anderen warf er weg.

Ravallo hatte kaum Luft holen, geschweige denn Widerstand leisten können, so schnell und gründlich hatte Franke ihn gefilzt. Binnen weniger Sekunden war seine ganze Tarnung aufgeflogen. Warum hatte dieser Franke nur gewußt, daß er nicht Schenk war? Hatte es etwas mit dieser Offiziersakademie in Bayern zu tun? Andererseits tat es jetzt wirklich nichts mehr zur Sache, wie Franke den Betrug durchschaut hatte. Es war sinnlos, den Schein zu wahren. Er wußte, daß er verloren hatte.

Student nahm die Zyanidkapsel in die Hand. »Ich glaube, Sie nennen so etwas eine L-Pille. Für wen arbeiten Sie? Den britischen Geheimdienst? Den Militärischen Geheimdienst der USA?«

Ravallo schwieg. Franke packte seine Pistole fester und rammte ihm den Lauf in den Magen. Und als der Amerikaner mit schmerzverzerrtem Gesicht zusammenklappte, riß er ihn an den Haaren hoch und zwang ihn, zu ihm aufzusehen. »Antworte dem General!«

»Franke, es reicht!« bellte Student. »Sein Fahrer sitzt vor dem Hotel im Stabswagen. Holen Sie ihn. Aber wenden Sie keine Gewalt an. Wenn seine Kollegen das Hotel beobachten, dürfen sie nicht eine Sekunde den Verdacht haben, daß etwas nicht stimmt. Sagen Sie ihm, daß Feldmarschall Kesselring Schenk auf einen Umtrunk eingeladen hat und daß er auch kommen soll. Aber keine Gewalt. Haben Sie verstanden?«

»Jawohl, Herr General.« Franke salutierte und ging.

Unterdessen stieß Riedler Ravallo in den Sessel und wich dann sofort einen Schritt zurück, damit der Gefangene nicht auf den Gedanken kam, nach seiner Pistole zu greifen. Student schob die Zyanidkapsel wieder in den Knopf und drehte die Miniaturkamera langsam hin und her.

»Wie ich bemerke, haben Sie den Film schon fast vollgeknipst. Sagen Sie, was ist darauf zu sehen?«

Schweigen.

Er zuckte die Schultern. »Na gut, wir können ihn ja bald entwickeln lassen. Aber ich tippe darauf, daß es der Inhalt des Ordners ist, der eigentlich für Feldmarschall Kesselring bestimmt war.«

»Wenn das stimmt«, fiel Riedler ein, »dann ist der italienische Adjutant am Komplott beteiligt.«

»Lassen Sie ihn holen«, brummte Student.

Riedler rief einen seiner Fallschirmjäger herein und gab Students Befehl an ihn weiter. Als der Mann gegangen war, deutete er auf Ravallos schwarze Lederhandschuhe. »Ziehen Sie sie aus.«

Der Amerikaner wußte, was Riedler dachte. Kurz überlegte er, ob er Widerstand leisten sollte, verwarf den Gedanken aber sofort. Ob mit oder ohne seine Zustimmung, sie würden ihm die Handschuhe in jedem Fall ausziehen. So streifte er sie ab und knallte sie auf den Schreibtisch. Ein kurzer Blick bestätigte es ihm: Um Riedlers Mundwinkel spielte ein zufriedenes Lächeln, als er seine bandagierte Hand sah.

Student sah den Major fragend an. »Was ist, Riedler?«

»Ich weiß, wer er ist, Herr General: Major Nicholas Ravallo vom Militärischen Geheimdienst der Vereinigten Staaten.«

»Wie kommen Sie darauf?«

»Die Gestapo hat einen Hinweis erhalten, daß er sich vor ein paar Tagen bei einem Angriff der Luftwaffe auf einen

Flugplatz in Malta die linke Hand verletzt hat, und diese Information an uns weitergegeben. Das kann nur er sein.«

»Sind Sie Major Ravallo?« fragte Student. Keine Antwort. »Wo ist Otto Schenk? Ist er tot?« Ravallo blieb stumm. »Wie erfuhren Sie von der heutigen Besprechung?« Ravallo schwieg immer noch beharrlich. »Major, Sie würden gut daran tun, sich kooperativ zu verhalten. Ansonsten müßte ich Sie der Gestapo zum weiteren Verhör übergeben. Ist Ihnen das wirklich lieber?« Keine Reaktion. Mit einem tiefen Seufzer ließ Student sich zurücksinken. »Sie werden schon noch sprechen. Ob so oder so, Sie werden reden, das garantiere ich Ihnen.«

Mit über dem Kopf verschränkten Händen erschien Neville Johnson in der Tür. Dicht hinter ihm ging Franke und preßte die Pistole in seinen Rücken. Die Knöpfe von Johnsons Uniform hatte er schon abgerissen und breitete sie zusammen mit einem Messer, das unter dem Ärmel verborgen gewesen war, auf dem Tisch aus, bevor er den Engländer auf Ravallo zustieß.

»Kein Wort«, zischte ihm Ravallo auf italienisch zu.

Student hob die Augenbrauen. »Was war das, Major?« Erwartungsgemäß erhielt er keine Antwort.« Er sah Franke an. »Hat der Fahrer Schwierigkeiten gemacht?«

»Nein, Herr General. Ich habe ihn gleich im Foyer durchsucht und sofort danach hierher gebracht.«

Student wandte sich an Johnson. »Ich nehme an, Sie wollen wie Major Ravallo auf stur schalten?« Er registrierte nicht einmal ein überraschtes Zucken, als Ravallos Name fiel. Wie er anerkennen mußte, waren diese Burschen wirklich gut. Aber es würden sich schon Mittel und Wege finden, sie zu brechen. Er nahm den Telefonhörer in die Hand und ließ sich mit Oberst Ernst Brausch im Gestapohauptquartier an der Piazza Bologni verbinden.

10

»Das gefällt mir nicht«, murmelte McIndoe.

»Wir wissen ja noch gar nicht, ob etwas schiefgegangen ist«, meinte Stella. Beide saßen mit dem Rücken gegen die Wand gelehnt in der Glockenstube. Von außen konnte sie niemand sehen.

»Nicky hätte schon vor zehn Minuten rauskommen müssen«, erklärte der Schotte. »Und warum ist Johnson ins Hotel gegangen? Das war im Plan nicht vorgesehen.«

»Er ist aber freiwillig reingegangen, Sir«, widersprach Hillyard mit einem Blick auf die leere Limousine, die immer noch vor dem Haupteingang stand. »Wenn es Schwierigkeiten gegeben hätte, hätte er sich bestimmt gewehrt, allein schon, um uns zu warnen.«

»Aber genau das ist das Kalkül der Deutschen. Sie wollen verhindern, daß wir Verdacht schöpfen. Bestimmt nehmen sie an, daß das Hotel beobachtet wird. Und gibt es eine bessere Methode, uns einzulullen, als die Sache so hinzubiegen, als wäre Neville freiwillig reingegangen? Wir wissen nicht, was dort drinnen los ist, so ist das.«

»Und warum wimmelt es dann nicht schon längst von Soldaten, wenn sie uns in der Gegend vermuten?« fragte Stella.

»Warten Sie's nur ab.«

»Ich glaube, Ihre Reaktion ist total überzogen, Sam. Was hätte denn schiefgehen sollen? Das Ermächtigungsschreiben wird bestimmt keiner anzweifeln. Nein, ich könnte mir eher vorstellen, daß Nicky mit Kesselring einen heben gegangen ist. Derart verrückte Dinge traue ich ihm jederzeit zu.«

»Da bin ich mir nicht so sicher«, brummte Hillyard und machte auf einmal den Hals lang, weil sich auf der Straße etwas tat.

»Was ist?« fragte McIndoe.

»Truppentransporter. Zwei Stück. Beide fahren in Richtung Hotel.«

»Da haben wir's schon!« McIndoe sprang erregt auf, lief zur Treppe und rannte ins Kirchenschiff hinunter. Obwohl er Evans nicht sehen konnte, wußte er, daß der Waliser vor dem Portal Wache stand. »Taffy?« zischte er. Zwar glaubte er nicht, daß man ihn draußen hören konnte, zumal auch noch die Lastwagen vorbeidonnerten, aber er wollte kein Risiko eingehen. Evans reagierte nicht. »Taffy?« wiederholte er, lauter diesmal. Endlich hörte er Schritte, und Evans tauchte auf. McIndoe bedeutete dem Waliser, ihm zu folgen, und kehrte in die Glockenstube zurück, um sich wieder neben Stella zu kauern. Seine Augen wanderten zu Hillyard hinüber. »Was ist unten los, Bruce?«

»Der erste Laster hat angehalten und steht etwa dreihundert Meter vor dem Hotel diagonal auf der Straße; der andere hat soeben die Sperre passiert und fährt auf das Hotel zu.«

»Irgendwelche Anzeichen von Truppenbewegungen?«

»Bislang nicht, Sir. Ich kann nur zwei Soldaten in der Fahrerkabine ausmachen. Auf der Ladefläche ist alles still.«

Evans kam die Treppe heraufgekeucht und ging sofort in Deckung. Mit wachsender Unruhe hörte er sich McIndoes Schilderung der Aktivitäten auf der Straße unten an. »Sie alle kennen unsere Instruktionen«, endete der Schotte. »Wir müssen die Operation abbrechen und uns zurückziehen, bevor es hier von deutschen Soldaten wimmelt.«

»Ich gehe nirgendwohin«, verkündete Stella ungerührt.

»Was soll das?« fragte McIndoe scharf. »Sie waren dabei, als Starr uns den Befehl erteilte, die Operation sofort ...«

»Zum Teufel mit Starr und seinen Befehlen. Sie wissen genau, was passiert, wenn Nicky und Johnson der Gestapo übergeben werden. Die würden sie tagelang foltern und dann umbringen. Gerade Ihnen sollte klar sein, wie abgrundtief die von der Gestapo die Spione der Alliierten hassen. Sie und Ihre Leute können ja von mir aus türmen, ich lasse jedenfalls niemanden im Stich.«

»Ich bin hier der ranghöchste Offizier, Stella«, zischte

McIndoe. Er zitterte vor Wut. »Wenn Sie meine Anweisungen nicht befolgen, stehen Sie gleich nach unserer Rückkehr auf Malta vor dem Kriegsgericht.«

Stella hielt seinem Blick stand. Ihre Augen funkelten. »Dann riskiere ich das eben.«

»Ich auch«, meldete sich Evans mit leiser Stimme. »Ich bin auf Ihrer Seite, Miß. Wir holen sie raus, bevor die Gestapo sie in die Krallen kriegt.«

»Zählen Sie mich dazu«, schloß sich Hillyard an.

McIndoe sackte in sich zusammen. »Das kommt einer Meuterei gleich, ist Ihnen das klar? Bedeutet Ihnen die Disziplin gar nichts mehr?«

»Sir, suchen Sie lieber das Weite, wenn Sie das sichere Haus erreichen wollen, bevor die Deutschen noch mehr Truppen rankarren«, riet ihm Evans ungerührt.

McIndoe starrte ihn entgeistert an. Bei Hillyard hätte er Gehorsamsverweigerung ja begreifen können, aber bei Taffy Evans? Er verstand die Welt nicht mehr. Doch sie hatten sich entschieden. Da hatte es auch keinen Sinn, sie zur Umkehr bewegen zu wollen. Nun war er an der Reihe. Entweder hielt er sich an die Regeln und schlug sich allein zum MTB durch, oder er schloß sich ihnen an und nahm in Kauf, daß sich Starrs Zorn über ihn entlud. Er steckte in einem furchtbaren Dilemma: Wenn er allein zurückging und die anderen es nicht nach Malta schafften, würde ihn das bis an sein Lebensende quälen. Bliebe er jedoch bei ihnen, würde Starr ihm wegen eigenmächtigen Handelns sämtliche Orden persönlich herunterreißen. Es könnte ihn sogar die Karriere kosten. Und das, wo man ihm in der Baker Street gerade noch eine große Zukunft prophezeit hatte. *Es ist höchste Zeit, dich zu entscheiden,* hielt er sich vor. *Machst du mit oder nicht?*

Hillyards Stimme riß ihn aus seinen Gedanken. »Es gibt Ärger.«

»Was ist los?« fragte Stella, als hätte sie bereits das Kommando übernommen.

»Zwei Gestapowagen. Sie kommen direkt auf uns zu. Und sie haben Begleitschutz. Es ist ein Panzerspähwagen 222. Ich kann schon die Zwanzigmillimeterkanone und das drehbare Maschinengewehr erkennen.«

»Offenbar wollen sie Nicky und Johnson zum Verhör in die Gestapozentrale bringen«, stieß Stella hervor.

»Hervorragend«, ließ sich McIndoe vernehmen. Alle Augen richteten sich auf ihn. Als könne er ihre Verblüffung nicht begreifen, runzelte der Schotte die Stirn. »Ja, wollen Sie sie etwa lieber aus dem Hotel rausholen?«

»Heißt das, daß Sie mitmachen?« grinste Evans.

»Ohne mich würdet ihr es ja nie schaffen«, antwortete McIndoe trocken.

»Danke, Sam«, sagte Stella mit weicher Stimme.

»Warten Sie noch mit dem Danken. Wir müssen erst noch einen durchführbaren Plan auf die Beine stellen, und zwar schnell. Sind sie erst mal in der Zentrale an der Piazza Bologni, ist es zu spät.«

»Der Plan steht bereits«, verkündete Stella. »Gianni – Giancarlo Massimo – und ich haben ihn für den Fall einer solchen Panne ausgearbeitet. Sam, Sie brauchen ihn nur anzufunken und zu sagen: *Holen Sie den Arzt.* Das ist alles. Er wird genau wissen, was zu tun ist.«

McIndoe wollte sie schon mit Fragen nach den Details bestürmen, verwarf das aber gleich wieder. Später war noch genug Zeit für Erklärungen. »Taffy, wo ist das Funkgerät?«

»Ich habe es im Gang gelassen, Sir. Soll ich es holen?«

»Nein, ich nehme von dort aus Kontakt mit ihm auf. Es dauert nicht lange.«

»Ich komme mit«, sagte Stella.

»Das ist doch nicht nötig ...« McIndoes Stimme erstarb. Ihm war wieder eingefallen, daß sie im Bauernhaus vereinbart hatten, ohne Beisein mindestens eines anderen keinen Funkspruch zu erledigen. Eindringlich wurde ihm bewußt, wie tief auch in diesem Notfall der Riß durch ihre angebliche ›Gemeinschaft‹ ging. »Taffy, Sie und Bruce warten hier.«

»Wäre es nicht klüger, wenn ich mitginge?« schlug Evans vor.

»Nein!«

»Aber wenn die Deutschen Stella in dieser Aufmachung sehen ...«

»Tun Sie, was ich Ihnen gesagt habe!«

Evans setzte schon zum Widerspruch an, biß sich aber rechtzeitig auf die Zunge. Frustriert sah er McIndoe nach, wie er Stella folgte, die bereits nach unten verschwunden war.

Standartenführer Ernst Brausch stieg erst aus, als sein Fahrer ihm die Tür aufhielt. Sein Blick verweilte bei einer Gruppe müßig herumstehender Soldaten, die auf einem Truppentransporter mitgefahren waren und jetzt auf ihre Anweisungen warteten. Hinter dem Laster entdeckte er mehrere Straßensperren, allesamt bemannt von Fallschirmjägern. In einem Radius von zweihundert Metern war die Umgebung somit hermetisch abgeriegelt. Immerhin etwas. Mit einem Fingerschnippen befahl er einen in seiner Nähe stehenden Unteroffizier zu sich. Mit ihm im Gefolge ging er ins Hotel, wo Student im Foyer auf ihn wartete.

»Haben die Gefangenen inzwischen ihr Schweigen gebrochen, Herr General?« wollte Brausch wissen.

Student schüttelte den Kopf. »Wir bringen kein Wort aus ihnen heraus. Darum habe ich Sie ja angerufen. Die Zeit läuft uns davon. Wir müssen schleunigst herausfinden, was hinter dieser Sache steckt.«

»Wir bringen sie schon zum Sprechen. Ich habe vorher noch bei Reichsführer Himmler angerufen. Er hat mir befohlen, alles, wirklich alles daran zu setzen, Sturmbannführer Schenk zu finden. Möglicherweise ist er ja schon tot, aber ich könnte mir denken, daß es dem Feind eher von Nutzen ist, wenn er lebt.«

»Wir haben bereits den italienischen Leutnant – er heißt Pizzoni – im Hotel verhaftet. Er verhält sich kooperativer als die anderen. Laut seiner Aussage haben die Partisanen gestern nacht seine Familie entführt und ihn dazu erpreßt, den Ordner mit den Invasionsplänen in einem der Zimmer abzulegen, damit Ravallo alles fotografieren kann. Allerdings glaube ich, daß er tiefer in die Sache verstrickt ist. Wie sonst hätte er von der Besprechung wissen können?«

»Auch das werden wir herausfinden, wenn Sie ihn uns zum Verhör übergeben, Herr General.«

»Nehmen Sie ihn ruhig mit. Er nützt uns nichts. Aber wenn Sie mich jetzt bitte entschuldigen würden ... Feldmarschall Kesselring und seine Stabschefs erwarten mich zu einer Lagebesprechung. Die Gefangenen werden im Büro des Direktors festgehalten. Dort wartet auch Major Riedler auf Sie. Alles weitere können Sie mit ihm erledigen.«

»Selbstverständlich, Herr General«, sagte Brausch steif.

Student nickte. »Ich möchte vollständig über jede neue Entwicklung auf dem laufenden gehalten werden. Sie erreichen mich die ganze Nacht im Hotel. Egal wie spät es ist, ich möchte umgehend informiert werden. Ist das klar?«

»Sehr wohl, Herr General.« Ein eisiges Lächeln huschte um Brauschs Lippen. »Bei den Mitteln, die mir zur Verfügung stehen, bin ich mehr als zuversichtlich, den Gefangenen die Wahrheit aus der Nase zu ziehen, bevor Sie zu Bett gehen. Sie werden friedlich schlummern können.«

»Das bezweifle ich allerdings«, entgegnete Student und entfernte sich in Richtung des Restaurants, wo Kesselring und die anderen hohen Offiziere auf ihn warteten.

Als Brausch in das Büro des Direktors trat, salutierten Riedler und Franke sofort. Er nahm es mit einem zerstreuten Nicken zur Kenntnis. Sein Interesse galt ausschließlich den drei mit Handschellen gefesselten Gefangenen in der Ecke. Er musterte sie nacheinander, setzte sich schließlich an den Schreibtisch und untersuchte mit behandschuhten Fingern den Inhalt ihrer Taschen, den man dort in drei getrennten Haufen ausgebreitet hatte. Insbesondere die Ausweispapiere, mit denen der amerikanische Geheimdienst Ravallo ausgestattet hatte, erregten sein Interesse. Ihre Authentizität beeindruckte sogar ihn. Zum Schluß entfaltete er Himmlers Schreiben und erkannte es sofort als dasjenige, das ihm Schenk gestern abend in der Gestapozentrale vorgelegt hatte. Die Hände unter dem Kinn aneinandergepreßt, lehnte er sich zurück und betrachtete noch einmal die Gefangenen.

Sein Blick verweilte schließlich bei dem Amerikaner.

»Major Ravallo, ich bin Standartenführer Ernst Brausch, Befehlshaber der Gestapo hier auf Sizilien. Aber das wissen Sie sicher längst. Ich habe wahrhaftig nicht den Wunsch, Sie unter dem Verhör zusammenbrechen zu sehen, aber wenn Sie sich weiter beharrlich weigern, unsere Fragen zu beantworten, lassen Sie mir keine andere Wahl. Und eins kann ich Ihnen jetzt schon versichern: Alles was Ihnen über unsere Verhörmethoden zu Ohren gekommen ist, trifft zu. Ob so oder so, wir filtern die Wahrheit aus Ihnen heraus. Meine persönliche Hoffnung ist, daß wir unsere Verständigungsschwierigkeiten auf zivilisierte Weise regeln können. Aber ich habe das nicht zu verantworten, oder sehen Sie das anders?«

Keine Antwort. Sein Blick flackerte zu Riedler hinüber. »Führen Sie die anderen zwei raus. Ich möchte Ravallo allein sprechen.«

Sofort riß Franke Johnson hoch und zerrte ihn zum Korridor. Riedler stieß Pizzoni hinaus und schloß die Tür hinter sich. Draußen übernahmen die zwei Wache stehenden Fallschirmjäger die Gefangenen und stellten sie mit dem Gesicht zur Wand. Aus dem Augenwinkel verfolgte Johnson, wie Franke an Riedler herantrat. Sie sprachen so leise, daß die Soldaten nichts verstehen konnten. Er mit seinem feinen Gehör dagegen bekam alles mit.

»Warum, glauben Sie, wollte er Ravallo allein sprechen?« fragte Franke.

»Ich habe keine Ahnung, und es ist mir offen gesagt auch egal. Je eher dieser Schweinehund hier abzieht, desto besser für uns alle.«

»Ich werde auch nicht traurig sein, wenn ich Ravallo endlich von hinten sehe«, stimmte Franke zu.

»Ich habe aber nicht von Ravallo gesprochen«, entgegnete Riedler, und obwohl der andere ihn entsetzt anstarrte, fügte er hinzu: »Ich weiß, daß Sie der Partei treu ergeben sind, und das ist auch Ihr gutes Recht. Sie respektieren Leute wie Brausch. Ich nicht. Und als Berufssoldat werde ich das auch nie können. Für ihn und seinesgleichen habe ich nichts als Verachtung übrig. Nun, ich nehme an, Ihre Vorgesetzten von der SS haben Sie vor Ihrer Versetzung zu dieser Einheit über meine Freimütigkeit informiert.«

»Herr Major, ich weiß nicht, wovon Sie sprechen«, erwiderte Franke verdattert.

»Wollen Sie mir etwa sagen, Sie wären nie bei der SS gewesen?«

»Wie Sie wissen, habe ich bei einer SS-Einheit in Nordafrika gedient. Aber wenn Sie mir deswegen unterstellen wollen, ich sei ein Spion, der ...« Franke schüttelte ungläubig den Kopf. »Nein, Herr Major, ich bin der zweite Kommandierende Offizier und Ihnen und der Truppe treu ergeben.«

»Da bin ich aber froh«, sagte Riedler in einem nicht gerade überzeugten Ton.

In diesem Moment ging die Bürotür auf. Brausch führte Ravallo in den Flur, übergab ihn den zwei Fallschirmjägern und trat auf Franke und Riedler zu. »Vor dem Aufbruch von Malta wurden Ravallos Kollegen angewiesen, die Operation unverzüglich abzubrechen, falls einer gefangengenommen werden sollte. Ich vermute, daß sie die Umgebung bereits verlassen haben und mit eingekniffenem Schwanz in Richtung Malta verschwunden sind.«

»Hat Ravallo Ihnen das gesagt, Herr Sturmbannführer?« fragte Franke.

»Das braucht Sie nicht zu bekümmern«, wies ihn der andere zurecht. »Im Hinblick auf diese Information habe ich jedoch bereits die Sicherheitskräfte an sämtlichen Bahnhöfen, Straßensperren und Häfen verstärken lassen. Sie werden nicht weit kommen.« Er befahl die Wächter der Gefangenen mit einem Fingerschnippen zu sich. »Führen Sie sie ab. Aber ich will, daß Ravallo bei mir im Wagen sitzt. Dort können wir uns in aller Ruhe unterhalten.« Er wartete, bis die Männer gegangen waren, dann wandte er sich noch einmal an Riedler. »Sie können davon ausgehen, daß die schweren Mängel bei den Sicherheitsvorkehrungen noch ein Nachspiel haben werden.«

»Warum nicht«, entgegnete der Major. »Ich weiß, daß ich nichts zu befürchten habe.«

»Das freut mich zu hören, denn ich beabsichtige – mit Feldmarschall Kesselrings Einverständnis –, eine Gestapoeinheit von außen heranzuziehen, am liebsten aus Berlin. Dann können Sie alles denen erklären.«

»Wie gesagt, ich habe nichts zu verbergen. Auch kann ich mir beim besten Willen nicht vorstellen, wie meine Leute Ravallo als Hochstapler hätten durchschauen können. Ja, wäre Franke nicht so aufmerksam gewesen, wäre er noch entkommen. Ich denke, die Ermittlungen werden sich eher um die Frage drehen, wie es dem Widerstand gelingen konnte, ein persönliches Schreiben des Reichsführers an sich zu bringen, das seinem Besitzer uneingeschränkten Zugang zu allen militärischen Einrichtungen hier auf Sizilien garantierte. Man hätte eigentlich von der Gestapo erwarten können, daß sie Vorbeugungsmaßnahmen ergreift und uns zumindest eine Fotografie von Schenk zur Verfügung stellt, zumal sie uns schon vorher vor einer möglichen SOE-Operation gewarnt hat. Aber, wie gesagt, ich befürworte jede Untersuchung, wer sie auch anstellen mag.«

»Ich habe viel von Ihnen gehört, Riedler«, schnaubte Brausch. »Von Ihrer Mißachtung der Befehle von oben zum Beispiel. Nach dem Angriff auf Kreta letztes Jahr mögen Sie in bestimmten Kreisen als Kriegsheld gelten, aber mich kann das nicht beeindrucken. In meinen Augen sind Sie ein gewöhnlicher Soldat, und, um ehrlich zu sein, mag ich weder Sie noch Ihre Einstellung.«

»Glauben Sie mir, dieses Gefühl beruht ganz auf Gegenseitigkeit.« Riedlers Blick senkte sich auf das Eiserne Kreuz über Brauschs Brust. »Ich kann mich noch gut an eine Zeit erinnern, in der man sich seine Orden für besondere Tapferkeit unter Einsatz des eigenen Lebens im Kampf ums Vaterland verdienen mußte. Seitdem hat sich zweifellos viel geändert. Berlin nimmt es heute offenbar nicht mehr so genau mit den Kriterien für seine Auszeichnungen.«

»Ich habe diesen Orden für meine Beteiligung an der Räumung des Warschauer Ghettos erhalten«, entgegnete der andere empört.

»Stimmt. Die Heldentaten der Gestapo während des Polenfeldzugs sind mir zu Ohren gekommen. Sie haben wehrlose Zivilisten zusammengetrieben und vor den Augen ihrer Angehörigen hingerichtet. Sie müssen unbändig stolz auf sich sein.«

»Diesen Ton lasse ich mir von Ihnen nicht bieten!« Brausch zitterte vor Wut am ganzen Leib. Er schnappte mehrmals nach Luft, ehe er die Fassung wiedererlangte. »Diesmal sind Sie zu weit gegangen. Ich werde dafür sorgen, daß Sie wegen Beleidigung eines höheren Offiziers vors Kriegsgericht kommen. Das wird Sie den Kopf kosten, Riedler, das schwöre ich Ihnen.«

»An Ihrer Stelle würde ich mich eher um meinen eigenen sorgen. Verbessern Sie mich, wenn ich mich täusche, aber meines Wissens wären Ihre Leute für Schenks Sicherheit zuständig gewesen. Falls das zutrifft, sind Sie kläglich gescheitert. Und nach allem, was ich über den Reichsführer gehört habe, ist er über Unfähigkeit in den eigenen Reihen alles andere als erbaut. Unser nächstes Wiedersehen könnte durchaus an der Ostfront stattfinden. Wer weiß, vielleicht erhalten Sie dort sogar Gelegenheit, sich Ihren Orden zu verdienen.«

Brausch funkelte Riedler böse an. Unvermittelt drehte er sich um und stolzierte mit im Foyer widerhallenden Schritten davon. Danach herrschte völlige Stille.

Franke starrte Riedler entgeistert an. Schließlich brach er das Schweigen. »Herr Major, Ihnen wird womöglich das Kommando entzogen, falls Standartenführer Brausch tatsächlich Meldung erstattet. Kein Kriegsgericht würde einen solch aufsässigen Ton einem Vorgesetzten gegenüber dulden.«

»Brausch ist erledigt, und das wissen Sie. Es wird bei der anstehenden Untersuchung zu sehr damit zu tun haben, den eigenen Kopf aus der Schlinge zu ziehen, als daß er noch eine Beschwerde gegen mich einreichen könnte. Aber selbst wenn er das versuchen sollte, stünde immer noch sein Wort gegen das unsere. Das Kriegsgericht würde dahinter nicht viel mehr als den letzten Befreiungsschlag eines frustrierten Offiziers sehen, dem alle Macht zu entgleiten droht.« Riedler sah Franke unverwandt in die Augen. »Es sei denn, Sie wollen lieber gegen mich aussagen und Ihre bisher geübte Treue zu Ihrem Kommandierenden Offizier aufgeben.«

Franke lächelte leise vor sich hin. Dann sah er abrupt auf und begann in gewollt devotem Ton zu sprechen: »Euer Ehren, ich fiel aus allen Wolken, als ich von Standartenführer Brauschs Dienstaufsichtsbeschwerde gegen Major Riedler erfuhr. Ich war doch bei dem fraglichen Gespräch zugegen und hörte während der ganzen Zeit von Major Riedler nicht ein Wort, das einen solchen Schritt gerechtfertigt hätte. Allerdings kann ich mich erinnern, wie Standartenführer Brausch einmal sagte, daß er Major Riedler nicht mag. Es liegt mir fern, darüber Spekulationen anzustellen, aber könnte diese Anzeige nicht die Trotzreaktion eines verbitterten Mannes sein, zumal eine interne Untersuchung der Gestapo ergeben hat, daß seine Männer nicht in der Lage waren, Sturmbannführer Schenk vor einem Anschlag zu schützen?«

»Sie haben sich soeben als Kronzeuge der Verteidigung zu erkennen gegeben«, sagte Riedler lächelnd. »Jetzt aber an die Arbeit. Wir haben noch viel zu tun.« Damit drehte sich Riedler um und ging.

Frankes Lächeln gefror. Riedler wußte also, daß er ihn im Auftrag der SS ausspionierte. Eins konnte der Major allerdings nicht ahnen: daß er jeden Monat einen Bericht über seinen Kommandierenden Offizier nach Berlin sandte und Riedlers Verachtung für die Parteihierarchie und die Kampforganisationen Gestapo und SS in Berlin inzwischen als gefährlich und wehrkraftzersetzend eingestuft wurde. Jetzt endlich hatte Franke die nötige Munition in der Hand, um Riedler abzuschießen. Er hatte persönlich miterlebt, wie ein Ranghöherer von dem Major beleidigt wurde. Seine Aussage mußte Brauschs Beschwerde zusätzliches Gewicht verleihen, so daß die Berliner Behörden gar keine andere Wahl haben würden, als Riedler vor ein Kriegsgericht zu stellen. Anders als bei seinen bisherigen Konflikten würde sich dieses Gericht nicht mehr von all den Lobhudeleien seiner Vorgesetzten blenden lassen. Und dann würde Franke seine Trumpfkarte ausspielen – im Dienste der Anklage. Aber das war noch nicht alles. Ihm winkte ein hoher Preis. Für den Fall, daß er seinen Auftraggebern den benötigten Beweis gegen Riedler lieferte, hatten sie ihm das Kommando über das 3. Fallschirmjägerregiment versprochen. Und das hatte er jetzt so gut wie in der Tasche ...

»Sie haben ja wirklich alles bis ins kleinste geplant«, gab McIndoe verdrießlich zu, nachdem Stella ihre Strategie zu Ravallos und Johnsons Befreiung umrissen hatte.

»Es ist alles andere als idiotensicher, aber zu etwas Besserem hat die Zeit nicht gereicht.«

»Hätten Sie mir denn nicht wenigstens Bescheid sagen können? Immerhin bin ich in Nickys Abwesenheit der Kommandierende Offizier.«

»Aber ich weiß doch, daß Sie sich immer genau an die Vorschriften halten ... Na ja, bisher zumindest. Darum konnte ich es nicht riskieren, Sie einzuweihen ...«

»Da hat sie recht«, schaltete sich Evans ein. »Hand aufs Herz, Boß, am Anfang waren Sie nicht gerade Feuer und Flamme für ihren Vorschlag.«

»Glauben Sie mir«, knurrte McIndoe, »ich habe immer noch meine Vorbehalte. Aber es ist leider nicht so, als ob ich in dieser Angelegenheit noch eine Wahl hätte. Ich bin verloren, wenn ich versuche, mich allein quer über Sizilien zum Boot durchzuschlagen. Das würde ich nie schaffen.«

»Geben Sie's zu, Sir«, grinste Evans. »Sie wollen ganz einfach den Spaß nicht verpassen.«

»Spaß nennen Sie das?« fragte McIndoe streng. Ohne eine Antwort abzuwarten, wandte er sich Hillyard zu. »Was tut sich unten, Bruce?«

»Bis jetzt nichts. Die Soldaten sind vom Transporter gesprungen, stehen aber im Moment bloß herum.«

»Ich schätze, sie warten noch, aber sobald die Gestapo das Hotel verlassen hat, werden sie sicher die Umgebung durchkämmen«, spekulierte Stella. »Hoffentlich bleiben sie auch weiter zusammen. Dann können wir sie leichter in einen Hinterhalt locken.«

»Die Partisanen haben also schon Stellung bezogen?« fragte McIndoe.

»Die sind schon seit zwei Stunden bereit, zuzuschlagen. Ich habe es ja vorhin schon gesagt: Sie wissen genau, was sie zu tun haben, wenn es so weit ist. Probleme werden uns höchstens die zwei deutschen Stabswagen bereiten. Den Rest können wir getrost den Partisanen überlassen. Und wenn die Deutschen Verstärkung schicken, sind wir längst über alle Berge.«

»Jetzt ist Bewegung in sie gekommen«, meldete Hillyard. »Brausch ist soeben aus dem Hotel getreten und steigt in den zweiten Stabswagen.«

Stella nickte McIndoe und Evans zu. »Also los.« Sie folgte ihnen die Treppe hinunter, um sich auf dem Absatz noch einmal zu Hillyard umzudrehen. »Sie wissen, was Sie zu tun haben?«

»Die zwei Posten an der Straßensperre ausschalten, sobald die Partisanen angreifen, und Ihnen dann den Rücken freihalten.« Hillyard runzelte besorgt die Stirn. »Sind Sie auch wirklich sicher, daß die Partisanen mich für keinen Deutschen halten? Ich will nämlich von ihren Heckenschützen keine Kugel in den Rücken kriegen.«

»Wie oft soll ich es Ihnen denn noch sagen, Bruce? Sie wissen genau, daß Sie zu uns gehören.«

»Gebe Gott, daß Sie recht haben.«

»Jede Sekunde kann jetzt die Hölle los sein.« Stella benetzte sich nervös die Lippen. Die Spannung steigerte sich ins schier Unerträgliche.

»Na, dann verpassen wir wenigstens unseren Einsatz nicht«, brummte McIndoe.

»Darauf können Sie Gift nehmen«, entgegnete Stella. »Viel Glück Ihnen beiden.«

Um seine Nervosität zu kaschieren, bedachte McIndoe

sie mit einem hastigen Lächeln. »Glück ist was für Amateure, hat mir Nicky gesagt.«

»Im Moment hätte ich gegen Ihr Glück nichts einzuwenden«, gestand Evans. »Ich habe so ein Gefühl, daß wir es dringend brauchen werden.«

Ravallo bemerkte einen Anflug von Nervosität in Brauschs Miene, als der eigens für die Gestapo gefertigte Panzerspähwagen *Sonderkraftfahrzeug* 222 an der Spitze des kleinen Konvois abrupt bremste. Aus einer Seitengasse war unvermutet ein Pferd getrottet. Es zog einen wackeligen Holzkarren hinter sich her. Die Zügel hielt ein alter Mann mit flacher Mütze und abgewetzter Jacke. Daß er einem Panzer über den Weg gefahren war, schien der Alte erst zu merken, als die Luke hochgeklappt wurde und ein Unteroffizier ihn wütend aufforderte, schleunigst Platz zu machen.

Ravallo hatte die Hoffnung auf einen Hinterhalt schon aufgegeben – schließlich hatte der Rest des Teams den Befehl erhalten, die Operation im Falle seiner Ergreifung sofort abzubrechen. Außerdem entspannten sich Brauschs Züge langsam wieder. Mit einem Blick ringsum hatte er sich vergewissert, daß unmittelbar keine Gefahr drohte. Gleichwohl hielt er die Pistole fest in der behandschuhten Hand, und seine Augen schossen weiter hin und her, während der Unteroffizier immer noch den alten Kutscher beschimpfte, der sich jetzt verzweifelt bemühte, das Pferd in die Gasse zurückzutreiben. Auf einmal sah Ravallo vier deutsche Soldaten aus dem Schatten der Gasse auftauchen und auf den Alten zulaufen. Einer von ihnen trug die Uniform eines Hauptmanns, doch sein Gesicht war unter der Schirmmütze nicht zu erkennen.

Brausch kurbelte das Fenster herunter und schrie dem Offizier zu, er solle die Straße räumen. Prompt drehte der Mann sich um und salutierte. Und jetzt sah Ravallo sein Gesicht. Erst dachte er, er müsse sich getäuscht haben. Er hätte schwören können, daß das Venucci war. Dann fiel für einen Moment das Licht der Straßenlaterne auf den Mann. Es *war* Venucci.

Ravallo überlegte fieberhaft, wie es jetzt weitergehen würde. Zuallererst durfte er sich seine Aufregung nicht anmerken lassen. Mit ausdrucksloser Miene sah er zu, wie Venucci den Kutscher zu sich winkte. Einer der Soldaten half dem Alten hinunter, doch als er sich in die Gasse verzog, wirbelte Venucci mit gezogener Waffe zum Panzer herum und erschoß den Unteroffizier. Aus dem Schatten sprang nun ein anderer Partisan zu dem Panzerfahrzeug, warf eine entsicherte Handgranate durch die Luke, knallte die Luke zu und jagte zurück in die Deckung.

Brausch brüllte seinem Chauffeur den Befehl zu, rückwärts zu fahren, als bereits der Boden unter ihnen bebte und der Panzer explodierte. Die Wucht der Detonation sprengte die Luke, und eine dicke Rauchwolke stieg in den Himmel. Jetzt eröffneten die hinter Fensterläden und auf Dächern verborgenen Partisanen das Feuer. Plötzlich hagelte es Geschosse auf die hilflosen Deutschen, die noch immer um die beiden Laster verteilt waren. Binnen Sekunden verwandelten die in ohrenbetäubendem Stakkato widerhallenden Salven die Straße in ein Schlachtfeld. Ravallo drehte sich um und bekam mit, wie der Fahrer des anderen Wagens in höchster Verzweiflung den Rückwärtsgang einlegte, während gleichzeitig die zwei Fallschirmjäger, die die Straßenblockade bewacht hatten, auf die Kirche zusprinteten. Einer von ihnen stolperte, preßte beide Hände an die Brust und stürzte auf die Knie. Sein Gesicht war zu einer Maske fassungslosen Staunens erstarrt. Langsam kippte sein lebloser Körper auf das Pflaster. Sein Kollege wirbelte herum, doch bevor er auf das Fenster zur Glockenstube feuern konnte, wurde auch er getroffen. Er taumelte nach hinten, als eine zweite Kugel ihm die Brust zerriß. Ravallo hatte keine Ahnung, wer da geschossen hatte, aber es war ein verdammt guter Schütze.

Endlich war es dem Fahrer gelungen, den Wagen zu starten, und sie schleuderten mit quietschenden Reifen rückwärts durch die Straße. Dann sah Ravallo, wie die Kirchentür aufflog und McIndoe, Stella und Evans die Treppe hinunterrannten. Evans brachte den ersten Wagen mit zwei Schüssen in die Hinterradreifen zum Stehen.

»Bringen Sie uns hier raus!« brüllte Brausch seinen Fahrer an. Zu spät. Schon spürte Ravallo, wie der Wagen rumpelte. McIndoe hatte die vorderen Reifen zerschossen. Im nächsten Moment war das Auto vollends manövrierunfähig. Stella hatte die Hinterradreifen getroffen.

Ravallo bekam mit, wie der Fahrer und der Offizier im anderen Wagen die Türen aufrissen, sich dahinter verschanzten und das Feuer erwiderten. Stella und Evans blieb nichts anderes übrig, als sich in die Kirche zu retten. Dort, wo sie soeben noch gestanden hatten, rissen Kugeln Kerben in die Steinstufen.

Unterdessen hatte sich McIndoe in die Gasse geflüchtet, wo ihn der Fahrer mit Dauerbeschuß aus seiner MP in Schach hielt. Doch plötzlich taumelte der Deutsche mit einem gellenden Schrei aus der Deckung. Eine Kugel hatte ihn in die Schulter getroffen. Sofort hechtete McIndoe nach vorne und durchsiebte ihn mit einer Geschoßgarbe.

Ravallo bemerkte, wie der deutsche Offizier entsetzt zur Glockenstube starrte. Er hatte seine Maschinenpistole noch nicht herumgerissen, als ihm eine Kugel die Stirn durchschlug. Jetzt krabbelte Pizzoni aus dem Wagen heraus. Ravallo verfolgte, wie der Italiener in panischer Angst um sich blickte und dann, so schnell es seine Handschellen zuließen, zur Gasse rannte. Plötzlich stellte sich ihm eine Gestalt in den Weg. Stella? Sein Auge wanderte zur Kirchentür hinüber, wo sie vorhin noch gestanden hatte. Sie war immer noch dort. Wer immer diese Frau war, sie trug exakt dieselben Kleider wie seine Partnerin. Er hörte sie dem immer noch weiterrennenden Pizzoni eine Warnung zurufen. Mit einem Schlag fiel es ihm wie Schuppen von den Augen. Gina Roetta. Pizzoni achtete nicht darauf und rammte sie mit der Schulter zu Boden. Dabei wäre er fast gestürzt, rappelte sich aber sofort wieder auf und lief weiter. Da hob Gina ihre Maschinenpistole und richtete sie auf den Fliehenden. Diesmal streckte sie ihn ohne Warnung mit einem Schuß in den Rücken nieder.

»Tür zu!« befahl Brausch seinem Fahrer und rammte Ravallo seine Pistole in die Rippen. »Hier drinnen können sie uns nichts anhaben. Wir verschanzen uns, bis die Verstärkung da ist.«

»Dann beten Sie mal, daß Ihre Leute bald kommen«, höhnte Ravallo.

»Die Karosserie ist gepanzert, und die Fenster sind kugelsicher«, erwiderte Brausch. »Aber wenn Ihre Freunde es trotzdem versuchen, sind Sie der erste, der stirbt.«

»Herr Standartenführer!« schrie der Fahrer, als er sah, wie sich McIndoe und Evans mit ihren Waffen im Anschlag seiner Tür näherten.

Ravallo erkannte das schwarze Schächtelchen, das von Evans' linker Schulter herabbaumelte, auf den ersten Blick. Es war eine Bombe, die den Sondereinheiten zur Sprengung von Autos, leichten Panzern und kleinen Booten diente. Er war sich nicht sicher, ob die Ladung für die Panzerung des Stabswagens ausreichen würde, aber dann sagte er sich, daß die Deutschen es genausowenig wissen konnten. Evans plazierte die Bombe mit der magnetischen Unterseite an der Fahrertür und schob vorsichtig zwei gelbe Stifte durch die dafür vorgesehenen Löcher. Dann drückte er die Kupferröhrchen an der Spitze der Stifte zusammen. Damit zerbrachen die darin befindlichen Glasfläschchen mit dem Sprengstoff. Der Zeitzünder tickte. Evans drehte sich zu McIndoe um und reckte den Zeigefinger in die Höhe. Darauf rannten beide in geduckter Haltung davon, während um sie herum unentwegt weitergeschossen wurde. Ravallo wußte allerdings, daß es für die Zeitbomben Stifte in insgesamt sechs verschiedenen Farben gab, wobei die gelben die Explosion erst nach sechs Stunden auslösten. Demnach bluffte Evans ganz offenbar. Die Frage war nur: Würde der Trick klappen?

»Herr Standartenführer, wenn das losgeht ...«

»Sie werden das nie wagen!« fuhr Brausch dem Fahrer wütend über den Mund und wischte sich den Schweiß von der Stirn. »Und wenn sie trotzdem sprengen, dann wissen sie, daß ich Ravallo töten würde, bevor sie ihn kriegen könnten. Aber sie haben nicht soviel riskiert, um ihn jetzt sterben zu lassen.«

»Eher würden sie mich töten, bevor sie Sie und Ihre Metzger im Verhör an mich heranließen«, spottete Ravallo.

»Mund halten!« zischte Brausch und drückte Ravallo die 08 noch fester in die Rippen.

»Herr Standartenführer, wir können hier doch nicht einfach so rumsitzen! Wir müssen raus, bevor die Bombe hochgeht.«

»Sie bleiben, wo Sie sind. Das ist ein Befehl!«

Der Fahrer starrte nervös Brauschs entschlossenes Gesicht im Rückspiegel an. »Herr Standartenführer, wir sollten ...«

»Kein Wort mehr!« fuhr ihm Brausch über den Mund. Gleichwohl hatte er zu keuchen begonnen. Sein Blick flakkerte zu McIndoe und Evans hinüber. »Kapieren die denn nicht, daß der Wagen gepanzert ist? Sie kommen unmöglich rein.«

»Warum machen Sie sich dann solche Sorgen?« fragte Ravallo.

»Wenn das Ding scharf ist, dann bringe ich Sie um! Ich schwöre Ihnen, ich bringe Sie um!«

»Und ich hatte gedacht, ich wäre Ihre Lebensversicherung. Daß ich mich so täuschen konnte ...«

»Ich will hier nicht bleiben!« kreischte der Fahrer und fummelte panisch am Türgriff herum.

Brausch richtete die Pistole auf ihn und schoß ihm in den Rücken. Lautlos kippte der Mann zur Seite, direkt gegen die Tür. Weil er sie schon halb geöffnet hatte, sprang sie ganz auf, und er fiel auf die Straße. Das war Ravallos Chance. So fest er konnte, gab er Brausch einen Kopfstoß auf die Nase. Einem Knirschen folgte ein gräßlicher Schrei. Ravallo hatte Brausch das Nasenbein zertrümmert. Schon quoll Blut aus seinen Nasenlöchern. Im ersten Schock ließ der Deutsche die Pistole fallen. Zwar bückte er sich sofort danach, doch als er sie aufheben wollte, stampfte Ravallo ihm mit dem Absatz auf den Handrücken. Erneut brüllte der Deutsche vor Schmerz. Mit der freien Hand schlug er nach

Ravallo und traf ihn auch, doch als er die Waffe an sich reißen wollte, bemerkte er, daß Stella und McIndoe vor der offenen Tür standen und mit ihren Maschinenpistolen auf ihn zielten. Langsam hob er die Hände und richtete sich auf. Mit einem vor allem zufriedenen und nicht so sehr triumphierenden Lächeln musterte Ravallo ihn von der Seite. Brausch blitzte ihn haßerfüllt an. Doch sein Kampfeswille war gebrochen.

Stella sperrte die hintere Tür auf. Nachdem sie Ravallo aus dem Wagen geholfen hatte, bedeutete sie Brausch, ihm zu folgen. Der Deutsche rutschte auf die andere Seite hinüber und kletterte vorsichtig auf die Straße. Kaum stand er, glitt seine Hand in die Jackentasche.

»Denken Sie nicht mal dran!« McIndoe stieß ihm den Lauf seiner Maschinenpistole in den Bauch. »Beide Hände auf den Kopf legen und nicht von der Stelle rühren!«

Brausch deutete auf sein blutüberströmtes Gesicht. »Ich wollte nur ein Taschentuch.«

»Die Hände bleiben oben«, wiederholte McIndoe, und der Deutsche gehorchte. »Wo sind die Schlüssel für die Handschellen?«

»In meiner Uniformtasche«, antwortete Brausch in kaltem Ton.

Es war die Wahrheit. Stella fuhr mit der Hand in die Tasche und brachte die Schlüssel an sich. Nachdem sie Ravallo befreit hatte, warf sie den Schlüssel Evans zu, damit dieser Johnson helfen konnte, der in der Kirche Deckung gesucht hatte. Unterdessen angelte Ravallo Brauschs Pistole aus dem Auto.

»Ich bin Standartenführer Ernst Brausch, und als Ihr Gefangener bestehe ich auf einer Behandlung unter den Bedingungen der Genfer Konvention ...«

»Einen Teufel werde ich tun, du Scheißkerl!« knurrte Ravallo und drückte ihm die 08 an die Schläfe.

»Nein, Nicky, nicht ... !« schrie McIndoe. Er wollte ihm die Pistole entwinden, doch da hatte Ravallo schon abgedrückt. Instinktiv riß er sich die Hand vors Gesicht, konnte aber nicht verhindern, daß er mit Blut vollgespritzt wurde. Voller Entsetzen sah er, wie die Wucht des Schusses Brausch gegen den Wagen schleuderte und der Deutsche zusammensackte. Heftig mit Armen und Beinen zuckend blieb er liegen, während sich um seinen Hinterkopf eine Blutlache ausbreitete. Dann hörte sein Körper zu zucken auf, und sein Kopf rollte zur Seite.

»Menschenskind, Sie haben ihn kaltblütig erschossen!« stieß McIndoe ungläubig hervor. In seinem Schock merkte er gar nicht, daß er unwillkürlich englisch gesprochen hatte. Als er fortfuhr, war seine Stimme lauter. Und wütender. Aber er sprach wieder deutsch. »Wir hätten ihn als Geisel benutzen können, um hier rauszukommen. So nützt er uns einen Dreck! Was, zum Teufel, ist nur in Sie gefahren, Nicky? Sie sind um keinen Deut besser als die Deutschen!«

Stella packte ihn am Arm. »Sam, es reicht. Für Erklärungen ist später genug Zeit. Jetzt müssen wir weg, bevor die Verstärkung eintrifft. Los, Tempo, alle beide.«

Hastig filzte Ravallo den Toten. Er hoffte, die Miniaturkamera wiederzubekommen, die sie ihm im Hotel abgenommen hatten, allerdings überraschte es ihn nicht, daß er nicht fündig wurde. Student, der genau wußte, wie brisant der Film war, hätte sie Brausch nie freiwillig überlassen. So schob Ravallo die Pistole in die Jackentasche und lief Stella nach. Evans signalisierte dem noch in der Glockenstube wartenden Hillyard, daß sie auf dem Rückzug waren, dann holte er eine Handgranate aus seinem Rucksack, entsicherte sie, warf sie in den Tank von Brauschs Stabswagen und sprintete in die Seitengasse. Dort preßte er sich gegen eine Mauer, bis Sekunden später die Granate explodierte. Als der Knall verhallt war, spähte er vorsichtig um die Ecke. Das Auto lag nun quer über der Straße und brannte aus. Bis auf weiteres würde kein anderes Fahrzeug daran vorbeikommen. Und weil der lahmgelegte Panzer die Straße von der anderen Seite blockierte, gewannen sie wertvolle Minuten für ihre Flucht, zumal die Partisanen die Deutschen noch eine ganze Weile beschäftigen würden.

Gerade hatte sich Evans wieder in Bewegung gesetzt, als er fast gegen Hillyard prallte, der just in diesem Moment mit dem Funkgerät in der einen Hand und dem Rucksack in der anderen aus der Kirche stürmte. Sie grinsten sich kurz an und hasteten weiter in die nächste Straße, wo der Opel Blitz mit laufendem Motor auf sie wartete. McIndoe streckte die Hand aus und zog Evans auf die Ladefläche. Als schließlich Hillyard zunächst Evans das Funkgerät gegeben hatte und dann selbst aufgesprungen war, gab Stella mit einem Klopfzeichen gegen die Glasscheibe, die sie von der Fahrerkabine trennte, nach vorne durch, daß sie vollzählig waren. Der Mann hinter dem Steuer, ein Taxifahrer, der die Stadt kannte wie seine Westentasche, winkte ihr sein Einverständnis zu, und schon rumpelte der Laster los. Ihr Ziel war diesmal ein sicheres Haus im Capo, einem verwahrlosten, mit verfallenden Häusern übersäten Viertel, in dem überall der Boden absackte, weil das Grundwasser in zu viele unterirdische Kanäle abfloß.

McIndoe sah Ravallo an, der mit hängendem Kopf auf der Bank ihm gegenüber saß. Gerade wollte er das Wort an ihn richten, als Stella sich vor ihm aufbaute und ihn seitwärts zog, wo Ravallo sie, wie sie meinte, nicht hören konnte. »Lassen Sie ihn, Sam«, sagte sie und legte begütigend eine Hand auf seinen Arm. »Ich weiß ebensowenig wie Sie, was in ihn gefahren ist. Das paßt überhaupt nicht zu ihm, wo er doch heute morgen noch so heftig gegen jede Hinrichtung von deutschen Soldaten im Bauernhaus gewettert hat. Aber jetzt ist nicht die Zeit für Vorwürfe. Im Moment braucht er Ruhe, um zu sich zu kommen und zu begreifen, was er da getan hat.« Sie bemerkte, daß sein Blick an ihr vorbei zu Ravallo wanderte. »Bitte, Sam, haben Sie Geduld, bis wir im sicheren Haus sind.«

McIndoe lehnte sich resigniert gegen die Metallstangen. »Eigentlich steht es mir gar nicht zu, seine Motive in Frage zu stellen. Er ist schließlich mein direkter Vorgesetzter. Aber wenn ich das Gefühl habe, daß er dem Druck nicht mehr gewachsen ist, bin ich befugt, das Kommando selbst zu übernehmen.«

»So weit wird es bestimmt nicht kommen«, meinte Stella und strich sich nervös eine Strähne hinter das Ohr.

»Das kann ich noch nicht beurteilen, aber sollte dieser Notfall eintreten, kann ich mich doch hoffentlich darauf verlassen, daß Sie auf meiner Seite stehen. Von meinen Männern weiß ich es, aber was ist mit Ihnen?«

Sie senkte den Blick. Schließlich nickte sie, wenn auch widerstrebend. »Rechnen Sie mich dazu.«

»Herein!« rief Kesselring, als es an seiner Tür klopfte.

Riedler trat in das Büro und salutierte vor dem hinter dem Schreibtisch thronenden Feldmarschall und General Student, der vornübergebeugt auf dem Sessel saß.

»Rühren, Riedler«, meinte Kesselring.

Student lehnte sich zurück und verschränkte die Arme vor der Brust. »Was haben Sie uns zu melden?«

Riedler hielt einen Bogen Papier hoch. »Eine vorläufige Gefallenenliste, Herr General. Natürlich ist die Zahl noch nicht endgültig, aber ...«

»Sagen Sie uns einfach, was Sie wissen«, bellte Kesselring.

»Jawohl. Bislang wurden registriert: Neunundzwanzig Tote, darunter Standartenführer Brausch und die sieben Mitglieder seiner Eskorte. Weitere achtzehn Soldaten sind verwundet. Außerdem wurden drei Partisanen getötet und zwei gefangengenommen. Es ist damit zu rechnen, daß noch mehr Tote gefunden werden, wenn die Verstärkungstruppen eintreffen und mit der Durchsuchung der umliegenden Gebäude beginnen.«

»Ist es nicht ein bißchen spät für Verstärkung?« fragte Kesselring bitter. »Einundzwanzig von unseren Soldaten, einfach abgeschossen. Wäre der Befehl zur Fahndung nach Ravallos Komplizen früher ergangen, hätte man die Heckenschützen aufspüren können, und das Massaker wäre verhindert worden. Riedler, nach diesem Fiasko werden Köpfe rollen, das können Sie mir glauben.«

Der Major trat von einem Fuß auf den anderen. »Jawohl, Herr Feldmarschall.«

Kesselring, der bemerkt hatte, wie unbehaglich Riedler zumute war, schüttelte energisch den Kopf. »Nein, nein, Major, Sie trifft keine Schuld. Ihre Leute haben angesichts einer Übermacht größte Tapferkeit bewiesen. Allein schon die Tatsache, daß keinem von meinen Stabschefs etwas zugestoßen ist, belegt Ihre hervorragende Arbeit bei der Sicherung des Hotels.«

»Danke, Herr Feldmarschall.«

»Wie viele Männer haben denn *Sie* bei dem Hinterhalt verloren?« erkundigte sich Student.

»Drei. Götz und Scherl bei der Straßensperre und Neumann in der Glockenstube der Kirche. Zwei weitere wurden im Hotel verwundet, aber nicht schwer.«

»Liegt Ihnen noch etwas auf dem Herzen, Riedler?« fragte Kesselring, der spürte, daß Riedler etwas sagen wollte, aber sich offenbar nicht traute. »Sie wissen, daß Sie sich vor uns keinen Zwang anzutun brauchen.«

»Es ist einfach so, daß ich mich im ganzen Leben noch nie so hilflos gefühlt habe. Meine Einheit war für den Schutz des Hotels zuständig und war in unmittelbarer Nähe, als die Heckenschützen das Feuer eröffneten. Diese Soldaten wurden einfach niedergemetzelt und hatten nicht den Hauch einer Chance. Einige davon waren noch sehr jung. Wenn wir ihnen wenigstens hätten helfen können …«

»Ihre Einheit war einzig und allein für den Schutz der hohen Offiziere in diesem Hotel zuständig«, entgegnete Student. »Darum war es Ihnen strengstens untersagt, das Gelände zu verlassen. Und selbst wenn Ihre Leute auf die Straße gestürmt wären, um diesen Soldaten zu helfen, hätte man sie ganz einfach genauso abgeschlachtet. Der Sicherheitsgürtel um das Hotel hatte absoluten Vorrang. Der Verlust der jungen Soldaten geht mir nicht minder nahe als Ihnen, trotzdem durften wir nicht riskieren, daß auch den Stabschefs hier im Hotel etwas zustieß.«

»Mit anderen Worten: die Soldaten da draußen waren entbehrlich …«

»Wenn nur so Feldmarschall Kesselring und seinen

Stabschefs das Leben gerettet werden konnte, dann trifft das zu«, sagte Student unverblümt.

»Ich verstehe«, stieß Riedler zwischen zusammengepreßten Zähnen hervor.

»Vergeltung können wir am besten üben, indem wir die Verantwortlichen aufspüren«, erklärte Kesselring. »Und glauben Sie mir, Riedler, das wird uns auch gelingen. Zuallererst brauche ich diesen Major Ravallo. Ich habe schon auf allen Zufahrtsstraßen von und zu der Stadt Sperren errichten lassen. Außerdem habe ich die Sicherheitskräfte in den Bahnhöfen und Häfen zu erhöhter Alarmbereitschaft aufgerufen. Die Saboteure dürfen die Insel auf keinen Fall verlassen. Und an dieser Stelle kommen Sie ins Spiel. Sie sollen die Jagd auf sie anführen.«

»*Ich*, Herr Feldmarschall?«

»Haben Sie ein Problem damit?«

»Bestimmt nicht. Ich dachte nur, daß Sie vielleicht einen älteren und erfahreneren Offizier mit der Koordinierung der Fahndung beauftragen.«

»Ich habe Ihr Dossier gelesen, Riedler«, sagte Kesselring. »Sie haben die nötige Erfahrung im Feld, die den meisten hier auf Sizilien stationierten Offizieren fehlt. Die mögen in der Planung einer militärischen Operation versierter sein, aber im Gegensatz zu ihnen haben Sie solche Offensiven bereits durchgeführt. Ihre Kenntnisse könnten sich in dieser Situation als unschätzbarer Vorteil erweisen. Sie brauchen mir nur zu sagen, wie viele Männer Sie benötigen. Ich werde dafür sorgen, daß man sie Ihnen zur Verfügung stellt.«

»Wenn möglich, möchte ich nur mit den Mitgliedern meiner Einheit arbeiten«, sagte Riedler. »Die kenne ich alle.«

»Wie Sie wollen«, erwiderte Kesselring. »Ich habe General Student bereits gebeten, in den Baracken der 19. Panzerdivision in Palermo ein Hauptquartier einzurichten. Sie werden eng mit ihm zusammenarbeiten. Sämtliche Divisionen auf der Insel stehen unter Alarmbereitschaft. Sollte eine auf den feindlichen Trupp stoßen, wird sie General Student umgehend informieren. Sie und Ihre Leute werden dann sofort in das fragliche Gebiet gebracht. Noch Fragen?«

»Nur eine, Herr Feldmarschall. Die Mitglieder des feindlichen Kommandotrupps ... sollen sie gefangengenommen oder eliminiert werden?«

»Ich möchte sie lebend, wenn möglich. Mit ihrem Wissen über die verdeckten Operationen der Briten und Amerikaner im Mittelmeerraum sind sie garantiert eine Goldader für uns. Aber sollten sie Widerstand leisten, müßten Sie sie töten. Hauptsache, sie verlassen die Insel nicht. Wir haben zwar Ravallos Kamera, aber die Ungewißheit über das, was er sich alles gemerkt hat, bereitet mir größte Sorgen. Dieses Dossier enthält Fakten und Zahlen über die militärische Stärke unserer Truppen auf Sizilien, die auf keinen Fall in die Hände des Feindes gelangen dürfen. Wahrscheinlich hatte er nicht genügend Zeit, sich allzuviel einzuprägen, aber wir dürfen nicht das geringste Risiko eingehen. Ist Ihre Frage damit zufriedenstellend beantwortet?«

»Absolut, Herr Feldmarschall.«

»Dann sind Sie entlassen.«

Riedler salutierte und ging. Als er die Tür hinter sich geschlossen hatte, begann Kesselring, die Hände nachdenklich über Mund und Nase gewölbt, im Zimmer auf und ab zu schreiten.

»Bedrückt Sie etwas, Herr Feldmarschall?« fragte Student schließlich.

Kesselring blieb vor der Tür stehen und drehte sich zu ihm um. »Seit Ravallos Ergreifung hier im Hotel habe ich ein unangenehmes Gefühl in der Magengrube, das ich einfach nicht loswerde. Gut, Sie gehen davon aus, daß dieser italienische Leutnant, Pizzoni, tiefer in das Komplott verstrickt war, als er zugeben wollte. Ich bin davon nicht so überzeugt. Was ist, wenn er tatsächlich die Wahrheit gesagt hat? Was ist, wenn die Briten oder Amerikaner eine andere Informationsquelle haben?«

Students Augen weiteten sich. »Sie meinen einen unserer Stabschefs? Das kann ich mir nicht vorstellen. Ihre Treue steht außer Frage.«

»Sie waren aber die einzigen, die von der heutigen Besprechung wußten. Selbst ihre Adjutanten wurden erst am Spätnachmittag informiert. Natürlich würde auch ich für jeden von ihnen die Hand ins Feuer legen.«

»Aber wie konnte der Feind dann von dem Treffen erfahren?«

»Der genaue Zeitpunkt und die Einzelheiten wurden den Stabschefs durch die Chiffriermaschine übermittelt ...«

»O Gott, wollen Sie etwa sagen, daß die Briten oder Amerikaner unseren Enigma-Code entschlüsselt haben?« rief Student entsetzt.

»Ich weiß, daß mein Verdacht sich grotesk anhört, Kurt, und wahrscheinlich ist er das auch.« Kesselring durchquerte den Raum und setzte sich wieder hinter den Schreibtisch. »Aber allein um meines Seelenfriedens willen muß ich der Sache nachgehen. Ich werde meinem Adjutanten eine durch die Enigma-Maschine verschlüsselte Nachricht übermitteln und sie als streng geheim einstufen.«

»Und was wird darin stehen?«

»Vorher muß ich noch ein paar Anrufe tätigen, um alles abzuklären. Ich werde Sie genau informieren, sobald ich mehr weiß.«

»Angenommen, Ihr Gefühl täuscht Sie nicht: Wie können Sie sicher sein, daß sie drauf reinfallen?«

»Weil ich ihnen einen derart verlockenden Köder auslegen werde, daß ihnen gar nichts anderes übrigbleibt als anzubeißen. Aber ich muß Sie bitten, daß alles, was wir gesagt haben, in diesen vier Wänden bleibt. Dann entsteht zumindest kein weiterer Schaden, selbst wenn ich mich getäuscht haben sollte.«

»Und wenn Sie recht haben, Herr Feldmarschall?«

»Stellen wir ihnen zunächst die Falle, einverstanden?«

Vice-Admiral Starr griff nach seiner Pfeife und dem Tabakbeutel. Soeben hatte er die dechiffrierte Klarschrift von Georges Passières letzter Botschaft über die Ereignisse in Palermo gelesen. Die Nachricht war alles andere als gut. Tröstlich war lediglich, daß ihr eigener Trupp noch keinen

Gefallenen zu melden hatte. Andererseits war Starr nur allzu klar, daß die Deutschen seine Leute längst über die ganze Insel jagten. Jetzt hing es von McIndoes Erfahrung und Einfallsreichtum ab, ob das Team Malta je wieder erreichte. Immerhin wußte er: Wenn es einen SOE-Agenten gab, der die Deutschen in diesem Katz-und-Maus-Spiel noch austricksen konnte, dann Samuel McIndoe.

Es war noch immer ungewiß, wie die Deutschen ihre List durchschaut und Ravallo im Hotel enttarnt hatten. Aber das war im Moment noch seine kleinste Sorge. Viel schlimmer war das Scheitern ihres Plans: Ravallo hatte das Hotel mit leeren Händen verlassen. Eigentlich war vorgesehen gewesen, den Film gleich im sicheren Haus zu entwickeln, damit Johnson sich die Invasionsvorbereitungen hätte einprägen können. Wären die Fotos irgendwie verloren gegangen, hätten sie immer noch auf sein Gedächtnis zurückgreifen können. Jetzt hatten sie gar nichts. Bei einer ersten Besprechung war vorgeschlagen worden, aufgrund seines phänomenalen Erinnerungsvermögens Johnson und nicht Ravallo ins Hotel zu schicken, aber Johnson selbst hatte die Idee verworfen. Angesichts der knappen Zeit würde er sich nur das Wenigste merken können; er sei nun mal nicht der Schnellste. Damals hatte Starr ihm recht gegeben, jetzt bedauerte er, daß er den Vorschlag nicht aufgegriffen hatte. Auch das bißchen, was Johnson sich gemerkt hätte, wäre schon viel wert gewesen. Wie auch immer, er hatte sich damals anders entschieden. Jetzt mußte er vor dem Kriegsministerium dafür geradestehen, daß der Schuß nach hinten losgegangen war. Trotzdem glaubte er immer noch, daß es ihnen gelungen war, die Invasionspläne der Deutschen so weit zu torpedieren, daß sie sie für mehrere Monate auf Eis legen, wenn nicht sogar ganz fallenlassen mußten.

Die Fernmeldemaschine in seinem Rücken ratterte erneut los. Starr stopfte ein Tabakknäuel in den Pfeifenkopf, zündete es an, zog lange und stieß den Rauch aus. Fürs erste mußte er warten, bis die Nachricht fertig gedruckt war und er sie heraussreißen konnte. Schließlich war es soweit. Daß sie wichtig war, wurde ihm auf Anhieb klar. Sie stammte vom Chef in den heiligen Räumen der SOE-Zentrale im Herzen Londons selbst und war in dem Code geschrieben, den nur sie beide kannten. Starr sperrte die unterste Schreibtischschublade auf und nahm den Bogen mit dem Code heraus. Die nächsten zwanzig Minuten verbrachte er damit, die relevanten Buchstaben mit den jeweiligen Entsprechungen zu vergleichen. Als er fertig war, konnte er die gesamte Botschaft auf einen frischen Bogen übertragen:

Streng geheim: Ausschließlich für Vice-Admiral Starr in Valletta, Malta, bestimmt. Neueste Information von Bletchley Park: ›Ultra Intelligence‹ hat Enigma-Botschaft von Feldmarschall Kesselring an sein HQ in Rom abgefangen. Er hat Angriff eines U-Boot-Rudels auf alliierten Konvoi, der unter dem Namen ›Operation Fortitude‹ heute nacht Gibraltar in Richtung Malta verlassen soll, angeordnet. Das Rudel wird bei der Insel Cani vor der Nordküste Tunesiens im Hinterhalt liegen. Die genauen Koordinaten sind der Admiralität bereits übermittelt worden. Vermuteter Zeitpunkt des Überfalls: 06.00 Uhr. Admiralität plant Ablenkungsangriff alliierter Unterseeboote auf das Rudel, bevor Konvoi Cani erreicht.
Ende der Mitteilung.

Starr verbrannte beide Bögen über seinem metallenen Papierkorb. Was die Operation Fortitude für die Zukunft der belagerten Insel bedeutete, war ihm nur zu bewußt. Der Konvoi bestand aus acht mit frischen Lebensmitteln, Treibstoff und Munition beladenen Frachtern, einem Flugzeugträger, zwei Schlachtschiffen und zwölf Zerstörern. Da sich inzwischen auf der ganzen Insel Ruhr und Cholera ausgebreitet hatten, waren Tausende dringend auf frische Nahrung angewiesen – vor allem Kinder und alte Leute, die am höchsten gefährdet waren. Nicht weniger sehnsüchtig warteten die Artilleriestellungen im Landesinneren auf Nachschub für ihre streng rationierte Munition, ohne die sie die Insel kaum noch verteidigen konnten.

Doch angesichts der Entwicklung im Grand Hotel von

Palermo vermutete Starr hinter Kesselrings Kommuniqué eine Falle. Es war doch nur natürlich, wenn der Feldmarschall wegen des Lecks Verdacht geschöpft hatte. Deswegen hatten sie bereits in der Wohnung des italienischen Offiziers Pizzoni eindeutige Hinweise auf eine Zusammenarbeit mit dem Widerstand auslegen lassen, wonach er die Details hinsichtlich der Besprechung verkauft hatte. Gleichwohl blieb ihnen nichts anderes übrig, als geduldig darauf zu warten, daß die Deutschen sie von selbst entdeckten. Ansonsten würden sie den Braten sofort riechen. Aus dem gleichen Grund mußten sie sämtliche mit Enigma verschlüsselten Botschaften mit der äußersten Vorsicht behandeln, zumal diejenigen, die für den Mittelmeerraum bestimmt waren.

Starr war klar, daß die Mitteilung Kesselrings an seinen Adjutanten in Rom durchaus authentisch sein konnte, aber alle seine Instinkte warnten ihn davor, daß der Deutsche womöglich nur herausfinden wollte, ob die Alliierten ihre verschlüsselten Mitteilungen abgefangen hatten. Vor dem Taktiker Kesselring hatte Starr allerhöchsten Respekt, und wenn seine Vermutung zutraf, dann war das ein äußerst raffinierter Zug. Würden die U-Boote der Alliierten das deutsche Rudel abfangen oder die Schiffe mit dem Nachschub einen Umweg nehmen, wäre das die Bestätigung für Kesselring, daß die Alliierten den Enigma-Code geknackt hatten. Ihr ›Ultra‹ war aber viel zu wichtig, als daß die Achsenmächte davon erfahren durften. Damit blieb ihm nur eine Wahl, auch wenn er kaum an ihre Folgen zu denken wagte: Notfalls mußten sie dem Schutz des Ultra-Programms in Bletchley Park zuliebe den ganzen Konvoi opfern.

Und jetzt traf ihn die Erkenntnis über die Ausmaße seiner Planung wie der Hieb einer eisernen Faust in die Magengrube. Wie viele Seeleute würden sterben, wenn er seinen Verdacht dem SOE-Hauptquartier mitteilte? Hunderte? Nein, wahrscheinlich sogar eher Tausende! Und wie viele Malteser würde der Verlust der wertvollen Ladung das Leben kosten? Die Folge wäre, daß es noch weniger Essen für die ohnehin schon verzweifelte Bevölkerung gäbe. Noch weniger Munition für die Armeestützpunkte, die sich kaum noch der Angriffswellen der deutschen Bomber erwehren konnten, die Tag und Nacht pausenlos über die Insel brausten. Es war ein endloser Kreislauf unmenschlichen Leidens. Wie viele Unschuldige mehr würde er in vierundzwanzig Stunden auf dem Gewissen haben? Und wie ging es danach weiter? Welchen Preis würde ›Ultra‹ noch verlangen? Und welchen Preis der Sieg?

Ohnmächtige Wut schwappte in ihm hoch. In seiner Verzweiflung schlug er unwillkürlich um sich und fegte mit dem Ellbogen die Teetasse vom Tisch, so daß sie mit einem Knall an der Wand zerplatzte.

Aufgeschreckt kam Sergeant Janet Cross in das Büro gestürzt. »Raus!« brüllte Starr, und sie verzog sich sofort wieder in ihr Vorzimmer.

Stumm starrte er die braunen Teeflecken an, die langsam die Sandsteinwand hinunterrannen. Schließlich öffnete er das Codeverzeichnis und begann mit zitternder Hand eine Mitteilung für seinen Vorgesetzten im SOE-Hauptquartier zu Papier zu bringen.

Eine Stunde später traf die Antwort aus der Baker Street ein. Noch bevor er sich daran machte, sie zu entschlüsseln, kannte Starr bereits die Antwort.

Streng geheim: Ausschließlich für Vice-Admiral Starr in Valletta, Malta, bestimmt. Ihre Mitteilung betreffs des Konvois wurde dem Premierminister, dem Kriegsministerium und der Admiralität vorgelegt. Ich habe neueste Anweisungen erhalten. Sie lauten wie folgt: Angesichts der bestürzenden Hinweise Vice-Admiral Starrs zur potentiellen Bedrohung der Zukunft des Ultra-Programms ist auf höchster Regierungsebene entschieden worden, daß dieses Programm um jeden Preis geschützt werden muß. Darum wurde beschlossen, kein Kontingent der vor Manoel Island stationierten Unterseeboote zur Ablenkung des bei der Insel Cani im Hinterhalt liegenden Rudels zu entsenden.
Möge Gott den Besatzungsmitgliedern des Konvois helfen.
Ende der Mitteilung.

11

»Denken Sie jemals an den Tod?«

Diese Frage kam für McIndoe völlig überraschend. Wie um seine Gedanken zu sammeln, griff er nach der Zigarettenschachtel auf dem Tisch. »Sicher«, meinte er schließlich. »Ich denke darüber nach, aber ich beschäftige mich nicht über Gebühr damit. Sie kennen doch die Vorstellung von der Kugel mit dem eigenen Namen darauf. Kurz, es ist Schicksal und läßt sich durch nichts ändern. Wozu sich also das Gehirn zermartern? Warum fragen Sie?«

Stella zog an ihrer Zigarette, dann beugte sie sich über den Tisch und stäubte die Asche in einen gläsernen Aschenbecher. »Ernsthaft habe ich vor dem heutigen Tag erst zweimal darüber nachgedacht – als mein Vater ertrunken war und beim Tod meiner Mutter. Beide sind so jung gestorben. Heute war es das dritte Mal, daß das Thema Tod mir eindringlich bewußt geworden ist. Bei diesem Hinterhalt hatte ich wirklich schreckliche Angst, Sam. So habe ich mich in meinem ganzen Leben noch nicht gefürchtet. Als ich die Schüsse vor der Kirche hörte, war ich wie erstarrt ... Ich wollte ganz einfach bleiben, wo ich war. Dort war ich wenigstens in Sicherheit. Ich mußte meinen ganzen Mut zusammennehmen, um Ihnen auf die Straße zu folgen. Und trotzdem hatte ich die ganze Zeit, in der wir in der Glokkenstube saßen, darauf gebrannt, mich ins Gefecht zu stürzen. Im nachhinein, denke ich, lag das wohl vor allem an meiner Naivität. Na ja, beim nächstenmal weiß ich wenigstens, was auf mich zukommt.«

McIndoe legte verblüfft die Stirn in Falten. »Es war doch bestimmt nicht ihre erste derartige Aktion? In Ihrer Akte steht, daß Sie bei Dutzenden von Operationen hier auf Sizilien mitgemacht haben. Da müssen Sie doch auch Gefechte mit dem Feind hinter sich haben.«

»Sicher. Aber es waren immer nur isolierte Sachen,

wenn beispielsweise der Wächter eines Lagers oder eines Bahnübergangs getötet werden mußte, und nie richtige Kampfhandlungen. Wahrscheinlich ist das der Grund, warum es mir soviel ausgemacht hat.« Sie verstummte und starrte die glühende Spitze ihrer Zigarette an.

»Das wußte ich nicht«, murmelte McIndoe. »Ich dachte, Sie ... wären schon öfter in brenzligen Situationen gewesen.«

»Dafür ist sie viel zu schlau, als daß die Deutschen sie in Bedrängnis bringen könnten«, ließ sich Ravallo von der Tür her vernehmen.

»Nicky?« Stella schnappte entsetzt nach Luft, als sie ihn sah. »Mein Gott, was ist denn mit dir passiert?«

Ravallo, der jetzt die Uniform eines italienischen Majors trug, hatte einen dicken Verband um den Kopf, der sein linkes Auge halb verdeckte. Grinsend betastete er den Turban und trat ganz ein. »Gut, hm?«

»Gut?« fragte sie verständnislos.

»Menschenskind, es ist doch keine richtige Verwundung!« rief er ungeduldig. »Es war Massimos Idee. Die Deutschen haben inzwischen ein Phantombild von mir, das garantiert bis spätestens morgen früh an allen Bahnhöfen und Häfen herumgereicht wird. Hoffentlich können wir sie damit überlisten.«

»Und Johnson?« fragte McIndoe. »Von ihm haben sie doch sicher auch eine Beschreibung.«

»Ich denke, er sucht sich seine Inspiration seit neuestem bei einer höheren Macht«, antwortete Ravallo lächelnd, steckte den Kopf in den Korridor und rief nach dem Engländer. Einen Augenblick später erschien Johnson mit griesgrämiger Miene in der Tür und deutete Flüche grummelnd auf seine Kluft. McIndoe mußte unwillkürlich grinsen. Der Grund für Johnsons Unbehagen leuchtete ihm auf Anhieb ein: Sie hatten ihn nicht nur als Priester ausstaffiert, was an sich schon erheiternd war, sondern zu allem Überfluß auch noch als katholischen – ausgerechnet ihn, der streng nach den Grundsätzen der anglikanischen Kirche lebte. Außerdem waren das schwarze Hemd und die Hose viel zu weit für seine hagere Gestalt. Die Hosenbeine waren bis zu den Knöcheln hochgekrempelt, und oben verhinderte ein breiter Gürtel nur notdürftig, daß sie herunterrutschte. Johnson mußte nachhelfen; seine knochige Hand war derart krampfhaft in den Bund verhakt, als hinge sein Leben davon ab. Das Hemd steckte zwar unter dem Gürtel, doch die Ärmel waren so aufgebläht, daß Johnson eher wie ein Clown wirkte, der seine besten Tage hinter sich hatte.

»Herrgott noch mal!« zischte Johnson. »Ich sehe aus wie ein Scheißclown! Schauen Sie mich doch nur an!«

Ravallo drohte ihm schelmisch mit dem Zeigefinger. »Aber Pater, was ist das für eine Sprache?«

»Er hat aber recht«, sagte McIndoe und erhob sich. »So kann er unmöglich unter die Leute gehen. Er würde nur Aufsehen erregen.«

»Das kriegen wir schon hin«, versicherte ihm Ravallo. »Die Hose wird noch gekürzt, und das Hemd kann er unter einem Jackett verbergen.«

»Das war bestimmt einer von Giannis genialen Einfällen«, mutmaßte Stella.

Ravallo nickte. »Ich bin froh, daß es dir gefällt, denn für dich hat er auch was Besonderes. Du wirst mit Johnson reisen – als Nonne.«

»Soll das ein Witz sein?«

»Wir müssen uns aufteilen, und zwar nicht nur wegen der Sache im Hotel. Die Deutschen haben ein Wink bekommen. Das heißt, daß sie längst nach einer Gruppe von fünf Männern und einer Frau fahnden. Wir müssen alles nur Mögliche tun, um sie von der Spur abzulenken. Auf diese Weise senken wir zumindest das Risiko, von einer Patrouille geschnappt zu werden.«

»Da hat Nicky recht«, meinte McIndoe. »Sagen Sie, Johnson, haben Sie eine Ahnung, wie lang das mit dem Hosenkürzen noch dauern wird?«

»Nicht allzu lange«, antwortete Ravallo an seiner Stelle. »Das Mädchen, Gina Roetta, hat vor der Besetzung Schneiderin gelernt.«

»Und wie sieht es mit den Dokumenten für die beiden aus?« wollte McIndoe wissen. »Ursprünglich sollten wir uns doch alle als italienische Soldaten ausgeben. Aber deren Ausweise nützen ihnen jetzt nichts mehr.«

»Was, meinen Sie, passiert in diesem Augenblick im Keller?« fragte Ravallo zurück. »Außerdem habe ich der Sicherheit halber auch um neue Papiere für mich gebeten. Die Deutschen wissen ja jetzt, wie ich aussehe.«

»Trotzdem wollen Sie weiter einen italienischen Offizier spielen?«

»Es ist ja nicht die Uniform, die mich verraten würde, sondern mein Gesicht. Ich habe schon neue Paßfotos machen lassen. Die und der Kopfverband müßten genügen, um sie reinzulegen.« An Johnson gewandt, fügte Ravallo hinzu: »Kümmern Sie sich um die Änderungen. Und nehmen Sie Stella mit; sie muß sich auch noch verkleiden.«

»Sehr wohl, Major.« Johnson drehte sich zu Stella um. »Kommen Sie bitte mit, Lieutenant. Ich zeige Ihnen, wo Sie sich umziehen können.«

»Als Nonne!« Mit einem verächtlichen Schnauben folgte Stella ihm aus dem Raum.

McIndoe ließ sich in den Sessel fallen, in dem vorhin Stella gesessen hatte. Einmal mehr verblüffte ihn das Tempo von Ravallos Stimmungswechseln. Während der Fahrt zum sicheren Haus hatte er stumm im Laster hinten gesessen. Dann war er als letzter ausgestiegen, mit gesenktem Kopf an den anderen vorbei ins Haus geschlichen und hatte sich bis vorhin nicht mehr blicken lassen. Seine Niedergeschlagenheit hatte so abgrundtief gewirkt, als sei ihm bewußt geworden, wie barbarisch und unverzeihlich Brauschs Ermordung gewesen war. McIndoe hatte angesichts seiner Depression schon ernsthaft erwogen, ihn als Kommandant abzulösen. Doch wenn er ihn jetzt sah, konnte er sich kaum vorstellen, daß das derselbe Nicky Ravallo sein sollte. Sein federnder Gang war zurückgekehrt. Das Funkeln in seinen Augen war wieder da. Er strotzte vor Selbstbewußtsein wie eh und je. Das war der Nicky Ravallo, den er am Flugplatz von Luqa kennengelernt hatte. Aber war es der echte? Oder eine seiner Masken? Er konnte es nicht beurteilen.

»Wollen Sie über Brausch sprechen?« fragte der Schotte.

»Ich nicht, aber ganz offenbar Sie.« Ravallo setzte sich in den anderen Sessel und legte die Beine auf den Kaffeetisch.

»Er hätte eine wertvolle Geisel sein können«, sagte McIndoe.

»Wo bleibt Ihr Verstand, Mac? Sie lassen sich von Ihren Gefühlen hinreißen. Unsere Pläne sind Makulatur. Und zwar seit dem Moment, in dem ich im Hotel enttarnt wurde. Das heißt, der Rest ist ab sofort Improvisation. Dazu gehören Dinge wie getrennt zu marschieren und Johnson und Stella in Priester- und Nonnenkluft zu stecken. Sie können Gift darauf nehmen, daß die Deutschen längst überall auf der Insel Straßensperren errichtet haben. Wie weit, meinen Sie, wären wir da mit Brausch im Schlepptau gekommen? Glauben Sie etwa, er hätte mitgespielt? Bei der ersten Gelegenheit hätte er Alarm geschlagen. Und das wissen Sie.«

»Ich weiß nur, daß Sie ihn kaltblütig erschossen haben.«

»Ihre Worte zeugen von einer doppelten Moral, Mac.« Ravallo nahm die Beine vom Tisch und richtete sich auf. »Wie war es denn heute morgen mit den deutschen Soldaten im Bauernhaus? Da hatten Sie es furchtbar eilig, Massimos Entscheidung, sie hinrichten zu lassen, zu verteidigen. Und derjenige, der die Rechtmäßigkeit eines solchen Schrittes bezweifelte, das war ich. Oder haben Sie das vergessen?«

»Sie wurden getötet, weil sie Sie in der Uniform eines SS-Offiziers gesehen hatten. Was hätten wir gemacht, wenn einer entkommen wäre und alles verraten hätte? Die Deutschen wären alarmiert gewesen, und Sie hätten keine Chance gehabt, ins Hotel zu kommen.«

»Wollen Sie damit sagen, daß sie nur deshalb getötet werden mußten, weil sie mich gesehen hatten? Mit anderen Worten: Ich bin schuld an ihrem Tod. Danke für diesen Hinweis, Mac. Ich fühle mich gleich unendlich viel besser.«

»Sie wissen verdammt genau, wie ich das meine. Sie

wurden hingerichtet, weil sie zuviel wußten. In Brauschs Fall können Sie sich nicht damit entschuldigen.«

»Wegen meines Vorgehens habe ich kein schlechtes Gewissen. Überhaupt keins. Und wäre ich noch mal in derselben Situation, würde ich nicht anders handeln. Es ist ein gewaltiger Unterschied zwischen einer Handvoll zwangsverpflichteter Soldaten und einem Gestaposchlächter wie Brausch. Vielleicht sehen Sie das anders, Mac, aber benutzen Sie mal Ihren Verstand. Falls Sie weiter auf dieser Sache rumreiten wollen, wenn wir oder falls wir je nach Malta zurückkehren, dann tun Sie sich keinen Zwang an.« Ravallo stand auf. »Ich bin nicht sonderlich stolz auf meine Tat, aber ich bereue sie auch nicht. Es passierte in der Hitze des Gefechts. Und warum habe ich es getan? Aus Wut? Verbitterung? Ekel? Vielleicht sogar Angst? Ich weiß es nicht. Aber es ist nun mal geschehen. Schnee von gestern. Jetzt ist es Zeit, nach vorn zu blicken und zu versuchen, einen Weg zurück zum Boot zu finden. Hoffentlich kann ich mich dabei auch auf Sie verlassen. Es sei denn, Sie meinen, ich wäre dem Druck nicht gewachsen und halten es für nötig, mich als Kommandant abzulösen.«

»Verrät Stella Ihnen alles, was ich ihr sage?« entgegnete McIndoe bitter.

»Stella hat überhaupt nichts gesagt. Ich bekam nur ihr Gespräch im Laster mit. Sie haben ja keine Ahnung, wie gut man in einem so engen Raum hört. Nun, habe ich noch Ihre Unterstützung, Mac?«

»Wir würden dieses Gespräch nicht führen, wenn Sie sie nicht mehr hätten«, knurrte McIndoe.

Auf der Schwelle erschien Massimo. Sein Lächeln erstarb, als er den Mienen der zwei Männer entnahm, daß er in einem ungünstigen Moment hereinplatzte. »Tut mir leid, ich wollte nicht stören«, entschuldigte er sich.

»Sie stören keineswegs«, sagte Ravallo. »Ich wollte sowieso gerade gehen. Ich muß sehen, wie Stella mit ihrer neuen Rolle zurechtkommt.« Damit ging er.

Massimo sah dem Amerikaner nach. Schließlich wandte er sich an McIndoe. »Gibt es ein Problem?«

»Nein, warum?« erwiderte der Schotte schroff.

»Dann ist es ja gut.« Gleichwohl wirkte Massimo alles andere als überzeugt. Er wandte sich zum Gehen, doch auf einmal gab sich McIndoe einen Ruck.

»Sagen Sie, was wird nun aus Pizzonis Frau und seiner Tochter?«

»Wenn alles nach Plan verlaufen ist, sind sie schon aus dem Haus, in dem sie festgehalten wurden, geflohen und werden wahrscheinlich gerade von den Deutschen verhört.«

»Was für ein Plan?« fragte McIndoe verdattert. »Der Sinn des Ganzen war doch, den Eindruck zu erwecken, als hätte Pizzoni seit Monaten für den Widerstand gearbeitet. Unsere Chefs in London haben alles nur Erdenkliche getan, um die nötigen Beweismittel zu fabrizieren, damit Ihre Leute sie in sein Haus schaffen konnten. Aber sobald seine Frau ihnen erzählt, daß es die Partisanen waren, die sie entführt haben, sind die schönen Indizien für die Katz'.«

»Sie wird ihnen sagen, daß sie und ihre Tochter von drei deutschen Soldaten entführt worden sind.«

»Und wie käme sie dazu? Es stimmt doch überhaupt nicht.«

»Richtig, aber das weiß sie nicht. Die drei Männer trugen deutsche Uniformen und unterhielten sich untereinander auf deutsch. Wenn sie mit den Geiseln redeten, sprachen sie ein gebrochenes Italienisch. Mich wundert, daß Vice-Admiral Starr Ihnen das nicht gesagt hat. Immerhin stammte die Idee von ihm.«

McIndoe starrte den Italiener bestürzt an. »Nein, davon hat er mir nichts gesagt.«

»Nach Pizzonis Tod haben wir sie absichtlich fliehen lassen. Natürlich haben wir das so hingebogen, daß es so aussah, als hätte seine Frau ihre Geiselnehmer überlistet. Wenn sie also die Deutschen zu dem Haus führt, in dem sie und ihre Tochter gefangen gehalten wurden, wird alles auf eine Aktion deutscher Truppen hinweisen.«

»Aber das ergibt doch keinen Sinn!« ächzte McIndoe.

»Eben«, erwiderte Massimo mit einem matten Lächeln.

»Sie können davon ausgehen, daß die Deutschen genauso perplex sein werden wie Sie. Wahrscheinlich vermuten sie sogar eine List der Partisanen dahinter – bis sie die Beweismittel in Pizzonis Haus entdecken. Die locken sie dann garantiert auf die falsche Fährte. Ich schwöre Ihnen, sie werden sich im Kreise drehen.«

»Raffiniert«, gab McIndoe zu, dem jetzt auch wieder einfiel, daß Starr sich geweigert hatte, ihm zu verraten, wie die Firma hinter die angeblich streng geheime Besprechung zwischen Kesselring und seinen Stabschefs gekommen war. Auf diese Weise lenkte er die Deutschen also auch von seiner wertvollen Informationsquelle ab. Damit war McIndoes Neugierde freilich erst recht geweckt. Wie war Starr nur zu seinem Wissen gekommen? Er hätte es einer ganzen Reihe von Leuten verdanken können. Einer der Stabschefs? Einer ihrer Adjutanten? Doch ihm war schon jetzt klar, daß das alles müßige Spekulation bleiben mußte, es sei denn, Starr hielt es für angebracht, ihn einzuweihen. Und das war höchst unwahrscheinlich ...

Massimo wandte sich zum Gehen. »Wenn Sie mich bitte entschuldigen ... Ich muß ein paar Anrufe erledigen. Je eher Sie sicher aus der Stadt und auf dem Weg zu Ihrem Boot sind, desto besser für alle Beteiligten.«

Als er allein war, zündete sich McIndoe zunächst eine Zigarette an. Kaum hatte er den ersten Zug getan, hörte er erneut Schritte auf dem Flur. Gleich darauf trat Stella ein. Sie trug ein schwarzes Nonnengewand, und ein Schleier verbarg ihr pechschwarzes Haar. »Na, was halten Sie davon?« wollte sie wissen.

»Sie sind die attraktivste Nonne, die ich je gesehen habe«, erklärte McIndoe mit einem anerkennenden Nicken.

»Das meinte ich eigentlich nicht, aber trotzdem: Danke für das Kompliment. Doch jetzt mal Hand aufs Herz: Sehe ich echt aus?«

»Unbedingt«, antwortete der Schotte wahrheitsgemäß. »Wenn ich mir Sorgen mache, dann wegen Neville. Ich habe keine Ahnung, wie er sich als Priester macht. In diese Kluft paßt er einfach nicht.«

»Einspruch, Sir!« rief Johnson, der in diesem Moment mit Gina Roetta hereinkam.

Mit offenem Mund starrte McIndoe den völlig neu ausstaffierten Johnson an. Das Hemd mit dem Clownsärmeln war einer schwarzen Soutane gewichen, die auch die Hose bis zu den Waden bedeckte. Der Saum war an den Knöcheln hochgeschlagen und festgenäht worden, so daß die Hose auf einmal aussah wie maßgeschneidert. Auf seiner Brust hing ein Kreuz, und sein schütteres braunes Haar war ihm mit Pomade nach hinten gekämmt worden. Die ungewohnte Ausstattung betonte sein hageres Gesicht und die Intensität seiner tiefliegenden braunen Augen, was seinen Zügen etwas Markantes, ja Düsteres verlieh.

»Was meinen Sie?« fragte Gina den Schotten.

»Er sieht eher aus wie einer der vier Apokalyptischen Reiter als wie ein Geistlicher«, brummte McIndoe, um sich dann an Johnson zu wenden. »Aber was noch wichtiger ist: Niemand würde auf die Idee kommen, daß Sie derselbe sind, der vorhin noch als deutscher Soldat rumgelaufen ist. Und darauf kommt es an. Wo haben Sie die Soutane her? Gegenüber dem Hemd ist sie eine gewaltige Verbesserung.«

»Ein Priester hat sie mal in diesem Haus zurückgelassen, Sir. Da erschien es mir nur passend, daß ich sie jetzt anziehe. Ein bißchen weit, aber sehr bequem.«

»Ich finde, diese Frisur steht Ihnen ausgezeichnet«, lobte Stella. »Sie verleiht Ihrem Gesicht mehr Charakter. Es wirkt auch prägnanter, sogar ein wenig bedrohlich.«

»Wirklich?« Johnson strich sich lächelnd durch das pomadierte Haar. »Bedrohlich? Das gefällt mir.«

»Unser Mann mit den tausend Gesichtern«, verkündete Hillyard, der zusammen mit Evans eingetreten war und die letzten Gesprächsfetzen aufgeschnappt hatte. Beide trugen die Uniform italienischer Soldaten.

»Nein, mir kommt er eher wie Graf Dracula vor«, widersprach Evans. Mit Daumen und Zeigefinger massierte er sich das unrasierte Kinn und tat so, als würde er Johnson mit kritischem Blick mustern. »Eindeutig Dracula. Was meinen Sie, Sir?«

»Ich meine, Sie sollten sich zum Abmarsch bereithalten. Massimo erkundigt sich nur noch nach der sichersten Route aus der Stadt. Es kann sein, daß wir schleunigst aufbrechen müssen, wenn er einen Weg findet.«

»Wir sind fertig, Sir«, versicherte ihm Hillyard.

»Wo ist dann Ihr Rucksack? Und das Gewehr?«

»Schon vor der Haustür«, meldete Evans.

»Und die Papiere?« setzte McIndoe nach.

Beide klopften auf die Brusttaschen ihrer Uniformen. Wieder war es Evans, der für sie sprach: »Ausweise und auch die Bescheinigung, daß wir für drei Tage Urlaub haben.«

»Und sind die Papiere wirklich in Ordnung?« fragte McIndoe.

Johnson reichte ihm einen authentisch wirkenden Ausweis mit Eselsohren. Der Fälscher, der dieses Dokument angefertigt hatte, war ein Meister seines Fachs. McIndoe blätterte es durch und gab es Johnson zurück. »Sehr gut. Dann wären wir also alle soweit.«

»Wo ist Nicky?« fragte Evans.

»Zuletzt habe ich ihn auf der Veranda gesehen«, meinte Stella.

Mit einem scharfen Klopfen verschaffte sich Massimo die Aufmerksamkeit aller. »In fünfunddreißig Minuten geht ein Zug nach Catánia.«

»Catánia?« fragte Stella ungläubig. »Aber das ist ja im Osten. Unser Boot liegt doch an der Südwestküste.«

»Das mag schon sein, Stella, aber im Moment solltet ihr lieber daran denken, wie ihr hier rauskommt, ehe die Deutschen die Stadt ganz abriegeln. Bis Mitternacht fahren noch alle möglichen Züge in regelmäßigen Abständen, doch die gehen nur in die nähere Umgebung. Ihr müßt aber Palermo schleunigst so weit wie möglich hinter euch lassen. Das ist mit dem Zug nach Catánia noch am ehesten möglich. Außerdem ist der Schaffner ein Sympathisant und hat uns schon öfter geholfen. Wenn ihr euch für diesen Zug entscheidet, dann sorge ich dafür, daß unsere Freunde in Catánia einen Wagen auftreiben, der euch zu eurem Boot bringt.«

»Auf welcher Straße hätten wir die besten Chancen?« fragte Stella.

»Soviel ich mitbekommen habe, sorgen die deutschen Sperren fast auf jeder Straße von und nach Palermo für gewaltige Verkehrsstaus. Und die werden von Stunde zu Stunde eher noch länger. Wie gesagt, ihr müßt hier schleunigst raus. Je länger ihr wartet, desto größer wird die Gefahr, daß sie euch schnappen.«

»Das sehe ich auch so.« McIndoe drückte seine Zigarette aus und stand auf. »Taffy, sagen Sie Major Ravallo, daß wir zum Bahnhof müssen.«

In aller Eile nahmen die Mitglieder des Einsatzkommandos von Massimo Abschied. Weil die ganze Stadt mit Fahndungsplakaten zugepflastert war, die zudem mit einer reichen Belohnung für Hinweise zu seiner Ergreifung lockten, konnte der Partisan sie unmöglich begleiten. Wenn ihn nicht einer der Kollaborateure verriet, von denen es auf Sizilien nur so wimmelte, dann würden die Soldaten an den Straßensperren sein Gesicht sofort erkennen. Um solche Gefahren auszuschließen, mußten die Partisanen jeden seiner Aufenthaltswechsel akribisch vorbereiten. Diesmal verließ er das Haus wenige Minuten vor den Agenten. Mit unbekanntem Ziel.

Sie mußten zum Hauptbahnhof an der Via Roma. Zu ihrem Pech war er weniger als eine Meile vom Hotel entfernt, insofern war es nur logisch, daß hier die Straßensperren wie Pilze aus dem Boden geschossen waren.

Die Mitglieder des Kommandos und ihre Helfer fuhren in zwei Wagen los. Johnson, Stella und Gina zwängten sich in einen zum schmalen Einkommen eines Priesters passenden, zerbeulten alten Fiat, Venucci und die anderen folgten in diskretem Abstand in einem TL 37, einem Stabswagen der italienischen Armee, den die Partisanen am Vortag zwei frustrierten italienischen Soldaten abgenommen hatten. Die Nummernschilder und die Seriennummer hatten sie über Nacht aufs I-Tüpfelchen denen eines im Süden der Insel eingesetzten Armeefahrzeugs angeglichen. So verfuhren sie mit jedem vom Feind erbeuteten Auto und benutzten es auch immer nur einmal; danach wurde es zerstört, bevor die Deutschen diese Taktik durchschauten.

Bei allen Straßensperren spielte sich stets das gleiche ab: Ihre gefälschten Dokumente wurden von einem grimmig dreinblickenden Soldaten gründlich inspiziert, hielten aber jeder Überprüfung stand, und sie wurden durchgewinkt. Als ihr eigentlicher Feind erwies sich diesmal die Uhr. Nach langem Bangen erreichten sie den Bahnhof fünf Minuten vor Abfahrt.

Johnson traf als erster ein. Er parkte vor dem hell erleuchteten Gebäude, stellte erst gar nicht den Motor ab, sondern packte hastig den abgewetzten Koffer und kletterte aus dem Auto. Die Frauen stiegen gemeinsam aus und umarmten sich zum Abschied. Gina drückte Stella zwei Küsse auf beide Wangen, dann zwängte sie sich hinter das Steuer, winkte den anderen noch einmal zu und reihte sich in den immer noch dichten nächtlichen Verkehr ein. Als Stella auf die Straße treten wollte, um ihr nachzuwinken, packte Johnson sie kurzerhand am Arm und tadelte sie wie ein kleines Mädchen, weil sie nicht auf den Verkehr geachtet hatte. Gehorsam blieb sie stehen und sah Gina vom Bürgersteig aus nach, bis sie verschwunden war. Dann wandte sie sich Johnson zu, der sie prompt mit einem Nicken lobte. Stella konnte gerade noch ein Grinsen hinter der Hand verbergen. Als Johnson sie am Arm nahm und sicher über die Straße führte, schaute sie schon wieder ernst drein.

Johnson und Stella verschwanden gerade im Bahnhofsgebäude, als Venucci im Halteverbot einparkte. Evans und Hillyard, die mit McIndoe hinten saßen, sprangen ins Freie und rissen die bei der italienischen Armee üblichen Seesäcke an sich, die die Partisanen mit ihren Rucksäcken vertauscht hatten. McIndoe klopfte Venucci zum Dank für alles auf die Schulter, dann stieg auch er aus.

Venucci reichte Ravallo die Hand. »Viel Glück.«

Der Amerikaner schüttelte sie herzlich. »Dir auch, mein Freund. Und danke für deine Hilfe.«

»Wir müssen uns bei euch bedanken.« Für mehr Worte

reichte die Zeit nicht. Venucci beugte sich über die Fahrerlehne, zerrte den letzten Seesack hervor und drückte ihn Ravallo in die Arme. Der stieg eilig aus und wollte seinen Gefährten folgen, als er bemerkte, wie Venuccis Blick starr an ihm vorbeiging. Dicht hinter ihm stand jemand. Und schon blaffte ihn eine Stimme auf italienisch an: Sie stehen im Parkverbot. Und genau vor dem Schild! Sind Sie blind?«

Ravallo drehte sich um und sah sich einem jungen Polizeibeamten gegenüber. »Soll das ein Witz sein?« fuhr er ihn an.

Beim Anblick des dicken Verbands schnappte der junge Bursche erschrocken nach Luft. »Es ... es tut mir leid. Ich hatte keine Ahnung ... Ich hab' das nicht so gemeint ... Es war nur so dahingesagt ...«

»Ich habe mein Auge verloren, als wir Benghasi letzten Monat von der Achten Armee zurückeroberten«, informierte Ravallo den verstörten Polizisten, »und bin erst vor drei Tagen aus dem Krankenhaus entlassen worden. Seit über einem halben Jahr bin ich zum erstenmal wieder daheim in Sizilien. Ich habe meinen Adjutanten nur gebeten, mich hier abzusetzen. Aber wenn Sie damit ein Problem haben, dann frage ich gern Ihren Vorgesetzten nach seiner Meinung.«

»Nein, nein, Herr Major ... das wird nicht nötig sein.«

»Wenn es sonst nichts gibt ... Mein Zug geht gleich. Und meine Frau hat den Kindern erlaubt, heute länger aufzubleiben, damit sie mich begrüßen können. Es wäre zu schade, wenn ich sie enttäuschen würde, nur weil ich den Zug verpasse. Aber glauben Sie mir, Sie würden das auch bedauern.«

Der Polizist salutierte steif und eilte davon. Ravallo lächelte Venucci noch einmal zu, dann lief er los. »Herr Major!« rief ihm der Italiener nach. »Vergessen Sie nicht, Ihrer Frau und den Kindern meine Grüße auszurichten!«

Schmunzelnd sah Ravallo den Stabswagen davonbrausen, dann hastete er weiter zum Bahnsteig. Der war gedrängt voll mit italienischen und deutschen Soldaten, von denen viele sich auf die Holzbänke und den kalten Steinboden gelegt hatten und ihren Seesack als Kissen benutzten. Unwillkürlich betastete er sich den Kopf, als er an einer Gruppe von jungen italienischen Soldaten vorbeikam, allesamt unerfahrene Rekruten, die darauf warteten, in das Blutbad in der Gluthitze der Sahara geschickt zu werden. Viele von ihnen waren fast noch Kinder, nur daß man sie in Uniformen gesteckt hatte. Ravallo konnte die Angst, die sich auf ihren jungen Gesichtern spiegelte, nur zu gut verstehen. Wie viele von ihnen würden nie wieder heimkehren? Was für eine Vergeudung unschuldiger Leben!

Er fuhr erschrocken zusammen, als ihn eine Hand am Arm packte. Zu seiner Erleichterung war es McIndoe. »Was war los?« fragte der Schotte. »Ich wollte Sie schon suchen lassen.«

»Nur ein kleiner Zusammenstoß mit einem Polizisten. Nichts Ernstes. Ein Mißverständnis. Ich habe ihn zusammengestaucht, und er ist mit eingekniffenem Schwanz davongeschlichen. Haben Sie die Fahrkarten?«

McIndoe zog zwei Billetts aus der Brusttasche und reichte ihm eins. »Ich habe Bruce und Taffy schon losgeschickt, damit sie ein Abteil für uns auftreiben.«

»Was ist mit Stella und Johnson?«

»Soviel ich weiß, sind sie schon eingestiegen. Los, gehen wir. Wenn wir erst mal im Zug sind, werde ich mich bedeutend besser fühlen.«

Ravallo sah sich um, als sie die Absperrung erreichten. Dort wurden von vier deutschen Soldaten ihre Ausweise und Reisedokumente überprüft. In ihrer Nähe zählte er mindestens ein Dutzend weiterer Soldaten, die – paarweise – den Bahnsteig überwachten. Vor dem Eingang zur Schalterhalle standen vier Männer, vor der Toilette zwei, und sogar vor dem Fahrkartenschalter war ein Mann postiert worden. Es war eine eindeutige Demonstration der Macht. Und sie verfehlte ihre Wirkung nicht. Er zog seine Papiere aus der Brusttasche und reichte sie dem vor ihm stehenden Soldaten.

»Ihr Ziel, Herr Major?« fragte ihn der Mann auf italienisch und blätterte seine Dokumente durch.

»Catánia.« Mit zunehmendem Unbehagen verfolgte Ravallo, wie der Deutsche sich über sein Paßfoto beugte und dann sein Gesicht musterte. Er wußte, daß in solchen Situationen nur eins half: in die Offensive zu gehen. »Gibt es ein Problem?« fragte er.

»Reine Routine«, murmelte der Deutsche.

»Hören Sie zu, Soldat. Ich habe den ganzen letzten Monat in Benghasi in einem unbequemen Krankenhausbett gelegen, und das bei Affenhitze und fürchterlichem Gestank. Dann mußte ich drei Tage lang auf ein Flugzeug heim nach Sizilien warten. Als ich schließlich eins bekam, wurden wir über dem Mittelmeer von britischen Hurricanes angegriffen. Drei Maschinen von unserer Eskorte und ein Transportflugzeug wurden abgeschossen. Daß ich hier lebend angekommen bin, ist ein reines Wunder. Jetzt will ich nichts als heim und meine Familie wiedersehen. Ist das wirklich zuviel verlangt?«

Von dieser Kanonade sichtlich eingeschüchtert, reichte der Soldat Ravallo die Papiere zurück und salutierte steif. »Ihre Dokumente sind in Ordnung, Herr Major.«

Der Amerikaner stopfte die Papiere eilig in die Brusttasche und eilte zu McIndoe weiter, der auf ihn gewartet hatte.

»War es wirklich klug, ihre Aufmerksamkeit auf sich zu lenken?« kritisierte der Schotte, sobald sie außer Hörweite waren.

»Welche Wahl hatte ich denn? So wie er das Foto anstarrte, dachte ich schon, er sei mir auf der Spur. Da mußte ich ihn in die Enge treiben. Es ging nicht anders.«

McIndoe suchte die vier Waggons ab, bis er endlich unter den Dutzenden von Soldaten, die sich aus den Fenstern lehnten und sich von ihren Liebsten verabschiedeten, ein vertrautes Gesicht entdeckte. »Dort ist Taffy. Im dritten Waggon. Kommen Sie, machen wir schnell.«

»Da wären wir uns endlich mal wieder einig«, brummte Ravallo.

Mit Hilfe seines Seesacks bahnte sich der Amerikaner seinen Weg durch die Menge. McIndoe, der nicht den Verletzten markieren mußte, erreichte die Waggontür als erster, nahm ihm das Gepäck ab und half ihm dann die Stufen hinauf. Ein junger italienischer Soldat versuchte sich an ihnen vorbeizuzwängen, um einen letzten Blick auf seine Freundin zu erhaschen, doch als er die Streifen auf ihren Uniformen bemerkte, erstarrte er jäh und salutierte. Ravallo erwiderte die Ehrenbezeugung und ließ ihn lächelnd vorbei. »Nur zu, wahrscheinlich sehen Sie sie längere Zeit nicht mehr.«

Das ließ sich der Soldat nicht zweimal sagen. Dankbar strahlte er die zwei Männer an und hastete weiter.

»Es ist wohl eher wahrscheinlich, daß er sie *nie* wieder sieht«, seufzte McIndoe.

»Wie einfühlsam Sie sind!« spottete Ravallo und folgte McIndoe den Gang zu dem Abteil hinunter, in dem Hillyard und Evans auf sie warteten.

»Wie haben Sie es geschafft, ein Abteil für uns allein zu ergattern?« fragte McIndoe und wuchtete seinen Seesack auf das Gepäcknetz. »Der Zug ist doch total überfüllt.«

»Massimo hat es so mit dem Schaffner vereinbart«, antwortete Evans. »Der Schaffner hat es uns beim Einsteigen erklärt. Anscheinend hängt er irgendwie mit den Partisanen zusammen.«

»Richtig, so was Ähnliches hat uns Massimo im sicheren Haus auch gesagt«, bestätigte McIndoe.

»Da kommt er übrigens.« Hillyard deutete auf die Tür, durch die nun ein uniformierter Beamter eintrat.

McIndoe erhob sich. »Ich glaube, wir schulden Ihnen unseren Dank.«

»Gianni Massimo hat mich gebeten, das Abteil für Sie zu reservieren«, erklärte der Schaffner und reichte McIndoe zwei Zeitungen. »Ich dachte mir, Sie möchten vielleicht etwas lesen, um sich die Zeit zu vertreiben. Leider halten wir in jedem Bahnhof an. Da kommt schnell Langeweile auf.«

»Das ist aber nett, danke«, sagte McIndoe und legte die Zeitungen auf den Sitz neben sich.

»Da ist noch etwas, was ich Ihnen sagen muß«, murmelte der Schaffner, um gleich darauf zu verstummen, weil zwei deutsche Soldaten vorbeikamen. Hastig zog er die Tür hinter sich zu. »Die Gestapo hat einen Mann im Zug sitzen.«

Evans warf McIndoe einen besorgten Blick zu. »Glauben Sie, daß sie uns schon auf der Spur sind, Sir?«

»Wenn das der Fall wäre, würden wir uns nicht mehr hier unterhalten, sondern bekämen in der Gestapozentrale eine höchst unangenehme Maniküre mit ein paar Zangen verpaßt.«

Der Schaffner bestätigte das mit einem Nicken. Über seine Lippen huschte ein mattes Lächeln. »Die Gestapo hat ein ganzes Kommando von Agenten in Sizilien, deren Aufgabe es ist, die Züge zu kontrollieren. Leider werden sie ständig ausgetauscht, womit sie es uns immer wieder erschweren, sie ausfindig zu machen. Aber den heute kenne ich. Ich habe ihn schon mal gesehen. Sie knüpfen mit anderen Passagieren ein Gespräch an, meistens im Speisewagen, und versuchen, alle möglichen Informationen über die Partisanen aufzuschnappen. Manchmal reisen sie auch zu zweit, aber normalerweise ist es nur einer. In der Regel reservieren sie einen einzelnen Schlafwagenplatz in der Ersten Klasse. Dann können sie ihrem Hauptquartier ungestört eine Nachricht übermitteln. Sie haben immer ein tragbares Funkgerät dabei.«

»Jede Wette, daß sie eine verdammt genaue Beschreibung von mir haben«, meldete sich Ravallo zu Wort.

»Wenn wir wissen, wo er ist, brauchen wir ihn doch nur zu neutralisieren und die Leiche über Bord zu werfen«, schlug Hillyard vor.

»Warum gehen wir nicht gleich hin und sagen ihm, daß wir da sind?« erwiderte McIndoe sarkastisch. »Sie denken nicht gerade logisch. Wenn auch nur ein Funkspruch ausbleibt, wimmelt es hier im Handumdrehen von Gestapoagenten. Nein, wir rühren ihn nicht an.«

»Wir haben auch ein Funkgerät im Dienstabteil«, meinte der Schaffner. »Die Briten haben den Partisanen eine ganze Reihe davon zur Verfügung gestellt, damit sie den

Funkverkehr der Gestapo abhören können. Natürlich ist die Gestapo völlig ahnungslos. Ich kann also in Erfahrung bringen, was er seinen Leuten meldet, vorausgesetzt, sie haben nicht schon wieder eine neue Frequenz. Normalerweise ändern sie sie alle zwei, drei Tage, und wir brauchen bis zu vierundzwanzig Stunden, bis wir die neue finden. Aber weil der letzte Wechsel erst gestern war, müßte es eigentlich klappen. Ein Problem gibt es allerdings. Ich kann die Gespräche nur abhören, wenn ich im Dienstabteil bin.«

»Sollen wir das für Sie übernehmen?« fragte McIndoe.

»Damit wäre mir geholfen.«

»Schon erledigt«, sagte McIndoe und wandte sich an die anderen. »Die Fahrt dauert vier Stunden. Ich schlage vor, jeder übernimmt eine einstündige Schicht im Dienstabteil.«

»Einverstanden«, sagte Ravallo.

»Ich übernehme die erste Schicht«, erbot sich Hillyard. Keiner widersprach.

Der Schaffner schickte sich zum Gehen an. »Ich schaue immer wieder mal rein und halte Sie auf dem laufenden.«

»Das wäre sehr nett«, meinte Ravallo.

»Aber jetzt muß ich los. Und was Sie betrifft ...«, der Schaffner wandte sich an Hillyard, »... ich komme Sie in wenigen Minuten holen, sobald der Zug den Bahnhof verlassen hat; dann bringe ich Sie zum Dienstabteil.«

Als der Schaffner gegangen war, schloß McIndoe die Tür und zog die Jalousie vor dem Fenster herunter. Dann beugte er sich über eine von den zwei Zeitungen. Er hatte den Leitartikel noch nicht einmal zur Hälfte gelesen, als ein Rumpeln durch die Waggons ging und der Zug in eine dichte Rauchwolke gehüllt losratterte. McIndoe war klar, daß sie noch lange nicht in Sicherheit waren, doch immerhin hatten sie einen ersten Schritt in diese Richtung getan.

Mitternacht war bereits vorbei, als ein müder Hans Riedler einen Anruf von der Gestapo erhielt. Ein hoher Offizier faßte für ihn zusammen, was er von einem als zuverlässig geltenden Informanten erfahren hatte. Sofort war Riedler wieder hellwach. Wenn das alles stimmte, erreichten sie vielleicht bald einen Durchbruch bei der Fahndung nach den flüchtigen Spionen. Er weckte auf der Stelle Franke und schickte ihn zusammen mit seinen erfahrensten Fallschirmjägern zu einem Treffen mit dem Informanten im Araberviertel.

Eskortiert wurden sie diesmal von einem Panzerspähwagen SdKfZ, der jedoch in Anbetracht der gestrigen Geschehnisse nur wenig zu Frankes Beruhigung beitrug. Trost bot ihm einzig und allein das Wissen, daß die Besatzung ihres Gefährts sich bestens in den schlecht beleuchteten, engen Straßen der Altstadt auskannte. Franke bekam es nicht so schnell mit der Angst, doch je weiter ihr Kübelwagen in die Altstadt hineinfuhr, desto mulmiger wurde ihm zumute. Freilich ließ er sich vor den anderen nichts anmerken. Ein Offizier mußte immer mit gutem Beispiel vorangehen.

Als das gepanzerte Gefährt zum Stillstand kam, mußte auch der Fahrer des Kübelwagens anhalten. Die Luke des Panzerspähwagens flog auf, und ein junger Offizier zwängte sich durch die Öffnung, um auf eine nicht beleuchtete Gasse zu deuten, die etwa zwanzig Meter vor ihnen lag. Sofort stieg Franke mit seiner MP 40 mit extralangem Magazin im Anschlag aus. Der Gestank von verfaulendem Müll verpestete die Luft, doch davon ließ er sich nicht weiter beirren, als er die dunklen Hauseingänge zu beiden Seiten der Straße mit den Augen nach einem Hinterhalt absuchte. Ein Heckenschütze, eine einzige Kugel – mehr war nicht nötig, um ihn zu töten. Immerhin befand er sich im Capo, der berüchtigten Hochburg des sizilianischen Widerstands.

Nachdem er sich vergewissert hatte, daß keine unmittelbare Gefahr drohte, bedeutete Franke zwei Fallschirmjägern, sich hinter dem Kübelwagen zu postieren, und den anderen beiden, ihn zu begleiten. Er wartete, bis sie ihn erreicht hatten, dann gingen sie, ihre Maschinenpistolen in Bereitschaft, zu dritt weiter. Vor einem Durchgang hob er kurz die Hand, worauf einer seiner Begleiter eine große

Taschenlampe hervorholte und mit dem mächtigen Strahl die Dunkelheit abtastete. Seine Hand erstarrte jäh, als der Kegel auf eine schäbig gekleidete Gestalt fiel, die am hintersten Ende vor der Wand stand.

»Kuhn, überprüfen Sie den Durchgang«, befahl Franke. Feldwebel Manfred Kuhn zog nun ebenfalls eine Taschenlampe aus der Tasche und marschierte auf einen Haufen verrosteter Tonnen zu, die einen Hauseingang halb versperrten. Er überprüfte jede einzelne Tonne. Niemand war da. So rüttelte er an der verriegelten Holztür, aber sie gab nicht nach. Plötzlich sprang er zurück. Aus einem Loch über der Schwelle kam eine Ratte geschossen und verschwand hinter dem nächsten Faß. Fehlalarm. Vorsichtig bewegte er sich jetzt auf den Mann zu, der sich ängstlich gegen die Wand preßte und sich eine zitternde Hand vor die Augen hielt, um sie vor dem grellen Lichtstrahl zu schützen.

»Bist du Verga?« fragte Kuhn auf italienisch.

Der Mann nickte. Dann deutete er auf die Lichtquelle. »Sagen Sie ihm, er soll die Lampe ausschalten. Wenn die sehen, daß ich mit Ihnen spreche, bringen sie mich um.«

»Das Licht bleibt«, beschied ihn Kuhn. »Gewöhn dich also besser dran.«

Das hohle Dröhnen von Stiefeln hallte zwischen den Mauern wider, als Franke auf sie zutrat. »Das ist er, Herr Hauptmann«, meldete ihm Kuhn nun wieder in seiner Muttersprache. Riedler hatte ihn Franke als Dolmetscher an die Seite gestellt, denn er war einer der wenigen in der Fallschirmjägerstaffel, die sich in fließendem Italienisch verständigen konnten.

»Haben Sie das Geld?« fragte Verga und rieb vor Frankes Augen Daumen und Mittelfinger aneinander.

»Sagen Sie ihm, daß er es nur dann bekommt, wenn wir mit seinem Wissen wirklich etwas anfangen können«, sagte Franke.

Kaum hatte Kuhn das ins Italienische übersetzt, packte der Hauptmann Verga vorne am Hemd und drehte ihn zu sich herum. »Du sprichst mit mir, klar?«

»Mir ist egal, mit wem ich spreche, Hauptsache, ich bekomme mein Geld«, brummte der andere.

Franke musterte Verga mit verächtlichem Blick. Allein schon sein Äußeres! Schmutzige Kleidung, ungewaschene Haare, schwarze Fingernägel, eitriger Ausschlag um den Mund. Der Mann ekelte ihn an. Als könnten sie ihn irgendwie vor diesem stinkenden Geschöpf der Dunkelheit schützen, streifte sich Franke seine schwarzen Lederhandschuhe über. Dann zog er Kuhn beiseite. »Laut Major Riedler hat Verga seinem Kontaktmann bei der Gestapo am Telefon gesagt, er habe gesehen, wie erst Massimo ein bestimmtes Haus in diesem Viertel verlassen habe und wenig später eine Gruppe italienischer Soldaten aus demselben Haus getreten und von einem Mitglied des Widerstands weggefahren worden sei. Es könnte sich durchaus um Ravallo und Mitglieder seines Kommandos gehandelt haben. Sagen Sie ihm, daß ich nicht an Massimo interessiert bin, sondern nur an den Soldaten. Zeigen Sie ihm die Phantombilder von Ravallo und seinem Helfershelfer und stellen Sie fest, ob er sie erkennt. Und bringen Sie den genauen Standort des Hauses in Erfahrung.«

Kuhn trat wieder auf Verga zu, reichte ihm die zwei Zeichnungen und beleuchtete sie mit der Taschenlampe. »Gehörten diese Männer zu den Soldaten, die du heute abend gesehen hast?«

Verga studierte nachdenklich an einem schwarzen Fingernagel kauend die Porträts. Schließlich deutete er auf Ravallo. »Zwei von ihnen trugen Offiziersuniformen. Einer hatte einen Verband über dem linken Auge. Es könnte der da gewesen sein, aber ich bin mir nicht sicher. Der Mann sah gut aus, so wie der.«

»Er meint also, daß es Ravallo gewesen sein könnte«, knurrte Franke, nachdem Kuhn für ihn übersetzt hatte. »Wohin sind sie gefahren?«

Kuhn wiederholte die Frage auf italienisch. »Keine Ahnung«, erklärte Verga. »Ich war zu Fuß unterwegs. Sie fuhren in einem Stabswagen davon. Wie hätte ich ihnen da folgen sollen?«

»Wie kam es, daß du zufällig gerade in diesem Moment auf der Straße warst?« setzte Kuhn nach.

»Ich hatte das Gerücht aufgeschnappt, daß sich Massimo in dem Haus aufhalten würde.«

»Warum hast du die Gestapo nicht sofort informiert?«

»Sie müssen wissen, daß ich viele Gerüchte höre. Die meisten davon sind nichts anderes als das – Gerüchte eben. Die Gestapo bezahlt mich aber nur für Fakten. Darum bin ich erst nachschauen gegangen. Sobald ich mich vergewissert hatte, daß er es war, meldete ich mich bei der Gestapo.«

»Aber da waren sie schon weg.«

Verga zuckte die Schultern. »Das ist bedauerlich.«

»Allerdings!« schnaubte Kuhn. »Wo ist das Haus?«

»Nicht weit von hier.«

»Zeig es uns.«

Vergas schüttelte heftig den Kopf. Er hatte Angst. »Nein, ich darf nicht mit Ihnen gesehen werden. Ich erkläre Ihnen …«

»Zeig es uns«, wiederholte Kuhn mit Nachdruck.

»Es wäre zu gefährlich …«

»Halt's Maul!« zischte Kuhn und schleuderte ihn gegen die Mauer. Dann packte er ihn erneut am Hemd und deutete auf den hinter ihm stehenden Franke. »Das ist mein Vorgesetzter. Er hat in Nordafrika bei den Sondereinheiten gedient. Es geht das Gerücht, daß eine Patrouille unter seinem Kommando zwei britische Taucher gefangen hat, die einen vor der Küste von Alexandria liegenden Schoner verminen wollten. Er bekam jede Information, die er brauchte. Danach tötete er sie. Nur benutzte er dazu nicht etwa eine Pistole oder ein Messer, sondern seine bloßen Hände. Es heißt, sie hätten drei Tage lang unter unvorstellbaren Qualen gelitten, bevor sie endlich starben. Und das waren harte Soldaten. Ich möchte lieber nicht daran denken, was er mit einem Würmchen wie dir machen würde, wenn er erst mal sauer auf dich ist.« Mit einem kalten Lächeln betrachtete er Vergas versteinerte Miene. »Aber, wie gesagt, das ist ja nur ein Gerücht. Und nach allem, was du mir zu verstehen gegeben hast, scheinst du von so was wenig zu halten. Aber soll ich meinem Hauptmann wirklich berichten, daß du dich weigerst, mit uns zusammenzuarbeiten?«

»Bitte nein! Ich zeige Ihnen das Haus!« rief Verga plötzlich voller Eifer. »Ich führe sie sofort hin.«

»Was ist los?« bellte Franke.

»Nur ein Mißverständnis, Herr Hauptmann. Er will uns das Haus zeigen. Es ist nicht weit von hier.« Damit zerrte Kuhn den Italiener zum Kübelwagen.

Bevor Franke ebenfalls einstieg, wechselte er noch ein paar Worte mit dem Offizier im gepanzerten Fahrzeug. »Lassen Sie sich von ihm den Weg beschreiben, dann stürmen wir das Haus«, beschied er Kuhn.

»Und der Panzerspähwagen?«

»Der bleibt hier, fürs erste zumindest. Wenn Leute im Haus sind, brauche ich sie lebend fürs Verhör. Wir müssen uns anschleichen und sie überrumpeln. Der Panzer würde zuviel Lärm machen.«

Nachdem Kuhn die Informationen Vergas an den Fahrer des Kübelwagens weitergegeben hatte, fuhren sie los. Es waren nur wenige hundert Meter. Kaum waren sie in die Straße eingebogen, in der sich das sichere Haus laut Verga befand, gab Franke das Signal, anzuhalten, den Motor abzustellen und die Lichter auszuschalten. Leise öffnete er die Tür und kletterte mit seiner Maschinenpistole in der Hand geduckt ins Freie. Zunächst lauschte er nach etwaigen verdächtigen Geräuschen ... hörte eine erhobene Frauenstimme aus einem Haus in der unmittelbaren Nachbarschaft, Motorenbrummen in der Ferne, noch einmal ein Motor, näher diesmal, das unentwegte Bellen zweier Hunde in einer Querstraße. Langsam schwenkte er den Lauf über die kaum beleuchtete Straße. Sie schien verlassen zu sein. Von hier aus ließ sich nicht feststellen, ob sie in einen heimtückisch geplanten Hinterhalt gelockt wurden. Mit so etwas war natürlich immer zu rechnen, auch wenn ihm sein Gefühl sagte, daß ihnen keine unmittelbare Gefahr drohte. Was er auch sonst von Verga halten mochte, seine Treue zur Gestapo schien außer Frage zu stehen. Schließlich richtete er sich auf und bedeutete den vier Fallschirmjägern, ebenfalls auszusteigen.

Kuhn huschte sofort zu ihm herüber. »Was machen wir mit Verga?« flüsterte er.

Franke zeigte mit dem Daumen auf den Fahrer. »Er bleibt mit Hoffmann im Auto. Und sagen sie Hoffmann, daß er ihn beim ersten Anzeichen von Ärger erschießen soll.«

»Meinen Sie, die wollen uns in eine Falle locken?«

»Nein, trotzdem ist erhöhte Wachsamkeit dringend geboten. Ich jedenfalls will keine unnötigen Risiken eingehen. Sie etwa?«

»Bestimmt nicht, Herr Hauptmann«, erklärte Kuhn und kehrte zum Kübelwagen zurück, um den Fahrer zu instruieren.

Unterdessen befahl Franke zweien seiner Leute, Brandt und Meisner, hinter das Haus zu schleichen und dort auf weitere Anweisungen zu warten. Die anderen zwei, Kuhn und Hausser, ein junger Fallschirmjäger, auf den Riedler große Stücke hielt, folgten Franke. Der rannte die verlassene Straße hinunter, sprang über eine Mauer und duckte sich zunächst in ihrem Schatten. Hinter den Fenstern ihnen gegenüber brannte jedoch kein Licht. Auch das sichere Haus, von dem sie jetzt keine zwanzig Meter mehr entfernt waren, lag im Dunkeln. Franke wischte sich mit dem Ärmel den Schweiß von der Stirn, dann bedeutete er Hausser, zum Vordereingang vorzurücken. Der junge Soldat jagte durch das offene Tor, sprintete über die Straße und ging vor dem Holzzaun wieder in Deckung. Auf einem Bein kniend ließ er den Blick über den zugewachsenen Garten und die Frontseite des Hauses schweifen. Da er nichts Verdächtiges feststellen konnte, gab er Franke das Zeichen zur Entwarnung. Daraufhin huschten Franke und Kuhn eilig über die Straße. Bei Hausser angekommen, sah sich Franke noch einmal um, dann sprang er auf und rannte den schmalen Weg zum Haus weiter. Sobald er neben der Tür Stellung bezogen hatte, winkte er die anderen zu sich. Kuhn kam als erster und drückte sich gegenüber von Franke an die Wand. In der einen Hand hielt er eine Taschenlampe, in der anderen seine Maschinenpistole – er konzentrierte sich auf den Angriff. Den bereitete Hausser vor. Mit aller Kraft trat er mit seinem schweren Stiefel gegen die Tür, das Holz splitterte, doch noch hielt sie stand. Hausser nahm einen zweiten Anlauf, und diesmal flog sie auf. Kuhn, der sich bei zahllosen Räumungen von Häusern bewährt hatte, drang als erster ein. Drinnen duckte er sich und schwenkte den Lauf seiner Maschinenpistole über den Flur. Er war verlassen. Auch Franke und Hausser schlüpften nun herein und durchsuchten gemeinsam mit Meisner und Brandt, die unterdessen durch das Küchenfenster eingebrochen waren, nacheinander die Zimmer. Schnell stand für sie fest, daß tatsächlich niemand da war. Einerseits erleichterte das Franke – hatte er das Haus doch ohne Verluste genommen –, andererseits fehlte von Ravallo und den Mitgliedern seines Kommandos jede Spur. Wohin waren sie verschwunden? Ja, waren sie überhaupt in diesem Haus gewesen? Bislang hatten sie keinen Hinweis darauf finden können. Hatte Riedler eine vorschnelle Schlußfolgerung hinsichtlich der Insassen des Stabswagens gezogen? Stimmte das mit den Partisanen am Ende gar nicht und gab es eine ganz einfache Erklärung für Vergas Beobachtung? Immerhin war es ein offenes Geheimnis, daß Woche für Woche demoralisierte italienische Soldaten zum Widerstand überliefen. Und es ließ sich beim besten Willen nicht behaupten, daß Vergas diesen Ravallo eindeutig identifiziert hatte. Das war bestenfalls ein Verdacht …

»Herr Hauptmann, wir haben etwas gefunden«, meldete Kuhn. »Schauen Sie es sich mal an.«

Franke folgte Kuhn in das Schlafzimmer. Als sie eintraten, stand Hausser vor dem Bett. Er drehte sich zu ihnen um. »Sehen Sie nur, was ich im Schrank entdeckt habe. Sie waren in einem Koffer.«

Franke ging auf ihn zu. »Was ist das?«

»Wehrmachtsuniformen, Herr Hauptmann. Und zwei SS-Uniformen sind auch dabei.«

»Zeigen Sie her.« Franke stieß Hausser beiseite und

nahm eine SS-Uniform in die Hand. Sie hatte einem Offizier gehört. Als Franke sie im Lichtschein von Haussers Taschenlampe einer näheren Untersuchung unterzog, fiel ihm auf, daß vorne die Knöpfe fehlten. Das war der Beweis, daß Ravallo tatsächlich hier gewesen war. Verga hatte sich also nicht getäuscht. Mit einem Schlag fügte sich eins zum anderen: Die Kerle hatten die belastenden deutschen Uniformen mit italienischen vertauscht, in denen sie nicht so leicht auffielen. Wer würde denn schon bei einer Gruppe von fünf italienischen Soldaten genau hinsehen? Und natürlich rechnete Ravallo längst damit, daß an allen Straßensperren, Bahnhöfen und Häfen Phantombilder von ihm zirkulierten. Was lag da näher, als eine Verletzung im Gesicht vorzugeben und sich hinter einem Verband zu verbergen? Welcher Soldat würde es schon wagen, die Angaben eines verwundeten Offiziers in Frage zu stellen?

Kuhn räusperte sich. »Jetzt wissen wir, daß sie hier waren. Wie geht es weiter?«

»Reparieren Sie die Haustür«, befahl Franke und warf die Uniformjacke aufs Bett zurück.

Kuhn und Hausser wechselten einen verwirrten Blick. »Was wollen Sie denn damit erreichen?« fragte Kuhn.

»Das Auto wurde laut Verga von einem Mitglied des Widerstands gefahren. Wenn er sie zum Bahnhof oder zu einem anderen sicheren Haus irgendwo in der Stadt gebracht hat, dann kehrt er mit größter Wahrscheinlichkeit hierher zurück. Und wenn das der Fall ist, will ich vermeiden, daß er Verdacht schöpft. Das Haus muß genau so aussehen, wie er es verlassen hat.«

»Und was ist mit dem Küchenfenster, das wir aufgebrochen haben?« fragte Hausser.

»Das ist nicht so wichtig. Hauptsache, wie locken ihn aufs Grundstück. Meisner und Brandt verbergen sich im Garten. Sobald er vorfährt und den Motor abstellt, haben wir ihn.«

»Vorausgesetzt, er hat sie in der Stadt abgesetzt. Aber was ist, wenn er sie zu einem Treffpunkt außerhalb von Palermo bringt, Herr Hauptmann?«

»Haben Sie etwa einen dringenden Termin?«

Hausser senkte den Blick auf den Teppich. »Nein, Herr Hauptmann.«

»Dann bringen Sie die Tür in Ordnung, bevor der Fahrer zurückkommt. Kuhn, Sie helfen ihm dabei. Und jetzt Marsch, alle beide!«

»Herr Hauptmann, ich sehe Scheinwerfer«, meldete Kuhn vom Fenster. »Das Fahrzeug kommt jetzt in Sicht. Es ist ein Stabswagen der italienischen Armee. Ein Insasse ... ein Mann ... Moment ... Dahinter tauchen noch mal Lichter auf. Beide Autos wollen anscheinend hierher. Sie werden langsamer.«

»Ob ein oder zwei Fahrzeuge, das ist egal«, brummte Franke. »Keiner rührt sich, solange nicht alle Insassen ausgestiegen sind.«

»Der Stabswagen ist in der Auffahrt«, berichtete Kuhn. »Er hält jetzt auf dem Rasen an, und der Motor wird abgestellt. Das zweite Fahrzeug nähert sich auch. Es ist viel kleiner ... ein Fiat. Auch nur eine Person. Eine Frau. Es parkt jetzt hinter dem ersten Wagen. Die Frau steigt aus und geht zum Stabswagen rüber. Der Mann bleibt immer noch sitzen ... Meisner und Brandt stürmen jetzt aus der Deckung und werden sie gleich verhaften.«

»Los!« befahl Franke und setzte sich in Bewegung. Im Laufen zog er seine Pistole, doch vor der Tür mußte er jäh anhalten. Nachdem Hausser und Kuhn sie repariert hatten, klemmte sie jetzt auf einmal. »Machen Sie sie gefälligst auf!« schrie Franke entnervt. Er stieß Hausser beiseite und zerrte mit solcher Wut an der Klinke, daß er die Tür halb aus den Angeln riß. Als er schließlich mit gezückter Pistole die Auffahrt erreichte, standen Venucci und Gina mit den Händen über dem Kopf vor dem Stabswagen. Die anderen hatten sie bereits durchsucht und Venuccis Gewehr sichergestellt. Um jeden Fluchtversuch zu unterbinden, hatte sich Meisner vor und Brandt hinter ihnen postiert. Venucci wandte sich auf italienisch an Franke und deutete auf Gina.

»Hierher, Kuhn!« bellte der Hauptmann.

Zwar sprach Venucci genügend deutsch, um sich mit den Soldaten in deren Sprache zu verständigen, doch jetzt hing alles davon ab, daß er glaubwürdig den italienischen Offizier spielte. Allein um der jungen Gina willen mußte er stark sein. In seinen Augen war sie doch noch ein Kind, und notfalls war er sogar bereit, für sie zu sterben …

»Name?« fauchte Franke.

»Tessoti. Lino Tessoti.« Venucci machte Anstalten, in seine Brusttasche zu greifen, doch Franke schlug ihm mit dem Pistolenlauf gegen die Hand. »Ich wollte Ihnen doch nur meine Papiere zeigen, *Signore*«, versicherte er und hob beide Hände.

An seiner Stelle knöpfte Kuhn die Tasche auf und zog die Dokumente heraus. Nachdem er sie durchgeblättert hatte, gab er sie Franke.

»Garantiert Fälschungen«, knurrte der Hauptmann, ohne sie eines Blickes zu würdigen. »Schaffen Sie sie rein.«

»*Signore,* das muß ein Mißverständnis sein. Ich kann Ihnen bestimmt …«

»Halt's Maul!« Kuhn packte Venucci am Arm und stieß ihn auf das Haus zu.

Inzwischen hatte Hausser die Tür ganz ausgehängt und im Flur gegen die Wand gelehnt. Venucci und Gina wurden ins Wohnzimmer gebracht. Jetzt erst schalteten die Deutschen zum erstenmal seit ihrer Ankunft die Lichter an. Brandt und Hausser bezogen links und rechts neben dem Fenster Stellung, und Meisner, der die Tür hinter sich schloß, versperrte den Fluchtweg nach hinten.

»Wohin habt ihr Ravallo gebracht?« fragte Franke.

Venucci schüttelte nur verständnislos den Kopf, als Kuhn für ihn übersetzte. »Ich habe meine Freundin ausgeführt.«

»Mit zwei Autos?« bohrte Kuhn nach.

»Sie muß morgen früh in die Arbeit. Wir dachten …«

»Spar dir diese Komödie!« fiel ihm Kuhn wütend ins Wort. »Ist das dein Haus?«

»Ja, *Signore.*«

»Dann kannst du uns vielleicht etwas zu den deutschen

Militäruniformen im Schlafzimmerschrank sagen! Zwei davon sind eindeutig als diejenigen identifiziert worden, die gestern von feindlichen Agenten getragen wurden, als sie versuchten, den Sicherheitsgürtel um das Grand Hotel zu durchbrechen.«

»Uniformen?« fragte Venucci aufrichtig verstört. Jetzt wußte er, daß er verloren hatte. Massimo hatte ihm vor der Fahrt zum Bahnhof per Funk noch einmal ausdrücklich bestätigt, daß er dafür sorgen wolle, daß jemand die Uniformen während ihrer Abwesenheit wegschaffen würde. Warum war das nicht geschehen? Hatte der Kurier etwa deutsche Soldaten auf dem Grundstück gesehen und das Weite gesucht? Das erschien ihm als die einzig logische Erklärung. Aber warum waren sie dann nicht gewarnt worden? Warum hatte man sie blind in eine Falle tappen lassen? Waren sie wirklich derart entbehrlich? Ihm war klar, daß die Uniformen nicht nur ihre Zusammenarbeit mit Ravallo bewiesen, sondern auch ihre Beteiligung am gestrigen Hinterhalt. Jetzt spürte er förmlich, wie sich die Schlinge zuzog; es gab nichts, womit er Gina oder sich noch retten konnte.

Auf einmal fühlte er sich von den eigenen Leuten verraten. Sie hatten sie auf Gedeih und Verderb den Deutschen ausgeliefert. Nach allem, was er seit der Besetzung der Insel für die Partisanen getan hatte! Vergalten sie ihm so seine Treue? Und warum gerade Gina? Sie war doch erst achtzehn. Ihr Leben sollte doch noch vor ihr liegen!

»Ich mache dir ein Angebot«, schlug Kuhn vor. »Sag uns, was wir wissen wollen, und dafür kriegst du mein Wort, daß wir euch nicht an die Gestapo ausliefern.«

»Zum Teufel mit dir«, knurrte Venucci.

Franke packte Kuhn am Arm und zog ihn in eine Ecke. »Was haben Sie ihm gesagt?«

Kuhn berichtete es ihm.

»Habe ich Sie etwa zu irgendwelchen Mauscheleien ermächtigt?« blaffte Franke. »Sie sind zum Übersetzen da, und wenn Sie Ihre Aufgabe nicht pflichtgemäß erledigen können, lasse ich Sie durch einen anderen ersetzen. Ist das klar, Feldwebel?«

»Jawohl, Herr Hauptmann.«

»Brandt, sehen Sie zu, daß Sie ein Seil auftreiben.«

»Herr Hauptmann«, meldete sich noch einmal Kuhn zu Wort, »wenn ich ihr Vertrauen gewinne, kann ich bestimmt etwas über den Aufenthalt der feindlichen Agenten aus ihnen herausbringen.«

»Daran bin ich nicht interessiert«, beschied ihn Franke.

»Also wollen Sie sie der Gestapo übergeben?«

»Das werden wir noch sehen.«

Als Brandt mit einem Stück Seil, das er in der Küche gefunden hatte, zurückkehrte, befahl Franke den Gefangenen, sich hinzuknien und ließ ihnen die Hände hinter dem Rücken und die Fußgelenke zusammenschnüren. Dann kauerte er sich hinter die vor Angst zitternde Gina, hielt seine Pistole an ihren Ellbogen und faßte Venucci ins Auge, der ihn mit wachsendem Unbehagen beobachtete. »Kuhn, fragen Sie ihn, wohin er Ravallo und seine Spießgesellen gebracht hat. Wenn er stur bleibt, schieße ich ihr in den Ellbogen. Bei der nächsten Verweigerung ist die Kniescheibe dran. Ich habe ein ganzes Magazin für alle möglichen Körperteile – insgesamt acht Kugeln. Und erst die letzte wird sie töten. Wenn sie tot ist, fange ich mit ihm an. Sagen Sie ihm das.«

»Er braucht es mir nicht zu übersetzen; ich habe dich auch so verstanden«, zischte Venucci auf deutsch. »Was für ein Tier bist du denn? Sie ist doch noch ein Kind!«

»Daran hättest du denken sollen, bevor du sie rekrutiert hast«, stieß Franke voller Verachtung hervor. »Aber die sogenannten ›Widerstandsbewegungen‹ sind sich ja alle gleich. Das Alter eurer Mitglieder ist euch völlig egal, solange sie ein Gewehr halten und deutsche Soldaten abschießen können. Das ist das einzige, worauf es euch ankommt. Ich bin nicht derjenige, der sich die Hände mit ihrem Blut besudelt. Das bist du! Und mit dir alle anderen deinesgleichen, die nicht aufhören können, die Leute zu diesem zwecklosen Widerstand anzustacheln. Du bist schuld, nicht ich!«

Venucci starrte Gina verzweifelt an. Tränen glänzten in ihren weit aufgerissenen Augen. Sie würden beide sterben, das stand für ihn schon fest. Es war nur eine Frage der Dauer – langsam und grausam oder schnell und schmerzlos. Wenn er durchhielt, würde Gina die schrecklichsten nur vorstellbaren Todesqualen erleiden. Konnte er ihr das wirklich antun? Doch zugleich wußte er, daß Ravallo und seine Leute die Insel nie lebend verlassen konnten, wenn er den Deutschen sein Wissen preisgab. Man würde sie noch im Zug verhaften und an die Gestapo aushändigen. Er hatte keine Zweifel daran, daß zumindest einer von ihnen unter der gnadenlosen Folter zusammenbrechen und sein Wissen über die Geheimnisse des Widerstands in Italien und auf Sizilien preisgeben würde. Massenverhaftungen wären die unweigerliche Folge, und beide Organisationen würden in ihrem Kampf gegen die faschistischen Unterdrücker entscheidend zurückgeworfen. Was sollte er nur tun? Er sah die erste Träne aus Ginas Auge quellen, doch sie schüttelte energisch den Kopf, als wüßte sie, was er dachte.

»Antworte mir!« brüllte Franke und riß so brutal an Ginas Arm, daß sie aufschrie.

Venucci war zu sehr mit seinen Gedanken beschäftigt gewesen, um zu hören, was Franke sagte. Aber es hätte ohnehin nichts geändert. »Zum Teufel mit dir!« knurrte er.

Da drückte Franke ab. Gina kreischte vor Schmerzen, als die Kugel ihren Ellbogen zerschmetterte und Blut die Wand hinter ihr bespritzte. Sie kippte seitlich um und wälzte sich wimmernd auf dem Boden. Venucci preßte die Augen zu. Ein Brechreiz stieg ihm in die Kehle. Mühsam kämpfte er ihn nieder. Als er wieder aufsah, registrierte er, daß die anderen Soldaten in der Tür standen. Eigentlich hatte er mit einem schadenfrohen Leuchten in ihren Augen gerechnet, statt dessen bemerkte er nichts als Abscheu. Gina heulte auf, als Franke sie am zerschossenen Arm hochriß. Venucci sah, wie Brandt, der Mann, der das Seil gebracht hatte, einen Schritt auf Franke zumachte. Seiner Miene war deutlich anzusehen, daß er eingreifen wollte, doch dann hielt ihn der Feldwebel zurück und schüttelte den Kopf.

»Die zweite Kugel wird sie zum Krüppel machen.« Franke drückte den Lauf gegen Ginas Kniescheibe. »Willst du wirklich, daß ich ihr das antue? Willst du das?«

»Er wird euch nichts sagen«, zischte sie durch zusammengepreßte Zähne und spuckte ihm plötzlich ins Gesicht.

Mit einem kühlen Lächeln wischte Franke sich bedächtig den Speichel von der Wange. »Entscheide dich.«

Venucci senkte den Blick und schüttelte den Kopf. Unwillkürlich zuckte er zusammen, als der zweite Schuß donnerte und Gina einen markerschütternden Schrei ausstieß. Danach hörte er nichts mehr. Eine Stimme – sie klang wie aus weiter Ferne – durchbrach schließlich die Stille. Er sah, wie zwei der Soldaten Brandt zurückzerrten, der Franke anflehte, mit der Verstümmelung aufzuhören. Zu Ginas Glück hatten ihr die Schmerzen das Bewußtsein geraubt. Sie lag regungslos auf dem Boden. Rings um sie war der Teppich mit Blut getränkt.

»Meinen Sie etwa, mir macht das Spaß?« schrie Franke Brandt an.

Bevor der junge Soldat antworten konnte, riß Kuhn die Tür auf und stieß ihn in den Flur hinaus.

Franke starrte auf das zu seinen Füßen liegende Bündel hinab. »Jemand muß das erledigen. Jemand muß sie zum Sprechen bringen. Kuhn, wollen vielleicht Sie das übernehmen?« Kuhn senkte den Blick. Eine Antwort gab er nicht. Franke hielt den anderen zwei Soldaten die Pistole entgegen. »Meisner, nehmen Sie doch die Pistole. Oder Hausser, was ist, wollen Sie sie haben?«

Keiner reagierte. »Natürlich, da muß ich wieder ran. Die Schmutzarbeit bleibt immer mir überlassen, weil keiner sie machen will.« Er stieß ein bitteres Lachen aus. Dann stupste er Gina mit der Spitze seines blutbespritzten Schuhs an. »Kuhn, bringen Sie mir Wasser. Wir müssen die Schlampe wiederbeleben. Der Spaß geht doch erst los.«

Kuhn starrte mit hilflosem Blick auf sie hinab. Nur mühsam bezähmte er die in ihm hochsteigende Wut. Als er schließlich aus dem Zimmer lief, hörte er ein Motorenbrummen. Gleich darauf fuhr der Kübelwagen vor dem Haus vor.

»Es ist Hoffmann, Herr Hauptmann«, meldete Meisner vom Fenster.

Sekunden später kam der Fahrer herein und salutierte vor Franke. »Ich hatte soeben Major Riedler am Funkgerät, Herr Hauptmann. Ravallo ist am Bahnhof gesehen worden. Major Riedler ist schon auf dem Weg dorthin. Er will Sie dort so bald wie möglich treffen.«

»Ist Verga noch im Kübelwagen?« fragte Franke.

»Nein. Ich habe ihn rausgeworfen. Weil er unentwegt jammerte, wir würden ihm die Belohnung verweigern, habe ich ihm einfach gesagt, er solle sie sich doch bei der Gestapo holen.«

»Gut gemacht, Hoffmann«, lobte Franke und kehrte ins Wohnzimmer zurück. »Wir fahren gleich los.«

»Und was ist mit denen?« Kuhn deutete auf die zwei Gefangenen.

Statt einer Antwort schoß Franke Gina in den Hinterkopf. Sie zuckte kurz, dann nichts mehr. Venucci hob den Blick und sah Franke herausfordernd in die Augen. Ungerührt richtete der Deutsche die Pistole auf seine Stirn und drückte ab. Die Kugel schleuderte Venucci nach hinten, und er stürzte leblos auf die tote Gina. Franke schob die Pistole ins Holster zurück und ging zur Tür. »Die Vorführung ist beendet, meine Herren. Fahren wir los.«

»Wo sind die anderen?« fragte Riedler, nachdem er Franke begrüßt hatte.

»Ich habe ihnen gesagt, sie sollen im Kübelwagen warten. Soll ich sie holen?«

»Nein, sie werden später zusammen mit dem Rest der Einheit instruiert«, brummte Riedler und unterdrückte einen Fluch, als sich eine dicke Frau mit zwei zankenden Kindern im Schlepptau an ihm vorbeidrückte und in die Warteschlange vor der Bahnsteigabsperrung einreihte. Dann führte er Franke in einen etwas ruhigeren Winkel der Schalterhalle, wo er sich als erstes eine Zigarette anzündete. Nachdem er daran gezogen hatte, fuhr er fort: »Ein Polizist, der am frühen Abend hier am Bahnhof Dienst tat, konnte Ravallo eindeutig anhand des Phantombilds identifizieren. Ihm war ein im Parkverbot stehender Stabswagen der italienischen Armee aufgefallen. Vier Männer stiegen aus, alle in italienischer Uniform. Drei verschwanden im Bahnhofsgebäude, bevor er das Auto erreichte. Darum konnte er sie auch nicht beschreiben. Als er den Fahrer wegen falschen Parkens zur Rechenschaft ziehen wollte, machte Ravallo ihn zur Schnecke und tischte ihm eine Geschichte von einer Verletzung in Nordafrika und einer Fahrt zu seiner Familie auf. Der Polizist ließ sich einschüchtern, aber als ihm das Bild vorgelegt wurde, erkannte er Ravallo auf Anhieb wieder.«

»Wissen Sie, welchen Zug sie genommen haben?«

Riedler nickte. »Ein Soldat, der an der Absperrung vor dem Bahnsteig Dienst hatte, kann sich ebenfalls an Ravallo erinnern. Laut seiner Aussage haben sie den Zug nach Catánia bestiegen.«

»Das heißt natürlich nicht notwendigerweise, daß sie erst dort aussteigen«, meinte Franke.

»Stimmt. Ich würde sagen, sie wollten zuallererst Palermo möglichst weit hinter sich lassen, bevor wir die Stadt abriegeln konnten. Wir haben schon herausgefunden, daß sie die Fahrkarten nicht im voraus gekauft haben. Demnach ging es ihnen vermutlich nur darum, den erstbesten Zug zu nehmen, egal wohin. Daß sie an einem der kleinen Bahnhöfe unterwegs aussteigen, halte ich allerdings für extrem unwahrscheinlich. Das sind alles winzige Dörfer, von denen man ohne eigenes Auto nicht fortkommt. Abgesehen davon würden Fremde in einer solchen Umgebung sofort auffallen.«

»Und unnötige Aufmerksamkeit wollen sie bestimmt nicht auf sich ziehen«, schloß Franke. »Was haben Sie vor, Herr Major? Halten wir den Zug an und verhaften sie?«

»Das würde zu lange dauern. Es muß aber schnell gehen. Darum habe ich schon veranlaßt, daß in Valledolmo – das ist einer der kleinen Bahnhöfe an der Strecke – ein Trupp Soldaten zusteigt, Ravallo und die anderen im Zug verhaftet und unverzüglich nach Palermo zum Verhör bringt.«

»Vorausgesetzt, sie sind noch im Zug.«

»Das wissen wir sogar«, erklärte Riedler zu Frankes Überraschung. »Zumindest ist das der letzte Stand der Meldungen des Verbindungsmannes der Gestapo im Zug. Wie mir gesagt wurde, ist er Teil eines ganzen Netzes von inkognito arbeitenden Gestapoagenten. Er beherrscht die Sprache einwandfrei und hat sich unauffällig unter die Reisenden im Zug gemischt, um herauszufinden, ob Widerstandskämpfer oder Sympathisanten darunter sind. Seine Ergebnisse teilt er regelmäßig über ein kleines Funkgerät der Zentrale mit.«

»Es sieht also ganz so aus, als wäre unser Auftrag hier erledigt, wenn Feldmarschall Kesselring und seine Stabschefs Sizilien morgen früh verlassen«, murmelte Franke. »Wissen Sie schon, wohin wir versetzt werden? Wieder an die Ostfront?«

»Da ich keine gegenteilige Nachricht gehört habe, wird das wohl der Fall sein.« Riedler warf seine Zigarette zu Boden und trat sie mit dem Absatz aus. »Aber noch sind wir nicht fertig. Erst müssen wir Ravallo hinter Schloß und Riegel bringen.«

»Das dürfte jetzt nur noch eine Formsache sein.«

»Begehen Sie nicht den Fehler, die Leute zu unterschätzen. Gestern wäre ihnen fast ein dreister Coup gelungen, und keiner von uns hätte es gemerkt. Nur durch Zufall und enormes Glück sind wir ihnen auf die Schliche gekommen.« Riedler zog schon wieder seine Zigarettenschachtel aus der Brusttasche und stieß einen Fluch aus, als er merkte, daß sie leer war. Wütend zerknüllte er sie und schleuderte sie auf den Boden. »Sie haben mir ja noch gar nicht gesagt, wie es nach dem Treffen mit dem Gestapoinformanten weitergegangen ist.«

»Hat Hoffmann Ihnen das nicht berichtet?«

»Er hat mir gesagt, was er weiß, aber wenn man bedenkt, daß er im Kübelwagen saß, während Sie und die anderen ins Haus eindrangen, ist das nicht sehr viel.«

Franke informierte ihn umgehend, wobei er allerdings jeden Hinweis auf Gina Roettas Folterung vermied und nur ihren und Venuccis Tod meldete. Er wußte, daß Riedler von solchen Methoden nichts hielt.

Gleichwohl brachte er ihn gegen sich auf. »Sie haben beide erschossen?« rief der Major ungläubig. »Warum muß bei Ihnen alles mit der Pistole geregelt werden? Wir hätten sie der Gestapo zum Verhör übergeben können!«

»Das schien mir sinnlos zu sein. Sie hätten nichts gesagt, nicht einmal unter Folter.«

»Wie können Sie sich da so sicher sein?«

»Man entwickelt ein Gespür für solche Dinge, wenn man lange genug bei Eliteeinheiten dient, Herr Major. In meiner Zeit in Nordafrika habe ich sehr viele Gefangene verhört. Da lernt man schnell zu erkennen, wer unter Druck zusammenbricht und wer selbst schärfste Folter aushält.«

»Menschenskind, das war noch ein junges Mädchen! Wollen Sie mir allen Ernstes sagen, daß die Gestapo es mit all ihren Mitteln nicht fertiggebracht hätte, sie zum Sprechen zu bringen?«

»Das Alter spielt nicht notwendigerweise die entscheidende Rolle, sondern das, was sie hier drin haben, Herr Major.« Franke pochte sich mit geballter Faust auf die Brust.

»Ich verlange einen schriftlichen Bericht«, bellte Riedler. »Und zwar bis morgen vormittag.«

»Den werden Sie bekommen, Herr Major. Brauchen Sie mich noch für etwas anderes?«

»Nein. Fahren Sie ins Hotel zurück und nehmen Sie die Männer mit. Ich werde bald nachkommen.«

Franke salutierte und verließ das Gebäude durch den Haupteingang. Riedler sah auf die Uhr. Es war bereits eins. Er unterdrückte ein Gähnen und rieb sich ausgiebig das Gesicht. Als er schließlich die Arme fallen ließ und den Kopf hob, sah er zu seinem Erstaunen Kuhn vor sich stehen. »Was machen Sie hier? Ich dachte, Sie wären auf dem Weg zum Hotel.«

Kuhn warf einen besorgten Blick zum Ausgang, ehe er sich mit einem Kopfschütteln wieder an ihn wandte. »Die anderen haben sich wohl schon zusammen mit Hauptmann Franke auf den Weg gemacht. Ich bin aber absichtlich zurückgeblieben. Ich muß mit Ihnen sprechen. Allein.«

Riedler hatte Kuhn schon immer als einen seiner vertrauenswürdigsten Gefährten im Fallschirmjägerregiment eingeschätzt. Kuhn, wie er ein Liberaler und Berufssoldat ohne Sympathie für die politischen Ziele seines Landes, hatte bei seiner Hochzeit die Ehrengarde befehligt, und letztes Jahr, als Riedler bei einem Luftangriff auf Kreta verwundet worden war, hatte er ihn mitten aus dem Bomben- und Kugelhagel in Sicherheit gebracht. Doch in all den Jahren, in denen er Kuhn nun schon kannte, hatte Riedler ihn noch nie so erregt gesehen. Er wirkte nervös, ja verstört.

»Was ist los?« Riedler legte ihm beruhigend die Hand auf den Arm, doch Kuhn riß sich jäh los, um sich mit zitternden Fingern eine Zigarette anzuzünden. »Geben Sie mir am besten auch eine«, brummte der Major und bediente sich gleich selbst. »So, und nun sagen Sie mir, was passiert ist.«

»Es ist wegen Hauptmann Franke ...«

»Warum überrascht mich das jetzt nicht? Was hat er denn angestellt?«

Kuhn tat einen tiefen Zug und stieß den Rauch langsam aus. »Ich weiß gar nicht, warum ich Ihnen das überhaupt erzähle, Herr Major. Ich fühle mich um keinen Deut besser als dieser billige Spitzel namens Verga.«

»Nach allem, was ich gehört habe, ist er gar nicht so billig«, erwiderte Riedler lächelnd. Da Kuhn nicht darauf einging, wurde er gleich wieder ernst. »So habe ich Sie ja noch nie erlebt! Etwas bedrückt Sie. Sie wissen, daß alles, was Sie mir sagen, unter uns bleibt.«

»Mit Verlaub, Herr Major, ich glaube nicht, daß es Hauptmann Franke allzu schwerfallen wird, in Erfahrung zu bringen, wer ihn angezeigt hat.« Kuhn warf seinen Zigarettenstummel auf den Boden und trat ihn hektisch aus. »Ach, soll ihn doch der Teufel holen! Ich muß es Ihnen sagen! Auf dem Weg hierher haben wir über Funk erfahren, daß im Capo ein Feuer außer Kontrolle geraten ist. So richtig hellhörig wurde ich aber erst, als gesagt wurde, daß es ausgerechnet in dem Haus ausgebrochen ist, das wir nicht einmal eine halbe Stunde vorher verlassen hatten. Ich glaube, Hauptmann Franke steckt dahinter, Herr Major. Nur so konnte er seine Spuren verwischen.«

Riedler runzelte die Stirn. »Seine Spuren verwischen? Wovon reden Sie da?«

»Hat er Ihnen von den zwei Gefangenen berichtet, die wir dort genommen haben?«

»Daß er sie erschossen hat, ja.«

»Hat er Ihnen auch gesagt, daß er das Mädchen vorher verstümmelte?«

Riedler nahm langsam die Zigarette aus dem Mund. »Berichten Sie mir, was geschehen ist.«

Kuhn schilderte ihm die Ereignisse im Detail. »Wir alle waren angewidert, Herr Major. Das Abstoßendste aber war, daß ihm das allem Anschein nach Spaß machte. Wir sind Fallschirmjäger, Herr Major, und nicht die Gestapo. Er hat den Namen unseres Regiments in den Schmutz gezogen.«

»Und Sie glauben, daß er das Feuer gelegt hat, um alle Beweismittel zu vernichten?«

»Jawohl, Herr Major, davon bin ich überzeugt.«

»Aber es sind ja auch noch Hausser, Brandt und Meisner da, die Ihre Version bestätigen könnten.«

»Dessen bin ich mir nicht so sicher. Hauptmann Franke hat uns während der Fahrt einen Vortrag gehalten, in dem er sich und sein Vorgehen wortreich rechtfertigte. Ich muß zugeben, es war eine flammende Rede. Patriotisch. Voller Leidenschaft. Und beängstigend glaubwürdig, vor allem für junge Leute, die leicht zu beeindrucken sind. Ich glaube, sie haben sich alle von ihm blenden lassen. Brandt ganz bestimmt, und ihm hat das, was er im Haus gesehen hat, am allermeisten zu schaffen gemacht. Ich kann mir nicht vorstellen, daß sie jetzt noch gegen ihn aufmucken würden. Ich bin der einzige, der ihn durchschaut hat. Und das hat er genau gemerkt. Er weiß auch, daß das Regiment in

Verruf käme, wenn ich diese Geschichte an die große Glokke hängen würde. Das kann ich nicht tun, Herr Major. Das Regiment ist mein Leben. Darum hatte ich das Gefühl, daß ich mir das bei Ihnen von der Seele reden muß, Herr Major. Ich weiß ganz einfach, daß Sie die nötigen Schritte ergreifen werden, um Hauptmann Franke zur Rechenschaft zu ziehen, ohne dabei den Ruf unseres Regiments zu schädigen.«

»Es gibt Zeiten, da ist die Ehre, Offizier zu sein, ein Fluch«, sinnierte Riedler nach längerem Schweigen. »Wir kennen uns ja schon sehr lange, Manfred. Was ich Ihnen jetzt sage, darf aber vor niemandem wiederholt werden.«

»Sie können sich auf mich verlassen, Herr Major«, versicherte ihm Kuhn.

»Ein Bekannter aus Brandenburg hat mir kurz nach Hauptmann Frankes Dienstantritt bei uns eine Abschrift seiner Personalakte geschickt. In den Augen seiner Vorgesetzten ist er einer der vielversprechendsten Offiziere in der Geschichte des Regiments. Intelligent. Gehorsam. Furchtlos. Ein brillanter Taktiker – und auch ein hervorragender Gruppenführer, wie Sie heute abend ja selbst gemerkt haben. Trotzdem hat er einen schwerwiegenden Fehler: Er hat einen – wie die Psychiater sagen – ›Autoritätswahn‹. Das bedeutet, er ist beherrscht von extremem Respekt vor jeder Autorität, aber phasenweise auch zerfressen von Haß auf all jene, die er als Nonkonformisten betrachtet – das sind in diesem Fall die zwei Partisanen. Trotzdem haben die Brandenburger Psychiater in ihrer unendlichen Weisheit verfügt, daß nicht genügend Gründe vorliegen, um ihn aus der Armee zu entlassen, weil diese psychotischen Phasen bei ihm nur in unregelmäßigen Abständen ausbrechen. So wurde er zum Hauptmann befördert und mit den besten Grüßen zu uns abgeschoben.«

»Weiß General Student darüber Bescheid?« fragte Kuhn.

»Ich kann es nur annehmen. Mir gegenüber hat er es nie erwähnt, und ich habe das Thema ganz bestimmt nicht angeschnitten. Um ehrlich zu sein, habe ich solche Anfälle bei Hauptmann Franke nie aus erster Hand erlebt; darum hatte ich auch nie etwas Konkretes in der Hand, womit ich zu General Student hätte gehen können.«

»Aber wenn General Student informiert war, wie konnte er dann zulassen, daß die Brandenburger Hauptmann Franke zu uns abschoben?«

»Soviel ich weiß, hat Hauptmann Franke viele Bewunderer in Berlin. Und wenn der Versetzungsbefehl von dort kam, dann hätte General Student kaum etwas dagegen ausrichten können.«

»Wollen Sie diese Sache in dem abgebrannten Haus General Student melden, Herr Major?«

»Selbst wenn ich das täte und die anschließende Untersuchung seine Schuld bestätigte, kann ich Ihnen schon jetzt garantieren, daß Berlin jede Disziplinarmaßnahme blockieren würde. Alles andere wäre auch unlogisch, wo doch die Gestapo und die SS in den besetzten Gebieten Tag für Tag solche Ungeheuerlichkeiten begehen. Nein, nein, Manfred, da würden wir nur gegen den Wind spucken.«

»Mit anderen Worten – Sie wollen in dieser Sache nichts unternehmen«, stieß Kuhn bitter hervor. »Aber wenn Sie jetzt beide Augen zudrücken, dann geben Sie ihm Narrenfreiheit, Herr Major. Dann sind wir bald um kein Deut besser als die Gestapo.«

»Reden Sie nicht noch mal in so einem Ton mit mir!« fuhr Riedler ihn an. Ehe er ruhiger weitersprach, sah er sich kurz um. »Was er heute abend getan hat, widert mich genauso an wie Sie. Aber, wie gesagt, Hauptmann Franke hat einflußreiche Gönner in Berlin. Mir ist sogar zu Ohren gekommen, daß einige davon mich aus dem Regiment drängen und ihn an meiner Stelle sehen wollen. Gäbe ich mir jetzt eine Blöße, böte ich ihnen vielleicht den Vorwand, mich abzuservieren. Im Moment muß ich leise auftreten, aber das heißt noch lange nicht, daß ich tatenlos zuschauen werde, wie Hauptmann Franke diese Einheit auf sein Niveau herunterzieht.

»Was wollen Sie dann unternehmen?« fragte Kuhn und kramte erneut in seiner Zigarettenschachtel.

»Das lassen Sie ruhig meine Sorge sein«, brummte Riedler. Er deutete auf die Schachtel in Kuhns Hand. »Wenn Sie mir eine anbieten, sage ich nicht nein.«

Kuhn klappte den Deckel auf. »Ich habe nur noch eine übrig, Herr Major.«

»Ich will ja auch nur eine«, erwiderte Riedler und zog die letzte Zigarette heraus.

Mit einem verärgerten Seufzer warf der Feldwebel die leere Schachtel in den Papierkorb und folgte Riedler zum Ausgang.

12

Hillyard riß die Schiebetür auf und stürzte ins Abteil. »Die Deutschen sind hinter uns her!« keuchte er. »Sie wissen, daß wir im Zug sind.«

Hastig zog Evans die Tür hinter ihm zu. »Wie ist das möglich?« zischte er. »Wir haben uns doch die ganze Zeit bedeckt gehalten, und außer dir hat keiner von uns das Abteil verlassen. Wie konnten wir da dem Gestapospitzel auffallen?«

»Das sind wir auch nicht.« Hillyard ließ sich nun neben Evans auf den Sitz fallen. Er rang noch immer nach Luft, nachdem er vom Dienstabteil hierher gehastet war. »Ein Polizist und ein Soldat haben Nicky anhand eines Phantombildes erkannt. Offenbar wissen die Deutschen sogar, daß wir zu viert unterwegs sind. Ich habe keine Ahnung, wie sie das herausgefunden haben, aber genau das teilten die Gestapoleute ihrem Spitzel im Zug über Funk mit. Sie haben ihn angewiesen, uns bis zur Ankunft in Valledolmo im Auge zu behalten.«

»Und was passiert in Valledolmo?« fragte McIndoe.

»Ein Trupp Soldaten ist von der am nächsten gelegenen Garnison dorthin beordert worden. Sie sollen uns im Zug verhaften und der Gestapo in Palermo übergeben.«

»Wo ist dieses Valledolmo überhaupt?« schaltete sich Ravallo ein.

»Es ist der nächste Halt.«

»Was?« rief der Amerikaner ungläubig. »Warum haben Sie uns das nicht eher gesagt?«

»Die Lage ist unter Kontrolle«, beschwichtigte ihn Hillyard. »Ich habe mit dem Schaffner gesprochen, und er hat mir versichert, daß er schon einen Plan hat, wie wir hier rechtzeitig rauskommen.«

»Und wie sieht dieser brillante Plan konkret aus?« fragte Ravallo.

»Das hat er nicht so genau erklärt«, murmelte Hillyard betreten.

Mit erhobener Hand bat McIndoe um Stille. »So kommen wir nicht weiter. Eins nach dem anderen, einverstanden? Bruce, haben Sie Stella und Neville schon informiert?«

»Nein, ich komme direkt vom Dienstabteil.«

McIndoe wandte sich an Evans. »Sie haben doch gesagt, Sie wüßten, wo sie sind ... Holen Sie sie bitte.«

»Über Stella und Neville hat die Gestapo offenbar keine Informationen«, gab Hillyard zu bedenken, nachdem Evans gegangen war. »Da könnten sie doch bis Catánia im Zug bleiben. Dort würden sie dann von den Partisanen empfangen, die sie zum Boot bringen.«

»Wir müssen diese Insel so schnell wie möglich verlassen. Zersplittert unser Team jetzt, hätten wir mitten in feindlichem Gebiet zwei voneinander getrennte Einheiten. Unsere Chancen, das Boot zu erreichen, würden nur sinken.« McIndoe schüttelte den Kopf. »Nein, wir bleiben zusammen. Wenn wir vom Zug springen, dann kommen alle mit.«

»Vom Zug zu springen ist in jedem Fall riskant, selbst bei geringerer Geschwindigkeit«, meinte Ravallo. Er schlug den Vorhang etwas zurück und spähte in den Korridor hinaus. »Es braucht nur einer falsch zu landen und sich den Knöchel zu verstauchen – oder, schlimmer noch, den Fuß zu brechen –, dann kommen wir nur noch im Schneckentempo voran. Und Sie können Gift darauf nehmen, daß die Deutschen jeden Quadratzentimeter durchkämmen werden, sobald sie merken, daß der Zug ohne uns in Valledolmo eingetroffen ist.«

»Ich sehe da kein Problem«, widersprach McIndoe. »Wer nicht mehr laufen kann, bleibt zurück, so einfach ist das.«

»Ist das nicht ein bißchen drastisch?«

»Ich bin nur pragmatisch, das ist alles. Unter anderen Umständen würden wir unser Möglichstes tun, um die Verwundeten zu versorgen, aber hier sind uns nicht nur die Deutschen auf den Fersen, sondern wir müssen auch noch das Boot erreichen, bevor sie es entdecken. Sie wissen ebenso gut wie ich, daß wir ohne Boot nicht mehr von hier wegkommen. Es wäre nur eine Frage der Zeit, bis die Deutschen uns erwischten. Alles hängt jetzt von unserer Schnelligkeit und Flexibilität ab. So würde ich zumindest handeln, wenn ich das Kommando hätte. Aber auf mich kommt es ja nicht an. Sie sind der Kommandierende Offizier, Nicky, und Sie müssen entscheiden, ob Sie bereit wären, im Notfall jemanden zu opfern.«

Ravallo ließ den Vorhang wieder zufallen. »Dann wollen wir hoffen, daß dieser Fall nicht eintritt«, brummte er.

Wenig später kam Evans mit Stella und Johnson im Schlepptau zurück. »Wir sind dem Schaffner über den Weg gelaufen«, verkündete Evans. »Er will nachher bei uns vorbeischauen.«

»Hat Taffy Ihnen schon gesagt, was los ist?« fragte McIndoe Stella, als sie sich gesetzt hatte.

»Ja.«

»Es ist keine gute Nachricht, aber wenigstens sind wir gewarnt«, meinte der Schotte. »Und das verschafft uns einen Vorsprung.«

»Nur sofern der Schaffner einen durchführbaren Fluchtplan auf Lager hat«, warnte Ravallo.

In diesem Moment wurde angeklopft. Evans schlug den Vorhang beiseite und sah, daß es der Schaffner war. Sofort öffnete er die Tür und winkte den Mann in das bereits überfüllte Abteil.

»Nun?« fragte Ravallo, sobald Evans die Tür wieder zugezogen hatte.

»Nach etwa fünf Kilometern überquert der Zug einen Fluß. Dort können Sie ohne große Gefahr abspringen. Das Wasser ist recht tief und die Strömung nicht allzu stark. Sie werden also mühelos an Land schwimmen können. Auf der Brücke selbst ist die Strecke nur eingleisig. Es ist ein ungefähr Zwanzig-Meter-Sprung, und wenn Sie schnell nacheinander springen, landen Sie alle sicher im Wasser.«

»Woher wissen Sie das so genau?« fragte McIndoe.

»Weil ich in dieser Gegend aufgewachsen bin. Als Kind

bin ich Dutzende Male von der Brücke gesprungen. Glauben Sie mir, ich kenne den Fluß wie meine Westentasche.«

»Es scheint unsere einzige Chance zu sein«, brummte Ravallo. Er sah fragend in die Runde. Alle murmelten ihre Zustimmung, so wandte er sich wieder an den Schaffner. »Von wo springt man am besten aus diesem Zug?«

»Vom Dienstabteil.«

»Besteht die Möglichkeit, daß unser Freund von der Gestapo uns sieht?« wollte McIndoe wissen.

»Nicht wenn Sie auf der Seite springen, die er von seinem Fenster aus nicht sehen kann. Mein Abteil hat auf beiden Seiten Türen. Ich werde Ihnen zeigen, welche Tür Sie benützen müssen.«

Der Schaffner wartete noch, bis alle ihre Habseligkeiten an sich genommen hatten, dann führte er sie zu seinem am Ende des Zugs gelegenen Abteil. Dort entriegelte er die linke Tür und stemmte sie auf. Kalter Wind peitschte durch den Waggon. McIndoe, der dicht hinter dem Schaffner stand, mußte seine Mütze festhalten, sonst wäre sie ihm davongeflogen, der Schaffner dagegen nahm die seine ab und legte sie auf einen Postsack. Dann lehnte er sich weit ins Freie hinaus. Sofort wurde er vom Wind durchgeschüttelt. Einen Moment lang dachte McIndoe, er hätte den Halt verloren und wollte ihn schon zurückreißen, dann begriff er aber noch rechtzeitig, daß der Italiener sehr wohl wußte, was er tat.

Schließlich zog sich der Schaffner wieder ins Abteil zurück und setzte seine Mütze auf. »Ich weiß jetzt, wo wir sind. Der Fluß ist noch etwa drei Kilometer entfernt. Die Nacht ist fast klar, so daß Sie ihn gut erkennen können, bevor der Zug die Brücke erreicht. Tja, und jetzt ist es an der Zeit für einen kurzen Besuch bei einem bestimmten Gestapoagent. Ich will doch sichergehen, daß er nicht plötzlich das dringende Bedürfnis verspürt, sich den Fluß vom Fenster im Gang aus anzuschauen.« Er bedachte die anderen mit einem wissenden Lächeln. »Mir wird bestimmt etwas einfallen, womit ich ihn beschäftigen kann, bis wir die Stelle hinter uns haben.«

Ravallo schüttelte ihm die Hand. »Sie sind ein echter Freund. Herzlichen Dank für Ihre Mühen.«

Der Schaffner verabschiedete sich mit einem ›Viel Glück‹, ging hinaus und sperrte die Tür von außen ab.

Zunächst nahm Ravallo seine Offiziersmütze ab und riß sich den Verband herunter, aber als er durch die offene Tür in die Nacht hinausspähte, war sein Tatendrang auf einmal wie weggeblasen: Er fühlte sich unendlich verloren. Abgesehen von einem gelegentlichen Lichtschein aus einem einsamen Anwesen hatte ein dunkler Schleier das ganze Land um sie herum eingehüllt. Selbst dem Halbmond schien es zu widerstreben, in dieses schwarze Reich einzudringen, denn er verkroch sich hinter einer der wenigen Wolken.

»Siehst du den Fluß schon?« fragte Stella.

»Ich sehe rein gar nichts«, knurrte Ravallo. »Es ist stockdunkel!«

»Nicky, die Brücke kann nicht mehr weit sein. Wenn wir sie verpassen …«

»Verpassen können wir sie nur, wenn ich ständig von Leuten abgelenkt werde, die mir irgendwas ins Ohr schreien.«

Stella warf entnervt die Hände in die Höhe und ließ sich auf eine herumstehende Kiste sinken. Mit fahrigen Bewegungen riß sie den Schleier herunter und schleuderte ihn zu Boden. Langsam drehte sie den Kopf hin und her und massierte sich das Genick. Schließlich löste sie ihr langes schwarzes Haar, so daß es endlich wieder in seiner ganzen Pracht über die Schultern fiel. Ungleich zufriedener als zuvor lehnte sie sich zurück und schloß die Augen.

»Sind alle bereit?«

Ravallos Ruf riß sie aus ihrer Selbstvergessenheit. Schuldbewußt sprang sie auf und wäre fast über McIndoe gestolpert, hätte er sie nicht reaktionsschnell festgehalten.

»Verzeihung«, murmelte sie.

»Sind alle bereit?« rief Ravallo erneut.

»Alle bereit!« überschrie McIndoe das monotone Rattern der Räder. »Wir haben das Funkgerät, zwei Taschenlampen und die medizinischen Vorräte in einen Seesack gepackt.«

»Das Funkgerät könnte beim Aufprall aufs Wasser kaputtgehen«, meinte Ravallo.

»Das müssen wir riskieren«, entgegnete McIndoe. »Immerhin steckt es in einem wasserdichten Behälter, und wir haben es außerdem vorsichtshalber noch in eine Uniformjacke gewickelt. Das müßte eigentlich reichen.«

»Und die anderen Seesäcke?« fragte Ravallo. »Die Deutschen haben bestimmt Spürhunde. Die nehmen unsere Fährte auf, wenn wir etwas im Zug zurücklassen.«

»Wir nehmen sie mit und versenken sie mit Steinen im Fluß.«

Obwohl Ravallo die Brücke noch nicht sah, mußte sie schon ganz in der Nähe sein. »Wer springt zuerst? Bestimmen am besten Sie die Reihenfolge, Mac.«

»Sie springen als erster, Nicky«, sagte McIndoe und tippte ihm auf die Schulter. Ravallo sah ihn scharf an, als wolle er protestieren, zuckte dann aber mit den Schultern und nickte, während der Schotte schon auf Evans deutete. »Sie folgen Nicky. Bruce, Sie sind der dritte, dann Sie, Neville, Stella springt als fünfte und ich als letzter.« Er sah, wie Stellas Hand zu ihrem Mund flog. »Sagen Sie bloß, Sie springen zum erstenmal mitten in der Nacht aus einem fahrenden Zug in einen kalten Fluß!«

»Natürlich ist es das erste…« Sie hielt mit einem verlegenen Lächeln inne, als sie sein Grinsen bemerkte.

»Wenn es Sie tröstet, wir alle fühlen uns nicht besser als Sie«, sagte McIndoe. »Nicht einmal Bruce ist ganz wohl bei der Vorstellung, daß er jetzt gleich mitten ins Dunkel springen soll – und er ist immerhin ein erfahrener Akrobat.«

»Genau. Ein Akrobat, kein Stuntman.« Hillyard setzte eine entschlossene Miene auf, entspannte sich aber gleich wieder. Er lächelte Stella ermutigend an. »Sie müssen nur darauf aufpassen, daß Sie nicht gegen die Brücke prallen, aber das dürfte kein Problem sein, wenn Sie sich beim Absprung ordentlich vom Zug abstoßen. Denken Sie vor allem nie an den nächsten Schritt, sondern tun Sie ihn einfach. Fehler macht man nur, wenn man zögert. Sagen Sie sich, daß es schon klappen wird. Es ist so wie bei einem Fallschirmabsprung, und das Wasser wird den Aufprall dämpfen.«

»Die Brücke kommt!« rief Ravallo, der nun auch das gespenstisch blasse Mondlicht im Wasser schimmern sehen konnte. »Ich springe gleich. Reihen Sie sich hinter mir ein.«

McIndoe kniete sich vor die Seesäcke, die neben der Tür aufeinandergestapelt lagen. Während die anderen sprangen, wollte er sie in den Fluß werfen. Dazu waren Schnelligkeit und äußerste Präzision erforderlich. Es brauchte nur einer neben dem Gleis liegenzubleiben, und schon waren sie aller Chancen beraubt. Die Deutschen würden ihn sehr bald finden und sofort ihre Spürhunde darauf ansetzen. McIndoe ergriff den ersten und wartete, bis sie auf der Brücke waren.

Ravallo kauerte in der Tür und spannte alle Muskeln für den Absprung an. Jetzt trennte ihn nur noch ein niedriges Holzgeländer vom Fluß. Er machte sich mit einem Schrei Mut, stieß sich ab und verschwand in der Nacht. McIndoe schleuderte den ersten Sack in hohem Bogen hinterher, sah, daß der Wurf gut war und ließ die anderen nacheinander folgen. Das nahm ihn so sehr in Anspruch, daß er gar nicht mitbekam, wie die anderen sprangen. Jetzt stand nur noch Stella in der Öffnung. Er sah zu ihr auf und bemerkte ihr Zögern. Sie klammerte sich verkrampft am Haltegriff fest, ihre Knöchel waren weiß. Der Schotte wußte, daß sie Hilfe brauchte, aber zunächst mußte er den letzten Sack loswerden. Sein Herz setzte einen Schlag aus, als er an der Türkante hängenblieb und erst nach einer schieren Ewigkeit weiter in den Abgrund purzelte. Jetzt galt es, Stella zum Springen zu bewegen.

»Ich kann nicht«, flüsterte sie und starrte, vor Angst gelähmt, ins Wasser hinab.

McIndoe sah, daß sie sich schon dem anderen Ende der Brücke näherten. Ihnen blieben noch höchstens fünf Sekunden.

»Nehmen Sie meine Hand!«

»Sam, ich kann nicht ...«

»Nehmen Sie sie!« befahl er und packte kurzentschlossen ihre freie Hand. Sie war kalt und schweißnaß. Gleich würde er springen. Ihm war klar, daß er sein Leben riskierte, aber ihm blieb keine andere Wahl. Wenn sie sich weiter am Haltegriff festklammerte, würde es einen Ruck geben, er würde mitten in der Luft zurückgerissen und entweder neben den Gleisen aufschlagen oder vielleicht sogar unter die Räder geraten. Allein die Vorstellung war unerträglich. Doch was hatte Hillyard geraten? Einfach daran denken, daß es klappen muß. Jetzt konnte er es an sich ausprobieren. »Wir springen jetzt, Stella«, rief er und drückte ihre Hand fester. »Vertrauen Sie mir, Stella. Vertrauen Sie mir einfach. Los ...«

Er stieß sich von der Schwelle ab. Seine Hand blieb weiter fest um die ihre geschlossen. Es gab keinen Ruck. Nichts riß ihn zurück. Sie hatte ihm vertraut. Sie war mit ihm gesprungen.

Er spürte noch den Schlag gegen die Schläfe, als er im Wasser landete. Einen kurzen Moment lang rasten entsetzliche Schmerzen durch seinen Kopf, dann eine tiefe Bewußtlosigkeit.

»Sam?«

Er nahm vage eine Stimme wahr. Entfernt. Verzerrt. Fremd.

»Sam?«

Da war sie schon wieder. Näher. Klarer. Vertraut.

»Sam?«

Eine Frauenstimme. Besorgt. Rauh. Eindringlich.

»Stella?« murmelte er. Plötzlich drang ihm ein dumpfes, regelmäßiges Pochen irgendwo tief aus seinem Innersten ins Bewußtsein. Langsam schlug er die Augen auf, doch alles kam ihm in der Dunkelheit verschwommen und verzerrt vor. Instinktiv hob er die Hand, als wolle er den Schleier wegwischen, der ihm die Augen zu verhüllen schien. Als seine Finger die Stirn streiften, konnte er ihn fühlen. Vorsichtig betastete er ihn. Es schien ein Verband zu sein. Schließlich kehrte die Erinnerung zurück. Die Brücke. Der Sprung. Der Aufprall. Dann nichts mehr.

»Sam?«

Er blinzelte zu Stella hinauf und erkannte jetzt, daß sie über ihm kauerte, während er am Flußufer lag. Als Kissen diente ihm ein nasser Seesack. Stella trug nicht mehr die Nonnentracht, sondern eine Uniform der italienischen Armee. Er verdrehte die Augen, weil das Hämmern in seinem Kopf überhaupt nicht mehr aufhören wollte. Im Moment wünschte er sich nur, daß die Schmerzen endlich vergingen. Stella lächelte ihn liebevoll an. »Wie fühlen Sie sich?«

Er schnitt eine Grimasse. »Fragen Sie lieber nicht.«

»Es tut mir leid, Sam«, sagte sie mit leiser Stimme. »Es ist alles nur meine Schuld. Hätte ich mich nicht so blöd angestellt, wäre das nicht passiert.«

»Sie sind gesprungen, und das ist die Hauptsache.« Wie um sie zu beruhigen, berührte er ihre Hand. »Was ist eigentlich geschehen? Ich erinnere mich nur noch an einen dumpfen Schlag. Danach muß ich das Bewußtsein verloren haben.«

»Sie sind mit dem Kopf gegen Treibholz geprallt.«

»Wie schlimm ist es?« Er betastete erneut den blutgetränkten Verband.

»Es ist ein tiefer Riß«, erklärte sie. »Ich habe ihn genäht, so gut ich konnte, aber nach unserer Rückkehr müssen Sie sofort zum Arzt. Wenigstens hat es aufgehört zu bluten. Nachdem wir Sie aus dem Wasser gezogen hatten, sah es eine ganze Weile gar nicht so gut aus.«

»Wer hat mich rausgezogen?«

»Nicky.«

»Aber Stella hat Ihnen das Leben gerettet.« Hinter Stella trat Ravallo in sein Blickfeld. Wie sie hatte auch er seine durchnäßten Sachen mit einer trockenen Uniform aus einem der Seesäcke vertauscht. »Sie trieben mit dem Gesicht nach unten im Wasser. Stella hat Sie auf den Rücken gedreht und Ihren Kopf über Wasser gehalten, bis ich Sie rausholen konnte. Hätte sie nicht so schnell gehandelt, könnten wir dieses Gespräch jetzt nicht mehr führen. Ein paar Sekunden mehr, und Sie wären ertrunken.«

»Was sagt man zu einem Menschen, der einem soeben das Leben gerettet hat?« fragte McIndoe.

»Dasselbe habe ich mich auch gerade gefragt«, antwortete sie mit sanfter Stimme. »Ohne Sie wäre ich nie gesprungen. Sie gaben mir Mut, als ich mich schon längst aufgegeben hatte.«

»Aber ich habe Ihnen nicht das Leben gerettet.«

»Glauben Sie im Ernst, daß ich mich von den Deutschen hätte lebend festnehmen lassen?«

»Tja, dann sind wir wohl quitt«, meinte er.

»Bestimmt nicht«, gab Stella zurück. »Daß Sie sich verletzt haben, ist allein meine Schuld.« Der Selbstvorwurf in ihrem Ton war unüberhörbar.

»Darüber könnt ihr später diskutieren«, fuhr Ravallo dazwischen, als McIndoe zu einer Antwort ansetzte. »Der Zug dürfte jetzt Valledolmo erreicht haben. Das heißt, daß die Deutschen mittlerweile wissen, daß wir nicht mehr an Bord sind. Bald werden Sie die ganze Strecke auf der Suche nach uns abgehen. Wir müssen hier schleunigst weg. Mac, fühlen Sie sich dazu imstande?«

»Ich werde es schon schaffen«, antwortete der Schotte, doch als er sich aufrichtete, schoß ihm ein stechender Schmerz durch den Kopf.

»Da, nehmen Sie das.« Stella hielt ihm ihre Handfläche unter die Nase. Darin lagen mehrere Tabletten.

»Was ist das?« fragte McIndoe mißtrauisch.

»Schmerzstillende Mittel. Ich habe sie in unserer Reiseapotheke gefunden.«

McIndoe nahm ihr die Tabletten eine nach der anderen aus der Hand und schluckte sie. Danach ließ er sich von Ravallo aufhelfen. Plötzlich wurde ihm schwindlig, und als er einknickte, mußte Ravallo ihn stützen. »Setzen Sie sich besser noch mal hin, Mac.«

»Ich halte Sie auf«, stöhnte McIndoe. »Gehen Sie mit den anderen weiter und lassen Sie mir nur eine Pistole und ein paar Magazine zurück.«

»Wir brauchen keine Märtyrer«, sagte Ravallo mit fester Stimme. »Sie kommen mit, Mac, und das ist mein letztes Wort.«

»Vergessen Sie nicht, was ich Ihnen im Zug gesagt habe. Wer nicht allein weitergehen kann, muß zurückbleiben. Sie wissen, daß das der einzig richtige Weg ist.«

»Ich weiß noch gut, was Sie im Zug gesagt haben. Und wenn ich mich richtig erinnere, haben Sie hinzugefügt, daß man als kommandierender Offizier im Notfall bereit sein muß, ein Mitglied zu opfern. Nun, ich bin der kommandierende Offizier, und ich bin nicht bereit, dieses Opfer zu bringen. Sie kommen mit, selbst wenn ich Sie auf den Schultern tragen müßte. Und das ist ein Befehl, Lieutenant McIndoe.«

McIndoe sah an der zustimmend nickenden Stella vorbei, denn Taffy Evans trat heran.

»Sind Sie zu den Partisanen durchgekommen?« fragte Ravallo den Waliser.

Evans schüttelte betrübt den Kopf. »Nein, Sir. Das Funkgerät ist tot. Sieht ganz so aus, als hätten beide Sicherungen gleichzeitig den Geist aufgegeben.«

»Dann ersetzen Sie sie durch andere«, entgegnete Ravallo unwirsch. »Wozu haben wir schließlich Ersatzteile?«

»Die Ersatzteile sind verschwunden«, antwortete Evans mit leiser Stimme.

»Verschwunden?« rief McIndoe und zuckte zusammen, weil ein stechender Schmerz durch seinen Kopf jagte. »Bevor wir das Boot verließen, sollten Sie nachprüfen, ob wir wirklich alles dabei haben.«

»Das habe ich auch getan«, verteidigte sich Evans. »Da fehlte noch nichts. Aber als ich vorhin den Deckel aufklappte, waren die Ersatzteile alle weg.«

»Sie haben gar nicht nachgeschaut!« blaffte Ravallo.

»Doch, ganz bestimmt, Sir!« erwiderte Evans mit fester Stimme.

»Wenn Taffy sagt, daß er es überprüft hat, dann genügt mir das«, sprang McIndoe dem Waliser bei.

Nur mühsam bezähmte Ravallo seinen Zorn. »Bringen Sie das Ding her; ich will selbst nachsehen.«

McIndoe wartete, bis Evans außer Hörweite war, dann erklärte er an Ravallo gewandt: »Beide Sicherungen sollen gleichzeitig durchgebrannt sein? Da wird der Zufall für meinen Geschmack zu arg strapaziert. Und dann gehen uns rein zufällig auch noch die Ersatzteile verloren. Wirklich sehr passend.«

»Mit anderen Worten: Sabotage«, schloß Stella.

»Was sonst?« McIndoe fluchte vor sich hin, weil schon wieder rasende Schmerzen zwischen seinen Schläfen tobten. »Diese verdammten Kopfschmerzen …«

»Und Higgins hat Befehl, die Operation abzubrechen, sobald ein Funkspruch ausbleibt«, sagte Ravallo. »Bis wann müssen wir uns wieder bei Passière melden?«

McIndoe sah auf die Uhr. »In ungefähr dreieinhalb Stunden. Herrgott, ich erfriere hier noch!« Er umschlang seine Brust und rieb sich die Arme.

»Sobald wir an Land waren, haben wir uns als erstes trockene Uniformen angezogen«, sagte Stella. »Dort unter den Bäumen liegt auch eine für Sie bereit.«

»Gut, wir sprechen nachher weiter. Jetzt ziehe ich mich erst mal um, bevor ich mir noch eine Lungenentzündung hole.« McIndoe richtete sich mühsam auf und stakste auf die Bäume zu.

»Weißt du, was ich mir auf den Grabstein gravieren lasse?« knurrte Ravallo. »Kein Funkgerät. Kein Auto. Kein Glück.«

»Wir sind noch nicht tot, Nicky«, mahnte Stella.

»Und das muß ich mir von jemandem sagen lassen, der die Operation fast hätte auffliegen lassen. Du hast selbst zugegeben, daß Mac dir die Hand halten mußte, um dich zum Springen zu bewegen. Bist du eine erfahrene Agentin oder ein Kind, dem man ständig gut zureden muß? Wenn du diesem Druck nicht gewachsen bist, solltest du dich um einen Schreibtischposten bewerben, *wenn* wir je wieder nach Washington kommen.«

»Zumindest bin ich bereit, auch mal einen Fehler zuzugeben. Aber warum mache ich mir überhaupt soviel Mühe? Du bist doch der große Major Nicky Ravallo. Du hast keine

Schwächen. Dir passiert nie ein Fehler. Du bist der absolut perfekte Geheimdienstoffizier.«

Bevor Ravallo etwas entgegnen konnte, sah er, daß Evans mit dem Funkgerät zurückgekommen war. »Bringen Sie es her!« rief er.

Evans reichte es ihm und deutete auf den leeren Beutel für die Ersatzteile. »Soll ich den ins Wasser schmeißen?« fragte er. Er spürte die Spannung zwischen den beiden Amerikanern und wollte sich nach Möglichkeit heraushalten.

»Tun Sie das.« Ravallo wartete, bis der Waliser mit dem Beutel abgezogen war, dann stellte er das Funkgerät auf den Boden und hockte sich davor. Als erstes testete er die Frequenzen. Nichts. Er versuchte es mit den Schaltern. Kein Laut. »Es ist wirklich tot.«

»Ich verstehe nur nicht, wie der Saboteur es so manipulieren konnte, daß es erst nach mehreren Funksprüchen kaputtging«, murmelte Stella.

»Ich sehe da mindestens zwei Möglichkeiten«, schaltete sich McIndoe ein. Er war wieder herangetreten und knöpfte sich den letzten Knopf seines Rocks zu. »Wenn er...« – sein Blick fiel auf Stella – »... oder sie ... die Lebensdauer der Sicherungen kennt, hat er vielleicht die Widerstände manipuliert, so daß sie nach einer bestimmten Zeit durchbrennen mußten. Da stellt sich aber die Frage: Wann hatte der Saboteur die Gelegenheit, am Gerät zu hantieren? Die Zeit dafür war mehr als knapp, denn wir bekamen es erst kurz bevor wir Malta verließen. Und es wäre doch zu gefährlich gewesen, auf dem Boot an dem Gerät herumzufummeln, wo ihn jederzeit jemand hätte stören können. Was für eine Ausrede hätte ihm dann noch geholfen? Nein, ich glaube eher, daß der Saboteur seine eigenen Sicherungen dabeihatte. Irgendwelche Teile aus billigerem Material, die keine so hohe Belastung aushielten. Dazu braucht man nur das Gerät zu öffnen und die Sicherungen auszutauschen. Das ist in Sekunden geschehen, und keiner merkt was.«

Ravallo sah McIndoe fest in die Augen. »Sie scheinen sich ja bestens auszukennen.«

»Aha, wir sind wieder bei den Verdächtigungen«, erwiderte der Schotte verächtlich.

»Schließlich sind wir uns doch alle einig, daß das Funkgerät beschädigt wurde. Die Frage ist nur: Von wem?«

»Glauben Sie im Ernst, ich hätte Ihnen das alles verraten, wenn ich es gewesen wäre?« konterte McIndoe. »Ein bißchen Verstand sollten Sie mir schon zugestehen, Nikky.«

»Das tue ich, Mac! Denn das wäre immerhin der perfekte Bluff. Der Saboteur erklärt seine Vorgehensweise bis ins Detail und hofft, auf diese Weise jeden Verdacht von sich abzulenken.«

»Wenn Sie mich für den Verräter halten, warum töten Sie mich dann nicht gleich, bevor ich noch mehr Schaden anrichten kann?« schrie McIndoe. Er deutete auf die Beretta in Ravallos Holster. »Los, erschießen Sie mich doch, wenn Sie sich so sicher sind!«

»Ruhe jetzt – alle beide!« rief Stella wütend und stellte sich zwischen die zwei Männer. »Wir haben noch dreieinhalb Stunden Zeit, um entweder ein anderes Funkgerät aufzutreiben oder zum Boot zurückzukehren. Ansonsten sitzen wir auf der Insel fest und müssen uns irgendwie durchschlagen.«

McIndoe nickte. »Stella hat recht. Wir sollten uns auf die Socken machen und versuchen, vom nächsten Dorf aus Kontakt zu den Partisanen herzustellen. Sie sind unsere einzige realistische Chance, das Boot zu erreichen. Zu Fuß schaffen wir es jedenfalls nicht.«

»Dann geben Sie Ihren Leuten den Befehl zum Abmarsch«, brummte Ravallo.

»Und was ist damit?« McIndoe zeigte auf das Funkgerät.

»Das nützt uns nichts mehr.« Ravallo nahm den Apparat in die Hand und stellte sich damit ans Ufer. Einen Moment zögerte er noch, dann watete er bis zu den Knöcheln ins Wasser und schleuderte ihn, so weit er konnte, in den Fluß hinaus.

Unterdessen ging McIndoe zu Evans, Johnson und Hillyard hinüber, die unter den Bäumen gewartet hatten. »Was macht Ihr Kopf, Sir?« erkundigte sich Evans.

»Fühlt sich an, als würde Joe Louis drinnen Schattenboxen üben. Hoffentlich wirken Stellas Schmerztabletten bald.«

»Das mit dem Funkgerät war Sabotage, nicht wahr?« fragte Hillyard.

»Rein zufällig sind zwei Sicherungen gleichzeitig durchgebrannt, und es war kein Ersatzteil da. Woran glauben Sie?«

»Das legt den Schluß nahe, daß wir einen Verräter in unserer Mitte haben«, brummte Johnson.

»Sieht ganz so aus.« McIndoe wußte, wohin die Aussprache führen würde, unternahm diesmal aber keinen Versuch, sie abzublocken. Er hatte seine Leute lange genug getäuscht. Andererseits hielt er seine Entscheidung nach wie vor für die richtige – auch wenn ihre Mienen das Gegenteil ausdrückten.

»Mit der Geschichte von diesem Partisan, Sciarro, als deutschem Spion hat uns Starr also nur verarscht«, knurrte Hillyard. In seiner Wut fiel er ins Englische zurück.

»Italienisch sprechen!« fauchte Evans.

»Stimmt doch, oder?« fragte Hillyard auf italienisch; besänftigt war er gleichwohl nicht.

»Als er das sagte, sprachen noch alle Indizien gegen Sciarro«, erklärte McIndoe. »Jetzt sieht es ganz danach aus, als hätte die Gestapo es ihm angehängt, um ihren eigenen Mann ... oder ihre Frau ... zu schützen.«

»Sie glauben, daß Lieutenant di Mauro der Maulwurf ist?« fragte Johnson.

»Stella. Sie. Ich. Jeder von uns könnte es sein. Auch Charlie Higgins oder Georges Passière. Wer immer das Funkgerät sabotiert hat, hat das entweder noch im Boot oder nach unserer Landung getan. Es läßt sich unmöglich rekonstruieren, wann es geschehen ist.«

»Seit wann wissen Sie, daß das mit Sciarro eine abgekartete Sache war?« fragte Hillyard.

»Ich habe keinen Beweis, daß ihm das tatsächlich angehängt wurde. Stella war von Anfang an von seiner Unschuld überzeugt. Ich konnte aber nicht ausschließen, daß sie sich vielleicht doch getäuscht hatte. Darum beschlossen wir – Stella, Nicky und ich – Sie der Sicherheit halber nur immer über den jeweils nächsten Schritt zu informieren. Mit Starr hatte das Ganze nichts zu tun. Ich benutzte ihn nur, um sicherzustellen, daß keiner meine Autorität anzweifelte.«

»Man hätte uns die Wahrheit sagen müssen«, brummte Johnson.

»Und was hätte das gebracht?« entgegnete McIndoe. »Wären Sie noch in der Lage gewesen, als Team zu funktionieren, wenn Sie gewußt hätten, daß einer von uns ein deutscher Spion ist? Nein, und das ist Ihnen auch klar. Sie hätten einander nur noch belauert. Die Operation wäre geplatzt, und darum hielt ich es für das Klügste, Ihnen nichts zu sagen.«

Doch damit war Hillyard nicht zufriedenzustellen. »Warum fällt der Verdacht automatisch auf uns? Warum nicht auf die Offiziere? Warum nicht auf die Yankees?«

»Ich habe Ihnen doch gesagt, jeder von uns könnte es sein. Aber wir drei waren schon vorher über alle Einzelheiten der Operation informiert worden. Es war ein Versuch, den Schaden zu begrenzen, falls einer aus der Mannschaft der Maulwurf ist.«

»Ich denke, Sie haben sich von den Yankees über den Tisch ziehen lassen«, warf ihm Hillyard vor.

»Ich habe mich von niemandem über den Tisch ziehen lassen. Ich habe nur das getan, was meiner Meinung nach in Ihrem Interesse lag und zugleich der Operation diente.« Hillyard wollte ihn unterbrechen, doch McIndoe gebot ihm mit erhobener Hand Schweigen. »Für Ihre Klagen haben Sie den falschen Ort und die falsche Zeit gewählt. Aber von mir aus können Sie sich gern bei Vice-Admiral Starr beschweren, wenn wir nach Malta zurückkommen.«

»Wozu?« schnaubte Hillyard. »Er ergreift sowieso für Sie Partei. Bei Streitfällen steht er ja immer auf der Seite der Offiziere.«

»Starr steht über allem!« mischte sich Evans ein. »Wenn er sich hinter einen Offizier stellt, dann nur, weil er glaubt, daß er recht hat.«

»Ich hätte mir ja gleich denken können, daß du im Zweifel für die Offiziere bist«, stieß Hillyard hervor. »Stiefellekken war schon immer deine Stärke.«

»Es reicht!« warnte McIndoe Hillyard. »Und Sie, Evans, stellen den Kompaß auf Süd-Süd-West ein. Dann wissen wir wenigstens, daß wir ungefähr in die Richtung des Boots laufen.«

Aufgeschreckt von ihrem lauten Gerede, näherten sich Stella und Ravallo. »Was ist los?« wollte der Amerikaner wissen.

»Die Wahrheit ist endlich heraus«, brummte Hillyard. »Jetzt wissen wir, daß wir einen Verräter in unseren Reihen haben.«

»Sie haben wirklich einen günstigen Zeitpunkt gewählt, um die Bombe platzen zu lassen, Mac, kommentierte Ravallo sarkastisch.

»Früher oder später mußte es ja so kommen«, erwiderte der Schotte. »Wie hätte ich ihnen das mit dem kaputten Funkgerät sonst erklären sollen? Zufall? Ich traue meinen Männern ein bißchen mehr Intelligenz zu.«

»Wir sind zwar nicht mehr in der Lage, das Boot anzufunken«, versuchte Stella zu beschwichtigen, »aber zumindest kann der Betreffende auch nichts mehr an die Deutschen verraten.«

»Er?« Hillyard sah ihr mit bohrendem Blick in die Augen. »Es könnte genausogut eine *Sie* sein.«

»Ich bin keine Spionin!«, erklärte sie.

»Woher wissen wir das?«

»Der Kompaß ist eingestellt«, meldete Evans.

»Dann nichts wie los«, befahl Ravallo.

Bevor er sich in Bewegung setzen konnte, stupste Stella McIndoe an. »Was macht der Kopf?«

»Diese Tabletten wirken tatsächlich. Das brutale Hämmern hat sich gelegt. Jetzt fühle ich nur noch ein dumpfes Pochen in der Schläfe, aber damit kann ich leben.«

»Kommt ihr jetzt endlich?« rief Ravallo ihnen zu.
»Ja, ja«, murmelte Stella und eilte ihm hinterher.

»Sie sind nicht mehr im Zug, Herr General.«
Student starrte Riedler durch die offene Tür entgeistert an, dann trat er ins Büro und ließ sich in den Sessel fallen. Soeben hatte Riedler ihn mit einem Anruf aus einem ohnehin unruhigen Schlaf gerissen, um ihm mitzuteilen, was er aus Valledolmo über Funk erfahren hatte. Sein Tonfall hatte Student schon verraten, daß es eine schlechte Nachricht war. Jetzt wurden seine schlimmsten Befürchtungen bestätigt. »Hatte die Gestapo nicht einen Mann im Zug?«
»Doch, Herr General. Er schwört Stein und Bein, daß sie in keinem der Bahnhöfe ausgestiegen sind.«
»Demnach müssen sie vom fahrenden Zug gesprungen sein.«
»Es sieht ganz danach aus. Die Frage ist nur – wo?«
»Und warum?« ergänzte Student. »Sie müssen einen Tip über die Truppen in Valledolmo bekommen haben.«
»Im Dienstabteil hat man ein Funkgerät gefunden. Damit wurde möglicherweise der Funkverkehr zwischen der Gestapo und ihrem Mann im Zug abgehört. Der Schaffner ist bereits von der Gestapo verhört worden.«
»Haben sie schon was aus ihm herausbekommen?«
»Noch nicht. Soweit ich das mitgekriegt habe, wirkte er aufrichtig überrascht, daß in seinem Abteil ein Funkgerät gewesen sein soll. Aber ob er unschuldig ist oder lügt, läßt sich im Moment noch nicht beurteilen.«
»Welche Schritte sind seit der Flucht der feindlichen Agenten ergriffen worden?«
»Ich habe Truppen an all die Stellen entsandt, die für einen Sprung aus dem Zug am ehesten in Frage kommen: Flüsse, Seen, Sumpfgebiete. Ich gebe zu, das war pure Spekulation, Herr General, aber mehr können wir fürs erste nicht tun, solange wir keine handfesten Informationen erhalten. Ich glaube nicht, daß sie das so geplant hatten; und das würde bedeuten, daß sie ab sofort improvisieren müssen. Da sie wissen, daß unsere Truppen bereits hinter ih-

nen her sind und daß sie zu Fuß nicht weit kommen, werden Sie bestimmt versuchen, Verbindung mit dem Widerstand aufzunehmen und ein Auto aufzutreiben. Diese Vermutung habe ich auch schon der Gestapo mitgeteilt. Sie wird sofort alle erreichbaren Informanten alarmieren und anweisen, auf jede ungewöhnliche Aktivität in ihrer Umgebung zu achten. So spät in der Nacht fallen Fremde in jedem Dorf auf. Wie ich das sehe, sind die Informanten im Moment unsere beste Chance.«

Student nickte vor sich hin. »Sie scheinen die Lage ja gut im Griff zu haben. Ich möchte, daß Sie einen neuen Stützpunkt in der Garnison bei Valledolmo einrichten. Hier im Hotel brauchen wir jetzt nur noch eine kleine Einheit, die zu Ihnen stoßen kann, sobald Feldmarschall Kesselring und seine Stabschefs morgen früh nach Rom abgereist sind.«

»Ich bin froh, daß Sie das sagen«, antwortete Riedler. »Ich habe nämlich bereits am Flugplatz angerufen und die Luftwaffe gebeten, binnen einer Stunde eine Maschine für den Flug nach Valledolmo startklar zu machen.«

Student erhob sich. »Da Sie offenbar auch ohne meine Befehle das Richtige tun, kann ich mich ja wieder schlafen legen. Aber bitte halten Sie mich über alle Entwicklungen auf dem laufenden.«

»Selbstverständlich, Herr General.«

»Warum nur werde ich das Gefühl nicht los, daß heute nacht keiner von uns viel schlafen wird?« brummte Student.

13

»Dort drüben brennt ein Licht!«

McIndoe eilte zu dem am Rand einer Lichtung kauernden Evans hinüber und sah es nun ebenfalls: ein einsam gelegenes Bauernhaus. Nur ein Fenster war erleuchtet. Was sich dahinter abspielte, war wegen der Gardine nicht zu erkennen. Das Grundstück davor war übersät mit allen möglichen Geräten. Diese Unordnung zusammen mit der halbverfallenen Mauer um das Anwesen erweckte einen Eindruck totaler Verwahrlosung.

»Was halten Sie davon?« fragte McIndoe.

Stella kauerte sich neben den Schotten und spähte, auf seine Schulter gestützt, ebenfalls hinüber. »Sieht so aus, als wäre das die erste Spur zivilisierten Lebens, seit wir vom Zug gesprungen sind – und das ist schon über eine Stunde her.«

McIndoe nickte. »Stimmt. Und wenn die Bewohner mit den Partisanen sympathisieren, sind wir vielleicht schon binnen einer weiteren Stunde auf dem Weg zum Boot.«

»Oder auf dem Weg zum Gestapohauptquartier, falls wir uns getäuscht haben«, brummte Ravallo in seinem Rükken.

»Nicht unbedingt, Sir«, widersprach Johnson. »Selbst wenn sie keine Freunde sind, können wir uns immer noch als italienische Soldaten ausgeben, die von ihrer Einheit getrennt wurden.«

»Ob so oder so, es lohnt sich, näher hinzusehen«, meinte Stella. »Sonst laufen wir womöglich die ganze Nacht keiner Menschenseele mehr über den Weg.«

»Es könnte eine Falle sein«, warnte Hillyard. »Gegenden wie diese sind Hochburgen des Widerstands. Die haben überall Augen und Ohren. Woher wissen wir, daß die Partisanen uns nicht schon die ganze Zeit beschatten? Sie können doch nicht wissen, wer wir sind. Zwar sehen wir wie italienische Soldaten aus, aber die verachten sie noch mehr als die Deutschen.«

»Wenn es eine Falle ist, sind wir ihnen auch hier schon ausgeliefert«, sagte McIndoe. »Wir gehen am besten hinter der Mauer in Deckung. Na gut, sie ist nicht gerade hoch oder besonders stabil, aber im Falle eines Gefechts besser als nichts.«

»Ich kann das Bauernhaus auskundschaften, wenn wir dort sind«, erbot sich Hillyard.

McIndoe nickte zustimmend. Für solche Aufgaben war Hillyard der richtige Mann: lautlos beim Anschleichen und tödlich mit dem Messer. Bis auf Ravallo und Johnson, denen man im Hotel die Stilette abgenommen hatte, trugen sie alle noch solche Waffen im Ärmel bei sich.

»Sie hören sich an, als würden Sie mit Ärger rechnen«, meinte Stella.

»Ich bin nur vorsichtig«, sagte McIndoe, ohne den Blick vom Bauernhaus zu wenden. »Dafür sind wir Schotten berühmt.«

Stella glaubte, ein Zögern in seiner Stimme zu hören. War er besorgt? Sie folgte seinem Blick. Was wartete dort auf sie? Übertrieb er es mit der Vorsicht? Sie musterte die anderen. Keinem schien etwas aufgefallen zu sein. So verdrängte sie den Gedanken wieder.

McIndoe rannte als erster aus der Deckung. Seine Hände schwitzten so sehr, daß er seine Pistole nur mit Mühe halten konnte. In alle Richtungen sichernd, war er ständig bereit, die geringste verdächtige Bewegung aufzunehmen, die seine Befürchtungen bestätigte. Etwas gefiel ihm an diesem Haus nicht, nur vermochte er es nicht zu benennen. Aber wie hätte er sein Unbehagen vor den anderen rechtfertigen können, wenn es nicht mehr war als ein flaues Gefühl in der Magengrube? Was gäbe er nur darum, wenn er sich getäuscht hätte …

Die Explosion war so plötzlich wie ohrenbetäubend. McIndoe warf sich zu Boden. Kurzzeitig blieb ihm die Luft weg. Dann – er rang noch um Luft – spürte er um sich herum Stille. Als ob er darin eingewickelt wäre. Tönende Stille, wie er sie nie für möglich gehalten hätte. Als hielte ihn ein Vakuum gefangen. Und dann durchbrach ein Laut diesen Kokon. Kaum ein Flüstern, doch in seinen Ohren ein Dröhnen. Erneut vernahm er diesen Laut, doch diesmal identifizierte er ihn als Stimme – sie rief seinen Namen. Langsam, fast widerwillig drehte er den Kopf in die entsprechende Richtung. Der Anblick, der sich ihm im matten Mondlicht bot, sollte ihn bis an sein Lebensende verfolgen.

Evans war auf eine Antipersonenmine getreten. Nur flüsterte er nicht. Er schrie. Es war das verängstigte Kreischen eines Mannes im Todeskampf. Evans lag auf der Seite. Sein linker Arm war wie in verzweifeltem Flehen nach McIndoe ausgestreckt. Oder zumindest das, was davon noch übrig war. Ein Stummel aus Knochen und Hautfetzen, abgeschnitten unter dem Ellbogen. Aus der Wunde spritzte mit jedem Herzschlag eine Blutfontäne. McIndoe stieg bittere Magenflüssigkeit in die Kehle. Er schluckte sie hinunter, während er mit wachsendem Entsetzen die grotesken Überreste von Evans' Bein neben dem Rumpf liegen sah. Dann fiel sein Blick auf den Bauch – auf ein häßliches Loch, wie von einer gewaltigen eisernen Klaue gerissen.

Allmählich drangen nun auch andere Stimmen an sein Ohr; die der übrigen Mitglieder des Teams. Links von ihm lag Ravallo auf dem Bauch. Er brüllte etwas, doch auch das hörte sich an wie ein Flüstern. Ein entferntes Flüstern. Und erst jetzt begriff McIndoe, daß das Gefühl, im Vakuum zu liegen, pure Einbildung war. Eine Pseudostille als Folge des markerschütternden Krachs bei der Explosion der Landmine wenige Meter hinter ihm. Er drehte sich wieder zu Evans um und sah, daß er immer noch vor Schmerzen brüllte. In diesem Moment hatte er nur noch einen Gedanken: den tödlich verletzten Gefährten zu erreichen; ihn zu trösten, in den letzten wertvollen Sekunden seines Lebens bei ihm zu sein. Er konnte nicht wissen, ob sie in ein Minenfeld gestolpert waren oder ob es sich um einen vereinzelten Sprengkörper handelte, den ein Soldat auf dem Rückzug hinterlassen hatte. Trotzdem schob er seine Pistole in das Holster, zog sein Messer unter dem Ärmel hervor und begann, sich mühselig Zentimeter um Zentimeter voranzurobben. Immer wieder bohrte er dabei die Messerspitze vorsichtig in die Erde in der Angst, sie könnte gegen einen festen Gegenstand stoßen. Bald strömte der Schweiß in Sturzbächen über sein Gesicht. Als er ihn sich aus den Augen wischen wollte, streiften seine Finger den Kopfverband, und er spürte sein eigenes klebriges Blut. Die Wunde hatte wieder zu bluten begonnen. Aber das war nicht mehr wichtig …

Evans lag auf dem Rücken, als McIndoe ihn endlich erreichte. Seine Augen waren geschlossen. Kein Laut drang über seine blutverschmierten Lippen. Einen Moment lang hielt McIndoe ihn schon für tot, doch dann stieß Evans einen so gräßlichen Schrei aus, daß McIndoe zurückprallte. Sanft schloß er die Finger um Evans' Hand.

Als er den Druck spürte, schlug der Sterbende die Augen auf. »Ich … wußte, daß Sie … kommen würden, Boß«, ächzte er zwischen aufeinandergebissenen Zähnen. Dann mußte er husten, und Blut sickerte aus dem Mundwinkel. »Boß, Sie müssen … mir eins versprechen«, keuchte er.

»Sagen Sie's.«

»Bringen Sie sie … sicher von der Insel weg. Versprechen … Sie mir das, Boß.«

»Sie können sich darauf verlassen, Taffy«, sagte McIndoe leise.

Evans Fingernägel verkrallten sich in McIndoes Handfläche, als die Schmerzen seinen ganzen Körper schüttelten. Da zog der Schotte die Beretta, schob die freie Hand unter Evans' Hinterkopf und hielt den Lauf gegen seine Schläfe. Der Schuß hallte weit über das stille Land. McIndoe bettete den Kopf auf die Erde und fühlte an der Halsschlagader nach einem Lebenszeichen. Gott sei Dank gab es keinen Puls mehr. Und erst jetzt merkte er, daß die anderen in einer Linie Hillyard folgten, der sich mit Hilfe seines Messers den Weg zu ihm bahnte. Keiner sagte ein Wort. Es gab nichts zu sagen.

McIndoe zog sich die Uniformjacke aus und breitete sie über Evans' Kopf. Nach einer Gedenkminute wandte er sich ab und kroch vorsichtig auf die anderen zu. Er wußte, daß er bei dem Toten hätte warten können, bis sie ihn erreicht hätten, doch er wollte vermeiden, daß sie – besonders Hillyard und Johnson – Evans' gräßliche Wunden sahen. Sie sollten Taffy Evans so in Erinnerung behalten, wie er gelebt hatte, und nicht als verstümmelte Leiche in einem fremden Land. Aber das war noch nicht alles. Es bedrückte ihn, daß ihnen keine Zeit blieb, ihn zu bergen und zu beerdigen. Nicht daß Taffy übermäßig religiös gewesen wäre, aber er hatte etwas Besseres verdient, als hier auf nackter Erde liegenzubleiben.

Die Kugel schlug unmittelbar vor ihm in der Erde ein. McIndoe prallte zurück und stützte sich mit einer Hand ab. Im nächsten Augenblick durchpflügte die nächste Kugel den Boden hinter ihm, dann prasselte eine Geschoßgarbe auf ihn und seine Gefährten. Johnson wollte sich schon aufrichten, doch Ravallo zog ihn im letzten Moment zurück. Einen Atemzug später bedauerte der Engländer seine Panikreaktion und dankte dem Amerikaner mit einem Nikken.

»Nicht bewegen!« schrie McIndoe, als es weitere Kugeln hagelte. Er hatte bereits erkannt, daß sie es mit mehr als einem Heckenschützen zu tun hatten und daß die Feinde sich alle hinter der Steinmauer verbargen. Wie lange lagen sie dort schon? Er schob den Gedanken gleich wieder beiseite. Später war noch genug Zeit für Fragen, vorausgesetzt, sie fanden lebend aus dem Minenfeld heraus. Es war offenkundig, daß die Heckenschützen es nicht auf ihr Leben abgesehen hatten, denn sie hätten sie ohne weiteres mit den ersten Schüssen töten können. Spielten sie also nur Katz und Maus mit ihnen, bevor sie sie schließlich doch umbrachten? Oder wollten sie sie zu Panikreaktionen provozieren, bis sie von selbst in eine tödliche Mine stolperten?

»Waffen zu Boden!«

Die Stimme kam aus der Richtung des Bauernhauses. Obwohl er immer noch niemanden sah, fühlte sich McIndoe unendlich erleichtert, daß der Befehl auf italienisch gegeben worden war. Wie sehr hatte er doch gehofft, Partisanen anzutreffen und nicht einen Haufen Deutscher mit ihrem unvermeidlichen Dolmetscher. »Ich sage es nicht noch mal! Waffen auf den Boden!«

McIndoe und Ravallo wechselten einen Blick. Wenn es sich um Partisanen handelte, wollten sie sich diese auf keinen Fall zu Feinden machen. Und sollten es doch keine sein, blieb ihnen trotzdem keine andere Wahl. So befahl Ravallo: »Waffen fallen lassen.« Widerstrebend legte McIndoe seine Pistole vor sich auf den Boden und richtete sich langsam mit den Händen auf dem Kopf auf. Die anderen taten es ihm gleich. Erst jetzt lösten sich aus dem Schatten der Mauer schemenhafte Gestalten. McIndoe zählte insgesamt sechs, rechnete aber mit noch mehr Personen, die sich vermutlich an allen strategisch wichtigen Stellen im und um das Haus verteilt hatten. Obwohl sie Maschinenpistolen auf sie richteten, war deutlich zu erkennen, daß es sich um Zivilisten handelte. Einer trug ein Jackett, der andere lediglich ein Hemd; zwei hatten Mützen mit Ohrenklappen auf. Das mußten Partisanen sein.

Ein Mann trat vor die anderen und zündete sich eine Zigarette an. Für einen Augenblick erhellte die Streichholzflamme sein Gesicht, sein schwarzes Haar und den schwarzen Schnauzer, der sich über den Mundwinkeln zwirbelte. Er schnippte das Streichholz in hohem Bogen davon. »Ein paar von meinen Gefährten wollten Wetten darauf abschließen, wie viele von euch da lebend rauskommen«, verkündete er und tat einen tiefen Zug. »Aber lebend seid ihr uns nützlicher. Zumindest, bis wir euch verhört haben.«

»Seid ihr Partisanen?« rief McIndoe.

»Sehen wir etwa wie deutsche Soldaten aus?« rief der Mann unter dem Gejohle seiner Kameraden. »Wir sind Partisanen. Und ihr seid Verräter.«

»Wir sind keine italienischen Soldaten«, erklärte McIndoe.

»Das werden wir ja sehen, wenn wir euch verhören.«

McIndoe hätte ihre wahre Identität lieber für sich behalten, doch im Moment sah er keine andere Chance. Er mußte es riskieren und obendrein im Alleingang, denn die Zeit für eine Rücksprache fehlte. »Drei von uns gehören der britischen SOE an und die anderen zwei sind vom amerikanischen Militärischen Geheimdienst. Es wundert mich, daß Gianni Massimo euch nichts von uns und unserer Mission auf Sizilien gesagt hat.«

Mit erhobener Hand gebot der Mann seinen Kollegen, die schon wieder johlen wollten, Schweigen. »Habt ihr eine Frau dabei?« fragte er.

»Ja«, meldete sich Stella.

Der Mann wandte sich an den neben ihm stehenden Burschen. »Richte die Lampe auf sie.«

Stella mußte sich die Augen gegen den blendenden Strahl abschirmen, ließ die Hand aber gleich wieder sinken, damit sie ihr Gesicht sehen konnten.

»Ich kenne dich!« rief der Mann. »Du bist ›Star‹.«

Stella nickte. »Ja. Haben wir schon mal zusammengearbeitet?«

»Im Hafen von Catánia vor drei Monaten. Ich gehörte dem Kommando an, das dir die deutschen Torpedoboote versenken half. Erinnerst du dich nicht mehr?«

»Doch!«

»Ich bin Stefano.« Der Mann nahm dem anderen die Taschenlampe aus der Hand und beleuchtete damit sein Gesicht. »Erkennst du mich, Star?«

Stella starrte ihn angestrengt an – bis es ihr plötzlich wie Schuppen von den Augen fiel. »Aber klar! Nur hattest du damals keinen Schnauzer.«

»Ich mußte ihn mir wachsen lassen, weil ganz Catánia mit Fahndungsplakaten zugeklebt war.«

»Ich störe eure kleine Wiedersehensfeier ja nur ungern«, mischte sich Ravallo ein, »aber könnt ihr uns da nicht rausführen?«

Stefano deutete auf einen seiner Männer, woraufhin dieser seine Taschenlampe einschaltete und vorsichtig zehn Schritte die Mauer entlangging. Dann kletterte er auf die andere Seite, trat fünf Schritte nach vorne, wechselte die

Richtung, um weitere acht Schritte zu machen, erneut umzubiegen, sieben Schritte abzuzählen und keine zwei Meter vor McIndoe stehenzubleiben. »Komm auf mich zu«, wies er ihn an, »aber nicht auf geradem Weg, denn unmittelbar vor mir ist eine Mine im Boden vergraben.« Er musterte Hillyard, überlegte kurz und nickte. »Zwischen uns beiden sind keine Minen. Du kannst direkt zu mir kommen.«

McIndoe und Ravallo wechselten einen mißtrauischen Blick. Der Mann schien die Verteilung der Minen ja genau im Kopf zu haben, aber was war, wenn er sich getäuscht hatte? Sollten sie wirklich ihr Leben in seine Hand geben?

»Ich taste mich lieber mit dem Messer auf dich zu«, murmelte der Schotte.

Der Partisan lächelte ihn an. »Dir kann nichts passieren, mein Freund. Tu einfach, was ich dir sage. Ich würde ja gerne zu dir gehen, aber ich muß hier stehenbleiben, weil ich sonst die Schritte zurück zur Mauer nicht mehr genau abzählen kann.«

McIndoe wischte sich den Schweiß von der Stirn. »Ich kann nur hoffen, daß du die Lage der Minen so gut kennst, wie du behauptest.«

»Das müßte ich eigentlich, denn ich habe geholfen, sie zu verlegen.« Er winkte McIndoe zu sich. »So, jetzt einen Schritt auf mich zu, aber nur einen.«

Mit staksigen Bewegungen und die Zähne fest aufeinander gebissen, löste sich der Schotte von seinem bisherigen Platz und setzte den Fuß einen kleinen Schritt vor. Als er den anderen Fuß nicht minder vorsichtig nachgezogen hatte, atmete er zunächst tief durch, ehe er sich nach Anweisung des Partisanen um fünfundvierzig Grad drehte und einen weiteren zögernden Schritt auf ihn zu tat. Dann hielt er schon wieder inne. Der Schweiß brannte ihm in den Augen, und er mußte sie sich auswischen. Daß seine Hand zitterte, überraschte ihn nicht. Nach einem weiteren Schritt stand er neben dem Mann. Der zeichnete nun mit der Stiefelspitze ein Kreuz in die Erde, trat einen Schritt zurück und bedeutete ihm, sich mitten darauf zu stellen. McIndoe tat, wie ihm geheißen. Keine Mine explodierte. Voller Erleichterung ließ er sich in die Hocke sinken und wischte sich das naßgeschwitzte Gesicht ab. Nun ging der Partisan dieselbe Prozedur mit Hillyard durch und wies die anderen an, in dessen Spur zu treten, bis schließlich alle auf dem von ihm markierten Kreuz standen. Von da an mußte jeder genau in seine Fußstapfen treten. Jede Abweichung konnte tödlich sein.

Als sie endlich die Mauer erreichten, wurden sie von hilfsbereiten Händen hochgezogen. Erleichtert ließen sich Ravallo und Hillyard auf die Erde plumpsen. Johnson lehnte sich wie ein nach einem harten Rennen abgekämpfter Läufer gegen die Mauer und ließ den Oberkörper nach vorne sinken. McIndoe dagegen drehte sich nach Evans' Leiche um und betrachtete ihn ein letztesmal. Jedes Zeitgefühl kam ihm abhanden, bis er irgendwann merkte, daß jemand neben ihm stand. Es war Stella.

»Das mit Taffy tut mir sehr leid«, murmelte sie. »Ich weiß, daß Sie viel von ihm hielten.«

»O ja. Es tat gut, einen wie ihn an der Seite zu haben. Er konnte stur sein, wenn er von etwas überzeugt war, selbst wenn das bedeutete, daß er sich mit einem Offizier anlegen und ihm mit deutlichen Worten klarmachen mußte, daß bei diesem oder jenem Plan nur unnötig Leben aufs Spiel gesetzt würden. Und was noch wichtiger ist: Er behielt meistens recht, was zur Folge hatte, daß der Offizier seine Strategie noch einmal überdachte. Mir passierte genau das bei unserem ersten gemeinsamen Einsatz, und ich schäme mich nicht, das zuzugeben. Ich werde ihn sehr vermissen.«

Sie verfielen in Schweigen und hingen beide ihren Gedanken nach, bis Stefano auf sie zutrat. »Es tut mir leid, daß das mit eurem Freund geschehen ist. Wenn ich gewußt hätte, wer ihr seid ...« Er zuckte hilflos mit den Schultern, denn ihm war klar, daß sich auch mit den schönsten Worten nichts mehr rückgängig machen ließ.

»Ist es nicht ein bißchen spät für Entschuldigungen?« fuhr ihn McIndoe an, der all den aufgestauten Ärger nicht mehr unterdrücken konnte. »Ihr habt uns in dieses Minenfeld laufen lassen, obwohl ihr genau wußtet, daß einer oder mehrere dabei draufgehen konnten. Und als ob das noch nicht gereicht hätte, habt ihr das Feuer eröffnet und gehofft, wir würden in Panik davonrennen und noch mehr Minen auslösen. Auch wenn ihr uns zehnmal für italienische Soldaten gehalten habt, ist das noch lange keine Rechtfertigung für euer Verhalten!«

»Wenn sie dich mit vorgehaltener Pistole gezwungen hätten, zuzuschauen, wie eine Horde italienischer Soldaten deine Frau und deine Tochter vergewaltigt, dann würdest du mich vielleicht besser verstehen«, entgegnete der andere bitter. »Wir sind euch eine ganze Weile gefolgt, aber ihr habt nie den Eindruck erweckt, als ob ihr etwas anderes als eine italienische Einheit wärt. Darum habe ich die Warnschilder entfernen lassen und dafür gesorgt, daß im Haus nur ein Licht brennt. Ich wußte, daß ihr der Versuchung nicht widerstehen und euch dem Haus nähern würdet.«

»Es tut mir leid, daß deiner Frau und deiner Tochter so etwas angetan worden ist, aber du kannst nicht jeden italienischen Soldaten für die Schandtaten einer Handvoll Marodeure verantwortlich machen«, entgegnete McIndoe in ruhigem, bestimmtem Ton. »Die besondere Stärke der Partisanenbewegung war immer ihre Fähigkeit zur Arbeit im Kollektiv. Mit solchen persönlichen Vendetten beraubt ihr euch selbst eures Vorteils.«

»Du sprichst wie ein Politiker«, schnaubte Stefano verächtlich. »Andererseits kann ich von dir nicht verlangen, daß du das Rachegefühl, das Tag und Nacht an mir frißt, verstehst. Du bist kein Sizilianer.«

McIndoe deutete auf Stella. »Sie ist Sizilianerin. Versuch doch mal, deine Vendetta vor ihr zu rechtfertigen.«

»Wenn sie eine wahre Sizilianerin ist, dann weiß sie tief im Herzen, daß ich recht habe.«

McIndoe sah Stella an, als erwarte er von ihr, daß sie für ihn Partei ergreife. Statt dessen wandte sie sich stumm ab und entfernte sich in Richtung des Bauernhauses. Er eilte ihr nach und packte sie am Arm. »Verdammt, sagen Sie bloß, daß Sie einer Meinung mit ihm sind«, knurrte er verbittert.

»Wie Sie gesagt haben, Sam, ich bin Sizilianerin«, erwiderte sie kalt.

»Warum gehen Sie dann nicht nach Swansea und sagen dasselbe zu Taffys Witwe?«

Sie riß sich wütend los. »Das hat nichts mit Taffy zu tun! Verstehen Sie das denn nicht? Lassen Sie die Sache auf sich beruhen, Sam. Sie können nichts mehr daran ändern.«

»Was ist denn los?« fragte Ravallo, den der heftige Wortwechsel aufgeschreckt hatte.

»Nichts, das dich betrifft«, fauchte sie ihn an und verschwand im Haus.

»Was immer Sie gesagt haben, hat sie an einer wunden Stelle getroffen«, murmelte Ravallo.

»Sieht ganz so aus, als müßte ich noch einiges über die Sizilianer lernen«, entgegnete der Schotte.

Ravallos Blick flackerte vorbei an McIndoe zu der sich ihnen langsam nähernden Gestalt. »Da kommt Stefano. Möchten Sie mit ihm sprechen?«

»Nicht mehr nötig.«

Stefano hatte sie nun erreicht. »Wir werden den Toten morgen mit dem ersten Licht aus dem Minenfeld holen und ihm binnen weniger Tage ein richtiges Begräbnis geben«, kündigte er an.

»Danke«, murmelte McIndoe.

Stefano zog eine Zigarettenschachtel aus der Brusttasche seines Hemdes. »Raucht ihr?«

McIndoe pflückte sofort eine Zigarette heraus.

»Wir hatten nur noch ein paar übrig, als wir Palermo verließen, und die wurden beim Sprung aus dem Zug naß«, erklärte Ravallo und nahm Stefano die ganze Schachtel aus der Hand.

Der Italiener runzelte verblüfft die Stirn. »Ich verstehe nicht ganz ... ihr seid aus einem Zug gesprungen?«

»Vergiß es, es ist eine lange Geschichte.« Ravallo hielt die Schachtel hoch. »Du hast doch nichts dagegen, wenn ich sie behalte? Weiß Gott, wann wir wieder Nachschub kriegen.«

»Nimm sie ruhig«, brummte Stefano und gab ihm auch seine Streichholzschachtel. Dann merkte er, daß einer seiner Gefährten sich genähert hatte und offenbar etwas von ihm wollte. »Wenn ihr mich bitte entschuldigt …«

Ravallo steckte sich eine Zigarette an, schob zwei weitere in seine Brusttasche und warf dann die Schachtel und die Zündhölzer McIndoe zu. »Gehen Sie doch ins Haus und fragen Sie Stella, ob sie auch eine will.«

McIndoe verstand den Wink des Amerikaners und spürte, daß er recht hatte. Zögernd näherte er sich dem Gebäude und spähte in die Küche. Stella saß am Tisch. Vor ihr lag die gestrige Ausgabe der *La Sicilia.* Als er eintrat, sah sie kurz auf, um sich gleich wieder über die Zeitung zu beugen. »Ich wollte Ihnen nur sagen, daß mir das von vorhin leid tut«, murmelte er verlegen. Es war ihm schon immer schwergefallen, eigene Fehler einzugestehen. Was das Ganze noch schlimmer machte, war der Umstand, daß er sich eigentlich gar nicht im Unrecht fühlte. »Mir ist klargeworden, daß ich nicht hätte versuchen dürfen, Sie zu vereinnahmen. Anscheinend haben mich in dem Moment alle guten Geister verlassen.«

»Sind das Zigaretten, was Sie da in der Hand haben?« fragte sie, ohne aufzusehen.

»Ja. Einer der Partisanen hat sie uns geschenkt. Ich habe mir gedacht, Sie wollen vielleicht auch eine.« Er hielt ihr die Schachtel entgegen.

Sie nahm sich eine und erlaubte ihm, sie ihr anzuzünden. »Sie brauchen sich für nichts zu entschuldigen, Sam. Schließlich haben Sie ja nur Ihre Meinung gesagt. Und Sie hätten damit auch recht, wenn wir nicht in Sizilien wären. Ob es Ihnen paßt oder nicht, Vendetten sind ein fester Bestandteil des Lebens hier. Selbst die heißblütigen Italiener kennen diesen leidenschaftlichen Drang nach Rache nicht. Und ich weiß, wovon ich rede, denn mein Vater hat mich so erzogen. Er hat einmal einen Mann umgebracht, nur weil er versucht hatte, ihn bei einem Geschäft zu betrügen.

Es ging ihm um seine Ehre. Wenn er sich das hätte gefallen lassen, hätte er den Namen der Familie in den Schmutz gezogen. Seine Reaktion war vielleicht extrem, aber zumindest hat danach niemand mehr versucht, ihn hereinzulegen.«

»Das kann ich mir schon vorstellen«, meinte McIndoe, »aber hat die Polizei da nie etwas unternommen?«

»Ich kann mich noch gut erinnern, wie Polizisten zu uns ins Haus kamen und ihn zum Verhör mitnahmen. Aber glücklicherweise wurde die Leiche des Mannes nie gefunden, und sie ließen meinen Vater wieder laufen. Ich bin sicher, daß sie von seiner Schuld überzeugt waren, aber ohne Beweise waren ihnen die Hände gebunden. Ihm half wohl auch der Umstand, daß der Mann ein Gelegenheitsdieb war. Sie rissen sich bei den Ermittlungen nicht gerade ein Bein aus.«

»Was wurde aus der Leiche?«

»Wie Sie wissen, plünderte mein Vater gesunkene Schiffe und verkaufte die Wertsachen. Aber er war nicht der einzige, der davon lebte. Vor allem, wenn ein richtiger Schatz in einem solchen Wrack vermutet wurde, herrschte ein ganz schöner Andrang. Nur wer als erster ankam und sein Territorium mit Zähnen und Klauen verteidigte, heimste die Beute ein. Manchmal mußte ein Boot tagelang über dem Wrack ankern, ehe die Besatzung es wagte, zu tauchen. In der Nähe warteten oft noch andere Boote, und die hatten ein ganz fieses Mittel, um Taucher abzuschrekken: Sie brauchten nur die Innereien von Fischen und Blut ins Wasser zu schütten und auf diese Weise Haie anzulokken. Haie sind im Mittelmeer selten, aber mein Vater schwor, daß er den großen Weißen Hai nicht weit von der sizilianischen Küste gesehen hätte. Gibt es eine effektivere Methode, eine Leiche spurlos zu beseitigen, als sie an die Haie zu verfüttern?« Sie faltete die Zeitung säuberlich zusammen. Als sie wieder zu McIndoe aufsah und seine verstörte Miene bemerkte, mußte sie grinsen. »Meine Mutter hat mir das Jahre später erzählt. Ob er es ihr gebeichtet hat oder ob es nur Seemannsgarn ist, weiß ich allerdings nicht. Aber irgendwie ergibt es Sinn, wenn man es genau bedenkt.«

»Wahrscheinlich, ja.« McIndoe schnitt eine angewiderte Grimasse. »Sie stammen ganz gewiß aus einer ... interessanten Familie.«

»So kann man es wohl auch ausdrücken«, lachte sie.

»Es ist ein Knüller, mit dem man bei jeder Party das Eis bricht«, ließ sich Ravallo von der Tür her vernehmen. »Und ich schätze, daß das Ganze so auch angefangen hat – zum erstenmal erzählt auf irgendeiner Feier, wo dein Vater bei einer Dorfschönheit Eindruck schinden wollte.«

»Stellen Sie sich das nur vor, Mac: Obwohl er alle Zeitungsausschnitte gesehen hat, die meine Mutter sammelte, glaubt er immer noch kein Wort!« Stella stand auf und schleuderte die Zeitung Ravallo an die Brust. »Immer der gleiche Skeptiker, Nicky, was?« Damit verschwand sie in der Nacht.

Ravallo warf die Zeitung auf den Tisch zurück und nahm McIndoe gegenüber Platz. Bevor er zu sprechen anfing, vergewisserte er sich, daß niemand in der Tür stand. »Ich habe es Stella nie gesagt, aber als ich ihr als Führungsagent zugewiesen wurde, zog ich in aller Diskretion Erkundigungen über ihre Eltern ein, vor allem über ihren Vater. Er war nicht der Mensch, den sie gern in ihm gesehen hätte. Er war ein tief verschuldeter kleiner Ganove und hatte Probleme mit Alkohol. Zwar besaß er tatsächlich ein Boot, aber es war nichts als eine alte Wanne. Das einzige, was bei ihm klappte, war das Familienleben. Seine Frau war ganz verrückt nach ihm, und Stella vergötterte ihn. Und eins muß man ihm lassen: Er behandelte beide wirklich gut. Vor allem Stella. Sie war sein ein und alles. Es gab nichts, was er nicht für sie getan hätte.«

»Sie glauben also, daß sie dieses Alter ego erfunden hat, weil sie sich der Wahrheit nicht stellen wollte?«

»Nein. Sie kennen Stella ja inzwischen. Sie ist durch und durch ehrlich und sagt immer, was sie denkt. Ich glaube wirklich, daß sie ihn für diesen Teufelskerl hält, der aufs Meer rausgesegelt ist und versunkene Schätze gesucht hat.

Wahrscheinlich hat er ihr dieses Bild von sich vermittelt, als sie klein war. Und welchen Grund hätte sie auch, daran zu zweifeln? Wie gesagt, ich habe nie mit ihr darüber gesprochen. Wozu ihre Träume zerstören?«

»Und der Mann, den ihr Vater angeblich umgebracht hat?«

»Ein Kokaindealer verschwand damals spurlos, und ihr Vater gehörte zu denen, die deswegen verhört wurden. Soviel geht auch aus Stellas Zeitungsausschnitten hervor. Allerdings wurde niemand wegen Mordes angeklagt, noch wurde die Akte je geschlossen. Nicht auszuschließen, daß er es getan hat.«

»Ich weiß nicht, ob ich anderen so schnell erzählen würde, daß mein Vater jemanden ermordet und zu Haifutter zerhackt hat«, meinte McIndoe.

»Ach, wenn Sie Sizilianer wären, würden Sie das vielleicht tun«, witzelte Ravallo.

Von draußen näherten sich Schritte. Es war Stefano. »Ich habe Neuigkeiten für euch.« Er zog sich einen Stuhl heran und setzte sich. »Soeben hatte ich Funkverbindung mit Massimo. Stella war ebenfalls dabei. Sie hat ihm berichtet, was im Zug passiert ist, daraufhin hat er uns angewiesen, euch zu helfen, wo wir können. Sagt uns, was ihr braucht.«

»Zuallererst müssen wir zu unserem Boot zurück«, erklärte McIndoe.

»Richtig, sie hat auch etwas von einem Boot gesagt. Der Transport kann geregelt werden. Dabei rechne ich eigentlich nur mit einem Problem, und das sind die Straßensperren der Deutschen. Da sie wissen, daß ihr nicht mehr im Zug seid, werden die Deutschen sich auf diese Gegend konzentrieren, aber wenn ihr mir den Standort eures Bootes nennt, kann ich andere Partisaneneinheiten anfunken und herausfinden, wo genau sie Straßensperren errichtet haben. So können wir sie leicht umgehen.«

»Du scheinst dir deiner Sache ja ziemlich sicher zu sein«, brummte McIndoe.

»Das ist unser Land. Wir haben überall Leute, die sämtliche Nebenstraßen und Abkürzungen kennen. Wie sonst, glaubst du, könnten wir so mühelos Waffen über die ganze Insel transportieren?«

»Wann können wir abfahren?« fragte Ravallo.

»Ein Laster ist schon auf dem Weg zu uns. Er müßte in den nächsten Minuten eintreffen. Er bringt euch übrigens auch andere Kleidung mit. Ich habe sie angefordert, weil ich es für das beste hielt, euch in die Kluft von Wanderarbeitern zu stecken. So erregt ihr am wenigsten Verdacht.«

»Das war sehr klug von dir«, lobte Ravallo. »Wir müßten aber auch noch euer Funkgerät benutzen. Wenn wir uns nicht zu den vereinbarten Zeiten melden, hat unser Kapitän Anweisung, ohne uns zurückzufahren.«

»Wir nehmen das Funkgerät im Laster mit.«

»Und was ist mit Ausweisen?« wollte McIndoe wissen. »Wir haben nichts als die gefälschten Papiere der italienischen Armee. Sie werden uns nicht viel nützen, wenn wir uns als Wanderarbeiter ausgeben.«

»Ihr werdet keine Papiere brauchen«, sagte Stefano. »Ich habe doch gesagt, daß wir die Route so planen, daß uns die Straßensperren nicht gefährlich werden können.«

»Abgesehen davon wäre es uns sowieso nicht möglich, auf die Schnelle neue Ausweise zu besorgen«, ergänzte Ravallo. Dann bemerkte er McIndoes skeptische Miene. »Sie können es wohl nicht lassen. Machen Sie sich schon wieder Sorgen? Denken Sie positiv, Mann.«

»Ich werde es beherzigen«, versprach McIndoe. Sein Ton verriet eine Spur Sarkasmus.

In diesem Moment kam Stella in die Küche gestürmt. »Der Laster ist da!«

Stefano sprang auf. »Na also! Sobald ihr diese Uniformen abgelegt habt, können wir losfahren.«

»Worauf warten wir dann noch?« Ravallo schob seinen Stuhl zurück und folgte Stefano in den Flur.

Riedler stand hinter der Mauer und starrte auf den Toten hinunter. »Konnten Sie ihn schon identifizieren?«

Franke beleuchtete die Leiche mit seiner Taschenlampe. »Das Gesicht ist unter dem Uniformrock verborgen, doch selbst wenn wir es sähen, wäre wohl nicht mehr viel zu erkennen. Aber der Rock ist hochinteressant, Herr Major. Dem Abzeichen nach gehört er einem Hauptmann. Nun trug aber auch der Mann, der am Bahnhof zusammen mit Ravallo gesehen wurde, die Uniform eines Hauptmanns der italienischen Armee. Und dann haben die Aufklärer, die auf den Toten gestoßen sind, Erkundigungen über italienische Truppenbewegungen in diesem Gebiet eingezogen. In den letzten drei Tagen hielten sich hier aber keine italienischen Soldaten auf.«

»Wo ist der Kommandant?« fragte Riedler.

»Als ich mit ihm sprach, war er beim Funker.«

»Ich will sofort mit ihm sprechen.«

»Ich lasse ihn unverzüglich holen, Herr Major.«

Riedler zog sich in die Küche zurück. Dort setzte er sich, streifte seine Lederhandschuhe ab und warf sie auf den Tisch. Er unterdrückte ein Gähnen und rieb sich erschöpft die Augen. Was gäbe er nur für ein paar Stunden Schlaf! Er wußte, wie dankbar seine Männer gewesen waren, daß sie den einstündigen Flug von Palermo zum Flugplatz bei Valledolmo für ein Nickerchen hatten nützen dürfen. Ihm selbst war dieser Luxus leider nicht vergönnt gewesen. Kurz vor dem Start war ihm mitgeteilt worden, daß bei dem verheerenden Brand im Capo achtzehn Zivilisten das Leben verloren hatten und dreißig weitere im Krankenhaus lagen. Daraufhin hatte er einen Großteil des Flugs damit verbracht, sich Frankes Version der Ereignisse im sicheren Haus anzuhören.

Franke hatte versucht, sich mit der gleichen Propagandarede reinzuwaschen, mit der er die jungen Soldaten auf seine Seite hatte ziehen können. Wie Kuhn blieb Riedler völlig unbeeindruckt. Doch trotz Riedlers hartnäckiger Fragen beteuerte Franke unentwegt, er habe nichts mit der Sache zu tun. Am Ende war sich der Major dennoch sicher, ihn durchschaut zu haben, aber solange er keine festen Beweise in Händen hatte, konnte er Franke nichts anhaben. Zugleich war ihm klar, daß Franke das auch wußte. Gerade das bestärkte ihn aber nur in seiner Entschlossenheit, eine Lösung zu finden, mit der das 3. Fallschirmjägerregiment von Hauptmann Jürgen Franke befreit werden konnte.

Gleich nach der Landung auf dem Luftwaffenstützpunkt am Rand von Valledolmo hatte Riedler erfahren, daß Aufklärer in einem Minenfeld fünfzehn Meilen südlich vom Flugplatz eine Leiche gefunden hatten, von der sie annahmen, daß es einer der feindlichen Agenten war. Unverzüglich war man in zwei Kübelwagen losgebraust, während ein langsamerer Truppentransporter das Bauernhaus etwas später erreichen würde.

Franke klopfte an der offenen Tür und trat, gefolgt von einem jungen Leutnant, in die Küche. Der Leutnant salutierte sogleich vor Riedler. »Es ist mir eine Ehre, Sie kennenzulernen, Herr Major!« rief er begeistert. »Ich habe schon viel über Sie ...«

»Das glaube ich Ihnen gern«, unterbrach ihn Riedler. »Sind Sie der Kommandant des Aufklärertrupps?«

»Jawohl, Herr Major!«

»Was haben Sie denn nun alles herausgefunden?«

»Das Bauernhaus war leer. Aber es war eindeutig zu erkennen, daß die Bewohner es erst Minuten vor unserer Ankunft verlassen hatten.«

»Warum war das so eindeutig?«

»Wir fanden im Wohnzimmer zwei Tassen. Beide waren halb voll. Der Kaffee war noch warm.«

»Berichten Sie Major Riedler auch vom Laster«, half Franke dem nervösen Leutnant.

»Der Laster, jawohl, Herr Hauptmann. Wir – das heißt unser Funker – hatten von unserer Garnison die Nachricht erhalten, daß ein Informant kurz nach halb drei in der Nacht einen Laster aus dem Dorf hatte fahren sehen. Er fuhr in Richtung dieses Hauses.«

»Erkannte er auch das Nummernschild?« fragte Riedler.

»Nein, Herr Major.«

»Liegt eine Beschreibung des Fahrzeugs vor?«

»Er glaubt, es habe wie ein SPA Dovunque ausgesehen.«

»Er glaubt? Was soll das schon wieder heißen?«

»Er sagte, der Laster sei schon ein gutes Stück entfernt gewesen, bevor er aus dem Bett gestiegen sei und das Fenster erreicht habe.«

»Warum ist er ihm nicht gefolgt? Hat man sämtlichen Informanten in dieser Gegend nicht befohlen, gründlich auf alles Verdächtige zu achten? In meinen Augen ist ein Laster, der so spät in der Nacht durch ein verschlafenes Dorf rattert, hochgradig verdächtig.«

»Man hatte es ihm eingeschärft, aber er kann nicht fahren, Herr Major.«

»Was für Hampelmänner werden denn hier als Informanten angeheuert?« zischte Riedler wütend.

»Über die gesamte Region ist bereits Alarmzustand verhängt worden«, meldete Franke. »Höchstwahrscheinlich war es ein Dovunque. Soviel mir gesagt wurde, sind sie bei den Partisanen recht beliebt, weil man damit gut querfeldein fahren kann.«

»Mir ist scheißegal, ob sie Flügel ausklappen und fliegen können!« schrie Riedler. »Ich will nur, daß das Ding gefunden wird!« Er stach mit dem Finger in Richtung des Leutnants. »Sie gehen in den Funkraum und teilen jedem Offizier an jeder einzelnen Straßensperre mit, daß ich persönlich dafür sorgen werde, daß er im nächsten Flugzeug zur Ostfront sitzt, wenn die feindlichen Agenten durch seine Schuld entkommen. Und Sie fliegen gleich mit! Bewegung jetzt!«

Der Leutnant zitterte so sehr, daß er sich beim Salutieren fast die Mütze vom Kopf gerissen hätte. Und als er aus dem Zimmer eilte, stieß er mit einem Soldaten zusammen, der in die Küche wollte. Bevor dieser sich entschuldigen konnte, schubste der Leutnant ihn einfach zur Seite und rannte weiter. Der Soldat sah ihm verblüfft nach. Schließlich näherte er sich zögernd.

»Was wollen Sie?« fragte Franke.

Der Soldat salutierte. »Wir haben etwas gefunden, Herr Hauptmann. Im Wald.«

»Wollen Sie mir sagen, was es ist, oder muß ich raten?«

»Kleidungsstücke, Herr Hauptmann. Sie sind verbrannt worden.«

Riedler streifte sich die Handschuhe über. »Zeigen Sie sie uns.«

Der Soldat führte sie zu einer Feuerstelle in einem dicht bewachsenen Waldstück am Rand des Bauernhofs, in der noch Asche glomm. Die verkohlten Teile, die man hatte bergen können, lagen säuberlich aufgereiht im Gras. Franke leuchtete mit der Taschenlampe auf die glühenden Reste, während Riedler mit einem Stecken darin herumstocherte. »Richtig, sie waren eindeutig hier«, sagte Riedler und starrte in den dunklen Wald.

»Sie haben einen Vorsprung von höchstens fünfundvierzig Minuten«, meinte Franke. Er schaltete seine Taschenlampe aus und lief neben Riedler her, der schon wieder zum Bauernhaus strebte.

»Was schlagen Sie vor?« fragte Riedler. »Daß wir ihnen folgen?«

»Es wäre besser, als untätig herumzusitzen, Herr Major.«

»Wir wissen ja gar nicht, wohin sie wollen. Am Ende jagen wir womöglich unseren eigenen Schatten nach. Nein, wir bleiben hier und warten, bis sie wieder gesichtet werden. Dann schlagen wir zu.«

Franke blieb in der Küchentür stehen. »Und wenn sie unseren Straßensperren ausweichen? Die vom Widerstand kennen das Gelände hier viel besser als wir.«

»Das stimmt. Aber im Grunde haben sie doch nur einen Fluchtweg – übers Meer. Auf dem Luftweg hätten sie keine Chance. Minuten nach ihrem Aufstieg würden sie abgeschossen. Darum habe ich ja noch in Palermo Notfallpläne für eben diese Möglichkeit erstellt.«

»Und wie sehen die aus?« drängte Franke.

»Daß sich alle einsatzfähigen Schnellboote sofort an der gesamten Küste verteilen und an jedem Flugplatz zwei Messerschmitts für den Einsatz startklar gemacht werden. Abgesehen davon sind schon jetzt drei Aufklärungsflugzeuge in der Luft und patrouillieren die Küste. Kurz und gut – was sie auch versuchen, sie werden schnell merken, daß sie keine Chance haben.«

Franke schüttelte den Kopf. »Sie wissen doch genauso wie ich, daß die sich nie lebendig gefangennehmen lassen, wenn wir sie einkesseln. Darauf sind alle verdeckt operierenden Agenten eingeschworen.«

»Dann sterben sie eben«, sagte Riedler kalt. »So einfach ist das.«

»Wie weit ist es noch?« wollte Ravallo wissen.

Stefano schaltete seine Taschenlampe ein und richtete den Strahl auf die über seine Knie gebreitete zerknitterte Landkarte. »Wir sind etwa zwölf Meilen von der Küste entfernt. Wenn wir auf dieser Straße bleiben, sind wir in einer halben Stunde da.«

»Vorausgesetzt, es passiert nichts«, brummte Johnson, der auf der Holzbank ihnen gegenüber saß.

»Wenn man bedenkt, daß wir wegen der vielen Straßensperren auf alle möglichen Seitenstraßen ausweichen mußten, sind wir wirklich schnell vorangekommen«, meinte Ravallo an Stefano gewandt. »Das muß euch der Neid lassen: Ihr habt hier auf der Insel ein hervorragendes Informationsnetz.«

»Das müssen wir auch, wenn wir den Deutschen weiter einen Schritt vorausbleiben wollen«, antwortete der Sizilianer.

McIndoe betrachtete die zwei Männer schweigend. Seiner Schätzung nach hatten sie in den letzten zwei Stunden etwa dreißig Meilen zurückgelegt. Ravallo hatte recht: In Anbetracht der mühseligen Umwege waren sie tatsächlich rasch vorangekommen. Sein Blick fiel wieder auf das Funkgerät. Er hatte Passière noch rechtzeitig erreicht und ihm mitgeteilt, daß sie auf dem Rückweg zum Boot wären. Zumindest wußte er jetzt, daß Charlie Higgins nicht ohne sie abfahren würde. Eine Sorge weniger. Aber das noch viel bedrohlichere Problem war nach wie vor ungelöst: die Identität des Verräters. Seit ihrem Aufbruch vom Bauernhaus beschäftigte ihn das unablässig. In einem fort hatte er die Gesichter der anderen studiert und darüber nachgegrübelt, wer von ihnen seine wahren Absichten hinter der Maske der Täuschung verbarg. Und jetzt glaubte er zu wissen, wer es war ...

»Straßensperre!«

Der Warnruf des Fahrers holte McIndoe jäh in die Realität des Augenblicks zurück. Hastig verbarg er seine Beretta unter der Holzbank. Die anderen taten es ihm gleich.

»Du hast doch gesagt, es würde auf dieser Strecke keine Straßensperren geben«, beschwerte sich Hillyard bei Stefano.

»Sie muß gerade erst errichtet worden sein. Als meine Freunde die Gegend vor zwanzig Minuten überprüften, war sie jedenfalls noch nicht da.«

»Es ist ja auch egal, wann sie zustande kam«, schaltete sich McIndoe ein. »Jetzt halten wir uns an unseren Plan für den Notfall.« Er faßte Hillyard ins Auge, der ihm gegenüber direkt am hintersten Ende der Ladefläche saß. »Sie wissen, was Sie zu tun haben?«

»Verlassen Sie sich auf mich.« Der ehemalige Akrobat zog mit flinken Fingern sein Messer aus der im Ärmel verborgenen Scheide, legte es blitzschnell aufs Knie und deckte die Klinge mit der Hand zu.

McIndoe zückte ebenfalls sein Stilett und beugte sich vor, um die Sperre durch die Windschutzscheibe zu beobachten. In diesem Moment bremste der Fahrer auch schon ab und brachte den Laster vor einem quer über die Straße ausgelegten Stacheldrahtverhau zum Stehen. Am Straßenrand wartete ein mit einer Plane zugedeckter Opel Blitz. Die Scheinwerfer erfaßten nur zwei deutsche Soldaten, doch McIndoe war sich sicher, daß auf der Ladefläche noch eine ganze Mannschaft hockte. Die zwei Soldaten näherten sich dem Laster, und plötzlich war die ganze Führerkabine in das grelle Licht einer mächtigen Stablampe getaucht. Der Fahrer hielt sich die Hand vor die Augen, doch schlug man sie ihm weg und befahl ihm, seine Papiere vorzulegen. Der andere Soldat stolzierte unterdessen zur Ladefläche und beleuchtete die Gesichter einzeln mit seiner Taschenlampe. Auf Stella verweilte der Strahl länger, ehe er weiterwanderte, um schließlich bei Hillyard anzuhalten. »Papiere!« bellte der Soldat auf italienisch.

»Sofort«, brummte Hillyard, und schon schoß sein Unterarm mit solcher Geschwindigkeit vor, daß der Soldat nicht mehr reagieren konnte, ehe die Klinge sich in seine Kehle bohrte. Blitzschnell hielt ihm Hillyard den Mund zu und schlitzte ihm mit einem kurzen Ruck die Luftröhre auf. Lautlos sprang McIndoe auf die Erde, fing den leblosen Soldaten auf und legte ihn auf die Straße. Während er sich aufrichtete, reichte ihm Ravallo seine Maschinenpistole. McIndoe stützte sich am Fahrgestell ab, um plötzlich einen Satz zu machen und die Waffe auf den anderen Soldaten zu richten, der immer noch die Papiere des Fahrers studierte. Der Mann ließ völlig entgeistert alles fallen und griff nach seiner MP 38, als McIndoe schon abdrückte. Der Soldat war tot, bevor er auf der Erde aufschlug.

Die anderen waren bereits auf die Straße gesprungen, als die Abdeckung des Opel Blitz zurückgeschlagen wurde. Ein Soldat zeigte sich und konnte sogar noch einen Schuß auf den Dovunque abgeben, bevor Hillyard und Johnson das Feuer eröffneten. Grotesk am ganzen Körper zuckend wurde er gegen den Opel geschleudert und sackte tot zu Boden. Während Hillyard und Johnson nun aus der Deckung die Ladefläche des Opel unter Beschuß nahmen, sprinteten Ravallo und McIndoe los und durchlöcherten die andere Seite der Plane mit ihren Salven. Die eingekesselten Soldaten hatten in diesem Kreuzfeuer nicht den Hauch einer Chance. Binnen Sekunden war das Gefecht vorbei.

Aus den Augenwinkeln bekam McIndoe mit, wie sich die Mündung einer Maschinenpistole aus dem Fahrerfenster schob. Reaktionsschnell richtete er seine Beretta auf die Kabine und feuerte immer wieder, bis ein Schmerzensschrei durch die Nacht gellte und die MP auf die Straße polterte. Mit klopfendem Herzen rannte er zur Tür, zog den Sicherungsstift seiner Granate, schmiß sie durch das zerborstene Fenster und warf sich zu Boden. Eine Sekunde später krachte eine Explosion, und die Fahrertür wurde auf die Straße geschleudert. Sofort sprang McIndoe wieder auf und rannte zum Laster. Bis auf den toten Fahrer war die Kabine leer. Vorsichtig umrundete er den Wagen mit der Pistole im Anschlag. Niemand verbarg sich auf der anderen Seite. So ging er weiter bis zur Ladefläche, wo Hillyard und Ravallo mit ihren Maschinenpistolen standen. Vor ihnen lagen noch einmal fünf Tote. Der Funker, der offenbar in letzter Sekunde versucht hatte, einen Notruf durchzugeben, lag über seinem Gerät zusammengesackt da, die blutbedeckte Hand noch immer um den Hörer gekrallt. Aus der Muschel drang eine deutsche Stimme, die aufgeregt auf ihn einschrie, er solle sich doch melden. Ravallo sprang auf die Ladefläche, stieß mit dem Fuß den Funker von seinem Gerät fort, richtete seine Beretta auf den Kasten und brachte die Stimme zum Schweigen.

Da es hier nichts mehr zu tun gab, half McIndoe Johnson und Stella beim Wegräumen des Stacheldrahtverhaus; gemeinsam stellten sie eine Lücke her, die breit genug für den Dovunque war. Danach dachte McIndoe sogar noch daran, die Papiere des Fahrers zu bergen und sie dem Mann zurückzugeben. »Alles in Ordnung?« fragte er.

»Ja. Ich bin einfach auf Tauchstation gegangen, bis die Schießerei vorbei war.«

»Du wirst diese kleine Schönheit jetzt bis an ihre Grenzen treiben müssen«, kündigte McIndoe an und klopfte gegen die Karosserie. »Es wird nicht lange dauern, dann wimmelt es hier von Deutschen. Ich für meinen Teil möchte aber nicht so lange warten.«

»Zum Glück sind wir in einer abgelegenen Gegend. Bis die Deutschen merken, was passiert ist, sind wir längst über alle Berge.«

»Sam?« rief Stella.

»Ich trommle unsere Leute zusammen, dann können wir weiterfahren«, versprach McIndoe dem Fahrer und eilte zu Stella hinüber, die zusammen mit den anderen hinter der Ladefläche stand. Erst auf den zweiten Blick sah der Schotte, daß Ravallo sich über eine auf der Straße liegende Gestalt gebeugt hatte. Es war Stefano. Sein Hemd war vorne blutgetränkt. Eine Kugel hatte ihn in die Brust getroffen.

»Heben Sie ihn auf die Ladefläche«, sagte McIndoe. »Wir müssen hier weg, bevor die Deutschen anrücken.«

Johnson und Hillyard wuchteten den Toten auf den Laster und deckten ihn mit einem kleinen Teppich zu, den der Fahrer unter dem Beifahrersitz hervorgezogen hatte. McIndoe wartete, bis alle eingestiegen waren, dann ließ er sich von Ravallo auf die Ladefläche ziehen. Auf sein Nikken hin startete der Fahrer den Motor und manövrierte den Laster an der Sperre vorbei.

»Entschuldigen Sie die Störung, Herr Major«, rief Kuhn durch die offene Tür, »wir haben soeben eine Nachricht von der Garnison in Gela erhalten!«

»Was ist los?« fragte Riedler.

»Dort ist ein Notruf von einer der Straßensperren angekommen. Der Funker glaubt, im Hintergrund Schüsse gehört zu haben. Dann brach der Kontakt ab, und wenig später war die Verbindung tot.«

»Haben Sie sich die Position der Straßensperre durchgeben lassen?«

»Jawohl, Herr Major.«

»Zeigen Sie her«, befahl Riedler und breitete eine Landkarte auf dem Küchentisch aus, die Franke sogleich an den Rändern mit Tassen beschwerte, während Kuhn seinen Notizblock aufschlug und daneben auf den Tisch legte. Die Stelle war schnell gefunden. Es war ein abgelegener Küstenstreifen fünfzehn Meilen südlich von Gela.

»Wir wissen aber nicht, ob es die feindlichen Agenten waren«, gab Kuhn zu bedenken. »Es hätten ebensogut Partisanen sein können. Bei denen sind Überfälle auf Straßensperren an der Tagesordnung.«

»Es könnte eine List sein, mit der sie uns von ihrem Treffpunkt ablenken wollen«, fügte Franke hinzu.

»Das glaube ich nicht«, brummte Riedler. »An Ravallos Stelle würde ich mich schön im Hintergrund halten und mich so unauffällig wie möglich davonschleichen. Wenn sie geschossen haben, dann heißt das, daß es sich nicht vermeiden ließ. So sehe ich den Fall.«

»Was machen wir jetzt, Herr Major?« fragte Kuhn.

»Hauptmann Franke«, bellte Riedler, »nehmen Sie Verbindung mit dem Luftwaffenstützpunkt in Gela auf und verlangen Sie den Kommandanten persönlich! Er soll die bereitgestellten Messerschmitts sofort zu diesen Koordinaten schicken.« Er tippte auf den Notizblock. »Und Sie, Kuhn, sorgen dafür, daß alle verfügbaren Schnellboote dort vor der Küste kreuzen.«

»Sie glauben also, daß sie es waren, Herr Major?« fragte Kuhn.

»Ich bin mir sogar sicher.« Riedler warf ihm den Notizblock zu und stellte sich mit hinter dem Rücken verschränkten Händen ans Fenster. »Sie haben sich als ebenbürtige Gegner erwiesen. Ja, bislang haben sie es fertiggebracht, uns immer einen Schritt voraus zu sein. Aber mein Gefühl sagt mir, daß ihr Glück jetzt zur Neige geht.«

»Ich kann noch gar nicht glauben, daß wir es geschafft haben«, stöhnte Stella, als der Laster auf einer Klippe anhielt.

»Wir haben es auch noch nicht geschafft«, mahnte McIndoe, ohne den Blick von der weiten Fläche des dunklen Meeres zu wenden. Das letzte Hindernis auf dem Weg zur Freiheit – und weil das Mittelmeer der vielleicht unberechenbarste aller Ozeane ist, in vieler Hinsicht auch das schwerste.

»Wenn ich es nicht besser wüßte, würde ich schwören, daß ihr zwei gar nicht weg wollt«, ließ sich Ravallo vernehmen.

»Ich könnte ewig hier stehen und würde mich trotzdem nie sattsehen«, gestand McIndoe, den Blick weiter auf das Wasser gerichtet.

»Sie können ja dableiben, wenn Sie wollen, Kumpel, aber wir anderen sollten ein ganz bestimmtes Boot erreichen.«

»Sie haben kein Herz, Nicky«, seufzte McIndoe.

»Sie bald auch nicht mehr, wenn die Deutschen Sie kriegen.«

McIndoe reihte sich in die Kolonne ein und trottete hinter Stella zum Strand hinunter, wo zwei Ruderboote sanft im seichten Wasser schaukelten und darauf warteten, sie zum MTB zurückzubringen. In dem Mann im vorderen Boot erkannte McIndoe den Partisan wieder, der sie vor wenigen Tagen von der Höhle zum Strand gerudert hatte. Als sie unten ankamen, begrüßte er ihn entsprechend freundlich, erhielt aber keine Antwort. Davon ließ er sich freilich nicht beirren. Der Partisan war ein zuverlässiger Fährmann, und darauf kam es an. Bei ihm stiegen Hillyard und Johnson ein, während Stella und Ravallo das andere Boot nahmen. Dann gaben auch schon kräftige Hände dem Boot einen Stoß, und die Ruderer begannen die langsame und mühselige Fahrt zu der Höhle, in der das MTB vor Anker lag.

Kaum an Bord des Ruderboots, suchte McIndoe, der den Luftangriff der deutschen Geschwader auf Malta noch in frischer Erinnerung hatte, den Nachthimmel nach Zeichen näherkommender feindlicher Flugzeuge ab. Zu seiner Erleichterung tauchten aber bald die Felsen mit den darin verborgenen Grotten wie gespenstische Wächter vor der zerklüfteten Küste auf. Als sie in die Höhle hineinfuhren, wies McIndoe Johnson an, die Taschenlampe einzuschalten, damit die Ruderer sich orientieren konnten. Der Lichtstrahl warf wild tanzende Schatten auf die Wände über ihnen, bei denen man bald nicht mehr wußte, ob sie echt waren oder eine optische Täuschung. Plötzlich sah er etwas vorbeihuschen. Hastig packte er seine Beretta, ließ sie aber schnell wieder sinken, als er erkannte, daß es nur eine einsame Fledermaus war, die, aufgeschreckt von den Lichtern, von ihrem Platz unter dem Felsdach davongeflattert und in der Dunkelheit verschwunden war. Wie konnte er nur so schreckhaft sein? Ärgerlich verstaute der Schotte seine Pistole wieder unter der Bank. Er war einfach zu müde. Bei früheren Einsätzen hatte er noch viel länger ohne Schlaf auskommen müssen, aber diese Operation war anders: Sie laugte ihn körperlich wie geistig völlig aus. Jetzt freute er sich nur noch auf das warme Bett, das ihn bei seiner Ankunft in Malta erwarten würde. Doch dann ertappte er sich bei einem Gähnen und vertrieb eilig jeden Gedanken an Schlaf. Dafür war später genug Zeit.

»Mine Steuerbord voraus!« schrie Hillyard plötzlich, als sie eine Biegung der Höhlenwand umfuhren.

Voller Entsetzen starrte McIndoe die deutsche Mine an, die keine fünf Meter vor ihnen im Wasser auf und ab tanzte. Eine Welle stupste sie sanft an, und plötzlich war sie ihnen noch näher. Der Partisan bemühte sich verzweifelt, den drohenden Zusammenstoß zu verhindern, und stemmte die Ruder mit aller Kraft gegen die Fahrtrichtung. Seine Arme zitterten schon vor Anstrengung, als ein Lachen durch die Dunkelheit hallte. Schon hatte McIndoe die Maschinenpistole in der Hand. Im ersten Schock dachte er, die Deutschen wären irgendwie an den auf den Klippen postierten Partisanen vorbeigekommen und hätten die Höhle besetzt.

Noch mehr Gelächter. Dann das Dröhnen einer Stimme, die in dem hohlen Raum mehrfach von den Wänden zurückgeworfen wurde. Eine vertraute Stimme. Ihr Englisch wies einen leicht singenden französischen Tonfall auf. »Willkommen daheim, *Patron.* Machen Sie sich wegen der Mine keine Sorgen. Sie ist harmlos.«

»Passière, sind das etwa Sie, Sie Schuft?« rief Hillyard.

»Ich liebe Sie auch, *mon ami*«, schmunzelte der Funker.

»Mac, ich bin's, Charlie Higgins!« meldete sich eine andere Stimme in der Dunkelheit. »Ich schalte die Buglampe ein, dann sehen Sie, wo das Boot liegt. Und lassen Sie sich von der Mine nicht beirren. Es ist nur eine Attrappe. Ich erkläre Ihnen alles, sobald Sie an Bord sind.«

Jäh schoß McIndoe ein schrecklicher Gedanke durch den Kopf. Was war, wenn er den Falschen verdächtigte? Schließlich konnte er sich auf keine Beweise verlassen, sondern nur auf sein Gefühl. Und wenn es nun Higgins war? Oder Passière? Oder – schlimmer noch – alle beide? Nein, das ergab keinen Sinn, hielt er sich dann gleich vor. Das konnte keine Falle sein. Lebend würden sie den Deutschen weitaus mehr nützen. Und warum sollten die Nazis sie überhaupt töten, wo sie doch nur zu warten brauchten, bis sie das Boot erreicht hatten, um sie dann in aller Ruhe gefangenzunehmen. Was für Deutsche? schalt er sich im selben Atemzug. Er malte doch nur den Teufel an die Wand! Aber warum wurde er dennoch einen letzten nagenden Zweifel nicht los?

Trotz Hillyards Beteuerungen, daß die Mine harmlos sei, hatte der Partisan zu rudern aufgehört und betrachtete das im Wasser schaukelnde Ding mißtrauisch. Jetzt leuchtete ein Licht in der Dunkelheit auf, und zum erstenmal wurden die Konturen des MTB sichtbar.

»Das sind meine Kameraden, ich habe grenzenloses Vertrauen zu ihnen«, versicherte McIndoe dem Fährmann, und als wolle er sich selbst Mut zusprechen, fuhr er fort: »Wenn sie sagen, daß die Mine ungefährlich ist, dann genügt mir das. Wenn du willst, kannst du auf das andere Boot umsteigen, und ich rudere ...«

»*Ich* rudere!« fiel ihm der Partisan ins Wort, tauchte entschlossen die Ruder ins Wasser und steuerte mit energischen Schlägen auf das MTB zu. Restlos überzeugt schien er allerdings nicht von der Unbedenklichkeit der Mine zu sein, denn er beschrieb einen so großen Bogen darum herum, daß er gegen die Höhlenwand schrammte. Auch der Partisan im nachfolgenden Boot nahm den gleichen Umweg, was niemanden mehr überraschte.

Das Fallreep war schon ausgeworfen worden, als sie längs des MTB ankamen. Hillyard kletterte als erster an Deck, wo Passière ihm über die Reling half. Der nächste war Johnson. Dann folgte McIndoe. Mit einem breiten Grinsen zog ihn Passière an Bord. »Schön, Sie wiederzusehen, *Patron*.«

»Schön, wieder hier zu sein«, sagte McIndoe.

»Wo ist Taffy?« wollte Higgins wissen.

»Er hat es nicht geschafft«, stieß der Schotte grimmig hervor. »Wann können wir losfahren?«

»Sobald alle Mann an Bord sind«, antwortete Higgins

mit belegter Stimme; die Nachricht von Evans' Tod hatte ihn schwer getroffen. »Rechnen Sie mit Problemen?«

»Kann man so sagen. Wir hatten eine unerwartete Auseinandersetzung mit einer deutschen Patrouille. Zwar konnten wir alle töten, aber der Funker gab in letzter Sekunde einen Notruf durch.«

»Mit anderen Worten, wir könnten bald Gesellschaft kriegen«, brummte Hillyard, um in verändertem Ton hinzuzufügen: »Kommen Sie mit rauf. Wir können im Ruderhaus weiterreden, während ich das Boot startklar mache.«

McIndoe folgte ihm wortlos die Metallstufen hinauf. »Wie verhält sich das mit der Attrappe?« lautete seine erste Frage, als sie auf der Kommandobrücke angekommen waren.

»Am frühen Abend waren Schnellboote in der Gegend und inspizierten die Höhlen. Zu unserem Glück hatten die Partisanen die Funksprüche zwischen ihnen und dem Hafen von Gela abgefangen und uns gewarnt. Die Widerstandskämpfer hatten auch die Idee mit der Mine. Sie haben eine ganze Reihe von Attrappen. Damit schützen sie ihre Schmuggelware, die sie in allen möglichen Höhlen an der sizilianischen Küste lagern. Die Mine hat übrigens einen kleinen Anker, der verhindert, daß sie davonschwimmt. Weil wir wußten, daß die Schnellboote den Befehl hatten, alle Höhlen zu überprüfen, haben die Partisanen die Mine nicht direkt in der Öffnung plaziert, sondern weiter hinten, wo sie nicht gleich zu erkennen war. Vorne hätten die Deutschen sie mit Sicherheit gesprengt, im engen Tunnel wäre ihnen das aber wegen der Steinschlaggefahr zu gefährlich gewesen. Na ja, nachdem die Mine verlegt war, fuhr ich einfach tiefer rein. Und tatsächlich haben die Deutschen wie erwartet reagiert. Dem Lärm nach zu urteilen, haben sie den Rückwärtsgang eingelegt und sind mit Volldampf getürmt. Seitdem hat sich hier keine Patrouille mehr blicken lassen.«

»Raffiniert«, lobte McIndoe. »Aber warum hat man uns nicht gewarnt? Nicht einmal die Partisanen, die uns rausgerudert haben, wußten Bescheid.«

»Der Sicherheit halber hielt ich es für das Klügste, es

nicht laut hinauszuposaunen. Außer uns wußten es nur die Partisanen, die die Mine verlegt haben.«

Die Tür ging auf, und Ravallo trat ein. Er schüttelte Higgins herzlich die Hand. »Wir sind alle an Bord. Höchste Zeit, daß Sie uns hier rausbringen, Charlieboy.«

»Nichts lieber als das«, erwiderte Higgins und rief Hillyard zu, er könne den Anker lichten.

»Ich verschwinde mal nach unten und ziehe diese geliehenen Sachen aus«, kündigte Ravallo an und ging zur Tür. »Bis gleich.«

McIndoe sah ihm nach, bis Higgins die Buglampe ausschaltete und das Boot in Dunkelheit getaucht war. Dann meldete Hillyard auch schon, daß er den Anker gelichtet hatte. Sofort warf Higgins den Motor an und bugsierte das Boot auf die Öffnung der Höhle zu.

Kuhn kam in die Küche gestürmt. »Wir haben sie, Herr Major!« verkündete er atemlos.

»Wovon reden Sie?« fragte Riedler.

»Soeben ist vom Gestapohauptquartier eine Mitteilung eingetroffen. Sie haben die genauen Koordinaten des feindlichen Bootes. Alle Flugzeuge in der Umgebung sind in Alarmbereitschaft, und wir haben bereits die Nachricht erhalten, daß die zwei Messerschmitts in Gela aufgestiegen sind und das feindliche Schiff in wenigen Minuten abfangen werden. Auch ein Schnellboot wurde ausgesandt und wird in fünf Minuten eintreffen.«

»Wie ist die Gestapo nur an die Koordinaten rangekommen?« fragte Riedler erstaunt.

»Es wird Ihnen gar nicht gefallen, Herr Major.«

»Sagen Sie es mir einfach!«

»Sie wurden vom feindlichen Boot selbst übermittelt.«

»Das ergibt doch überhaupt keinen Sinn!« rief Riedler, doch auf einmal verengten sich seine Augen zu Schlitzen. »Es sei denn ...«

Kuhn nickte aufgeregt. »Genau! Sie haben einen Agenten an Bord.«

»Da haben wir uns den Arsch aufgerissen, um sie aufzuspüren, und die hatten die ganze Zeit einen Agenten, der sie mit Informationen fütterte. Was für ein Spiel treiben die da, Kuhn?«

»Ich habe keine Ahnung, Herr Major. Ich habe sie gefragt, wer der Spion ist, aber sie wollten es nicht sagen.«

»Darum kümmern wir uns später.« Riedler schob seinen Stuhl mit solchem Schwung zurück, daß er umkippte und zu Boden polterte.

»Soll ich eine Funkverbindung mit der Gestapo für Sie herstellen?« fragte Kuhn.

»Nein. Sämtliche Frequenzen müssen freigehalten werden. Jetzt hängt alles davon ab, daß ich schnellstmöglich die Messerschmitts und die Schnellboote erreiche, sobald sie Kontakt mit dem feindlichen Boot aufgenommen haben. Aber wenn das Ganze erst mal vorbei ist, bekommen die im Gestapohauptquartier was von mir zu hören, das verspreche ich Ihnen.«

14

McIndoe hörte ein Schlurfen auf den Metallstufen, doch bevor er rausgehen und nachsehen konnte, flog die Tür auf, und Georges Passière kam ins Ruderhaus gewankt. Sein Gesicht war schmerzverzerrt, seine Hand gegen den Hinterkopf gepreßt. »Helfen Sie mir, *Patron,* bitte!« Er torkelte weiter und fiel plötzlich auf die Knie.

McIndoe half ihm eilig auf die Beine und führte ihn zu der an der Wand verschraubten Bank. Erschöpft ließ Passière sich darauf sinken, und erst jetzt sah McIndoe, daß zwischen seinen Fingern Blut hindurchsickerte. »Mein Gott, was ist passiert?« rief er besorgt.

»Ich war in der Funkerkabine und hörte den deutschen Funkverkehr ab, als ich auf einmal einen Schlag gegen den Hinterkopf bekam. Weil ich mit dem Rücken zur Tür saß, konnte ich nicht sehen, wer es war. Dann muß ich das Bewußtsein verloren haben; als ich aufwachte, lag ich auf dem Boden … An mehr kann ich mich nicht erinnern.«

»Ist Ihnen irgend etwas aufgefallen, als Sie zu sich kamen?« drängte McIndoe, der schon das Schlimmste befürchtete.

»Ja, das Gerät war auf eine andere Frequenz eingestellt, eine, die ich noch nie benutzt habe. Doch war die Verbindung tot. Mir dämmerte, daß derjenige, der mich niedergeschlagen hat, wahrscheinlich derselbe ist, der Ihr Funkgerät sabotiert hat. Dann bin ich, so schnell ich konnte, zu Ihnen gekommen. Ich mußte Sie doch warnen, *Patron!*«

»Das haben Sie gut gemacht, Georges«, lobte McIndoe. Wer immer den Franzosen überfallen hatte, soviel stand für ihn fest, hatte bewußt gewartet, bis das Boot ins Freie gefahren war, denn in der Höhle hätten zu viele Störungen eine Kontaktaufnahme mit den Deutschen unmöglich gemacht. Eine andere Erklärung erschien ihm ausgeschlossen. Wenn die Deutschen ihren Standort kannten, war es nur eine Frage der Zeit, bis sie abgefangen wurden. Das hieß, er mußte schnell handeln, wenn sie überhaupt noch eine Chance haben wollten, zu entkommen. »Haben Sie schon den anderen davon erzählt?« fragte er Passière.

»Nein, *Patron.*«

»Dann behalten Sie es weiter für sich, einverstanden?«

»Auf dem Weg zu Ihnen habe ich niemanden gesehen.« Ein Ausdruck des Entsetzens kroch über Passières Gesicht. »Was ist, wenn dieser Mensch ...« – er hielt inne und suchte nach dem richtigen Wort – »die anderen schon ausgeschaltet hat?«

McIndoe und Higgins wechselten einen besorgten Blick. Sie hatten beide dieselbe Befürchtung. Konnte es sein, daß Passière recht hatte? Den Deutschen würde es bestimmt viel leichter fallen, das Boot zu stürmen, wenn der Saboteur einen Großteil der Besatzung schon außer Gefecht gesetzt hatte. McIndoe schulterte seine Sten, nahm den Erste-Hilfe-Kasten aus dem Schrank, in dem Higgins auch seine Karten aufbewahrte, und drückte ihn Passière in die Hand. »Sie werden sich selbst verarzten müssen.«

»Lassen Sie mich mitgehen, *Patron!*« bat der Franzose und versuchte sich aufzurichten.

McIndoe drückte ihn jedoch wieder nach unten. »Sie bleiben da. Sie sind nicht in der Verfassung, irgendwohin zu gehen.«

»*Patron,* Sie brauchen vielleicht Rückendeckung.«

»Das ist ein Befehl, Georges!«

Passière sackte resigniert gegen die Wand. Ohne weiter auf ihn zu achten, schlüpfte McIndoe durch die Tür und huschte die Treppe hinunter. Am Bug war das Deck verlassen. Das verstärkte sein Unbehagen freilich nur. Er wollte schon weiter zum Achterdeck gehen, als er unten ein Kratzen hörte. Mit der Sten im Anschlag wirbelte er herum. Niemand zu sehen. Stufe für Stufe schlich er, den Rükken gegen die Wand gepreßt, die Treppe hinunter. Unten wischte er sich zunächst den Schweiß von der Stirn, dann tastete er sich, die Maschinenpistole auf den Korridor gerichtet, weiter. Auch hier schien niemand zu sein. Doch plötzlich hörte er das Geräusch wieder. Es kam aus der Funkerkabine. Er pirschte sich heran, bezog neben der offenstehenden Tür Stellung, packte die Sten fester und sprang in den Raum. In der Mitte stand eine Gestalt. Es war Nicky Ravallo.

Der Amerikaner taumelte erschrocken zurück, dann fuhr er sich mit der Hand an die Brust und stieß einen Seufzer der Erleichterung aus. »Mein Gott, Mac, haben Sie mir einen Schreck eingejagt!«

»Was machen Sie hier unten?« fragte McIndoe kalt, ohne die Waffe sinken zu lassen.

Ravallos Augen richteten sich auf die MP. »Ich war auf dem Weg zum Ruderhaus, als mir hier am Boden ein Blutfleck auffiel. Und weil Passière auf mein Rufen nicht reagierte, bin ich natürlich reingegangen, um nachzusehen, ob noch alles in Ordnung ist. Offenbar ist das nicht der Fall, sonst wären Sie hier nicht mit der Sten unterwegs. Würde es Ihnen was ausmachen, sie nicht auf mich zu richten?«

»Wo sind die anderen?« fragte McIndoe.

»Stella zieht sich in einer von den Kabinen um. Wie ich hat sie keine große Lust, ausrangierte Sachen von Fremden zu tragen.« Tatsächlich hatte Ravallo wieder seinen schwarzen Rollkragenpullover und die schwarze Hose angezogen. »Und als ich Hillyard und Johnson zuletzt gesehen habe, waren sie an Deck und überprüften die Ankerkette. Hillyard meinte, sie hätte beim Hochziehen geklemmt.«

McIndoe hörte, wie eine Tür aufging, und fuhr mit der Sten herum. Aus der Kabine nebenan trat jemand in den Korridor. Es war Stella. Als sie sah, daß eine Maschinenpistole auf sie gerichtet war, weiteten sich ihre Augen, und sie hob unwillkürlich die Hände. Jetzt erst ließ der Schotte die Waffe sinken.

»Was, zum Teufel, hat Sie nur so aufgeregt, Mac?« fragte Ravallo, woraufhin McIndoe ihnen den Vorfall mit Passière berichtete.

»Wer immer ihn niedergeschlagen hat, hat also unsere Position an die Deutschen weitergegeben«, vermutete Stella.

»So sehe ich das auch«, bestätigte McIndoe.

»Und da dachten Sie, das wäre ich?« fragte Ravallo verblüfft.

»Ich weiß nur, daß weder Charlie Higgins noch ich es gewesen sein können, weil wir, seit wir die Höhle verlassen haben, die ganze Zeit zusammen im Ruderhaus waren.«

»Es sei denn, Sie arbeiten beide für die Nazis«, brummte Ravallo, aber das klang alles andere als überzeugt.

Das Geräusch einer Klospülung lenkte sie ab. Hillyard kam aus der Toilette und blieb jäh stehen, als er merkte, wie die drei ihn argwöhnisch beäugten. »Habe ich was falsch gemacht?« fragte er zögernd.

»Nicky hat gesagt, Sie und Neville hätten die Ankerkette überprüft«, erklärte McIndoe.

»Das stimmt, aber es war zu dunkel, um festzustellen, warum sie geklemmt hat«, antwortete Hillyard und stopfte sich das Hemd in die Hose. »Wir haben bald wieder aufgegeben.«

»Wo ist Neville jetzt?« wollte der Schotte wissen.

»Wahrscheinlich immer noch oben. Zumindest war er bis eben dort.«

»Wie lange waren Sie auf dem Klo?« fragte McIndoe.

»Verdammt, was soll das denn?« brauste Hillyard auf.

»Beantworten Sie nur meine Frage.«

»Ich habe nicht auf die Uhr gesehen. Vielleicht fünf Minuten, vielleicht ein bißchen mehr. Ich habe keine Ahnung. Seit wir an Bord sind, spielt meine Verdauung verrückt. Das muß an dem Essen liegen, das sie uns im Bauernhaus vorgesetzt haben. Kann mir jemand erklären, was, zum Teufel, hier ...«

»Pssst!« unterbrach ihn McIndoe. »Hören Sie das auch?«

Ravallo starrte Stella und Hillyard an, doch wie er vernahmen sie nichts als das monotone Brummen der MTB-Motoren. Er wollte schon etwas sagen, als er plötzlich das entfernte Dröhnen eines Flugzeugs wahrnahm.

»Feindliche Maschine im Anflug!« schrie Johnson über ihnen.

»Alle Mann an ihre Posten!« befahl Ravallo, und sie stürmten an Deck, auf dem Johnson schon hinter der Oerlikon-Kanone Stellung bezogen hatte. Hillyard lief sogleich weiter zum Vickers-Geschütz, während Ravallo und McIndoe noch zögerten. Besorgt sahen sie sich an. Beiden war eingefallen, daß kein Taffy Evans mehr da war, der das andere Vickers bedienen konnte. »Ich übernehme es«, erklärte Ravallo. Er wollte schon losrennen, doch McIndoe hielt ihn zurück. »Nein! Ich bin an diesen Dingern ausgebildet worden und kenne mich damit viel besser aus als Sie. Gehen Sie ins Ruderhaus und sagen Sie Passière, er soll mit Valletta Kontakt aufnehmen und nachfragen, ob eins unserer Flugzeuge in der Nähe ist. Ich habe so ein Gefühl, daß wir jede Hilfe gebrauchen können.«

»Bin schon auf dem Weg!« rief Ravallo im Loslaufen.

Eine Garbe aus den Tragflächenkanonen der Messerschmitt wühlte unmittelbar vor dem Boot das Wasser auf. Sogleich eröffneten alle drei Geschütze an Bord das Feuer auf die niedrig über das Boot hinwegfliegende Maschine. McIndoe und Hillyard richteten ihre schwenkbaren Vikkers auf den Jäger, der schon wieder abgedreht hatte, und schossen ihm hinterher, verfehlten jedoch.

»Feindliches Boot verfolgt uns!« schrie Johnson vom Heck und nahm im selben Moment eine zweite Messerschmitt unter Beschuß, die sich unbemerkt hatte nähern können, weil die erste alle Aufmerksamkeit auf sich gezogen hatte. Auch diese Maschine traf das MTB nicht. McIndoe hatte den Jäger im Visier, feuerte aber nicht; die Messerschmitt war bereits außer Schußweite.

Passière und Ravallo warteten unterdessen, bis die Geschütze an Deck verstummt waren, ehe sie von der Kommandobrücke hinunterhasteten.

Der Franzose verschwand sofort unter Deck, um das Hauptquartier in Valletta zu informieren, während Ravallo zu McIndoe hinüberrannte, der erneut den zweiten Jäger anvisierte.

»Ziehen Sie den Kopf ein, Nicky«, murmelte der Schotte, »dieser Scheißkerl kommt schon wieder.«

»Mac, Vorsicht!« schrie Ravallo und deutete aufgeregt in die entgegengesetzte Richtung, aus der die erste Messerschmitt herangerast kam.

»Die ist Hillyards Problem!« rief McIndoe zurück, um gleich darauf die Silhouette des zurückkehrenden Jägers unter Beschuß zu nehmen. Johnson hatte dieselbe Maschine im Visier seiner Oerlikon und schickte einen wahren Geschoßhagel in den Nachthimmel, sobald sie in Schußweite war, während Hillyard es mit dem anderen Angreifer aufnahm. Die Messerschmitts eröffneten fast gleichzeitig das Feuer. McIndoe warf sich zu Boden, als die erste Maschine über ihn hinwegflog und ihre Kugeln die Deckplanken durchlöcherten. Johnson blieb hinter seiner Oerlikon und richtete sie auf den anderen Jäger.

»In Deckung!« schrie McIndoe Johnson an, als die nächsten Garben auf das Boot herabprasselten. Doch der Engländer hielt trotzig die Stellung und schoß unentwegt zurück. Plötzlich taumelte er mit einem Aufschrei nach hinten und sackte mit gegen den Bauch gepreßten Händen auf die Knie.

Stella und Ravallo stürmten aus der Deckung und kauerten sich vor Johnson, der mittlerweile zusammengekrümmt auf dem Boden lag. Sanft löste Stella seine Hände von seinem Bauch. Ein lähmender Schreck fuhr ihr in alle Glieder, als sie den dunkelroten Blutfleck auf seiner Brust entdeckte. »Nichts passiert«, stieß Johnson zwischen zusammengepreßten Zähnen hervor und hielt die rechte Hand hoch. Aus einer Fleischwunde in der Handfläche strömte Blut den Unterarm hinunter. »Ein glatter Durchschuß. Helfen Sie mir bitte auf. Ich muß an meinen Posten ... Die Messers kommen gleich wieder zurück, und der Teufel soll mich holen, wenn ich mich von ihnen abknallen lasse.«

»In Ihrem Zustand können Sie nicht auf sie schießen«, bestimmte Ravallo. »Stella, nimm ihn mit runter und verarzte ihn.«

»Ich kann doch meinen Posten jetzt nicht verlassen«, beharrte Johnson.

»Ich übernehme für Sie. Sie lassen sich erst mal die Hand verbinden. Das ist ein Befehl.«

»Jawohl, Sir«, willigte Johnson widerstrebend ein. »Aber sobald ich verarztet bin, komme ich zurück. Bei allem Respekt, Sir, aber ich will wieder an mein Geschütz. Mit diesen Scheißnazis bin ich noch lange nicht fertig.«

Von dieser Seite kannte Ravallo Johnson noch gar nicht. Trotzig. Entschlossen. Bestimmt. Und mehr noch: der Mann hatte unglaublichen Mut bewiesen, als er auf seinem Posten geblieben war, obwohl er genau gewußt hatte, daß ihn das sein Leben hätte kosten können. Damit war Johnson in seiner Achtung enorm gestiegen.

»Zwei Messers im Anflug!« schrie Hillyard.

»Schnellboot nähert sich von Steuerbord!« brüllte McIndoe.

Bevor Ravallo die Oerlikon auf die Jäger richten konnte, nahmen sie das Boot schon ins Kreuzfeuer, und der Amerikaner mußte sich mit einem verzweifelten Hechtsprung retten. Ein Splitter riß ihm das Kinn auf. Er wischte sich das Blut ab und wollte schon wieder aufstehen, als der Scheinwerfer des Schnellboots das MTB in grelles Licht tauchte. McIndoe versuchte, ihn mit einer Salve aus dem Vickers auszulöschen, mußte aber in Deckung gehen, als die Deutschen das Feuer mit ihren Deckgeschützen erwiderten.

»Sie haben genau eine Minute Zeit, die Motoren abzustellen und sich zu ergeben!« dröhnte es auf deutsch aus einem Megafon. »Wenn Sie sich weigern, wird Ihr Boot versenkt!«

»Wir sind schneller!« rief Ravallo McIndoe zu. »Wir hängen sie ab!«

»Nicht, wenn sie mit Torpedos auf uns schießen«, entgegnete der Schotte. »Und selbst wenn sie uns nicht treffen, sind immer noch die Messers da.«

Ravallo sah besorgt nach oben. Im Moment waren keine Jäger zu sehen. Wenigstens etwas. Doch ihm war klar, daß ihre Rückkehr nur eine Frage der Zeit war. »Was sollen wir dann machen?«

»Das sagen *Sie* mir. Sie führen schließlich das Kommando.«

»Im Moment bin ich für jeden Vorschlag offen.«

»Wenn wir uns ergeben, bringen sie uns an Land und

händigen uns an die Gestapo aus!« rief Stella, die gemeinsam mit Johnson hinter den Stufen kauerte. »Kämpfen wir bis zum bitteren Ende. So haben wir eine größere Überlebenschance als bei den Folterknechten der Gestapo.«

»Ich spreche mal mit Charlie«, erklärte McIndoe.

Ravallo sprang auf. »Ich komme mit.« Gemeinsam rannten sie zum Ruderhaus hinüber. Die Treppe war vom Schnellboot aus gesehen im toten Winkel. Wenigstens eine kurze Atempause.

»Was wollen Sie machen, Boß?« fragte der hinter seinem Vickers postierte Hillyard.

»Das werden wir gleich wissen«, erwiderte McIndoe und folgte Ravallo ins Ruderhaus.

Higgins fuhr zu ihnen herum. Sein Gesicht war schweißnaß. »Gott sei Dank sind Sie endlich da. Wir haben gewaltige Probleme.«

»Und Sie meinen, das haben wir nicht gemerkt?« knurrte Ravallo.

»Ich meine nicht die Jerrys da vorne. Die Messers müssen den Befehl erhalten haben, auf den Maschinenraum zu zielen. Einer von den Motoren hat einen Treffer abgekriegt. Er läuft noch, aber mit stark eingeschränkter Leistung. Um offen zu sein, es wundert mich, daß er überhaupt noch funktioniert. Er kann jederzeit ganz ausfallen.«

»Wären wir dann manövrierunfähig?« fragte Ravallo.

»Das nicht, aber bedeutend langsamer. Die Schnellboote können wir jedenfalls nicht mehr abhängen. Aber das ist noch nicht alles. Wir haben Graves verloren, unseren Bordingenieur. Er ist beim ersten Angriff der Messers getroffen worden. Jetzt haben wir nur noch Baines im Maschinenraum. Und der ist allein und mit der kaputten Maschine hoffnungslos überfordert.«

»Mit anderen Worten: Sie glauben, wir sollten uns ergeben?« fragte McIndoe.

»Diese Entscheidung liegt Gott sei Dank nicht bei mir.« Higgins richtete den Blick auf Ravallo. »Ich kann nur die Fakten melden, soweit sie mir bekannt sind.«

»Ihre Frist ist abgelaufen!« hallte die verstärkte Stimme

übers Wasser. *»Das ist unsere letzte Warnung. Schalten Sie die Maschinen ab, oder Sie werden versenkt!«*

McIndoe und Higgins sahen Ravallo fragend an, der durch das von Geschossen durchlöcherte Fenster aufs Meer hinausstarrte und überlegte. »Stellen Sie die Maschinen ab«, sagte er zögernd. Sofort gab Higgins den Befehl Ravallos über die Sprechanlage in den Maschinenraum weiter.

»Und jetzt?« fragte McIndoe.

»Kämpfen wir«, schlug Higgins vor. »Wenn wir uns ergeben, werden wir nur an die Gestapo ausgeliefert. Und deren Verhörmethoden kennen wir ja.«

»Das hat auch Stella gesagt.« Ravallo sah McIndoe an. »Was meinen Sie, Mac?«

»Ich stimme Charlie zu. Und Sie?«

»Ich persönlich würde es auf eine Gefangennahme ankommen lassen und dann mein Glück versuchen«, erklärte Ravallo, als das Boot langsamer wurde und schließlich stehenblieb. »Sie müßten uns ja erst noch nach Palermo bringen. Bis dahin kann jede Menge geschehen, zumal der Widerstand sofort Bescheid wüßte.«

»Sie sind der ranghöchste Offizier an Bord«, brummte McIndoe. »Sie treffen die letzte Entscheidung.«

»Sie finden sich alle am Bugdeck ein und warten, bis jemand an Bord kommt. Wer Widerstand leistet, wird auf der Stelle erschossen!«

»Sie wissen so gut wie ich, daß keiner von uns dieses Boot lebend verläßt, wenn wir versuchen, gegen diese Übermacht etwas auszurichten«, sagte Ravallo. »Und ein Fluchtversuch mit nur einem funktionierenden Motor wäre Selbstmord. Nein, wir legen die Waffen nieder und ergeben uns. Auf diese Weise haben wir wenigstens noch eine Chance, heil da rauszukommen.«

McIndoe legte sein Gewehr auf die Bank und nickte Higgins zu, der seine Sten Ravallo vor die Füße schleuderte. »Hoffentlich denken Sie an diesen Moment, wenn Ihnen die Folterknechte der Gestapo mit einer Zange die Fingernägel ausreißen«, stieß er bitter hervor.

»Sie da auf der Brücke! Auf Deck runter, und zwar sofort!«

»Es könnte auch der Moment sein, in dem ich Ihnen das Leben gerettet habe«, entgegnete Ravallo nicht minder barsch und riß die Tür auf. Einer nach dem anderen stiegen sie die Treppe hinunter.

»Was ist los?« fragte Hillyard, der immer noch hinter dem Vickers-Geschütz kauerte.

»Stehen Sie auf und gehen Sie zum Bug«, befahl Ravallo.

Hillyards Augen weiteten sich ungläubig. »Wir werden uns doch nicht ...« Seine Stimme erstarb. Voller Entsetzen starrte er McIndoe an. »Boß, wenn wir uns ergeben ...«

»Sie haben den Befehl gehört!« fiel ihm der Schotte wütend ins Wort. Sein Zorn galt allerdings nicht nur Ravallo, sondern auch sich selbst. Ravallo hatte ja recht: Sie würden das Boot nie lebend verlassen können, wenn sie sich auf einen Kampf einließen. Die Alternative war die Auslieferung an die Schergen der Gestapo, die darauf brannten, Rache für Ernst Brausch zu nehmen. Das bedeutete Tage langsamer, qualvoller Folter, bis endlich der Tod ein Einsehen hatte und sie von dem, was dann noch von ihrer Existenz übrig war, erlöste. In McIndoes Augen war Ravallos Hoffnung auf eine Operation der Partisanen im günstigsten Fall ein frommer Wunsch. Er glaubte, daß Ravallo die falsche Entscheidung getroffen hatte, und als stellvertretender Kommandant hatte er sich bereits entschlossen, ihn innerhalb der nächsten Minuten abzulösen. Das hatte er schon vorher im Ruderhaus erwogen, diesen Schritt dann aber als übereilt und unlogisch verworfen. Es wäre sinnlos gewesen, seine Karte verfrüht auszuspielen. Auch hatte er noch keinen konkreten Plan. Er wollte einfach abwarten und zuschlagen, sobald sich die Deutschen unvermutet eine Blöße gaben. Auch wenn er keinen Zweifel daran hatte, daß die ganze Mannschaft ihren Widerstand gegen die Deutschen mit dem Leben bezahlen würde, aber zumindest konnten sie ehrenhaft sterben ...

Er wartete, bis Ravallo um die Ecke verschwunden war, dann drehte er sich zu Hillyard und Higgins um. »Ich will den Deutschen noch eins auswischen«, flüsterte er ihnen in eindringlichem Ton zu. »Wie genau das gehen soll, weiß ich noch nicht, aber Sie werden schon merken, wenn es soweit ist. Sobald ich loslege, rennen Sie zu den Geschützen und schießen, was das Zeug hält. Das ist unsere einzige Chance. Wir kommen vielleicht nicht mehr lebend vom Boot runter, aber wenigstens haben wir dann noch möglichst viele von ihnen ausgeschaltet, bevor sie uns kriegen.«

»Jawohl, Sir«, sagte Hillyard mit einem breiten Grinsen.

Eine Salve schlug im Ruderhaus ein. *»Sie sollten mit erhobenen Händen rauskommen. Tun Sie das sofort!«*

McIndoe setzte sich wieder in Bewegung; seine Männer folgten ihm. Am Bug standen bereits Stella und Johnson neben Ravallo. Von Passière fehlte jede Spur. McIndoe bemerkte, daß die Messerschmitts über ihnen weite Kreise zogen – metallene Raubvögel, die verfolgten, wie ihre Beute hilflos unter ihnen zappelte. Er blinzelte zu dem an der Steuerbordseite sanft in den Wellen schaukelnden Schnellboot hinüber. Ein Scheinwerfer war direkt auf ihren Bug gerichtet, ein anderer suchte unablässig das Deck des MTB ab.

»*Patron*, ich bin's, Georges!« rief eine Stimme in seinem Rücken. »Hören Sie mich?«

»Geradeaus schauen!« zischte McIndoe, als Johnson Anstalten machte, sich umzudrehen. »Ich höre Sie, Georges. Wo sind Sie?«

»Auf der Treppe, *Patron*. Die Deutschen können mich von ihrem Boot aus nicht sehen.«

»Konnten Sie mit Valletta Kontakt herstellen?«

»*Oui, Patron*. Sie haben *Mayday* an alle Jäger der Alliierten in der Umgebung durchgegeben, aber bis jetzt hat noch keiner reagiert. Soll ich rauskommen oder wieder in die Funkerkabine gehen?«

»Kommen Sie raus, Passière«, ordnete Ravallo an, »je länger Sie sich verstecken, desto schwerer wird es für Sie, wenn die Deutschen an Bord gehen.«

»Ignorieren Sie seinen Befehl, Georges«, sagte McIndoe. »Bleiben Sie, wo Sie sind. Unter Deck sind Sie uns als mögliche Verstärkung nützlicher.«

»Was, zum Teufel, wird da gespielt?« Ravallo blitzte McIndoe wütend an. »Wie können Sie es wagen, sich gegen meine Befehle zu stellen?«

»Meiner Überzeugung nach sind Sie nicht mehr in der Lage, diese Einheit anzuführen. Als Ihr Stellvertreter übernehme ich hiermit das Kommando. Ich weiß, daß Charlie und meine Jungs hinter mir stehen.«

»Das ist Meuterei!« rief Ravallo.

»Wenn wir hier rauskommen, können Sie mich gern vors Kriegsgericht stellen.« McIndoe sah Stella an. »Sind Sie auf unserer Seite?«

»Natürlich nicht«, fauchte Ravallo wutschnaubend.

»Was haben Sie vor?« fragte Stella den Schotten.

»Alles auf eine Karte setzen und kämpfen. Sie wissen ebenso gut wie ich, daß wir der Gestapo in die Hände fallen, wenn wir uns ergeben. Ich jedenfalls möchte lieber hier sterben, als von diesen Schlächtern ermordet zu werden.«

»Ich habe Ihnen doch gesagt, daß Stella ...«

»Halt dein Maul, Nicky!« fuhr sie ihm über den Mund. »Ich bin doch nicht das Püppchen von irgendeinem Bauchredner, daß du mich ständig für deine Zwecke einspannen kannst. Ich spreche für mich selbst. Du hast die Brutalität der Gestapo nie am eigenen Leib erfahren. Ich dagegen mußte mitansehen, was sie mit meinen Freunden machten. Zu oft. Nein, Nicky, diesmal bin ich auf Sams Seite. Lieber sterbe ich, als daß ich mich von der Gestapo schnappen lasse.«

Ravallo brachte es fertig, seine Gefühle hinter eisernem Schweigen zu verbergen. Was gab es da noch zu sagen? Er hatte nicht nur die Achtung McIndoes und seiner SOE-Kollegen verloren, an der ihm vorher so viel gelegen war, sondern jetzt hatte sich auch noch Stella gegen ihn gewandt. Der einzige Mensch, auf den er angesichts solcher Widrigkeiten geglaubt hatte, zählen zu können. Was diese Niederlage um so bitterer machte, war der Umstand, daß er sich in der festen Überzeugung, im Interesse des Teams zu handeln, zur Kapitulation durchgerungen hatte. Auf diese Weise hätten sie nach der Landung eine – wenn auch hauchdünne – Überlebenschance gehabt. Aber jetzt?

»Sie lassen ein Ruderboot ins Wasser«, sagte Hillyard mitten in das Schweigen hinein.

»Wir warten noch, bis es sich vom Schnellboot entfernt hat«, bestimmte McIndoe. »Dann bietet es ein besseres Ziel. Sobald ich das Signal gebe, rennen Sie an Ihre Posten. Ich werde versuchen, mit dem Vickers den Maschinenraum zu treffen. Neville und Bruce, Sie kümmern sich um die Messers. Charlie, mir ist klar, daß der beschädigte Motor jeden Moment ganz kaputtgehen kann; trotzdem laufen Sie sofort ins Ruderhaus zurück und starten die Maschine, sobald die Schießerei anfängt. Auch wenn wir nur langsam vorankommen, ist das immer noch besser, als wie ein Kaninchen die Schlange anzustarren. Stella, Sie kommen mit mir. Sie zerschießen die Schweinwerfer und konzentrieren sich dann auf das Deck, insbesondere auf die Leute hinter den Geschützen.«

»Sie verlangen verdammt viel von uns, Mac«, brummte Higgins.

»Was haben wir zu verlieren? Wahrscheinlich bedenken sie uns sowieso mit einem Torpedo, sobald wir das Feuer eröffnet haben. Aber dann gehen wir wenigstens mit fliegenden Fahnen unter. Darauf hatten wir uns doch geeinigt, oder?«

»Und was soll ich machen?« fragte Ravallo, ohne den Blick von dem Ruderboot zu wenden, das jetzt im Wasser lag. Als McIndoe nicht reagierte, drehte er sich zu ihm um. »Ich kann helfen, verdammt noch mal. Sagen Sie mir, was ich tun soll!«

»Sie könnten zusammen mit Stella ...«

Der Rest von McIndoes Satz ging in einer ohrenbetäubenden Explosion unter. Von einer Sekunde auf die andere wurde das Schnellboot vor ihren Augen zerfetzt und in einen Flammenball verwandelt. Eine gewaltige Druckwelle riß Stella und Johnson, die der Reling am nächsten standen, von den Füßen. Die anderen warfen sich zu Boden und hielten zum Schutz gegen die auf das Boot herabregnenden Trümmer die Arme über den Kopf.

Ein brennender Schmerz schoß Ravallo in den Schenkel.

Ein glühendes Metallstück hatte seine Hose aufgerissen und sich tief in sein Fleisch gebohrt. Unwillkürlich griff er danach, um es herauszureißen, zuckte jedoch bei der bloßen Berührung zurück. Mit schmerzverzerrtem Gesicht wickelte er sich den Ärmel seines Pullovers um die Hand und versuchte es noch einmal. Als er den spitzen Splitter zwischen Daumen und Zeigefinger zu fassen bekam, zog er ihn vorsichtig heraus. Im nächsten Moment sprang er als erster auf und starrte dorthin, wo vorher noch das Schnellboot gedümpelt hatte. Bis auf ein paar verloren in den mondbeschienenen Wellen treibende verkohlte Planken war nichts mehr davon übriggeblieben. Im Wasser herrschte regungslose Stille. Von Überlebenden gab es nicht das geringste Zeichen, was Ravallo nicht überraschte. Es wäre ein Wunder gewesen, hätte auch nur ein Mensch diese Explosion heil überstanden.

Für Ravallo stand bereits fest, daß der tödliche Torpedo nur von einem U-Boot aus hatte abgeschossen werden können. Auch wenn er keines gesehen hatte, kam für ihn eine andere Erklärung nicht in Frage. Wie hätte er auch aufs Wasser achten können, wenn ständig Messerschmitts über ihnen kreisten? In diesem Moment sah er auf. Ob es eine unwillkürliche Reaktion auf das unablässige Dröhnen in der Luft war oder eine bewußte Vorsichtsmaßnahme, konnte er nicht beurteilen, jedenfalls bestätigten sich seine schlimmsten Befürchtungen, als er die zwei Jäger in Parallelformation auf sich zurasen sah. »Messers im Anflug – alle Mann an ihre Posten!« Und schon rannte er zur Oerlikon, obwohl ihm bei jedem Schritt stechende Schmerzen durchs Bein schossen.

Higgins stürmte ins Ruderhaus und ließ die Maschine starten. McIndoe und Hillyard liefen noch zu den Vickers, als Ravallo bereits hinter der Oerlikon Stellung bezogen hatte. Eine der Messerschmitts änderte die Richtung und näherte sich dem Boot von der anderen Seite. Ravallo beachtete sie jedoch nicht und nahm die andere ins Visier. »Komm nur näher, du Scheißkerl!« schrie er dem Jäger entgegen. »Komm nur … komm!«

Die 20-Millimeter-Kanonen in den Tragflächen der Messerschmitt begannen zu rattern, und Geschosse wühlten das Wasser vor dem Boot auf. Ravallo wich nicht zurück. Er hörte eines der Vickers hinter sich feuern, konzentrierte sich aber weiter auf seinen Jäger. Er mußte ihn um jeden Preis im Visier behalten ... Die Flugzeugmotoren dröhnten ihm in den Ohren; er riß den Mund auf und stieß einen langgezogenen Schrei aus, ein Brüllen, in dem sich seine ganze aufgestaute Wut entlud, dann drückte er endlich ab, feuerte direkt auf die Gestalt hinter dem Cockpitfenster. Der Pilot versuchte verzweifelt, das Flugzeug hochzuziehen, als die Kugeln seine Kanzel durchschlugen. Sein Körper zuckte grotesk, dann sackte er über dem Steuerknüppel zusammen. Ravallo reckte triumphierend die Faust in die Luft, als er sah, wie die Messerschmitt ins Trudeln geriet und hilflos nach unten stürzte. Gleich würde sie auf dem Wasser aufschlagen, doch plötzlich – was war das? – schien sie sich wieder aufzurichten. Ravallo sah entsetzt zu. Hatte der Pilot etwa doch überlebt und die Kontrolle zurückgewonnen? Zu seiner grenzenlosen Erleichterung überschlug sich das Flugzeug jedoch in seinem Todeskampf nur noch einmal in der Luft und streifte dabei mit der Flügelspitze das Wasser. Gleich darauf prallte es ähnlich einem flachen Stein mehrmals von der Wasseroberfläche ab und verlor nacheinander beide Tragflächen und die Heckflosse. Von allen Seiten strömte Wasser in den Rumpf, der binnen Sekunden im Meer versank.

Ein Angriff durch die andere Messerschmitt riß Ravallo jäh aus seiner verfrühten Siegesfreude. Schon schlugen Kugeln ins Deck, und aus den Vickers peitschten Schüsse in den Himmel. Als Ravallo die Oerlikon endlich auf den fliehenden Jäger gerichtet hatte, war er schon wieder außer Schußweite. Doch hörte Ravallo in der Ferne bereits das Brummen weiterer Flugzeuge. Auf einmal zitterte er am ganzen Körper. Er war verzweifelt. Noch mehr feindlichen Jägern konnten sie unmöglich standhalten. Schon diese beiden hatten ihnen alles abverlangt. Aber wenigstens war die Messerschmitt jetzt so weit weg, daß es bis zum nächsten

Angriff noch eine ganze Weile dauern würde. Hastig suchte er den Himmel nach den anderen Maschinen ab, konnte aber noch keine entdecken. Er sah zu McIndoe hinüber, dessen Miene ihm verriet, daß er dasselbe gehört hatte.

Johnson wagte sich nun aus seinem Versteck hinter der Treppe hervor. Um das Brummen der Messerschmitt ausblenden und sich besser auf die Motoren der anderen Flugzeuge konzentrieren zu können, hielt er sich das linke Ohr mit einem Finger zu. Ravallo, der ihn aufmerksam beobachtete, geriet in zunehmende Verwirrung, als auf einmal ein Lächeln um Johnsons Mundwinkel spielte. »Was ist denn los?« rief er entnervt.

Johnsons Lächeln weitete sich zu einem breiten Grinsen. »Um einen der in Ihrem Land üblichen Vergleiche zu benutzen, Sir: Die Kavallerie ist im Anmarsch.«

»Wovon reden Sie da, Mann?« Ravallos Frustration nahm noch zu, als er sah, daß McIndoe nun ebenfalls lächelte.

»Das sind keine deutschen Jäger, Sir, sondern Hurribirds«, klärte ihn Johnson auf.

»Hawker-Hurricanes der RAF«, ergänzte McIndoe.

»Wie können Sie sich da so sicher sein?« fragte Ravallo.

»Es liegt an der Tonhöhe der Motoren, Sir. Sie surren ganz anders als die der Nazis. Das Motorgeräusch unterscheidet sich auch grundlegend von dem der Spitfires und ...«

»Ich glaube, Major Ravallo ist inzwischen im Bilde«, unterbrach ihn McIndoe grinsend.

»Vier Hurris im Anflug!« meldete Higgins aufgeregt von der Brücke.

Zwei der Hurricanes lösten sich aus der Formation und flogen der Messerschmitt entgegen, die gewendet hatte und zur nächsten Attacke auf das Boot ansetzte. Als beide Jäger zum Angriff übergingen, blieb dem deutschen Piloten nichts anderes übrig als abzudrehen und zu fliehen. Die Hurricanes nahmen die Verfolgung auf, und als vom Rumpf der Messerschmitt eine Rauchwolke aufstieg, brachen alle an Deck in tosenden Jubel aus. Das Flugzeug trudelte in hilflosen Spiralen dem Meer entgegen. Einer der Hurricanes begleitete die Messerschmitt und beendete seinen Sturzflug erst, als sein Opfer auf dem Meer aufschlug. Neuerlicher Jubel brandete auf, als er zurückkehrte und zum Zeichen des Sieges mit den Tragflächen wackelte, ehe er sich wieder in die Formation einreihte.

Plötzlich sah Stella, daß Ravallo sich gegen die Reling kauerte und mit schmerzverzerrtem Gesicht das verwundete Bein umklammerte. Sofort rannte sie zu ihm hinüber. »Nicky ist verletzt!« schrie sie und kniete sich neben ihn.

»Ist nicht so schlimm«, zischte er verärgert. »Nur eine Fleischwunde, sonst nichts.«

McIndoe war der erste, der sie erreichte. »Was ist geschehen?« fragte er besorgt.

»Alles in Ordnung, danke, *Sir*«, erwiderte Ravallo sarkastisch. Das letzte Wort spuckte er ihm geradezu entgegen.

»Ich kann ja verstehen, wie Sie sich jetzt fühlen, Nicky«, sagte McIndoe in einem Versuch, die Spannung zwischen ihnen abzubauen. »Trotzdem glaube ich immer noch, daß es vorhin richtig war, das Kommando zu übernehmen.«

»Wie können Sie wissen, was ich empfinde?« stieß Ravallo bitter hervor.

»Bei meinem ersten Einsatz als Kommandant mußten wir eine Eisenbahnbrücke am Rand von Rom in die Luft jagen. Ich hatte gerade meine Ausbildung absolviert und dachte natürlich, ich könnte den Krieg mit einer Hand gewinnen. In Wahrheit war ich ein naiver Anfänger, der sich mit gar nichts auskannte. Darum hatte man mir auch einen Stellvertreter zugewiesen – Sergeant Taffy Evans. Nach der Sprengung der Brücke sollten wir uns mit den Partisanen treffen. Zum vereinbarten Treffpunkt führten zwei verschiedene Straßen. Ich entschied mich für diejenige, die ich für sicherer hielt. Taffy sah das anders. Er wies mich auf mehrere unübersichtliche Stellen hin, an denen die Deutschen möglicherweise im Hinterhalt lagen. Mich konnte er damit nicht überzeugen, aber Taffy beharrte auf seiner Route. Als ich auf meine Autorität als der Ranghöhere pochte, erklärte Taffy, daß er dann eben im Interesse der ganzen Einheit das Kommando übernehmen müsse, bis wir den Treffpunkt erreicht hätten. Alle anderen vertrauten seinem Urteil mehr als dem meinen und schlossen sich ihm an. Nun, wir erreichten das Ziel unbehelligt, und dort gab Taffy das Kommando wieder an mich zurück. Ich erinnere mich nur zu gut, wie ich mich damals fühlte. Wütend. Verbittert. Erniedrigt. Gleich nach der Rückkehr nach Blighty ging ich schnurstracks zu Starr und forderte Taffys Kopf.«

»Und was sagte er?« fragte Stella und streifte Ravallos Hosenbein nach oben, um die Wunde zu untersuchen.

»Daß ich großes Glück gehabt hätte, einen so klugen Kopf wie Taffy in meinem Team zu haben, und daß er nicht im Traum daran dächte, Schritte gegen ihn einzuleiten. Erst Tage später erfuhr ich, daß die Deutschen tatsächlich an einer der Stellen, vor denen Taffy mich gewarnt hatte, in einem Hinterhalt lagen. Hätte er nicht gegen mich aufbegehrt, könnte ich Ihnen jetzt nicht davon erzählen. Erst im nachhinein begriff ich, wieviel ich im Feld noch zu lernen hatte.«

»Letzteres war wohl als Spitze gegen mich gedacht«, stöhnte Ravallo und zuckte zusammen, weil Stella das Blut von seiner Wunde abtupfte.

»Wie heißt es so schön? Wem der Schuh paßt, der soll ihn auch tragen«, brummte McIndoe.

»Für meinen Geschmack ist er zu klein, um ...« Ravallo verstummte jäh und sog die Luft zwischen den Zähnen ein – Stella kippte gerade ein Desinfektionsmittel auf die Wunde. »Menschenskind, muß das sein?«

»Soll ich lieber warten, bis es sich entzündet?«

Passière erschien über ihnen auf der Treppe. »*Patron*, ich habe den Lieutenant der Bomberstaffel am Funkgerät. Er möchte den verantwortlichen Offizier sprechen.«

»Gehen Sie ran«, bat Ravallo McIndoe und biß erneut die Zähne aufeinander, als Stella noch mehr von dem Mittel aufträufelte. Diesmal protestierte er aber nicht.

McIndoe folgte Passière in die Funkerkabine, setzte sich die Kopfhörer auf und stellte sich dem Kommandanten des Jägergeschwaders vor. »Das war sehr nett von Ihnen, daß

Sie uns aus der Patsche geholfen haben«, bedankte er sich dann.

»Freut mich, daß wir helfen konnten, Lieutenant«, erwiderte der Captain, »aber so wie Sie die andere Messer runtergeholt haben, hatten Sie die Lage auch so ganz gut unter Kontrolle. Bei unserem Eintreffen stürzte sie gerade ab. Gute Arbeit. Waren Sie das?«

»Nein, das war Major Ravallo«, sagte McIndoe und bediente sich aus der auf dem Tisch liegenden Zigarettenschachtel.

»Der Yankee? Von dem habe ich schon gehört. Soll ja ein richtiger Kantinencowboy sein. War er nicht neulich am RAF-Stützpunkt und hat die Belegschaft mit Geschichten aus seiner Kindheit in Brooklyn unterhalten? Leider war ich da gerade im Einsatz und mußte sie mir entgehen lassen.«

»In Luqa, ja«, schmunzelte McIndoe. »Sind Sie von dort losgeflogen?«

»Ursprünglich, ja. Aber wir waren schon in der Luft, als Ihr Mayday aufgefangen wurde. Wir hatten gerade mal wieder die deutschen Bomber nach einem Angriff auf Grand Harbour vertrieben, darum konnten wir gleich weiterfliegen und Ihnen helfen. Unser Auftrag lautet, Sie bis nach Valletta zu begleiten. Allerdings glaube ich nicht, daß die Deutschen noch mehr Jäger losschicken. Für heute dürften sie sich genug blutige Nasen geholt haben.«

»Das hoffe ich auch«, brummte McIndoe. »Ich denke, bei uns allen ist der Bedarf an Aufregung fürs erste gedeckt.« Damit war das Gespräch beendet.

McIndoe hatte kaum die Kopfhörer beiseite gelegt, als ihm Passière einen Zettel reichte. »Diese Nachricht kommt vom Kapitän des U-Boots, das das Schnellboot torpediert hat. Er meinte, Sie würden sie schon verstehen.«

Lächelnd überflog McIndoe die Mitteilung.

Für Lieutenant Samuel McIndoe: Tja, mein Bester, sieht ganz so aus, als wäre Ihnen mal wieder Ihr Schutzengel zur Hilfe geeilt. Hoffentlich haben wir Sie mit unserem Überraschungspäckchen für das Schnellboot nicht allzusehr erschreckt. Ist alles im Service mitinbegriffen. Zumindest brauchen Sie sich jetzt um ein Schnellboot weniger zu sorgen, wenn Sie das nächstemal im Mittelmeer kreuzen. Viel Glück Ihnen allen und möge Gott Sie auf dem Rückweg in freundliche Gewässer begleiten.

Lieutenant Commander Reginald Stockton-Jones
HMS Unbeaten

»Soll ich für Sie Kontakt zur *Unbeaten* herstellen, *Patron?*« bot Passière an.

»Nicht nötig«, sagte McIndoe und erhob sich. Er deutete auf Passières Verband. »Wie geht es Ihrem Kopf?«

»Viel besser als dem Ihren, wenn ich Sie mir so ansehe.«

Nach allem, was seit Ihrer Rückkehr zum Boot geschehen war, hatte McIndoe die Kopfverletzung, die er beim Sprung vom Zug erlitten hatte, fast vergessen. Er stellte sich vor den an der Tür angebrachten Spiegel und verzog angewidert das Gesicht. Sein Verband war über und über mit verkrustetem Blut bedeckt. »Soll ich Ihnen verraten, was ich gleich nach unserer Ankunft in Malta als erstes mache? Ich weiche mich in einem heißen Bad auf und vergesse einfach allen Ärger.«

»Allen, *Patron?*« Passière sah ihn fragend an. Als McIndoe nicht antwortete, beugte er sich weit vor und stützte die Ellbogen auf den Knien ab. »Wissen Sie, wer der Verräter ist?«

»Ich habe eine ziemlich konkrete Vorstellung.«

»Weiß er auch, daß Sie es wissen?«

McIndoe, der schon die Türklinke in der Hand hatte, hielt noch einmal inne. »Das bezweifle ich. Und wer sagt überhaupt, daß es notwendigerweise ein ›Er‹ ist?«

»Ich dachte ja nur …« Passières Stimme erstarb, während McIndoe in den Korridor trat.

»Der Flugplatz von Gela hat soeben bestätigt, daß auch der Kontakt mit der anderen Messerschmitt abgerissen ist«, meldete der Funker und legte seine Kopfhörer langsam vor sich auf den Tisch. »Das letzte, was der Pilot durchgegeben hat, war, daß ihn einer von zwei Hawker-Hurricanes der RAF in einen Luftkampf verwickelt hat. Danach kam nichts mehr.«

»Alarmieren Sie die anderen einsatzbereiten Me 109, Herr Major«, forderte Franke von Riedler, der mit hinter dem Rücken ineinander verkrampften Händen vor dem Fenster stand. Seit der Nachricht von der Torpedierung des Schnellboots und dem Abschuß der ersten Messerschmitt hatte er kein Wort mehr gesagt. Als er jetzt immer noch schwieg, sprang Franke erregt auf. »Herr Major, soll ich den übrigen Me 109 den Einsatzbefehl geben?«

»Ich habe Sie auch schon vorher gehört, Franke«, sagte Riedler leise, um erneut zu verstummen.

»Herr Major, ich finde, wir sollten handeln ...«

»Und was wollen Sie damit erreichen?« fuhr ihn Riedler an. »Es ist vorbei, merken Sie das nicht? Sie haben doch die Mitteilung der Gestapo über die Daten des feindlichen Boots gelesen. Es ist ein Prototyp, der selbst unseren schnellsten Schiffen auf und davon fährt. Bei dieser Geschwindigkeit steuert es längst schon wieder Malta an. Selbst wenn wir die anderen Me 109 darauf ansetzen, werden sie es kaum noch vor Grand Harbour einholen können. Außerdem wird es von mindestens vier RAF-Jägern eskortiert. Wer weiß, vielleicht sind es inzwischen noch mehr geworden. Jedenfalls bin ich nicht bereit, noch weitere unserer Piloten zu opfern.«

Er hockte sich auf die Kante des nächsten Stuhls. Sein Blick war auf einen imaginären Punkt auf dem Teppich gerichtet. Als er weitersprach, wurde sein Ton leiser, nachdenklicher. »Ich habe ja von Anfang an mit einem britischen U-Boot in der Gegend gerechnet. Aber als ich Geleitschutz für das Schnellboot anforderte, wurde mir mitgeteilt, alle verfügbaren U-Boote wären an die tunesische Küste beordert worden, um einen britischen Konvoi abzufangen. Befehl von Feldmarschall Kesselring.« Er sah langsam zu Franke auf. Die Bitterkeit über sein Scheitern spiegelte sich nur zu deutlich in seinen müden, blutunterlaufenen Augen. »Man wird zweifellos von mir erwarten, daß ich die Verantwortung für das ganze Fiasko übernehme. Sie wissen, was das bedeutet, nicht wahr? Man wird uns an die Ostfront zurückschicken.«

»Wollen Sie General Student durchgeben, was passiert ist?«

»Der Mann, der den General jetzt aufweckt und ihm sagt, daß uns das feindliche Boot entkommen ist, muß schon sehr mutig sein. Nein, ich warte, bis wir wieder in Palermo sind, und teile es ihm dann persönlich mit.« Riedler massierte sein unrasiertes Gesicht und erhob sich langsam. »Sagen Sie den Männern, sie sollen sich fertig für den Aufbruch machen. Hier hält uns nichts mehr.«

15

»Nicht gerade zufriedenstellend.«

»Das nicht, Herr Feldmarschall«, gab General Kurt Student zu, »aber die Hauptsache ist, daß die Invasionspläne den Feinden nicht in die Hände gefallen sind. Das wäre eine einzige Katastrophe gewesen. Schließlich enthalten die Pläne hochbrisante Einzelheiten hinsichtlich der Stärke unserer Streitkräfte in Sizilien und auf dem italienischen Festland.«

Mit seinem Argument schien Student Feldmarschall Albert Kesselring den Wind aus den Segeln genommen zu haben. Zu zweit saßen sie im ansonsten leeren Eßzimmer des Hotels, wo Student seinen Vorgesetzten soeben bei einem bescheidenen Frühstück über die Ereignisse der vergangenen Nacht informiert hatte. Auf eine solche Nachricht gleich nach dem Aufstehen hätte Kesselring freilich gerne verzichtet.

Student schenkte sich eine weitere Tasse Kaffee ein. »Die Invasionspläne kommen jetzt wohl in den Müll, nicht wahr?«

»Das versteht sich von selbst«, brummte Kesselring. »Wir werden eine neue Besprechung ansetzen müssen, wahrscheinlich in Rom. Ich weiß nur noch nicht, wann. Es hat ja schon lang genug gedauert, bis wir alle Stabschefs für die gestrige Konferenz zusammentrommeln konnten.«

»Wenn wir zu lange warten, wird uns am Ende noch die Initiative aus der Hand genommen«, gab Student zu bedenken.

»Meinen Sie etwa, das wüßte ich nicht selbst? Ich habe schon den Befehl bekommen, am Wochenende nach Berlin zu fliegen und dem Führer persönlich Bericht zu erstatten. Er war ja von Anfang an gegen die Invasion auf Malta. Und jetzt findet er vielleicht die Ausrede, auf die er nur gewartet hat, und bläst die ganze Sache endgültig ab. Ich werde mit Engelszungen auf ihn einreden müssen, um ihn vom Gegenteil zu überzeugen. Aber dafür brauche ich sowohl von Ihnen als auch von Riedler einen detaillierten Bericht.«

»Den bekommen Sie in den nächsten vierundzwanzig Stunden«, versprach Student.

»Ach, übrigens, wo steckt Riedler eigentlich? Ich habe ihn heute noch gar nicht gesehen.«

»Nach dem Rapport bei mir habe ich ihm gesagt, er soll sich schlafen legen. Er war völlig erschöpft. Wollen Sie ihn vor dem Rückflug nach Rom noch einmal sprechen?«

»Nein, lassen Sie ihn ruhig schlafen. Er soll frisch und ausgeruht sein, wenn er mir diesen Bericht schreibt.«

»Er war sehr beunruhigt und hatte Angst vor Ihrer Reaktion hinsichtlich der Ereignisse von gestern abend. Tatsächlich hat er sich schon damit abgefunden, daß Sie ihn und seine Leute zur Strafe wieder an die Ostfront schikken.«

»Sie können ihm ausrichten, daß ich durchaus nicht die Absicht hege, ihn nach Rußland zurückzuschicken«, lächelte Kesselring. »Es gibt mehr als genug Versager, die sich wärmstens für die Abschiebung dorthin empfehlen. Ich dachte eher daran, ihn für eine Beförderung vorzuschlagen. In den letzten Tagen hat er seine besonderen Fähigkeiten mehr als einmal bewiesen, auch wenn das Ergebnis nicht ganz unseren Wünschen entspricht. In Anbetracht der Widrigkeiten – insbesondere der ständigen Behinderungen durch die Gestapo – hat er Beträchtliches geleistet und hätte die feindlichen Agenten beinahe geschnappt.«

Student nickte. »Das sehe ich genauso.«

Kesselring leerte seine Tasse, griff nach seiner Aktentasche und stand auf. »Ich nehme an, Sie haben von dem Angriff auf den Konvoi der Alliierten heute morgen gehört?«

»Nein, Herr Feldmarschall«, antwortete Student zögernd.

»Nun, ich dachte, die Nachricht wäre schon durchgesikkert. Ist ja auch nicht so wichtig. Sie wird sich bald genug verbreiten. Sie erinnern sich vielleicht noch daran, daß ich gestern befürchtete, das Oberste Kommando der Alliierten könnte unsere von Enigma verschlüsselten Nachrichten abgefangen haben. Nun, um das zu überprüfen, habe ich unter eben diesem Code alle verfügbaren U-Boote angewiesen, einem in den frühen Morgenstunden erwarteten alliierten Konvoi vor der Insel Cani einen Hinterhalt zu bereiten.«

»Richtig, Herr Feldmarschall, ich erinnere mich an unser Gespräch.«

»Nun, jetzt habe ich eine gute Nachricht für Sie: Von den neunzehn Schiffen der Eskorte hat das Wolfsrudel sieben versenkt: vier Zerstörer und drei Kreuzer. Und, was noch wichtiger ist, es hat auch fünf der acht Frachtschiffe torpediert, die dringend benötigten Nachschub für Malta an Bord hatten. Und zwei weitere Zerstörer und ein Schlachtschiff wurden stark beschädigt. Wir haben nur ein U-Boot verloren, vermutlich aufgrund eines Navigationsirrtums. Danach konnte der Konvoi die Fahrt nicht mehr fortsetzen und mußte nach Gibraltar zurückkehren. Es waren keine alliierten Unterseeboote in der Nähe, die den Konvoi hätten verteidigen können, und laut einem Offizier der britischen Armee, der aus dem Wasser gefischt wurde, hatte sie niemand vor dem Hinterhalt gewarnt. Die Briten hätten doch nie einen so wichtigen Konvoi geopfert, wenn ihnen der Zeitpunkt und die Koordinaten unseres Überfalls im voraus bekannt gewesen wären. Jetzt weiß ich wenigstens, daß unser Enigma-Code nach wie vor sicher ist.«

Kesselring sah auf die Uhr. »Wenn Sie mich jetzt bitte entschuldigen. Um zwei Uhr werde ich zu einer wichtigen Besprechung in Rom erwartet. Hoffentlich finden Sie sich in den nächsten vierundzwanzig Stunden bei mir ein und haben die zwei Berichte dabei.«

Student salutierte. »Sie können sich darauf verlassen, Herr Feldmarschall.«

»Ich finde allein zum Ausgang, mein Lieber. Trinken Sie in Ruhe Ihren Kaffee aus.« Er schüttelte Student die Hand und stolzierte hinaus.

»Guten Tag, Sir!« rief Sergeant Janet Cross bei Ravallos Eintreten und stand auf, um zu salutieren.

Der Amerikaner erwiderte den Gruß. »Ich habe einen Termin bei Vice-Admiral Starr.«

Sie griff nach dem Telefon. »Ich melde ihm, daß Sie da sind.« Sekunden später legte sie den Hörer wieder auf. »Er wartet schon auf Sie, Sir.«

Ravallo bedankte sich und öffnete die Tür.

»Treten Sie ein, und machen Sie die Tür zu.« Mit dem zerkauten Stiel seiner Pfeife deutete Starr auf den Besucherstuhl vor dem Schreibtisch. »Ich habe Sie für zwei Uhr zu mir bestellt. Sie kommen acht Minuten zu spät.«

Ravallo nahm zögernd Haltung an. Auf einmal kam er sich wie ein Schuljunge vor, der etwas ausgefressen hat und auf einen strengen Verweis seines Direktors wartet. »Es tut mir leid, Sir. Der Fahrer, der mich hierher gebracht hat, mußte mehrere Umwege machen, weil die Straßen nach dem gestrigen Bombenangriff noch nicht passierbar waren.«

»Warum haben Sie dieses Problem nicht vorausgesehen und sich entsprechend früher abholen lassen?«

»Das wäre ganz gewiß vernünftiger gewesen«, erklärte Ravallo hastig.

Starr öffnete seinen Lederbeutel und stopfte frischen Tabak in den Pfeifenkopf. »Sie würden sich bestimmt wohler fühlen, wenn Sie sich zum Hinsetzen entschließen könnten«, knurrte er und zündete sich die Pfeife an.

»Gewiß, Sir«, murmelte Ravallo und nahm Platz.

»Was macht das Bein?« erkundigte sich Starr.

»Es zwickt noch ein bißchen, wenn ich es belaste. Der Arzt meint aber, daß die Wunde schnell und problemlos heilt.«

»Ja, das habe ich in seinem Report heute morgen auch schon gelesen.« Starr schob einen Aschenbecher über die Tischplatte auf Ravallo zu. »Sie dürfen gern rauchen, wenn Sie möchten.«

»Danke, Sir.« Ravallo zog sofort eine Schachtel aus der Uniformtasche und zündete sich eine Zigarette an.

»Ich nehme an, Sie kennen den Grund, warum ich Sie habe kommen lassen.«

»Ich dachte, ich sollte Sie über die Operation informieren«, antwortete Ravallo vorsichtig.

»Nicht ganz, nein«, sagte Starr und lehnte sich in seinem Lederstuhl zurück. »Ich habe bereits ein ziemlich umfassendes Bild von den Ereignissen auf Sizilien erhalten. Passière mag bisweilen schrecklich penetrant sein, aber er ist auch der beste Funker, den wir bei der SOE haben. Seine Berichte sind immer sehr sachlich und präzise. Diesmal brauchen Sie und die Mitglieder Ihres Kommandos mir also nicht Bericht zu erstatten – dafür habe ich zwei andere hochstehende Offiziere abgestellt –, nein, mir geht es heute ausschließlich darum, den Verräter so schnell wie möglich zur Strecke zu bringen, bevor er unserer Sache noch größeren Schaden zufügen kann. Ich betrachte Verrat als das abscheulichste aller Verbrechen und habe den Beamten in Whitehall schon versichert, daß ich jeden Stein umdrehen werde, bis dieses Schwein gefaßt ist.

Nun, Sie und Lieutenant McIndoe waren die ranghöchsten Offiziere bei dieser Operation. Mit McIndoe werde ich später noch sprechen, aber da Sie der Kommandant sind, wollte ich zuallerst Sie befragen. Selbstverständlich wird alles, was Sie mir hier sagen, mit absoluter Vertraulichkeit behandelt, doch sobald wir den Schuldigen dingfest gemacht haben, wird Ihre volle Mitarbeit bei einem zukünftigen Prozeß erwartet.«

»Das versteht sich von selbst, Sir.«

»Wissen Sie, wer der Verräter ist?«

Ravallo räusperte sich. »Ich habe so einen Verdacht. Aber den faßte ich erst nach dem Sprung vom Zug. Ich glaube, es ist Bruce Hillyard.«

Mit regungsloser Miene sog Starr weiter an seiner Pfeife; langsam bildete sich eine dichte Rauchwolke um ihn herum. »Bitte fahren Sie fort«, sagte er, ohne die Pfeife aus dem Mund zu nehmen.

»Der Schaffner – ein Angehöriger des Widerstands – warnte uns vor einem Gestapoagenten, der im Zug mitfuhr und ein Funkgerät dabeihatte, über das er ständig in Verbindung mit dem Hauptquartier stand. Der Widerstand hat ähnliche Geräte ...«

»Das weiß ich, Major. Die SOE war entscheidend daran beteiligt, als sie ins Land geschmuggelt wurden. Kommen Sie jetzt bitte zum Wesentlichen.«

»Der Schaffner erklärte uns, er könne die Funksprüche nur im Dienstwagen abhören. Dazu hatte er aber keine Zeit, weil der Zug überfüllt war. So schlug er uns vor, wir könnten sie selbst entgegennehmen. Wir nahmen das Angebot dankbar an und beschlossen, uns stündlich am Funkgerät abzuwechseln. Hillyard stellte sich spontan freiwillig für die erste Schicht zur Verfügung. Er war nicht lange weg, als er schon wieder zurückkam und uns sagte, daß die Gestapo wisse, daß wir im Zug seien. Meiner Ansicht wäre es ihm ein leichtes gewesen, entweder seinen Führungsagenten anzufunken oder sich an den Gestapospitzel im Zug zu wenden. Als wir später vom Zug sprangen, erbot sich Hillyard, den Seesack mit unserem Funkgerät zu tragen. Während des Durcheinanders um Macs – Lieutenant McIndoes – Kopfverletzung dürfte er mehr als genug Zeit gehabt haben, das Gerät zu sabotieren und die Ersatzteile wegzuwerfen. Stella und ich schwammen zu Lieutenant McIndoe hinüber und ließen Hillyard allein am Flußufer zurück. In nachhinein wird mir klar, daß das ein Fehler war, aber, um ehrlich zu sein, war das Funkgerät in diesem Moment noch meine geringste Sorge. Evans war zu diesem Zeitpunkt noch im Wasser, und zwar etwas weiter stromabwärts. Das weiß ich deshalb so gut, weil er mir zurief, er würde den Lieutenant nicht vor Stella und mir erreichen. Wo Johnson war, weiß ich nicht mehr – möglicherweise noch im Wasser –, aber ganz bestimmt nicht bei Hillyard.

Nun, Lieutenant McIndoe hatte seine eigene Theorie. Er meinte, das Funkgerät könnte auch schon vor der Abfahrt von Malta sabotiert worden sein. Das wollte ich nicht ausschließen, aber je mehr ich darüber nachdachte, desto plausibler erschien es mir, daß das erst nach unserer Ankunft auf Sizilien geschehen ist. Und weil Lieutenant McIndoe und ich es stets mit Argusaugen bewachten, gab es so gut wie keine Gelegenheit, daran herumzumanipulieren.«

»Außer in dem Moment, in dem Bruce Hillyard damit vom Zug sprang«, sinnierte Starr. »Warum haben Sie ihn es nehmen lassen?«

»Hillyard meinte, als Akrobat könne er das zusätzliche Gewicht am ehesten tragen. Keiner widersprach ihm, weil wir in diesem Moment, ehrlich gesagt, ziemlich angespannt waren – aber das wären Sie bestimmt auch, wenn Sie auf den richtigen Moment für einen Absprung aus einem fahrenden Zug warten würden.«

»Das kann ich nicht beurteilen, Major; ich habe es noch nie ausprobiert«, erwiderte Starr trocken. »Und das ist also der Grund für Ihren Verdacht gegen Hillyard, richtig?«

»Mir ist bewußt, daß das nur Indizien sind, Sir, aber ich habe so ein Gefühl im Bauch, daß ich richtig liege.«

»Sie werden merken, daß Gefühle im Bauch in der britischen Justiz nicht viel Wert haben«, beschied Starr ihn unverblümt. »Trotzdem sind Sie ein hochgeschätzter Geheimdienstoffizier mit tadellosen Referenzen, und ich kann Ihnen versichern, daß Ihre Angaben gründlich überprüft werden.«

»Ich nehme an, daß jeder in unserem Team gründlich überprüft wird«, sagte Ravallo.

»Hatten Sie etwas anderes erwartet?«

»Selbstverständlich nicht.« Ravallo drückte seine Zigarette aus. »Sir, darf ich Ihnen auch eine Frage stellen? Sie betrifft die Operation.«

»Schießen Sie los.«

»Wie erfolgreich war sie Ihrer Meinung nach, sieht man mal davon ab, daß sie nicht ganz nach Plan verlaufen ist?«

»Es ist noch zu früh für eine Beurteilung des Erfolgs«, begann Starr nach einer Kunstpause, »aber ich habe ... so ein Gefühl im Bauch, wie Sie sagen würden, daß wir unser Ziel erreichen konnten. Ich halte es für unvorstellbar, daß ein gewiefter Taktiker wie Albert Kesselring die Anwendung seiner Strategie, wie er sie im Hotel umrissen hat, jetzt noch in Erwägung zieht. Nein, er wird sich wieder an den Schreibtisch setzen und von vorne anfangen, was auch die Einberufung einer neuen Konferenz zu einem allen Betroffenen genehmen Zeitpunkt miteinschließt. Das kann Wochen, vielleicht sogar Monate dauern. Dann müßte auch noch Hitler zustimmen, was eine zusätzliche Verzögerung der Invasion bedeuten würde. Bis dahin wird sich die Luftverteidigung von Malta mit den in den nächsten Wochen erwarteten fünfzehn neuen Spitfires beträchtlich verstärkt haben. Nach Einschätzung des Kriegsministeriums – und auch der meinen – wird das Eintreffen der Spitfires das Gleichgewicht der Kräfte zu unseren Gunsten verändern. Und wenn sie die Lufthoheit über Malta verloren haben, werden die Deutschen keinesfalls eine Invasion wagen.«

»Dann ist wenigstens etwas Gutes dabei herausgekommen«, brummte Ravallo.

»Das wird sich noch zeigen.« Starr sah auf die Uhr. »Ist Ihr Fahrer noch da?«

»Ja. Ich habe ihn gebeten, auf mich zu warten.«

»Sehr schön, denn Sie werden zum Rapport in Fort Campbell erwartet. Ihr Fahrer weiß, wohin er Sie bringen muß.«

»Jawohl, Sir.« Ravallo salutierte und wandte sich zum Gehen.

»Ach, noch was, Major!« rief ihm Starr hinterher, als er schon die Türklinke in der Hand hatte. »Versuchen Sie beim nächsten Mal, nicht zu spät zu kommen.«

Grinsend verließ Ravallo das Büro.

»Hallo, Janet.«

Sergeant Janet Cross sah lächelnd von der Schreibmaschine zu Samuel McIndoes wohlvertrautem Gesicht auf. Sie erhob sich und salutierte. »Guten Tag, Sir.«

»Fünf Uhr?« fragte der Schotte mit einem Blick auf die Wanduhr. »Stimmt, dann ist es wohl noch nicht Abend.« Er nahm seine Mütze ab.

»Mein Gott, was ist denn Ihnen zugestoßen?« rief sie bestürzt, als sie den weißen Kopfverband sah.

»Ich war so dumm und habe mich mit einem Stück Treibholz angelegt«, antwortete McIndoe mit einem schiefen Grinsen. »Nicht zur Nachahmung zu empfehlen.« Er deutete auf die Bürotür. »Ist er drin?«

Sie nickte und griff nach dem Hörer, um Starr über McIndoes Eintreffen zu informieren. »Sie können gleich rein«, sagte sie dann und legte auf.

Als McIndoe eintrat, mußte er zunächst heftig husten. Eine dichte, beißende Tabakwolke schlug ihm entgegen, und er mußte zuallererst die Schwaden vertreiben, ehe er Starr hinter dem Schreibtisch ausmachen konnte. Daß er einen solchen Rauchvorhang um sich zog, schien der Mann gar nicht zu merken. Womit für McIndoe klar war, daß er über etwas brütete – nur in solchen Momenten qualmte Starr unablässig. »Guten Tag, Sir«, grüßte er und mußte schon wieder husten, weil der Rauch ihn, kaum hatte er den Mund zum Sprechen geöffnet, heimtückisch in der Kehle kratzte.

»Sie haben sich in Sizilien wohl eine kleine Erkältung geholt, was, McIndoe?« brummte Starr, ohne von seinen Dokumenten aufzusehen.

»Das nicht, Sir.« Wieder verscheuchte McIndoe die Schwaden. »Es ist der Rauch hier drinnen. Der wirft den stärksten Mann um.«

»Rauch?« fragte Starr zerstreut und hob zum erstenmal den Kopf. »Ach ja, lassen Sie die Tür offen, dann verteilt er sich schneller. Janet geht ja ohnehin bald heim.« Er schaltete einen hinter ihm auf dem stählernen Aktenschrank stehenden kleinen Ventilator ein und deutete auf den Besucherstuhl. »Setzen Sie sich.«

»Danke, Sir.«

»Laut dem ärztlichen Bulletin haben Sie ja eine ganz schön üble Verletzung«, brummte Starr.

»Fünfzehn Stiche und ein bißchen Kopfweh. Es hätte schlimmer kommen können.«

Starr pochte auf die vor ihm auf dem Tisch liegenden Schreibmaschinenblätter. »Ich habe soeben Ihren Rapport gelesen. Mir ist aufgefallen, daß Sie Major Ravallos Rolle in dieser Operation äußerst kritisch gegenüberstehen. Finden Sie nicht auch, daß Sie vielleicht etwas zu streng mit ihm sind? Immerhin war es sein erster Einsatz.«

»Ich habe nur die Ereignisse geschildert, Sir.«

»Nun, ich kann mich noch gut an einen gewissen unerfahrenen jungen Offizier erinnern, der bei seiner ersten Mission eine Brücke in der Nähe von Rom zu sprengen hatte. Zu seiner Entlastung wies ich ihm eigens einen guten Soldaten zu, damit ihn jemand durch unvorhergesehene Schwierigkeiten lotsen konnte. Ohne Sergeant Evans' Erfahrung wären Sie nie zurückgekehrt, oder sehen Sie das anders?«

»Nein, Sir.«

»Lassen Sie sich mal was ganz im Vertrauen gesagt sein, McIndoe. Wie Sie wissen, wurde ein Großteil dieser Operation von Amerikas Militärischem Geheimdienst in Washington geplant, aber eins wird Ihnen neu sein: Die wollten von Anfang an das alleinige Kommando führen und hatten sogar einen von ihren Offizieren als Major Ravallos Stellvertreter vorgesehen. Ich hatte keinen Zweifel, daß dieser Mann sich gut bewährt hätte, bestand aber auf einem meiner eigenen Männer als zweitem Kommandanten, wenn die SOE schon daran teilnehmen sollte. Nun sind Sie nicht nur einer der besten Offiziere der SOE, sondern haben – was noch wichtiger ist – die nötige Erfahrung, die Major Ravallo fehlt. Er wird viel von Ihnen gelernt haben, so wie Sie bei Ihrer ersten Operation von Evans profitieren konnten. Jeder muß mal anfangen.«

»Jawohl, Sir«, antwortete McIndoe steif.

»Haben Sie etwas auf dem Herzen?«

»Ja, es geht um den wahren Grund, warum Sie mich sprechen wollten.«

Starrs Hand erstarrte just in dem Moment, in dem er sich die Pfeife in den Mund schieben wollte. Dann stach er mit dem Stiel in Richtung Tür. McIndoe ging hinüber und spähte ins Vorzimmer. Sergeant Janet Cross war bereits gegangen. Trotzdem schloß er die Tür, ehe er an seinen Platz zurückkehrte.

»Kennen Sie die Identität des Verräters?« fragte Starr.

»Ich glaube, ja, Sir.« McIndoe zündete sich wieder eine Zigarette an. »Ich glaube, es ist Major Ravallo.«

»Nach Ihrer Stellungnahme im Rapport kann mich das kaum noch überraschen. Der Offizier, der Sie befragt hat, führte Ihre Feindseligkeit Major Ravallo gegenüber sicher darauf zurück, daß Sie bei bestimmten Teilen der Operation nicht mit seiner Art der Führung einverstanden waren. Andererseits kennt er ja auch nicht alle Fakten.« Starr klemmte die Pfeife im Mundwinkel fest. »Sie bezichtigen also Major Ravallo des Verrats. Haben Sie Beweise?«

»Nichts, was vor einem Gerichtshof Bestand hätte, Sir. Aber wenn Indizien für eine Verurteilung ausreichten, würde er schon längst am Galgen baumeln.«

»Halten wir uns doch an die Gesetze eines Rechtsstaats.«

»Mit Verlaub, Sir, aber Sie haben nicht miterlebt, was mit Taffy Evans geschehen ist.«

»Evans wurde von einer Landmine der Partisanen getötet. Sein Tod war ein tragischer Unfall. Sonst nichts.«

»Nur daß wir nie und nimmer in die Nähe eines Minenfeldes hätten geraten dürfen. Das wäre auch nicht geschehen, wenn uns die Deutschen nicht so schnell im Zug auf die Spur gekommen wären.«

»Und daran geben Sie Major Ravallo die Schuld? Laut Ihren Angaben beim Rapport verließen Sie das sichere Haus gemeinsam, nachdem Massimo alles Nötige für die Zugfahrt nach Catánia geregelt hatte. Und abgesehen von Hillyard blieben Sie ja alle bis zur Flucht im Abteil. Wie hätte Major Ravallo in dieser Zeit die Deutschen alarmieren können? Ich glaube, Sie lassen sich von Ihren Gefühlen leiten, McIndoe. Mir ist bewußt, daß Evans Ihnen von allen Mitgliedern der SOE am nächsten stand und daß sein Tod Sie schwer getroffen hat, aber wenn das Ihre sogenannten ›Indizien‹ gegen Major Ravallo begründet, dann stehen sie, gelinde gesagt, auf äußerst tönernen Füßen.«

»Mit Verlaub, Sir, ich habe nie behauptet, Major Ravallo hätte zwischen der Ankunft im sicheren Haus und dem Besteigen des Zugs Kontakt mit den Deutschen aufgenommen«, verteidigte sich McIndoe. »Das haben Sie nur unterstellt. Dazu hätte er höchstens während seiner Auseinandersetzung mit dem Polizisten vor dem Bahnhof Gelegenheit gehabt. Und wenn er die genutzt hätte, wären uns die Deutschen bestimmt gleich auf den Fersen gewesen. Ich wollte eigentlich auf etwas anderes hinaus, nämlich daß Evans' Tod meiner Meinung nach die Folge einer verhängnisvollen Kette von Ereignissen ist, die Major Ravallo, lange bevor wir ihn kennenlernten, ausgelöst hat.«

»Wären Sie dann vielleicht so freundlich, auf Andeutungen zu verzichten und zu sagen, was Sie meinen? Raus mit der Sprache: Was können Sie gegen Major Ravallo vorbringen?«

»Lassen Sie mich zunächst feststellen, daß er meiner Ansicht nach ein Agent der Gestapo ist und daß seine Identität vor dem Rest der Wehrmacht geheimgehalten wurde, zumindest bis nach dem Vorfall im Hotel.«

»Wie kommen Sie darauf?«

»Nach dem Hinterhalt auf den Konvoi der Gestapo vor der Kirche führte ich ein längeres Gespräch mit Johnson. Er beteuerte, daß General Student und die Mitglieder des Sicherungskommandos aus allen Wolken fielen, als Major Ravallo ertappt wurde. Das legt den Schluß nahe, daß sie nichts von dem geplanten Einbruch wußten. Wenn nun General Student keine Warnung erhalten hatte, können wir mit Fug und Recht davon ausgehen, daß auch Feldmarschall Kesselring und seine Stabschefs im dunkeln tappten. Daß sie nur für Johnson eine Komödie spielten, kann ich mir beim besten Willen nicht vorstellen. Was hätten sie davon gehabt? Sie hatten ihn ja schon verhaftet. Nein, ich glaube, daß die Gestapo bei dieser Operation die Fäden zog. Es wäre ein besonderer Coup für sie gewesen, insbesondere für Brausch, uns auf der Insel gefangenzunehmen.«

»Das ist ganz gewiß eine hochinteressante Theorie«, erwiderte Starr. »Sie haben vorhin angedeutet, Major Ravallo sei Ihrer Meinung nach schon vor seiner Ankunft auf Malta in die Sache verwickelt gewesen. Wie kamen Sie darauf?«

»Wie Sie ja selbst gesagt haben, Sir, der Großteil der Operation wurde von den Amerikanern geplant. Und wir wissen, daß Major Ravallo nach eigenen Angaben selbst den Vorschlag gemacht hat, Schenk zu spielen.«

»Sie glauben also, daß Schenk ebenfalls Bescheid wußte?«

»Im Gegenteil, ich glaube, er war völlig ahnungslos. Wenn er etwas gewußt hätte, wäre er bestimmt nicht so dumm gewesen, sich auf eine Schießerei mit den Partisanen einzulassen. Er hätte sich entführen lassen und sich höchstens zum Schein gewehrt, um dem Ganzen einen etwas glaubwürdigeren Anstrich zu verleihen; ihm wäre ja klar gewesen, daß er bald wieder frei sein würde. Aber nach allem, was Venucci mir gesagt hat, kämpfte er um sein Leben. Er hätte die Partisanen ohne zu zögern getötet. So reagiert bestimmt kein Mensch, der entführt werden möchte.«

»Warum hat man es ihm dann nicht gesagt?«

»Das müßten Sie die Gestapo fragen, Sir, aber wenn man bedenkt, wie gefürchtet und verhaßt die Revisoren egal in welcher Organisation sind, würde es mich nicht wundern, wenn sie es ihm bewußt verschwiegen hätten. Doch das ist pure Spekulation und hat mit unserem Fall nichts zu tun. Es geht mir nur um folgendes: Wenn Major Ravallo für die Gestapo arbeitete, dann war sie wahrscheinlich über unsere Operation auf dem laufenden und brauchte nur noch im richtigen Moment zuzuschlagen. Wer weiß, vielleicht stammte sogar die Idee, Schenk zu spielen, von der Gestapo. Aber auch das ist nur Spekulation. Sicher ist allerdings, daß die Deutschen von unserer Landung auf der Insel wußten – das belegen allein schon die verstärkten Patrouillen an der Küste. Und das führte natürlich zu dem Hinterhalt durch den deutschen Trupp bald danach in dem Bauernhaus.«

»Nur daß Major Ravallo Sie da rauspaukte – oder täusche ich mich? Wäre er nicht in letzter Sekunde aufgetaucht, hätte die Operation schon ganz zu Anfang ihr Ende gefunden. Warum hätte er das tun sollen, wenn er wirklich mit den Deutschen unter einer Decke stecken würde?«

»Wie wir später erfuhren, handelte es sich bei dieser Patrouille um einen Trupp von nur fünf Leuten, die irgendwie von ihrer Einheit getrennt worden waren. Sie besaßen weder ein Fahrzeug noch ein Funkgerät, mit dem sie Verstärkung hätten anfordern können. Als Major Ravallo seinen großen Auftritt hatte, lauerten schon Dutzende von bewaffneten Partisanen vor dem Haus. Und noch mehr hatten sich im Unterholz versteckt. Major Ravallo muß klar gewesen sein, daß die Deutschen in einer ausweglosen Lage waren. Eine Schießerei zwischen ihnen und den Partisanen in einem so engen Raum wie der Küche wäre das letzte gewesen, was er hätte brauchen können. Es war purer Selbsterhaltungstrieb, sonst nichts. Ihm dürfte klar gewesen sein, daß die Gestapo bessere Gelegenheiten bekommen würde, uns gefangenzunehmen. Und jetzt kommen wir zum eigentlichen Ziel der Operation in diesem Hotel in Palermo. Ursprünglich hielt ich es für eine ausgezeichnete Idee, daß Major Ravallo unbedingt allein reingehen wollte – die Risiken für das Team als Ganzes wurden so im Fall einer Gefangennahme auf das unvermeidliche Minimum gesenkt. Aber nach reiflichem Überlegen wird mir immer klarer, daß das ein raffiniertes Kalkül war. Ich glaube, die von der Gestapo gingen auf seinen Plan ein, weil sie sich davon versprachen, seine Tarnung zu wahren. Und darum waren sie sogar bereit, Schenk zu opfern. Danach hätte Ravallo sie zum sicheren Haus geführt, wo die Kamera konfisziert und das komplett versammelte Team zum Verhör abgeführt worden wäre. Später hätten sie die Details unserer Operation an Kesselring weitergegeben und behauptet, sie hätten sie durch Folter aus uns herausgepreßt. Zumindest sehe ich den Fall so.«

»Eine bemerkenswerte Theorie, McIndoe, und beunruhigend obendrein«, brummte Starr nachdenklich. »Trotzdem bleiben immer noch ein paar Fragen offen. Warum hat Ravallo Brausch kaltblütig erschossen, wenn sie, wie Sie behaupten, auf derselben Seite standen?«

»In meinen Augen ist das sogar eins der vernichtendsten Indizien gegen ihn. Als er im Hotel gefaßt wurde, wußte er ja, daß wir den Auftrag hatten, die Operation unverzüglich abzubrechen und ins sichere Haus zurückzukehren. Er konnte unmöglich ahnen, daß wir ihnen einen Hinterhalt bereiten würden. Und ihm war klar, daß Brausch ein Sicherheitsrisiko für ihn darstellte. Ursprünglich war ja geplant, Brausch nach England zu schaffen, aber stellen Sie sich nur vor, er hätte gestanden und Ravallo als Gestapospion enttarnt! Es gab nur einen Weg, sich davor zu schützen: Brausch umbringen, bevor er auspackte. Tote Männer plaudern nicht. So heißt es doch, oder? Als weiteres eindeutig belastendes Indiz werte ich den Umstand, daß Brausch nach Major Ravallos Gefangennahme auf ein Gespräch unter vier Augen mit ihm bestand. Laut Johnson durften nicht einmal die Offiziere vom Sicherheitsdienst im Büro bleiben. Als ich Major Ravallo später danach befragte, behauptete er lapidar, Brausch hätte es erst im Guten versucht, ihn zum Reden zu bringen, und als er damit nicht weitergekommen sei, hätte er ihm plastisch geschildert, was für grausige Dinge ihn und Johnson im Gestapohauptquartier erwarten würden. Ich war damals nicht überzeugt, und jetzt bin ich es noch viel weniger. Ich glaube, sie besprachen nach dem Scheitern der ursprünglichen Strategie nur ihren nächsten Zug.«

»Wenn Major Ravallo tatsächlich ein feindlicher Agent ist, warum hat er dann sein Leben riskiert und die Messerschmitt abgeschossen?« fragte Starr.

»Weil die Messerschmitt auf ihn schoß!« rief McIndoe so belustigt, als hätte die Antwort auf der Hand gelegen. »Wie Sie meinem Rapport entnommen haben, hat er ja sein Möglichstes versucht, um uns zur Kapitulation zu überreden, aber als das Schnellboot versenkt wurde, muß den Messerschmitts befohlen worden sein, uns abzuschießen. Major Ravallo wird das ebenso klar gewesen sein wie dem Rest der Besatzung. Damit sind wir wieder beim Selbsterhaltungstrieb angelangt. Da fällt die Wahl nicht schwer, würde ich sagen.«

»Sie bauen gewiß eine überzeugende Argumentationskette auf. Nur, wie Sie selbst einräumen, enthält sie nicht den geringsten Beweis, der vor einem Gericht standhielte. Sie würde allenfalls Major Ravallos Glaubwürdigkeit als Geheimdienstoffizier zweifelhaft erscheinen lassen, aber ob die Amerikaner ihn deswegen rausschmeißen würden, steht auf einem anderen Blatt. Ich hab' übrigens mit dem Direktor des Militärischen Geheimdienstes über unsere Schwierigkeiten gesprochen. Er würde für Major Ravallos und Lieutenant di Mauros Integrität seine Hand ins Feuer legen. Glauben Sie, daß sie in diese Sache verwickelt ist?«

»Nein, Sir«, antwortete McIndoe entschieden.

»Ist das eine sachlich begründete oder eine persönliche Ansicht?«

McIndoe rutschte unbehaglich auf seinem Stuhl hin und her. »Ich verstehe nicht, was Sie meinen, Sir.«

»Ich weiß doch, daß sie Ihnen gefällt, Junge«, sagte Starr in einem unerwartet väterlichen Ton. »Und wer könnte es Ihnen verdenken? Sie ist eine intelligente, eigenwillige und obendrein wunderschöne junge Dame. Die perfekte Mischung für eine Spionin. Verführung kann eine ungemein mächtige Waffe sein.«

McIndoe sprang empört auf. »Das weise ich von mir, Sir!«

»Himmel, das war doch nicht auf Sie gemünzt. Setzen Sie sich nur wieder.« Starr zog an seiner Pfeife, während McIndoe zögernd wieder Platz nahm. »Ich weiß ja, daß nichts zwischen Ihnen und der jungen Dame war. Auf dem Rugbyfeld mögen Sie ja hin und wieder kleineren Regelverstößen nicht abgeneigt sein, wie ich bei dem Endspiel in Twickenham bestürzt feststellen mußte, aber im richtigen Leben waren Sie immer ein perfekter Gentleman. Vorhin wollte ich nur andeuten, daß Major Ravallo, gesetzt den Fall, er ist tatsächlich ein deutscher Spion, jederzeit auch Lieutenant di Mauro für die Nazis hätte rekrutieren können.«

»Nein, Sir, das glaube ich nicht«, widersprach McIndoe bestimmt. »Warum riskierte sie ihre Karriere, von ihrem Leben ganz zu schweigen, und ignorierte nach Major Ravallos Verhaftung im Hotel schlichtweg die Anweisung, die Operation abzubrechen? Wenn sie unter einer Decke stecken würden, hätte sie doch gewußt, daß Major Ravallo von der Gestapo keine Gefahr drohte.«

»Zugegeben, das spricht für sie«, murmelte Starr nachdenklich, um unvermittelt auf die Akte vor ihm zu pochen. »Warum haben Sie dann Ihre Karriere aufs Spiel gesetzt und sich ihr angeschlossen? Das haben Sie dem Offizier bei Ihrem Bericht nicht vollständig erklärt.«

»Ich denke, das habe ich sehr wohl getan, Sir. Die anderen hatten sich schließlich spontan auf ihre Seite gestellt. Was hätte ich da noch tun können? Die Waffe ziehen und sie dazu zwingen, den Rückzug anzutreten? Wohl kaum durchführbar.«

»Na gut. Dieses eine Mal bin ich bereit, auf Konsequenzen wegen Befehlsverweigerung zu verzichten, zumal die Natur der Operation Ihnen einen gewissen Spielraum ließ. Eins verstehe ich allerdings immer noch nicht: Warum haben Sie Major Ravallo geholfen, obwohl Sie davon überzeugt waren, daß er ein deutscher Spion ist?«

»Damals war ich mir ja noch nicht so sicher ...« Auf einmal biß sich McIndoe auf die Zunge, als fürchtete er, etwas zu sagen, das er später bereuen würde.

»Sie wollen auf etwas Bestimmtes hinaus. Inzwischen müßten Sie doch wissen, daß Sie sich vor mir kein Blatt vor den Mund zu nehmen brauchen. Diese Gespräche werden streng vertraulich behandelt. Sie haben ja schon einige hinter sich, und sie hatten nie Folgen für Sie.«

»Ich wollte nur sagen, daß immer eine Möglichkeit besteht, wie gering sie auch sein mag, daß ich mich getäuscht habe und daß Major Ravallo doch kein Nazispion ist. Ich hätte nie mit der Gewißheit leben können, daß er meinetwegen der Gestapo in die Hände gefallen und zu Tode gefoltert worden wäre.«

»Zumindest ein Lichtblick in der Dunkelheit«, brummte Starr.

»Soll das heißen, daß Sie ihn für unschuldig halten?« fragte McIndoe verblüfft.

»Das habe ich nicht gesagt. Ich will Ihnen nur zu verstehen geben, daß es gut ist, wenn man in diesem Geschäft für alles offen bleibt. Es ist sehr leicht, jemanden des Verrats zu bezichtigen, weil bestimmte Umstände seine Schuld nahezulegen scheinen. Aber was ist, wenn Sie sich bezüglich Major Ravallo getäuscht haben? Was nicht heißen soll, daß dem so ist, aber es kann ja sein, daß eine interne Untersuchung ihn entlastet. Dann müßten sie mit Ihrem Gewissen hadern, weil sie an seiner Integrität gezweifelt haben.«

»Sollte er entlastet werden, würde sich mir der Verdacht aufdrängen, daß beim Geheimdienst der Alliierten ein Skandal vertuscht wird.«

»Ich verbitte mir diesen Ton, McIndoe!« donnerte Starr. »Ich werde die Untersuchung persönlich führen, und sollte ich Belastungsmaterial gegen Major Ravallo – oder gegen sonstwen – finden, werde ich dafür sorgen, daß der oder die Betreffende die ganze Strenge des Gesetzes zu spüren bekommt.«

»Es tut mir leid, Sir, ich wußte nicht, daß Sie die Ermittlungen selbst übernehmen wollen«, murmelte McIndoe zerknirscht. »Bei Ihnen habe ich die Gewißheit, daß Sie die Fakten vollkommen unparteiisch bewerten werden. Nur hatte ich die Sorge, die Yankees hätten die Untersuchung an sich reißen und dann den Schmutz in aller Stille unter den Teppich kehren wollen.«

»Es wird nichts vertuscht«, erklärte Starr in ruhigerem Ton. Er legte seine Pfeife auf den Tisch. »Das wäre alles fürs erste, McIndoe, aber ich erwarte, daß Sie und Sublieutenant Higgins sich heute abend um Punkt zwanzig Uhr bei mir einfinden. Bis dahin habe ich hoffentlich Recherchen eingeleitet, die Major Ravallos Schuld oder Unschuld ein für allemal beweisen. Ich werde Sie beide dann instruieren.«

McIndoe salutierte und ging zur Tür, wo er sich noch einmal umdrehte. »Ich wußte gar nicht, daß Sie sich für Rugby interessieren, Sir.«

»Was?« fragte Starr zerstreut und sah von einem Dokument auf, in das er sich schon vertieft hatte. Er nahm seine Lesebrille ab. »O ja, wenn möglich gehe ich zu den Länderspielen in Twickenham. Meine große Leidenschaft ist allerdings immer noch Cricket. Schon seit meiner Kindheit. Nichts ist entspannender als an einem sonnigen Nachmittag im Lord's zuzusehen, wie Leute vom Kaliber eines Hutton und Leyland diesen verdammten australischen Schlägerschwingern zeigen, was eine Harke ist.«

Bei der Vorstellung, der bullige Starr könnte mit Panamahut und Pfeife im Pavillon des Lord's sitzen, mußte sich McIndoe ein Grinsen verkneifen. »Und wann haben Sie mich in Twickenham gesehen, Sir?«

»'38, als Schottland sich die britische Meisterschaft holte. Sie wissen genauso gut wie ich, daß der Schiedsrichter Ihnen das Solo, mit dem Sie das Spiel in letzter Sekunde für Schottland entschieden, nie hätte durchgehen lassen dürfen. Ich hatte einen vorzüglichen Blick aufs Spielfeld und konnte genau sehen, daß Sie den Ball mit der Hand aufnahmen, obwohl sie alle im Gedränge um den Ballbesitz kämpften, und da darf er nur mit dem Fuß gespielt werden. Was Sie getan haben, war ein eindeutiger Regelverstoß! Es hätte Strafstoß für England geben müssen. Dann hätten wir unsere Führung bequem nach Hause geschaukelt. Aber Sie waren gerissen. Sie wußten ganz genau, daß der Schiedsrichter Sie nicht sehen konnte, als Sie sich den Ball schnappten. Das war verdammt dreist!«

»Initiative, Improvisation und ein Schuß Frechheit«, grinste McIndoe.

Starrs Lächeln erstarb genauso schnell, wie es über seine Lippen gehuscht war. »Acht Uhr, McIndoe. Und seien Sie pünktlich.«

»Was will er von uns?« fragte Higgins, nachdem McIndoe ihm Starrs Befehl ausgerichtet hatte.

»Er heckt irgendwas aus, womit er den Verräter stellen will.« McIndoe schenkte sich von der Whiskyflasche, die Starr ihnen geschickt hatte, ein Glas ein. »Auch ein Schluck gefällig?«

»Sie wissen doch, daß ich keinen Whisky trinke.«

»Ach ja, richtig, ich hatte ganz vergessen, daß Sie in punkto edle Tropfen ein Banause sind.«

»Geben Sie mir ein gutes altmodisches Bier, und ich sage bestimmt nicht nein.«

»Na gut, ich nehme alles zurück.« McIndoe nippte an seinem Glas und stellte es auf den Tisch zurück. »Wo sind eigentlich die anderen?«

»Holen den verpaßten Schlaf nach.« Higgins unterdrückte ein Gähnen und stand auf. »Und das werde ich jetzt auch tun, selbst wenn es nur eine Stunde ist.«

»Soll ich Sie um halb acht wecken?«

»Das wäre sehr nett. Meine Tür ist die übernächste rechts.«

McIndoe sah Higgins nach und griff wieder nach seinem Glas. Versonnen ließ er den Whisky hin und her schwappen. Auch er war erschöpft, doch eine Stunde Schlaf würde ihm nichts nützen. Im Gegenteil, er würde sich danach nur noch zerschlagener fühlen. Er stellte das Glas auf den Tisch zurück. Alkohol konnte ihm jetzt nicht helfen. Wenn er etwas brauchte, dann Kaffee. Schwarz und ohne Zucker. Falls es hier überhaupt welchen gab. Er ging in die Küche und schaute in sämtlichen Schränken nach. Außer Tee fand er nichts. Nun, besser als gar kein Koffein. Er ließ den Kessel vollaufen und stellte ihn auf den Herd.

»Wenn Sie Kaffee machen, bin ich gern dabei«, meldete sich Stella von der Tür her.

McIndoe drehte sich zu ihr um. Sie hatte sich einen Morgenrock eng um den schlanken Körper gewickelt, und ihr ungekämmtes Haar fiel ihr offen über die Schultern. Jeder konnte sehen, daß sie soeben erst aufgestanden war. »Tut mir leid«, brummte er. »Tee?«

»Die Briten und ihre Obsession für Tee.« Sie zog sich einen Stuhl heran und setzte sich an den Tisch. »Ich verstehe offen gesagt nicht, was sie daran so aufregend finden.«

»War das ein Ja oder ein Nein?«

»Angesichts des Mangels an Kaffee war es ein verklausuliertes Ja«, grinste sie.

»Sie können nicht schlafen?« fragte er und nahm zwei Tassen aus dem Schrank.

»Nach dem Rapport habe ich fast den ganzen Nachmittag

gepennt.« Sie zündete sich eine Zigarette an und legte die Schachtel auf den Tisch. »Und ich hätte problemlos noch eine ganze Woche dranhängen können, aber als ich vor wenigen Minuten aufgewacht bin, war aus dem Nebenzimmer ein furchtbar lautes Schnarchen zu hören. Wenn jemand derart rasselt, ist es für mich mit dem Schlafen vorbei. Das war bei mir schon immer so. Mein Vater schnarchte wie ein ganzes Sägewerk, und weil das Schlafzimmer meiner Eltern gleich neben dem meinen war, lag ich ganze Nächte lang wach, bis ich irgendwann aus purer Erschöpfung einschlief.«

»Darf ich?« Er deutete auf die Zigarettenschachtel.

»Sie wissen doch, daß Sie nicht erst zu fragen brauchen«, antwortete sie und schob die Schachtel zu ihm hinüber.

»Wer liegt denn in dem Zimmer neben dem ihren?« fragte McIndoe, nachdem er sich eine Zigarette angezündet hatte. »Mal sehen, vielleicht bringe ich ihn ja so weit, daß er Ruhe gibt.«

Sie schnitt eine Grimasse. »Ich glaube, es ist Frenchy.«

»Dann muß ich mein Angebot zurückziehen. Den weckt nichts auf. Einmal hat er sogar einen Angriff der Luftwaffe verpennt. Er rührte sich nicht mal. Der Mann ist ein Phänomen.«

»Sie halten große Stücke auf ihn, nicht wahr?«

»Wir haben viel zusammen durchgemacht. Bisweilen kann er ganz schön zickig sein, aber wenn es darauf ankommt, kann man sich hundertprozentig auf ihn verlassen. Er ist ein bißchen wie Taffy.« Unvermittelt klatschte McIndoe in die Hände. »Genug der Erinnerungen. Unterhalten wir uns lieber über jemand anderen.«

»Okay. Über wen?«

»Sie.«

»Mich? Was wollen Sie denn über mich wissen?«

»Na ja«, brummte McIndoe und setzte sich ihr gegenüber an den Tisch. »Ich merke … nun, wir kennen uns eigentlich noch nicht lange und hatten trotzdem schon unsere Differenzen … Na ja, ich glaube, daß ich Sie ganz gern mag … sehr gern sogar. Und ich habe das Gefühl – hoffentlich täusche ich mich da nicht –, daß Sie mich auch irgendwie mögen …« Das ging ihm gar nicht gut über die Lippen, ja, es verlief katastrophal. Wie kam es nur, daß er ohne die geringsten Selbstzweifel die gefährlichsten militärischen Strategien planen und durchführen konnte und bei einer schlichten Liebeserklärung plötzlich zu stammeln anfing und kein sinnvolles Wort mehr herausbrachte? Dabei hatte er sich doch die Rede so schön zurechtgelegt. Und was das Ganze noch schlimmer machte, er spürte, wie sich dicke Schweißtropfen auf seiner Stirn bildeten. Das wurde ja zum Alptraum! *Mensch, tritt doch die Flucht nach vorne an und versuch zu retten, was zu retten ist,* hielt er sich in seiner Verzweiflung vor. »Na ja, ich wollte Ihnen sagen …«

»Daß das Ihre verklausulierte Art ist, mich zu fragen, ob ich mit Ihnen ausgehen will, richtig?« lächelte sie. »Ich fühle mich geschmeichelt, Sam, wirklich.«

»Aber?« fragte McIndoe, der schon mit dem Schlimmsten rechnete, zögernd. *Du hast es dir selbst vermasselt!* schalt er sich wütend.

»Ich mag Sie sehr gern, Sam, aber nicht auf diese Weise. Wenn ich jetzt mit Ihnen ausginge, wäre das nur mißverständlich. Ich betrachte Sie als Freund. Als guten Freund. Und hoffentlich können wir diese Freundschaft noch viele Jahre lang ausbauen.«

»Nicky hat mir schon gesagt, daß Sie in mir nur einen Freund sehen und mich davor gewarnt, das mit etwas Tieferem zu verwechseln. Aber natürlich habe ich nichts darauf gegeben. Ich mußte ja unbedingt ins Fettnäpfchen treten.« Um seine Unsicherheit zu verbergen, lief McIndoe zum Herd hinter ihnen und hantierte am Kessel herum, obwohl das Wasser noch gar nicht kochte. »Warum habe ich nur nicht auf ihn gehört? Mein Gott, jetzt komme ich mir schrecklich dumm vor!«

Sie drehte sich zu ihm um. »Das brauchen Sie doch nicht, Sam. Glauben Sie mir, die meisten Frauen würden sich darum reißen, mit einem Mann wie Ihnen ausgehen zu dürfen. Sie sind das, was man einen tollen Hecht nennt, wissen Sie das?«

»Da bin ich mir nicht so sicher. Ich scheine nur immer

die Frauen anzuziehen, die Ihre Probleme abladen wollen; und sobald sie wieder zurechtkommen, vergucken sie sich in irgendeinen blendend aussehenden Typen. Das ist einfach nicht gerecht!«

»Armer Junge«, lächelte sie in freundlichem Spott.

»Wetten, daß Nicky diese Schwierigkeiten nicht hat. Bei seinem Aussehen ...«

»Klar wirkt er auf Frauen anziehend. Aber das Äußere verblaßt. Sie werden jedoch immer das Talent haben, das Herz einer Frau für sich zu gewinnen. Das ist eine besondere Gabe. Verachten Sie sie nicht.«

»Wenn Sie mich damit trösten wollen, ist Ihnen das nicht gelungen.«

Stella merkte, daß er sich halb über sich selbst lustig machte. »Jetzt wissen Sie wenigstens, warum ich Ihre Freundschaft nicht verlieren will«, lachte sie. »Damit ich meine Probleme weiter bei Ihnen abladen kann.«

»Um sich anschließend in den nächstbesten Charmeur zu verlieben. Oder ist das schon geschehen?«

Ihr Lächeln erstarb. Im selben Moment begann der Kessel zu pfeifen. »Ich glaube, das Wasser kocht.«

»Ich habe den Wink verstanden«, seufzte er und brühte den Tee auf, um mit der Kanne an den Tisch zurückzukehren.

»Ich kann einschenken«, bot sie an.

»Das schaffe ich auch selbst«, erwiderte er mürrisch.

Sie spürte, wie die Spannung wuchs, während er die Tassen füllte und dann die Teekanne auf der Unterlage abstellte. Wie die Briten gab sie einen Schuß Milch in ihre Tasse. »Sam«, murmelte sie dann, »Sie haben mich gerade etwas gefragt. »Sie wollten wissen, ob es jemanden in meinem Leben gibt ...«

»Ich hatte kein Recht, Sie danach zu fragen.«

»Doch, Sie hatten sehr wohl das Recht dazu. Ich hätte von Anfang an ehrlich zu Ihnen sein sollen. Wenn jemand im Unrecht war, dann ich. Erst nenne ich Sie einen Freund, und gleich darauf lasse ich Sie abblitzen wie einen Fremden. Beides zusammen geht nicht.«

»Sie wollen mir also sagen, daß es schon jemanden in Ihrem Leben gibt?« Die Feindseligkeit war aus seinem Ton gewichen. Statt dessen klang durch, daß er sich mit etwas abgefunden hatte, das er ohnehin nicht ändern konnte.

»Ja«, sagte sie leise.

McIndoe grinste sie an. »Hoffentlich weiß er auch, wieviel Schwein er mit Ihnen hat – wenn Sie mir die derbe Sprache verzeihen.« Er trank einen Schluck und schob die Tasse mit angewiderter Miene von sich. »Keine Ahnung, warum ich das Zeug runterwürge. Das schmeckt ja wie Spülwasser!«

Stella verzog ebenfalls das Gesicht. »Ich wollte nur nichts sagen. Erst dachte ich, Sie mögen es vielleicht so.«

»Um Himmels willen, nein! Der ist wahrscheinlich auf dem Schwarzmarkt gekauft worden. Bei den strengen Rationierungen auf Malta können sich die Händler anscheinend alles erlauben.« Er hob den Deckel an und schnüffelte an der Brühe. »Wahrscheinlich ist da drin irgendwo sogar ein Teeblatt versteckt, aber um das zu finden, müßte man Sherlock Holmes sein.«

»Da drängt sich die Frage auf: Was haben die da reingepanscht?«

»Wahrscheinlich irgendein billiges Kraut, das nach nichts schmeckt.« Er ging mit der Kanne zur Spüle und schüttete den Inhalt weg. »Ich mache Ihnen einen Vorschlag: Wenn Sie mich in Schottland besuchen – was Sie hoffentlich eines Tages tun werden –, lernen Sie bei mir Earl Grey kennen. Den werden Sie garantiert mögen.«

»Einverstanden.«

McIndoe sah auf die Uhr. »Jetzt muß ich mich aber langsam rasieren und in ein frisches Hemd schlüpfen. Um acht Uhr will Starr mich sprechen.«

»Weswegen?«

»Weswegen wohl?« Er drückte seine Zigarette in der Spüle aus und warf den Stummel in den Mülleimer.

»Wegen des Verräters?«

McIndoe nickte. »Starr hat die Untersuchung selbst in die Hand genommen. Wie Sie sich nach Ihrem bisherigen

Eindruck bestimmt schon gedacht haben, ist er die Verkörperung der britischen Bulldogge. Wenn er sich in was verbissen hat, läßt er es nicht mehr los. Ich habe so ein Gefühl, daß wir bald die Wahrheit erfahren werden.«

Sie griff nach der nächsten Zigarette. »Sie glauben also, daß er schon eine Vorstellung hat, wer es sein könnte?«

»O ja.« Mit einem wissenden Lächeln auf den Lippen ging McIndoe zur Tür. »Eine genaue Vorstellung sogar.«

McIndoe klopfte. Keine Antwort. Er drückte die Klinke herunter. Die Tür war nicht abgesperrt, so stieß er sie auf und trat ein. Bis auf einen dünnen Schimmer unter der Tür zu Starrs Büro war es stockdunkel. Mit einer Geste forderte McIndoe Higgins auf, ihm zu folgen, und wartete, bis er die Tür hinter sich zugezogen hatte. Dann tappten sie auf die Lichtquelle zu.

Auf halbem Weg zupfte Higgins McIndoe am Ärmel. »Warum gehen wir eigentlich auf Zehenspitzen?«

»Warum flüstern Sie?« gab der Schotte zurück, woraufhin beide grinsen mußten. Dann klopfte McIndoe scharf an.

»Herein!« vernahmen sie das vertraute Dröhnen.

Starr hatte sich wie immer hinter seinem mit Dokumenten übersäten Schreibtisch verbarrikadiert; über ihm hing eine dichte Rauchwolke. »Setzen Sie sich«, brummte er, ohne von seinen Unterlagen aufzusehen. Die nächste Minute verbrachte er damit, lose Papiere zusammenzusuchen und in einem Ordner abzuheften. Schließlich klappte er ihn zu und legte ihn in die oberste Schublade. »So ist es viel besser«, murmelte er. Zum erstenmal seit ihrem Eintreten würdigte er sie eines Blicks. »Ich habe soeben mit dem diensthabenden Offizier in der Werft gesprochen. Das MTB ist wieder bereit zum Auslaufen.«

»Laufen *wir* etwa wieder aus, Sir?« fragte Higgins mißtrauisch.

»Sie kehren nach Sizilien zurück, um es genau zu sagen.«

»Das muß ein Witz sein!« rief McIndoe entgeistert.

»Wie bitte?« fragte Starr in scharfem Ton.

»Bei allem Respekt, Sir, wir sind eben erst mit nichts als dem nackten Leben von dort zurückgekehrt«, erklärte McIndoe, sofort um einiges höflicher. »Es spricht alles dagegen, daß das beim nächsten Mal auch nur einer von uns schafft.«

»Nur, daß Sie beim letzten Mal schon verraten worden waren, bevor Sie Sizilien überhaupt erreichten. Diesmal werden die Deutschen aber nicht vorgewarnt sein. Damit sind *Sie* im Vorteil.« Starr nahm seine Brille ab und rieb sich die Augen. »Mir ist bewußt, daß sie mit dieser frühen Rückkehr ein kalkuliertes Risiko eingehen, aber nur so können wir herausfinden, ob Major Ravallo der deutsche Spion ist.«

»Sie halten Nicky für den Verräter?« fragte Higgins.

»Lieutenant McIndoe scheint es anzunehmen, und seine Argumente sind nicht von der Hand zu weisen«, erwiderte Starr.

»So wie er sich auf der Brücke verhalten hat, klingt es wohl auch plausibel«, meinte Higgins mit einem Seitenblick auf McIndoe.

»Ich habe Sie zwei zu mir gebeten, weil Sie offen gesagt die einzigen sind, denen ich trauen kann. Sie waren gemeinsam auf der Brücke, als Passière in der Funkerkabine überfallen wurde, und so sehr ich auch dazu neige, mich Ihrer Meinung über Major Ravallo anzuschließen, McIndoe, so kann ich es doch nicht riskieren, die anderen ins Vertrauen zu ziehen, falls Sie sich doch getäuscht haben sollten. Schließlich kann keiner von ihnen ein lupenreines Alibi vorweisen.«

»Passières Unschuld ist doch sicher außer Zweifel«, meinte Higgins.

»Die Wunde könnte er sich auch selbst zugefügt haben, um den Verdacht von sich abzulenken«, hielt ihm Starr entgegen, doch als er ihre skeptischen Mienen bemerkte, fügte er eilig hinzu: »Zugegeben, diese Möglichkeit ist hochgradig unwahrscheinlich, aber wir dürfen sie nicht ausschließen.«

»Und wie sieht Ihr Plan aus, Sir?« fragte McIndoe.

»Er ist wirklich ganz einfach. Sie werden den anderen erklären, daß Giancarlo Massimo heute Kontakt mit mir aufgenommen und mir mitgeteilt hat, daß er die Identität des Verräters kennt. Weil die Deutschen alle Funksprüche abhören, konnte er mir den Namen nicht nennen, aber er hat ihn auf ein Blatt geschrieben, das in einem versiegelten Umschlag steckt, den Sie abholen und mir bringen sollen.«

»Stimmt das wirklich, Sir?« stieß Higgins hervor.

»Es gibt einen Umschlag mit einem Namen darin.« Starr sog an seiner Pfeife und gönnte sich ein ironisches Lächeln. »Es ist übrigens Ihr Name.«

»Was?« rief Higgins entsetzt.

»Menschenskind, das ist nur ein Bluff. Wie ich Ihnen vorhin versichert habe, weiß ich doch, daß Sie beide mit dem Verrat nichts zu tun haben. Gerade deswegen habe ich ja Ihren Namen benutzt. Sie sind über jeden Verdacht erhaben.«

»Ich verstehe nur nicht, was Sie sich davon versprechen, Sir«, sagte McIndoe.

»Nur das eine: Das Papier im Umschlag ist mit einer bestimmten Lösung behandelt worden. Sie ist für das bloße Auge unsichtbar, verrät unter ultraviolettem Licht aber Fingerabdrücke. Major Ravallo und Lieutenant di Mauro werden an Land gehen und den Umschlag von Massimo entgegennehmen. Major Ravallo wird strikte Anweisung erhalten, ihn bis zu Ihrer Ankunft in Valletta nicht aus der Hand zu geben. Falls Major Ravallo jedoch der Maulwurf ist, wird er der Versuchung nicht widerstehen können und nachsehen, ob sein Name auf dem Zettel steht. Ansonsten hätte er doch keinen Grund, diesen Befehl zu ignorieren, oder? Wenn wir also seine Fingerabdrücke nachweisen können, haben wir auch unseren Verräter.«

Higgins nickte. »Außerdem müßte er einen neuen Umschlag nehmen.

»Bei der Inspektion des MTB kurz nach Ihrer Rückkehr habe ich in einer der Kabinen Schreibpapier und Umschläge gesehen. Das hat mich ja auf meine Idee gebracht. Wir müssen es Major Ravallo erleichtern, seine Spuren zu verwischen, ohne ihn auch nur einen Moment Verdacht schöpfen zu lassen, daß er selbst es ist, der die Schlinge um seinen Hals zuzieht.«

»Warum muß Stella mit ihm an Land gehen?« fragte McIndoe, der sich, seit Starr ihren Namen hatte fallenlassen, merkwürdig beklommen fühlte.

»Ich habe Grund zu der Annahme, daß sie mit ihm unter einer Decke steckt«, erklärte Starr.

»Das ist absurd!« rief McIndoe. »Wir haben das doch schon ausgeschlossen!«

»Das war der Stand der Dinge, bevor ich von meinem Kollegen vom Militärischen Geheimdienst eine Nachricht erhielt. Dabei handelt es sich um eine streng geheime Verschlußsache, aber ich kann Ihnen verraten, daß er nicht mehr so von ihrer Unschuld überzeugt ist wie noch am Vormittag.«

»Sir, wenn sich etwas Neues ergeben hat, müssen wir erfahren ...«

»Es ist nichts dabei, was Sie betrifft, McIndoe! Wie kommen Sie überhaupt dazu, geheime Informationen in Frage zu stellen? Und jetzt Schluß damit!«

Doch McIndoe gab keine Ruhe. »Ich glaube kein Wort! Stella ist keine Spionin, niemals!«

Higgins, der McIndoes Gefühle für Stella kannte, legte beruhigend die Hand auf seinen Arm. »Sir, Sie haben gesagt, die Deutschen würden diesmal nicht erfahren, daß wir kommen. Da müßten Sie ja schon die Funkerkabine versiegeln lassen, um sicher zu sein.«

»Das werde ich auch, zumindest bis zu Ihrer Ankunft vor der sizilianischen Küste. Mir wurde gesagt, im Ruderhaus läge der Schlüssel für die Tür. Sperren Sie ab und geben Sie den Schlüssel nie aus der Hand.«

»Und wo treffen wir die Partisanen, Sir?« fragte Higgins.

»An derselben Stelle wie vorher. Nur gehen Sie diesmal vor der Küste vor Anker und nicht mehr in einer der Höhlen. Sobald die Amerikaner an Land gegangen sind, werden Sie die ganze Zeit Funkkontakt mit den Partisanen halten. Das wäre in einer Höhle nicht möglich. Zu Ihrer Beruhigung kann ich Ihnen sagen, daß ich zwei U-Boote in die Nähe Ihres Ankerplatzes beordert habe.«

Higgins nickte. »Und wann instruieren wir die anderen, Sir?«

»Sobald Sie auf dem Meer sind. Nicht vorher. Sie laufen um Mitternacht aus.« Starr klappte den Ordner zu. »Meine Herren, ich danke Ihnen. Wir sprechen uns morgen nach Ihrer Rückkehr wieder.«

»Kommen Sie schon, Mac, gehen wir«, drängte Higgins und stand auf.

Der Schotte blieb jedoch sitzen. Seine Augen bohrten sich in die von Starr. »Sie verschweigen uns doch etwas, Sir. Wenn wir unser Leben für Sie riskieren, dann ist es nur fair, wenn Sie mit offenen Karten spielen.«

»Sie kennen Ihren Befehl, Lieutenant McIndoe.«

»Wenn Stella etwas zustößt ...«

Starr sprang auf. »Ich lasse mir doch von einem untergeordneten Offizier keine Vorträge halten!« brüllte er mit zornrotem Gesicht. »Wie können Sie es wagen, meine Autorität anzuzweifeln. Tun Sie, was ich Ihnen gesagt habe! Ich dulde keinen Widerspruch!«

Es sah so aus, als wollte sich McIndoe auf ihn stürzen, doch Higgins hielt ihn zurück. »Sind Sie verrückt geworden?« zischte er. »Kommen Sie mit. Los.« McIndoe versuchte, ihn abzuschütteln, aber Higgins lockerte seinen Griff nicht, sondern bugsierte ihn ins Vorzimmer und ließ ihn erst los, als er die Tür hinter sich geschlossen hatte. Noch einmal drehte sich der Schotte wütend um, dann stürmte er fluchend in den Korridor hinaus. Higgins folgte ihm. »Menschenskind, Mac, welcher Teufel hat Sie denn da drin geritten?«

»Ich kaufe ihm doch nicht ab, was er da über Stella erzählt hat! Heute nachmittag hat er mir noch versichert, der amerikanische Geheimdienst stünde zu hundert Prozent hinter den beiden. Und auf einmal sollen sie austauschbar sein? Das ergibt doch keinen Sinn, Charlie. Das ergibt einfach keinen Sinn.«

»Sie lassen zu, daß Ihr Urteil von persönlichen Gefühlen getrübt wird.«

»Das stimmt doch überhaupt nicht!« bellte McIndoe, um in ruhigerem Ton fortzufahren: »Das stimmt wirklich nicht. Ich weiß jetzt, woran ich mit ihr bin. Es wird nie mehr als Freundschaft zwischen uns sein, aber das kann ich akzeptieren.«

»Und was wollten Sie vorhin sagen, Mac? Daß Starr gar keine Mitteilung aus Washington erhalten hat? Daß das alles nur seine Erfindung ist?«

»Ich weiß es nicht!« rief McIndoe verzweifelt. »Es kommt mir einfach nicht astrein vor, das ist alles.«

»Was hätte er davon, wenn er Stellas Leben aufs Spiel setzen würde?«

»Das weiß ich nicht. Ich habe bei der ganzen Sache kein gutes Gefühl.« McIndoe deutete auf die Treppe am Ende des Gangs. »Kommen Sie. Wir müssen die anderen wecken und ihnen beibringen, daß sie sich auf eine aufregende nächtliche Kreuzfahrt einstellen müssen.«

Higgins legte den Arm um seine Schulter. »Frenchy überlasse ich Ihnen.« Damit stiegen sie die Treppe zum Hof hinunter, wo ihr Fahrer in seinem Bedford MW wartete.

»Himmel, jetzt weiß ich endgültig, daß das heute nicht mein Tag ist!« stöhnte McIndoe.

»Gut geschlafen?«

»O ja, Herr General, aber ich bin früh aufgestanden und habe gleich den Bericht für Feldmarschall Kesselring angefangen«, antwortete Riedler und trat über den gebohnerten Holzboden auf Student zu, der soeben sein Frühstück beendet hatte.

Der General deutete auf den Stuhl ihm gegenüber. »Setzen Sie sich doch. Kaffee?«

»Gerne.«

Student wandte sich an den Kellner, der gerade abräumte. »Zwei Tassen Kaffee.«

»Ist Feldmarschall Kesselring noch im Hotel?« erkundigte sich Riedler.

»Nein. Er ist gegen zehn abgereist. Und anders als Sie befürchteten, war er von Ihrer Arbeit äußerst beeindruckt. Er hat Sie ausdrücklich gelobt. Er wollte Sie sogar für eine Beförderung vorschlagen. Und wenn er Sie empfiehlt, ist alles weitere nur noch Formsache.«

»Und ich dachte, er würde mich nach dem Fehlschlag gestern aufknüpfen lassen«, stöhnte Riedler unendlich erleichtert.

»Sie müssen mehr Selbstvertrauen zeigen, Hans«, ermunterte ihn Student.

»Nur stellt sich das Selbstvertrauen doch eher mit dem Erfolg ein, Herr General.«

»Nicht nur. Es kommt auch, wenn man aus den eigenen Fehlern lernt.«

Riedler wartete, bis der Kellner ihnen eingeschenkt und sich entfernt hatte, dann schnitt er dasjenige Thema an, das ihm auf den Nägeln brannte: »Herr General, hat Feldmarschall Kesselring vor seiner Abreise noch etwas über diesen Gestapospion in Erfahrung bringen können? Sie sagen, er hätte getobt, als er von der Heimlichtuerei der Gestapo erfuhr und wolle von Reichsführer Himmler persönlich eine Erklärung verlangen.«

Mit einem Blick vergewisserte sich Student, daß der Kellner außer Hörweite war. Dann beugte er sich vor und sagte mit gedämpfter Stimme: »Und ob er das getan hat. Reichsführer Himmler war selbst wütend, als er erfuhr, daß weder Brausch noch ein anderer führender Offizier hier auf der Insel es für nötig befunden hatten, Feldmarschall Kesselring oder mich über die Existenz dieses Agenten aufzuklären. So wie ich Reichsführer Himmler kenne, können Sie davon ausgehen, daß bis Ende dieser Woche noch Köpfe an der Piazza Bologni rollen werden. Er hat sich geweigert, den Namen dieses Agenten preiszugeben – was ja auch verständlich ist –, aber er äußerte sich auch klar dahingehend, daß die örtliche Gestapo Anweisung hatte, jede Information ihres Agenten an uns weiterzugeben. Allerdings erhielten sie die Koordinaten des Bootes erst, als es im Begriff war, Sizilien zu verlassen. Ob der Agent der Gestapo einen Grund für sein langes Schweigen angab, entzieht sich meiner Kenntnis. Reichsführer Himmler hat Feldmarschall Kesselring gegenüber diesbezüglich nichts erwähnt.«

»Glauben Sie, daß der Reichsführer die Wahrheit gesagt hat?« fragte Riedler.

»Reichsführer Himmler steht über dem Gesetz! Aber was hätte er schon davon, wenn er Feldmarschall Kesselring anlügen würde. Wir mögen unsere ideologischen Differenzen mit der Gestapo haben, aber im Endeffekt kämpfen wir immer noch gegen denselben Feind. Nein, ich neige dazu, ihm zu glauben. Feldmarschall Kesselring vertraut ihm jedenfalls.«

»Das war's dann wohl«, murmelte Riedler niedergeschlagen. »Wenn das Kind in den Brunnen gefallen ist, deckt man ihn zu.«

»Nicht unbedingt«, entgegnete Student. »Was wäre, wenn Sie eine zweite Chance bekämen, den Auftrag zu erledigen?«

»Ich verstehe nicht ganz«, antwortete Riedler verwirrt.

»Ich habe Sie doch nicht holen lassen, um mit Ihnen über Feldmarschall Kesselrings Gespräch mit dem Reichsführer zu diskutieren. Vorhin erhielt ich nämlich die Nachricht, daß dieselbe Einheit unter dem Kommando dieses Amerikaners, Ravallo, im Laufe der Nacht nach Sizilien zurückkehren wird. Warum, das weiß ich auch nicht, aber das ist auch nicht so wichtig, da wir wissen, wo ihr Boot vor Anker gehen soll. Außerdem wurde uns der genaue Zeitpunkt der Abfahrt mitgeteilt, so daß wir in etwa abschätzen können, wann sie vor der Küste eintreffen. Ich habe weder die Luftwaffe noch die Kriegsmarine informiert, weil ich mir dachte, daß sie das Empfangskomitee selbst auf die Beine stellen wollen.«

»Danke, Herr General!« rief Riedler strahlend. »Diesmal werde ich Sie gewiß nicht enttäuschen.«

»Selbst wenn es nicht klappt, mich werden Sie nicht enttäuschen, Hans, sondern höchstens sich selbst. Wie immer die Sache heute nacht ausgeht, sie wird sich auf Ihre Karriere auswirken.« Student nippte an seinem Kaffee und stellte die Tasse ab, ohne den Blick von Riedler zu wenden. »Andererseits weiß ich auch, daß Sie es schaffen werden. Ich habe vollstes Vertrauen zu Ihnen und Ihren Fähigkeiten.«

»Welches sind die Ziele, Herr General?«

»Dieselben wie beim letzten Auftrag: Die Agenten nach Möglichkeit lebend fürs Verhör ergreifen, ansonsten werden sie getötet.«

»Die werden sich nie lebendig gefangennehmen lassen, Herr General. Sie werden sich wehren und bis zum letzten Mann kämpfen.«

»Und Sie bewundern sie dafür, nicht wahr?«

»Sie etwa nicht?«

»Doch. Trotzdem wäre es mir lieber, Sie könnten sie lebend fassen. Ihr Wissen über die aktuellen britischen und amerikanischen Operationen im Mittelmeerraum wäre für uns von unschätzbarem Wert.«

»Ich würde nicht mit Gefangenen rechnen«, brummte Riedler skeptisch. »Werden sie diesmal Deckung aus der Luft oder dem Meer haben?«

»Laut der Meldung werden sie völlig schutzlos kommen.«

»Es muß doch die eine oder andere Deckung geben, wie beim letztenmal.«

»Ich kann ohne weiteres ein U-Boot in die Gegend schikken, wenn Sie sich dann sicherer fühlen«, bot Student an. »Aber Sie wissen ja, wie schießwütig die Kapitäne unserer Unterseeflotte sind. Ein vor Anker liegendes Boot ist doch die ideale Zielscheibe für Übungen. Da braucht bloß einer einen Torpedo abzuschießen, schon heimst er den ganzen Ruhm ein. Wollen Sie das etwa?«

»Ich kann ja immer noch Verstärkung anfordern, falls es nötig werden sollte.«

»Natürlich können Sie das«, sagte Student und reichte Riedler einen Bogen Papier. »Das sind die Koordinaten und die geschätzte Ankunftszeit. Der Rest liegt bei Ihnen, Hans.«

»Es sieht ja ganz so aus, als hätte Feldmarschall Kesselrings Beschwerde bei Reichsführer Himmler etwas bewirkt. Immerhin hat die Gestapo diese Information unverzüglich an Sie weitergegeben.«

»Ach, das hier stammt gar nicht von der Gestapo«, meinte Student.

»Nicht? Wie sind Sie dann rangekommen?«

»Es war ein Funkspruch, der von unserer Abwehr aufgefangen werden konnte. Er wurde von Valletta aus durchgegeben. Die Leute von der Abwehr konnten den genauen Ort nicht feststellen, sind sich aber ziemlich sicher, daß es St. Elmo ist – die Basis des britischen Geheimdienstes auf Malta. Wenn Sie recht haben und diese Burschen bis zum letzten Mann kämpfen werden, hat da jemand in der Zentrale des SOE soeben ihr Todesurteil unterschrieben.« Student deutete auf Riedlers leere Tasse. »Mehr Kaffee?«

16

Es würde nie wieder dasselbe sein. Das hatte McIndoe bei der Einsatzbesprechung kurz nach dem Auslaufen begriffen. In jedes Gesicht waren Mißtrauen und Verunsicherung geradezu hineingemeißelt gewesen. Im nachhinein dämmerte ihm allerdings, daß dieselben Gefühle schon sehr viel länger unter der Oberfläche geschwelt hatten, und zwar seit dem Moment, in dem den rangniederen Soldaten klar geworden war, daß die Offiziere ihnen die Wahrheit verschwiegen hatten. Damals hatten sie noch – und das rechnete er ihnen hoch an – ihre Vorbehalte zurückgestellt und weiter zusammengearbeitet. Jetzt dagegen würde das Team selbst dann auseinanderbrechen, wenn der Verräter zur Rechenschaft gezogen wurde. Die Verbitterung saß mittlerweile zu tief, als daß diese ohnehin grundverschiedenen Männer noch einmal ein schlagkräftiges Kommando würden bilden können. Obwohl Hillyard, Johnson und Passière jetzt kaum noch miteinander sprachen, spürte McIndoe doch die Ablehnung, die ihm von ihnen allen entgegenschlug. Ihren Zorn empfand er jedoch als völlig ungerechtfertigt, denn er glaubte nach wie vor, mit seiner Hinhaltetaktik im Interesse des Teams gehandelt zu haben. Die größte Sorge bereitete ihm allerdings die Frage, ob sich das auf seine weitere Laufbahn auswirken würde. Ein Offizier, der das Vertrauen seiner Leute verloren hatte, wurde leicht zum Sicherheitsrisiko. Kurz, seine Karriere bei der Firma war möglicherweise zu Ende.

Jetzt sah er von der Kommandobrücke aus zu, wie Hillyard an Steuerbord hinter dem Vickers-Geschütz Stellung bezog. Daß der ehemalige Akrobat, der ihm wortwörtlich Täuschung und Mißbrauch seiner Befehlsgewalt vorgeworfen hatte, am heftigsten von allen reagieren würde, hatte ihn nicht überrascht. Dennoch hielt er Hillyard nach wie vor für einen ausgezeichneten Agenten, auch wenn ihm sein Hang zur Aufsässigkeit wirklich nicht gefallen konnte und bei ihm am ehesten damit zu rechnen war, daß er gleich nach ihrer Rückkehr Ressentiments gegen ihn schüren würde.

McIndoes Blick wanderte zum Heck und der schemenhaften Gestalt hinter der Oerlikon-Kanone, Johnson. Er hatte, typisch für ihn, seine Meinung für sich behalten, doch seine Augen hatten zu deutlich verraten, wie verletzt er sich fühlte. Und noch etwas hatte McIndoe gespürt: Entfremdung. Das hatte ihn am schwersten getroffen.

Passière konnte er von seiner Warte aus nicht sehen. Sogar der Franzose hatte sich in den letzten vierundzwanzig Stunden dramatisch verändert. Der fröhliche, geschwätzige Bursche, mit dem er sich nun schon seit zwei Jahren so gut verstand, war nur noch ein Schatten seiner selbst. Jetzt zeigte er sich still und zurückhaltend, als widerstrebe es ihm, sich offen gegen einen Offizier zu wenden, dem er so viel Sympathie entgegengebracht hatte. Da war es auch alles andere als hilfreich gewesen, daß McIndoe die Funkerkabine abgesperrt hatte und erst kurz vor ihrem Eintreffen an der sizilianischen Küste wieder aufschließen wollte. Damit hinderte er ihn nicht nur daran, seinem eigentlichen Beruf nachzugehen, sondern verbannte ihn obendrein aus seinem Heiligtum.

McIndoe war aber auch klar, daß seine Leute ein Ventil für ihre Frustration, für die fürchterliche Ungewißheit brauchten. Solange sie nicht wußten, wer sie verraten hatte, schreckten sie davor zurück, sich einander anzuvertrauen, und so absurd es klingen mochte, es tröstete ihn, daß sie sich an ihm abreagierten.

In diesem Moment ging die Tür zum Ruderhaus auf, und Ravallo trat ein. »Wir müssen miteinander sprechen, Mac.« Seine Augen richteten sich auf Higgins. »Allein.«

Higgins maß ihn mit einem kühlen Blick. »Sie werden mir hoffentlich verzeihen, wenn ich die Brücke nicht verlasse. Es sei denn, Sie wollen das Ruder übernehmen.«

»Ich bin in der Kabine unten, in der Sie vorhin die Instruktion abgehalten haben«, knurrte Ravallo und verschwand wieder in der Nacht.

»Welcher Teufel hat Sie geritten?« fuhr McIndoe Higgins an. »Wir haben doch vereinbart, unsere persönlichen Gefühle Nicky gegenüber für uns zu behalten. Und was machen Sie? Kaum sehen Sie ihn, lassen Sie sich auch schon zu einer abfälligen Bemerkung hinreißen. Er ist immer noch der Kommandant, falls Sie das vergessen haben sollten.«

»Er ist aber auch ein verfluchter Nazispion.«

»Wollen Sie, daß uns das ganze Schiff hört?« zischte McIndoe und schloß hastig die Tür.

»Wenn es nach mir ginge, wüßte längst jeder Bescheid.«

»Es geht aber nicht nach Ihnen.«

»Warum schützen Sie ihn überhaupt, wo Sie doch wissen, daß er schuldig ist?«

»Weil im Moment nur unbewiesene Indizien gegen ihn vorliegen. Und dann möchte ich Sie an den Grundsatz der britischen Justiz erinnern: Jeder ist unschuldig, solange er nicht überführt worden ist.«

»Dann haben Sie sich um hundertachtzig Grad gedreht.«

»Sie werden noch merken, daß das Gegenteil der Fall ist.«

Damit stürmte McIndoe aus dem Ruderhaus und stieg die Treppe zur Kabine hinunter. Die Tür stand offen. Stella saß regungslos am Tisch und starrte eine glühende Zigarette an, die vor ihr auf dem Rand des Aschenbechers lag. Ravallo stand mit vor der Brust verschränkten Armen scheinbar in Gedanken verloren neben dem Tisch. Fast war es McIndoe peinlich, da hereinzuplatzen. Er blieb auf der Schwelle stehen.

»Er hält mich für den Verräter, nicht wahr?« fragte Ravallo leise.

»Wie bitte?« fragte der Schotte überrascht.

Ravallo sah ihm fest in die Augen. »Higgins meint, ich wäre der Verräter.«

»Charlie?« McIndoe war entsetzt. Hatte Ravallo den Ausbruch von Higgins also doch mitbekommen? »Was führt Sie zu der Annahme?«

»Es stimmt doch, oder?«

»Aber nein!« protestierte McIndoe und trat nun ganz ein.

»Und wer ist dann der ›verfluchte Nazispion‹?« fragte Ravallo. »Mehr konnte ich nicht mehr hören, weil Sie die Tür eilig zugemacht haben. Aber er meinte mich, oder etwa nicht?«

»Sie müssen verstehen, daß Charlie unter enormem Druck steht ...«

»Ist schon gut – Sie brauchen ihn nicht zu verteidigen«, beschwichtigte Ravallo. »Aber Sie verdächtigen mich doch auch. Erst dachte ich, Sie wären der einzige, der mir nicht traut. Das ist auch der Grund, warum ich Sie sprechen wollte. Ohne die anderen.«

Mit einem Schlag begriff McIndoe, daß es keinen Sinn mehr hatte, die Fassade aufrechtzuerhalten. »Wie haben Sie gemerkt, daß ich Sie verdächtige?« fragte er mißtrauisch.

»Ich habe es ihm gesagt«, erklärte Stella und griff nach ihrer Zigarette.

»Nach der Instruktion führten Stella und ich ein längeres Gespräch. Dabei sind wir – oder vielmehr Stella – zu dem Schluß gekommen, daß Sie – und Starr – mich oder vielleicht sogar uns beide verdächtigen.«

»Ich habe nie geglaubt, daß Stella mit drinsteckt«, sagte McIndoe und setzte sich ihr gegenüber an den Tisch.

»Na, wenigstens etwas.« Ravallo zündete sich eine Zigarette an und warf die Schachtel auf den Tisch zurück. Ehe er fortfuhr, nahm er einen tiefen Zug und stieß den Rauch langsam aus. »Mir ist klar, daß es ... sagen wir ... gewisse Ereignisse gegeben haben mag, die mich in ein schiefes Licht gerückt haben könnten. Aber ich versichere Ihnen, Mac – Sie verdächtigen den Falschen. Was Sie auch von mir denken mögen, ich bin kein Verräter.«

»Ist das alles, was Sie mir sagen wollten?«

»Was geschehen ist, kann ich nicht rückgängig machen. Doch ich gebe zu, daß ich schlimme Fehlentscheidungen getroffen habe, nicht zuletzt mein Befehl zur Kapitulation, als das Schnellboot damit drohte, uns zu versenken. Aber selbst Stella verweigerte mir da ihre Unterstützung. Das sagt doch alles. Trotzdem glaubte ich aufrichtig, im Interesse der Mannschaft zu handeln, auch wenn ich jetzt begriffen habe, daß das ein Irrtum war. Aber zwischen bewußtem Verrat und bloßer Unerfahrenheit ist immer noch ein himmelweiter Unterschied.«

»Was hat Sie darauf gebracht, daß ich Nicky verdächtige?« fragte McIndoe Stella.

»Aus welchem anderen Grund würde man uns an Land schicken, damit wir uns diesen Umschlag von Massimo aushändigen lassen?« antwortete Ravallo für sie. »Ich soll auf die Probe gestellt werden, nicht wahr? Will man sehen, ob ich die Gelegenheit nutze und fliehe, weil ich befürchte, daß mein Name drin steht? War das der Plan? Oder sollen mich die Partisanen umbringen?« Er zog wieder an seiner Zigarette. »Tut mir leid, wenn ich Sie enttäusche, Mac. Ich weiß, daß ich unschuldig bin. Meinen Namen wird der Umschlag nicht enthalten. Und um Ihnen zu beweisen, wie sicher ich mir da bin, haben wir beschlossen, daß ich zurückbleibe und Stella allein an Land geht, um den Umschlag in Empfang zu nehmen. Ich gebe Ihnen sogar meine Waffe, wenn Sie das für nötig halten. Ich weiß, daß Starr Ihnen den ausdrücklichen Befehl erteilt hat, ihm den Umschlag versiegelt zu überbringen, aber angesichts der Umstände nehme ich gerne eine Disziplinarmaßnahme wegen Gehorsamsverweigerung in Kauf und öffne ihn. Ich habe nichts zu verbergen, und je eher wir dieser Sache auf den Grund gehen, desto schneller kann der wahre Verräter vor Gericht gestellt werden. Ist das denn nicht unser gemeinsames Ziel?«

Bei allem Mißtrauen war McIndoe mindestens ebenso überrascht. Warum zeigte sich Ravallo bereit, den Umschlag vor aller Augen zu öffnen, falls er doch der Verräter war? Bluffte er am Ende? Sein Verhalten ergab doch überhaupt keinen Sinn … es sei denn, er, McIndoe, hatte sich in ihm getäuscht. Das konnte er sich allerdings überhaupt nicht vorstellen, wo doch alle Indizien gegen Ravallo sprachen. Kurz hatte er auch den Gedanken an Stellas Mittäterschaft in Erwägung gezogen, aber gleich wieder verworfen. Weder sie noch Ravallo konnten wissen, daß sein Name gar nicht im Umschlag stand. Insofern würde es ihm auch nichts nützen, wenn er sie allein an Land schickte. Es sei denn … nein – mit aller Macht versuchte McIndoe diesen Gedanken zu unterdrücken, doch er kehrte zurück: Was war, wenn Stella für die Deutschen arbeitete?

Er weigerte sich, daran zu glauben. Aber wie war das bei ihrem ersten Rendezvous vor der sizilianischen Küste gewesen? Die Deutschen waren ihr gefolgt. Hatte *sie* ihnen den Tip gegeben? Warum hatte sie sich nach Ravallos Gefangennahme geweigert, das Feld zu räumen, obwohl sie gewußt hatte, daß es rund um das Hotel bald von deutschen Soldaten wimmeln würde? Warum hatte sie vor dem Sprung vom Zug so lange gezaudert, wo doch längst klar gewesen war, daß im nächsten Bahnhof eine deutsche Einheit auf sie wartete? Nein, er weigerte sich immer noch, daran zu glauben. Doch nicht Stella! Eine Frage allerdings ließ ihm keine Ruhe mehr: Wie kam es, daß er diese Ereignisse als puren Zufall abtat, aber dagegen bei Ravallo alles bereitwillig als belastende Indizien wertete? Jetzt kannte er sich überhaupt nicht mehr aus. Was sollte er glauben? Klar war ihm nur, daß ihm die Hände gebunden waren. Weder stand es in seiner Macht, Ravallo zu befehlen, an Land zu gehen – obwohl die ganze Operation gerade davon abhing –, noch konnte er Stella ohne triftigen Grund einen Alleingang verbieten. Nun, er hatte natürlich einen, aber dann hätte er ihr verraten müssen, was es in Wahrheit mit dem Umschlag auf sich hatte. Je mehr er darüber nachdachte, desto sinnloser erschien ihm die ganze Expedition. Was hatte er denn schon außer Mutmaßungen, Spekulationen und wertlosen Indizien …?

»Ich glaube an Nicky«, sagte Stella leise. »In meinem Herzen weiß ich ganz einfach, daß er kein Verräter ist, und dafür bin ich bereit, mein Leben aufs Spiel zu setzen und den Umschlag zu holen. Damit können wir seine Unschuld ein für alle Male beweisen.«

Nichts wäre damit bewiesen, und McIndoe wußte das ganz genau. Er war schon drauf und dran, die Operation abzubrechen, doch dann regte sich in ihm wieder dieser nagende Zweifel. Steckten sie am Ende wirklich unter einer Decke? Und wenn das stimmte, erwarteten sie doch sicher, auf seinen oder ihren Namen zu stoßen. Hielt Stella womöglich schon einen eigenen versiegelten Umschlag mit einem anderen Namen darin bereit? Sein Verstand, seine Instinkte schlossen das aus, aber konnte er es sich leisten, es nicht auf eine Probe ankommen zu lassen?

»Nun, Mac, was meinen Sie?« fragte Ravallo.

»Wir gehen nach Ihrem Plan vor.«

»Wollen Sie meine Waffe?« Ravallo griff schon nach seinem Colt .45 Automatic.

»Behalten Sie sie«, knurrte McIndoe und verließ die Kabine.

Die Idee mit der *Linse* stammte von Franke. Dabei handelte es sich um ein Motorboot von fünf Metern Länge, das mit einem 95 PS starken Ford-V8-Motor ausgestattet war und mit Sprengstoffen bis zu einem Gewicht von zehn Zentnern beladen werden konnte. Gesteuert wurde es per Fernbedienung, und ein eingebauter UKW-Empfänger sorgte dafür, daß es sein Ziel mit unfehlbarer Präzision traf. Um den Feind zu überrumpeln, setzten die Deutschen es ausschließlich in der Nacht ein. Dazu benötigten sie einen speziell ausgebildeten Piloten oder *K-Mann,* wie die Mitglieder der Sondereinheit Flottille K bei der Kriegsmarine hießen. Dieser brachte die *Linse* lautlos in Stellung, warf dann plötzlich den Motor an und schaltete den Empfänger auf Fernbedienung, damit der Mann am Kontrollhebel übernehmen konnte. Während nun die schwimmende Bombe auf das feindliche Schiff zuraste, sprang der Pilot ins Wasser und brachte sich schleunigst in Sicherheit. Beim Zusammenprall mit dem Ziel zerfetzte eine erste Detonation die *Linse,* woraufhin das Heckteil mit dem eigentlichen Sprengsatz sank, um unter dem Schiffsrumpf mit der Gewalt einer Mine zu explodieren.

Nachdem die Einheiten Brandenburg und Flottille K die *Linse* bei einer Serie von nächtlichen Überfällen gegen die

Russen im Bosporus und die Briten im Nordatlantik eingesetzt hatten, sahen sie ihre kühnsten Erwartungen übertroffen, so daß sie diese Angriffe jetzt in großem Stil überall dort durchführten, wo sie sich den größtmöglichen Schaden für die Schiffe der Alliierten versprachen. Das Mittelmeer bildete da keine Ausnahme.

Es hatte nur eines Anrufs beim Hauptquartier der Kriegsmarine im Hafen von Gela bedurft, und schon waren Riedler nicht nur eine *Linse,* sondern auch ein Schnellboot zugesagt worden. Mit zwölf seiner erfahrensten Männer und Franke war er dann mit einer Junker der Luftwaffe von Palermo nach Gela geflogen, wo er erfreut feststellte, daß man seine am Telefon durchgegebenen Anweisungen samt und sonders ausgeführt hatte. Die Sprengstoffe lagerten bereits an Bord des Schnellboots, und eins der Rettungsboote war der *Linse* gewichen. Somit brauchte Riedler nur noch die Besatzung des Schnellboots bis auf den Kapitän und zwei Ingenieure an Land zu schicken und durch eigene Leute zu ersetzen, um dann mit ihnen die Koordinaten, die er längst auswendig gelernt hatte, ansteuern zu können.

Eine Stunde später lag das unbeleuchtete Schnellboot gut verborgen in der Öffnung einer der größten Höhlen vor Siziliens zerklüfteter Küste. Die *Linse* war auch schon zu Wasser gelassen und mit dem Sprengstoff beladen worden und wartete, gut vertäut, auf ihren Einsatz. Es war nur noch eine Frage der Zeit, bis das feindliche Boot eintraf …

»Entschuldigen Sie, Herr Major, aber ich habe die Männer Ihrer Anweisung gemäß an Deck versammelt«, meldete eine Stimme in Riedlers Rücken.

Der Major, der, die Hände um die Reling geklammert, am Bug stand und versonnen das stille Wasser außerhalb der Höhle anstarrte, fuhr zusammen, entspannte sich aber gleich wieder und schenkte Kuhn ein flüchtiges Lächeln. »Danke, Feldwebel.«

Die Männer nahmen Haltung an, als Riedler vor sie trat, doch er bat sie, sich zu rühren. »Meiner Schätzung nach dürfte das feindliche Boot in den nächsten zehn bis fünfzehn Minuten eintreffen. Wenn alles nach Plan verläuft, werden wir in der Lage sein, jeden Verkehr vom und zum Boot von hier aus zu beobachten. Der Erfolg der Operation hängt davon ab, daß wir unentdeckt bleiben. Da das Wasser außergewöhnlich ruhig ist, trägt es den Schall über weite Strecken. Darum muß ich von dem Moment an, in dem das feindliche Boot entdeckt worden ist, auf absoluter Stille bestehen. An Deck brauche ich nur eine Rumpfmannschaft, und zwar Hauptmann Franke, Feldwebel Kuhn und zwei weitere Männer für die Geschütze. Der Rest hält sich unter Deck bereit. Eine letzte Warnung noch: Wenn ich auch nur ein Husten höre, bekommen Sie Schwierigkeiten, und zwar alle. Jetzt an Ihre Plätze, marsch!«

Während Kuhn zwei Gefreite für die Geschütze an Heck und Steuerbord einteilte, verschwanden die übrigen Soldaten nach und nach unter Deck. Schließlich klappte Kuhn die Luke zu und wandte sich an Riedler. »Herr Major, wer wird die *Linse* in Position bringen?«

»Ich habe das vorher mit Hauptmann Franke besprochen. Er hat Sie vorgeschlagen.«

Franke bedachte Kuhn mit einem kalten Lächeln. »Meines Wissens sind Sie außer Major Riedler und mir der einzige an Bord, der das schon mal gemacht hat.«

»Genau einmal, und das bei einer Übung!«

»Tja, Kuhn, jetzt haben Sie die Gelegenheit, das Gelernte anzuwenden. Im Ruderhaus liegt ein Gummianzug für Sie bereit. Gehen Sie schon mal los; Sie haben nicht viel Zeit.«

»Bleiben Sie, Feldwebel«, befahl Riedler Kuhn, der sich schon in Bewegung gesetzt hatte. »Ich brauche einen erfahrenen Piloten. Jemanden aus einer Einheit, die die *Linsen* regelmäßig eingesetzt hat. An Bord haben wir aber nur einen, der dieser Anforderung entspricht.« Er wandte sich an Franke. »Habe ich nicht recht, Hauptmann?«

Frankes Feixen erstarb jäh. »*Ich,* Herr Major?« fragte er ungläubig.

»Sehen Sie da ein Problem?« wollte Riedler wissen.

»Nein, Herr Major!« antwortete Franke wie aus der Pistole geschossen.

»Sehr schön.« Riedler beugte sich weit vor und schaute auf die Silhouette der im Wasser schaukelnden *Linse* hinunter.

»Kuhn könnte die *Linse* doch genausogut in Position bringen«, protestierte Franke. »Aber, nun ja ... Ihre Entscheidung hat wohl nichts damit zu tun, daß ich der erfahrenere Pilot bin, nicht wahr?«

»Richtig«, bestätigte Riedler. »Sie hat mit Ihren Bewunderern unter den Parteibonzen in Berlin zu tun, denen nichts lieber wäre, als Sie als meinen Nachfolger an der Spitze dieser Einheit zu sehen. Aber glauben Sie mir, das wird nie der Fall sein. Selbst wenn ich dieses Regiment verließe, würde ich dafür sorgen, daß nur ein Mann, vor dem ich Hochachtung habe, meine Stelle übernimmt; einer, den die anderen nicht nur als ihren Kommandanten, sondern auch als Freund betrachten. Sie sind das beim besten Willen nicht. Politische Rhetorik und die Ideologie der Partei liegen Ihnen weitaus mehr am Herzen als das Wohlergehen Ihrer Männer. Sie würden mit Abschreckung und Einschüchterung herrschen. Damit mögen Sie bei Ihrer Brandenburger Einheit ankommen, aber hier machen Sie sich nur unbeliebt. Diese Männer sind Berufssoldaten, die für Sie und Ihresgleichen nichts als Verachtung empfinden. Als Kommandant würden Sie nicht mal den ersten Tag überleben. Einer Ihrer eigenen Leute würde Ihnen eine Kugel in den Rücken jagen. Aber so weit lasse ich es nicht kommen. Ob so oder so, in dieser Einheit sind Sie erledigt. Zumindest haben Sie jetzt noch eine Chance auf einen ehrenvollen Abgang. Wenn Sie überleben, erhalten Sie garantiert eine Auszeichnung vom Führer persönlich. Wenn nicht, sind Sie immerhin fürs Vaterland gestorben. Ein weiterer Märtyrer, auf den die Nazis bei Ihrem nächsten Festessen im Reichstag einen Toast aussprechen können.«

»Und wenn ich mich weigere zu gehen?« zischte Franke voll unverhohlener Wut.

»Dann würde ich Sie wegen Feigheit erschießen lassen. Man würde all Ihre wertvollen Orden zurücknehmen und

Ihre Familie mit Schimpf und Schande aus dem Schoß Ihrer geliebten Partei jagen. Sie wären Ausgestoßene, nicht anders als die Juden. Stellen Sie sich nur diese Schmach vor! Wollen Sie das wirklich?«

Rasend vor Zorn über diese Demütigung und seine eigene Hilflosigkeit griff Franke nach seiner Pistole. Doch seine Hand erstarrte jäh auf dem Griff, als er eine Folge von metallischen Klickgeräuschen hörte und sich den Mündungen dreier FG 42 gegenübersah. Sein Blick richtete sich auf Kuhn, doch der schüttelte den Kopf. »Wenn Sie Ihre Waffe auf einen Vorgesetzten richten, erschießen wir Sie, Herr Hauptmann.«

Langsam schloß Franke sein Holster wieder, salutierte steif und eilte die Treppe zum Ruderhaus hinauf. Riedler wies die zwei Soldaten an, zu ihren Posten hinter den Geschützen zurückzukehren. Kuhn, der sein Sturmgewehr noch immer nicht losgelassen hatte, warf einen vorsichtigen Blick nach oben. »Mit Verlaub, Herr Major, ich weiß nicht, ob es richtig war, ihn derart abzukanzeln. Wenn er diese Aktion überlebt – und es gibt keinen Grund, warum er sterben sollte –, wird er es sich bestimmt nicht nehmen lassen, diesen Vorfall zu melden. Dann steht sein Wort gegen das unsere ..., aber wie Sie selbst gesagt haben, hat er viele einflußreiche Freunde in Berlin.«

»Er wird es nicht überleben, und das weiß er auch. Ihm war selbst klar, daß die Versetzung zu uns angesichts seiner seelischen Krankheit seine letzte Chance war, es in der Wehrmacht zu etwas zu bringen. Seine Brandenburger Einheit würde ihn nicht noch mal nehmen; dafür liegt zuviel gegen ihn vor. Er ist erledigt, und daran können auch noch so viele Orden nichts mehr ändern. Aber wenn er heute nacht in der Erfüllung seiner Pflicht stirbt, sorge ich persönlich für ein militärisches Ehrenbegräbnis. Auf diese Weise bleiben sowohl der gute Name seiner Familie als auch sein Ruf als hochangesehener Offizier erhalten.« Riedler nickte versonnen vor sich hin. »Ehre! Das ist das einzige, was er jetzt noch erreichen kann.«

»Anker auswerfen!« rief McIndoe Hillyard von der Brücke aus zu, nachdem Higgins die Maschinen abgestellt hatte.

»Das gefällt mir überhaupt nicht, daß wir so völlig ungeschützt vor der Küste liegen«, murmelte Higgins.

»Mir auch nicht«, sagte McIndoe. »Aber Befehl ist Befehl.«

»Wir liegen hier doch auf dem Präsentierteller. Ein Torpedo genügt, um uns in die Luft zu jagen.«

»Darum haben wir ja zwei U-Boote, die das Meer in unserer Umgebung für uns abgrasen«, gab McIndoe zu bedenken.

Higgins schüttelte den Kopf. »Warum fühle ich mich nur nicht beruhigt?«

»Überlegen Sie doch mal: Je früher wir diese Sache hinter uns bringen, desto eher können wir heimfahren.«

»Da ist noch was. Was nützt uns das, wenn Stella allein an Land geht? Der Witz an der ganzen Sache war doch, daß Ravallo sie begleiten sollte.«

»Wir müssen ihm eben soviel Freiraum geben wie er braucht und dann einfach sehen, was passiert.« McIndoe nahm den Schlüssel für die Funkerkabine aus dem Schrank. »So, jetzt wird es ernst. Ich sperre auf.«

»Sie glauben also immer noch, daß er allein arbeitet?« rief Higgins McIndoe nach, der schon zur Tür strebte.

»Allerdings«, antwortete McIndoe mit fester Stimme. Er lief zum Steuerborddeck hinunter, wo Hillyard und Johnson mit Hilfe zweier Taue ein Schlauchboot vorsichtig ins Wasser ließen. Ravallo und Stella hielten sich im Hintergrund. Sie hätten gern geholfen, wußten aber, daß sie den anderen nur im Weg gestanden wären.

»*Patron,* haben Sie den Schlüssel für die Funkerkabine?« meldete sich Passière von der Treppe. »Ich muß doch Kontakt mit den Partisanen herstellen, damit Stella sicher an Land gehen kann.«

McIndoe reichte ihm den Schlüssel. »Melden Sie sich bei mir, sobald Entwarnung durchgegeben wurde.«

»*Oui, patron.*« Passière drehte sich um und verschwand unter Deck.

»Wer rudert Stella an Land?« fragte Ravallo.

»Das kann Hillyard tun«, bestimmte McIndoe. Er wandte sich an Stella. »Haben Sie eine Waffe dabei?«

Sie tätschelte den Griff der 45er Automatic in ihrem Holster. »Außerdem nehme ich noch eine Sten mit.«

»Sie wissen, was Sie zu tun haben?«

»Ja!« rief sie entnervt. »Jetzt hören Sie bitte auf, sich so aufzuspielen.«

Ravallo legte ihr beschwichtigend die Hand auf den Arm. »Reg dich ab, Mädchen. Mac macht sich doch nur Sorgen um dich. Und wir anderen genauso.«

»Das ist überhaupt nicht nötig«, belehrte sie ihn. »Ich kann selbst auf mich aufpassen.«

Daran hatte McIndoe keinerlei Zweifel. Er beruhigte sich und wollte schon nach einer Zigarette greifen, verkniff sich das jedoch im letzten Moment. Das Boot lag in vollkommener Dunkelheit da – und ihr Leben hing davon ab, daß es so blieb. Eine Zündholzflamme, selbst wenn man sofort die Hand darüberhielt, oder eine glühende Zigarettenspitze konnten vom Strand aus gesehen werden. Trotzdem wäre er in diesem Moment für einen einzigen tiefen Zug zu einem Mord bereit gewesen. Er verscheuchte den Gedanken mit aller Macht.

»Das Dingi ist im Wasser, Boß«, meldete Hillyard.

»Sehr gut. Sobald Georges uns grünes Licht gibt, können Sie losrudern.«

»Ich warte im Dingi.« Stella hängte ihre Sten um und wandte sich an Johnson. »Lassen Sie doch bitte das Fallreep für mich runter.«

»Paß gut auf dich auf«, raunte Ravallo ihr ins Ohr.

»Mache ich.« Sie setzte sich in Bewegung.

Als sie an McIndoe vorbeikam, berührte er sie leicht am Arm. »Sie schaffen das schon.«

Einen kurzen Moment fiel das blasse Mondlicht auf ihre anmutigen, zarten Züge. McIndoe verschlug es den Atem. Er hatte das Gefühl, einem von innen glühenden Engel gegenüberzustehen. In diesem Augenblick war sie für ihn die schönste Frau, die er je gesehen hatte. Einen Herzschlag später war jedoch alles schon wieder vorüber. Sie kletterte flink über die Reling, hielt sich an der Strickleiter fest und begann, vorsichtig Sprosse für Sprosse hinabzusteigen.

Passière erschien wieder an Deck. »Es ist reine Luft, *Patron.*«

»Was?« McIndoe sah ihn verblüfft an, bis ihm dämmerte, was der Franzose gemeint hatte. »Sie meinen, die Luft ist rein!«

»Ist das nicht dasselbe?« Passières Miene verfinsterte sich, als er die anderen grinsen sah. Er brummelte etwas Unverständliches und verzog sich mit einer abschätzigen Handbewegung wieder nach unten.

»Sie setzen Stella an Land ab und rudern unverzüglich zum Boot zurück. Sie meldet sich per Funk, sobald sie fertig ist.«

»Alles klar, Boß.« Hillyard schwang sich über die Reling, packte die Strickleiter und kletterte mit der Leichtigkeit eines Affen hinunter. Im Dingi angekommen, ergriff er sogleich die Ruder und hielt auf den verlassenen Strand zu.

»Neville, Sie halten an Deck Wache«, befahl McIndoe Johnson. »Major Ravallo und ich sind in der Funkerkabine und verfolgen von dort Lieutenant di Mauros Fortschritte. Rufen Sie uns, sobald Ihnen auch nur das Geringste auffällt.«

»Sie können sich darauf verlassen, Sir«, versprach Johnson und trabte in Richtung Heck los.

Ravallo stieg schon die Treppe hinunter, doch McIndoe hielt noch einmal inne und sah langsam um sich. Daß sich in der Dunkelheit nichts rührte, mußte ihn eigentlich beruhigen, doch gerade weil er nichts sah wurde er ein ungutes Gefühl einfach nicht los. Da half es auch nichts, daß sie angeblich von zwei britischen U-Booten beschützt wurden. Auf einmal drängte sich ihm der Gedanke an Jäger auf, die eine Ziege als Köder für einen streunenden Wolf benutzten. Gut, sie lagen auf der Lauer, aber wie oft wurde die Ziege gerissen, bevor die Jäger ihre Trophäe nach Hause trugen? Er versuchte, seine Sorge als Hirngespinst abzutun, doch sie beschäftigte ihn auch noch, als er in der Funkerkabine ankam.

Riedler verfolgte die Bewegungen des Dingis durch ein Spezialfernglas. Warum gingen nur zwei der Agenten an Land? Waren sie als Aufklärer vorausgeschickt worden? Nun, sie würden nichts finden, obwohl es hier von Mitgliedern der 76. Infanteriedivision nur so wimmelte. Die Soldaten waren eilig von der Garnison in Gela angefordert worden und hatten strikte Anweisung, in ihren Verstecken zu bleiben, bis alle feindlichen Agenten das Land erreichten. Riedler hatte ihrem Kommandanten sogar mit einer Versetzung an die Ostfront gedroht, falls er seine Befehle nicht buchstabengetreu ausführte. Nun, seine Worte schienen gewirkt zu haben.

Endlich erreichte das Dingi den Strand. Eine der schwarz gekleideten Gestalten sprang heraus und watete an Land. Es war eine Frau. Riedler richtete das Fernglas wieder auf das Boot und sah, daß der andere Agent sich schon wieder vom Strand entfernte. Warum tat er das nur? Warum blieb er nicht bei seiner Gefährtin? Erneut konzentrierte er sich auf die Frau, die nun auf das dichte Unterholz zurannte. Wenig später wurde sie von der Dunkelheit verschluckt.

Langsam ließ er das Fernglas sinken und betrachtete die Silhouette des sanft im Wasser schaukelnden MTB. »Was für ein Spiel spielst du da nur, Ravallo?« flüsterte er.

»Wie bitte, Herr Major?« fragte der neben ihm stehende Kuhn.

»Ich habe nur laut nachgedacht«, antwortete Riedler und hob erneut das Fernglas.

»Was machen wir jetzt, Herr Major?«

»Wir warten«, sagte Riedler ruhig und verfolgte das Dingi auf dem Weg zum Mutterschiff. »Wir warten.«

McIndoe wurde zunehmend unruhig. Hillyard war nun schon seit fünfzehn Minuten zurück, doch Passière hatte von Stella noch immer keine Bestätigung einer Kontaktaufnahme mit den Partisanen erhalten. Das Funkgerät blieb stumm. War etwas schiefgegangen? War sie einer deutschen Patrouille in die Hände gelaufen? Er hielt sich vor, daß er sich bestimmt grundlos sorgte – doch die Unruhe wollte nicht weichen.

Die meiste Zeit marschierte McIndoe im Korridor vor der Funkerkabine rastlos auf und ab und schlug sich unentwegt mit der Faust in die flache Hand. Verhielt er einmal, dann bezog er in der Tür Stellung, und seine Augen schossen zwischen Ravallo und Passière hin und her. Wie konnten die zwei nur so still dasitzen? Na gut, für Passière hatte er Verständnis: Er durfte das Funkgerät nicht verlassen, weil er sonst womöglich eine wichtige Nachricht verpaßte. Es war vor allem Ravallo, an dem er Anstoß nahm. Die Ellbogen auf die Knie gestützt, die Hände ineinander verkrampft, kauerte er auf seinem Stuhl vor dem Funkgerät. Nur gelegentlich richtete er die Augen auf Passière und wippte auf den hinteren Stuhlbeinen. Das alles irritierte McIndoe, doch was ihn fast zur Weißglut reizte, das war Ravallos reglose Miene. Wieder einmal verbarg er seine wahren Gefühle hinter einer undurchdringlichen Maske.

Plötzlich beugte sich Passière vor, packte Stift und Schreibblock und begann hektisch zu kritzeln.

McIndoe rannte aufgeregt zu ihm hinüber. »Was ist los, Georges?« Doch mit dem Kopfhörer über den Ohren war der Franzose so gut wie taub.

Ravallo klopfte ihm auf die Schulter. Vergeblich. Passière forderte ihn mit erhobener Hand zum Warten auf. Seine Stirn legte sich in Falten, dann breitete sich auf seinem Gesicht Bestürzung aus. Er warf den Stift beiseite und begann wütend auf die Tasten einzuhacken. Mit einem verzweifelten Kopfschütteln gab er einen bestimmten Code ein. Schließlich riß er den Kopfhörer herunter und sprang auf. »Sie haben sie geschnappt!« platzte er mit zitternder Stimme heraus. »Sie haben Stella gefangengenommen, *Patron*! Erst hat sie sich mit ihrem persönlichen Code zu erkennen gegeben, und gleich darauf hat sie MMR, MMR signalisiert!« Seine Augen bohrten sich in die von McIndoe. »Das ist unser Code für Gefahr!«

»Was ist geschehen?« fragte McIndoe.

»Sie sagte etwas von einem Hinterhalt. Dann – nichts mehr.« Passière ließ die Hand auf den Tisch sinken.

»Ich hole sie zurück«, kündigte McIndoe an und eilte zur Tür.

»Ich komme mit!« rief Ravallo ihm nach.

»Nein, Sie bleiben ...«

»Auf gar keinen Fall!« schnitt ihm Ravallo wütend das Wort ab. »Fahren wir los!«

Ein Streit hätte McIndoe jetzt gerade noch gefehlt. Damit hätten sie nur wertvolle Zeit vergeudet. Wortlos rannten alle beide an Deck.

»Boß, was ist?« fragte Hillyard besorgt und stürzte zusammen mit Johnson zur Reling, während Ravallo bereits das Fallreep hinunterkletterte.

Stella ist in einen Hinterhalt geraten!« rief McIndoe. »Wir gehen an Land.«

»Ich komme mit«, bot Hillyard an.

»Nein, Sie müssen an Bord bleiben und das Boot bewachen. Vielleicht wollen sie uns ja nur mit einem Trick weglocken.«

»Kommen Sie schon, Mac!« drängte Ravallo.

McIndoe stieg über die Reling, hielt dann aber noch einmal inne. »Geben Sie uns fünfzehn Minuten, Bruce. Wenn wir uns bis dahin nicht gemeldet haben, sagen Sie Charlie, daß er ohne uns zurückfahren soll. Das ist ein Befehl.«

Hillyard antwortete mit einem entschlossenen Nicken.

McIndoe hatte kaum das Tau gelöst, als Ravallo auch schon mit mächtigen Schlägen losruderte. Der Schotte schaute an ihm vorbei zum Strand. Er wirkte verlassen. Dann sah er Ravallo zum erstenmal, seit sie die Funkerkabine verlassen hatten, in die Augen. Die Maske war heruntergerissen worden und entblößte ein Ungeheuer. Die zusammengekniffenen Augen verrieten weder Furcht noch Besorgnis, sondern starrten ihn voller kalter Verachtung an. McIndoe erschauerte unwillkürlich.

Mit einemmal glaubte er, alles zu begreifen. Warum hatte er es nicht schon längst gesehen? Er hatte Scheuklappen vor den Augen gehabt! Die Wahrheit lachte ihm doch spätestens seit dem Moment ins Gesicht, in dem Ravallo seinen Gegenvorschlag für die Übergabe des Umschlags gemacht hatte. Ravallo hatte Stella an den Strand geschickt und die ganze Zeit genau gewußt, daß sie direkt in einen deutschen Hinterhalt laufen würde. Und wenn die Deutschen sie zusammen mit Massimo gefangennahmen, würde niemand im Hauptquartier der Alliierten je erfahren, wer der Verräter war. Plötzlich wurde ihm richtiggehend übel. Wie hatte er sich nur auf diesen Plan einlassen können? In diesem Augenblick verabscheute er sich selbst noch mehr als Ravallo. Und offenbar wollte der Amerikaner ihn ebenfalls in die Falle locken. Die von der Gestapo würden vor Begeisterung über diesen prächtigen Fang Freudentänze aufführen. Aber das wollte er noch verhindern ...

McIndoe sprang als erster aus dem Dingi und hielt es fest, damit Ravallo ebenfalls aussteigen konnte. Gemeinsam zogen sie es dann an den Strand. Als sie trockenen Boden unter den Füßen hatten, wandte sich McIndoe kurz ab und zog seine Webley aus dem Holster. »Nicky«, sagte er mit leiser Stimme und richtete den Lauf auf Ravallos Rücken.

»Mensch, Mac, wir haben jetzt doch keine Zeit für ...« Der Amerikaner verstummte abrupt, als er in die Mündung der Pistole sah. »Was, zum Teufel, soll das?«

»Ziehen Sie Ihre Pistole ganz langsam und werfen Sie sie mir zu«, befahl McIndoe und deutete auf Ravallos Hüftholster. Der Amerikaner zögerte: »Tun Sie es, Nicky – schnell!«

Mit den Fingerspitzen löste Ravallo die Automatic aus dem Holster und warf sie McIndoe vor die Füße. »Glauben Sie im Ernst, ich hätte Stella an Land geschickt, wenn ich gewußt hätte, daß so was geschehen würde?«

Ohne den Blick von Ravallo zu wenden, hob McIndoe die Waffe auf und schleuderte sie ins Wasser. »Das gehörte doch alles zu Ihrem Plan, oder etwa nicht? Nur habe ich das erst kapiert, als es zu spät war. Zu spät, um zu verhindern, daß Stella von den Deutschen geschnappt wird. Und das dürfen Sie mir glauben: Dieser Fehler wird mich bis an mein Lebensende verfolgen. Aber wenigstens gönne ich Ihnen nicht den Triumph darüber, daß ich so arglos wie sie in Ihr fein gesponnenes Netz tappe.«

»Um Himmels willen, Mac! Stella ist in Not …« Ravallo trat einen Schritt auf ihn zu.

»Bleiben Sie, wo Sie sind!« knurrte McIndoe. Selbst in kritischen Situationen spielt dieser Kerl seine Rolle unbeirrt weiter, dachte er verbittert. Die Unsicherheit, die Verwirrung, die Ungeduld – wirklich ein perfekter Schauspieler.

»Wenn Sie so überzeugt davon sind, daß ich der Verräter bin, warum drücken Sie dann nicht einfach ab und Schluß?«

»Bilden Sie sich nicht ein, daß ich nicht versucht wäre, das zu tun. Aber ich weiß, Sie gehören nach Malta vor ein Kriegsgericht und dann vor ein Hinrichtungskommando. Besser wäre natürlich, Sie schon vorher zu erschießen und Ihre Leiche ins Meer zu werfen. Aber ich bin kein Ungeheuer wie Sie! Darum gebe ich Ihnen das, was Sie Stella nie gegönnt haben: eine Chance. Gehen Sie doch nach Deutschland! Dort wird man Ihnen bestimmt einen Heldenempfang bereiten. Aber wenn die Fanfaren und Lobhudeleien verhallt sind, werden Sie mehr als genug Zeit haben, darüber nachzudenken, was Sie getan haben. Ihr Gewissen wird Sie nie in Ruhe lassen.«

»Das ist ein Irrtum, Mac, ein schrecklicher Irrtum.« Ravallos Stimme war kaum mehr als ein Flüstern.

»Was mir in der Seele weh tut, ist die Kaltschnäuzigkeit, mit der Sie Stella in diesen Hinterhalt schicken, nur um Ihre erbärmliche Haut zu retten. Ich glaubte wirklich, Sie würde Ihnen etwas bedeuten. Ich dachte sogar, Sie würden sie lieben. Und ich weiß, daß sie Sie verdammt gern hatte. Sie hätte alles für Sie getan. Und so vergelten Sie ihr dieses Vertrauen …« Ohne die Pistole zu senken, wich McIndoe zum Dingi zurück. »So, ab jetzt trennen sich unsere Wege. Bitte richten Sie Ihren Freunden von der Gestapo aus, daß es mir furchtbar leid tut, daß ich ihre Gastfreundschaft nicht annehme. Und jetzt hauen Sie ab!«

Darauf erwiderte Ravallo nichts mehr. Mit hängenden Schultern schlurfte er über den nassen Sand auf das Gestrüpp zu. Er drehte sich kein einziges Mal um. Dann war er verschwunden.

McIndoe schob das Dingi ins Wasser und kletterte hinein. Erst als er saß, legte er die Pistole auf den Boden. Er nahm die Ruder auf und entfernte sich mit entschlossenen Schlägen vom nun wieder menschenleeren Strand.

Riedler verstand überhaupt nichts mehr. Zweimal war das Dingi zum Strand gefahren, und jeweils war nur eine Person an Land geblieben, während die andere allein zum Boot zurückgekehrt war. Und als ob das an sich nicht schon merkwürdig genug wäre, so war die Szene, die er soeben verfolgt hatte, gelinde gesagt bizarr gewesen. Wenn ihn sein Gefühl nicht täuschte, mußte einer von den beiden der Gestapoagent sein. Aber warum hatte der Spion dann einfach davonspazieren dürfen? Das ergab überhaupt keinen Sinn mehr. Nicht, daß das jetzt noch viel zu bedeuten hatte. Er hatte ein dringlicheres Problem zu lösen: Sollte er die Zerstörung des feindlichen Boots sofort anordnen oder sollte er warten, bis noch mehr Besatzungsmitglieder an Land gingen, damit sie diese stellen und der Gestapo aushändigen konnten? Für beides gab es gute Gründe. Immerhin hatten sie es mit verdeckt operierenden Geheimdienstagenten zu tun, die ihnen wichtige Informationen liefern konnten – nicht nur über die aktuellen und geplanten Operationen der Alliierten im Mittelmeerraum, sondern auch über den Widerstand auf Sizilien und dem italienischen Festland. Doch zugleich wußte er dank der technischen Daten, die ihnen die Gestapo über das feindliche Boot hatte zukommen lassen, daß es der *Linse* in punkto Schnelligkeit und Wendigkeit turmhoch überlegen war. Liefen die Motoren erst mal, wäre es zu spät, die *Linse* hinterherzuschicken. Es würde sie mühelos abhängen.

Der Versuch, das Boot zu zerstören, war ja schon einmal gescheitert. Jetzt hatte man ihm die Gelegenheit gegeben, sich zu rehabilitieren. Sein Rettungsanker. Ihm war klar, daß General Student auch für sich selbst viel riskierte, weil er Feldmarschall Kesselring überredet hatte, ihm weiterhin sein Vertrauen zu schenken. Sollte er erneut scheitern, hieße es für ihn und seine Leute zurück an die Ostfront als Aufklärungstrupp für die 6. Armee; und – viel wichtiger noch: General Students Urteilsvermögen würde in ein schlechtes Licht gerückt. Das wollte er auf keinen Fall zulassen. Er mußte die richtige Entscheidung treffen. Und zwar schnell ...

Franke schwitzte Sturzbäche. Erst hatte er dem viel zu engen Gummianzug, der ihm an den Gelenken schier das Blut abdrückte, die Schuld gegeben, doch ihm war bereits klar, daß er sich in die eigene Tasche log. Jetzt, da er hinter den Kontrollhebeln der *Linse* lag, spürte er zum erstenmal in seinem Leben nackte Angst. Seine rechte Hand ruhte auf dem Steuerknüppel, seine linke hing im dunklen, kalten Wasser. In den letzten fünfzehn Minuten hatte er sich das Gesicht immer wieder naßgespritzt. Damit verschaffte er sich wohltuende Abkühlung, aber leider nur für kurze Zeit; bald floß ihm der Schweiß erneut in Strömen herunter.

Franke hatte sich stets gerühmt, er kenne keine Angst vor dem Tod. Allerdings war ihm das Prahlen leicht gefallen, hatte er doch stets eine Waffe in der Hand gehalten und damit auch in den brenzligsten Situationen eine reelle Überlebenschance gehabt. Die hatte er jetzt nicht mehr. Er würde sterben. Und davor graute ihm. Er hatte doch noch so viel in seinem Leben vor, so viele Ziele vor Augen. Aber für Bedauern war es jetzt zu spät. Er hatte um die Bedeutung seines Wechsels zum 3. Fallschirmjägerregiment gewußt: Das war seine letzte Chance gewesen, sich seinen Vorgesetzten zu empfehlen. Dabei hatte sein Auftrag so einfach ausgesehen: Diesen Anti-Nazi Riedler absägen, egal mit welchen Mitteln, aber wenn möglich Belastungsmaterial anhäufen, bis genug beisammen war, um ihn in Berlin vor Gericht zu zerren. Als Belohnung hatte ihm der Posten als Kommandant eben dieses Regiments gewinkt.

Aber bald nach seiner Ankunft an der Ostfront hatte er begriffen, daß seine Aufgabe keineswegs so leicht war, wie er gedacht hatte.

Beweise gegen Riedler zu sammeln, fiel ihm nicht schwer. Der Major schimpfte vor der ganzen Mannschaft auf die Nazihierarchie in Deutschland; insbesondere Reichsmarschall Göring und der Luftwaffe verübelte er, daß sie die Bodentruppen in Rußland nicht unterstützten. Nein, Riedler bereitete ihm wirklich keine Schwierigkeiten, sehr wohl dagegen seine neuen Kameraden. Nirgendwo hatte er unter Soldaten einen solchen Respekt vor einem Kommandanten erlebt. Das grenzte ja fast schon an Heiligenverehrung. Wie hatte er da je hoffen können, an Riedlers Stelle zu treten, zumal man ihn dann als Judas ansehen würde? Diese Männer würden ihm nie folgen.

Und dann war noch diese andere Sache ... Erst vor wenigen Tagen hatte ihn ein leiser Verdacht über die wahren Gründe für seine Versetzung beschlichen. Daß er seelische Probleme hatte, war schon in seiner Schulzeit erkannt worden. Eine milde Psychose, hatte der Hausarzt seinen Eltern erklärt. Bei seinem Eintritt in die Wehrmacht und später nach der Überstellung zur Einheit Brandenburg war sie geflissentlich vertuscht worden. Später häuften sich allerdings in seiner Führungsakte die Eintragungen über seine Brutalität, vor allem zu jungen Rekruten, doch es wurden nie Konsequenzen daraus gezogen. Er selbst bedauerte keinen von den Schlägen, die er den Anfängern verabreicht hatte, denn für ihn stand fest, daß so etwas nur abhärten konnte. Abgesehen davon verließ er sich darauf, daß seine Vorgesetzten beide Augen zudrücken würden, weil er sich im Einsatz stets durch besondere Tapferkeit auszeichnete. Er war ein leuchtendes Beispiel für jeden Rekruten, der es bei den Brandenburgern zu etwas bringen wollte.

Es ging auch alles gut, bis er eines Tages einen Offizier zusammenschlug, weil dieser ihn als Verrückten verspottet hatte. Zwar wurden alle Zeugen auf striktes Schweigen eingeschworen, doch schon einen Tag später war er auf dem Weg zum 3. Fallschirmjägerregiment. Vorher hatte man ihm noch mitgeteilt, daß er nie wieder eine Brandenburger Einheit würde befehligen dürfen.

Eigentlich hätte er dieses Manöver schon damals durchschauen müssen, doch anscheinend hatte er den Zusammenhang nicht sehen wollen. Jetzt, da er im Wasser lag, begriff er, daß er als gemeingefährlich galt. Und wenn sie ihn zu den Fallschirmjägern abkommandiert hatten, dann nur, weil sie einen nützlichen Idioten brauchten. Auf einmal erwies sich sein Traum vom Aufstieg als Seifenblase. Riedler hatte recht gehabt, daß ihm seine Leute gleich am ersten Tag eine Kugel in den Rücken schießen würden, wenn er das Kommando übernahm. Hatten die Generäle von Anfang an gewußt, daß Riedlers Leute ihn nie akzeptieren würden? Hatten sie ihn wissentlich den Wölfen zum Fraß vorgeworfen? Wollten sie seinen Tod?

Franke schlug verzweifelt die Hände vor den Kopf. Hörten diese Fragen denn überhaupt nicht mehr auf, ihn zu quälen? Irgendwie mußte er sie doch loswerden! Langsam sah er auf, erkannte die Konturen des MTB, und plötzlich begriff er, daß er keine Angst vor dem Sterben zu haben brauchte. Nicht, wenn er sein Schicksal selbst in die Hand nahm. Entschlossen entknotete er das Seil, mit dem die *Linse* am Schnellboot vertäut war.

»Sehen Sie nur, Herr Major!« Kuhn deutete aufgeregt auf die lautlos aus der Höhle gleitende *Linse.* »Sollte er nicht Ihren Befehl abwarten?«

Riedler richtete das Fernglas schweigend auf die schwimmende Bombe.

»Was soll ich tun, Herr Major?« fragte Kuhn nervös.

»Geben Sie ihm Feuerschutz, sobald er die *Linse* in Position gebracht hat und den Motor anwirft. Aber keine Sekunde vorher.« Riedler verschwand kurz, kehrte mit der Fernbedienung zurück und richtete sein Fernglas auf das MTB. Am Vickers-Geschütz konnte er eine Gestalt ausmachen. Ein weiteres Besatzungsmitglied kauerte hinter der Oerlikon-Kanone. Keiner von den beiden hatte die *Linse* bemerkt. Noch ein paar Sekunden, dann konnte Franke den

Hebel ziehen, und die Fernbedienung würde alles weitere erledigen. Aber was machte er, wenn Franke die Kontrolle über die *Linse* nicht abgab? Wenn er in einer letzten Anwandlung von Trotz den Ruhm allein einheimsen wollte? Eine einzige Kugel würde genügen, um Franke und mit ihm die *Linse* außer Gefecht zu setzen. Riedler benetzte sich die trockenen Lippen, doch noch bevor er eine Entscheidung treffen konnte, hörte er aufgeregte Schreie vom Deck des feindlichen Bootes. Eine Sekunde später ratterte das Vickers-Geschütz los.

»Feuerschutz!« schrie Riedler.

Kuhn, der bereits hinter der Zwanzigmillimeterkanone kniete, deckte das Boot mit einem Geschoßhagel ein, bis das Vickers verstummte und der Schütze verzweifelt in Dekkung kroch.

»Weiterschießen!« befahl Riedler und verfolgte gebannt die Fahrt der *Linse*. Seine Hand umklammerte das schwarze Gerät. »Los schon, Franke, wirf den Motor an und schalte die Fernsteuerung ein«, murmelte er vor sich hin. »Verdammt noch mal, schalte um!« Tatsächlich heulte der Motor auf, und die *Linse* raste auf ihr Ziel zu. »Gut, jetzt übergib an mich!« schrie Riedler wütend, als hoffte er, Franke könne ihn irgendwie hören.

Aus einem Versteck an Deck des MTB peitschte ein Schuß übers Meer. Entsetzt sah Riedler zu, wie Franke einen Satz machte, wie er leblos über dem Armaturenbrett zusammensackte, und wie die *Linse* vom Kurs abkam. Riedler starrte den Kasten in seiner Hand an. Das rote Licht leuchtete nicht. Franke hatte die Kontrolle über die *Linse* nicht abgegeben. Die Operation war gescheitert. Schon wieder. Jetzt konnten sie nur noch versuchen, das Boot außer Gefecht zu setzen und Verstärkung anzufordern.

»Herr Hauptmann!« rief Kuhn aufgeregt. »Das Licht! Es leuchtet!«

Riedler warf einen ungläubigen Blick auf den Kasten. Hatte er sich auch wirklich nicht getäuscht? Er blinzelte mehrmals, doch das rote Glühen war unverkennbar. Ohne zu zögern korrigierte er den Schlingerkurs der *Linse* und stellte sie auf das feindliche Boot ein, während Kuhn weiter eine Salve nach der anderen abfeuerte.

Riedler lenkte die *Linse* mittschiffs in das MTB, und die Wucht des Zusammenpralls brachte den Sprengsatz im Bug zur Explosion. Der riß nicht nur ein Loch in die Seite des MTB, sondern zerfetzte auch den Bug der *Linse*. Das mit dem Hauptteil der Sprengladung gefüllte Heckteil wurde überflutet und versank. Kuhn stellte das Feuer ein. Sekundenlang herrschte gespenstische Stille – dann ging der Sprengsatz direkt unter dem Rumpf des MTB hoch.

Das Boot löste sich jäh in einem Feuerball auf, der den Nachthimmel weithin erleuchtete. Es war ein atemberaubendes Spektakel; immer wieder wurden brennende Trümmer hoch in die Luft geschleudert, zogen wie ein Meteoritenregen ihre leuchtende Spur, verglühten hilflos und schlugen mit einem Zischen auf dem Wasser auf. Dann fiel der Feuerball so schnell auseinander, wie er entstanden war, als hätte es ihn nie gegeben. Binnen Sekunden erkalteten auch die letzten Fragmente vormaligen Lebens, und wieder herrschte die Ruhe der Nacht. Nichts blieb zurück. Nur Stille. Und der Tod.

Riedler merkte, daß der Rest der Mannschaft nach der ersten Explosion an Deck geeilt war und hinter ihm stand. Noch immer starrten sie gebannt zu der Stelle, an der eben noch das MTB vor Anker gelegen hatte. Keiner sagte ein Wort.

Schließlich drückte Riedler dem Feldwebel die Fernsteuerung in die Hand und gab dem Kapitän das Zeichen, das Schnellboot aus der Höhle zu steuern. Der reagierte und bedeutete einem Matrosen, den Anker zu lichten.

»Suchen wir nicht nach Überlebenden?« fragte ein Soldat.

Riedler sah den Mann erstaunt an. »Überlebende? Sie sind ein Optimist, um es vorsichtig auszudrücken.«

»Wenn einer das überlebt hat, dann hat er etwas Besseres verdient, als der Gestapo übergeben zu werden«, meinte Kuhn. Riedler nickte zustimmend.

»Wohin jetzt?« wollte der Kapitän wissen.

»Zurück nach Gela«, beschied ihn der Major.

Noch immer konnte Riedler den Blick nicht von der Stelle lösen, an der das MTB gelegen hatte. Unwillkürlich führte er die Hand zum Salut an die Schläfe. Gleich darauf war wie durch göttliche Fügung in der Ferne ein Donnergrollen zu hören. Riedler empfand das als passend. Ein Requiem für die Toten …

17

LONDON, 1951

»Sie hatten unverschämtes Glück ...«

Das waren die ersten Worte, die Sam McIndoe bei seinem Erwachen aus der Bewußtlosigkeit im *Forty-fifth British Field Hospital* auf Malta gehört hatte. Neun Jahre war das nun her, und seitdem war nicht ein Tag vergangen, an dem er Gott nicht für sein Leben gedankt hatte. Aber seine Freude war überschattet von tiefer Trauer. Er war als einziger davongekommen. Alle anderen – Charlie Higgins, Bruce Hillyard, Neville Johnson, Georges Passière – waren in jener verhängnisvollen Nacht vor der sizilianischen Küste gestorben.

Wie es ihm gelungen war, diese Explosion zu überleben, sollte ihm zeit seines Lebens ein Rätsel bleiben. Er erinnerte sich noch, wie er trotz des Sperrfeuers aus einer der Höhlen auf die *Linse* geschossen hatte. Er erinnerte sich an seine Freude über den Treffer, die jedoch von allzu kurzer Dauer gewesen war. Er erinnerte sich, wie die *Linse* den Rumpf ihres Boots gerammt und wie ihn die erste Explosion von den Füßen gerissen hatte. Er konnte sich auch noch entsinnen, mit dem Hinterkopf auf der Reling aufgeschlagen zu sein. Der Rest war ausgelöscht.

Später erfuhr er, daß ein Kutter ihn im Wasser aufgelesen und den Partisanen übergeben hatte. Binnen weniger Stunden nahm ihn ein britisches U-Boot an Bord und brachte ihn nach Malta. Dort lag er noch fünf Tage lang im Koma. Einen Monat nach seinem Aufwachen wurde er in das Glasgower *Ballochmile Hospital* verlagert, wo sein zertrümmertes linkes Bein nach vielen Operationen einigermaßen wiederhergestellt wurde. Doch nie wieder sollte er die Rugbyliebhaber mit seiner Kampfkraft und seinen blitzartigen Sprints zu Begeisterungsstürmen hinreißen.

Seine Karriere als Agent war ebenfalls vorbei; statt dessen wurde er bis Kriegsende mit einer langweiligen Schreibstubentätigkeit in der Londoner SOE-Zentrale abgespeist. 1946 kehrte er nach Glasgow zurück und erhielt an seiner alten Universität schließlich eine Dozentenstelle für klassische Philologie …

Gestern hatte ihn ein Telegramm erreicht. Aus heiterem Himmel und höchst unwillkommen. Es hatte es so oft gelesen, bis er es auswendig kannte:

NUR DIE GUTEN STERBEN JUNG STOP HALLELUJA STOP DER TEUFEL KÜMMERT SICH IN DER TAT UM DIE SEINEN STOP GEHÖRE JETZT ZU DEN ERDÖLMAGNATEN STOP BIN MIT ALL DEN ANDEREN MILLIONÄREN IM SAVOY ABGESTIEGEN STOP
RRR

NICKY

RRR: Das Codewort der SOE für ›Wo treffen wir uns?‹ Er hatte umgehend zurücktelegrafiert: ›BIS MITTWOCH 19.00 UHR IM SAVOY.‹

Er hatte keine Ahnung, warum er überhaupt geantwortet und dann auch noch einem Treffen mit Ravallo zugestimmt hatte. Es war ein innerer Zwang – ein loses Ende in seinem Leben, das endlich abgeschnitten werden mußte. Für immer …

Und dann saß er da. Um Punkt sieben im Foyer des Savoy. Inmitten all dieses Überflusses fühlte er sich entschieden unbehaglich. Das war nicht seine Welt. Zu modisch. Zu schillernd. Zu teuer.

»Kann ich Ihnen behilflich sein, Sir?«

Der Mann trug eine perfekt sitzende Nadelstreifenhose und einen dunkelblauen Frack. Der Geschäftsführer. Er musterte sichtlich angewidert McIndoes billigen Konfektionsanzug. *Hält mich wahrscheinlich für einen Penner,* dachte der Schotte. Andererseits war das auch durchaus verständlich, wenn man sich die anderen Männer ringsum in ihren Smokings ansah. »Ich suche Nicky Ravallo«, erklärte er.

Der Geschäftsführer verbarg seine Überraschung hinter einem verkniffenen Lächeln, das sein verdrießliches Gesicht zu zerreißen drohte. »Möchten Sie sich bitte an die Rezeption begeben, Sir? Ich werde einen unserer Portiers veranlassen, in Mr. Ravallos Suite anzurufen und ihm mitzuteilen, daß Sie ihn zu sehen wünschen. Wenn ich Sie um Ihren Namen bitten dürfte ...«

»Sam McIndoe.«

Der Geschäftsführer schritt zum Empfangspult und sprach kurz mit dem Portier, der sofort den Hörer in die Hand nahm. Gleich darauf wurde McIndoe mitgeteilt: »Mr. Ravallo bittet Sie in sein Zimmer. Nummer 300. Dritter Stock.«

McIndoe fuhr mit dem Aufzug. Als er ausstieg, wies ihm eine Tafel den Weg. So weit, so gut. Eins verstand er freilich immer noch nicht: Warum nahm Ravallo nach neun Jahren wieder Kontakt mit ihm auf? Um sich an seiner hilflosen Wut über den Verrat zu weiden? Nein, das entsprach nicht seinem Stil. Was Ravallo sonst auch sein mochte, schadenfroh war er nicht. Rache? Das erschien ihm schon eher nachvollziehbar. Aber wie wollte er sie bewerkstelligen? Wenn er wirklich so reich war, wie er behauptete, hätte er doch ohne weiteres einen – wie nannte man diese Leute in den Gangsterfilmen? – Killer für die Schmutzarbeit anheuern können. Wohl kaum. Da ging eher seine Fantasie mit ihm durch; er hatte zu viele Humphrey-Bogart-Streifen gesehen. Aber warum riskierte der Mann es dann, seine Vergangenheit ans Licht zu zerren? McIndoe mochte es drehen und wenden wie er wollte – er fand keine Antwort. Die konnte ihm nur Ravallo geben. Unterdessen hatte er Nummer 300 erreicht. Er holte tief Luft und klopfte an.

Und dann stand er Nicky Ravallo gegenüber. Der Amerikaner hatte sich in den letzten neun Jahren wenig verändert. In seinem eleganten Smoking wirkte er mehr denn je wie ein geschniegelter Hollywoodstar. Mit einem breiten Lächeln, das seine strahlend weißen Zähne entblößte, streckte er ihm die Hand entgegen. »Es ist verdammt schön, Sie wiederzusehen, Mac.«

»Sparen Sie sich die Mühe«, entgegnete McIndoe schroff. Er machte keinerlei Anstalten, Ravallos Hand zu ergreifen. Das Lächeln des Amerikaners erstarb, doch er trat höflich beiseite und bat McIndoe mit einer lässigen Geste in einen äußerst vornehm eingerichteten Raum. Das mußte der Salon sein. Das Schlafzimmer befand sich vermutlich hinter einer Schiebetür am anderen Ende. McIndoe wartete, bis Ravallo die Tür zum Korridor geschlossen hatte. »Wie sind Sie an meine Adresse rangekommen?« fragte er dann.

»Kontakte«, sagte Ravallo vage.

»Nun, ich bin da. Was wollen Sie von mir?«

»Ein bißchen Höflichkeit wäre nicht fehl am Platze«, entgegnete der Amerikaner und durchquerte den Raum zum Getränkeschrank.

»Daß ausgerechnet Sie das sagen!« stieß McIndoe voller Verachtung hervor.

»Warum sind Sie überhaupt gekommen, wenn Sie sich so sicher sind, daß ich Sie verraten habe?« fragte Ravallo mit leiser Stimme. »Warum haben Sie das Telegramm nicht einfach auf der Stelle zerfetzt?«

»Das frage ich mich auch schon die ganze Zeit. Wahrscheinlich möchte ich unbedingt die ganze Wahrheit wissen, damit ich endlich mit mir Frieden schließen kann … Das heißt, wenn Sie Manns genug sind, sie zu gestehen.«

Ravallos Hand erstarrte über zwei Kristallgläsern. Doch dann ergriff er sie mit einem Lächeln und stellte sie auf ein gemustertes Tablett. »Ich möchte Sie nicht beleidigen und Ihnen einen Jack Daniels anbieten, aber wie wär's mit einem Johnny Walker?«

»Nein, danke. Sagen Sie mir nur, warum Sie mich hergebeten haben, und dann können wir wieder unserer Wege gehen. Länger als unbedingt nötig möchte ich nicht in einem Raum mit Ihnen sein.«

»Ich bin also immer noch der Verurteilte«, seufzte Ravallo und schenkte sich großzügig Bourbon ein.

»Für meine Begriffe werden Sie das immer sein«, knurrte McIndoe und zündete sich eine Zigarette an. »Ihr Verrat hat fünf hervorragenden Männern das Leben gekostet. Das ist schlimm genug. Vor allem aber kann ich bis heute nicht fassen, daß Sie Stella in jener Nacht an Land gehen ließen, obwohl Sie genau wußten, daß Sie sie in den sicheren Tod schickten.«

»Das glauben Sie also?« Ravallo setzte sich mit seinem Drink aufs Sofa.

»Sie wurde von den Deutschen erschossen, und das wissen Sie ganz genau.«

»Haben Sie es so gehört?«

McIndoe zögerte. Ravallos Ton und auch sein Augenausdruck paßten so gar nicht zu der Überzeugung, die sich bei ihm in den letzten neun Jahren zunehmend verfestigt hatte. Einen Moment später hielt er sich ärgerlich vor, daß er nur wieder diesem Ravallo-Charme auf den Leim gegangen war. Doch als sein Blick länger auf Ravallo verweilte, fühlte er sich gar nicht mehr so sicher. Das machte ihn aber nur noch wütender. Nachsicht war nun wirklich nicht angebracht. Er konnte sich unmöglich getäuscht haben. Ravallo war ein Verräter. Ein Nazispion. Aber warum fiel es ihm nur immer schwerer, weiter daran zu glauben?

»Wenn ich schon der Verurteilte bin, könnten Sie mir wenigstens einen letzten Gefallen tun«, bat Ravallo. »Das ist schließlich mein Recht.«

»Ich höre«, knurrte McIndoe, doch er merkte, daß seine Wut vor allem ihm selbst galt.

»Das brauchen Sie nicht mal.« Ravallo zog einen Bogen Papier aus einem Umschlag und reichte ihn McIndoe. »Lesen sie.«

»Was ist das?« fragte McIndoe mißtrauisch.

»Lesen Sie es einfach.«

McIndoe zupfte ihm den Bogen aus der Hand. Es war die Kopie eines streng geheimen Dokuments, das auf den Tag nach dem Ende der unseligen Operation datiert war. Vice-Admiral Starr hatte es dem Direktor des Militärischen Geheimdienstes der Vereinigten Staaten gesandt.

Lieber General,
Zuallererst möchte ich mich bei Ihnen im Namen der Special Operations Executive *für Ihre moralische Unterstützung in dieser für die nationale Sicherheit entscheidenden Angelegenheit bedanken. Nach dem erfolgreichen Ende der Operation bin ich jetzt in der glücklichen Lage, Ihnen ausführlich die Gründe erläutern zu können, warum diese höchst bedauerliche Entscheidung, vier unserer besten Agenten zu opfern, dringend geboten war.*

Ich wußte bereits seit acht Monaten, daß in der Abteilung Italien unserer Organisation ein deutscher Kollaborateur sein Unwesen trieb, dessen Verrat bei mindestens vier Operationen zum Tod von drei Agenten und zur Verhaftung, Folterung und letztlich Hinrichtung Dutzender tapferer Partisanen geführt hatte. In einem Zeitraum von fünf Monaten stellte ich eine gründliche interne Untersuchung an, konnte den Maulwurf aber nicht identifizieren. Allerdings gelang es mir, den Kreis auf drei Hauptverdächtige einzuengen, nämlich Bruce Hillyard, Neville Johnson und den Franzosen Georges Passière. Der Verräter erwies sich jedoch als überaus gerissen. Da er nur dann Informationen an die Deutschen weitergab, wenn sie zu dritt im selben Team arbeiteten, entzog er sich bis zuletzt seiner Enttarnung. Ich versuchte nach Möglichkeit, die drei Verdächtigen in verschiedenen Kommandos einzusetzen, aber wie Sie verstehen werden, steht uns im Raum Mittelmeer nur eine begrenzte Anzahl von Agenten zur Verfügung, so daß ein konsequentes Vorgehen leider nicht immer möglich war.

Ich hatte große Bedenken, als ich die drei für diese Operation einteilte, aber sie waren die einzigen Agenten, die nicht anderweitig gebunden waren. Wie Sie wissen, war jedoch schnelles Handeln dringend geboten. Leider bewahrheiteten sich meine schlimmsten Befürchtungen, als mir Lieutenant McIndoes Bericht bestätigte, daß der Verräter erneut zugeschlagen hatte. Zugleich stand fest, daß wir keinen Schritt weitergekommen waren. Darum wurde auf höchster Ebene der Regierung Seiner Majestät beschlossen, der Sicherheit unserer Agenten im Raum Mittelmeer zuliebe falls nötig auch drastische Schritte zu ergreifen.

Aufgrund dieser Entscheidung faßte ich den Plan, der dann gestern nacht in die Tat umgesetzt wurde. Mir war bewußt, daß ich um der Authentizität willen auch Major Ravallo und Lieutenant di Mauro miteinbeziehen mußte. Wie Sie am Telefon zu Recht betont hatten, war es jedoch notwendig, sie um jeden Preis zu schützen. Darum sorgte ich dafür, daß sie unmittelbar nach der Ankunft am vereinbarten Treffpunkt an Land gingen.

Leid tat es mir einzig und allein um Lieutenant McIndoe, den ich als unseren besten Agenten in Italien betrachte. Andererseits war mir klar, daß ich meinen Verstand nicht von Gefühlen beherrschen lassen durfte und daß er notfalls mit den anderen unschuldigen Mitgliedern des Teams geopfert werden mußte. So sorgte ich dafür, daß der Feind die Koordinaten des Treffpunkts abfing, indem ich sie auf einer offenen Frequenz durchgab. Da meine Agenten sich nie lebend gefangennehmen lassen würden, hatten die Deutschen folglich keine andere Wahl, als das Boot zu zerstören. Damit erreichten wir nicht nur, daß sie unsere Schmutzarbeit erledigten, sondern konnten auch ein höchst unseliges Kapitel beenden, ohne der Glaubwürdigkeit der Special Operatives Executive *Schaden zuzufügen.*

Ich freue mich auf die Fortsetzung der hervorragenden Zusammenarbeit zwischen der Special Operations Executive *und der* United States Military Intelligence
und verbleibe mit freundlichen Grüßen
Vice-Admiral Sir Edmund Starr, GCB
[Anm.: GCB – Träger des Grand Cross of the Bath]

McIndoe setzte sich benommen auf den nächsten Sessel. Das mußte er erst noch verdauen. Eine Flut von Gefühlen brach über ihn herein: Hilflosigkeit. Ungläubigkeit. Haß. Schmerz. Zorn. Wie in Trance legte er das Dokument auf den Glastisch in der Mitte des Raumes.

»Ich glaube, jetzt könnten Sie einen Whisky doch ganz gut gebrauchen«, sagte Ravallo leise. Er schenkte ein Glas voll, kniete sich damit neben McIndoe und drückte es ihm in die Hand.

»Waren Sie von Anfang an eingeweiht?« fragte der Schotte mit hohler Stimme.

»Erst als mir dieses Schreiben da in die Hände fiel, habe ich davon erfahren«, beteuerte Ravallo. »Glauben Sie mir bitte, ich war genauso schockiert wie Sie. Starr hat Ihre Kollegen umbringen lassen, nur um seine Unfähigkeit zu vertuschen. Wetten, daß Sie jetzt große Lust haben, ihm Ihre Meinung zu geigen?«

»Das dürfte ziemlich schwer sein. Er ist tot.«

»Das wußte ich nicht.«

»1944. Herzinfarkt. Er starb über seinem Schreibtisch. Nach diesem Brief kann ich nicht behaupten, daß mich das noch überrascht. Man kann eben nur ein gewisses Maß an Schuld mit sich herumtragen. Früher oder später fordert sie ihren Tribut.« McIndoe verstummte und trank sein Glas in einem Zug leer.

Ravallo nahm es ihm aus der Hand. »Möchten Sie noch eins?«

»Ich würde die ganze Scheißflasche trinken, wenn mir das helfen könnte. Nein, danke.« McIndoe stand auf und stellte sich vors Fenster. Unter ihm wälzten sich die dunklen Fluten der Themse vorbei. Sein Blick verweilte bei einer Barkasse, in deren matt erleuchtetem Ruderhaus ein bärtiger Mann stand. Langsam glitt das Boot unter der Waterloo Bridge hindurch und verschwand in der Dunkelheit.

Er dachte an Charlie Higgins, der auf der Kommandobrücke des MTB eine so imposante Figur abgegeben hatte; seine im Wind wehenden Haare; sein fröhliches Lächeln; und dann die kleine Emma, seine Tochter, die er angebetet hatte. Nun, jetzt war sie nicht mehr so klein. Sie mußte inzwischen sechzehn oder siebzehn sein. Eine junge Dame sozusagen, aber für ihn würde sie immer die kleine Emma bleiben. Er dachte an Bruce Hillyard, der so schnell seine Urteile gefällt und nie mit seiner Meinung hinter dem Berg gehalten hatte. Sie waren oft aneinandergeraten, was nichts daran änderte, daß er Hillyard stets als einen guten Soldaten geschätzt hatte. Seine kleine Tochter hatte ohne Vater aufwachsen müssen. Er dachte an Neville Johnson. Der miesepetrige Neville, der Lehrer aus Nottingham.

Höflich, aber unnahbar. Der Schweigsame. Bei der Erinnerung an Taffy Evans huschte ein trauriges Lächeln über seine Lippen. Der Safeknacker mit den flinken Fingern, der so viele Jahre seines Erwachsenenlebens in allen möglichen Gefängnissen Seiner Majestät verbracht hatte, ehe es ihm schließlich gelungen war, seine Fähigkeiten für den Aufbau eines erfolgreichen Sprengstoffunternehmens in Swansea zu verwenden. Er schuldete Taffy so viel, vor allem aber hatte er seine Freundschaft und Treue zu schätzen gewußt. Sein Lächeln wurde breiter, als er an Georges Passière dachte. Frenchy. Der liebenswerte Schurke. Zerzaustes Haar. Unrasiertes Gesicht. Ein furchtbarer Besserwisser, aber in jeder Situation ein Profi, wenn es darauf ankam. Und natürlich Stella. Die schöne Stella mit den glühenden, geheimnisvollen Augen. Er hatte sie einmal geliebt. Es mochte eine Dummheit gewesen sein, aber er hatte sie geliebt. Ihr Gesicht würde er mit Sicherheit nie vergessen. Nie ...

Jetzt waren sie alle tot. Sein Lächeln erstarb. Hatte Starr am Ende recht gehabt, als er wegen eines faulen Apfels gleich den ganzen Baum hatte fällen lassen? Oder stimmte Nickys Urteil, daß Starrs brutale Maßnahme ein verzweifelter Versuch gewesen war, seine eigene Unfähigkeit zu verschleiern? So viele Fragen. Keine Antworten. Und für die quälendste Frage von allen fehlte immer noch die Lösung: Wer von den dreien war der Verräter?

»Wissen Sie, wer es war?« fragte er Ravallo, ohne sich zu ihm umzudrehen.

»Nein. Es ist nicht auszuschließen, daß die Briten es später herausgefunden haben. Aber wenn das der Fall ist, haben sie das Ergebnis dem Militärischen Geheimdienst vorenthalten. Das hier ist das einzige Dokument in den Archiven der ganzen Organisation, das sich auf unsere Operation in Sizilien bezieht.«

»Sie wissen, daß es bei Strafe verboten ist, streng geheimes Material in seinen Besitz zu bringen«, sagte McIndoe. »Wie sind Sie da rangekommen?«

»Kontakte.«

»Schon wieder diese ›Kontakte‹«, stöhnte McIndoe und setzte sich.

»So ist das eben. In meinem Geschäft ist man darauf angewiesen. Nur so bleibt man der Konkurrenz einen Schritt voraus. Aber sie sind nicht billig. Dieses Dokument war das übrigens auch nicht. Doch als ich davon Wind bekam, war ich bereit, mehr als den üblichen Preis dafür zu bezahlen.«

»Warum eigentlich, wo Sie doch wußten, daß Sie nichts zu verbergen hatten?«

»Sie konnten es sich bei unserem letzten Abschied nicht vorstellen, aber diese Sache hat mich in den ganzen neun Jahren nicht einen Tag in Ruhe gelassen. Wir waren '42 nur ein paar Tage lang zusammen, aber in dieser kurzen Zeit lernte ich Sie als einen guten Freund schätzen. Und Freundschaft bedeutet mir mehr als alles andere in dieser gottverdammten Welt. So komisch es Ihnen vorkommen mag, aber ich habe nicht viele Freunde. Klar, ich bin gesellig und stehe für mein Leben gern im Mittelpunkt, aber im Grunde betrachte ich die meisten Menschen um mich herum als bloße Bekanntschaften. Darum habe ich keine Mühe gescheut, um dieses Dokument zu ergattern. Ich brauchte einen Beweis, damit Sie mir endlich glauben, daß ich nicht das Ungeheuer bin, für das sie mich hielten. Und jetzt haben Sie ihn.«

»Das ... das alles haben Sie meinetwegen getan?« stammelte McIndoe mit belegter Stimme. Ein fast übermächtiges Schuldbewußtsein drückte ihn schier zu Boden. »Mir ... mir fehlen die Worte.«

»Sie brauchen nichts zu sagen«, beruhigte ihn Ravallo. »Jetzt kennen Sie die Wahrheit. Das allein zählt.«

McIndoe zog seine Zigarettenschachtel aus der Brusttasche und hielt sie Ravallo entgegen. »Haben Sie es inzwischen geschafft, aufzuhören?«

Der Amerikaner bediente sich mit einem verlegenen Grinsen. »Ich arbeite noch daran. Eines Tages vielleicht mal.«

McIndoe warf die Schachtel auf den Tisch und drehte die

eigene Zigarette zerstreut zwischen den Fingern hin und her. Noch war es ihm nicht gelungen, seine Gedanken wenigstens einigermaßen zu ordnen. Und es dauerte eine ganze Weile, bis er sich wieder zu einem halbwegs sinnvollen Satz in der Lage fühlte. Und als er so weit war, brachte er ihn nicht so zustande, wie er gehofft hatte. »Nicky ... mir ist klar ... na ja, ich ... habe Ihnen die ganze Zeit ... Unrecht getan ... und, na ja ... Sie wissen ...«

»Ich weiß«, sagte Ravallo, als McIndoe mit einem hilflosen Achselzucken verstummte. »Und bevor Sie sich mit Selbstvorwürfen zerfleischen, weil Sie mich für den Verräter gehalten haben, denken Sie doch bitte auch daran, daß Sie die ganze Zeit im dunkeln tappten. Und ich wäre der letzte, der leugnen würde, daß von mir in dieser Operation ein Fehler nach dem anderen gemacht wurde. Im nachhinein kann ich sogar verstehen, daß Sie gute Gründe für Ihren Verdacht gegen mich hatten. Natürlich sah ich das damals ganz anders, aber später habe ich begriffen, daß man bei einigen von meinen Reaktionen durchaus hätte meinen können, ich wäre im Sinne der Deutschen vorgegangen. Doch wie ich Ihnen damals schon gesagt habe, es war kein Verrat, sondern nur pure Naivität.«

Ein versonnenes Lächeln huschte über sein Gesicht. »Ist es da ein Wunder, daß sie mich für den Rest des Kriegs wieder hinter einen Schreibtisch gesteckt haben? Ich fürchte, ich gehöre zu denen, die besser delegieren können als selbst etwas in die Hand zu nehmen. Darum bin ich ja auch im Ölgeschäft so groß rausgekommen. Ich sitze den ganzen Tag im Büro und gebe übers Telefon meine Orders durch.«

McIndoe beugte sich vor. »Nicky, denken Sie auch noch an Stella?«

»Das will ich doch hoffen«, antwortete eine Stimme in McIndoes Rücken. Sie war sanft, fraulich und vor Rührung rauh. Und unendlich vertraut.

Einen Augenblick lang hörte die Welt auf, sich für McIndoe zu drehen. Die Zeit stand still. Wie versteinert saß er auf seinem Sessel. Sein Verstand reagierte zuerst. Zunächst weigerte er sich, es zu glauben – das war doch völlig unmöglich! –, dann überwältigte ihn aufrichtige und unverhüllte Freude. Schließlich lösten sich seine Glieder aus der Erstarrung; plötzlich war er auf den Beinen und drehte sich auf den Zehenspitzen in Pirouetten, deren Anmut selbst den großen Nijinski beeindruckt hätte. Stella stand vor ihm, noch schöner als in seiner Erinnerung. Sie lachte und weinte gleichzeitig. Sie fielen sich in die Arme, er zog sie an sich und spürte, wie ihm die eigenen Tränen über die Wangen strömten. Wie lange sie sich so hielten, wußte er nicht. Irgendwann löste sie sich sanft. »Ich wußte, daß es so kommen würde«, flüsterte sie und tupfte sich die Tränen mit den Fingerspitzen ab. »Darum habe ich erst gar keine Schminke aufgetragen.«

»Aber Sie leben ja!« stieß McIndoe hervor, wofür er sich noch im selben Atemzug am liebsten verflucht hätte. Wie konnte er nur in dieser Freude eine derart dumme Bemerkung von sich geben?

»Na, hoffentlich«, lächelte sie, ergriff seine Hände und drückte sie fest. »Gott, ist das eine Freude! Neun lange Jahre! Eine schiere Ewigkeit! Und Sie haben sich so gut wie nicht verändert.«

»Ein bißchen schon.« McIndoe entzog ihr eine Hand und deutete auf seine Geheimratsecken.

»Damit sehen Sie um so vornehmer aus«, meinte sie.

»Um so kahler, würde ich sagen.« Er ergriff wieder ihre Hand. »Was ist damals eigentlich geschehen? Starr sagte mir, die Deutschen hätten Sie auf der Flucht erschossen.«

»Das war die offizielle Version des Militärischen Geheimdienstes. Ich erreichte den vereinbarten Treffpunkt und wurde von zwei Widerstandskämpfern in Empfang genommen. Aber dann gerieten wir in einen Hinterhalt. Einer der Partisanen wurde getötet, und ich bekam einen Schulterschuß ab, konnte aber zusammen mit dem anderen entkommen. Im Dorf wurde ich von einem Arzt wieder zusammengeflickt. Die nächsten zwei Tage verbrachte ich in einem Versteck in der Nähe von Gela, dann holte mich ein britisches U-Boot ab und brachte mich nach Gibraltar zurück. Dort erfuhr ich, daß meine Tarnung aufgeflogen war. Damit war es mit meiner Zukunft als Agentin vorbei, und deshalb verbreitete der Militärische Geheimdienst die Geschichte von meinem Tod. Wahrscheinlich glaubte man, so in Sizilien retten zu können, was noch zu retten war. Na gut, wie Sie wissen, wurde 1943 unsere Version Ihres SOE, die OSS – *Organization of Strategic Services* – gegründet. Ich wurde dort als Ausbilderin eingesetzt. Es war aber nicht mehr dasselbe. Ich vermißte die Einsätze und hängte nach Kriegsende den Job an den Nagel. Ich hatte einfach keine Lust mehr.«

»Und wie sind Sie aus Sizilien rausgekommen?« fragte McIndoe Ravallo.

»Zum Glück hat mich eine Patrouille der Partisanen aufgegriffen. Eine Zeitlang wurde ich in einem sicheren Haus versteckt gehalten, bis mich ein U-Boot aufnahm und nach Gibraltar brachte.«

»Bei unserem Wiedersehen in Gibraltar hat Nicky mir das Ende des MTB erzählt. Damals wußten wir nicht, daß Sie das überlebt haben und dachten, alle wären gestorben. Mein Gott, habe ich geweint!« Stella sah Ravallo an. »Stimmt doch, Nicky, oder? Ich habe die ganze Nacht geheult. Soviel zur hartgesottenen Agentin. Eigentlich eher zweitklassig, würde ich sagen.«

»Von Ihrer Arbeit läßt sich das nicht behaupten«, versicherte ihr McIndoe.

»Danke«, sagte sie mit sanfter Stimme. »Wie haben Sie nur die Explosion überlebt? Nicky hat gesehen, wie das Boot in Flammen aufgegangen ist. Er sagte, es sei vor seinen Augen auseinandergefallen.«

»Der Teufel kümmert sich um die Seinen, Stella«, meinte Ravallo und grinste McIndoe an. »Hab' ich nicht recht, Mac?«

»Und ob.« McIndoe hielt Stellas linke Hand hoch und deutete auf den Ring, der ihren Finger zierte. »Wie ich sehe, haben Sie Ihre Verbindung nach der Rückkehr in die Staaten besiegelt.«

Ravallo nickte. »Sie haben unser kleines Geheimnis also doch noch durchschaut.«

»Nicht gleich, aber letztlich bin ich draufgekommen«, gab McIndoe mit einem vielsagenden Blick in Stellas Richtung zu.

Sie drohte ihm mit dem Zeigefinger. »Aber nur, weil Sie unbedingt mit mir ausgehen wollten.«

»Stimmt, davon habe ich gehört«, brummte Ravallo und verschränkte in gespielter Empörung die Arme vor der Brust. »Mir meine Frau ausspannen, das hab' ich gern.«

»Damals war sie es ja noch nicht.«

»Und ob sie es war«, korrigierte Ravallo und mußte über McIndoes verblüffte Miene lachen. »Wir haben kurz nach meiner Versetzung nach Gibraltar geheiratet. Aber Sie verstehen bestimmt, warum das geheimgehalten wurde. Nicht einmal meinen Eltern habe ich es gesagt. Niemand wußte es. Können Sie sich vorstellen, was meine Vorgesetzten getan hätten, wenn das herausgekommen wäre? Sie hätten uns in entgegengesetzte Erdteile geschickt. Darum haben wir es erst nach Kriegsende bekanntgegeben.«

»Sie müssen sich ja bei jedem Schuß zu Tode um den anderen gesorgt haben!« rief McIndoe.

»Na ja, wir hatten es nicht darauf angelegt, im selben Team zu arbeiten, aber da hatte das Schicksal die Hand im Spiel, und wir konnten es nicht ändern«, sagte Stella.

»Leicht war es nicht, aber wir haben die Sache durchgezogen, und jetzt werde ich sie nicht mehr los«, neckte Ravallo sie und handelte sich prompt einen Klaps ein.

»Und nicht nur mich«, erinnerte sie ihn.

»Ich dachte, wir erzählen es Mac erst nach dem Essen«, protestierte Ravallo. »Aber was soll's. Komm, sag's du ihm.«

»Ich habe letzte Woche gemerkt, daß ich schwanger bin«, verkündete sie mit einem strahlenden Lächeln.

»Das ist ja wunderbar!« rief McIndoe und gab ihr einen Kuß. »Glückwunsch! Ich freue mich für euch beide.«

Ravallo reichte ihm die Hand. »Danke, Mac. Wir

wünschten uns schon lange ein Kind und befürchteten allmählich, daß es nicht mehr klappen würde.«

»Dann wollen wir hoffen, daß es das erste von vielen ist.«

»Immer langsam mit den jungen Pferden«, wiegelte Ravallo ab. »Wir beide mögen zwar italienischen Ursprungs sein, und die Italiener sind berüchtigt für ihre Großfamilien, aber mit nur einem Kind wären wir auch schon ganz glücklich. Mehr zu wollen, wäre wohl auch vermessen nach all den Tränen, die wir vergossen haben, weil so lange überhaupt keines kam.«

Stella schmiegte den Kopf an Ravallos Schulter. »Vor allem meine Tränen. Nicky war in den letzten Jahren ein wahrer Fels in der Brandung. Ohne ihn ... wäre ich wohl nicht mit den ewigen Enttäuschungen fertig geworden.«

»Geh lieber mal ins Bad zurück und schmink dich«, mahnte Ravallo sie und wandte sich wieder an McIndoe. »Ich habe mir erlaubt, für heute abend einen Tisch zu reservieren. Das Essen hier im Restaurant ist vorzüglich.«

McIndoe sah verlegen an seinem zerknitterten Anzug hinunter. »Ich weiß nicht, ob ich für diesen Anlaß die richtigen Sachen anhabe. Die Leute hier tragen ja alle einen Smoking.«

»Sie sehen gut genug aus, Mac«, versicherte ihm Ravallo. »So, wie wär's mit noch einem Drink?«

Als Stella wenige Minuten später aus dem Badezimmer kam, saßen die zwei Männer ins Gespräch vertieft auf dem Sofa.

»Sagt mal, wollt ihr die ganze Nacht lang plaudern oder wollt ihr mich ausführen? Ich bin am Verhungern.«

»Und damit beginnt die gefürchtete Verwandlung zur werdenden Mutter«, flüsterte Ravallo in bester Boris-Karloff-Manier ins Ohr McIndoes.

»Du bist unverbesserlich, wußtest du das?« schmunzelte McIndoe und stand auf. Als sie die Tür erreichten, bot er Stella seinen Arm an. »Darf ich?«

»Aber gerne«, lächelte Stella und hängte sich bei ihm

ein. »Wir haben ja so viel nachzuholen. Ich will alles wissen, was du in all den Jahren getan hast. Und wehe, du läßt etwas aus!«

Ravallo hielt ihnen die Tür auf. Mit einem glücklichen Lächeln sah er ihnen nach, wie sie fröhlich schwatzend zum Aufzug schlenderten. Eine Freundschaft besonderer Art war wiederaufgelebt. Das tat gut. Er schloß die Tür und folgte ihnen.

EPILOG

Glasgow, 1995

James McIndoe hielt vor dem Haus an und zwängte sich aus dem Wagen, um seiner Frau die Beifahrertür aufzuhalten. Als sie vor ihm stand, strich sich Heather zunächst eine Falte aus dem schwarzen Kleid. »Der Rest der Familie ist auch schon da, wie ich sehe«, sagte sie dann und deutete mit dem Kinn auf den gebrauchten Mazda, den sie unlängst ihrer Tochter gekauft hatten.

»Hoffentlich hat Isobel Wasser aufgesetzt«, stöhnte McIndoe. »Das ist ja lausekalt! Ein Täßchen dampfenden Tees zum Aufwärmen könnte ich jetzt gut gebrauchen.«

»Sprichst du von unserer Tochter?« fragte Heather mit einem nachsichtigen Lächeln. »Wann hast du je erlebt, daß Isobel Wasser aufgesetzt hat, ohne daß man sie hundertmal bitten mußte?«

»Stimmt. Es muß ja noch viel kälter sein, als ich dachte, wenn mir sogar das Gehirn einfriert.«

»Ich mache gleich eine Kanne Tee«, versprach Heather. »Du kannst dich bis dahin um unseren Gast kümmern. Schau, da kommt er schon.«

Während Heather im Haus verschwand, nahm James McIndoe den Deutschen beim Tor in Empfang. »Es tut mir leid, daß wir Ihnen kein besseres Wetter bieten können, aber es ist schon die ganze Woche so gräßlich. Weiß Gott, wann die Sonne mal wieder rauskommt.«

»Ach, wenn man an der Ostfront mitten im tiefsten Winter in schlammigen Schützengräben gelegen hat, ist das hier noch paradiesisch«, meinte der Deutsche.

»Nach allem, was ich so über Ihren Rußlandfeldzug gelesen habe, kann ich mir das gut vorstellen.«

»Das glaube ich nicht. Wer nicht dabei war, hat keinen Begriff von dem Grauen, das dort geherrscht hat. Selbst heute noch spreche ich wenig darüber, so schlimm war es.«

McIndoe, der einen feindseligen Unterton zu spüren glaubte, ließ das Thema lieber fallen. Wortlos führte er den Deutschen ins Haus und zog die Tür hinter sich zu. »Darf ich Ihnen Mantel und Hut abnehmen?« Er hängte beides an die Garderobe und begleitete ihn dann ins Wohnzimmer. Dort saß bereits ein älteres Ehepaar auf dem Sofa. »Ich möchte Ihnen die engsten Freunde meines Vaters vorstellen. Für uns waren sie immer ein Teil der Familie. Sie sind gestern eigens zur Beerdigung aus Amerika eingetroffen. Nicky und Stella Ravallo.« Er deutete auf den Deutschen. »Herr Hans Riedler.«

Ravallo griff nach seinem Spazierstock, zu dem er sich nach einem vor ein paar Jahren erlittenen Schlaganfall unter heftigstem Protest hatte nötigen lassen. Als Stella ihm helfen wollte, stieß er ärgerlich ihre Hand weg und stand mühselig allein auf.

»Sie werden meinen Namen nicht kennen, aber wir haben uns im Krieg schon einmal gesehen, wenn auch nur kurz. Im Grand Hotel in Palermo. 1942. Nur waren Sie damals als Gestapooffizier verkleidet.«

»Major Hans Riedler vom 3. Fallschirmjägerregiment!« zischte Ravallo voller Verachtung. »Später Mitglied von Rommels Eliteeinheit in Nordafrika. Einer der am höchsten ausgezeichneten deutschen Offiziere des Zweiten Weltkriegs. O ja, ich kenne Ihren Namen!« Zitternd richtete er den Zeigefinger auf Riedlers Brust. »Wie können Sie es wagen, hierher zu kommen? Und dann ausgerechnet heute! Oder wollen Sie Ihren Triumph über Macs Tod auskosten, so wie Sie 1942 über das Ende seiner Gefährten gejubelt haben, als Sie ihr Boot in die Luft jagten? Sie widern mich an!«

»Nicky, es reicht!« fuhr ihn Stella an.

»Sie haben Glück, daß Sie im Haus meines Patenkindes sind«, fauchte Ravallo. »Bei mir hätte ich sie längst rausgeworfen. Sie und die ganze Nazibrut haben in einem anständigen Haus nichts zu suchen!«

»Onkel Nicky, bitte«, flehte McIndoe. Er verstand schon lange nicht mehr, warum er seinen Taufpaten immer noch ›Onkel‹ nannte. Aus Respekt? Aus Anhänglichkeit? Er wußte es selbst nicht – etwas anderes konnte er sich einfach nicht vorstellen. Während er bei Stella das ›Tante‹ schon lange wegließ, würde es für immer bei ›Onkel Nicky‹ bleiben. Darum war es nur logisch, daß die übrigen Familienmitglieder es auch so hielten, obwohl sich Ravallo über diese Anrede maßlos ärgerte und ein ums andere Mal bat, darauf zu verzichten.

Stella ergriff ihn am Arm. »Nicky, ich glaube, wir sollten James und Mr. Riedler allein lassen.«

»Keine Sorge, ich bin schon weg!« Ravallo riß sich wütend los und ging zur Tür. Dort drehte er sich noch einmal zu James um. »Und merk dir endlich, daß ich nicht dein gottverdammter Onkel bin. Also hör gefälligst auf, mich so zu nennen.«

»Es tut mir schrecklich leid«, murmelte Stella mit einem verlegenen Lächeln und eilte ihrem Mann nach.

James räusperte sich. »Ich möchte mich für Onkel Nickys Verhalten entschuldigen, Mr. Riedler. Seit dem Verlust seines Sohnes vor vier Jahren ist er nicht mehr derselbe. Er wurde im Golfkrieg irrtümlich vom Feuer der eigenen Leute getroffen. Onkel Nicky war verzweifelt. Und nur wenige Tage später erlitt er einen Schlaganfall, der seine ganze Persönlichkeit veränderte. Davor war er warmherzig, großzügig und genoß das Leben in vollen Zügen. Jetzt ist er nur noch ein Schatten seiner selbst. Ich habe das Gefühl, daß er sich aufgegeben hat. Es ist wirklich traurig.«

»Welch Glück für ihn, daß er eine Frau hat, die auch in diesen dunklen Stunden an seiner Seite steht«, antwortete Riedler.

»Stella würde ihn nie verlassen, egal wie schlimm es noch käme. Meine Mutter war genauso entschlossen und tapfer. Das ist wohl auch einer der Gründe, warum sie dreißig Jahre lang so enge Freundinnen waren.«

Riedler nahm ein eingerahmtes Foto vom Kaminsims. »Ist das Ihre Mutter?«

»Ja. Es wurde bei der Hochzeit meiner Eltern gemacht.«

»Eine wunderschöne Frau«, sagte der Deutsche und stellte das Porträt zurück.

»In jeder Hinsicht. Sie ist vor zwölf Jahren gestorben.«

Heather kam mit einem Tablett herein. »Setzen Sie sich doch, Mr. Riedler. Möchten Sie Tee? Oder vielleicht Kaffee?«

Riedler ließ sich auf dem Sessel nieder, vor dem er gerade stand. »Ein Kaffee würde mir jetzt sehr guttun, danke.«

»Aus welchem Teil von Deutschland kommen Sie?« erkundigte sich Mrs. McIndoe, während sie ihm einschenkte.

»Meine Frau und ich haben lange in Berlin gelebt, aber vor zwei Jahren bin ich mit ihr in meine Heimatstadt Koblenz zurückgekehrt. Haben Sie schon mal davon gehört?«

»Gehört ja, aber fragen Sie mich nicht, wo es liegt. Ich fürchte, Geographie war noch nie meine starke Seite.«

»Es liegt im Rheinland, südlich von Köln. Wir besitzen dort einen kleinen Weinberg.«

»Das klingt ja wunderbar.«

Stella kehrte zurück. Auf McIndoes fragenden Blick reagierte sie mit einem resignierten Achselzucken. »Er hat mal wieder eine seiner Launen. Da läßt man ihn am besten in Frieden. Das Begräbnis macht ihm noch mehr zu schaffen als ich dachte. Im nachhinein war es vielleicht doch keine so gute Idee, ihn nach dem Trauergottesdienst auf den Friedhof mitzunehmen.« Ihre Augen wanderten zu Riedler hinüber. »Ich kann mich für das Verhalten meines Mannes nur entschuldigen. So benimmt man sich einfach nicht.«

Riedler erhob sich. »Machen Sie sich keine Gedanken. Mr. McIndoe hat es mir schon erklärt. Es tut mir sehr leid für ihn.«

»Danke.« Stella wandte den Blick ab und ließ sich von Heather eine Tasse Earl Grey geben. Seit ihrem ersten Besuch in Glasgow vor vierzig Jahren war sie ganz süchtig nach dieser Teesorte.

Riedler nahm erst wieder Platz, als auch sie sich gesetzt hatte. »Ich möchte Sie in Ihrer Trauer nicht länger stören als nötig, Mr. McIndoe, aber darf ich Ihnen den Grund meines Kommens erklären?«

»Bitte, gern. »

»Ich weiß nicht, ob Ihr Vater es Ihnen gesagt hat, aber er wandte sich Anfang der fünfziger Jahre an mich, als ich für den BND, den westdeutschen Geheimdienst, arbeitete. Damals bat er mich, den Namen eines Gestapoagenten in der Abteilung Italien der SOE herauszufinden.«

»Ich kann mich nicht erinnern, je Ihren Namen gehört zu haben«, antwortete McIndoe, »aber mein Vater trat in all den Jahren mit so vielen Leuten in Kontakt, daß die Namen mit der Zeit jede Bedeutung verloren.«

»Dann ist es wirklich keine Überraschung, daß Sie sich nicht mehr an den meinen erinnern können. Ich stellte Nachforschungen für ihn an, leider ohne Erfolg. Bald darauf riß die Verbindung ab. Erst letzte Woche stieß ich bei Recherchen für einen Artikel im *Spiegel* rein zufällig auf eine Akte über die fragliche SOE-Operation in Sizilien. Da fiel mir wieder ihr Vater ein. Als ich ihn anrief, erzählte er mir, daß er sich die Dokumente gerne anschauen würde, zu der weiten Reise nach Deutschland aber nicht in der Lage wäre, weil er erst vor kurzem einen Herzinfarkt erlitten hätte. Also bot ich ihm an, mit den Dokumenten zu ihm zu kommen. Wir hatten uns für heute verabredet, aber als ich vor dem Haus stand, erfuhr ich die traurige Nachricht von Ihrer Nachbarin. Nachdem ich schon eigens aus Deutschland hierhergeflogen bin, wollte ich ihm wenigstens die letzte Ehre erweisen. Um mich nicht aufzudrängen, hielt ich mich aber lieber im Hintergrund. Da haben Sie mich gesehen.«

»Es freut mich, daß Sie gekommen sind«, sagte McIndoe. »Und ich weiß, daß mein Vater Ihnen dankbar gewesen wäre.«

Riedler zog aus seiner Brusttasche einen Umschlag und reichte ihn McIndoe. »Hier sind zwei Dokumente, beide mit Angaben zur Identität des Gestapoagenten. Leider sind sie auf deutsch verfaßt.«

»Dann liest am besten du sie«, bat McIndoe Stella und drückte ihr den Umschlag in die Hand.

Stella nahm ihre Brille aus der Handtasche. »Mein Deutsch dürfte inzwischen ganz schön eingerostet sein.«

Obwohl sie und ihr Mann Sam McIndoe stets pflichtschuldig zugehört hatten, wenn er die neuesten Entwicklungen seiner endlosen Suche nach der Wahrheit vor ihnen ausbreitete, hatten sie sich nie dafür einspannen lassen. Die Angelegenheit hatte sie einfach nie so berührt wie ihn. Zum einen war der Verräter nicht einer ihrer eigenen Gefährten gewesen, und zum anderen hatten sie das Ganze als eine rein britische Affäre aufgefaßt, die sie als Amerikaner nichts anging. Doch als sie den Umschlag aufschlitzte, zitterten ihre Hände trotzdem. Dann setzte sie ihre Brille auf und breitete die Blätter auf dem Schoß aus. Beide Dokumente waren den Alliierten 1943 bei der Erstürmung der Gestapozentrale an der Piazza Bologni in die Hände gefallen. Das erste handelte von einer Leiche ohne Kopf, die drei Tage nach der Sprengung des MTB an Land gespült worden war. In der Gürteltasche war ein geheimes Futter entdeckt worden, und darin hatte sich eine in ein Öltuch gewickelte Liste mit dreißig Sende- und Empfangsfrequenzen befunden. Sechs davon waren eindeutig von den Deutschen benutzt worden und eine ausschließlich von der Gestapozentrale in Palermo.

Stella wandte ihre Aufmerksamkeit dem zweiten Dokument zu. Sie kam über die erste Zeile nicht hinaus.

»Und? Wer war es?« rief McIndoe aufgeregt.

Sie sah langsam zu ihm auf. »Der Franzose. Georges Passière.«

»Passière? Das kann ich nicht glauben! Dad hat immer gesagt, von allen drei sei Passière derjenige gewesen, dem er es am wenigsten zugetraut hätte. Er verdächtigte eher Bruce Hillyard.«

Stella nickte. »Nicky auch. Ich dagegen hatte zunächst Passière im Verdacht – bis er behauptete, er sei im Funkraum niedergeschlagen worden. Auf mich wirkte er damals überzeugend. Ich habe mich von ihm täuschen lassen.«

»Offenbar fügte er sich die Wunde selbst bei, um sich zu entlasten, nachdem er die Koordinaten des Boots an die Gestapo weitergegeben hatte«, schloß McIndoe. »Ganz schön raffiniert.«

»Aber warum hat die Gestapo ihn dann getötet?« fragte Heather. »Lebendig wäre er ihr doch bestimmt nützlicher gewesen.«

»Das kann ich erklären«, verkündete Riedler. »Die Gestapo nahm an, daß seine Tarnung aufgeflogen wäre. Da mußte sie verhindern, daß die Briten ihn verhörten.«

Heather schüttelte angewidert den Kopf. »Schöne Freunde, wenn sie ihm seine Treue so vergalten.«

»Jetzt wissen wir auch, warum die Gestapo von ihm keine Nachrichten über Sie und Ihre Gefährten bekam, als Sie bei Ihrer ersten Mission an Land gingen«, erklärte Riedler, an Stella gewandt. »Ihr Boot lag doch in einer Höhle vor Anker, richtig? Nun, dort war das Funkgerät wegen der Felswände nutzlos.«

»Also hat uns Charlie Higgins das Leben gerettet«, murmelte Stella nachdenklich. »Wäre er in einer versteckten Bucht vor Anker gegangen, hätte Passière der Gestapo alles brühwarm auftischen können.«

McIndoe deutete auf das Dokument in ihrer Hand. »Steht darin auch, wie er angeworben wurde?«

»Mal sehen.« Sie überflog den Bogen. »Man hat ihn im Dezember 1940 rekrutiert, als er noch ein aktives Mitglied der *Résistance* in Frankreich war. Oh, das ist ja interessant ...« Sie nickte versonnen vor sich hin und verstummte.

»Was denn?« fragte McIndoe. »Spann uns doch nicht auf die Folter!«

»Hm?« Sie sah ihn erstaunt an. »Ach so! Tut mir leid. Hast du je von diesem schrecklichen Überfall 1940 in Oran gehört?«

»Nicht daß ich wüßte. Warum?«

»Kein Wunder. Es war wirklich kein Ruhmesblatt für die Briten. Nachdem die Franzosen 1940 vor den Deutschen kapituliert hatten, verlangte Churchill von ihnen, daß sie ihre ihnen noch verbliebenen vier Schiffe – zwei Schlachtschiffe und zwei Kreuzer – selbst zerstörten, bevor sie den Deutschen in die Hände fielen. Dazu waren die Franzosen aber nicht bereit, und die Schiffe suchten im Hafen der algerischen Stadt Oran Zuflucht. Daraufhin schickte Churchill einen schwer bewaffneten Konvoi los und stellte ihnen ein Ultimatum. Die Franzosen ließen es verstreichen. Und als sie einen Ausbruchsversuch wagten, eröffnete der Konvoi das Feuer. Nur eines von den vier Schiffen, die *Strasbourg*, entkam; das andere Schlachtschiff wurde versenkt, die zwei Kreuzer schoß man manövrierunfähig. Über dreizehnhundert Franzosen verloren das Leben. Darunter auch Passières bester Freund. Er ertrank, als die *Bretagne* kenterte. Das ist der Grund, warum Passière zum Verräter wurde. Weder Geld noch Ideologie. Reine Rache.«

Heather schüttelte verständnislos den Kopf. »Aber die SOE wird die Sache mit Passières bestem Freund doch bestimmt herausgefunden haben, als er dort anheuerte?«

»Wie oft hat sich Dad beklagt, daß die SOE gerade bei der Anwerbung die Sicherheitsvorkehrungen viel zu lasch handhabte, vor allem zu Beginn des Kriegs! Die Abteilung Holland zum Beispiel war von Anfang an von der deutschen Abwehr infiltriert. Mich wundert es jedenfalls nicht, daß Passière sich mühelos einschleichen konnte. Immerhin war er Träger des *Croix de Guerre*. Allein das dürfte ihm Türen und Tore geöffnet haben. Aber eins verstehe ich nicht, Mr. Riedler: Warum ist Passières Doppelspiel erst jetzt aufgeflogen? Wenn diese Information schon früher erhältlich gewesen wäre, dann hätte mein Vater Wind davon bekommen.«

»Diese Dokumente wurden auf Betreiben der britischen Regierung in Deutschland unter Verschluß gehalten und erst vor einem halben Jahr freigegeben.«

»Warum so spät?«

»Wußten Sie, daß Georges Passière einen Bruder hatte?«

»Ich kann mich erinnern, daß er ihn einmal erwähnt hat«, sagte Stella. »War er nicht ein hoher Offizier in der *Résistance*?«

»Das ist richtig. Jacques Passière. Nach dem Krieg wurde er Vizedirektor des *Service des Renseignements;* das ist der französische Geheimdienst. Nach weiteren drei Jahren löste er den Direktor ab, und bald darauf ernannte ihn Charles de Gaulle zu seinem Verteidigungsminister. Dabei war Jacques Passière 1946 vom britischen Geheimdienst rekrutiert worden! Die Briten wußten natürlich, daß seine Karriere vorbei gewesen wäre, wenn sowohl das als auch die Geschichte mit seinem Bruder ans Licht gekommen wäre. Weil Deutschland nach dem Krieg an allen Ecken und Enden Geld fehlte, dürfte es dank kleinerer Gefälligkeiten nicht allzu schwer gewesen sein, Georges Passières Verrat bis zum Tod seines Bruders geheimzuhalten. Nun, er verstarb Anfang dieses Jahres. Und prompt wurden diese Dokumente freigegeben.«

»Wie haben Sie in Erfahrung gebracht, daß Georges Passières Bruder Agent des britischen Geheimdienstes war?« fragte Stella mißtrauisch.

»Als hoher Offizier im BND bekommt man so etwas eben mit«, meinte der Deutsche achselzuckend. »Aber jetzt wissen Sie, warum unsere Leute mauerten, als ich in den fünfziger Jahren versuchte, die Identität des Gestapoagenten aufzudecken.«

»Wenn Dad das nur erfahren hätte«, seufzte McIndoe und lächelte Heather wehmütig an, als sie ihm die Hand drückte. »Inzwischen dürfte Ihnen klar sein, wie wichtig es für ihn gewesen wäre, endlich die Wahrheit zu wissen.«

»Ihr Vater erfuhr sie ja noch rechtzeitig«, versicherte ihm Riedler. »Als ich ihn letzte Woche anrief, wollte er gleich den genauen Wortlaut der beiden Dokumente hören. Er sagte mir, daß er fünfzig Jahre lang auf diesen Moment gewartet hätte und nicht bereit sei, sich auch nur eine Minute länger auf die Folter spannen zu lassen. Ich bin eigentlich nur noch gekommen, um ihm eine Kopie zu bringen und mit ihm Erinnerungen auszutauschen. Schließlich haben wir uns nie persönlich kennengelernt – und das werde ich immer bedauern.«

»Er hat bestimmt dasselbe empfunden«, meinte Heather mit einem Seitenblick auf ihren Mann. »Siehst du das nicht auch so, James?«

James McIndoe antwortete ihr mit einem Lächeln. Einem zufriedenen Lächeln. Jetzt war ihm klar, daß sein Vater endlich Frieden gefunden hatte.